又见并蒂莲花开

温婉的 著

图书在版编目（CIP）数据

又见并蒂莲花开 / 迟焕彩著. —— 济南：山东教育出
版社，2019.4

ISBN 978-7-5701-0609-7

Ⅰ. ①又… Ⅱ. ①迟… Ⅲ. ①回忆录－中国－当
代 Ⅳ. ①I251

中国版本图书馆CIP数据核字（2019）第049501号

YOU JIAN BINGDILIANHUA KAI

又见并蒂莲花开

迟焕彩　著

主管单位：山东出版传媒股份有限公司
出版发行：山东教育出版社
　　　　　地址：济南市纬一路 321 号　邮编：250001
　　　　　电话：（0531）82092660　网址：www.sjs.com.cn
印　　刷：济南龙玺印刷有限公司
版　　次：2019 年 4 月第 1 版
印　　次：2019 年 4 月第 1 次印刷
开　　本：710 毫米 × 1000 毫米　1/16
印　　张：31
印　　数：1－1000
字　　数：390 千
定　　价：88.00 元

（如印装质量有问题，请与印刷厂联系调换）印厂电话：0531-86027518

又见并蒂莲花开

迟浩田

2018年春，迟浩田将军于北京后海为本书题写

又见并蒂莲花开

贺梅彩结婚五十年

赞《并蒂莲花开》问世

风雨同舟五十年
欣逢盛世书光彩

迟浩田

戊戌年中秋北京后海

2018年中秋，迟浩田将军于北京后海为本书题写

风雨同舟五十年

欣逢盛世书光彩

目录

序（张炜）＼1

代前言＼1

第一章　我的母亲我的家＼1
　母亲的身世＼1
　避难遇险＼5
　『包袱客』＼8
　兄弟问世＼10

第二章　重返故里＼14
　分房分地＼14
　溃兵之灾＼16
　三叔的命运＼19

第三章　故乡轶事＼23
　模范民师＼23
　教师进修班＼27
　抗美援朝那年我上学了＼31
　故乡的南沙河＼33
　人祸天灾＼37
　老家春节的趣闻＼45

第四章　柳暗花明＼49
　徒步北上＼49
　初见世面＼52
　林家庄小学＼56
　生死线上挣扎＼61

第五章　旋涡中的悲剧 ＼ 66

全民除四害 ＼ 66

公社化 ＼ 70

『反革命案件』＼ 74

有趣的课外生活 ＼ 77

穷人家的孩子早立事 ＼ 82

奶奶去世 ＼ 86

挡不住的诱惑 ＼ 88

饥饿的代价 ＼ 91

『一大二公』中的丰碑 ＼ 95

第六章　悠悠亲情 ＼ 97

看望姑妈 ＼ 97

大哥进工厂 ＼ 100

当兵的妹夫 ＼ 103

当小工 ＼ 106

任会计 ＼ 108

小幺妹 ＼ 111

第七章　新的里程 ＼ 115

春天的希望 ＼ 115

省城上学 ＼ 119

校园生活 ＼ 122

参加齐河县社教 ＼ 125

正人先正己 ＼ 126

坚持『三同』＼ 128

回济南过年 ＼ 131

落实政策 ＼ 134

走向『天尽头』＼ 136

铭记关沈屯 ＼ 139

俚岛公社过春节 ＼ 141

第八章　新的起点 ＼ 145

初进县委机关 ＼ 145

任了一天大吕家公社团委书记 〉148

第九章　时代的婚礼 〉153

时代的婚礼 〉153

众里寻她 〉158

故里省亲 〉165

小妹的手表 〉168

父亲的假牙 〉170

走出山沟的姑娘 〉171

『逍遥派』〉175

第十章　外调轶事 〉179

北国有岳父 〉179

黑土地见闻 〉187

我有女儿啦 〉189

重任下江南 〉191

最幸福的人 〉196

广州五十六天 〉199

第十一章　搬家序曲 〉207

下乡伊始 〉207

『女』加『子』〉208

暗洒男儿泪 〉212

隔辈亲情 〉216

儿子的干爹 〉218

拍着炕席哭一场 〉221

匮乏的文化生活 〉224

吃派饭 〉226

扑下身子干工作 〉228

分管知青 〉233

桑岛情愫 〉240

第十二章　历史大转折 〉247

悲天恸地 1976 年 〉247

历史大转折 \ 251

乔迁之喜 \ 255

第一辆汽车 \ 257

亲情的港湾 \ 258

开发制氧厂 \ 263

建筑公司崛起 \ 271

前进中的电柱厂 \ 274

开发塑料电镀厂 \ 276

第十三章 责任担当 \ 278

江南寻四叔 \ 278

关外觅舅父 \ 283

京沪会表哥 \ 286

老区见堂兄 \ 288

马耳山历险记 \ 292

难忘的中秋节 \ 296

第十四章 七次搬家苦与乐 \ 300

任新嘉乡党委书记 \ 300

烟台平原绿化示范县 \ 306

三间半房的风波 \ 308

第十五章 艰难的兰高镇三年 \ 311

范副市长的试点 \ 311

特大干旱中的兰高人民 \ 314

死里逃生的幸存者 \ 319

上面千条线 下面一根针 \ 323

牟平县取经 \ 326

放弃升迁的机遇 \ 327

第十六章 闲职不闲 \ 332

科协可以歇歇吗 \ 332

上海牌轿车 \ 338

石良镇防汛 \ 342

满负荷运行 ＼ 344

江南取经 ＼ 346

组团进京 ＼ 348

学赶莱州 ＼ 351

全国科普示范县 ＼ 353

不该发生的事故 ＼ 354

邱恩鸿其人 ＼ 359

秘书长的责任 ＼ 361

北京高端会议 ＼ 362

一条央视新闻的前后 ＼ 369

云南省宁蒗县科普现场会 ＼ 375

组建徐福故里书画院 ＼ 379

中国美术馆办展 ＼ 386

圆父母的住房梦 ＼ 395

父亲走了…… ＼ 398

第十七章 走马上任总工会 ＼ 404

老兵新传 ＼ 404

处结历史遗案 ＼ 412

搭上房改末班车 ＼ 416

为家乡争取政治品牌 ＼ 417

意想不到的殊荣 ＼ 421

迟来的厚爱 ＼ 423

不宜养老处 ＼ 425

站好最后一班岗 ＼ 427

『祝你平安着陆！』＼ 429

第十八章 又见并蒂莲花开 ＼ 431

将军的情怀 ＼ 431

妻爱如歌 ＼ 435

『顾问』＼ 437

从零开始学电脑 ＼ 442

陋室情缘 ＼ 445

又见并蒂莲花开 \ 447

母亲晚年 \ 449

六十六岁生日 \ 450

陪伴母亲回故乡 \ 452

家有老人是一宝 \ 455

老屋春秋 \ 457

母亲的丧礼 \ 461

远亲不如近邻　近邻不如对门 \ 469

第十九章　游记走笔 \ 474

情缘大钦岛 \ 474

将军的厚爱 \ 478

跋 \ 483

序

通读焕彩先生这部近四十万字的《又见并蒂莲花开》，心情久久不能平静。这是一部特殊的人生记录，是一部诗与史的长卷，更是一部色彩斑斓的胶东生活图谱。

我熟悉书中记述的自然与社会场景，所以阅读中更能心领神会，多出一份指认辨析之快。我惊叹于作者对岁月的热情和专注，他的认真和淳朴，以及永不懈怠的进取心。一个长期在市镇任职的人，其人生轨迹联结起诸多方面，其回述和记录必将是一件极为烦琐和艰巨的任务。焕彩有勇气将这一切诉诸笔端，留下了斧子都砍不去的绵绵文字，经历了一番极其沉入和深刻的思索。这些思绪既留在了他的后记文字当中，也留在了内文的层层墨迹之间。

我们认识历史和风俗变迁，研究城乡区邑文化，追溯社会与个人的成长史，往往需要拥有具体而逼真的标本。而我们面前的这部大书，就是最为理想的一个参照。这就是它不可忽略的重要价值。

在我个人的阅读史上，还不曾有过这样的经历：因为切近而注目不移，因为熟知而心潮难平，因为质朴而感触愈深，因为具体而直面真实。书中有憧憬和想象，有烂漫的追忆，但更多的还是直书往事，直击现场。这样的文字少藻饰，多朴拙，反而具备了更强的表现力。从书里到书外，读者可以流连忘返，举一反三，思远求近，印证不同的人生，获得非凡的教益。

书中最能使人感动的是关于母亲的记述。这是一个有信仰的、辛苦一生充实一生的老人，是中华乡村大地上既多见又罕见的母亲形象。我们熟悉的是她的善良温厚和刻苦耐劳，我们稍稍陌生的是她矢志不移的个人信仰。作者对母亲的描述文字感人至深，同时又连接起中国东部一段重要的文化史和基督教发展史，成为极其难得的历史资料。我相信这是全书别具价值的部分之一。

她是这样一位母亲：分担了一个贫苦家庭的沉重营生，养儿育女终日劳碌，却能一生信教。她为了荣耀和传播，竟然在七十多岁的高龄之期，脚蹬一辆三轮车穿行于乡间城镇，爬山路过沙原，风雨无阻，日行几十公里。这样的纯粹无私不仅放射出伟大的人格力量，还处处彰示了信仰的力量。

在伟大母亲的形象之下，反衬出的则是其他的琐屑和渺小。这也由此令人想起作者的成长之源，想到不同的渴求与人生归属。这就是我在阅读中收获最巨大、感动最多的方面。

至诚的能量，纯洁的能量，这一切都是无法计测的。

作者在全部漫延的文字和时而急切、时而和缓的诉说中行进，也许无意间围绕了母亲这个中心。所以我们也可以说，这是一卷长长的母亲之书、大地之书，它因为挚爱和忠诚而冲淡了尘埃琐俗，多少变得光华闪烁了。

作者用深情细腻的笔触，写出了伴侣深情，风雨同舟，携手相伴，甘苦与共。这些个人情愫全部融入了时代，化进了历史屏幕之中。

在这里，我向热爱生活、专于记忆，能够总结的朋友们推荐这部长卷。这是公民写作的一鳞一粒，它汇入了网络时代衍生文字的恒河沙数，却又成为独一无二的个体存证。就此而言，这既是作者自己的留以备考，也是他人或可一顾的这边风景。

时间真是飞轮急转，几乎一眨眼就过去了多半个世纪。这几本书记下的还远不止这多半个世纪。在胶东半岛上，我们共同走过了多么遥远的道路，歌哭难抑，不堪回首。这里汇聚的是他人的心语，也是交集的纷纷足痕。这些纷乱的印迹纵横交织，也就构成了所谓的往昔。

将往昔轻轻扔掉，是人间最大的浪费。

焕彩于是做了一件最诚实最有意义的工作：收拾往昔。

他奉献了，他付出了；他工作了，他幸福了。让我们给予他更多的期待吧，期待他新的文字。

张　炜

张炜：中国作家协会副主席，第八届茅盾文学奖得主，龙口国际徐福研究会会长，龙口万松浦书院院长。

　　我不是个成功的男人，也不完全是个失败者，马马虎虎算是个幸运儿吧。风雨兼程走过了七十多年，职场坎坷四十余载，没有落下大的疾病，平安着陆退休了，还健康地活着，足矣！

　　和大多数男人一样，我的一生中有两位女人至关重要，一位是母亲，一位便是妻子。母亲十月怀胎生下了我，含辛茹苦养育了我；用她的睿智、胸怀、气度、知识、阅历和做人的道理影响着我；言传身教，助我形成良好的人格和正确的三观；对我的成长牵肠挂肚，让我拥有健康的身躯，无后顾之忧地为社会、为国家、为家庭尽到我应尽的责任。二十五岁那年我结婚了，心中驻足了另一位女人。她从邻县的栖霞到我身边，与我风雨兼程，同甘共苦，把一切献给了我们这个家。她的纯朴、宽容、善良和孝德为我的家带来了无限的幸福；她的正直、勤奋、廉洁自律为我职场筑起一道坚固的政治防线。特别我退休后步入文学创作之旅，以散文体裁记述过往岁月后，她的理解、包容和支持，让我如鱼得水，敢于知难而上，与她携手共进，取得一些成绩。

散文是写人生况味和生命体验的文体。小说可以用故事藏拙，诗歌可以用韵律避丑，而散文不行，它是赤裸裸的表述，华丽的辞藻掩盖不了内涵的欠缺，东凑西拼反而事与愿违。当代著名散文家和教育家吴伯箫先生说："说真话，叙事实，写实物、实情，这仿佛是散文的传统。古代散文是这样，现代散文更是这样。"由于我文学知识储备匮乏，艺术修养欠佳，语言功力不足，加之对社会、对事物缺乏透彻的观察，写出的文章难免不尽人意。

我创作的这部散文集《又见并蒂莲花开》，描写了从我来到这个世界上，记事、懂事，到最后"平安着陆"的过往，是我一生经风雨、见世面，历喜怒哀乐、悲欢离合的长达一个甲子的真实写照。

为什么启用"又见并蒂莲花开"为书名？写本书的初衷是想从多方面表述我的情感、我的善意，这让我想到荷花中珍贵的并蒂莲。并蒂莲又称并头莲，是荷花中的珍品、极品。并蒂莲是并排长在同一个茎上的两朵莲花，是美好亲情、友情、爱情和事业的象征，可比喻感情深厚的夫妇，也可视为骨肉相连的兄弟姐妹，肝胆相照的亲友、知己。古人视并蒂莲为吉祥、喜庆的征兆，善良、美丽的化身。故此，本书选用了"又见并蒂莲花开"为书名，寄托对天地、对生活的热爱。

第一章
我的母亲我的家

母亲的身世

1921年9月8日，母亲出生在山东省招远县（现为招远市）上庄村一户普通农民的家庭里，童年时就失去父爱。年轻的外祖母性情泼辣，独立性很强，又当爹又当妈地拉扯着四个孩子。受村里基督教文化影响，外祖母是早期提倡放足的新女性，也是一位极虔诚的基督教信徒。

1931初春，天干地旱，病疫漫延，土匪横行，民不聊生。那个年代农村普通劳动妇女生活在社会最底层，受尽来自社会和家族的双重压迫。外祖母家里的生活更加困难，但她很有主见。当时大舅父在奉天（沈阳）已找到谋生出路，二舅父在家经营着几亩山耩薄地，大姨妈嫁到黄县财源泊村，外祖母便带着十岁的二女儿（我的母亲）徒步到黄县教会，找到同村同族牧师臧雨亭，谋求一份生存出路，改变自己的命运。

臧牧师念外祖母是同乡又是虔诚的教徒，身体健壮，泼辣能干，就安排外祖母做他的家庭保姆。外祖母十分珍惜这份工作，指教女儿同她一起洗衣、买菜、做饭、烧水，给往来客人端茶倒水，事无巨细，不敢懈怠。

臧牧师看母亲机灵好学，便有意培养她。征得外祖母的同意，他将母亲送到崇实学校初级部，且免除一切学杂费。母亲孜孜不倦地度过了五年刻骨铭心的学子生活，并以优异的成绩完成了初级部全部学业，还学习了很多基督教知识。十七岁时母亲正式接受洗礼，成了一名真正的教徒。

这时的母亲已经出落成亭亭玉立、娴静端庄的大姑娘了。母亲想继续读书，进一步学习基督教文化，但因生活日益拮据，外祖母无法答应她的要求。穷人家是养不起十八岁大姑娘的，外祖母决意托媒为女儿找婆家。母亲终日以泪洗面，苦苦哀求外祖母暂时不要让她嫁人，但终究也没有改变外祖母的决定。

我的父亲迟和盛，一个豁达、善良、健壮的"车轴汉子"。他中等个头儿，白净的国字脸，浓浓的眉毛，两只眼睛炯炯有神，体格结实，从里到外透着朴实坚韧，话语不多，却掷地有声。那时，父亲在招远县玲珑金矿挖金，家境十分贫穷。祖父母年高体弱，父亲兄弟姊妹六个，伯父已结婚成家，有儿有女，三叔参加了八路军，四叔幼年时送给城东大李家村一户李姓人家。这家人，为了不让四叔忘本，为四叔起名叫李连迟。四叔长大成人后正赶上建国前的1948年大参军，随军南下去了。大姑妈嫁给招远县城北地北头王家村。还有个小姑刚到四岁便送了人，成了人家的童养媳，至今杳无音信。父亲家没有产业，没有住房，一大家子老的老、小的小，且租房住。父亲更是到了三十多岁还没成家。

1937年3月，经亲戚介绍，不满十八岁的妈妈屈嫁给长自己十八岁的父亲。其时，父亲在玲珑金矿井下挖矿石，拼死拼活像老鼠打洞般地干一天，仅挣一块现大洋。这块大洋是全家人的救命钱。一家人住在龙口逢家村，算上一个"大户"人家了：上有祖父、祖母、伯父、伯母，下有堂兄和三个堂姐，加上父亲和新进门的母亲，是个十口人的大家族。

一家老小，只有伯父和父亲是劳动力。租住的三间海草房，除了锅台便是火炕。十口人，里里外外，拥挤不堪，似老人院，又像托儿所。

新婚之夜，小两口竟与祖母挤在一铺炕上。洞房花烛夜那份尴尬，难以言表。

父亲很珍惜这份而立之年的姻缘。他心眼儿好，朋友多，又顾家，对母亲关心体贴，疼爱有加，这使母亲在极度怨恨中得到一丝慰藉。父亲不久托朋友在玲珑金矿周围的小蒋家村租到两间瓦房，带着母亲迁了过去。随后，又把祖父母、伯父一家也搬到身边，另找房住下。父亲为伯父在金矿找零活干，母亲和伯母给矿上工人洗补衣服，与邻居大闺女小媳妇搭伴儿进山打柴、摘松胡篓挣点零花钱，隔三岔五地再上山挖些野菜济日。一家子老老少少，艰难度日，苦不堪言。

1939年春节刚过，日本侵略军占领招远县城，随即抢占了玲珑金矿，在矿区开凿"玲珑通洞""大玲珑"两处洞口，设立选厂，并在周围山顶垒砌碉堡，封锁矿区。日本鬼怒川水利电气株式会社和日本三菱矿业株式会社组成的山东矿业开发组合招远矿业所，隶属于日本经济侵华组织——华北矿业开发组合。

当时日本有关玲珑金矿的报道是："关于招远金矿的重要性毋庸赘言，因其为东洋第一之优良大金矿，早知有开发必要……幸经于大正二十八年（1939年），日军进城（指侵占招远县城）着手复兴，始获鬼怒川株式会社与三菱矿业株式会社共同努力下，投资500万，积极努力复兴……大正三十年（1941年）六七月，正式开始采矿……俟本年六七月复兴扩大设施工程竣工后，其产额当亦一跃而增巨，产金报国之实效当可期待。"这正好道破了日军入侵招远县后叫嚣"宁失招远城，勿失玲珑矿"的原因。

日军占领玲珑金矿后，即着手在富矿区加大采金力度。他们四处抓人充编矿工，从日本本土和黑龙江、辽宁省等各处矿山调来工程技术人员进行设计指导。当时采掘出来的矿石，品位平均都在100克以上，经过龙口港运到沈阳冶炼。优质矿石直接运回日本本土，剩下的次等矿石在玲珑矿区储存，以备建好选厂后就地加工。1941年，建成了日处理150吨矿石的选厂。他们驱赶使用上千名矿工，对玲珑金矿实行空前规模的掠夺式开采，将1938年以前原玲珑矿已采出贮存的20万吨矿石全部掠走，冶炼金16万两，存入日本正金银行。据有关资料统计，日本仅在招远玲珑金矿军事占领的六年半中，掠夺了黄金16.5吨，折合52.8万两，白银38.45吨，铜6226吨，还有大量的硫等珍贵矿产资源。

日本鬼子占领下的玲珑金矿，在周围山头上修建了炮楼，挂上"膏药旗"，上面架起机关枪，有事没事突突突地放几枪，也不知是为了壮胆还是为了震慑周边百姓。交通要道和进山路口拉上铁丝网，布上岗哨检查行人，一时间天昏地暗，老百姓处于水深火热之中。鬼子三天两头进村搜八路、抓民工，烧杀抢掠，强奸妇女，无恶不作。在黄金资源丰厚的玲珑金矿，日本鬼子不顾工人死活，棒打棍敲威逼矿工下井淘金。矿井里作业环境极其恶劣，电力不足井下送不进风，矿工常因缺氧而活活憋死。拉不上照明灯，矿工就用牙齿咬着块木板，上面钉着根铁钉，在铁钉上插根蜡烛照明。腰上或背上拖着个装满矿石的筐子，一点一点往外拖运，很多矿工累死在又低又窄的运矿石路上。日本工头只要一看到死伤的矿工，就毫不犹豫地将其一脚踢到深沟暗洞里。

父亲和工友们看到日本人日夜不停地把大批优质金矿石运送到龙口港码头装船，运回日本本土，炼出黄金，换回武器弹药再侵略中国。矿工们对此心里充满愤恨。父亲每天上工前，母亲都会千叮咛万嘱咐："千万要注意安全哪！对把头的打骂一定要忍耐哪！一家人都指望着你呀！"叮嘱完父亲她再接着不停祷告上帝："求主保佑！驱逐魔鬼撒旦吧！"

避难遇险

丧尽天良的日本鬼子，为了提防八路军游击队袭击金矿，也担心八路便衣渗透到矿区破坏，阻碍黄金外流，在紧靠金矿的小蒋家村贴出告示，通知村里老百姓限期搬出村自谋出路。他们在村头上修筑了炮楼碉堡，派二鬼子天天进村驱赶村民。老百姓人心惶惶，纷纷外逃避难。父亲每天起早贪黑进矿干活，不放心一家老少，特别是担心母亲的安危，上工后一颗心总是忐忑不安。他就抽时间，不动声色地外出寻觅安全可靠的避难场所。

小蒋家村后有一座大山，是闻名遐迩的"胶东屋脊"——罗山的西端。山的阳面有一洞穴，人称"班仙洞"，战前香火兴旺，眼下门可罗雀。这方圆几十里，是当地八路军的具大队和游击队经常出没的地方，日本鬼子是轻易不敢进山的。

班仙洞里面很宽敞，洞里有山神塑像，有天然的石桌、石凳、石炕。石洞旁断崖处有一眼水井，其水清洌甘甜，泡茶别有一番风味，相传能融化铜钱，称为"神水"。现在断崖上的"神井"二字，依然历历在目。洞外还有可摘食的山果野菜，到处有现成的树枝干柴。为了避难，父亲寻觅到这所洞天府地，捷足先登把全家人安置于此。为了安全起见，父亲每天悄悄绕道下山到玲珑金矿上班，傍晚下班返回时再小心翼翼避开岗哨，穿林越堑，顺便捎带些生活必需品。

这种与世隔绝的生活一过就是两个多月，虽然日本鬼子没上山来骚扰，但是洞内潮湿阴冷，不时有蚊蝇和毒虫噬咬，年迈的祖父母难以忍受。万般无奈下，父亲托朋友在山下欧家夼村租了栋房，择机搬下了山。三面环山、景色优美的欧家夼村离鬼子炮楼也不太远，同样处在恐怖中，鬼子和伪军不分昼夜进村抢粮食、搜八路、抓民工、找女人，弄得村子里鸡犬不宁。一家人整日提心吊胆，度日如年。

一天，母亲和房东的十七岁小女儿正在东厢房里推磨，忽听到街上一声哨声，接着就是一阵嗒嗒的皮鞋声。原来有一队鬼子、伪军下乡扫荡路过村里。

突然院子西南边的街门咣当一声被踢开了，一个全副武装的日本兵端着三八大盖枪闯了进来。那家伙五短身材，苍白的脸上长满雀斑，还戴了副在阳光下亮得刺眼的黑框眼镜，紫红的酒糟鼻呼哧呼哧喘着粗气。两个女人想躲藏已来不及了……鬼子看到眼前两个如花似玉的年轻女人，便龇牙咧嘴，垂涎三尺，像个凶煞神。母亲和房东的女儿已经吓得七魂出窍，两个人扔掉磨棍紧紧地抱在一起哆嗦成一团，眼里流露出极度恐慌的目光。那个日本鬼子狂笑着，扔掉长枪并"哇里哇啦"叫着，向两个手无寸铁的女人扑了过去……

母亲是个虔诚的基督教徒，把女人的贞洁看得比生命还重要，宁愿去死也绝不会让自己受辱。那一刻她已经做好死的准备！当鬼子扑过来的刹那，母亲一边在心里默念着上帝保佑，一边顺手操起推磨的那根棍子与鬼子搏斗起来。房东的女儿嘴里本能地喊着"救命啊！救命……"，也咬着牙与母亲一起同鬼子厮打……但她们毕竟是两个弱女子，尽管使出全身解数挣扎反抗，终究抵挡不住疯狂魔鬼的袭击。她们被鬼子打得鼻青眼肿，手也被抓破了，鲜血流淌着……身上的衣服已经被撕碎了……母亲绝望地喊着"上帝啊！救救我！"……

就在大祸即将临头的时候，突然，北边山顶上响起一阵密集的枪声，紧接着街上传来紧急集合哨声，那个红了眼的魔鬼才肯罢休，提着枪骂骂咧咧地跑出门。母亲和房东女儿双双瘫倒在地，像一摊烂泥，两双直勾勾的眼睛对视着，苍白的脸上挂满血水与泪水，谁也不会哭了……父亲回家后，看到惊魂未定、满脸血渍斑斑的母亲，一下子吓傻了。正要问个究竟，母亲看到父亲站在她的面前就像见到大救星似的，一下子扑到父亲的怀里"哇"的一声号啕起来，房东的女儿也放声大哭……

当父亲知道了事情的原委，气得头发丝都立了起来。他像一头发狂的猛狮，操起那根棍子向磨盘上猛地砸去，棍子顿时拦腰折断。他暴跳如雷地骂道："王八蛋小日本，丧尽天良，这个账早晚要算，中国人饶不了你们！"

母亲病倒了，不吃不喝，谁劝也不听，两只眼睛直勾勾地望着天棚，不说话，泪水顺着眼角一个劲儿地流。父亲看到母亲的情况，急忙找了辆自行车载着她，到黄县找外祖母，去教会创办的怀麟医院看医生。大夫认真检查完了说："没什么大碍，就是受了惊吓，精神一直没有恢复过来。换一下生活环境可能会渐渐地好起来。"外祖母心痛女儿，便和父亲商量："你们不要在那魔鬼横行的地方住了，还是搬到离教会最近的小栾家疃村找个房住下吧，搬过来后再另谋生活出路。这么乱的年头，大家离得近一点，互相也有个照应。教会是美国人办的，日本鬼子不敢轻易胡来。"父亲无奈地叹了口气，同意了外祖母的建议。这是发生在1940年春天的事情。

不久，全家老少十几口人，搬到黄县小栾家疃村租房住下。其间，伯父是八路军的地下交通员，常骑着自行车往返于龙口与烟台之间，除了送情报，还载客挣个零花钱。他对父亲说："兄弟呀！跑车子载人这活儿，挣的钱撑不着也饿不死，你也试试。"为了养家糊口，外祖母在破烂儿市场买了辆旧自行车让父亲外出载客、载货挣钱。父亲身体好又吃苦耐劳，跑烟台一百多公里·天一个来回。有时遇到客人出的价格高，他起早贪黑一天跑两个来回也是常有的事。

"包袱客"

1941年的秋天，父亲头天去烟台送老客太晚没有赶回来，在澡堂凑付一宿。第二天，天刚刚放亮，父亲就来到火车站，准备揽活载客返回。父亲支好自行车正要吃早饭，这时一个穿戴整齐的中年"老客"，眯着眼睛围着父亲转了一圈说："老乡跑哪里？"

父亲漫不经心地说："去黄县！"

那"老客"眼睛一亮，嘿嘿笑着说："缘分哪！我正要去黄县。"

父亲说："你等一下，我去买个烧饼吃了咱就走。"

"老客"说："我也没吃早饭，来！咱到旁边喝碗豆腐脑，再吃个烧饼。"

父亲转身坐到那卖豆腐脑的小桌旁，两个人吃完饭，"老客"又争着结了账，把父亲感动得不知道说什么好。他眯着眼仰头看了看天，蛮有经验地说："这个雨啊，昨天下了一宿也没停。东北风不转到西北风，天是开不了的，雨就可能要下个三天三宿喽。"接着他从自行车后座下抽出块油布递给"老客"："路太远，先生你披上别淋坏身子。"

"老客"感动地说："老乡你披着吧，我没事。"

父亲说："别客气啦，我有草帽，快披上咱赶路。"

那时的烟潍公路还是泥土填方，弯弯曲曲，上坡下沿，沟沟坎坎极其难走。加之下小雨导致能见度很低，父亲头上戴着个遮雨的草帽吃力地蹬着自行车。那位"老客"坐在后座上，态度温和，不断地向父亲询问黄县城里，城东重镇诸由观，城东南部黄城集、石良集几个据点里日伪军活动的情况，父亲把自己知道的一点不落地都告诉了他。

那时烟潍公路日伪军设了好多岗楼据点，盘查来往的路人。父亲常来常往，有时候扔盒烟给他们，混熟了他们也不找父亲的麻烦，打个招呼就过去了。所以，父亲载着"老客"很顺利地就通过了几个据点。接近中午时分，来到黄县城东五公里处的诸由观村北。父亲以为到达目的地了，正要下车，可那位"老客"对父亲说他有紧急事情，让父亲抄小路把他再送到东南部山区石良集村南。父亲是一个极其聪明的人，听到"老客"的要求，他就猜想这位"老客"可能是个"包袱客"（八路军地下党）。那年代为共产党八路军办事会带来杀身之祸的，父亲尽管心里很害怕，但他还是很痛快地答应了"老客"的要求。

这时东北风已停了多时，西北风一吹，天上乌云飘离，小雨停下来了，几束暖暖的阳光洒向秋天的田野，金黄金黄的。父亲怀着一颗忐忑不安的心，迅速沿着坎坷崎岖的小路，左弯右拐，快速向石良集赶去。绕过村头驻守日伪军的炮楼，到了石良集南大河。前面是一簇簇灌木林，几棵柳树下是一条干涸的小河沟，再往前走全是上坡的山间小路，陡峭贫瘠的山峦一个连着一个。

烟台"老客"麻利地跳下车说："多谢你！老乡不要往上走啦！我也快到目的地啦！"

父亲急忙调过车把子说："没有事我就回去啦，谢谢您的早饭。"他钱也不想收，跳上车就要告辞走人。

那位"老客"一手抓住父亲自行车后座，拿下肩上披的那块油布叠好放到车座上，伸手从内衣口袋里掏出块怀表看了看，和蔼地说："老乡，你哪能不收钱？我还要多付些给你呢！看你是个老实人，不瞒你说，我是八路军胶东军区北海独立团的，急着到你们这里开紧急会议。原来担心时间来不及，想不到坐你的车子又快又稳提前赶到了，真是人谢谢你啦！"说着他从腰里掏出一把钱，也没清点，不由分说塞给父亲。父亲双手捧着沉甸甸的一叠钱，不知所措。正要把钱还给"老客"，可是抬头一看，"老客"已经跳进路旁的沙河沟里，消失在一片柳树林中……父亲望着林中远去的背影，一股崇敬之情从心底油然而生，心想："这些人提着脑袋干事，也太不容易啦！我要人家的钱干什么！"心里越想越不是滋味。

回家同母亲一说，母亲也觉得收人家的钱是不妥当的，这些"包袱客"出生入死为咱穷人办事，随时有掉脑袋的危险，便嘱咐父亲："你以后往返烟台载客时多留意点，赶巧能碰上那个'包袱客'一定将钱还给人家。"虽然以后的岁月中父亲多次往返烟台载客，始终再也没见过那位"包袱客"，但他的亲和形象一直驻留在父亲心中。

父亲为了支撑这个家不辞劳苦，任劳任怨，拼命挣钱。他听说在修建中的烟潍公路处干活出大力就能挣大钱，便去干最累的挑泥沙填方的活。人家一担挑二百斤，他咬着牙挑三百斤。挑泥沙的同伴都钦佩地说父亲是个铁打的罗汉。

他听说龙口港码头出苦力当搬运工挣钱多，就托朋友听着信，只要有装卸货物的火轮船进港了就通知他一声。父亲不管白天黑夜、刮风下雨，都会赶过去，冒着生命危险，拼体力扛大件，挣个血汗钱。他有时还跟着渔船出海捕鱼，风里来雨里去，年复一年，像一辆不知停歇的载重车。

兄弟问世

1942年春节刚过，还没出正月，大哥就来到了这个贫穷的家庭。大哥的诞生给父母带来无限的喜悦与憧憬。母亲给大哥起了个儒雅的乳名"书本"，希望儿子通过读书改变一家人的命运。父亲却说："家有长子，国有大臣。"经过细心地商量，大哥的乳名被父母改为"书臣"。大哥就是我家的"大臣"，是父母心中冉冉升起的朝阳。

1944年秋天，国内外的形势发生了重大变化，抗日战争接近战略反攻阶段，人民看到了抗战胜利的曙光！日本鬼子如逼急了眼的疯狗，更加猖獗，抗日战争也进入最困难时期。

一天深夜，风高夜黑，伸手不见五指，远处传来一阵阵雷鸣，神秘莫测的天际不时地划过一道闪电。突然，村西绛水河不远的县城东关一带枪声大作，周围村里狗吠声连成一片，睡梦中的人们被惊醒。第二天早上，街上的人说是昨晚一路八路军攻城没得手，城东关的城门楼下还死了两位没有撤出去的八路。残忍的日本鬼子把年轻战士的尸首捆在城门楼两旁的树干上，用刺刀刺破他们的肚皮，胃、肠子都碎了，里面流出来的全是菜根、地瓜叶，场面惨不忍睹。过往行人看到那惨烈的场面，都会低着头，默默流下眼泪。

鬼子在城门洞下严密盘查路人，往来行人双手递上良民证还要低三下四地鞠躬行礼。稍有差池，轻者遭受一顿痛打，重者就会被当场处死。没有特殊事情，老百姓谁也不愿进出城。

公路上搞运输做买卖的都用大汽车了，用自行车载客的生意越来越难做。父亲和母亲商量后便在县城绛水河套北边开了个小吃部，夏天卖凉粉、火烧和大饼，秋后再卖菜丸子、小米粥和烤地瓜，本少利低周转快。父亲忙忙活活不断吆喝着招揽生意。母亲洗洗涮涮，里里外外料理着。就这样，苦心经营了几个月，非但没挣几个钱，还干赔了两个人的工夫。

这时父亲有个朋友给出主意，说是租地种粮也是个养家糊口的生活出路。农民出身的父亲，对土地有着特殊的感情，欣然接受了朋友的建议，便托人租了邻村恶霸地主张天有八分麦地，言明年租金五百斤小麦。父母起早贪黑，施肥锄草，辛辛苦苦忙活了九个月。收割后，他们费力把小麦搬到场园上晒了两天，顶着炎炎烈日，背着石砘把小麦打晒得干干净净。借人家大抬杆称一称，刚好够五百斤租金，父亲考虑与东家协商能否少交一点，秋后下来玉米后再加倍补偿。这时，东家派来几个人，什么话也不说，硬生生把五百斤小麦抬走。母亲眼看着剩下一堆麦根子，欲哭无泪，顶着烈日坐在一大堆麦根旁边，扒拉来扒拉去，从麦根子里捡了六斤半麦穗。

朋友安慰父亲说："按照租地种的规矩，是不能指望小麦收入的，就等着秋季这茬玉米了。那才是咱租地户真正的收益。"

父母只好眼含泪水，打掉牙往肚子里咽，寄满腔的希望于秋季这茬子玉米丰收了。

哪知道，老天爷不睁眼，收完小麦一直没下雨。一家人天天望着碧蓝的晴天，等雨、求雨、盼雨，这一等就是四十天。父亲急得像火上了房，母亲急得满嘴起大泡。如果玉米绝收，一大家人吃什么？！

一天，一场透心雨终于从天而降。翌日父亲扛着工具拿着玉米种，母亲怀里抱着两岁的大哥，趁着雨后墒情好抢种玉米。不料还没到地头，老远就看到地里青汪汪一片玉米苗。父母亲大吃一惊，这是怎么回事？一问邻舍才弄明白，原来是张天有耍的阴谋诡计。他把小麦拿到手后，感到我们家无力抗旱播种玉米，也不打招呼又把地转租给别人耕种。他张天有得了麦子又要玉米，这不是欺人太甚嘛！父母这九个月可白忙活了！父母亲气得一股火上门前去理论，可张家连大门也不让进，还放出狗来咬人。有人气愤不过，让父母去官府告他。那个年代，"衙门口朝南开，有理无钱莫进来"，到哪儿去说理呢？父母吃了个哑巴亏，回到家两个人抱头痛哭一场，这还叫不叫穷人活啦！

母亲病倒在炕上，父亲蹲在炕旮旯儿，低头喘着粗气抽闷烟。身在异乡，上无片瓦，下无寸土，庄稼人没有土地种，就没有根，就没底气呀！他乡饱受冷遇的凄凉，孤立无助的窘迫让他们伤透了心，往后的日子可怎么过啊！真是"叫天天不应，叫地地不灵"！

就在这年秋天，我来到了这个灾难不绝的人世间。尽管日子过得紧紧巴巴，捉襟见肘，父母还是欢喜得心中开了花。母亲高兴地给我也起了个有文化的乳名，叫"书勤"，盼儿子勤奋读书学习，努力用文化知识改变家庭状况。那是1944年秋天，一个烈日当空的中午，一个秋高气爽的丰收季节。喜悦是暂时的，接下来还是那望不到头、令人窒息、更加艰难困苦的日子。

第二章
重返故里

分房分地

1945年8月15日，日本天皇裕仁以广播"终战诏书"的形式宣布无条件投降。抗战胜利结束了！

八路军部队先攻克龙口港，收复龙口重镇，后挥戈东上，兵临黄县城下。在强大的军事、政治攻势下，敌军闻声丧胆缴械投降。城乡万民空巷，提灯游行，贴标语，鸣鞭炮，载歌载舞，热烈庆祝抗战胜利，黄县全境解放。

日本鬼子投降了，老百姓欢欣鼓舞。当时一位路过小栾家疃的八路军同志听父母的口音是招远人，热情地对母亲说："大嫂真巧啦，我老家也是招远县的，现在家乡解放了。黄县这里人多地少，你们外来户也不可能分房分地。咱们招远县老家是老解放区，老根据地了。那里正在斗地主、恶霸，分房子、分地。你们最好还是回老家。"母亲和父亲商量，决定先让父亲回老家探听一下，而后再做决定。

1946年刚过完春节，父亲从老家领来两位乡亲，推着两辆木轮小车来搬家。父亲将一些不能带的东西，送到破烂儿市场处理掉。清晨，母亲怀里抱着襁褓中的我，五岁的大哥和祖母都坐在木轮车上，"吱吱咯咯"一路向南，饱尝木轮车劳顿之苦。掌灯时分，我们终于回到了父母阔别多年的故里迟家村。

坐落在招远县城东南三十里外的迟家村，是一个一面靠山三面环水，幽静秀丽的小山村。

父母一家人返回故里，受到乡亲们的欢迎，凸显家族血脉亲情。时隔几日，在当地区政府协调下，村里分给我们家四间草房、半亩粮田、十二亩山沟薄地和一头黑花骡子。几经磨难，我们终于有了属于自己的房子和土地。那几天，父母高兴得几天几夜睡不着觉，从心里感谢共产党，感谢毛主席。流浪了半生这么些年，我们终于有了根，有了自己的家。

1946年开春，家里常揭不开锅盖，这时母亲怀孕了，妊娠反应强烈。恶心、呕吐，又没有相应的食物，她只能常吃冰块缓解不适，并告诉大哥村西北山涧峭谷里有个长年不断流的瀑布，那里准有冰锥。大哥领着刚会走路的我，几乎每天上午都拿着篮子、锤子进山砸冰锥。母亲能一口气"咯嘣咯嘣"吃半篮子。这年初冬，大妹出生了。母亲先前连续生了三个儿子，头一个没保住，这次喜得"千金"，高兴得合不拢嘴，不停地祷告：感谢上帝的恩赐！

1947年秋天，国民党军队开始进攻胶东革命根据地，敌人的飞机三天两头从青岛机场飞过来，打机关枪，扔炸弹。地主恶霸、还乡团杀气腾腾地从青岛、济南、大连等大城市扑回解放区，进行血腥的"反攻倒算"。国民党部队驻扎在了离我们村不到五公里的毕郭镇，那里是招（远）、黄（县）、栖（霞）三县交界的重镇，历来是兵家必争之地。为了免受战火之苦，周边村庄的老百姓几乎都跑光了。

溃兵之灾

一天下午，北风呼啸着，天气阴沉沉的，像要下雨。一小股国民党部队经过我们迟家村，据说他们是从招远县城撤出来，向莱阳县方向逃窜的。父母去山里干活，我和大哥在西屋炕上看着一岁多的大妹，突然听到街上有乱哄哄的吵闹声。几个操着外地口音的兵痞，吵吵嚷嚷地推开街门进了院子，看到院子东南角拴着只小黑花山羊，这伙匪兵高兴地哇啦哇啦大叫起来。他们放下步枪抽出刺刀，三下五除二把那只活蹦乱跳的山羊给杀了。羊的惨叫声惊吓得我们紧紧趴在炕上打哆嗦。只听外间里锅台上噼里啪啦剁羊肉、羊杂的声音。这时，从后窗又爬进个拿枪的匪兵。这家伙跳下窗台后，吵吵嚷嚷着说羊汤好喝，便掀开锅又添上一些凉水，从院子里拖来一捆树枝柴草，蹲在灶口前生火。不大一会儿便烧开了锅，满屋呛人的烟气中夹着阵阵羊肉香。还没等凉一下，那几个大兵就围着锅台有滋有味地啃起了羊肉。小山羊是大哥和我的好朋友。它是我们从小羊羔起一天一天拔草喂养大的。此刻我们却眼睁睁看着它在眨眼的工夫就被杀死，煮着吃了。我们哥俩心痛得肝胆欲裂，趴在灯窝上（锅台与火炕之间的椭圆形洞，兼顾里外放置照明的油灯）哭叫不停，直到哑了嗓子。一个大兵不耐烦地丢了一只羊蹄子、一块羊肝给我们说："别哭啦！再哭把你们也煮了吃！"

这帮饿神吃得差不多了，又找了块布把没吃完的羊肉包起来，装进背包里带走了。家里家外羊毛、羊血、污水遍地，半锅脏兮兮的羊汤还冒着热气，一片狼藉。南屋门后仅有的一点点碎地瓜干也让这帮败兵随手拿走了。父亲回家后看到屋内屋外脏乱不堪，气得呼呼直喘粗气，破口大骂这群该死的"刮民党"。母亲边清理卫生，边禁不住簌簌地流下眼泪。

这一小股匪徒溃退后，估计还会有散兵游勇过来抢劫祸害老百姓。村干部动员村民立即离村进山沟里躲避几天，再三嘱咐"坚壁清野，不给敌人留下一粒粮，一点食品；家畜能带走的带走，带不走的要严密地隐藏起来"。又说："大家坚持一下，国民党、反动派是兔子尾巴——长不了的。"当时，村指导员（党支书）是我们家的本族大叔，父亲找到他说："大兄弟呀，你看看俺家里老的老，小的小，外出避难太不方便，能不能不出去？"大叔说："那不行！这是区里的死命令，不出去逃难，出了问题谁负责任？"年迈的奶奶坚决不下火炕，说反正这么大岁数了，死了也够本儿了。父亲说了好多话，奶奶死活不走。

1947年深秋的一天下午，呼隆隆——一架大飞机在我家房子后不远的地方扔下一颗炸弹，震天动地。房屋正间的后窗的木栓都被震断了。那个大飞机飞得太低了，能清清楚楚看得见飞行员的面孔。机关炮弹壳掉在地上，哗啦啦地冒着青烟乱蹦高，空气中散发着呛人的火药味。那是给国民党军队空投食品的飞机，路过村里发现了什么目标开了机关炮，扔下颗炸弹。离我家房子不远的后街心被炸出一个大坑，一棵老洋槐树连根掀起。有几户人家的草房子也着了火。父亲和乡亲们待飞机飞走后，急急忙忙去救火。我和大哥蹲在炕旮旯里，吓得说不出话来，不到两岁的大妹妹扯开嗓子哭叫，奶奶在东屋家炕上盖着被、捂着头不敢出声。书记大叔又来催我们全家赶快撤离。父亲牵出青花骡子，母亲准备些吃的，喝的，用的，依依不舍地走出家门。

夕阳从云罅里钻出来，把金色的余晖洒向了小山村的房尖屋顶，路旁紫黄的楸树叶子被一阵阵秋风卷得上下飞舞，路边枯萎的荒草在阵阵的秋风中沙沙作响。父亲在前面牵着大骡子，骡背的驮篓上坐着忐忑不安的母亲。驮篓里一边放着大妹，另一边装了些生活必需品。我坐在颠簸不定的骡子腚上，两只小手哆哆嗦嗦紧紧抓住母亲的后衣襟。母亲不安地和父亲说："哎呀，老二可能吓破胆了！"当时，我也不知道什么叫"胆"，怎么就吓破了呢？下意识地摸了一下"小鸟蛋"，忙天真地对母亲说："妈呀！我摸了摸还好好的，一点没破呀！"母亲苦笑着说："这个傻孩子什么也不懂！"我向后歪歪头看，六岁的大哥紧紧跟在骡子腚后边颠颠地跑，他气喘吁吁的，快有点跟不上趟了。

父亲不知什么时候在离村不太远的西北大山沟里挖了个防空洞，那防空洞外面用玉米秸子一堵，旁边留出个小门，既安全又暖和。我和大哥高兴地爬出来钻进去，感到好玩极啦。

天擦黑，我们在父亲打造的防空洞里，惶慌不安的心才稍微平静。一会儿工夫，东边山岭上的月亮就从稀薄的云层中爬了上来，白茫茫的大山沟里笼罩着淡淡的薄雾。山沟的夜晚静得出奇，只听得蟋蟀和一些小虫在草丛中窸窣地叫着。远处的村里不时传来汪汪的狗叫，夹杂着一阵阵隐隐约约的枪炮声。偶尔从北山岗深沟的柳树林中传来几声猫头鹰的惨叫，使空旷的山野多出几分恐怖。夜间，国民党的飞机不敢出动，显得安全多啦。白天，他们的飞机到处扔物品，轰响声震耳欲聋。敌我双方食品、药品都稀缺，敌机投下的物资，常常被我根据地军民截获。大黑花骡子在防空洞上的沟边不时地嘶叫，很远就能听见。母亲说："它那是饿了，赶快找地方将它藏一下吧，别把国民党匪兵引过来。"父亲爬上沟沿儿，把它牵到沟下面，找了个避风处，抱了捆鲜玉米秸子丢给它，它才不叫了。

深秋的夜晚清空碧蓝，几颗流星不时滑向天际。唉！这兵荒马乱的日子什么时候才是个头呀！在这幽静的山沟里住了几天，父亲几次半夜悄悄返回村，偷偷回家看望我倔强的老祖母。小村庄里家家锁门闭户，偶尔有几声鸡鸣狗叫。溃退的国民党兵再也没来，区里送来通知，警报解除了。我们准备搬回村去，回头看看这舒适安宁的防空洞，还真有点儿恋恋不舍。

村里又恢复了往日的安宁，组建整顿群众组织农救会、"基本组"、妇救会、青救会和儿童团，发动群众开展生产自救活动。

三叔的命运

1948年夏秋交季的一个晚上，天气闷热得令人窒息。纸窗外，一道道闪电划破了漆黑的夜幕，随后沉闷的雷声滚滚而来。随着一声清脆的霹雳，天上下起瓢泼大雨。我和大哥大妹紧紧依偎在母亲的身边，一动也不敢动。父亲披上衣服，摸黑到东屋看看祖母睡了没有，顺便听听屋角有没有漏雨的声音，接着找了个草帽扣在头上，拿着铁锨推开房门，跑到南墙根下疏通排水的水沟。父亲忙活完了刚进房门，突然外面街门叭叭叭一阵乱响，那瘆人的动静在雷雨的深夜里格外令人惊恐。父亲提着铁锨边往外走边厉声吆喝："谁！干什么的！"门外人急促地说："二哥快开门吧！我们是区小队的，来送伤病号。"父亲侧耳听了一下，还有个本村民兵干部的声音，便打开了街门。只见风雨中门外几个人抬了付担架，村里的民兵干部肩上还挎着一杆步枪。担架上湿漉漉的破旧麻袋下颤颤抖抖地蜷缩着个人。父亲一下就猜到了担架上的人是谁，忙招呼大家往屋里抬。这时母亲已穿好衣服，点上油灯。大家把担架抬进了堂屋，区里的那个民兵干部对父亲说："你三弟前些年打日本鬼子受过伤，又患上心脏病，最近旧伤复发很严重，外面条件不好，区里决定送回家疗养。给你们添麻烦啦，有什么困难可找区里。"说完也不容父亲回话，几个人把人放下，扛着担架出了门，眨眼间就消失在风雨中。我和大哥看着这雷雨夜突发的事情，童稚的心灵受到巨大震撼。父亲慢慢扶起发着高烧的三叔，他和母亲两人好不容易把三叔挽扶到东屋间祖母的炕上。三叔身体瘦弱，浑身软弱无力得支撑不住身子。眼睛不太好的祖母摸着病中的儿子呜呜地啼哭："苦命的儿呀，你这是怎么啦？把身体糟蹋成这个样子才回家啊！"

母亲找了块旧毛巾用冷水浸泡一下敷在三叔脑袋上，接着生火烧水，做了碗地瓜面汤端到三叔身旁，一勺一勺喂下。

自从三叔回家，父亲整天唉声叹气的。那时我们家中几口人本已吃了上顿没下顿，三叔又是病号，既没有营养的食品给他吃，又没有药物给他治疗，一旦有个三长两短可怎么办？母亲看出父亲的心思，安慰他说："书臣他爹，你愁也没用。不管有什么困难，咱都想法解决。走一步看一步吧，实在过不去这坎儿，咱再找区里想办法。"

雷雨猛烈地吹打着草房的屋顶，哗哗地响。窗户上糊的白纸有几处破损，也在夜风中，和着屋顶的动静响了起来。这个令人终生难忘的雷雨夜。

……

三叔在母亲的精心护理下，身体逐渐康复，可以参加村里"青救会""青抗先"的一些活动，也能下地干活了。生性急躁的三叔却染上了喝酒赌博的坏习气，为此父母和奶奶常常批评指责他。有一次母亲正在做饭，他要母亲为他烫酒，母亲不耐烦地说："家里本来就穷，饭都吃不上，还有什么心思喝酒！"不料恼羞成怒的三叔一把掀倒母亲，伸手还要打。奶奶闻声急了，边骂边举起手杖向三叔打去。这时父亲也回来了。父亲是孝子，看到三叔发混，气得奶奶直颤抖，气哼哼地伸出拳头也要教训三叔。母亲边哭边扶着奶奶回里屋，回过头来又劝阻父亲息怒，不要和一个有病的人一般见识。三叔也觉得自己缺理，面露愧色，一声不吭地悄悄溜出家门。

当过八路、性情直爽的三叔，是"农救会""基本组"的骨干，不怕得罪人，事事跑在前头，但不注重策略，出口不逊，伤害了不少人的感情。母亲曾多次劝告他：在外面说话要和气，办事要公平合理，对人要善意宽容。三叔听不进去，依然我行我素。后来，听父亲说，三叔这个人是愣头青，性格暴躁，胆子又大，打日本鬼子时，勇敢作战不怕流血牺牲。有一次，他们一个班的战士，为掩护机关印刷厂撤到安全地方，与成倍的日伪军展开殊死搏斗，最后都拼上了刺刀。三叔一口气挑死三个鬼子，自己也身负重伤。印刷厂工人和设备安全地转移进山里，他那一个班的战友仅剩下两个人。他被战友藏到野地的一个空坟墓里，后面上来的几个日本鬼子兵就在那个坟墓顶上架了挺歪把子机关枪，疯狂地向远处树林里扫射。那枪声在三叔头上嗒嗒嗒地响个不停，空子弹壳哗哗啦啦蹦跳着。鬼子撤走后，战友们在空坟墓里找到奄奄一息的三叔。他胸前有大面积血迹，口里不断吐着鲜血，生命危在旦夕……

因生活艰难又无医疗条件，三叔病情终于越来越重。咽气那天，是1949年的一个夏日。虽然那时我还很小，但幼少的心灵里清清楚楚地记得：那日早饭后，奶奶趴在面如土色、瘦骨伶仃的三叔身边，喃喃地说了不少话。我也听不明白说了些啥，只见奶奶说着说着，三叔勉强张开嘴，发出剧烈的咳嗽声，接着大口吐着鲜血，只见吐气不见进气。奶奶尖叫起来，呼喊院子里正在准备三叔后事的父亲："书臣他爹啊，老三不行啦！"村里几个人正和父亲用高粱秸子编"棺材"。他们忙进屋把三叔抬下炕，放到高粱秸子的棺材上。母亲流着泪赶了赶飞来飞去的苍蝇，找了套半旧衣服为三叔穿上，又将父亲的一双旧布鞋套在三叔干瘦的双脚上。

中午，暴烈的太阳把地面烤得滚烫滚烫，一阵南风吹来，卷起一股热浪。街道旁、河坝上数不清的蝉在柳树上"知——了，知——了"地叫着，像是在为三叔送行。大家冒着汗，抬着那高粱秸棺材，迈过高高的东河坝，抬过柔软细白、有些烫脚的东沙河。走着走着，棺材里掉出三叔的一只鞋，喊着号奔跑的人们无暇顾及。大哥披麻戴孝，手里拿着根高粱秸扎的"哭丧棒"，跟在大人们身后吃力地奔跑着，号哭着。刚满五岁的我，头上捆了块白布条算是戴孝，一溜小跑，呼呼啦啦紧跟在送葬人群的后面，什么事也不明白。大人哭几声，我就跟着哼哼几声。不一会儿到了河东岸不远的一个叫西茔的坟地，也不知什么时候人们挖了个长溜溜的土坑，一声吆喝，高粱秸棺材放了进去。那些人光着膀子拿着铁锨飞快地掘起泥土，草草地把三叔埋了。坟头前用三块青砖一垒，算是个墓碑。一个浴血奋战多年的老八路，连个媳妇也没娶上，就这样走完了他孤单而辛酸的一生，那年他三十八岁。

第三章
故乡轶事

模范民师

当年，村干部知道母亲有文化，有工作能力，便动员她到妇救会创办的农民扫盲"识字班"当老师。母亲年轻时娴静端庄，皮肤白皙，是村里数得着的美人。父亲的封建意识极强，不愿意母亲接这份差事，祖母更是百般阻拦。父亲一脸的不满，没完没了地说："哪有女人抛头露面在外面显摆的？在家刷锅做饭，养儿育女，伺候老太太才是女人的本分。"母亲虽然满心愿意干这份差事，但是面对丈夫和婆婆却不敢言语，只好以"孩子多，家务重"为借口推辞了村干部。村干部把情况向区里汇报后，招远县十三区韩区长和区妇联王主任闻信，亲自登门做父亲和祖母的思想工作。韩区长说："你们家能有人出任迟家村第一届民师，是全家的光荣，是别人家求之不得的事！这也不是谁想干就能干的，因为他们没有这个文化水平，没有这个资格。"在韩区长和王主任的连番"轰炸"下，祖母和父亲实在磨不开政府的面子，赔着笑脸勉强同意了。

母亲干上民师后要看书备课，还要批改学员们的作业，学员们有疑问还上门求教。祖母和父亲又嫌浪费灯油，又嫌家里人多太乱，整天牢骚满腹，冷嘲热讽。尽管如此，母亲也丝毫没有灰心，她根据"识字班"的妇女们白天上山干活，晚间大多有小孩拖累，出来也不方便的实际情况，想出一个两全其美的办法——教学时间安排到午饭后，集中到村里大祠堂上一个多小时的课，布置作业回家找时间完成。她的想法得到学员们的热烈欢迎，村干部也很支持。这样，母亲家里家外忙忙活活，白天下地干活，晚上备课、批改学员作业、做家务，中午按时去大祠堂上课。她每天在蚕豆大小的灯苗下熬到深夜……虽然疲劳不堪，但是仍精神饱满，心情舒畅。她工作认真扎实、态度和蔼、讲课生动，人缘极好，让学员们十分拥护。很快，十里八村都知道迟家村民校办得好，纷纷前来学习听课，公认母亲是位称职的优秀民师。在她的教育下，村里妇女们家庭和睦，各项工作搞得红红火火，也推动村子里的其他工作取得了显著成效。母亲也多次受到区政府表扬。不久，母亲被评为全县模范民办教师，县长和县教育局长亲自为母亲戴上大红花。村里的干部和小学校长，工作中遇到什么困难都愿意找母亲商量，出出主意。久而久之，她成了村里和学校工作的主心骨。母亲第一次品尝到一位普通女人被社会认可的自豪感、成就感。

1948年下半年，中国人民解放军在东北、中原、华北连续进行了辽沈、淮海、平津三大战役，消灭了国民党反动派的主要军事力量。党中央、毛主席发出了"打过长江去，解放全中国"的战斗号召，决定从老解放区选调大批优秀干部随军南下，迅速接管新解放区政权，组织民众开展革命工作。胶东解放区的新政府刚刚诞生，各级政府部门的管理干部极其贫乏，计划从下面各中小学教师、民办教师中选拔大量的优秀人才充实到政府部门里去。

韩区长和王主任几次进村动员母亲脱产，到区政府参加革命工作。

母亲听了后又高兴又激动，觉得能走出家庭、参加工作是天赐良机，是人生当中的大事，她对外面的世界充满无限憧憬。可是，她静下心来认真地想一想，家里老的老，小的小，这是一大家子人哪！自己风风光光脱产走了，也可以倾注全力大干一场，可全家人怎么办呀？夜里，母亲躺在炕上翻来覆去睡不着觉。渴望、不舍、重重困难和矛盾，把她的心塞得满满的，像连绵的阴雨天见不到一丝阳光那样难受。父亲和祖母当然是极力反对，紧盯着母亲的行动。经再三权衡利弊，她含着热泪到区上谢绝了韩区长和妇联主任的好意。那是1948年初冬的一个早上。

试想，如果那个时候母亲参加了区政府的工作，按政策，现在可以享受离休老干部的待遇了。为了这一家老小，母亲只能痛弃良机，当一辈子围着锅台转的家庭妇女，含辛茹苦支撑着这个大家庭。如今回想起来，我们兄弟姊妹还为母亲当初的决策无比遗憾！

1949年春夏之际，二妹妹来到了人世间。尽管家里的日子依旧过得捉襟见肘，但父母还是乐开了花。这年的10月1日，北京天安门城楼上，毛泽东主席向全世界庄严宣告中华人民共和国成立了！中国人民从此站起来了！小山村沸腾了，人们敲锣打鼓在南大街上扭秧歌。母亲和识字班的姐妹们，弄来一大堆彩色纸写标语、扎小三角红旗发给欢腾的人们。大哥和我们一群孩子，手举小彩旗，兴高采烈地跟在秧歌队伍后面摇旗呐喊。

父亲不识字，性格倔强，困苦的生活使他脾气暴躁，常常把烦恼发泄到母亲身上。有一次还失去理智粗暴地动手打骂母亲。那个情景我想起来都心悸，也让父亲自责一生。忍辱负重的母亲无处倾诉自己的苦楚，只好暗暗地流着眼泪求助于上苍，祈祷上帝能给她一些安宁和慰藉。

记得那一次是秋种时栽地瓜，父亲在村西北山坡上耕地打畦背，母亲在家里东间炕头上的地瓜苗床上，一棵一根地提拔地瓜秧苗。母亲一贯脾气好，性情慢，干起活来慢条斯理，特别仔细。母亲挎着盛满地瓜苗的篓子，我啃着地瓜"母子"（拔地瓜苗时带出的地瓜）蹦蹦跳跳跟在后面，向西山坡走去。这时，太阳已经下到西天边，照出一片火烧云。那些彩色的云层时而橙红时而粉紫，它们相互挨挤，相互纠缠。云层最密集的地方，既像一个很大的旋涡，又像一股红色的龙卷风。山沟里灰蒙蒙的，开始阴暗起来，涌山缕缕云雾。当我们喘着粗气，累得一身汗地踏上地堰时，就看见梯形的地里，地瓜畦背已经打好多时了，都晒干了地皮。母亲一贯性情慢，父亲生来脾气急，二人性格差异特别大。这时父亲怒气冲冲蹲在地头上抽烟，母亲赔着笑脸走过去。她刚放下地瓜苗的条篓子，只见父亲铁青着脸"哼"了一声，压抑多时的怒气像火山一爆发了。他把铜烟斗向身边石头上使劲儿一磕，把烟荷包往竹烟斗杆上一缠，狠狠往腰布带上一插，呼地一下蹦了起来。他一边骂着，一边将篓子里的地瓜秧苗和旁边的一桶凉水先后向母亲头上泼去，紧接着揪住母亲的头发就要打。我扔下尚未吃完的地瓜母子，猛地跑过去死命地抱着他的腿让母亲快跑。父亲叹了口粗气，一脚踢开我，气哼哼地牵着骡子，骂骂咧咧下了山。

　　我满身是泥水，哭着从地上爬起来，转眼一看母亲不见了，头嗡的一声差点晕倒。边哭边叫的我爬起来，满山遍野地寻找母亲啊！"妈妈你在哪里呀！妈呀！你快出来吧！"不知不觉，我的嗓子都呼喊哑了。直到下半夜我才找到了失神落魄的母亲，只见她坐在一棵枫树下，湿淋淋的衣服上沾满泥巴，披头散发，双眼红肿无神。她边哭边对我说："书勤哪！你快回家吧，不用管我，我不想活了！"我抱住母亲的腿，撕破嗓子哭，那哭声在昏暗的山野里格外响亮刺耳。

　　这时村里人在到处寻找母亲，听到我的尖叫声赶来。大家拖的拖推的推，好说歹说劝她回了村。进了村，她坐在房屋后那棵槐树下的大石头上，哭得像泪人似的。大哥和大妹妹依偎在母亲前后，也陪着哭涕不休。邻舍百家，还有"识字班"的学员，七嘴八舌地说："他二婶子，看着这几个可怜的孩子的份上你也不能去死呀！他爹那个急躁脾气你还不知道，一阵工夫就完了，你可不能想不开呀！"那天晚上，父亲成了众矢之的，特别是村干部和"识字班"的妇女们，都愤怒地声讨他。年迈的祖母也举起了红枣木拐杖，要教训教训这个混账儿子。父亲也觉得这件事自己做得太离谱，不该动手打人。他低头向母亲道歉，并保证下不为例，才平息了这场家庭风波。

旧社会三座大山压得老百姓喘不过气来，妇女身上还多了一座大山——夫权。晚年的母亲时常对我们说，过去的妇女有多大的委屈也只能打落牙齿往肚子里咽，哪敢和男人、公公、婆婆回回嘴呢！

教师进修班

1951年初冬，母亲接到区政府的书面通知，选派她到县教育局教师速成进修班参加正式系统培训。当时母亲正奶着孩子，她很想抓住这个难得的机会，又怕上级不同意她带着孩子去进修班，心里很矛盾。她拿着通知书一早跑到区里找韩区长说了自己的处境，韩区长说："这个培训班很重要，学员都是各个区政府推荐的教学能手，你一定要参加。有吃奶的孩子不要紧，可以带着孩子去，再找一个看小孩的保姆，这不碍事。我负责和县里打个招呼，你只管去吧。"

母亲兴高采烈地回家，准备按通知要求启程，并决定让我跟着她进城看孩子。虽然父亲和奶奶满心不满意母亲抛头露面，撇下丈夫、孩子进城学习，但看到盖着大红印章的人民政府的通知书，也没敢言语。

我一听母亲让我跟着她进城看孩子，心里那个高兴呀，直想蹦高！不满七岁的我背着行李，母亲抱着孩子，一步一步地走了三十多里，进了招远城里。

第一次跟在母亲身后进招远县城，那个新鲜高兴劲儿就甭提啦！母亲去开会、学习、听课、做操，我抱着一岁半的妹妹到处看热闹。培训班里的叔叔阿姨对我特别亲，他们不时地开我玩笑，逗我出洋相。早晨，路过菜园了的水井，看到井里面往上冒白气，我问他们这是怎么回事，他们故作神秘地悄悄告诉我："井下面有一伙人在做好饭吃，大豆腐炖红烧猪头肉，可香啦！不信你下去看看！"如果没有母亲及时讲明缘由，我真想下井去看个究竟。开饭时，他们让我表演节目，耍丑脸，还抢着把菜里的猪骨头肉、豆腐块送进我碗里让给我吃。一日三餐大白菜炖猪头肉，热腾腾的玉米饼子，还有甜丝丝的大米粥，那伙食水平比我们家过年吃的都好，让我大开眼界。至今回忆起来，那种幸福感、满足感还撞击着我的心窝。

早操时，培训班的学员们列队出发，喊着"一二一！一二三四！"，还唱着歌。我一会儿抱着妹妹，一会儿又背着妹妹，远远跟在队伍后面，踏着口令，雄赳赳、气昂昂地走。我觉得挺威风，挺神气，好像自己也是个正式学员。

教师培训班是在一座古老陈旧的庙院里。前几天刚下过一场秋雨，空气又潮湿又闷热。深秋初冬往往中午炎热，早晚凉爽。早晨，菜园子里的大白菜上还有一层薄薄的霜，中午，天空就像下火一样热得让人心烦。

这天接近中午时分，空气闷热得喘不上气来，我便背着小妹到院子的南墙根儿阴凉处。刚坐下不久，小妹哭叫着要吃奶。正巧这时食堂吹响了开饭哨子，我爬起来背着她向不远处的食堂走去。刚走开几步，就听身后轰隆一声巨响。刚才我们蹲过的南墙倒塌了，只见破砖、烂瓦、土坯堆了一大堆，冒着烟尘。我吓出了一身凉汗——我的妈呀，好险呀！差一点我们俩就被砸在下面了！下课正往食堂走的叔叔阿姨站住了，看着那残墙断壁和一大堆碎砖土垃圾，个个瞠目结舌。极度惊愕中的教师们都说："了不得啦！这两个孩子命真大呀，多险呀！白白捡了两条小命！"母亲吓得脸色苍白，感叹地说："这是上帝的保佑呀！"我也十分后怕，咀嚼回味着那惊恐的一幕，简直死里逃生，也真神啦！那天午餐，大家为了给我压惊，好饭好菜都送到我碗里。

时光飞逝，许多事早已忘记了，但跟母亲参加教师培训班的那段生活，给我留下不可磨灭的记忆：真挚友好，生气勃勃。

一个多月的培训班结束时已近隆冬，结业前一天，母亲托人捎信让父亲赶着大黑花骒子接我们回家，不料我们和他走了两岔。我们出了县城应该向东南方向走，谁知一出城就走错了，顺着城东那条弯弯曲曲的山路向正东直插过去了。那个时候，县城周边也没有像样的大道，都是差不多的崎岖小路。母亲一只手抱着小妹，另一只手提着盛碗筷的网兜，里面还有培训班发的书籍，急急地往前走。我背着行李，急手忙脚地紧跟母亲身后向前奔。

初冬的天气夜长昼短，天说黑就黑。夜幕漫无天际地围上来，东北风吹得路旁马尾松、刺槐、小白杨、荆棘随风乱摇，令人忐忑不安……忽然，一只受惊的野兔从我们前边蹿过，吓得我头发梢都立起来，腿一软，脚下一绊，就摔倒了。"妈呀！"旁边就是黑黢黢深不见底的大山沟，我本能地抓住身旁的小叶松，才免于跌进沟里。这时我听母亲惊慌失措地不断祷告，求上帝保佑可怜的孩子们，还不停地给我鼓劲儿。可这黑灯瞎火地蒙头转向，走到哪里是个头啊？！瑟瑟夜风中，母亲脸上飞溅着泪水，我的胳膊和腿也累得发酸。远道无轻载，背上那点行李越来越重。我们是又累又饿又恐惧，在那该死的小山沟里转来转去地迷路了。

突然，前面不远处传来几声狗叫声，若隐若现透出一缕亮光，母亲不顾一切拽着我向前奔跑……到了，到了，眼前是两间整齐的小草房，木梁窗上透着灯光，两扇小门紧闭着。门旁拴着黑乎乎的一条大黑狗，龇牙咧嘴向我们疯狂地扑着吼着，似乎想把我们一口吃掉。多亏一条长长的铁锁链子牢牢地拴着它。吱呀一声，门开了，出来一个白胡须老人。他一看我们娘儿仨的狼狈样，还没等我们开口就说："你们是迟家村的吧？是不是迷路啦？往右走，爬过前面那道岗就快到啦。"看来我们迟家村常有人走夜路在此迷路。我们千恩万谢地辞别了老人。果不其然，跨过不远处的一条小沟河，穿过一片小柳林，爬过一道河坝，星光下，就影影绰绰看到我们村后那道长长的白石灰墙了。

我们也忘了饿、累、困，三步并作两步走，不一会儿就到了村头。全家人翘首期盼等到半夜，我们总算是回到自己温馨的小家了。我什么也不管了，我爬上热炕头，衣服也没脱，极度疲倦地闭上眼，就什么也不知道了。后来听说我那可怜可敬的父亲，牵着那头大黑花骡子，城里城外把我们找翻了天。

这年春节前，上庄村姥姥家传来口信，说姥爷去世了。母亲听到消息后，边哭边让我和大哥跑着去菜园泊村告诉大姨妈。她流着泪和父亲商量奔丧的事。家里还有奶奶需人照料，最终父亲留在家里，母亲带着我和小妹回去。她抱着小妹骑着大黑花骡子，我跟在后面。那忠诚老实的大黑花骡子真听话，母亲吆喝一声它就知道向左向右向前进，不紧不慢地甩着那条乌黑的大尾巴。我起初坐在骡子屁股上，但晃晃荡荡磨得屁股疼，索性滑下来跟在后面跑。大半晌到了上庄村东，跨过那条长满大槐树的排水沟，爬上沟岸就看到大街上人来人往。人们正在准备为姥爷送殡。有人过来接过小妹，扶母亲下了大黑花骡子。街北胡同里就是姥爷的家，这时有人出来接母亲进家，并在母亲和我的头上捆上白布条，还给母亲穿上白衣服，但没有人焚香烧纸。小妹认生，不停地哇哇哭叫，母亲号啕大哭着在别人搀扶下进了设有灵堂的家。我接过妹妹，又牵着骡子在沟边上溜达。我找了根树枝驱赶骡子身上落下的苍蝇，那骡子好像是表示感谢，不停地打着响鼻，啃着沟边的青草。我也没参加姥爷那场中西结合的基督教式葬礼，只看到母亲红肿的眼里不停地流着泪水，很晚才吃午饭。那天的饭是掺了豇豆的大米饭和炒豆角，我吃了满满两大碗。我们也没住下，当晚返回家已是深夜。这是我出生后第一次跟着母亲走了趟远亲戚。

抗美援朝那年我上学了

1950年6月25日，以美帝国主义为首的"联合国军"进攻朝鲜，战争打响了，战火即将烧到鸭绿江边。我和大哥已经上小学了，我俩同级、同班、同桌，为了省钱，还同用一套课本。没有钱买笔、本和练习写字的石板，母亲找了两块大房瓦，磨平了瓦面，给我们当石板用。那大瓦上一边钻上一个眼儿，再栓上根麻绳子背在肩上，脖子上佩戴着鲜艳的红领巾，走在街上，嘿，还挺精神！我和大哥那个高兴劲儿呀，常常在梦中笑醒！尽管家境困难，时局动荡，母亲仍坚持送我们上学。大哥是春天出生的，她给大哥起了个学名叫焕春，给我起了个名字叫焕彩，寓含对春天的无限热爱，期盼她的儿子们有着光彩美好的前景。

那时候，上级号召全民有钱的出钱，有力的出力，够参军条件的义不容辞上前线。城乡备战的气氛浓浓的，捐钱捐物捐飞机大炮的消息每天都能听到。母亲参加了村里的抗美援朝动员工作，动员退伍军人和农村适龄青年上前线。还把外祖母留给自己唯一的念想——家里最值钱的一点首饰捐了出去。在我家最艰难的时期，母亲几次想把那点不多的首饰卖了买粮吃，都没有舍得。可是此时，她却毫不犹豫，慷慨地捐给了抗美援朝的志愿军。

1950年10月19日，中国人民志愿军响应党中央、毛主席号召，跨过鸭绿江，抗美援朝，保家卫国，与朝鲜军民一道并肩作战。城乡到处可以听到心潮澎湃的战歌。母亲几乎每天都往学校跑，与村干部、识字班的学员忙忙碌碌开会，大多都是为了抗美援朝的事。村南大街西头街北小学门前的小广场上，村里民兵端着长枪，舞着长矛，挥着大刀在操练，空气中弥漫着战争一触即发的气息。学生也天天听李老师念报纸，传达上级文件，讲国内外形势，宣传朝鲜战场上涌现出的英雄人物事迹，以及中朝军民并肩作战的故事。

1951年春天，春回地暖，大雁北归，万物萌生。这天傍晚放学前，学校通知："明天上午到中心小学集会，要早点出发并带好午饭。"我是首次参加这种走出村庄的社会活动，兴奋得很。鸡刚叫二遍，天蒙蒙亮，我和大哥急忙起来，拿上母亲准备好的午餐，借助星光向学校跑去。在村小学唯一一位李明友老师的带领下，三十多名小学生列队，精神抖擞，唱着歌曲走出校门。迟家村距离下林庄中心小学有三四公里，山路崎岖，左弯右拐，还要经过一条大山沟。那沟崖上下桃红柳绿，鸟语花香，满目春光。这是一次抗议美帝声讨大会，抗美援朝誓师动员大会，也是我和大哥第一次在没有大人的带领下离家外出。我的脸上荡漾着惊喜，心里特别激动。

会场设在下林庄中心小学操场前的大河套里，泥土垒起的舞台上红旗招展。台下坐着黑压压一片学生，周围还站着些老人和怀抱着小孩看热闹的妇女。各学校老师、同学代表分别登台，义愤填膺声讨美帝国主义侵略行径。台上演讲者慷慨激昂，台下学生激情万丈，高举小彩旗拼命呼号。那阵势热烈壮观，一群受惊吓的山雀从河套边柳树林里尖叫着直飞蓝天。接着各小学演出队，轮流上台演节目，歌声响彻云霄。

故乡的南沙河

我们村有近两百户人家，南北两条大街。南大街平坦，北街弯曲崎岖，沿街两侧多数是白石墙、青灰瓦的房屋，也有一些茅草房。村西有条潺潺流水的小河，露出水面的几块大石头就是过河的桥。河西几棵高大槐树、楸树下居住着几户人家。在晨雾暮烟缭绕中，有几分江南水乡的情调。河东岸有座关帝庙，大多数村舍分布在庙的四周。村北有条清澈见底的小河，长年不断流，河水绕村流向村南的南沙河。南沙河向东看不到头，望不到边。据说前些年，在河的上游曾拍过黑白电影《南征北战》。河水浩浩荡荡，向西奔腾，直至进入招（远）黄（县）毗邻的老界河，再汇入渤海湾。我的童年就是在这条河边度过的。

故乡的南沙河，河水清澈、纯净，是方圆十里八村的母亲河，滔滔河水哺育着两岸儿女。大河的南岸，山高林密，绿树成荫，百鸟争鸣，是山鸡、野兔、狐狸、野鸭、毒蛇的天堂，表面宁静温驯，林内却阴森恐怖，神秘莫测。南沙河河床常年受河水冲刷，靠南岸处水深两三米，有数不清的鱼、龟、虾、蟹和青蛙世代生息。记得少时，我们几个小伙伴在深水中嬉戏、抓鱼摸虾，猛然间看到一条翠绿色脊背、金黄色肚皮的水蛇在水草边吞食青蛙。我们惊吓得蹿出水面，个个被水花呛得喘不上气来。听着青蛙的惨叫声，我们都头发梢倒竖，胆战心惊，慌忙中提着裤衩向岸边奔跑着。此后，谁也不敢再光顾那里了。

偶尔老天发怒，一场暴风雨后，温柔平静的南沙河一反常态，浑黄的河水气势汹汹，波涛怒吼，势不可当。壮劳力手持铁锨站在堤坝上随时准备抢险。那时候没有通信工具，村干部不断派人到上游侦察险情。几个胆大的小伙子拿着长柄抓钩在捞水上的"浮财"——河中的木头等漂浮物。那可是个玩命的差事，邻村一位老汉因捞浮财心切，滑到河里再也没上来。

夏秋时光，南沙河魅力无限，堤坝柳枝飘逸，绵槐丛生。一些老人在树下铺着苇席纳凉，三三两两妇女在水边洗衣、洗菜，小顽童光着屁股跟着大人戏水玩耍。河两岸树荫中成千上万的知了拼命争鸣，小伙伴们用长竹竿沾上面筋，像探地雷似的小心翼翼地粘知了。清晨晚间，我们提着铁桶拿着小铁锨在树下挖知了。知了烧着吃又香又脆。蝉蜕留给串乡的货郎，换个针头线脑，铅笔纸张什么的。

夜幕降临，南沙河可热闹了。男男女女结帮拉伙，各自选择隐蔽的河湾尽情洗浴，冲掉一天的烦恼，洗刷一身的疲劳。

秋收季节，银白绵长的白沙滩，沙细而均匀，赤脚走在上面暖暖的，痒痒的，别有一番情趣。这里成了家家户户晾晒地瓜干的大晒场。蜿蜒的堤坝内是绵延数里的芦苇荡。葱翠的芦苇叶让人喜爱，用它做成清脆的苇哨是我们的拿手戏。每年端午节，富庶家的女主人们摘些宽大的苇叶，包出又甜又香的粽子。茂密的芦苇荡里纵横着四通八达的羊肠小径，那是我们追逐嬉戏的场所。美丽的南沙河，茫茫的芦苇荡是我们儿时的乐园。

那年春天，风和日丽，河坝上柳枝萌发出鹅黄的嫩芽，西山边的夕阳不时被流过的淡淡彩云遮住，一道道金光映照着河坝的柳树丛，霞光万丈。我们五六个刚放学的顽皮孩子，扔下书包拿起竹篦，提着背篓到河滩拾烧草。俗话说七岁八岁讨人嫌，一点不错。大家一见面便忘了拾草，光着脊梁从腰中取出自制的木枪、大刀，玩开了"抓坏蛋"的游戏。一会儿卧倒匍匐前进，一会儿跳跃冲锋，河坝上一时沙土飞扬，分不清东西南北，一片冲杀声。接着我们比赛爬树，一个一个爬上去滑下来，各显身手。胳膊和大腿上划出道道血痕，本来已破旧的裤裆都磨碎了也全然不顾。

突然河坝下芦塘边传来几声响亮的马嘶，我们居高临下站在河坝上，只见几匹高头大马在不远处溜达啃草，旁边是几位年轻英武的军人，看上去挺和善。他们整齐的军装，宽大的皮腰带，军帽上闪闪发光的五角红星，好不威风！再看他们腰间挎的匣子枪可是真家伙，枪把上还系着几根皮条条，有的肩上斜背个红皮包，那个精神劲儿把我们眼馋得直冒火。于是大伙儿就溜下河坝，你推我拉，怯生生跟在马屁股后边。那几匹战马可是见过大世面的，旁若无人地甩着大尾巴晃来荡去，优哉游哉，对我们很友善。后来听大人讲，这是在部队任职的二叔迟浩谦回家看望父母。二叔是老革命，曾和著名的战斗英雄任常伦并肩战斗过。前些年，他还在电话里把歌唱任常伦的小调唱给我们听。二叔文武双全，南征北战屡建奇功，后来在北海舰队供职，直至离休。

二叔的三弟是三星上将迟浩田将军，原中共中央政治局委员、中央军委副主席、国务委员兼国防部长，是喝着家乡河水长大的战斗英雄。他有一颗火热赤诚、爱国爱家之心，光明磊落地面对国事、家事、天下事，在烽火硝烟中金戈铁马，叱咤风云，打沂蒙、夺济南、战淮海、奇袭苏州河、攻上海、赴朝鲜，用血肉之躯谱写出可歌可泣的英雄赞歌。在共和国和平建设和改革开放历程中，他铁骨铮铮，冲锋陷阵，一心报国。到了离休年龄，他从繁忙的战斗岗位上退下来，仍然时刻流露出对国家对军队的深切关注，展示将军的宽阔胸怀和高风亮节。

每年我都抽时间和老伴，还有将军的五弟浩章赴京看望他。他每次见了我，那方正的国字脸上堆满笑容，两道浓眉下一双明眸透着笑意，幽默诙谐地说："焕彩呀！我们是喝一条河水的同村、同祖、同姓的爷们儿，我的军龄恰好是你的年龄，你可干得不赖呀，干了两个单位的主席（龙口市科协主席和总工会主席）。他说完哈哈大笑，笑声里充满了亲和、风趣，丝毫没有架子。我涨红着脸说："三叔您真能开玩笑！我哪能跟您比啊！"三叔正色说："你这就不对啦，你我职责一样，都是为人民服务，只是革命分工不同嘛！我听说你那个科协主席干得很出色啊，干到全国先进了。工会主席我听说鼓捣得也挺热闹，还是山东省政协委员，还创办了徐福故里书画院，不简单呀！"言谈中始终流露着对家乡的眷恋，对家乡亲人的深情厚谊。

那年春节前，我要进北京办事，知道三叔三婶喜欢家乡口感很香的大枣饽饽。出发前，家里亲人蒸了两天大枣饽饽、大寿桃、"圣虫"之类面食，选出十几个又白净、又漂亮、又柔软的装了两大布包。刚好那几天辛店村干部老丁的面包车进京处理业务，我就搭了顺风车。

当天中午，到了京城刚住下，我立即打电话告诉三叔，说晚上去他家看望他，送大枣饽饽。

三叔一听我的来意，高兴地说："你不要动！我马上亲自去拿。"我急忙说："您不要来，我去吧！"电话那头已经挂了。我放下电话去招待所门外等候，一个半小时左右，三叔到了。他一下车还是那样幽默诙谐，妙语连珠，连声说："哈哈！今年过大年能吃上家乡的大枣饽饽了！"他闻了闻那大枣饽饽，高兴地说："哎呀！真香，还是咱们家乡大饽饽好，吃起来有味道。"临走时，工作人员要提那两包饽饽，三叔说："不用不用！我自己拿，自己拿！"他红光满面的脸上始终挂着微笑。

第二天，我应约来到他的办公室里，他送给我一本由他题名并作序的《沂蒙公仆》和一个由他署名刺绣着"沂蒙红嫂"的红背包，里面有沂蒙山大枣、核桃和沂蒙山茶等土特产，又亲自签写军委统一印制的贺年卡。更让我感动不已的是，三叔让秘书从档案柜里取出前几年我求他题的字："物华天宝 人杰地灵"。我一时百感交集，激动得翕动着嘴唇说不出话来。我几年前拜托的事，老人家竟然还想着。

即时，他在宽大的写字台铺开四尺整宣纸，毫不吝啬地为我组建的"徐福故里书画院"和由张炜先生创办的"万松浦书院"题名。书如其人，笔势遒劲，气韵饱满，潇洒俊秀，令人拍案叫绝。

岁月是飞刀，刀刀催人老。我这个当年的顽童，而今已步入古稀之年。三十几年前，家乡的南沙河下游兴建了胶东半岛闻名的大水库，恩泽着四方乡亲。有许多过往的事，过眼烟云不曾留在脑际，然而，故乡的童年、童年的玩伴、故乡的南沙河、故乡的亲人和玲珑秀美的小山村却时常涌进我的思绪，魂牵梦萦在漫漫的记忆里。

人祸天灾

1948年秋天，我们一帮孩子在村东场园边玩耍时，大哥被同伴推进路南一个很深的污水塘里。他呼喊了一声，上下一蹿便不见影了。我们几个孩子吓得站在塘边蹦着高没命地哭喊："快来救人哪！淹死人啦！"一会儿来了几个大人跳进水塘里救人。那个池塘在小孩子看起来是很深的，实际并不太深，不到两米。小孩掉进去不见影，大人进去还能露出个头顶。不一会儿，昏迷不醒、脸色苍白的大哥被捞出来。有经验的大人把大哥放在一块石条上拍打他的背部，很快帮大哥控出满肚子污水。我扶着脸色苍白的大哥回了家，母亲嘴里生气地说："怎么这么不小心，吃了这么大的亏。"我替大哥解释。不久，可怜的大哥就卧炕不起，几天后大腿上生出一个无名恶疮，痛得日夜哭叫不止。我也跟在左右不停流泪安慰他。

这年十月，国民党军队向山东解放区发动重点进攻，支前任务越来越繁重。父亲积极响应区里的号召，顾不了大哥的病情，交代母亲要照顾好奶奶和大哥，牵着大黑花骡子随区里支前队伍奔赴解放战争第一线去了。家里家外老老少少全靠母亲打理。后来，母亲打听到了邻村西罗家村的一位医生医术高超，便托人把他请到家。那人看了看大哥红肿的大腿，用随身携带的小刀割了一个口子，仔细看了看说："这个疮是贴骨毒疮，里面已化脓了，但还没熟透。过些日子待熟透了我给他割开，挤出脓根就好啦。"大哥可真不简单呀，割了那么大的口子也不哭！后来我听他说那条腿已经麻木得没有知觉了。他每天拄着两个小板凳，家里家外艰难地挪动来挪动去。我常攥着他骨瘦嶙峋的手哽咽着。他那个样子真让我心痛，有点好吃的也让大哥先吃。

不久，父亲牵着大黑花骡子从前线回来了，那骡子脑袋上还戴了朵大红花。经过一个多月枪林弹雨的洗礼，父亲精气神十足，眉毛下那双眼睛更加炯炯有神。听父亲讲他们支前的队伍跟随着大部队冒着枪林弹雨，送上大量枪支弹药，救下无数伤病员，一直跟着大部队到了长江岸才撤回。他们这个分队还立了集体功。大黑花骡子身强力壮，听话能干，荣获一朵红彤彤的光荣花，挂在脑门前风采无限。那骡子好像通人情，不时地仰头晃脑，打着响鼻显摆。

父亲回家看到大哥又黄又瘦的小脸，红肿粗大的腿，便心急如焚地和母亲背着他去西罗家村找到那位医生。我也跟在后面颠颠地跑着。医生扒下大哥裤子看了看红肿的疮口，说："嗯！这次差不多了，可以开刀放脓了。"他一边让父亲按住大哥双脚，一边把大哥双手捆绑好，拿出一把锋利小刀在油灯上烧了几下，算是消毒。他手执闪闪发亮的小刀瞄了瞄那疮口，略一停顿，嗖地割了下去，紧接着两手一挤，一道红光一闪，一股脓血高高地喷出来，接着连脓带血流个不止，足足接了一小盆。他又用力挤出一团脓根，待干净后向伤口深处塞进两大卷雪白的纱布，舒了口气说："好啦！你们回去吧，没问题啦，回去十天半月没有什么变化，抽出纱布伤口就会自己长好。你们家情况我也了解，我也不收费用。"当时，大哥倒没有大呼大叫，我却吓得蹲在那里晕了过去。父母千恩万谢，别了救世主一样的医生，背着大哥回家了。老天爷保佑，回家后，大哥一直很坚强，没有哭，半月后纱布抽出来，几天后伤口就愈合了。母亲每天用盐水为他冲洗伤口，不到一个月，大哥就可以丢开那两个小板凳自由走动了，我们又一起上学了。穷人家的孩子就是命大！

屋漏偏逢连夜雨，船慢又遇顶头风。这年秋天，我跟母亲进城参加教师培训班时，看护的小妹突然病倒了，高烧不退，迷迷瞪瞪地说着胡话。因无钱请人医治，全家人只有大眼瞪小眼，围在小妹身边干瞅着。我紧紧抱着小妹，哭着叫着她的名字，可是她连眼都不睁一下。母亲早已泣不成声，父亲蹲在炕沿边抽旱烟，唉声叹气的，眼窝里噙满泪水……就这样，全家人眼睁睁地看着小妹在高烧抽搐中咽了气……一个不满四岁的孩子，就这样匆匆走完了自己的人生道路！

母亲号啕着说："孩子啊！你不应该生在这样一个贫困的家庭，妈妈实在拿不出钱来为你治病，你不要怨恨妈妈……"说着，母亲就哭晕过去。父亲一边流着眼泪，一边用谷草把小妹卷起来，用草绳一捆，垂头丧气地送到东河套边的乱葬岗埋了。四周几只饿疯了的野狗等父亲刚一转身离开，便马上扑上去……看着那凄惨的场面父亲失声痛哭。那年代，穷人家的孩子多，生了病也无力医治。东河边乱葬岗上，三天两头都有送去的死孩子，那里成了野狗争吃打斗的战场。晚上常听到毛骨悚然的狗叫声，十分恐怖。有时吃红了眼的野狗，老远地见了行人也龇牙咧嘴发起攻击，谁也不敢在那一带行走。

一次我到家门外南院柴草堆里取烧草，一只恶狗正趴在那里，歪着头啃一个血淋淋的小孩子脑袋，吓得我"哇"的一声，大叫着跑回家。母亲闻信随手抓起一把铁锨，大声吼叫着，把那条吃红眼的野狗赶跑了，用锨把那个血淋淋的小孩头送到了东沟里。我每次出街门路过那堆草时，就不由得惶悚起来，心怦怦乱跳，好长一段时间不敢正眼看那堆柴草，更不敢去拿草。晚上睡觉我常常做噩梦，惊吓得叫起来，紧紧抓着母亲的胳膊，喘着粗气，满身是汗。

艰苦岁月的磨难并没有压垮坚强的母亲，她为这个家、为儿女的前途寻找出路的愿望从来没有停止过。战后不久的村子很贫穷，区政府也没有扫盲专项经费，母亲干民师也是尽义务，没有报酬。

家里经营的那半亩耕地在河东一块大湾边上，天一下雨就涝得进不去人。村西山坡上十几亩薄地，无水无肥无防治病虫害的能力，基本是靠天吃饭。家里人口多劳动力又少，但自己家的困难再大母亲也从不向政府叫苦叫怨。全家苦苦地在生死线上挣扎，真是到了"叫天天不应，叫地地不灵"的境地。

记得1952年夏秋青黄不接时，天又不下雨，秋种都成了问题。一天下午，全家人饿得躺在炕上爬不起来。母亲拖着虚弱的身子跑了半条街借了半瓢黄豆，回家后掀开几天没动烟火的锅盖，添了半锅水，又到院子咸菜缸里舀了几瓢盐水加到锅里慢慢烧。傍晚时刻，天已经暗下来了，扛着锄头从地里干活回来的父亲推门进家闻到豆香，就说："哪里来的豆子？"一脸沮丧的母亲说："到后街二杆子家借的。"父亲不满地说："这豆子你不该下锅，留下来过几天下了雨种到地里，秋里还能多收点。"母亲流着泪水说："我还不明白这个理呀，几天没吃顿饭啦，老的小的会饿死的。"全家老少围着锅台喝了一肚子带有豆香的盐水，锅底下已经煮烂了的大豆还剩下不少。母亲捞了半碗让祖母吃，又舀了几个添到干活累得唉声叹气的父亲碗里，剩下的准备留到下一顿。

夜深人静，常听到父亲摸着黑同母亲商议日子今后怎么过，感觉生活的前景黯淡，毫无希望。年复一年就这么过去了，家里的日子总不见好转。村子里自然环境条件已决定了生存出路，在这个小山村里永远不会有出头之日。

思来想去，母亲觉得还是找时机重新返回黄县。有了这么些年坎坎坷坷的经历，她明白个道理：黄县人经商做买卖的多，市场需求也大，只要人勤不懒，再多用用脑子想想办法，就饿不死人。

无独有偶，这年秋天的一个晚上，一场暴风雨，草房子后半坡被风刮飞了。西间家墙壁被渗进屋的雨水泡塌了，全家人差点被砸死。那年我还不到九岁，清清楚楚记得那天半夜，电闪雷鸣，惊天动地，一阵暴风雨袭来，"轰隆"一声巨响，墙壁倒塌砸在炕上。一架破蚊帐下躺着全家老小七八个人。黑暗中，母亲边摸着数着我们兄弟姊妹的胳膊腿儿，边呼唤我们的名字。睡梦里突如其来的意外把大家惊呆了，兄弟姊妹没有哭的，也没有叫的。谢天谢地，无一伤残。那一大堆碎土垃圾，我和大哥搬了一大早晨，堆在院子西边猪圈外面像个小山包。

那时的村干部很负责任，一有灾情就会逐家逐户查看。天亮后，村指导员迟和治大叔推开街门进家一听情况，惊讶地说："哎呀真神啦！二嫂子，这有多危险哪！一大家子人砸得那么严实，呵呵！大难不死必有后福呀！"母亲苦笑着说："大兄弟呀！咱穷人哪来的福呀，我和你二哥这辈子算是完了，就看这帮孩子们将来能不能混出个人样子啦！"

父亲急忙扛着铁锨到山上看看庄稼怎么样。这一看，心像被刀子捅了一般疼，那些花生、地瓜蔓，被山上下来的洪水冲了个七零八落。父亲傻眼了，差点放声哭出来，一筹莫展地蹲在地头，愁得抽闷烟。唉！秋后这一家人吃什么呀？这老的老少的少，今后可怎么活呀！想着，他猫腰划拉一些地瓜蔓捆起来，扛着回家准备剁碎煮着吃。回家后，父亲一声不响蹲在院子里，看着猪圈旁那个垃圾堆抽闷烟，眼角不由自主淌下两行清泪。母亲望着心力交瘁、疲惫不堪的父亲，心里也不是滋味，抬起红肿的眼睛安慰道："书臣他爹，你也不要太难过了，憋出病来就更麻烦了！咱们再想想办法吧，天无绝人之路呀！"母亲忍痛把地瓜蔓细细切碎，放到锅里添上水煮汤……

　　天灾人祸接踵而来，未来生活毫无希望，母亲更加坚定了搬回黄县的决心。

　　1953年初冬的一个早晨，母亲顶着寒冷的东北风，拖着疲惫的身躯，跑到区政府找韩区长。一路上快步疾走，心里却怦怦乱跳，觉得区里领导这些年对咱家也不薄，辞掉民师这件事很难张口，可再一想家里泰山压顶般的困难实在难以维持。到了区政府门外了，她还是犹豫不决，想来想去，最后硬着头皮一咬咬牙，抬步迈进区政府办公室。韩区长刚刚上班，看到风尘仆仆赶来的母亲有些不解，惊讶地说："哎呀，嫂子！你这么早来找我肯定有什么大事。别着急，先坐下喝口水。"接着拖过长条凳子让母亲坐下，又赶紧给母亲倒了一杯热水。母亲双手端起搪瓷水杯，暖了暖冰冷的手，慢慢吭了口热水，忐忑不安的那颗心才安定下来。难言的苦衷，使母亲欲言又止。韩区长和蔼地说："大嫂，您有什么事尽管说，政府会给你做主。"母亲这才含着眼泪，郑重地提出了酝酿许久要搬回黄县的要求。韩区长一听就急了，连说："不行！不行！你们村妇女识字班办得那么好，区里特别满意，县里也要推广经验，你这么一走这不全拉倒啦！其他事好商量，这件事挺难办。"韩区长背着手在房间里踱来踱去，不断地摇着头，嘴里还咕咕哝哝地说："不行！不行！"这时，区妇女主任上班了，看到母亲正在哭，忙问韩区长："这不是迟家村的臧老师吗？这是怎么啦？"母亲看到妇女主任，如同见了娘家亲人，多日来心里被压抑的悲痛和绝望，如同开了闸门的洪水般涌出来。她一头扑进妇女主任怀里号啕大哭，一边哭一边倾诉……妇女主任的眼睛湿润了，她安慰母亲说："有话好好说，不要难过，快喝点水，消消火，家里有老有小，哭坏了身子可不得了。"这时，韩区长一脸严肃地把母亲要辞掉民师全家搬回黄县的想法和妇女主任说了。妇女主任一听也觉得不妥，可母亲家里那些现实的困难也令人同情，这些困难区里也无力解决。韩区长和妇女主任看到母亲搬回黄县的态度很坚决，两人一商量，这才勉强同意了母亲的请求。母亲动情地表示感谢，并说："土改复查时，村里分给俺家的胜利果实，土地、房屋、牲口，我们全部退回。"韩区长叹了口气说："那倒不必要，人民政府没有倒算的政策，分给你们的财产就永远归你家所有，怎么处理由你们家自己决定。只是你走后，迟家村的扫盲工作肯定要受到影响了。"母亲认真地说："你们请放心，这件事我考虑过了，我回村里和村干部商量，一定会安排好接班人，扫盲工作保证不受影响。"

韩区长和妇女主任知道母亲还没吃早饭，正要找人去弄点饭，母亲谢绝并飞快地离开了区政府，跑了十几里的山路，向全家人报告这个消息。父亲将家中的地瓜干、地瓜种和一些用不着的东西都处理掉，草房子卖给本族弟兄迟和南，大黑花骡子赶到下林庄集市上卖了，全部家当卖了1200元钱。母亲终于松了口气，已经破釜沉舟了，就与父亲紧锣密鼓筹划下一步的安排。黄县的伯父也几次托人捎信给父亲，让我们一家人抓紧时间搬回黄县，一家人老少团聚。父母及全家人仿佛看到乌云深处透出一道光亮，期待着"柳暗花明又一村"。

一心把希望寄托在后代身上的母亲，十分关注我们兄弟的学业。我和大哥已经上二年级了，由于母亲从小管束严格，我们俩在班里品学兼优，是数得着的好学生。大哥学习更用功，学习成绩自然比我强一些。他心地善良，老实憨厚，不爱说话，有时说话还有点结巴。我们从来没买过作业本，都是买几张粉连纸自己加工成作业本。为了保护作业本，还会找张厚一点的纸贴上当作封面，装订好再让母亲工工整整地写上我们的姓名、班级。为了省钱，兄弟两个人合伙买一套课本，母亲会仔细地用厚纸包好封面，然后只为我们写上课本的名称和我们的班级，不写名字，预防产生矛盾。一直到1954年春天搬到黄贝上学时，我们才有了各自的课本，作业本还是买白纸自己制作的。

小时候，我经常和几个孩子跑到南沙河打水仗，还常在东河坝上钻树条空隙，登高爬树抓"特务"；有时候抢着木棍在南大街上凭借泥堆、粪堆为掩体，冲锋陷阵"打鬼子"。一个冬天的傍晚，"战斗"中不小心，我的下巴被木棍打破了，鲜血如注。我扔下木棍，捂紧伤口跑回家。昏暗的油灯下，母亲边气愤地训斥，边从锅灶下挖出一把黑烟灰按到伤口上，血止住了。真是奇怪，伤口也没发炎，几天就痊愈了，却也留下了永久的伤痕。

母亲出生的年代充满了战争、屈辱、贫困、死亡、疾病、流浪、饥饿……她为当年没有能够主宰自己的命运而深感遗憾，于是她把全部的希望都寄托在我们身上。可以想象，时局动荡下，生活紧迫，要养活老老少少的一大家子人，有多么艰难啊！可是，母亲不管生活多么艰难，她都坚持让孩子读书长知识。举家搬到黄县之前，母亲首先想到的是我和大哥的学业，为了不耽误我们上学，决意让我们俩提前赶到黄县，不能耽误新学期入学。

老家春节的趣闻

1954年的那个春节，我甭提有多高兴啦，母亲说过了春节我和大哥就能去黄县上学了，这好像是在老家过的最后一个春节。离过年还有十几天的时候，父亲找人用自家地产的小地瓜根、地瓜筋、地瓜皮酿地瓜干酒。父亲不爱喝酒，但过年了总要动手酿点白酒，来人来客时也好接待，增加点过年的气氛。做酒那天，先在西屋的铁锅上扣个大泥缸，缸的半中腰凿个小洞安放了个用白铁皮做的小流子。按旧风俗，家里酿酒时妇女小孩是不准在旁边观看的，那时父亲就让我们到炕上去玩。可那火炕烧得滚烫不能坐人，我们只好冒着严寒在院子里玩，直到那大泥缸半腰那个小流子滴滴答答流出浓香的白酒，我们才可以进家。当父亲用大瓶子、瓷罐子接那清醇白酒时，总能看到他一副酒不醉人人自醉的神态，一脸幸福美满的样子。当时我感觉父亲本事太大啦！竟然能让那些地瓜皮、地瓜筋、小地瓜变成浓香的白酒，后来才知道那种酒是清香型的二锅头，有60多度，口感清爽、甘烈，没有杂味，很受喝酒人的青睐。

过春节的最大诱惑就是能吃好饭穿好衣，顺便还有点压岁钱。盼星星盼月亮，好不容易盼到大年三十的傍晚。父亲提着盛有纸钱供品的柳编篓子，我和大哥紧跟其后，一起越过东沙河的大河坝去西茔墓地上坟，过世的祖辈们都埋葬在这里。墓地里的坟墓一个连着一个，有的坟墓用青砖修砌显得庄重肃穆，有的坟墓前立着精雕细琢、刻着亡者生平的青花石碑，但大多数坟墓前仅简陋地用几块青砖垒一下。祖父和三叔的坟墓前都是用三块青砖头垒的"小门"。我环顾四周的坟墓，多数墓顶上压着黄黄的烧纸，晚风吹来哗哗地响，极为瘆人。在我们之前已经有很多人来祭奠自家的先人，残留的香火、纸钱冒出缕缕青烟，在渐渐昏暗下来的墓区上空缭绕弥漫。坟区周边的几棵老松柏树上挂着些许彩色纸条和黄烧纸随风舞动，那一定是风刮上去的。几只老乌鸦站在树枝上嘎嘎地叫几声又飞走了，一片恐怖凄凉的景象。

父亲在祖父和三叔的坟头上压好纸钱并摆上供品，随后从篓子里取出一瓶白酒晃来晃去地洒了几下，然后领着我们哥儿俩，虔诚地焚香烧纸磕头，最后又到周边其他坟墓前拜了拜，毕竟埋在这片坟区的都是老迟家故去的人，血脉相承，一家人嘛。尔后，按照父亲的指点每人擎着一根沾着彩色长纸条的麻莛杆，那纸条随风飘飘摇摇。父亲说这是"马鞭子"，赶着马车迎接祖辈们的亡灵回家过年。他叫我们边走边喊："老祖宗回家过年啦！爷爷回家过年啦！三叔回家过年啦！"我和大哥嘴里叫着，心里忐忑不安，直发毛，紧紧跟在父亲身后半步不离，不断偷偷向后张望，真怕那些先人跟在后面。等过了东沙河登上大河坝，我和大哥不约而同地回头一看，后面哪有什么爷爷、三叔呀！这才长长舒了一口气。

除夕夜，晚饭吃水饺，母亲用白、黑两色的面包水饺。黑面是在地瓜面里掺上点白面、荞麦面。饺子馅是一样的，一般是用很少的猪肉，拌上一大盆剁碎了的大白菜、大萝卜、胡萝卜。白面饺子给祖母吃，给祖宗上供用。上供碗里的饺子，上面摆上几个白面饺子，下面是黑饺子。我们能吃上黑面饺子也高兴得不得了啦，平日里做梦也不敢想。

大年初一，我穿上了母亲缝补过的、但又干净合体的蓝色棉袍子，这件衣服是大哥去年穿过的，侧边开口，缝着结实的扁担纽扣，棉袍子穿在身上格外暖和舒服。大哥则身穿黑色的长棉袍。一大早，天还没亮，我和大哥就手提着母亲特意为我们扎糊的小灯笼出门拜年。灯笼很漂亮，粉红色的纸上还贴着彩色的小花、小燕子，里面的灯是由灌了油的萝卜做成，不太亮但很精致。街上拜年的孩子大多数都提着类似的花灯。

　　我们跟在父亲后边，缩着头顶着刺骨寒风，迎着扑面飞舞的雪花，到本族本家磕头拜年。雪花打在脸上生疼生疼的，但还是要硬着头皮去。进了家，前面大人挡着矮小的我们，嘴里叫着："叔叔婶子过年好！俺给您磕头啦！"有时候还没等跪下就起来了，一些婶子大娘赶紧塞给五分或一毛压岁钱，我们嘴里说着"不要！不要！"小手却早伸出来了，钱拿到手喜滋滋的。这一大清早没白忙活，也有个块儿八毛的，回到家里一分不少地交给母亲。

　　老家过年既有特色也很有趣。村里那座古朴庄重的大祠堂，平日主要用作开会或当"识字班"的教室。过年时，气势恢宏的祠堂便有了用武之处，正间大厅中央摆好一排排整齐的长桌几，上面排放着列祖列宗的神位，铜锡铸的蜡烛台上，插着足有二尺高的大红蜡烛，火苗忽闪忽闪地跳动着。一个方正的四腿弯曲的铜锡香炉上插着三炷冒烟的竹节香，端端正正放在桌子中央。旁边供奉着猪头、全鸡、点心、水果、大枣饽饽。供桌前的地上摆放着两行整齐的方毡垫，以备孝子贤孙们祭奠时磕头用。全村男人分支排辈，轮流进祠堂烧香、祭奠、磕头，女人不准踏进这里半步。

　　各家各户不论穷富，家家都在自家堂屋北墙的正当中，挂上一幅版画式的家谱，上面按辈分填上已故先人名字，下面供桌上供奉自家已故祖宗先人的牌位。灶房锅台上供奉着灶王神像，厢房里供奉着财神，供财神的香案上还放着一个算盘一杆秤，象征着财源滚滚，盼望来年日进斗金。有的大户人家在院子南墙边砌了个供奉天神的小洞窟，多数人家则在南墙边放张桌子摆上香炉供奉，香炉旁还放上一堆五谷杂粮，祈求老天爷保佑来年五谷丰登。此外村子里还供奉城隍神、观音神、土地神、文神、武神、龙王神……大年初一五更天，处处是看不见的各路神仙，烟蒙蒙、雾茫茫、神兮兮。地上撒的谷秸子和干草供神仙们骑的

"马"食用，人们走在上面沙沙作响，惶恐不安，心里发毛，但也觉很是有趣味。

村西河岸关帝庙旁，人们早已扎起了戏台子。过了初三，南疃北村，轮流互动，踩高跷、扭秧歌、唱大戏。我记得那年迟家村里排的是歌剧《小二黑结婚》，很火爆，看了一场还想再看。各村争先恐后一直排演到正月十五日，过十五过十六，过了十六才照旧。

父亲领着我们拜年时，顺便告诉乡里乡亲，我们全家过了年就要搬回黄县了，不再另行告别。

第四章
柳暗花明

徒步北上

1954年，是我终生难忘的一年，在这一年，我的人生轨迹发生根本性转折。

因为过了正月十五黄县那边的小学就要开学，所以正月十三，父亲、大哥和我辞别祖母、母亲和两个妹妹，带足了干粮，背上简单的行李，天蒙蒙亮就起身出发了。那天的情景我记得格外清楚，一辈子也忘不了。料峭春寒中，天气格外清冷，母亲红着眼睛为我们送行，她千叮咛万嘱咐，到了黄县后住在大爷家里后，你们要听大人的话，要听几个姐姐的话，好好学习，尊敬老师，团结同学，不要耽误了功课，特别告诫我不准闯祸。她一边不停抹眼泪，一边不停地摆手，走出很远很远了，我回头还能看到母亲站在寒风中那瘦弱的身影。我和大哥一步三回头，心里很难受，依依不舍地离开了幽静而美丽的小山村，离开了这个贫穷但很让人留恋的故乡。

几声雄鸡唱晓，打破了小山村的宁静，酸楚和迷茫不由地涌上心头。与我们朝夕相伴多年的大黑狗围着我们撒欢，满地打滚，不时地欢叫几声，在我们面前窜来跑去，它还以为我们去赶山会呢。不一会儿，走到村北那条清澈见底的小沙河边。河上没有桥，父亲不顾透心凉的冰水，毫不犹豫地脱下母亲为他缝制的棉衩裤，弓下腰挽起里面单裤的裤腿，踩着冰碴把我们一一背过河去。低头一看，父亲一双脚已冻得血紫烂青，但他咬着牙眉头不皱一下，套上棉衩裤，穿上白布袜子，蹬上鞋领着我们继续赶路。河对岸大黑狗不停地狂叫，父亲大声吓唬让它回家，它却跑来跑去就是不离河岸，不时发出"呜呜"的叫声。我和大哥都哭了起来，哀求父亲领着它。父亲一声不吭，背着行李大步向前走。我们百般无奈地一阵小跑才跟上远去的父亲。

小山村、小清河、杨柳树、大河坝、大黑狗，还有场园南边大水塘的并蒂莲，我们什么时间才能再见面呀?!

从招远县迟家村到黄县县城，大概有一百多里地，我们走了整整两天。在山间崎岖的小路上，大哥和我你追我赶，蹦蹦跳跳，翻跟头耍把式……

临近中午时，我们模糊看到地平线处，有一道东西走向黛青色起伏连绵的大山，父亲向远方指了指说那就是罗山、玲珑金矿区，也是今天晚上我们要找户人家休息的地方。这时我们哥俩已经没有刚开始时的劲头，一声不吭，浑身冒汗，头重脚轻，一会儿到路边溪沟里喝点水，一会儿吃点干粮，一会儿转身撒泡尿，真是累了。

我们从来没走这么远的路，鞋走破了，脚丫板上起了一溜水泡，一走一龇牙，钻心地痛，很想躺在路边休息一下。父亲对我们的行为不训斥，但也不允许停下来，其实他也很心痛我们，嘴里不停地念叨着："走路不怕慢，就怕当腰站。"宁可走慢点也不能坐下来休息，那一坐可就不爱起身了。父亲的烟瘾很大，大约一个多小时就要吸袋烟，吸烟时也不停下来。只见他边走边掏出旱烟袋，从腰里拿出竹杆铜烟斗，装上烟含在嘴里，又从衣袋里拿出火石（用铁器一敲喷火星的石英石）、火镰（用铁加工的像个小小的弯月亮），捏出块灰色的绒毛（用山上采集的野草加工的，碰上火星就冒烟）。他把火石靠在绒毛上用火镰敲打起来，随着不断敲击那火镰与火石碰撞飞出几个闪亮的火星，一次、两次……但那灰绒毛终是不冒烟。父亲站在山间小道中央，不停地敲打着等着灰绒毛冒烟，我和大哥借机躺在道旁柔软的枯草上，躺在上面休息能闻到一股甜甜的气息，很惬意。那个时候，我们多么希望父亲就那么一直不停地敲下去。

灰绒毛冒烟了，父亲深深地吸了口烟催我们快快起身赶路。他看我们疲惫不堪走不动了，便清了清嗓子说："来！来！快走！跟上跟上！我讲故事给你们听。"我们一听父亲要讲故事，就来了精神。他学着说书的口吻："话说从前有一大户人家，家里珍藏着个宝葫芦，养了只小黄狗，还有一只小花猫。这天晚上月黑风高，一个盗贼要来偷主家的宝葫芦，惊动了黄狗、花猫。小黄狗看到墙上跳下个盗贼，背上的毛都直立起来了，沉着迎战，舍生忘死，竭尽全力与盗贼拼命打斗。狡猾的花猫却顺着墙脚溜走了，找地方躲起来，最后盗贼被狗打败逃走了。第二天，主人看到宝葫芦安然无恙，很感动，要按功慰劳。临阵逃脱的花猫摇着尾巴跑到主人面前争功，身负重伤的狗却躺在宝葫芦旁边，呼吸微弱，奄奄一息，连头都抬不起来了。可见狗是忠臣，憨厚可靠，忠诚不贰。猫是奸臣，临阵逃脱，见利忘义……"我和大哥忘了脚痛腿酸，快步紧跟着父亲，并急切地问："后来呢？忠诚的狗死没死？那个奸诈的猫，主人还会要它吗？"。父亲卖了个关子说："你们俩快跟上趟，一会儿再说下一段。"接着说："我们快到黄县啦，说说黄县的事，那黄县城里的大街小巷好光景，城门楼、牌坊门、磨盘街、罗锅桥、大城墙、姑庵庙、西北隅还有个圣人殿……"他还绘声绘色地讲，黄县北边的大海如何大，没有边、没有底。海里有虾兵、蟹将、龟丞相，还有威风凛凛的海龙王。我们边饶有兴趣地听，边打破砂锅问到底，步伐也轻松了许多。

西南风断断续续地吹着，不知不觉日落西山，天边一片红晕，远远山村上空升起了袅袅炊烟。向北望去，那黑魆魆的大山很近了，从来没见过这样大的山，它好像要压到我们头上。父亲说，再加把劲儿，马上就到了该吃饭睡觉的地方了。我们咬紧牙关，一边惊奇地仰视这神秘的大山，一边一瘸一拐地紧跟在父亲后面。夕阳下那山间小路旁的空谷中，三个身影歪歪斜斜地拖得老长老长，狼狈样子就甭提了。

初见世面

这里是招远县最北端的罗山山脉，黑黝黝的高山下就是闻名于世的玲珑金矿黄金区，方圆数十里，人字架的房子鳞次栉比。山脚下的小蒋家村不到百十户人家，多数姓蒋，其他杂姓是从平度、昌乐、章丘等县搬过来的。小山村很清秀，依山而建，青瓦石墙，错落有致。俗话说："靠山吃山，靠水吃水。"守着大山，眼前就是金矿，所以每户都有人在矿区上班。解放后，金矿实现了机械化作业，矿工翻身当家做主人，收入高，安全保障好，福利待遇多，家家小日子过得红红火火。日本鬼子侵占金矿时期，那水深火热的日子一去不复返了。

我和大哥疲惫不堪，脚上的水泡疼痛难忍，一瘸一拐，再加上饥肠辘辘，周身像散了架，龇牙咧嘴，差点哭出声来。哎呀！终于来到了路旁一个高台阶前，上面是一座高高的门楼。我们咬着牙，憋着气紧跟父亲拾级而上，这是父亲一位多年好友的家。我们真像遇到了救命稻草一样，温暖一下子涌上了心头。

　　主人姓李，比父亲大三岁，他们一家四口人，当年是从鲁西北搬迁过来的。除了老两口，还有大金和小金两个儿子。虽然父亲没提前与他们打招呼，一家人也丝毫没有准备，但与我们一见面就亲热得如同家人。李大爷赶紧招呼我们爷仨洗脸洗脚上炕，李大娘扎上围裙忙活做饭。我们爬到热乎乎的炕头上，真想倒头睡一觉，但看到父亲与李大爷那个亲密的样子，你一言我一语，一会儿哈哈大笑，一会儿感叹不已，像久别的亲人，我们只好坚持着坐在旁边似懂非懂地默默听着。这时二金哥把一个长方形木制的盘子放到了炕上，不大一会儿，大金哥就端上了葱花炒鸡蛋、酱油葱白、油炒花生仁，还有一碗大白菜粉丝炖豆腐。李大爷一手拿着一壶地瓜干老烧酒，一手攥着两个小酒盅，一撩腿上了炕头，斟上酒，老哥俩你一口我一杯，边喝酒边叙开了旧。父亲喝了两盅不胜酒力就不喝了，李大爷自斟自饮。他听父亲讲了这次去黄县的打算，极力赞成。我和哥哥认生，也懂一些礼节，尽管饥肠辘辘，馋得直流口水，但是，父亲不发话谁也不动筷子。一会儿工夫，李大娘端上了一盆热乎乎的豇豆面条汤，还有一盘黄澄澄香喷喷的玉米饼子。她拿起碗捞了两碗香气四溢的面条，笑眯眯地招呼我俩吃饭，李大爷和父亲也催我们。我们这才端起碗也顾不了热地吃了起来。我一口气吃了两碗面条，还吃了一个玉米饼子，那可是从小没吃过的美餐，让我回味了好多年。

　　李大爷说："今晚矿里有电影，吃完饭，让大金带你们小哥俩看电影去。"本来想吃过晚饭能睡上一觉是最美的事了，听说竟然还有电影可看，我们立即来了精神。电影那玩意儿听母亲和学校李老师讲过，可从来没亲眼见过是什么样子。

　　大金哥，二十多岁，瘦瘦身材，高高的个头，清秀的五官，在金矿上班不到两年。他背着我，十七岁的二金和大哥跟在后面。满天星斗在大山上空闪烁，一股山风吹来，我在大金哥背上不由自主地打了个寒战。东边黑黝黝的半山腰上，有一片光亮，我惊奇地问："大金哥，那黑乎乎、亮晶晶的是什么？"大金哥笑了笑说："那是依山而建的楼房，亮光的地方是厂区照明的电灯，一溜两行锃光瓦亮的是马路上的路灯。"我惊讶得东张西望，没完没了地问这问那。

电影刚刚开演，黑压压一片人，山区看电影可以找有利地形，没有看不到的死角。那是一部苏联黑白电影，叫什么《基辅姑娘》。第一次看电影的我忘掉了疲劳和睡意，瞪着两只惊讶的眼睛，张着嘴巴不停地问大金哥：

"活人怎么跑到大白布上面了？"

"老长的、冒着烟跑得那么快的是什么东西？"

大金哥笑了笑说："大白布是电影银幕，冒着烟跑的那是火车！"

我接着问："火车是干什么的？长大鼻子的人说话怎么那么大的动静？"

大金哥小声笑答："火车能拉送货物、运送客人。鼻子大的那是外国人，声音大那是扩音器扩的。"

我着急问："扩音器是什么东西？"

大金哥有点不耐烦了："等你到了黄县，慢慢长大后就知道了。"我这才不问了。第一次看到楼房、电影和电灯，第一次看到电影里的火车和外国人，一切都无比神秘，好像在梦幻中……电影什么时间演完的我一点不知道，后来听大哥说，我死猪般地睡在大金哥身上，怎么叫也没动静。一个什么也不知道的傻小子！大哥比我强多了，他一直坚持到电影散场。

第二天早晨，我还在梦乡里就被父亲叫醒。天刚放亮，站在院子里，抬头看着远处的玲珑山脉，峰高岭峻，气势磅礴。不远的东山坡上，传来采矿石的机器轰鸣声、汽车马达声，还有阵阵歌声，像一支恢宏的交响乐在山谷中回响。在尘土飞扬、蜿蜒而上的盘山路上，拉运矿石的车辆、戴着头盔上下班的矿工来往穿梭。山上山下，车水马龙，热火朝天。昨天夜里的见识和清早起来的新鲜景致，真让我见了大世面！我不由地欢呼雀跃起来。

经过一夜的休息，除了脚板还有一点痛，浑身上下长足了力气。谢别盛情款待我们的李大爷一家，父子三人情绪高涨，不一会儿爬上了玲珑山的北山口，再向北就是黄县地界了。举目远看，是一望无垠的大平原，天清气朗，大雁北归。烟波浩渺的渤海湾映入眼帘，海面点点白帆在阳光直射下分外醒目。不远处有一片果树园，一座座村庄农舍让人感到亲切。海洋、平原、果树和一座座青瓦白墙的村庄……像山水画一样展现在面前，呵！黄县！我们回来啦！

父亲领着我们先到黄城绛水河西岸的大姨妈家报了个到，傍晚，终于到了大伯父家中。伯父家住在小栾家疃村杜家街西头，一座朝北开的大街门，绕过写着大"福"字的照壁，不太大的院落有南北两处各三间的瓦房。伯父迟和德性格急躁，直爽坦诚，是位老共产党员，患有严重气管炎，不停地咳嗽。伯母心地善良，笑容可掬，她也会吸烟，手里拿着旱烟斗，看到我们进门后高兴地说："哎呀！这两个孩子长得好机灵，几年不见都成了大小伙子了。"她把烟斗在炕沿上磕了几下，领着我们进了北屋，那里有一铺东西向的大火炕。她看我们一瘸一拐便对二堂姐说："永芝，这两个孩子的脚八成起水泡了，弄点热水给他们烫烫脚，把水泡挑开睡一宿觉就好了。"

一大家子人吃了顿热面条，父亲在南屋炕边坐着，边吸烟边无奈地与伯父说："咱招远老家环境条件差，怎么出力也难以混下去了。咱妈年纪越来越大，生活太差也抗不了。先把这两个孩子送来上学，怎么穷也不能耽误他们念书。我明天就赶回去，待天气暖和再把他们接过来。"

伯父沙哑着嗓子说："行啊！我看搬过来就住街北小胡同那儿，租赁彭老头那栋老房子，独立院子，虽然破旧一点，但租金低，收拾一下就可住。咱妈搬过来还住你那里，两家隔得近有事方便照顾。"

父亲说："行啊！就这样办吧。"并一遍一遍地嘱咐我们："要听大人话，不准调皮打架，按时跟着二姐报到上学。过些日子天暖和了，我再把你们奶奶、妈妈、妹妹们搬过来。"我们懂事地点着头回应，接着去北间屋子睡觉。二姐用热水为我们烫完脚后，我们咬紧牙任凭二姐为我们挑开小脚上的颗颗水泡，然后爬上炕倒头便睡了。

第二天一大早，我们哥俩还在睡梦里，父亲就起早赶回招远县的老家去了。

林家庄小学

我们要上的小学是邻村的林家庄小学，二堂姐迟永芝是这所小学的代课教师。她身材适中，皮肤白皙，脸上始终挂着甜甜的微笑，显得温柔可亲。二姐非常关心我们哥俩，晚上睡觉前打盆热水，让我们泡泡脚，换下的破衣服、脏鞋、臭袜子还帮我们缝补洗净。最后还找了两个干净的旧书包、两套旧课本，借来张沉重的旧桌子，一条双人板凳，第二天就领着我们上学了。

上学路上，一切对我来说都是那么新奇：高挺的电线杆上挂着银光闪闪的瓷瓶，基督教堂的红十字架和长条形的欧式门窗；教堂里传出悠扬的钢琴声，结核病防治所（现北海医院）门前身着白大褂、戴白口罩的医生、护士……一路上我不停地问这问那，真是土老帽进城了，惹得二姐大笑不止："这个傻小子对什么都好奇，什么都不懂，什么也想知道。"大哥内向，一声不吭，默默无语地走着，听着，心里暗暗记着。

随着上学的人流，我和大哥忐忑不安地踏进校门，看到整齐的教室和宽阔的操场，看到热情的老师和天真活泼的同学们，心里充满激情和憧憬，琢磨着："在这样的环境里学习，一定要取得好的成绩，一定不能辜负母亲的殷切期望。"

起初，同学们奚落我们有一口浓重招远腔，有时故意学着我们的腔调开玩笑。我们就极力模仿当地话，尽快地和同学们打成一片，融为一体。我们始终记着母亲的话：友善、礼貌、诚实、团结，要以优秀的学习成绩赢得老师和同学们的赞誉。入学不久，我和大哥就因遵守纪律，尊敬老师，成绩优秀，得到了老师和同学们的认可。大家很快地接纳了我们，崭新的学习生活开始了……

这天放学回家刚迈进家门，只见几只美丽的紫燕叽叽喳喳飞进了伯父家高大的堂屋里，开始在屋脊的大梁边修筑窝巢。我站在那里瞪大双眼静静地看着，看了半天感到燕子真不简单，一口一口含着泥土吐着唾液，锲而不舍地筑好漂亮的窝巢。为什么其他鸟类不在农家屋脊上房檐下筑窝？后来听二姐说，是因为燕子喜欢亲近人类，特别喜欢住在和睦的家庭。家里一早一晚有灯光招蚊虫，刚好燕子不吃粮食，专食蚊子蛾子之类害虫，是人类的好朋友。我每天放学看着燕子飞进飞出的忙碌样子，心情也像燕子一样快活。

阳春三月，在一个风和日丽的傍晚，父亲、母亲、祖母、两个妹妹以及三弟，带着全部家产1200元钱，乘着木轮小车"吱吱嘎嘎"回到了离别十年的小栾家疃村。襁褓中的三弟，出生才40天，母亲给他起了个乳名叫"书三"，因是清明前出生，学名"焕清"。我们住进了杜家街街北的那个幽深的胡同里，那是五间陈旧不堪的矮瓦房。

在村东不太远的窦家庄村西，买了一亩二分带麦苗的水浇地，那麦地的中央还有一眼深水井。大半生终于有了属于自己的土地，父母如获至宝，随后又添置了些锅、碗、瓢、盆等生活用品，1200元的家底也就所剩无几了。从此，一家人开始了崭新的生活。

1954年的5月下旬，我的头上意外地蒙上一块永远也挥之不去的阴影，因为在我身上发生一件惊天动地的流血事件。

在那春暖花开的季节，绿茵遍地，生机勃勃。绿油油的麦苗已开始拔节，这时候的小麦最需要大肥大水浇灌，家里无力购化肥，自产的人粪尿也有限。院子里虽然有猪圈可养猪积肥，可人都吃不饱饭，那里还有条件养猪。父亲每天挑两只桶，往返四五里到防治所挖粪尿、污水喂灌小麦。放学回家，我和大哥也常帮父亲抬着只泥尿罐子往麦地送粪尿，从北地头开始一畦一畦地浇灌。

这粪尿浇喂一遍比什么肥料都好，肥力大还养地，之后要及时大水浇灌，肥料才能用上劲儿，确保小麦大丰收。各家各户都想方设法浇好小麦丰产关键的"拔节水"，母亲与大姨妈说好，周日早上让我们哥俩牵来她家那头瘦弱的老驴来帮我们拉水车浇小麦。

父亲麻利地给老驴装上套，便开始拉水车提水。我和大哥负责驱赶那头老驴，父亲拿着铁锨在麦田的南地头看水流。水井深、水车旧、老驴弱，步履迟缓，大哥嫌老驴无力，除了用树条子不停地驱赶，还拼命地帮助老驴推着驴套。我在前面一边牵着驴缰绳拖拉，一边往笨重的旧水车齿轮上抹润滑油。突然间惨剧发生了，我的无名指挤进黑油油的齿轮里！我尖叫着用左手握着右手腕拼命地往外挣。那老驴听到我刺耳的惨叫声惊吓得用力拉套，整个右手便向水车齿轮纵深蠕动。我不顾钻心的疼痛使出浑身力气，狠命一抽，黑灰色的润滑油、鲜红的血、挤碎的白骨、黄绿色的筋在我眼前闪现。什么也顾不得了，我左手紧紧握着右手腕，一个跟头飞身跳下井台，在碧绿麦田里蹦着高打着滚儿。大哥见状声嘶力竭呼叫："快呀！爹呀坏啦！俺弟弟手被水车咬去了。"父亲乍一听大哥的呼叫愣了一下，扔下铁锨飞快地跑过来一看，傻眼了。他赶紧攥住我流血不止的右手腕子，从衣服上撕了块布使劲儿地捆几圈，这才止住了血，拉着我向村里跑去。父亲叫开教会礼拜堂旁的卫生所的门，所里的姜大夫一看，大惊失色："哎呀！这么惨呀！我处理不了，赶快去西关县医院做手术吧，千万别染上破伤风呀！"

父亲背着我赤着脚蹚过村西绛水河，穿过中心大街直向县医院跑去。那时候的县医院在城西关街北一个古老的大宅院里。星期天，没有几个医生，门诊室正在改建中，走廊里堆满砖、土坯和泥沙。我咬着牙蹲在走廊墙边，鲜血在不停地滴滴答答淌着，血流出有两米多长，眼看由红变紫，由稀变稠凝固成一个黑紫团……俗话说，十指连心，钻心的疼痛加上失血过多，我昏死过去，歪倒在走廊边……父亲忙着进进出出找医生，大约下午三点钟，我稍微有点知觉。一位张医生和一个人高马大年轻的护士，把半死不活的我抬上手术台，那个年轻护士用力按着我双腿。大口罩遮盖着脸、只露两只眼的张医生像个屠夫，也不征求任何人的意见，也不打麻药针，一声也不吭，拿着器械三下五除二，把我残拇指截去了，我隐隐约约听到刀切锯割的声音，剧烈的疼痛让我再次昏死过去……

也不知道什么时候父亲把我背回家的。我半夜醒来，昏沉沉地睁开双眼，看着裹着厚厚纱布隐隐作痛的手，闻着一股强烈的来苏尔消毒液味，回想起白天情境，顿时闪过一个可怕的念头："天哪！我的手啊！这下子完啦！父母把一切希望都寄托在我和大哥身上，今后我还能上学吗？还怎么写字呢？"想到这里我的心情沮丧到了极点，我都快发疯了，真想大喊大叫大哭一通……甚至想到了死。看到家人都守在我身边，我心里虽然在翻江倒海，但表面显得很平静，把头埋在被子里，偷偷地流着眼泪。我不想给父母一颗焦虑的心再火上浇油。那些日子我天天晚上做噩梦。有一天晚上，我随着梦下了炕，迷迷糊糊打开街门，沿着门东不远的大斜坡向村东那条暗沟里走去。母亲随后找到我，费了很多时间才把我弄回家。

母亲和大哥一直守在身边照料我，她流着泪不停地温声细语安慰鼓励我："孩子，别怕！你一定会逃过这一劫的。这不会影响你今后的学习和生活的。我们家小焕彩是最坚强的孩子，什么困难都不在话下，对吗？"听了母亲的安慰，我再也憋不住了，"哇"的一声哭了起来，边哭边说："妈妈我懂！我明白，不过我将来……"母亲抚摸着我缠着厚厚纱布的手微笑着说："我就知道俺儿是一个懂事的孩子，什么也不想，静下心来好好养伤。伤好了和你大哥一起上学，将来的事先不用去考虑，车到山前必有路。"母亲的话语就像阳光雨露似的，滋润着我的心田，心情也随之好起来。

后来我听说，出事的那天，大哥一边啼哭着，一边赶着那头老驴拉水，来回跑着看着水流，直到把小麦浇完，又把老驴送回大姨妈家，回到家里已经深夜了。那几天只要大哥不上学就一直守在我身边，总是不停地抚摸我的手，问我："弟弟，还痛不痛了？"最让我欣慰的是，大哥把当天老师教的主要科目都一一向我复述，尽量让我少落下课程。在那一刻，我体会到手足之情的温暖！

那段日子学校老师和同学都来看我，四邻八舍的邻居纷纷来我家，你家送来几斤面，他家拿来几个鸡蛋。城厢区政府王区长送来三十斤救济粮。村东杨连庆老人饲养了几头奶牛，长年供应结核病防治所的医生和病人。老人家听说我受伤出事了，他每天早晨送来一大瓶足足二斤的鲜牛奶，说免费供应直到我伤愈上学。那段日子，在极度悲痛中的我却感受到了老师同学和乡亲的温情。这一切让我鼓足勇气，扬起生命之帆顽强地走下去。

十几天后，我再次到医院找张医生拆了线。张医生冷峻的脸上露出一丝笑容，平静地说："这孩子伤口愈合得挺好，但要注意别碰着，增加点营养。"回来后我的手仍用纱布包着，用布条吊着胳膊开始上学了。伤痛中的右手不能写字，便咬牙用另一只手习字、作画、夹筷子吃饭并逐渐适应。虽然落下功课二十多天，但学习成绩并没有受太大影响。

生死线上挣扎

大约从1953年10月开始，国家对城镇居民实行粮食、油料（包括食油）的统购统销政策。1955年8月25日，国务院下发《市镇粮食定量供应暂行办法》，全国第一套粮票正式流通，从而拉开了中国长达三十八年之久的"票证经济"的帷幕。实行"统购统销"后，布票和粮票按人口定量供应，光有钱没有票证是买不到东西的。那年代做件新衣服是件奢侈的事情。母亲为了省钱，都是先买来布，找裁缝裁剪后回来自己做。全家老少的衣服鞋袜几乎都是母亲一针一线做起来的。只有我和哥哥上中学后，母亲才买来廉价的布找裁缝加工。

我们小胡同东有个腿脚不太利索的宋裁缝，她做的衣服又可体又便宜，生意兴隆，收入可观。父母很羡慕，打算让我中学毕业后去跟着她学裁缝手艺，将来吃穿准不愁。一贯听话的我一听这话就急了："我可不去学那手艺，那是老娘们干的事情。我一个男子汉将来要上中学、大学，如果今后家里有钱了我还想去留洋呢！"

母亲听了我的抢白，不仅没生气，还乐滋滋地说：妈就知道我家老二理想远大、有出息，但愿上天保佑，让儿将来多念书做大事。

做新衣服一般是在春节前，也不是每年都能做。"新三年，旧三年，缝缝补补又三年"，新做的衣服前三年必须是在春节的大年初一到初三才能穿，初四就要洗干净存放起来，待来年春节再穿，第四年就可以每天穿了。大哥穿的新衣服最多，他穿小了我才能穿。后来条件稍微好一点，弟弟妹妹才能各穿一件新衣服。等破的实在穿不了就撕碎用来"打被子"纳鞋底。布料的颜色很单调，多是蓝色、黑色的。女孩子的衣服带点格子或其他图案。母亲有时为了省钱便买块便宜的白布，在锅里放上染料染成黑色或蓝色。衣服的款式除了传统的便服，大都是"中山服"、"解放服"和"列宁服"。

为了减轻家里的负担，我们放学回家放下书包后，就急忙外出拾牲口粪、鸡粪、狗屎，然后卖给生产队；或在河边道旁、村头巷尾垃圾堆里捡碎铜烂铁卖给供销社；或到地边田头拔草回家喂兔子；或捡人家遗弃在菜园地里的菜根、菜叶喂猪；或到河套沟边野地里拾烧禾；或在垃圾堆里捡碎铁和煤渣……晚上做完作业后，再到碾屋推磨。推磨体力消耗大，是条永远走不到终点的弯曲路。我们推磨筛出来的面粉并不是为自己吃，为的是给人家推磨挣点麸皮补给生活。每次母亲都给我们定任务，一般一晚上碾磨30斤小麦或玉米，磨推不完不能睡觉。母亲虽然对我们要求很严格，心里也很矛盾很难过，但是我和大哥及姊妹们从来没有怨言，我们知道父母的艰难和不易。

那时，学校每月要组织学生进城看一次电影，电影通常是《白毛女》《海岛风云》《鸡毛信》之类的黑白片，票价5分钱。可这5分钱我也拿不起。每次我向母亲要钱，她都是摇着头无奈地说："孩子，妈不是不舍得，咱家的条件实在不允许啊！"看到母亲为难的样子，我只好蔫退了。只要学校一组织看电影，我和大哥就请假回家帮家里干活，上坡里拾烧草。后来班主任李老师看出问题对我说："再看电影不要请假了，我向学校申请今后看电影给你们哥俩免费。"听了李老师的话，我乐得都要蹦起来了！从那以后，我才能与同学们一样看电影了。后来我才知道每次看电影的票钱并不是学校免的，而是李老师自己垫付的。得知这个消息，我心情难以平静，一股对老师的感恩之情从心底油然而生……多好的老师啊！她为了我的自尊心不受伤害，竟用善良的谎言慰藉我的心灵！

李老师出生在南方的苏杭一带，是典型的江南美女，浓浓的眉毛，高高的鼻梁，薄薄的嘴唇，白里透红的圆脸上明亮的双眸犹似一泓清水，说着一口标准的普通话。她租住在我们村杜家街街南一处不太宽敞的旧房里，离我家也不太远。李老师非常了解我们家的经济状况，对我们哥俩特别关照。为了报答老师的知遇之恩，我更加努力学习，遵守纪律，尊敬老师，辛勤劳动……做一个品学兼优的好学生。当年我的作文、图画作品，经常被李老师作为范例在班里宣读，还贴到墙报上展示。

尽管我们家最大限度节衣缩食，但终因家底太薄，入不敷出，债台高筑，一直是村里出名的"特困户"。上级每有救济粮款发到村里都有我家的份，粮款村干部定时分发。为了生存，母亲多次无奈地厚着脸皮赔着笑脸，到后街找村干部预支钱买粮，一趟趟跑，一次次看白眼。村干部阴沉着脸，边开介绍信边甩出几句刺人的话："哼！回去要仔细点花，节约点用！你们家就是个填不满的穷坑啊！"

母亲双手接住那张字条，赔着笑脸连声说："一定！谢谢！"可是一出了干部的家门，眼泪唰地一下就流下来了……母亲不是那种没皮没脸的人，也有人格尊严，可为了一家人的生活，她能有什么办法？她扶着墙壁失声恸哭，只觉得眼前一黑，差点跌倒在大街上……都说人穷不能志短，可作为母亲她不能眼睁睁地看着孩子们挨饿啊！为了孩子，母亲只能打掉牙齿带血吞到肚子里，把做人的自尊抛到九霄云外了。

随着互助组、合作社的成立，我们家也加入了合作社。农村合作社，产生于20世纪50年代初的农业合作化运动，它是为实行社会主义公有制改造，在自然乡村范围内，由农民自愿联合，将其各自所有的生产资料（土地、较大型农具、耕畜）收归集体所有，由集体组织农业生产经营，农民进行集体劳动，各尽所能、按劳分配的农业社会主义经济组织。

我们家村东那宝贵的一亩二分水浇地，耕种不到三年就入了合作社，父母亲心里虽然难舍难割，心痛得睡不着觉，但是响应上级党的号召那是不能含糊的。

这年7月，全县开展了由点到面，以"粮食统购统销及合作化问题"为中心，运用"大鸣、大放、大辩论"形式的社会主义教育运动。这场运动涉及面之广，波及人员之多是空前的，断断续续延续至"文化大革命"的前夕。

1957年夏末初秋，炎热的夏天过去了，大地迎来了凉爽的秋天。我爱秋天，秋给大地画了一幅美丽的图画，给人们带来了丰收的快乐。这时三妹出生了，大家庭又增加了勃勃生机。三个兄弟三个姊妹，上有年迈的祖母要赡养，下有"一群半大小子壳郎猪"，又没有一点祖上遗产，那生活的困难程度可想而知。每次吃饭，一家人围满饭桌，小板凳不够坐就找块木头，再就是站着蹲着，伸着胳膊插着人缝夹菜吃。有时做的菜刚端上桌，就风卷残云般一扫而光，母亲只能喝剩下的一点菜汤。但母亲从来不让奶奶受委屈，总是为奶奶特意做点好吃的端到她炕头上。虽然父母为一家人的生计从早到晚忙碌劳作，像一只陀螺被鞭子抽打着不停地旋转，但是一家人还是吃不饱穿不暖。

艰苦的岁月，常常能磨炼人的心志。生活的担子沉甸甸的，压得父母喘不过气来，他们却凭着坚强的意志和勤劳的双手，在极度贫困的岁月里，苦撑起了一个温馨的家。父亲劳作之余挑起"八股绳"，煮地瓜、做豆腐脑，给防治所（烟台市北海医院前身）食堂清理卫生，挑送污水，挣点辛苦钱。有时，善良的厨师把海鲜的下脚料——大虾头、鱼头、鲅鱼尾送给他。父亲就兴高采烈，急三火四地拿回家。母亲洗干净那些海味，锅里添上水放上盐，烧一锅海鲜汤，捞点鱼肉送给奶奶，一家人美美地喝一顿鲜汤。母亲在家里也闲不着，没白没黑地糊火柴盒、纺绳、纳鞋底、养鸡、养猪、养兔子……

我们一天天长大了，几个妹妹弟弟陆续进入林家庄小学读书。我和大哥1955年8月离开林家庄小学，开始去东北隅村里的"中心完小"上学了。尽管日子仍然很苦，但是常看到母亲过早衰老的脸上绽出笑容。也许她从我们身上看到了希望。

1957年，全县遭受了多年罕见的干旱，全年降水量仅有284毫米，是往年的三分之一。农业大减产，粮食奇缺，普通人家都以瓜菜为主食，我们家温饱更成问题。此时，我在学校表面上还是有模有样的少先队中队长，胳膊上还佩戴着两道红杠杠，可肚子里三尺肠子早空着二尺半。母亲尽管千方百计想让我们吃饱饭，却仍力不从心，常常饿得耳鸣眼花。村里一位要好的姓杜的同学，家里当时有"外汇"（其父亲在济南市工作，按时往家寄钱，时称为有"外汇"人家），生活较好。我每天早一点拐着弯到他家约他一起上学，实质是另有所图。每次去他家，善良贤惠的杜大婶都会温声细语关心地问我："吃饭啦？吃什么饭？吃没吃饱？"每次我都会煞有介事地说："大婶我吃啦！吃的好饭，吃得饱饱的！"每当这时大婶都会笑着对我说："你这孩子，你们那一大家子人哪能吃好吃饱呢！"说着就递给我一块玉米饼子或掺了点菜的白馒头。我也顾不上脸面了，狼吞虎咽吃下去。多年来，我把那位好心的大婶视为救命恩人，还时常去看望她。

第五章
旋涡中的悲剧

全民除四害

1958年春天，中共中央、国务院发出了《关于除四害讲卫生的指示》，在全国范围内掀起了剿灭麻雀和老鼠的高潮。我们县里什么工作都跑在前面，这项工作也不例外，几乎所有的机关、团体、企业、学校全民动员，围歼麻雀、老鼠、苍蝇和蚊子。学校开大会动员老师、同学要积极参战，这是党中央、毛主席的伟大号召，我们师生要绝对响应，校内校外相结合不留死角。

每天早饭后，参战人员必须进入阵地，大街小巷、院里院外，房顶、墙头、树上地里鞭炮齐鸣。妇女们挥着竹竿彩旗，老太太敲打着铜盆脸盆，呼天叫地，此起彼落，震耳欲聋。飞来窜去的麻雀们惊恐万状，疲于奔命，根本无立足之地，无处喘气栖息，更绝的是在村头林边显眼的空荡区域放毒饵，各村的基干民兵扛着火枪分兵把守。那些可怜的麻雀陷入"人民战争"的汪洋大海之中，累死、饿死、毒死、打死，到处是死于非命的麻雀尸体。

消灭蚊子主要采用填水塘、平污沟等办法，尽量减少蚊子的滋生地。

晚上村里村外到处点上麦糠之类的东西，烟熏火燎使蚊子无处藏身。

对付麻雀，我们男孩子成了生力军，个个手执弹弓像狙击手，上学放学腰里都别着弹弓。为了做一个得心应手的好弹弓，村周围的树林里像样的树杈几乎砍完了。弹弓上的皮筋是用修理自行车时换下来的旧内胎，剪成一条一条做成的。修车铺师傅每根旧红色车胎要收3毛钱，黑色的再加1毛钱。为了打麻雀，必须配备数量多的"子弹"，我们放学后纷纷到绛水河边捡大小合适的石子。听大人说黄泥劲儿大，我们就跑到田地里寻觅，找到黄泥块拿回学校，兑上水，搓泥丸，学校操场边的大石条上每天放满一个个黄澄澄的泥丸。我们的衣服沾满黄泥，衣兜里盛着石子、黄泥丸，时刻警惕漏网飞来的麻雀，一有情况就会抽出弹弓，众弹齐发。有的同学误将人家的窗玻璃打碎了，没少挨骂。

那盛石块、黄泥丸的衣兜掏来掏去经常破损。母亲知道消灭麻雀是上级的命令，心里虽然不满但也不好直言批评。晚上待我睡了，她默默地缝好衣兜，再洗干净挂在院子里晾干，嘱咐我要注意安全，不能用弹弓打别的东西，更不能影响学习。

每天傍晚放学后，村里会有人组织分头把守住出口，有人拿着手电登梯上房，在屋檐下掏窝搜查，抓幼雀、摸鸟蛋。有一次，有个同学掏鸟窝时碰上鸟窝里恰有条蛇正在吞食小麻雀，吓得那个同学"哇"的一声从梯子上跌下来，多亏下面有个草堆才没伤着。那次遇险后，再到屋檐下掏麻雀窝时会先用树枝伸到窝巢里探一探，听一听，确保安全了才动手。那时候，到处流传着这样的民谣：

老鼠奸，麻雀坏，苍蝇蚊子像右派。

吸人血，招病害，偷人粮食搞破坏。

捕捉老鼠的数量要看尾巴的多少，麻雀要逐个数腿，每两条腿算一只麻雀，缺一条腿都不算数。我们每天上学，进了校门，排着队站在大门洞里那张桌子旁，向老师报告我们的战果：老鼠尾巴要用线串起来；麻雀腿要一对一对捆好；苍蝇装在瓶子里，老师拿着根树枝拨拉着数，然后登记造册上报。数量多的同学，登在黑板报表扬，数量少的被通报、受批评。

这场以杀灭麻雀和苍蝇为核心的全民运动，成了"大跃进"的序曲，直到农业放卫星、工业大炼钢铁之后才偃旗息鼓。除"四害"被纳入了爱国卫生运动的正常轨道，日渐成为难忘的回忆。

据不完全统计，这一年全国捕杀麻雀2亿多只。到了第二年春天，城乡的树木，特别是城市街道两侧的树叶几乎全部被害虫吃光了。

1958年是特殊的一年，全国上下举起了"三面红旗"。"大跃进"标志着中国在探索建设社会主义的道路上打开一个崭新的局面。历史已经证明，这个努力完全是不成功的。"大跃进"的历史背景是"反右派"斗争的胜利提高了人民群众建设社会主义的积极性，人们错误地认为工农业生产会出现迅速增长的新气象，在全国范围内将有经济飞速发展的可能，于是提出有必要在生产战线上来个大的跃进。1958年夏收季节，各地兴起一片虚报高产、竞放高产"卫星"的浪潮，报刊与社论大加鼓吹，并且大肆宣传"人有多大胆，地有多大产"，公开批判"粮食生产有限论"。1958年8月，中央召开会议，不仅没有对已经十分严重的浮夸风和混乱现象加以纠正，反而加以支持。高指标、高产量造成农业大增产的假象，老百姓对此兴高采烈，深信不疑。

1958年8月，我和大哥考入黄县"红专大学"——一所没有任何学杂费、半工半读的中等专业学校。学校坐落在县城南菜园泊村一个大庙里，校长由当时的城关公社党委书记曲继辉兼任，还有两位副校长。一位叫王源深，身体魁梧健壮，据说经历过南征北战，立过战功，负过伤，是一位军转干的老革命。他没有多少文化知识，但聪明机灵，也很健谈。他给我们讲政治，讲当年他与日本鬼子拼刺刀的场面，与国民党枪战，子弹打光了就赤手空拳搏斗的战斗故事。他讲得绘声绘色，唾沫星子横飞，很让同学们感动，常常报以热烈的掌声。他还会打一手漂亮的锣鼓，修理家用电器。另一位副校长姓刘，是一位白白胖胖的中年机关干部，同学们从来没见他笑过，偶尔笑一下也是干咳嗽几声，算是笑了。刘副校长后来调进总工会任领导直到退休。我任市总工会主席时，他有事找我，我恭敬地称呼他"刘老师"，其他人都不知道是怎么回事。

"红专大学"设立农业、机械、财会等专业，毕业后视本人学习成绩和家庭情况分批进行分配，主要为本县、本公社工农业生产培养技术骨干力量。学校还有100亩实验田，供学生劳动实习。

我被分配到农业一班，班里共有五十名同学，班委会主席梁振运，副主席温桂馥（女），他俩都比我们大几岁。梁主席长得个头高一些，白里透红的脸上透着聪明。他处事灵活，心眼多，胆子大，很有号召力。温副主席眉清目秀，身材丰满，勤奋朴实，与同学们关系融洽。冬天的早晨，不管是不是她值日，她几乎每天第一个进教室门、掏炉灰、生火炉、倒煤渣、打扫卫生。同学们都很尊重她。

我们入校时，正值繁忙的秋收季节，田园里到处是丰收的喜悦景象。通往学校的农道旁，又粗又长的玉米棒像是在感谢人们对它的辛勤培育，露出金灿灿的牙齿，开心地笑着；俊秀挺拔的高粱，像已穿上嫁衣的新娘羞红了娇嫩的脸；翠绿的花生蔓儿沐浴着金色的秋风；成片的大豆在微风轻拂下，摇起了欢乐的金铃铛；一垄垄地瓜也撑破了厚厚的土地，争相露出了粉红色的肚皮……

往年这个时节，生产队就要组织精兵强将，到地里收获丰产果实。可是1958年的秋季并非如此，人民公社刚刚成立不久，生产方式还是极其落后的，却违背自然发展规律，采用了"集中优势兵力打歼灭战"的大兵团作战的生产方式，把几个自然村划为统一领导的管理区，然后把劳动力统一组织，集中起来，同吃同住同劳动，进行统一收割和翻耕。牛、马、骡等牲畜和农具也极为有限，不得不依靠原始的生产方式拼体力。耕翻土地是一镐一锨地把土地翻耕出来。为了赶进度，调动所有的人力资源，连我们这些刚入学不久的学生也成了"兵卒"，被摆在这台"棋盘"上。大人刨玉米秸，我们紧跟其后掰玉米棒，然后用筐子抬到地头。地瓜地里，我们每人拿着一把镰刀，一人一垄，弯着腰，一字排开，挥着细细的胳膊，舞着镰刀砍断满地爬的蔓子。那匍匐在地、肆意而生的地瓜蔓子，纵横交错。蔓子半路上也扎根儿，早已分不清它是哪一棵上的。我们只好把砍下的蔓儿滚成长长的一捆，一齐用力喊"一二三"。一捆一捆地瓜蔓被推到地头，大人们紧跟在后面刨地瓜。我们把地瓜装进筐子里，再抬到地头，搬上牛车或小推车运走。大人们立即用铁锨把土翻出来整平，接着用耧播种小麦。收花生、割大豆、刨高粱也是这样的人海战术。一时间，广袤的田野上到处人山人海，处处人欢马叫，好不热闹。

公社化

1958年9月1日，根据上级的指示，黄县创办了第一处人民公社——东风人民公社（后改为中村镇）。接着陆续按自然区域划分，相继成立15处人民公社。全县实现人民公社化，共有99634户农民加入人民公社，设生产大队108个，生产小队957个。人民公社的特点就是"一大二公"，实际上就是搞"一平二调"。所谓"大"，就是将原来一二百户的村庄的农业合作社合并成为五六千户甚至一两万户的人民公社，一乡一社。所谓"公",就是将贫富水平不同的村庄合作社合并后,一切财产统一上交公社,实行全社范围统一核算,统一分配,实行部分的供应制(包括大办公共食堂,吃饭不要钱)。同时,社员的自留地、房前屋后的自留园、家畜、果树等也都被归为公有。上级还无偿地调用生产队的土地、牲畜、物资和劳动力。农民惊恐不满,纷纷杀猪宰羊,砍树伐木,对生产力造成很大破坏,这也给农民带来灾难性的后果。

人民公社大力推行"四化"(组织军事化、行动战斗化、生活集体化、任务时间化)和"四到田"(干部到田、吃饭住宿到田、开会办公到田、大字报到田),将劳动力按军队编制成班排连营团,采取大兵团作战的方法,从事工农业生产,动辄夜以继日,连续作战。除此之外,还强调公社生产自给,努力扩大公社内部的产品分配。农村那些小商小贩、集市贸易以及家庭副业,如养猪、养鸡、养兔等都被作为"资本主义尾巴"加以取缔。所有的农事活动都要充分发挥人民公社的优势,运用大兵团、集体化作战的战略方式,整齐划一,移山填海。农户的粮食一律充公,吃公共食堂。每个村组织民兵挨户搜查,私藏粮食的被批斗,搜出的粮食也要无偿送到大队食堂。对于有私藏粮食的嫌疑户,组织民兵拿着铁钎子进家,逐间房屋从地面到墙壁进行检查,看有没有藏粮食的地洞。晚上派出暗哨蹲守,堵截夜间转移粮食的农民。老百姓怨声载道,敢怒不敢言。我们家从来没有民兵去过,因为村里人都知道我们家连一日三餐都吃不饱,哪里还能有多余的粮食隐藏。

学校东南不远有处会战的"兵团"营寨,驻扎在收割后松软的土地上,工棚林立,人声鼎沸,不知道的人还认为驻扎了拉练的野战军部队。这样的生产形式,让孤陋寡闻的庄户人大长见识。

县里将15个人民公社划为15个战区,战区设指挥部,下设团、营、连、排等。刚成立人民公社做任何事情都不从实际出发,一律讲求平均主义，讲究"一大二公"。无论干不干、干多干少，都可以在公社集体食堂里吃不要钱的饭。这样一来，谁还会去扑下身子卖力气干活呢？当然，管食堂的干部和食堂的司务长很牛气，隔三岔五地加小灶，偷窃现象也屡见不鲜。

年过半百的父亲，当过生产队的干部，任过人民公社的连、排长，昼夜奋战在生产第一线。出大力，流大汗，工作上稍有差池，不是"扛黑旗"，就是被戴上"败将官"的帽了。母亲在生产队的养猪场当过饲养员，参加过妇女深翻队。妇女们不管遇到什么特殊情况，但凡迟到或干活稍怠慢一点，不是被戴上"黑心牌"，就是在衣服后背贴上黑底白字的布块块"懒老婆"。多数妇女失去尊严，遭到人格欺辱。

在这样的背景下，农业生产缺乏正确的战略运筹，顾此失彼，集体和个人都没有粮食物资的储备，没有太多的东西可以填饱肚子。吃饭不要钱听起来很大气，很振奋人心，但具体实施起来却要受客观条件的限制。在徒有虚名的人民公社"一大二公"的前提下，都在梦想"共产主义"就要到了，谁还愿意积极主动去劳动呢？不劳动，哪来的东西吃呢？

时间不长，所有的公社、管理区和村庄都缺粮，甚至完全断粮，"共产主义"式的公用食堂持续了不长时间，相继关门倒闭。反差太大，老百姓心灰意冷，如坠深谷，在填饱肚子这一大问题上各奔前程。时间不久，村周围各种能吃的东西，树叶、树皮、野菜、地瓜蔓、田地里遗失的干菜叶子等都被吃光了。很多人因吃不上饭患上水肿病，几乎每天都听到有老人、病人过世的消息。

母亲在深翻队那段时间，白天晚上跟着"深翻队"战斗在建造"大寨田"第一线，过着"军事化"的生活，步调一致，行动统一。每当锣声、号声或"钟声"（敲击工棚边木桩上悬挂的一块钢管、犁尖）响起，大家爬出窝棚，洗漱、吃饭、出工、劳动、收工、开会，有条不紊。组织纪律要求很严，任何人不准无故回家。

我们兄妹六人就像没娘的孩子似的，饭也吃不饱，觉也睡不着。一个星期天的傍晚，我和大哥放学回家，只看到奶奶和几个兄弟姊妹，不知父母的去向，大家很想父母亲，一齐缠着大哥，让他带着我们去找他们。大哥抱着三妹、背着三弟，我和大妹、二妹拿着几块熟地瓜和咸菜紧跟其后，一路逢人就打听，像逃荒一样从城东转到城西，从城东南凤凰山赶到城北宋家疃，走一路打听一路。我们跑得又累又饿又困，好不容易找到"深翻队"，已是下半夜了。那里正点着汽灯开大会，临时搭建的台下，人黑压压的，台子上押着的几个人。前排的人头上戴着有"败将官"字样的高帽子，后排的人胸前挂着"黑心牌"。会场一片寂静，只听到汽灯吱吱地响，主持人声嘶力竭地吼叫，指责戴高帽的干部领导不力，没有完成深翻地的任务，批判那些挂"黑心牌"的干部不负责任，良心坏了。我们兄弟姊妹六个吓得在会场边的玉米秸子垛边，依偎在一起不敢吭声。三弟和几个妹妹相继睡着了，我和大哥忍着饥饿硬撑着。散会时已是下半夜，大会主持人宣布，"深翻队"要立即开拔去城东南凤凰山整地。我和大哥在人群里看到了母亲的身影，嘴里大喊："妈妈、妈妈……"母亲听到我们的喊声，回头看到我们，眼睛里泛着惊喜。她拖着疲倦不堪的身体向我们奔来，我们一齐扑到母亲的怀里呜呜地哭起来，母亲的眼睛也湿润了，她问："弟弟、妹妹呢？"哥哥用手指指向玉米秸子垛，母亲三步并作两步疾奔过去，看到一张张泪渍未干的小脏脸，母亲的眼泪像绝了堤的河水……

天色已经很晚了，大队人马要立即转移战场，时间紧迫。母亲只得领着我们一群孩子，赔着笑脸向"营长"请假两个小时把我们送回家。到家后，天已经大亮了……母亲赶紧掀开锅盖添上水，放上竹箅子，解开大襟袄纽扣，从衣袋里拿出半块玉米窝窝头，又接过我们拿的咸菜，去饭篓子里拿了些熟地瓜一块放到锅箅子上。那玉米窝窝头是她自己不吃，省下来想找机会送回家的一点宝贝。锅里水开了，母亲做了些玉米稀饭，把那块玉米窝头和一碗稀饭送到东屋炕上让奶奶吃。她嘱咐我们说："你们要听话，请了两个小时的假，超时要受处罚的，我得赶快走了。"说着拿着块地瓜急急忙忙地走了。不知什么时间再与母亲见面，我们心里难过极了。

"反革命案件"

我们的班主任老师名叫纪淑萍，白净的脸上戴着副眼镜，温柔可亲，对同学们非常关心；语文老师刘孔范和蔼友善，心地善良，治学严谨；数学老师李汝恭是一位资深的老教师，教学严谨细致，一丝不苟。这些老师深得学生的喜爱，至今我们还念念不忘，总想找机会去看望他们。学生的宿舍安排在学校西面不远处一栋南北贯通式的大宅院里，每栋房子里都有土炕，铺些麦秸、铺上被褥就可以睡觉了。和我同炕挨着睡觉的是李有欣，他家的经济条件稍好一些，带的被褥既轻快又暖和。我的被子是母亲用粗糙的"更生布"做的，又重又不耐寒，晚上盖着压得几乎喘不上气来。

学生每天上完课，还要到学校的100亩实验田里劳作，拔草、浇水、施肥……肚子吃不饱，饿得前胸贴后背，加之繁重的体力劳动，常常累得腰都直不起来。有一天，我实在坚持不下去了，好不容易请了假回趟家想得到父母的安慰，顺便再要点食物添饥。跑回家一进院门，看到父亲赤着双脚蹲在院子里抽旱烟，脚面上沾满了泥土，大概刚从深翻土地的工地回家，看起来筋疲力尽的样子。

父亲见了我，劈头就问："也不是礼拜天，你不在学校好好念书，回家来干什么？"

我怯生生地回答："学生口粮定量太少，饿得不行，活又太累，腰疼得受不了。"

"胡说！小孩子哪儿来的腰？"父亲不由分说截住了话茬儿。

听到父亲冷冰冰的盘问，我一时窘在院子里，眼窝里噙着委屈的眼泪，悻悻地转身准备返回。这时，正在屋里炕上缝补衣服的母亲出来了，叫住我并塞给一个掺野菜的玉米窝窝头，温声细语地说："孩子，现在到处都是干重活，吃不饱饭，家里也没有吃的。这年头谁也没有办法，只能忍耐。上帝会保佑我们活下去的。好孩子，赶快回去吧，别耽误了功课。"

我手里握着母亲塞给我的野菜窝窝头，一边走一边哭……当时非常不理解父亲那种气哼哼的态度，后来长大了才逐渐理解了父母的心。天下哪有不爱自己孩子的父母呢？可是那个年头，他们心里都很苦恼，很烦躁，但爱莫能助呀！

那段时间，学校发生了两起严重的刑事案件，一个是书写反革命标语，另一个是私刻公章。学校外有一块玉米丰产田的地头，在一块创"卫星"的标牌上，有人用粉笔写上了反动口号。公安局来人进行排查，同学李有欣莫名其妙地成了审查对象，因为他常说些个俏皮话。我也成为嫌疑人，理由是大姨一家人就住在丰产田不远处的砖瓦窑洞旁，有人指证我曾几次路过那里。公安人员和王副校长把我们几个怀疑对象带到大门楼旁边的传达室里轮番问话，核对笔迹。我刚踏进传达室的门，那个身着警服、头戴大盖帽的矮瘦老公安就伸手关上门，接着就板起脸来。他把手枪、手铐"叭"的一声拍在桌子上，先给我来了一个下马威，然后敲打着硬邦邦的桌面，厉声地问："你要老实交代，为什么要写反革命标语？动机是什么？我告诉你，坦白从宽，抗拒从严！只有老实交代，才能争取从宽处理！"

我听到这话，脑子"轰"的一声，这是哪跟哪啊？怎么会把这样的大帽子扣在我的头上？当时气愤胜于委屈，我也不示弱，大声对他说："你们找错人了！我真不知道是怎么回事，你让我交代什么？我有什么可交代的？"我憋屈得难受，但强忍着不让自己流眼泪。

老公安说："有人指控你几次去你大姨家路过那块丰产田！"

"我去大姨家不假，路过那块丰产田也不犯法吧！不管你怎么说，反正我没写什么反动标语！你们不能冤枉好人！"我理直气壮地反驳他。

那个老公安看我的态度很坚定，语气软了下来，说："冤枉不冤枉要看最后结案。你回家好好考虑一下，和你父母说一下利害关系，明天再来，要如实交代。"

我看着王副校长铁青着脸，坐在旁边，两眼像鹰一样紧盯着我，没有任何表情。但是从他的眼神里可以看出，他也在怀疑我。

当我转身推开门走出去那一刻，我的眼泪再也憋不住了，哗哗地任意流淌……虽然我心里没有什么亏欠，更无压力，但我毕竟是一个孩子，这么一个大帽子一旦扣到我头上，不仅我的一生彻底完了，也会连累家里人过不上安生的日子！

晚上放学后，我急匆匆地赶回家。

母亲看到我哭成了泪人，温情地抚摸着我的头安慰说："身正不怕影子斜，咱没写就不怕赖，不能因为你大姨家离案发现场近就认定是你干的。"

母亲严肃地说："你记着，为人做事要敢作敢当。无论什么时候，事情做了就要勇于承担责任，没做的事就是打死也不能承认！"

听了母亲的安慰，我心里好受多了，擦干了眼泪对母亲说："妈，你放心好了，我知道应该怎么做！"

经一个多月的侦察，案情终于告破，原来是一个姓纪的学生干的。

在那一个月里，我的压力特别大。有的同学看到我就像看到瘟神似的，低着头过去不同我说话，好像一与我说话就会大难临头似的。

案件破了，黑脸王副校长见了我笑嘻嘻地说："小家伙还行！这会儿没事啦！真金不怕火炼嘛！"话中没有半点道歉的意思。我也没理他，转身就走了。

有趣的课外生活

班主任纪老师的丈夫是位在职的军官，家里经济条件较好，常接济那些贫困的学生，至今回想起纪老师，仍然激动不已！

教室后边的夹道里，纪老师让我们养了四只长毛兔，为的是剪毛卖钱，增加班里的收入。同学们轮流值班拔青草，找鲜菜叶，把那几只兔子养得又肥又壮。几个顽皮的同学私下找班主席梁振运商量，偷杀一只解解馋。胆大心细的李有欣，自告奋勇承担了这个"光荣"的任务。这天上午，正在上课，李有欣趴在课桌上"哎呀！哎呀"地叫唤，纪老师关切地问："有欣！你怎么啦？"梁振运忙说："他可能是喝凉水喝得肚子痛！"纪老师忙说："你快去村里诊所找先生看看，吃点药，回宿舍休息吧！要多喝点热水，千万别再喝凉水啦。"李有欣一听，心中暗喜，正中下怀。他装模作样地起身拿着书包出了教室，悄悄地转到后夹道，弓着腰打开兔子笼子，伸手抓了只兔子揣进书包里。那只肥壮的兔子在书包里上下不停地翻滚，还"吱吱"叫。李有欣怕暴露目标，用手不断拍打书包，待拐过墙角看看左右无人，伸手抓住兔子两只耳朵，扭着兔子头，心一狠，使劲儿一拧，只听"嘎吱"一声，兔子不动了。他飞奔回家，对家人谎称是老师让他回家炖兔子给有病的同学吃。他扒下了兔子皮，三下五除二连砍带切地把兔子肉放到锅里炖。灶口里架上木柴，拉着风箱，不大会儿兔子就炖熟了。他把兔子肉盛到一个带盖的小桶里，飞快地赶回学校。他怕被人发现，将小桶藏到学校旁边的玉米地里，又回到宿舍躺在被窝里装病，那个"机智神速"的行为像个特种兵。后来，中学毕业后，这位老兄如愿以偿，真的入伍当了一名优秀的侦察兵。

下课后大家回到宿舍，李有欣领着梁振运等几个同学跑到玉米地里，饱餐了一顿兔子肉。事后纪老师发现少了一只兔子，问梁振运怎么回事，梁振运故作镇定地说："可能是忘了关门，兔子跑了吧！"纪老师严肃地说："那可是四只兔子啊！跑掉一只，另外三只怎么没跑？"梁振运装着无可奈何地说："不知道是怎么回事！"其实当时纪老师心里明白是怎么回事了，只是严厉地追问一下，以防剩下的那三只兔子再遭不测。

学校实验田除了种玉米，还种土豆。秋后我们去地里干活，李有欣、史洪家那几个机灵顽皮的同学故意晚一点收工，蹲在土豆地里假装着大便，暗中用手挖开土豆上面的泥土，伸手扭下大一点的土豆，再把土豆蔓扶正压上泥土，把土豆拿回宿舍用火烤着吃。

梁振运那几个年龄大一点的同学，夜里常去村里菜园子里偷大白菜，回来找了个水桶当锅用，添进水煮着吃，也没有油盐。水煮大白菜的香甜气息在宿舍里外飘荡。这都是肚子饿急了逼的。这些事我也都知道，但都没直接参加，自然没享到那个口福。

1959年春天，我们的宿舍仅住了不到一年就被村里收回去了，学生要全部走读。七月的一天，上午就开始乌云密布、狂风大作、电闪雷鸣，瓢泼似的大雨下个不停，同学们在教室吃着自带的午饭，瞪着惊恐的眼睛看着屋外的倾盆大雨，院子里一片汪洋。傍晚快放学时，雨停了，街上到处是污泥浊水，我与李有欣、刘秀田、周展兴等几个同学把鞋脱下来装进书包，挽上裤腿急急匆匆往家里赶。走着走着，老远就听到绛水河发大水的咆哮声。到了河岸边，只见浑黄的洪水填满河床，声势惊人，如同万马奔腾般的滚滚而下。一些鲜玉米秸子、地瓜、花生蔓、树枝和杂草上下翻滚。岸边脚下的田地也一块块往河里坍塌，击起河边一片片浪花。我们沿河岸跑了很长的距离也没有看到一个人敢下河，只看到一群人站着或蹲在河边看，有的拿着抓钩搂一些漂浮物。我们看着过河是无望，趁天还没黑又赶回学校。那天晚上，我们几个同学像逃荒的难民，剩下的食物大家分着吃，不停地喝凉水充饥。我们蜷缩在课桌上，扎扎实实地和一群骁勇善战的蚊子大战了一宿。当我的耳边终于不再有蚊子那低空飞行时发出的令人狂躁难安的"马达"声，四肢已血迹斑斑，整个人好像一堆烂泥。窗外的天穹已不合时宜地泛起一层一层鱼鳞状的红晕……唉，几乎是一夜未眠，我的头那个涨呀！那个困哪！

每年秋收季节，学校周边的村干部都会找校长让我们帮助秋收，我们刨不动玉米秸子，只能帮助掰玉米棒再把玉米拖出地外。有时也帮助割地里的大豆，到场园帮助剥玉米皮儿等。因为不能耽误功课，这些活一般都是晚饭后列队去打夜班。村里有时会送一桶热水。

农历八月十五这天，我们班同学在离学校不远的李巷子村帮助村里拖玉米秸子，拖到半宿，又累又饿。这时李有欣悄悄和我商量：咱找个干净的墓穴，把玉米秸子拖到里面，下面铺一些上面盖一些，又隐蔽又暖和，美美地睡上一觉。我当时又困又饿，两眼直冒金星，四周一看，同学们都在干自己的活，谁也不注意谁，便同意了他的提议。不一会儿，我找了个理想的墓穴铺上玉米秸，心里美滋滋地正要躺下。这时，李有欣变魔术似的从衣袋里掏出个月饼说："这是俺家自己做的月饼，今天上学时拿了两个，中午吃了一个，今晚是中秋节，咱俩分开吃这一个吧。"说着就掰开手里那块月饼，给了我一半。我心里顿时涌起一股感激之情，他若不说，我还真忘了那天是中秋佳节。我们俩躺在墓穴里，仰望天上明月，小口咬着、慢慢嚼着香喷喷的自制月饼，过了一个特殊难忘的中秋之夜。至今想起来仍感到回味无穷。

我从小胆子就不大。记得一天中午，母亲捎信让我晚上回家一趟，晚自习结束已是夜里九点，大哥已经离校进工厂上班，我只有壮着胆独行。从学校到我家必经李巷子村南一大片墓地。那天晚上，天空的浮云瞬息万变，东方天际弯弯的月牙儿，一会儿被流云吞噬，一会儿又露出来。夜空时而划过一颗流星，幽黑的村庄里不时传来几声犬吠，路边的灌木丛被西南风刮得左右摇曳并发出刺耳的尖叫声，令人惊怵。走着走着，那一片黑黝黝的坟墓出现在我面前，远远望去还有闪闪烁烁的"鬼火"在墓地里来回穿梭、跳跃，仿佛一群妖魔鬼怪在乱舞。我的心陡然一紧，怦怦乱跳，汗毛倒竖，后背冒着冷汗，顿觉得脑袋越来越大……我加紧脚步继续赶路。这时又发现两具干尸横在小路旁。我知道这是胆大的史洪家、李有欣和张连垠的恶作剧。他们前些日子扒坟时，故意在路旁不远处挖了个坑，将两具男女干尸竖立在里面。白天看并不害怕，晚上一个人路过这里，越不想看越歪着头看，那干尸的头发在苍白的夜色中随风飘舞。我怕极啦！"妈呀！"我大喊一声，撒丫子就跑，以百米冲刺的速度向前狂奔，耳边呼呼生风，感觉身后有那么多野鬼披头散发地在追赶我。我的心"咚咚"打鼓似的狂跳，过绛水河时都来不及脱鞋。终于跑到自家门口了，我喘着粗气划开门，赶紧反手关上，还找了根木棒紧紧顶住门栓……大口地喘着粗气进家后，也顾不上吃母亲留给我的晚饭，甩掉湿漉漉的鞋，脱掉渗透汗水的衣服，慌忙爬上炕头依偎在母亲身边，那几乎跳出喉咙的心才渐渐平静下来……母亲听了我断断续续的述说，安慰说："哪里有披发的野鬼，这都是自己吓唬自己。"

除了正常学习外，我们还要勤工俭学。县城里电影院厕所、人民剧场厕所的粪便统统留给我们学校的实验田。各班学生轮流去挖粪便，去实验田里耕作，种粮种菜。收获后除了交给村里一部分，剩下的送到学校。我们宿舍旁边的厢屋是磨坊，同学们晚上还要轮流推磨压碾，第二天早晨将磨好的小麦、玉米面粉送到食堂。有时食堂等着用，粮食还没晒干就要开始磨。那湿漉漉的玉米放到磨眼里下不去，只能找根树枝往下使劲儿捅，推那样的磨就特别沉重。同学们除了星期天可以回家，其他所有时间都由学校安排，我们没有自由活动的空间。

1959年秋天的几个晚上，我们列队去黄城东关食品加工厂，包裹高粱饴糖块。那高粱秸榨制的糖汁，加工出来的饴糖既软和又香甜。学生们围在长案板前拿着五彩缤纷的糖纸包裹糖块。包装车间里照明的灯不太亮，不时地有同学偷偷往嘴里塞糖。有几个同学趁人不备，还向衣兜里装。旁边一位女同学轻轻用腿碰了我一下，暗示我也跟他们学。软乎乎的糖块很好吃，虽然我馋得直咽唾沫，但想起"小时候偷针，长大了就会偷金"的母训，刚升起的念头就硬压下去了。

那时我们这些中学生几乎成了城关公社的"机动部队"，天天都有干不完的活。有时候，老师领着我们排着队去泉水疃公社牧场帮助摘花生，也到县城里帮助粮油食品加工厂摘花生、搓花生。同学们很喜欢干这类活，学校可收入一定的酬金，自己也可以趁机解解馋。不过，花生吃多了再喝凉水，不少同学跑厕所拉肚子……

在学校里我是个好学生，除了学校组织的劳动外，有时还自己还找活干。学校大门外的街南大院里，除了学生集体食堂，还有个饲养场，常年饲养着三四头猪，由食堂炊事员马贵和代养。年过半百的马师傅患有气管炎，整日里呼呼地喘粗气，不时伴着几声咳嗽。他用剩菜汤、刷锅水喂猪，猪吃不饱，饿得整天嗷嗷叫。我不忍心，便经常和另一位同学李广坤饭前课后地到野地沟旁拔些野菜，捡些烂菜叶，切碎后放到猪食缸里一沤。那几头猪撒着欢地吃。时间不久，几头猪个个毛发黑亮，膘肥体壮，有时跑出来都能驮着人满院子跑。

马师傅很高兴，建议学校表扬我们。有时，他看到我拔野菜、剁菜累得满身是汗，就给我倒一盆温水，亲自帮我擦洗后背，还常给我个高粱窝头或者掺菜的白面馒头。我不好意思要，他说："你帮了食堂这么大的忙，吃点干粮也是理所应当的。"后来的一段时间里，拔草、备饲料、喂猪成了我主要的课外活动，我也常得到马师傅的接济。

穷人家的孩子早立事

小时候，我身体瘦小，也没有多大的劲儿，但是我并不懒惰。那时候家里干的活有三样：挑水、拾柴草、推磨。村西南曲家菜园有一眼水井，前街的人们吃水都要到那眼井里挑水，井离我家差不多有一里路。我个子小，挑不起来满满的两桶水，就把扁担钩弄短一点挑大半桶水。看着那些大人把水桶挂在担杖钩上放进井中，左右一摇晃就灌满了水桶，一用力三两下将桶提出井面，再伸胳膊弯腰，拿着担杖钩住水桶一提手一钩，很潇洒地抬脚健步如飞，我打心里羡慕。不要看轻那潇洒的动作，那虽是一个瞬间的技巧，可我模仿时常把水桶掉进井底，不得不借绳索和专用铁钩子趴在井边捞水桶。有些来挑水的大人也经常帮着我捞，让我又感激又尴尬。

后来，长高了，有劲儿了，就能挑整桶水了。我从十一岁开始挑水，一直挑到二十岁离开家。夏天挑水还好一些，冬天挑水就费劲儿了。井边结了好多冰，井台又高又滑，要把打满水的水桶从井里提上来再慢慢滑到井台边的地面上，还要挪出结冰区才行。有时候，水桶滑到地面，就剩下半桶水了，不小心还要摔一跤，洒一身水，到家后衣服上都结了冰。有一次，我脚下一滑，摔了个四脚朝天，脑袋磕在冰上，顿时晕了过去。过了一会儿我醒来后，还得再小心翼翼地提水。

村南街西南边有一块我们家的自留地，种着各种蔬菜，地头有一眼石头砌的深水井，水质咸，不能喝但可以浇菜。我常跟着父亲学着用辘轳提水浇菜。他弓着腰麻利地操作辘轳，向井上提水，往井下放水斗，一上一下熟练洒脱，像耍把戏似的。有时候他不用手翻水斗，而用脚指夹着翻，让我看得眼花缭乱。我自少特别爱学习新鲜事，对神奇的事非要学会，开始学着半斗半斗地提水，后来我也能很熟练地翻水斗了，觉得挺有成就感。每个星期天傍晚回家，都要过一把挽辘轳的瘾。有一次正挽着水，只见水斗里飘浮着一个小笔记本一样的东西，拾起来一看，原来是个钱包。我打开一看，里面有钱，还有一些票证之类的东西。我惊喜地举在手中，向在菜园里拔菜的母亲喊叫。母亲直起腰向正在看水流的父亲说："你过去看看老二手里拿了件什么东西。"我兴奋地说："是钱包呀！里面还有钱！"母亲一听说是钱包立即跑过来，从我手中将那个滴水的钱包拿过去，小心翼翼地把里面被水泡得软软的钱币和票证拿出来，放在井台不远的大石头上晾晒，转脸对我说："老二，你赶快到街上问问是谁家丢的钱包。"我说："毫无目标，怎么去问？"父亲说："这片自留地就那么七八户人家的，就找这七八户问一下。如果这七八户没有丢的，那就很难找到失主了。"父亲替我挽水，我穿上鞋向街里跑去。结果好不容易找到这些人家，不是家里锁着门，就是说没丢过钱包。最后,母亲让我把这个钱包送到村里。听说一个多月后,才找到失主。原来是一个在外地工作的教师,休假回家帮助老婆挑水洗衣服时,不慎将钱包掉在井里。夫妻俩趴在井边捞了半天,还吵了一架。他们本来以为找回钱包无望了,心急火燎地挂着里面那几张票证,想不到一个月后物回原主,太高兴了!他找到我们家,非要拿出两块钱送给我。母亲极力推辞,说失物归还原主是天经地义的事,坚决不收。那位老师千恩万谢,从上衣兜里抽出一支钢笔送给我留作纪念。我说不要,那位老师说:"你不收,我就不走了。"母亲看不收不行,才对我说:"快谢谢老师,收下这支钢笔留个纪念吧!"这件事对我很有教育意义,拾金不昧的意义,远远大于失物的价值。品德,无价可言。那位老师走后,我这才看清那支笔是上海产的铱金钢笔,当时能值五毛多钱。我从来没买过,更没用过钢笔。这支钢笔,多年来一直放在抽匣里从没用过。那时虽然家里穷,但父母从小就教育我们几个孩子,再穷也不能贪图公家和别人的便宜。母亲的教育让我长大后认认真真做事,堂堂正正做人!

除了刮风下雨,我们几乎每天要拾一捆或一花篓柴草。村西河岸,村东沟沟洼洼都留下我的足迹。有时清晨还要拿着粪筐,围着村边屋角找拾到的狗粪、驴屎蛋送到大队饲养场院里卖钱。有时提着篓子,拿着抓钩,去沟边河岸垃圾堆里捡碎铜烂铁卖给东关供销社。每天晚上还要抱着磨棍推磨……总之,一年四季没有闲暇的时间。

这年深秋的一天,我在电影院南边不远的水果市场上,看到有位同学在贩卖水果。我问他卖得怎么样,他笑了笑说:"挣的钱够交学费的了。"我回家和母亲说自己要去试试。母亲开始不同意,觉得我年龄太小又没有做买卖的经验,在我一再恳求下才勉强同意并给了我两元钱当本钱。那天晚上我高兴得一宿没睡觉,做梦都是在熙熙攘攘集市上卖水果挣钱，感觉以后学校再要交什么钱时，不用回家难为情地张口了。

清晨，我推着小车向南部山区走去，心里那个高兴呀！沿着散发着山区特有气味的沟渠旁的小路走着，却不知道到哪里去进货。几经打听，来到了一块果园边，看到一对夫妇在摘梨，地头上有一堆梨。我放下车，进了果园，指着那堆梨礼貌地问："大叔，你们的梨卖吧？"那位戴着草帽站在树杈上的大叔看我推着个小车，便问："小孩儿，你买梨是自己吃还是送人？"我说："自己不吃，也不送人，是卖的！"大叔笑着说："你带了多少钱？"我说："两块钱！""两块钱啊！不少了！我看你也不是干这种活的料，我这里有一些次等梨，你随便装，能装多少就装多少，装满车也不用称，你给两元钱就行了。"我一听，心里大喜，天底下还有这样的好事！我把钱向那位大婶手里一塞，把小车推到梨堆旁，大婶也弯下腰一声不响地帮着我装梨。这些梨个个都有点小毛病，有的是被树叶扫的硬伤，大多数是下树时不小心碰坏的，但我尝了一个还挺甜的，微微有点酸味。装满两扁篓，大婶说大概有70多斤。我一看太阳快到中午了，谢了这对夫妇快步往城里赶，边走边寻思着："两元钱买了70斤梨，每斤不到3分，卖5分就能挣一元多钱，买7分能挣两块多！"我心里那个美呀，心想再也不用伸手向家里要钱了，可以自食其力解决学杂费了。心情格外舒畅，下山的路越走越快。

快到集贸市场了，我又累又渴，在街道边找块阴凉地方坐下，抹了一把汗，捡了个有伤疤的梨，擦了擦啃起来。待到了果菜市场时已经是下午一点左右了，我放好了车子，拿起秤比量几下找找感觉，就等着买主了。左等右等不见有人光顾，那个季节中午挺热，晒得我满头大汗，还不时地驱赶飞到梨上的苍蝇。碰上熟人还礼貌地请人家尝尝梨，人家拿起一个，我又挑个好的送给人家。太阳偏西时，才有一个中年妇女领着一个小女孩过来，左挑右拣，买了两毛钱的梨。我左右一看，市场上就剩我自己了。这时过来一位面目慈祥的大妈，对我说："孩子啊！我看你卖了半天了，这种卖法你是卖不动的。你推着车子到北巷子街招呼招呼，那里做买卖的多，兴许能有买的。"我谢了大妈，推着小车进了北巷子街。那街面是磨盘石铺的，推着小车走在上面咯咯噔噔直蹦高，梨也跟着跳动。我几次想开口呼叫"卖梨来"，就是张不开口，从巷子南口到巷子北口，只有两个人让我停下车来，要看看梨，但扒拉一下也不问价就走了。

天越来越暗，街旁小饭馆飘出阵阵饭菜香味，街旁的电线杆上昏黄的路灯都亮了，这时我才感到又饿又累。无奈，我推着一车梨沿着北关的老城墙回家了。母亲看我疲惫不堪的样子也没指责，赶快让我吃晚饭。她趁我吃饭时到院子里看了看那一车梨，回来对我说："你这孩子哪会做买卖？这梨不能等到明天就烂了。那装梨的偏篓里你也不垫上点纸，大梨皮薄最怕碰，碰破了皮过一宿还不烂才怪呢！"母亲连夜把这些梨给东邻西舍分了，还给伯母家送些。早晨我拿出去两元钱，晚上拿回来两毛钱，熟人吃了几个，其他的都打了水漂，我还累得差点病倒了。就这样，第一次做买卖以失败告终！

奶奶去世

一场惊天撼地的"大跃进"运动之后，紧接着一场空前绝后的大饥荒。人们争抢地瓜蔓、花生蔓、野菜和树叶、树皮，掺点玉米面、地瓜面做"汤"充饥。那时，树皮、树叶、野菜……都让老百姓吃光了。历史上的荒年吃过的东西，人们全吃遍了，比如干地瓜秧、玉米棒骨、麦秸。花生皮都碾碎了，筛下的粉取名"淀粉"，蒸成窝窝头模样的团子，是当时填饱肚子的最好食品。这"淀粉"窝头是灰黑色的，上学时在书包里装上几个，待到下课吃饭时，哪里还有窝头？全成一堆泥土一样的碎面，抓一把往嘴里填，强忍着往下咽。窝头什么味道也没有，也没有任何营养，同吃泥土没有什么区别，只是为了充饥。吃下去胃肠涨得难受，还经常便秘，难以忍受。

做饭的铁锅早进了炼铁的炉膛了，没有锅做饭，只有将水桶当锅用。添上半桶井水烧开后，没有什么油星，抓上一些洗干净切碎的野菜树叶，再到生产大队的公共食堂排队，领来定量的面条倒进桶里，用勺子一搅拌，除了菜汤只能看到星星点点碎面条，一家人围在水桶旁，你一碗我一碗。大哥和我能喝五六碗，肚子撑得鼓鼓的像个大气球，可尿泡尿肚子就瘪了。家里有点好吃的，还要留给年迈的奶奶。父亲每天出工干重活，母亲宁肯自己挨饿也尽量让父亲填饱肚子。她脸色蜡黄，开始全身浮肿，腿上一按一个窝，走路要扶着墙壁，稍有不慎就要跌跤。

那段岁月，几乎每天都有老人、小孩或病人死去的消息。粮食不够吃，个个饿得面黄肌瘦，青年妇女也都闭经了，人口出现负增长。五六岁的孩子长着大肚子、小细脖子，骨瘦如柴，弱不禁风。许多老年人经受不了饥饿和折磨，相继去世了。

1959年秋末冬初的一天上午，耄耋之年的奶奶溘然长逝。临咽气前，她让正巧在家的大哥把父亲和在饲养场喂猪的母亲叫到跟前，用微弱的力气说："书臣他妈，我想吃块糖。"母亲听了奶奶这点小小的要求，心里真不是滋味，鼻子一酸，眼泪就流出来了。虽然家里没有钱，但老人家这点愿望无论如何也要满足。那时糖也是奇缺的，一斤不带包装纸的糖球也要十多块钱。母亲把家里仅有的五角钱递给父亲，父亲急三火四地跑到河西岸供销社，买回几块没有包装纸的粉红色糖球，掰开奶奶干瘪的嘴唇，塞进她的嘴里。辛苦一辈子的奶奶含着这个糖球默默离开了人间。心力交瘁的父亲与母亲握着祖母干枯冰凉的手，放声大哭。那撕心裂肺的哭声回荡在老屋里外……

我和奶奶感情很深。她的眼睫毛爱往眼里长，我们兄弟姊妹常轮流着给她拔眼睫毛。她偏爱我，常把别人送给她的好吃的偷偷留一点，待我放假回家时趁没人塞给我。那天我接到噩耗从学校一口气跑回家，看到胡同里人来人往的身影，我扶着胡同口的东墙壁，头晕目眩，差点跌倒。我进了院子里，看到堂屋当中门板上躺着干枯瘦弱的奶奶。我猛地跑过去，掀开盖在奶奶脸上的白布，看到她半睁半闭的嘴里含着半块粉红色的糖球，一头扑上去号啕大哭起来："奶奶呀！奶奶！我的好奶奶啊！"

挡不住的诱惑

"五风"（共产风、浮夸风、干部特殊风、强迫命令风、生产瞎指挥风）影响的那个时代，粮食产量都是干部自报。公社把各村的大队干部集中起来，各自登台报粮食产量。谁都不想第一个汇报产量，但总得有一个先汇报。第一个大队登台汇报往往是公社领导点名，点那爱出风头的村干部。各村再依次登台报粮食单产、总产，数字一个比一个高。最后一个大队报的产量最高，不但会受到热烈表扬，还扛上一面大红旗高高兴兴回家去。第一个汇报的大队，虽然出了风头，但也要付出代价，不但受到严厉批评，还要扛上一面白旗回家。紧接着就是上缴国家粮食任务，就按汇报的产量，留下社员口粮和种子，其余全部上缴国库。本来粮食收成并没有那么高，为了面子，瞪着眼说假话。可是说出的话是泼出的水，大队干部不得不发动党团员，层层做群众工作，把粮食全部上缴。1958年夏季丰收的小麦经过公共食堂大吃大喝，又通过秋季播种时把优质小麦大量撒在地里，这时无论是集体库房还是农户家里，粮食早已空空。可想而知当时农民的处境了。当然也不排除个别有心机又关心群众的干部，私下偷偷藏下部分粮食分给群众，这也只能是权宜之计，杯水车薪。

1961下半年到1962年上半年，农村政策终于有所调整，给社员划分自留地，开放自由市场。瞎指挥、共产风、一平二调等错误得到纠正。虽然多数人家的生活有了基本的保证，可是少数人口多、劳动力少的农户仍然解决不了温饱问题，我们家就属于这种情况。

在那个饥饿的岁月里，人心比铁还硬，人情比纸还薄。人人都饿红了眼。白天种上的花生，尽管拌上了人粪尿、农药，晚上也会有人偷偷去扒开泥土，找到花生种子，剥掉脏兮兮的外皮再吃。生产队砌的火炕生的地瓜苗，生芽的地瓜母子常被人偷走。有些时候对那些易吃的重要庄稼，干部派人看守，但庄稼往往也不翼而飞。大家彼此心里明白，嘴上不说。快要丰收的小麦，夜里常被割去一片麦穗；地瓜快要收获了，第二天到地里一看只剩下地瓜蔓子；即将收获的玉米棒、花生、大豆，田边的向日葵，常常眨眼就不见了。生产队的社员几乎无人不偷。白天看着都是好人，天一黑就都成了偷儿。抓住了就要开大会批斗，斗归斗，偷归偷，白天挨斗，夜里照偷。不偷白不偷，不偷就得挨饿。社员偷，干部当然也偷，社员是各自偷地里的，干部则商量着偷集体仓库的。

1959年麦收季节，我回村参加麦收，白天跟着社员们下地拔小麦挣工分。为了多挣几个工分，晚上到生产队场院的窝铺里当看守。食不果腹，头昏脑涨，两腿无力，两眼常冒金星，经常半夜里饿醒。同伴和我商量，到附近菜园里偷摘茄子吃，我心里害怕不敢去，同伴说："走走！深更半夜吃几个茄子谁知道！"趴在菜园湿漉漉的茄子沟里，也不管是苦还是涩，边摘边吃，嚼不烂就往下咽，装满肚子才爬回窝铺睡觉。第二天早晨还没睡醒，就听到菜园主人在破口大骂，心不由地怦怦乱跳，生怕人家找上门来。回家时，经过那片茄子地时，不敢看一眼。

这天，一个颇有心计的大叔对我说："看你三根筋挑着个头，瘦得都耽误长个儿了，多可怜呀！你得想法弄饱肚子呀！"

我无奈地说："大叔，不怕你笑话，俺家兄弟姊妹多，还要花钱上学念书。光有吃饭的，没有干活的，哪能吃饱饭呀？"

他说："你呀！活人能让尿憋死？你晚上不是在场院屋里睡觉吗？那么多麦子你不能弄些回家？"

我一听，吓了一跳说："啊？你说什么！真要是那样，俺妈能把我砸死，不行！不行！"

大叔说："要不这样吧！你晚上把麦粒送到俺家里，我给你做大饽饽、大发面饼。现在这个年头谁有机会不往家弄点？你傻呀！"

偷吃人家的生茄子本来就深感内疚，再偷生产队的麦子就错上加错了！不能干！母亲常说："冻死迎风站，饿死不出声，人活在世上要有个好名声呀！"

可我经不住大叔一遍遍劝导，更经不起大饽饽、大发面饼的诱惑，心理防线有些动摇，便底气不足地说："要不我试试！用什么装麦粒呢？"

大叔眯着双狡黠的眼睛说："用麻袋装肯定不行，麻袋上面都印着生产队的字样，还有编号，再说你也没劲儿，拿不动，被人碰上麻烦就大啦。我给你找条旧裤子，裤腿捆结实，麦粒装进裤子里，再扎紧裤腰扛在肩上往俺家送。反正场院离俺家也不远，夜深人静时你多弄两趟，我叫你大婶做好饭等着你。"

人啊，总是有挡不住的诱惑，特别是在饥饿的折磨下，那种对食物的欲望是最难抵挡的。我终于屈服了，向那个深渊滑下去……

我按照大叔的吩咐行动了，到场园转了一圈看了看，窝棚旁边装好麻袋的干净麦子是送的公粮不敢动，只有打场园边那堆土麦子的主意。那天正好看铺的同伴说他孩子病了要回家看看，又碰巧是上弦月。待弯月偏西之后，我蹑手蹑脚从窝棚里溜出来，提着大叔那条裤子向土麦堆走去。只听见我的心跳得像打鼓似的，一下子就蹦到了嗓子眼，好像一张嘴就跳出来了，全身哆嗦得像筛糠一般……场园平平整整的，但我却感到脚下磕磕绊绊，面前是一个万丈深渊，一不小心就要跌下去摔个粉身碎骨，浑身的血液都冲到了脑门了……我慌手慌脚地往裤子里装小麦，感到差不多了，一弓腰扛到肩上就急匆匆地往大叔家走。我恨不得长上一双翅膀飞到大叔家里，但是裤子里沉重的小麦走起来都很费劲儿。好不容易挪到他家，一进门我的精神彻底崩溃了，一下子瘫在院子里……大叔急忙把我拽起来，帮我拿下裤子，当他看到倒出来的全是土麦，一脸不悦地说："怎么弄了这些土麦子！"大婶看我神色惊慌的样子，和颜悦色地说："行啦！别吓着孩子，弄点土麦子也不错啦，来来！赶紧进屋，洗一洗脸吃点干粮。"我伫立在院子里一动不动，沮丧至极，心里烦恼地想："还洗什么脸呢，那里还有脸呀！"

大婶把我拽进屋，我坐在炕沿上接过大饼，喝了口水，一边狼吞虎咽地啃着大饼子，一边流着眼泪……是惊吓的泪水还是羞愧的眼泪，连我自己都说不清楚。临走时，大婶又递给我几块发面饼，我不敢往家里拿，藏在场园窝棚的草缝里留着饿的时候吃。我尝到了做贼后微薄回报的满足，但这短暂的满足却充满了罪恶感。这是我生平第一次做贼偷东西，这恶行一直没敢和母亲说，多年以后想起来还是心慌意乱，无地自容。

饥饿的代价

1960年秋天，我饿得实在坚持不住了，两腿酸软，走路都觉得费劲儿。每当蹲下再起来的时候，眼前有无数个小小的金星在闪烁，耳朵里常常感觉像有蝉鸣。肚子时常饿到肠子痉挛的地步，人也瘦得三根筋挑着个脑袋，成了营养不良的"大头娃娃"。

我们放学后提着筐子，扛着铁锨，拿着小抓钩到城东城南的山丘地、城北的埠子岭上地里翻地，找遗留的地瓜、花生。饿急了，花生有点变味也顾不得，剥去皮吃了。因为干这种活的太多了，地都被人翻腾好几遍了，很难再看到地瓜、花生的踪影。

听说南部山区一带的老百姓生活稍好些，一些人结伴到那里讨饭，收获还不少。征得母亲同意，我便与同班同学王民宗提着篓子、布袋子，厚着脸皮也去了，心里七上八下像去做贼一样。我俩顺着县城南部山丘地带向周家庵、砧徐家、程家疃一带走去，一天跑了四个村。万事开头难啊，当叫开第一家门的时候，我俩都傻傻地站在那里，低着头看着鞋尖不敢说话。那户人家的大娘是一个好心人，她一看就明白了，回身进屋拿了两块地瓜面饼子给我俩一人一块，我俩连声说"谢谢"。大娘一直把我们送出门口，走出老远，我们还回头看看那位大娘。到了另外一家就没有这样的好运气了，主人看我俩不说话，就数落我们说，"干什么的？哑巴呀！怎么不说话？"我连忙说："大爷，行行好吧，我饿得实在受不了了，请给我俩点吃的吧。"大爷进屋回来甩给我俩几块地瓜干，"啪"的一声就把门关上了。王民宗说怕羞口不说话可不行，嘴巴要甜一点，我觉得他说的有道理。后来每到一家，我俩的嘴巴就像抹了蜜一样甜。尽管这样，我们也受到一些人家的白眼、谩骂……

讨饭中最最危险的事情是遇到狗。我俩来到一户黑漆大门外，叫了半天才开门，一条大黑狗狂叫着蹿出门来。我们吓傻了，赶紧往街上跑，裤脚还被狗撕碎，差点被咬伤腿。幸亏主人出来解救。女主人过意不去，给我们每人一块黄灿灿的玉米饼子。

一天下来，我们走了三十多户人家，讨到数量可观的地瓜、地瓜干、玉米饼子，还有一块黑面馍馍。虽然又怕又累，又感到羞耻，但那天晚上，全家人吃了一顿饱饭。

晚上躺在炕上，回忆起白天的白眼、羞辱、狗咬、尴尬……心情久久不能平静。第二天早晨，王民宗同学提着篓子来叫我，我死活不去了，说："我不行！我干不了这个活。"在那一刻，我才理解了清代文人陈睿思的话："途穷厌见俗眼白，饿死不食嗟来食。"

王民宗聪明好学，学习成绩优秀，而且善良厚道，我常到他家温习功课。可他家成分不好，祖上是地主，我不在乎这事。可就因为这一天的经历，后来"文化大革命"中村里有人揭发我阶级立场有问题，说我和地主羔子外出讨饭，划不清阶级界限，抹社会主义的黑，还把大字报贴到大街上。那时只是为了填饱肚子保住小命，哪里还顾得上抹什么社会主义的黑呀，我也根本不去理那个茬。

"文化大革命"中王民宗一家可惨了，白天被武装民兵押着扫大街，晚上被揪到大队院子里批斗，交代拉拢贫下中农子弟外出讨饭的反动动机。他们经不住这番无休止的折腾、羞辱和人身攻击，不久的一天晚上，举家外迁，去向不明，至今杳无音信。

一个星期天晚上，西街上邻居老闫家不知从哪里弄来一只狗杀了，让父亲去品尝，还招呼我和大哥也去。我们爷仨刚好还没吃晚饭。我和大哥高兴地跟在父亲的身后，母亲说："肚子里没有油水，狗肉吃多了不消化，可别贪吃。"我们嘴里答应着，心里可急切切的。一推开老闫家门，阵阵狗肉香味扑鼻而来。进屋一看，大锅里煮了满满一锅狗肉，上面浮着一层油。老闫拿了瓶老白干，几个大蒜头和盛酒的泥碗，连骨头带肉捞了一盆放在饭桌上，每人还盛了碗香气袭人的肉汤。他和父亲边吃狗肉边喝起酒来。老闫拿了条狗腿让我啃，说这是狗身上最好吃的肉。老闫还说："狗肉好啊！能补中益气，还能治疗腰膝软弱，心寒体弱等病。不要客气，多吃点。"那又肥又香的狗肉吃起来真是过了瘾，临出门母亲嘱咐的话早忘到脑后去了。我和大哥都吃得不断打着饱嗝，下半夜才回家。

拂晓时，肚子里阵阵剧痛袭来，痛得我满炕打滚，豆大的汗珠从我的额头上掉下。圆鼓鼓的肚子又胀又痛，吐也吐不出，屙下屙不下，肚子里像是有成千上万条蛔虫在不停地翻滚，一会儿又像被针刺了一样地痛。我使劲儿用手按住肚子，躺也不行，坐也不行，炕旮旯里走动更不行。我咬紧牙关，折腾了半天，只剩下半条命了，心里那个后悔呀！大哥也感到肚子胀得痛，但他没吃狗腿肉，疼得比我轻一些。母亲心痛地念叨："这孩子不听话，唉！不听大人言，吃亏在眼前。"说着她跪在我身旁，双手用力揉那个胀鼓鼓的肚子，却也无济于事，急得她眼泪直流，终于熬到天亮。母亲便心急如焚地跑到教会卫生所找到姜大夫，讨得一个偏方，说是灌蓖麻油有奇效。

母亲跑遍半个村也没找到，又过绛水河到西岸老杨家，好不容易找到了一把蓖麻籽，回家费了很大劲儿才熬出蓖麻油来，急忙给已经奄奄一息的我灌下。连续灌了两次，这才上吐下泻，那个舒畅呀！我昏沉沉地躺在炕头上大病一场，也是第一次体验了嘴馋贪食的恶果。那年，我刚满十四岁。每当我想起这件事，都会不由自主地冒一身冷汗。我发誓，今后再也不吃狗肉了。

每当看到母亲那憔悴的面孔，霜染的两鬓，刻满岁月痕迹的额头，我心里就难过极了，总想帮她做点什么。这场贪嘴风波闹得全家不得安宁，母亲又掉眼泪又跑来跑去，我心里深感愧疚。

"一大二公"中的丰碑

1958年11月，根据上级指示，蓬莱、黄县、长岛三县合并，成立蓬莱县（现为蓬莱市）。自此到1961年12月，黄县建制取消。1958年，蓬莱县委、县政府组织各公社一万八千人上阵，开始兴建王屋水库。全县各村派出最精干的劳动力，奔赴战天斗地第一线安营扎寨。身强力壮的父亲，推着小车、带着工具和行李随着浩浩荡荡的施工队伍向东南部山区进发。各村来的民工，都在石良公社南部黄水河两岸已搬迁一空的空闲民房里集结，真有一番大兵团作战、气吞山河的气势。

一个星期天的上午，母亲让我徒步到工地给父亲送双鞋。刚下过一阵秋雨，秋风送来怡人的凉意。河边、沟岸上的柳树叶开始泛黄，满山遍野的粮田、树木、山花、野草，也正在改变着自己的颜色，处处秋景宜人。在秋日阳光的照耀下，黄水河面呈现出一缕缕浅蓝色和青绿色，一层淡淡的雾气在水面蒸腾……

我边走边打听，快到中午时才到达施工现场。工地周边层林尽染，河岸不远处几个村庄里的民工食堂炊烟袅袅，环绕在树梢之间，弥漫在大河的两岸。走到工地，只见山上山下红旗招展，人山人海，四周山坡上高音喇叭播放着革命歌曲，呼喊着振奋人心的口号，地动山摇。工地上，壮劳动力们有节奏地喊着号子打夯。夯就是一个石碌子，立起来再用四根胳膊粗的杠子，用绳子往上横竖一绑，上端以两根棍棒夹紧。一个壮劳力扶着一举一落，其他六七个人拖着绳子喊着号子。石夯很笨重。"夯"字，一"大"一"力"，真是很形象。打夯的多数是身强力壮的男子汉，只有少数女强人参加，老的少的只有旁观看热闹的份儿了。数不清的人们围着大坝，送泥沙土，送碎石块。没有机械施工，就靠肩挑人抬搬运沙石淤泥，险坡陡岸肩挑人抬不便，就改成人力背筐。

两人一组轮流背筐，井然有序。开饭时喇叭一响，军号一吹，民工们就三五成群蹲在一起吃饭。餐食主要是黄玉米窝窝头和萝卜条咸菜，还有小咸鱼片，大家吃得又香又甜。饭后休息一会儿，军号再次吹响，大家又开始投入到你追我赶、紧张有序的劳动中。

午饭时找到父亲，我看他嘴里衔着旱烟斗，一副疲惫的样子。他接过鞋，和送饭的炊事员说了一下给我要了份饭菜。他对我说工地上人多，还要放炮炸石头，太危险了，吃完饭就撵着我走，晚上他们还要挑灯夜战。

晚上，截流大坝四周灯火通明，如同白昼，高音喇叭反复播放工地上涌现出的好人好事。大坝上一组组强壮的民工打夯，有节奏的吆喝声、发电机的轰鸣声、搬运泥沙民工相互的传话声交汇在一起，好像一场声势浩大的战争影片正在上演。

1959年9月，王屋水库竣工。水库的建成，对全县的工农业生产和城乡人民生活，将产生历史性的影响。现在的龙口市工业用水、农业灌溉、城市居民生活供水全靠这座水库，它成了龙口人民的保护神。王屋水库不仅为周边工农业生产和生活提供水源，而且具有巨大的调控环境的功能。库区周边景色宜人，库内各类鱼种资源丰富，也是珍稀水禽的栖息地。胶东葡萄酒龙头企业威龙集团酒业公司还在库岸开发无公害葡萄栽培基地。水库湿地公园被国家林业部门批准为省级湿地公园……

在历史长河中，1958年和1959年注定是不平凡的年份。王屋水库等那几年兴建的水库、塘坝和大型建筑，是那个时期留下来的一座座伟大的丰碑，在整个浮躁的大环境下是一个耀眼的亮点。那个时代建造的北京城的人民大会堂、中国国家博物馆、中国人民革命军事博物馆、民族文化宫、民族饭店、钓鱼台国宾馆、华侨大厦、北京火车站、全国农展馆和北京工人体育场等十大建筑，至今仍是重要地标。功在当代，利在千秋，彪炳史册。

第六章
悠悠亲情

看望姑妈

1959年初冬的一个星期天，听说招远老家的姑妈生病，母亲想派人去探望。大哥和父亲外出不在家，母亲就把这个任务交给了我，并一再嘱咐我不要将奶奶去世的消息告诉姑妈。为了节省车票钱，让我一个人坐公交车去。母亲给了我两块钱，又写了个纸条，上面注明下车的站点、姑父的姓名以及姑妈家村名。我把钱和纸条仔细地装到上衣口袋里，系好纽扣，拎着母亲备好的方食盒，里面盛的是用大萝卜包的素饺子，还有一些黄县长把儿梨。我撒着欢儿跑向黄城车站，花了八毛钱买了张车票。这是我第一次乘大客车，虽然有点晕车，但心情特别激动。

我拿着母亲写的纸条，在招远县城北槐树庄车站下了车，步行不到一个小时找到姑妈家。姑妈、姑父和表哥正在家里吃午饭，冷不丁见我走进来，十分惊讶。姑父高兴地接过食盒子让我坐下吃饭。他们家里也不富裕，屋里又暗又冷。姑妈患的病是慢性支气管炎，一到冬天就更严重了。姑妈还问父亲和奶奶的身体，我想到母亲的嘱咐，底气不足地说："都好！都好！他们都很好，您不用挂念。"

午饭是蒸地瓜丝，地瓜丝上面撒了些玉米面，又香又甜，姑妈问我："二侄呀，好不好吃？"我连连点头："好吃！真好吃！"她高兴地说："那你回家时带些回去。"我询问姑妈的病情，她说不碍事，只是因为想念我们才让人捎信的。晚上我与姑妈睡在一铺炕上，尽管被褥有些怪味，但仍感到特别亲切，这是血脉相通的亲切。姑妈给我讲他们小时候的故事，讲父亲对奶奶很孝顺，能吃苦耐劳……我也不知道什么时间睡着了。

第二天我就要返回黄县，姑妈留我再住两天。我说回去还要上学呢！姑妈吞吞吐吐地说："俺家里过了年，明年春天要生地瓜芽子，回去和你爹说一下，黄县龙口轮船码头，那里有卖煤的，想办法给俺送车煤来。"接着又递给我一些钱，我满口答应。姑妈自己没有儿女，过继了本家的一个叫大栓的侄儿养老。大栓哥二十多岁，高大的身材，一副憨厚的模样。他替我提着那个食盒子送我到车站，待大栓哥走远了我打开食盒，看看里面装的什么东西这么重。原来是满满一盒子熟地瓜丝，还有两个掺了些地瓜面的白面饽饽。一股亲情的气息温暖着我的心窝，那时虽然家家都很穷，但是亲人之间那种情意始终互相传递着，令人感到温暖！

车开动了，我从车窗望着大栓哥远去的背影……

回家后我把姑妈要买煤的事同父母说了。父亲说，趁天气还不太冷，这件事应该马上办。大哥知道我独自乘大客车跨县走亲戚，有些小小的妒忌。一听还要去送煤，他便自告奋勇要推车送煤，正巧父亲有事脱不开身就同意了。母亲迟疑地对大哥说："那可是90多里地，还要推200多斤煤，你能行吗？"

大哥说："五年前我就能和弟弟从老家走来，现在长成大人了，怎么不行呢？"

母亲说:"那就这样吧!下午去借辆小推车,绑上两个篓子。你明天早晨早点起床,让弟弟一起去,我去学校给你们请一天假。"

第二天,天蒙蒙亮,我们穿戴整齐,母亲找了个白布包,装上从姑妈家带回来的那两个掺着地瓜面的白面大馇馇、几块熟地瓜干,又到咸菜缸里捞了个咸萝卜,一起装好挂到车把上。临行前,母亲千叮咛、万嘱咐:"千万要注意安全!你们俩先到龙口煤场买上煤,一个在后面推,一个在前面拉,注意过往车辆,累了就歇歇。现在天短夜长,一定要在天黑前把煤送到你姑妈家。"又说:"出门在外,嘴要甜一些,认不准的路要多打听。"我和大哥都信心十足地表态,保证准时送到!我俩精神抖擞,好像出征的战士。

黄县城距离龙口港三十多华里,待我们赶到龙口码头煤场买上煤,已经快到中午了,我们顾不上吃饭,抓紧时间赶路。大哥在后面使足全身的力气推小车,我在前面咬紧牙关拉车。我们出了龙口街一路往南,快到黄山车站时,又饿又渴,大哥说:"咱们歇一会儿吧,实在推不动了。"我们在路边狼吞虎咽地把两个馇馇就着咸菜吃完了,又去车站喝了几杯水,接着继续赶路。开始走得还挺快,越走越慢。俗话说,远路无轻载,何况两个十几岁的孩子推了200多斤的煤呢!虽然是初冬,天气已经冷了,可我和大哥满脸淌着汗水,衣服都被汗水浸湿了,索性就把袄脱了下来。待过了槐树庄车站时,橘黄色的太阳已经快要落山了。大哥累得几乎要哭了,龇牙咧嘴的,我也感到周身酸痛,腿不听使唤,似乎没有长在我身上。我灵机一动,想出个法子来,对大哥说:"你先慢慢推着车子走,我抄近路去姑妈家,叫大栓哥来接你。"大哥抹了一把满脸的汗水说:"这个办法行,你快去快回。"我撒腿向姑妈家跑去,向着村里袅袅的炊烟狂奔,像追赶兔子一样,翻岗、越垅、跨沟,六七里山野地,不到半个小时我就跑到了。大栓哥问明情况,向我指引的方向跑去。我扶着门框坐到门槛上，上气不接下气，接过姑妈递上的一大碗水一饮而尽。时间不长，大栓哥推着小车，大哥趴在车架上到了街口。天已经全黑了，天上数不尽的星星在闪烁。

吃过姑妈包的胡萝卜馅儿饺子，也不觉得那么累了。大栓哥说："今天晚上村东边不远的杜家集有电影，你们看不看？"大哥看了看我，说："弟弟不累咱就去！"我一听有电影，顿时忘记了累。我们三人踏着月光，随着三三两两的人群赶到杜家集。那天放映的电影是《白毛女》，随着故事情节的推进，银幕前的观众有的咬着牙叫骂，有的掩面哭泣……

第二天我们返程时，把买煤剩的钱交给姑妈。姑妈笑着说："真是两个好孩子！这点钱你们拿着上学用吧！"又给了我们几个掺着地瓜面的白面大饽饽。回家轻车熟路，还顺风顺坡，我们哥俩轮流推车，轮流趴在车架上歇息，轻轻松松地回家了……

大哥进工厂

1960年夏天，城关公社农具制修厂厂长张万民，亲自到我们"红专大学"挑选16名家庭特困的学生，被挑中的同学可以带着户口到厂里上班。同学们都希望自己被选中。我怯生生地去办公室找纪老师，她微笑着认真地说：我已经和校长、张厂长介绍了你们兄弟俩的情况，如果张厂长接受我的提议，可以从你们兄弟俩中选一个。结果，大哥被选中了。

被选中的16名同学很让人羡慕。送别大哥那天，我跟在后面送出很远很远，差点哭出声来。我很清楚，从此我们兄弟俩再不会形影不离地一起上学了，心里久久难以平静。

大哥刚刚离开学校去工厂上班的那几天，我心里空落落的，感到很孤独，日夜思念大哥。我几次想去看看他，可是母亲一再告诫我不准去，怕影响大哥的工作。

1960年腊月的一天，我借口给大哥送脸盆找到了大哥的工厂，看到他穿着灰蓝色"劳动布"做的背带工作服，戴着深蓝色套袖，在一个大车间干活。那个神气劲儿太让我眼馋了。

大哥抬头看见我走进车间，惊喜地说："弟弟，你怎么才来看我？我挺想你的！"

我说："俺也想你呀！可咱妈不让我来。明年我就毕业啦，我也想到你这里上班。"

大哥脸上有一块油灰，手上的白手套几乎变成黑手套。当时我想，工人阶级就应该是这个样子吧！

大哥叹了口气说："俺这个厂子叫黄城农具制修厂，主要生产小型收割机、播种机、水车等农具。我现在是翻砂工，又累又脏，挣钱还不多，你哪能干这种活？毕业后千万别进这个厂子，没啥出息。"

我说："为什么？当工人不挺好的嘛！"

大哥说："你不懂，以后再和你说。你到车间外等一会儿，我马上下班了，你吃完饭再回去。"说着他头也不抬，两眼紧盯着手中的模具继续干活。

我环顾整个车间，有七八个青年男女工人，穿着和大哥一样的工作服忙碌着，抬头看破旧的车间上方的一角还露着天，地下到处是黑沙土、破铁块、残铸件、碎铁碴，车间后面还有个冒着灰黑烟雾的化铁高炉，四四方方，黑乎乎、脏兮兮的。看到周围的环境，我似乎理解了大哥刚才说的那番话。

下班铃响了，我跟在大哥身后进了他的宿舍。那是一间老式宅院的东厢房，又昏暗又阴冷。我坐在大哥不太整洁的床上等着他去买饭。一会儿工夫，大哥右手端着个大瓷碗进来，里面是蒸熟的地瓜干，上面还有一小碗咸菜，左手端着一碗稀饭，热情地说："你肯定饿啦，快吃吧！我已经吃过啦。"我的确饿了，也没客气，就大口大口地吃起来。八两地瓜干，一碗稀饭，就着咸菜，转眼就吃光了。大哥在一旁看我吃得那么香，高兴地说："今天不巧，吃地瓜干，过两天你再来，我买白面馒头给你吃。"大哥送我走后就上班去了。几十年后他才说，那天他根本没吃饭，为了我能吃饱，他是忍着饿去干活的。

　　我一直记着大哥说买白面馒头给我吃的事，后来终于实现了。腊月二十八日这天，我领着五岁的三弟，去问问大哥什么时间放假回家过年。大哥这时已调到工人食堂工作。我和三弟进了工厂大院，工人们正集中在一个大车间里开会。食堂在车间后面的三间屋里，三个师傅正忙活着。大哥扎着围裙在案板上做白面馒头，另一位小伙子正在炉灶下添煤烧火，一个年龄大的师傅在炸猪里脊肉，里里外外充满浓郁的香味。

　　他们看到我们哥俩来了，大哥对那位年长的师傅说："司务长，这是俺二弟和三弟。"司务长招呼我们先坐下，然后拿了个大碗，盛满冒着油花的炸里脊肉，每人给了双筷子，又递给我两个馒头说："来得真巧！今天改善生活，快吃吧！吃饱再拿点回家，记在我的账上。"我感动得双手都发抖，也不敢动手吃，看着大哥。大哥说："司务长是个好心人，快吃吧！"刚出锅的大白面馒头，又软又甜，还有香脆的油炸里脊肉。我和三弟饿虎吞羊般大吃起来，甭提有多香了！这样的饭菜，过年也吃不到。

　　我和三弟吃饱喝足了，司务长大叔又让大哥用纸包了些炸猪里脊肉和两个馒头说："赶快回家吧，让你爹妈也尝尝。"我向司务长大叔深深鞠了个躬，拉起三弟的小手欢天喜地往家跑，一路上那个高兴啊！

大年三十晚上，大哥拿着五个白面馒头回家了。他看到一家人躺在炕上，没有一点过年的气氛，难过地说："爸妈，快起来过年吧，我买回馒头了。"

母亲高兴地夸大哥顾家又孝顺，忙做了一锅白菜帮子菜汤，每人分了半个馒头，这个年就这么过去了。

大哥虽然在食堂工作，也是定量发饭票。我们吃了他的口粮，他就要挨饿。各单位对食堂管理都很严格，不准跑冒滴漏，定期要张榜公布收支情况。

大哥工作的公社农具制修厂解散了。翌年，大哥又调到黄城西十几里远的诸高炉村一处县办的铁业社上班，学钳工和锻打技术，生产一些锄、镰、锨、镢之类的小农具。为了节约生活费无论刮风下雨，大哥每天都徒步往返回家吃饭，省下钱交给家里。那个时候，善良、老实的大哥成了家里的顶梁柱。

几年后，大哥成了一位技术熟练的技工，车、钳、刨、铣、锻样样精通。2000年4月，市里注册资金150万人民币，在黄城绛水河西岸成立发达家用电器厂，从市属企业抽调一部分技术骨干分配到各车间、科室。大哥被选拔进厂。他为人忠厚，技术又过硬，调进生产技术科分管外协单位半成品的收发工作。这项工作在工厂里是炙手可热的肥差，每天与外协单位打交道很容易有私下的交易。母亲不断提醒大哥，办事要公私分明，不公之事不可做，不义之财不可得。大哥从不沾公家一点便宜，被工友称为忠诚老实、厚道可靠的老师傅……

当兵的妹夫

林家庄子村的刘家庭，与我和人哥都是小学的同窗好友，他比我小一岁。1963年春节后，他报名参军，跨海进入长山列岛，在大钦岛守备区直属炮兵营当了一名边防军战士。后来，部队首长又让他当连队卫生员。到部队，能干上卫生员，那可是美差事。那几年，海岛上的多数战士，都要钻山洞挖战备坑道。昏暗的隧道里，看不见对面的人影，只听见轰鸣的风钻响，空气里弥漫着浑浊不堪的粉尘，很多战士患上了可怕的"石肺"病。

政府这几年制定相关优抚政策，对当年的退伍伤残军人进行普查，并分等级享受较高的治疗和经济待遇。刘家庭是连队卫生员，没有直接投入打坑道的行列，也就没患上石肺。他每次回乡探家，都到我们家找我和大哥玩。他身着军装，英俊潇洒，身体健康，能写会道。母亲见了他很是喜欢，念其自小丧母，不久便认其为义子。

刘家庭对我母亲格外孝敬，每次到我家，人还未到，院子里爽朗的笑声早已经飘进了屋里，我们全家人都倍感亲切。

后来，他与二妹相爱了。二妹年轻漂亮，聪明善良，吃苦耐劳，全家人也都支持这门亲事。母亲更是乐得合不拢嘴。尽管双方家境都很贫困，可两个年轻人的心越来越近，鸿雁传书，最终有情人终成眷属。

1968年12月1日，一个风和日丽的好日子，二妹告别了家人，赶到蓬莱阁山下海港码头乘船进岛完婚。二妹在这个贫瘠的海岛上，感受了革命大家庭中军民一家亲的鱼水情意。在大钦岛守备区兵营里，守备区宣传部每天在大喇叭里宣传好人好事，颂扬战备训练和挖掘坑道行动中涌现出来的先进事迹和模范标兵，二妹夫也被通报表扬。新婚蜜月即将结束，就要挥泪而别，二妹眼睛湿润，叮嘱丈夫要保重身体，干好工作。新郎说："家里两位老人就全拜托你了，你就多辛苦吧。"二妹抬起含情脉脉的泪眼说："你就放心吧！"

二妹夫一手牵着二妹的手，一手提着旅行包。码头上，海风呼啸着，几只被缆绳紧紧拴在码头石桩上的轮渡船，被海浪冲得不断晃来晃去。新婚宴尔的小夫妻相视无语，情意绵绵，恋恋不舍。轮渡船上的水手解开缆绳，船长伸手一拉警笛，一声长长的鸣叫，马达轰鸣。二妹接过旅行包，轻轻地说："你回去吧，我走了！"她忍着就要夺眶而出的泪水，头也不回登上船……那一幕简直就是北宋著名词人柳永在《雨霖铃》中所写的"都门帐饮无绪，留恋处、兰舟催发。执手相看泪眼，竟无语凝噎。念去去、千里烟波，暮霭沉沉楚天阔"的现实版！当然，这些都是后来妹妹、妹夫陆陆续续告诉我们的。

婚后的二妹用她弱小的身躯支撑起一个极其艰难困苦的家，家里有一个患老年痴呆症的祖母，不仅生活不能自理，还不论昼夜，对人非打即骂；憨厚淳朴的公爹，又患上不治之症，整日被疾病折磨得痛苦不堪，生不如死。

二妹一边牵挂着海岛上丈夫的安危，一边又要照顾两位重病缠身的老人，繁重的家庭负担和巨大的精神压力是令人难以想象的。一年多以后，二妹先后送走了两位老人。母亲为闺女和女婿也没少操心，帮助他们渡过一个又一个难关。

1969年3月，二妹夫退伍回乡，按当时的政策分配到煤矿，干了一年矿工，1970年调到诸高炉县办的铁业社上班，恰巧和大哥在一起工作。妹夫复员回来，对二妹是一个极大的安慰，夫妻俩正憧憬着美好的未来，可没有想到又一个灾难落到他们头上。这年2月，二十六岁的二妹夫突患重病，经黄县人民医院诊断为严重的肝脓肿，需要尽快转院手术治疗。二妹如同五雷轰顶，哭得泪人一般……母亲安慰她说："不要这么伤心，你一旦病倒了，谁来伺候他呀？再说，你有那么多兄弟姊妹，都是你的坚实后盾，别怕，还有妈呢！主会保佑全家平安！"母亲永远是孩子心中的主心骨啊！

厂领导委派大哥陪二妹夫去了烟台毓璜顶医院治疗。当时，正巧青岛医学院专家下放到烟台毓璜顶医院，给妹夫成功地做了手术，切除了肝上的囊肿。在大哥和二妹的悉心照顾下，二妹夫很快病愈了，重返工作岗位。二妹夫后又调进城区纺织机械厂任车间负责人，1995年调进县一轻局供销公司工作，直至退休。

年过半百的二妹夫，在母亲和兄弟姊妹的支持下，把家中原来那间破旧不堪的危房推倒，重新盖起一座宽敞明亮的四合院。那高房大屋谁见了谁夸。已经有一女两儿的二妹，赶上招工好机会，到县办的皮件厂上班。二妹为人热情，工作泼辣，善良实在，人际关系融洽。她到法定年龄办了退休手续，帮助儿女看孩子，料理家务，伺候身体不太健壮的二妹夫，跟着母亲宣传基督教文化，成了母亲可靠的接班人……

当小工

20世纪60年代初期，我中学毕业回村参加农业生产，也算是个回乡的知青。刚开始没事做闲不住，经人介绍便跟着几个泥瓦匠当小工。第一次出工是离家不远的黄县一中，扛着铁锨，捎带着草编大网兜，休息时划拉些柴火树叶回家当烧草，天天如此。每天不是砌墙就是堨墙，一个小工要配合两个大工，大工一声吆喝，瓦刀点到哪里，小工就拿着铁锨把泥浆准确无误地甩到哪里。我配合的那位师傅姓冯，五十多岁，城后冯家村人，他是这个建筑队的头儿。他手艺好，为人忠厚，办事公道，很受大家的尊重，我也非常喜欢他。他看我个头不高、身架单薄，但干活却很机灵，要收我为徒弟，我听后别提有多高兴了！要知道，当一个大工不仅能发号施令，工资还是小工的好几倍，是每一个小工梦寐以求的事情。

我兴高采烈地回家告诉母亲这个好消息，可是她脸上没有一点喜色，反而忧心忡忡地说："老二呀，干泥瓦匠是个拼体力的活，真正干好也不是一件容易的事。"

父亲在旁边一边抽烟一边不露声色地说："让孩子锻炼一下也是一件好事，干大工累，当小工就轻快了？就让他自己去闯吧。"

接下来父亲话锋一转对我说："老二，既然冯师傅这么看重你，咱家这栋老房子透风漏雨，你能不能与冯师傅商量一下，让他抽时间帮忙给翻修一下？"

我有些打怵地说："我一个当小工的，谁知道我说了人家会不会反感？待找到机会试一下吧。"

第二天，我到工地以后，见到冯师傅几次想张嘴说这件事，可是话到嘴边又咽回去了。冯师傅看到我欲言又止的表情，好像看出我有为难的事情不好意思说，就说："伙计啊！有什么事你尽管说，不要吞吞吐吐的。"我看冯师傅这么说了，就大胆地把父亲的意思说了一遍。冯师傅爽快地说："这点事有什么不好意思的，再有五六天学校的活干完了，就找几个哥们到你家去。你回家让你爹把灰沙泥和旧瓦先准备好了。"父亲知道后异常高兴，忙去备料，母亲也盘算着做什么饭菜招待这些瓦匠师傅。

五天后，冯师傅带着几个师傅和小工来到我家，马不停蹄地干起来，两天多时间就干完了，还在屋脊中央刻上年月日以示纪念。我问冯师傅工钱怎么结算，他把老旱烟的烟袋往脚底下一磕，爽朗地说："这话说远了，什么工钱不工钱的，你们家比较困难我也清楚，大嫂子饭做得不错，管了三顿饭顶了工钱啦！"

父母听了冯师傅的话，感动得半天说不出话来。母亲指着新翻修的瓦房高兴地说："冯师傅，你真是一个大好人啊！我们家人一辈子都不会忘记你的！"

冯师傅爽朗地大笑起来："老嫂子，客气的话就别说了，人生在世，谁还不求人啊！"

送走冯师傅后，母亲对我说："做人就应该像冯师傅这样，爽快大度，正直善良，你以后多向人家学习！"接着母亲又叮嘱我："待学校结算完工程款，你别要工钱啦，让他们几个师傅分了吧！"

结果到结账时，人家一分的工钱也没少给。我执意不要，冯师傅跟我急了："别争啦！我们大工一天一块二，你们小工每天才挣四毛钱，我还差你那几个钱呀！"

母亲听说后，喃喃地说："冯师傅是个难得的好人啊，以后不能忘了人家！"

从那以后，每逢春节，我都会跑十几里到城后冯家村给冯师傅拜年，风雪不误。虽然我最终没拜冯师傅为师，但初次踏入社会就遇到这样的好人，是我一生中的幸事。

任会计

村里的干部看我有文化，勤快机灵，处事认真，就让我当村里的会计，老百姓称"账房先生"。母亲知道了这个好消息，高兴地说："谁说老实人吃亏？社员就喜欢老实人！"接着母亲就给我上了一堂"政治课"，一再叮咛："老二啊，你可不能辜负村里人的期望啊！为社员办事一定要大公无私，账目要准确无误，日清月结，收支账要张榜上墙；要勤学苦练，不懂不能装懂，要虚心向老人们学习。"

母亲总是在我人生的转折点上，给我鼓励，给我力量，给我指明前进的方向，就像大海里的航标灯，让我这只小船无论飘荡到哪里都不会迷失方向。

我虽然中学毕业，在校也算是个好学生，但是我没有经过会计的专业培训，对会计一行还是一个门外汉。要想干好这项工作，困难可想而知。会计必须掌握的基本技能对于我来说都很陌生。特别是珠算，虽然在学校里学过，但都是些皮毛，离专业水平相差甚远。

我懂得万事开头难，更懂得不能一口吃个胖子，必须从头一点点学起。我首先拜师村里的老会计栾世芝，向他学习记账程序。刚开始看到那密密麻麻的账本我脑袋都大了，眼花缭乱，看不出个子午卯酉。栾会计也很认真地教我，我很快就掌握了记账的基本程序；记账要能写一笔蝇头小字，数字要写得流利、漂亮，在这方面我又拜杜老先生为师，学习写字。我找来一些旧报纸，闲暇时间就练上几笔，渐渐地我的字写得像样了，经常得到师傅的表扬。工作中最让我头痛的是学习珠算，因为右手指受过伤不方便，我必须学着用左手打算盘。算盘技能是跟原黄县一中副校长孙效逊的妻子白老师学的。白老师是位大家闺秀，不仅写一手好文章，算盘打得也娴熟。她告诉我学习珠算必须掌握五个基本要点：一是用力要适度，算珠要拨到位，不能用力过重，那样会反弹；二是手指离开算盘距离要小，拨珠要连贯，做到指不离档；三是看准算珠再拨，力戒重复，减少不必要的附加操作；四是拨珠应先后有序，有条不紊，即便二指联拨、三指联拨，也有先后顺序；五是拨珠时手指协调、自然、顺畅……

白老师的讲解令我入迷，有一种顿开茅塞之感。回到家里我按照老师的讲解反复操练。俗话说，看花容易绣花难，尽管我反复操练，还是感到左手比脚丫子还笨拙，怎么也不听使唤，急得我满头大汗，有时竟没出息地偷偷流眼泪。我不能向困难低头，心想，我就不信那个邪了！我拿出古人头悬梁锥刺股的精神，晚上吃完饭什么都不顾了，坐在炕头上就练习，困了就下地用一盆凉水，冲洗一下脑袋，清醒了再练。白天参加地里的劳动，晚上躺在炕上把算盘放到肚子上反复练习，一次我练着练着不知道什么时候睡着了。第二天一睁眼睛看到自己身上盖着被子，我知道是母亲夜里轻轻地拿走算盘给我盖上的。

功夫不负有心人，我终于可以用左手熟练地打算盘，右手写数字记账，左右开弓、运用自如了。

我的工作得到了干部群众的一致认可。好多人在背后夸我说："老迟家真养了一个好儿子！"母亲每每听到这样的夸奖，心里像开了花一样高兴。看到母亲溢满喜色的神态，我心里美滋滋的。

我出色的工作表现，让我在村里崭露头角。1962年春天我加入了共青团，并很快被选为团支部宣传委员。村里成立民兵连，我当上了排长。组织村里办夜校、办黑板报、参加高跷秧歌队等活动，我做的每一项工作母亲都全力支持。有一天傍晚，我和几个同伴在街西头北墙上堨黑板，刚刷上油亮漆黑的烟子灰，突然下起雨来。大家急得团团转，束手无策。我离家近急忙跑回家和母亲说明情况，她毫不犹豫地将炕上不久前刚买的苇席一卷，对我说："快点拿去盖上！"我抱着苇席就往外跑，和伙伴们七手八脚就把黑板盖上了，换着班托着苇席到雨停。那天我回到家已经下半夜了，全身被雨水淋透了，母亲赶紧把熬好的姜汤端到我面前……

由于年轻、好奇心极强，我也有做错事惹母亲生气的时候。那是1962年的秋季，县里派出工作组进驻村里，烟台公安行署一位姓于的处长和本县的一位公社武装部的姜部长住在我们家。他们白天晚上都到大队开会，有时也随社员到地里干活，一日三餐在村里贫下中农家里吃派饭。他俩腰里都别着手枪，于处长那支枪小巧玲珑，还用红绸子布包裹着，显得很珍贵，一直吸引着我的眼球。

一天早晨，趁他们外出吃饭，我推开门进了西屋，那支红绸子布包的枪从枕头下露出一角红绸子，我兴奋得心怦怦跳，小心翼翼地抽出来摆弄，爱不释手。这时于处长和姜部长吃过早饭回来了，平日和善的于处长一下子变了脸，严肃地说："这东西可不能随便玩，弄不好走了火会出人命的。"吓得我腿直打战，忙说了句"对不起！"便红着脸溜出房间。母亲知道了这件事，狠狠地批了我一顿。她说："你已经是大人了，还闯小孩子的祸！怎么这么不懂事？人家工作组住在咱家是看得起咱，怎么可以乱动人家的东西呢？"母亲气得脸都红了，差点没扇我的耳光。我也自感惭愧，再也不敢进西间门了。可是，很长时间里，晚上睡觉时，梦里总是觉得自己枕头底下有一支小手枪。

小幺妹

按说我们家，当时闺女、儿子都有了，父母应该满足了，没想到1963年秋天母亲又怀孕了。其实他们并不想要这个孩子，一是他们知道家庭的窘迫状况，大哥已经到了谈婚论嫁的年龄，多个孩子无疑雪上加霜，必然影响大哥娶媳妇；二是母亲已经四十多岁了，生孩子有一定风险，而且在儿女面前她也感到很难为情。

1964年刚开春的一天傍晚，街南邻居张淑兰大娘，见到刚从会计办公室出来的我，就笑着招呼我到她家坐一会儿。张大娘和母亲关系密切，无话不说。她慈眉善目，说话慢腾腾的，心眼儿也好。我随她进了西屋间，她让我坐到炕头上，倒了一碗白开水递给我。她笑着坐在我的对面，几次想跟我说什么，但话到嘴边又咽了回去。我看到张大娘欲言又止的样子便主动地问："大娘，你有什么话就直说吧，没有什么不好意思的，我也不是小孩子了。"大娘微微一笑，对我说："你妈妈不久要添个小弟弟或小妹妹了，她心里很不好受，让我给你解释一下。你再和你兄弟姊妹说说，让他们不要有什么看法！"我一听，忙笑着说："谢谢您，让您费心啦！其实这件事也没有什么，顺其自然吧！我能理解，俺兄弟姊妹们也能理解。"我跟张大娘说的话也不是口是心非，我也不是不明白道理，因为当时也的确没有任何办法。

春季是一年中最美好的季节，桃红柳绿，群芳争艳。和煦的春风吹遍了房前屋后每一个角落，屋后那几棵香椿树长出了新枝嫩叶，呈现着无限生机。院子里的老石榴树上，几只鸟儿在枝头歌唱，赞美着春天，唱着春天带来的希望，屋里院外处处荡漾着温馨和谐的气氛。春末的一天，母亲平安生下了一个女儿。她还依照《圣经》上的经典故事，为幺女起了个乳名叫"爱德"。令母亲和全家人欣慰的是，小幺妹是一个非常懂事、乖巧的孩子，像一个小天使，每天围在母亲身边转悠，给父母也带来不少欢乐。后来父母亲一天天衰老了，得到小幺妹无微不至地关怀和孝敬。后来母亲常说，幸亏当年计划生育政策没有实施，不然我就没有这么好的闺女了。

小妹不仅懂事，而且非常坚强。记得她十一岁那年初冬，在林家庄小学课外活动时不慎跌到石头上摔断了胳膊，老师把她送到附近的医院简单包扎了一下，医生建议送到文登县（现为文登市）整骨医院治疗。小妹吊着胳膊回家后，母亲心疼得直哭。家里事多母亲离不开，再说她也不能乘汽车，一闻到汽油味就呕吐发晕，只好让上班的三弟请假送小妹到文登县整骨医院。当天没床位，兄妹俩只好住进小旅馆里等床位，可等了几天也没有挂上号，小妹忍着痛止不住的掉眼泪，急得三弟团团转，给母亲打电话告急求援。

1975年秋，全国上下正在进行"批邓、反击右倾翻案风"运动，这场波及全国的政治活动，是"文革"末期发起的最后一次大规模政治运动。全国刚刚趋于稳定的形势再度陷入混乱。那时我正在村里蹲点，组织各村干群参加这场如火如荼的政治运动，上级规定没有特殊情况任何人不准请假。

母亲本不想影响我的工作，可又怕小妹失去最佳治疗时机，只好硬着头皮给我打了电话。我接到电话后，找主要领导请假，得到特批后赶回家，妻子得知情况后急忙为我拿了件换洗衣服，又拿了些钱和粮票让我带上。母亲见我回来高兴地说："你赶快去文登，一定要想法治好你小妹的胳膊。"我安慰母亲说："妈，你放心，我会有办法的！我们县的栾书记刚调到文登县不久，我也认识他，找他帮忙一定没问题！"母亲听了我的话，脸上露出欣慰的笑容："你快去吧！替回老三，他坚持不住了！"

我骑着自行车到了车站，找地方存好车子。下午三点，我找到了三弟和小妹。他们见到我就像见到救星似的，小妹强忍着疼痛对我笑了一下。我用手轻轻抚摸小妹吊着纱布的胳膊心疼地问："小妹啊，疼不疼？"她强笑着："不疼！不疼！二哥来了就更不疼了！"嘴里虽说不疼，但泪珠不断线地滚下来。我心里一阵阵隐隐作痛……

傍晚机关下班后，我很快联系上县委栾书记，他见到我后很热情，问明我的来意，立即打电话联系到值班秘书。我双手握着栾书记的手表示感谢。栾书记说："你先回旅馆，我安排人带你们去机关招待所住下，再联系医院明天一定做手术。已经这些天了，小孩子哪能受得了！"当天晚上，秘书领着我们入住机关招待所，又帮我们买了些饭票。小妹说当时感觉从地狱一步进入了天堂。

第二天上午，秘书带我们兄妹来到接骨医院门诊，当即进行一系列术前检查，很快进入手术室。手术期间小妹紧咬着牙关，没有哭喊一声，主治医生和护士们一个劲儿地夸奖说："这个小闺女真坚强，真厉害！"

手术进行得很顺利， ·周后复查，一切正常，很快结账出院，我和小妹回家了。母亲搂着小妹哭了一场，一家人都松了口气。

小妹中学毕业后，经县轻工业局人事科吴科长介绍到县办被服厂上班。被服厂设在城区，离家近，她可以一日三餐回家吃母亲做的饭。母亲看到老幺女上下班的身影，高兴得合不拢嘴。后来小妹又调到黄水河西岸边的县办塑料厂工作，不能天天回家，母亲深感到失落。厂方看小妹机灵聪明，热情好学，推荐她带薪去二轻中专学校深造，对她以后的工作和生活很有帮助。小妹到了谈婚论嫁的年龄，她与厂办林主任相识、相爱。林主任原来是龙口家用电器厂骨干，后来县里组建塑料厂调他去任厂办主任。这个林主任生得虎头虎脑，身体健壮，为人豪爽，责任心极强，深得父母喜欢，我也由衷地感到高兴。

1984年春节前，一对相爱的人隆重步入婚姻的殿堂，父母也圆满完成了小女儿的终身大事。

厂方分给他们一处单元房，后来他们有了宝贝女儿启元。父母帮助带外孙女，料理家务。他们夫妇工资收入少，虽然生活艰苦，一家人共享天伦，苦中求乐，也感到知足快乐。

20世纪90年代，小妹夫妇审时度势，白手起家，创办了一家橡胶塑料制品厂，挂靠到县直机关某单位。他们的聪明才智得到充分发挥，经过八年奋力打拼，获得了成功。

2003年金秋时节，他们不失时机在高新技术经济开发区（现龙口高新技术工业园）兴建厂房、车间，组建新的企业，为济南和青岛国企加工配件，成为一家中型私有企业。

小妹事业上的成功，也成了母亲骄傲的资本，常自豪地说："每个星期是七天，感谢上帝又赐给我一个闺女，现在我有七个孩子，每天都可以有一个孩子来陪我。"

每当看到母亲一脸幸福的笑容，我们兄妹都喜在脸上，乐在心里。

第七章
新的里程

春天的希望

1964年，我们家喜事连连：有人为大哥提亲；二妹加入共青团；我光荣地加入了中国共产党；天使般的幺妹诞生；我又被县委确定为革命事业接班人，秋后准备选送到省城高校深造。

我们村里的工作样样走在前面，我们的生产队被评为"五好队"，我和父亲被评为"五好社员"。这年5月，我被发展为中共预备党员，介绍人是村党支部书记张殿荣、副书记马家寿。县委驻村工作组组长、县妇联吕主任找我谈话，给我讲解了入党的意义和今后的努力方向，鼓励我忠于党和人民，戒骄戒躁，全心全意为人民服务。

我捧着那份入党志愿书，心情久久不能平静。我也明白功崇惟志、业广惟勤的道理，立志不辜负领导的期望，做一名真正的共产党员。我们家祖祖辈辈都是穷苦人，是毛主席、共产党领导穷人打天下，才使我们翻身得解放。我即将成为一名共产党员，激动的心情是无法用语言表达的。我把入党志愿书平平整整地放到炕桌上，按照要求，先用稿纸认真填写，写了一遍又一遍，直到自己满意为止。正式填写的时候，由干过于激动，双手不听使唤，最后索性把入党志愿书恭恭敬敬地拿到教我学写毛笔字的杜老先生家里。老先生看到我要入党了，很高兴，他用正楷字体帮我写好。

不久，我的入党手续正式审批下来了。我庄重地举起右手，站在党旗下向党宣誓："我志愿加入中国共产党，拥护党的纲领，执行党的决议，遵守党的纪律，保守党的秘密，随时准备牺牲个人的一切，为全人类彻底解放奋斗终生！"那一刻，我暗下决心，把自己的一切无私地献给党的伟大事业！

毛主席曾经说过："农村是一个广阔的天地，在那里是可以大有作为的……"在实践中我深深地体会到，农村的确是个大舞台，只要虚心学习，敢于吃苦、无私奉献，不计较个人得失，就能在这个舞台上大有作为。我总觉得自己浑身有使不完的劲儿。我给自己规定，无论什么工作，只要是党需要我就要挺身而出，干什么工作都要以群众满意为标准。我做的每一项工作都得到了群众普遍的好评，受到了上级领导的肯定。

在我成长的历程中，县妇联主任吕敏，城关公社党委书记曲继辉，这两位德高望重的老领导，就像我的指路明灯，在关键时刻给予我极大帮助。他们永远是我的良师益友。

招远县老家的亲戚来为大哥提亲，这对我们这个贫困的家庭无疑是喜从天降。男大当婚，大哥的婚姻是我们家第一件婚事，尽管家里还很贫困，受了大半辈子苦的父母竭尽全力为大哥的婚事操劳，他们心中充满喜悦，也有着无限的焦虑与忧愁。我为父母的忧愁而担心，也为大哥的幸福而祝福。绛水河河边的柳梢上似有一层莹莹的绿色在悄悄闪现，那是春天的颜色。我心中暗暗地想，我们家的境况正是飘然而至的春天，充满勃勃生机。眼下虽然萧条些，但正如铆足劲儿的柳条和春草，很快就会萌芽吐绿，显示出旺盛的生命力！大哥的婚事，为我们这个贫穷的家庭带来春天的希望。

1964年春天，没有坐花轿，没有鞭炮响，大哥和大嫂幸福地走在一起，组成一个新的家庭，了却了父母心中的一件大事。平日不苟言笑的父亲也咧着嘴笑。大哥非常珍惜这来之不易的生活，精心地呵护这个新家庭，夫妻恩爱，满脸都写着幸福。

1964年夏季的一天，我正与城关公社党委书记曲继辉在村东场院干活，曲书记拖着条残疾腿，迎着西北风在扬麦子。城关公社交通员送来书面通知，让我马上到县委组织部报到。我一看手写的通知下面盖着大红印章，吃了一惊，心想：县委组织部找我干啥？拿着木锨正在扬麦子的曲书记停下手，双手拄着木锨笑了笑，对我说："你快去吧，八成是好事，这事不能耽搁，你骑着我的自行车去吧。"当时我就想：曲书记说是好事，他一定了解实情。

曲书记是一位革命残疾军人，平时生活简朴，为人厚道，关心百姓，十分令人尊重。我看他那辆自行车歪靠在一堆麦根垛上，我扶起车子说声"谢谢您，曲书记"，便推着自行车走出场园。曲书记那辆自行车除了车铃铛不响，其他地方都响得厉害，右边的脚踏板还是用铁丝绑的。我骑上车子向县城里奔去，一路上感叹，一个老革命军人、党委书记，怎么骑这样的破车子呢？

我骑着曲书记的破自行车吱吱嘎嘎到了县委门前，我还是第一次进这个肃穆庄严的大门。我把自行车靠在墙边，进传达室打听组织部的位置。传达室值班人员指了指广场东面那排屋，我忙说："谢谢！"

县委组织部办公室东间的接待室里，聚集了五位朝气蓬勃的年轻人，经介绍，有芦头公社香坊村的孙兆礼，北马公社簸箕栾家村的栾芝萍，新嘉公社松岚家村的吅波和小庄子村的郑瑛。

趁着没开会的工夫，我仔细观察了那四个人，栾芝萍长得很俊秀，五官端正，一头黑发，腼腆的脸蛋红彤彤的，像盛开的桃花；田波比较清瘦，两只有神的眼睛透着一股灵气；郑瑛个子高大，默默无语，一看就是一个性格内向的人；孙兆礼却很健谈，圆圆的脸上始终挂着微笑，给人一种亲切感，他是我们五人中的老大哥。

人到齐后，县委组织部副部长凌仁交给我们说了把大家召集来的目的，他说党中央决定层层选拔培养革命事业接班人。选拔对象的条件是在农村经过实践锻炼，接受过贫下中农再教育两年以上的知识青年。我们五个人就是在全县几十位优秀知识青年中，经过严格审查、筛选出来的。听到领导的简单介绍，我们几个年轻人脸上都露出兴奋的笑容。我想，让曲书记说中了，真是一件天大的好事，这是决定命运前程的大事呀！

接着，凌副部长代表县委和我们谈话："县委决定送你们五人去省城接受正规化培训，希望你们一定要完成好这次学习任务，学好本领，增长才干，不要辜负县委对你们的厚望。"凌副部长那亲切而严肃的面孔和语重深长的讲话，使我心底升腾起自豪感，但也伴随着一种无形的压力……

然后，发给我们每人一份登记表让我们各自填写好，凌副部长亲自带领我们去县人民医院检查身体。

查体结束后，医生当即宣布五个人身体健康，一切指标正常。凌副部长笑呵呵地对我们说："你们可以回家啦，回家后和父母讲明情况，去济南学习的时间可能长一些，准备好四季的衣服、蚊帐、洗漱用具和粮票油票。这段时间你们也不要外出，有事情需外出，一定要亲自来组织部请假，随时听候通知，时刻做好出发的准备。"

五个年轻人，初次见面时大家都感到很拘谨，经过大半天的接触，距离很快就拉近了。当走出组织部西门，出了县委北大门，大家就像老朋友重逢又要分别一样，又说又笑，依依不舍地握手，企盼着不久后团聚的那一天。

回家的路上，我掩饰不住内心的喜悦，忍不住哼唱起"学习雷锋好榜样，忠于革命忠于党……"我回到家，向父母说起这件大喜事，一家人都为我高兴。母亲乐得连脸上的皱纹都舒展开了，她微闭着眼睛，虔诚地祷告："感谢神的恩典！保佑俺儿子前程平安，愿万能的神赐福，阿门！"我说："妈，都是你平常教育得好，我才能表现得好，上级才能看到我，您才是我心中的神呢！"母亲嗔怪说："你可要记住，到什么时候也不可以骄傲自满，自高自大。"

省城上学

1964年9月9日，我接到了入学通知书，我拿着通知书很激动。当时正是傍晚，天边的夕阳泛着一道道美丽的霞光，红彤彤、金灿灿的……全家人都沉浸在欢乐之中，兄弟姊妹都在。第一次看到父亲那么高兴，一个劲儿张罗着让母亲做几个好菜。母亲打趣地说："这还用你操心？一边儿喝你的茶去吧。"父亲嘿嘿地笑着，紫铜色脸上闪闪发亮，不由地哼唱起了京剧《武家坡》。

母亲开始里里外外地忙活，姊妹们齐下手，又包饺子又炒菜。等母亲把饭做好，天色已经暗下来。父亲兴冲冲地打开了屋檐下那盏照明灯，铺着碎石块的院子里顿时充满生机。大哥把小饭桌摆在院子当中，全家人围着桌子坐下来。这么丰盛的晚餐，平时我们根本吃不着，可是那天我眼瞅着一桌子美味佳肴却毫无食欲。这一走就是二三年，真有些舍不得离开父母，舍不得兄弟姊妹。特别是母亲，她为了我的成长，不知倾注了多少心血！明天就要远离母亲，远离亲人，惆怅和迷茫一时如潮水般涌上心头。

母亲可能看出了我的心思，把一碗热腾腾的水饺放到我的面前说："多吃点，不要惦着家里，好男儿志在四方！就该出去闯一闯，不能总围在父母身边啊。"她自己不吃，就那么看着我一口一口地吃，脸上始终挂满了欣慰的笑容。

我催着母亲说："妈，你也吃啊！来，大家都吃。"

母亲端起饭碗说："在家时时好，出门处处难，在外要多加小心，自己要照顾好自己，常给家里写信，省得全家人惦记。"说到这里，母亲的眼圈也红了……

我说："妈，您放心吧！我们一行五个人，会互相照顾的。我会严格要求自己，不会出差错的。"

那天晚上，一家人在一起好像有说不完的话，诉不完的衷肠。一直到很晚，兄嫂和妹妹们进屋休息，三弟去技术队睡觉。

秋天晚间的天空湛蓝湛蓝的，夜空中繁星璀璨。不时划过一颗流星，拖着长长的闪亮的尾巴。院子的东墙根儿下，父亲精心培育的几盆菊花，黄的、紫的、红的、白的，一朵朵，一簇簇，迎着微微的秋风摇曳着……东窗外那棵挺拔的梧桐树，叶子有点泛黄，不时地落下一两片。

父亲还不肯回屋，坐在小饭桌旁，边吸烟边喝着茉莉花茶。我坐在旁边陪着他，不爱言语的父亲突然抬起头看着我说："你长这么大，第一次出远门，别想家。家里你就放心吧，有我和你妈呢！你要好好学习，团结同学，听领导的话。"然后再也不吭声了。

屋里，细心的母亲在给我打点行李。

几天前她就把家中最好的小红碎花人造棉缝补成褥子，买了几尺粗糙的"更生布"和棉花套做了床被子；母亲听说济南天气热、蚊子多，又去找住村工作组特批了八尺布票，买回蚊帐布缝制出一床小蚊帐；大嫂把他们结婚时的一条花棉布门帘改成床单，还送我一个新脸盆；没有钱买布做件新衣服，母亲就把我半旧的衣裤鞋袜洗干净，破碎开缝的地方又一针一针缝补好……看到灯光下母亲为我缝补衣裳的身影，我不由得想起《游子吟》里的诗句："慈母手中线，游子身上衣。临行密密缝，意恐迟迟归。谁言寸草心，报得三春晖。"

出发那天，一大早一家人把我送出家门……

我们五个同学带着行李物品先后到达。团县委主持工作的副书记韩杰，临时给我们开了一个小会，主要是勉励我们要学习好、团结好、生活好、身体好，为县里争光，满载成绩凯旋。他又将我们几个人的党团关系装在信封里递给我，与我们一一握手道别。团委机关干部张法堂身材高大，操着一口浓厚的莱州腔招呼我们出发。他事先从县委办公室借了辆胶轮小车，装上我们五个人的行李。大家都争着推车，争了半天，还是我抢到了手。我推着胶轮小车，其他人跟在我的两旁，我们踏着泥泞的路面向黄城车站走去。车轴发出"吱吱啦啦"的声音，每个人心里都充满激情，充满憧憬。

到了省城——济南，我们更加激动。大家欢呼雀跃，跳下了车，走出站口，老远就看到省团校（现在的山东青年政治学院）接站人举着牌子在迎接新生。新生陆续到来，我们坐上学校一辆陈旧的大面包车，向学校驶去……这是我第一次到省城，一切都感到新鲜。随着夜幕的降临，五颜六色的霓虹灯亮了起来，大街上车水马龙，路边的商铺、饭馆、理发店一个挨着一个，叫卖声此起彼伏……汽车缓缓驶向文化东路，很快就进入位于千佛山下的山东省团校大门。学校的工作人员热情地安排我们报到，分配宿舍，划分小组，然后领着我们到大食堂用餐。

第一顿饭是白馒头、小米粥、猪肉炒藕片，还有一盘紫红的豆腐乳，这顿饭不限量随便吃。拳头大的馒头我一口气吃了五个，还喝了三碗小米粥。我看到餐桌对面一个潍坊的同学吃了七个馒头，手里还拿着一个，一掰两瓣中间夹上块豆腐乳，边向外走边吃。若干年后，我看到《今日龙口》报刊登文章说莫言入伍后一顿能吃十个馒头时无比的感慨，只有经历过饥饿的孩子才有如此胃口，也会懂得食物的意义！

集体生活是有规律的，起床、晨练、洗漱、吃饭、上课、自习、熄灯都有固定的时间。我们对集体生活开始有些陌生。过去在家里衣食住行都没有章法，随心所欲，但现在要自己整理床铺，自己洗衣服，自己搞卫生。许多事情都不会干，经常搞得手忙脚乱，很长时间才适应。

济南的初秋，立秋之际不见秋，骄阳似火仍发威。操场四周的树丛被火辣辣的阳光折磨得无精打采，树上的蝉鸣此起彼伏，令人心烦意乱。夜里，炎热丝毫不减退。我们这些从凉爽的海边来的胶东人，更是汗流如注，彻夜难眠。大家轮流到洗漱间冲凉，有的干脆躺到水泥池子里，用温热的自来水哗哗地冲洗。午夜，我擦着头上的汗水，趴在蚊帐里给千里之外的母亲书写第一封家信，心潮澎湃，感慨万千，思绪飞到了故乡，飞到母亲的身边……

校园生活

学校以各地市（区）编班，每班又划分为六个学习小组，每组八九个人，学员们大部分是县以下各级共青团的干部。我们班四十九个同学，有七八个共产党员和预备党员。带队的是福山县（现福山区）团委王传澍书记。因为我是预备党员，被安排为三组副组长。组长是威海市一位姓刘的老大哥，他是正式党员。

来自胶东半岛的烟台班学员，从学风到精神面貌，在全校十几个班级中名列前茅。每次的理论辩论、文化考试、论文评选，与周边兄弟学校（山东师范学院，山东工学院和中医科大学）开展治安联防、校风评比，校内外文娱演出、篮球和乒乓球比赛，烟台班都是稳拔头筹。

班里有位同学叫姜中兴，荣成县人，是班里篮球队的中锋，身姿健美，球艺精湛。只要学校宣传栏打出海报"今天有篮球比赛，烟台班篮球队出场"，校内外观众早早就聚集到球场，把四周围个水泄不通……就像现在的年轻人看乔丹和姚明打球一样。

学校文化生活安排得丰富多彩。有一次全校文艺会演，各班都选出精兵强将精心排练。烟台班排演了一出名叫《三月三》的小歌剧，故事情节酷似京剧《沙家浜》。八路军地下党交通联络站，设在游击队活动频繁的山区茶馆里，老板娘就是地下党交通联络员，演员是掖县（现为莱州市）籍姓赵的一个女同学，声音洪亮，唱腔动人。饰演八路军游击队长的是蓬莱县（现为蓬莱市）的朱全贵。他头戴礼帽，身着白色西装，手提文明棍，脚穿一双棕色的皮鞋，威风凛凛，有模有样。朱同学身材修长，五官端正，棱角分明，一表人才，还写一手好书法（后来从省人大办公厅副主任岗位上退休）。我还在剧中扮演了个配角，一个国民党匪兵。那天学校礼堂座无虚席，全场观众不时地爆发出热烈的掌声。

学员们年轻气盛，积极向上，思想单纯，听课、写作业、小组讨论、撰写论文及生活起居，大家都友好相处，彼此非常珍惜，一派团结和谐的气氛。生怕早晨打扫卫生抢不到活儿，同学们头天晚上就把扫帚藏起来。学校提倡学员业余时间要帮助食堂炊事员干零活，天不亮大家就跑到食堂帮助师傅洗菜、切菜。有时候食堂的门还没打开，同学们就在食堂后门外排队等候……

学校给学员每月发放17.50元钱，其中生活费13.50元，剩下的4元钱为日常零用钱。吃饭以小组为单位去食堂领饭，回来再分给大家。饭食一般是馒头、米饭、面条、玉米面窝窝头，一个星期能改善一两次生活，一般是肉包子、油条、水饺。包水饺时，食堂提前在操场边上的宣传栏上贴出公告，以小组为单位去食堂领面团和饺子馅儿。同学们围在一起，热热闹闹齐动手，然后把包好的饺子送到食堂煮好，再拿回来分给大家。水饺有一大半是破碎的，但是大家还是吃得有滋有味。每逢星期天，食堂只开两顿饭，我经常不到开饭时便饥肠辘辘。同乡女同学栾芝萍胃口不太好，饭量又小，常把剩下的馒头、饺子送给我这个"大肚汉"的老乡。

学校的政治气氛非常浓厚，只要《人民日报》发表重要社论，学校就会组织学生开展学习讨论。1964年10月16日下午，我们正在操场进行体育活动，教学楼顶上的大扩音喇叭突然响起，传来中央人民广播电台播音员的声音："在祖国大西北辽阔的戈壁滩上，一直笼罩着紧张而又神秘的气氛，今天下午二时五十九分四十秒，历史性的时刻终于到了，强光闪亮，大地轰鸣，一股庞大的蘑菇状烟云旋转升腾直上蓝天。橘红、橘黄、靛青、草绿、姹紫……我国自力更生，自己设计，自行制造的第一颗原子弹爆炸成功了，这是毛泽东思想的伟大胜利！"校园里一片欢呼。中国这一划时代的创举震撼了西方超级大国。中央人民广播电台反复广播，外电纷纷评论："中国令人震惊地进入核俱乐部！中国从此对世界事务拥有了无可置疑的发言权！"国人上下一片欢腾，学校下达紧急通知，除了认真收听学习中央人民广播电台的新闻和"两报一刊"社论，每人都要写出心得体会，张贴到操场旁边的宣传栏里。同时，学校领导通知食堂，贴出布告，改善生活。

这天晚餐的主食是油条，炒菜是洋葱炒肉和姜丝拌藕片。洋葱这种蔬菜很有特点，吃起来香甜，吃过后气味大。晚间，楼上楼下厕所里散发出阵阵臭气。同学们开玩笑说："我们国家的原子弹爆炸成功，这下子气坏了美国佬，他们紧接着也放出了氢弹。氢弹爆炸的臭味飘到我们学校里来了。"

参加齐河县社教

1964年初冬，学校接到省委紧急通知，全校师生跟随省委农村社教团，赴齐河县参加农村社会主义教育运动。

出发那天，我们背着行李，列队宣誓。四五百人的队伍浩浩荡荡走出校门，沿着经十路向集结点前进。我们乘车越过繁华的泉城路，转入宽阔的洛口大街，经金牛公园东大门到达黄河大坝下。同学们跳下汽车，提着行李走上洛口黄河大坝。一眼望不到边的芦苇，与天连接成一块巨大的绿毯；河堤外连片的柳树在秋风中摇曳，发出"沙沙"的响声。河对岸几只水鸟，一会儿箭一般地钻上蓝天，一会儿打着旋掠过河面；浑浊的黄河水由西向东奔腾而去，十几只大轮渡船一字排开，牢牢地拴在堤坝下的石墩上、木桩上；几只小鸟站在船头的桅杆上，叽叽喳喳地叫着，好像在提醒我们："过河小心！过河小心！"

身边一位省直机关的干部指着河对面，低声对同行的一位年轻女干部说："过了河十几公里外就是齐河县域，那可是频遭洪涝之灾的不毛之地。壮劳力多数常年外出谋生，村里剩下的大半是老、弱、病、妇、幼，相当一些群众连基本的生活也难以维持。去了那里就会知道什么叫贫穷，什么是凄凉。"

我回头望了一下迷雾中的省城，随着人流登上晃晃悠悠的摆渡船，滔滔奔腾的黄河水载着我们向对岸挺进，像一支跨江渡海出征的部队。一上船我就感到头晕心慌，我的心随着剧烈颠簸的船体起伏，眼望着船后翻滚泛黄的浪花，五脏六腑像黄河水一样涌动，不一会儿便大口大口地呕吐起来。

正人先正己

我被分配到齐河县大夫营公社所属的王楼村，这是一个周围长满枣树，地处盐碱涝洼地的村庄。成群结队漂亮的山雀拖着紫蓝色的长尾巴，在枣林间飞来窜去，对着我们这些不速之客不停地喳喳叫，也不知是表示敌视还是欢迎。栾芝萍分到小杨庄，田波分到前甄村，只有孙兆礼去了城关公社白毛李家村。整个社教运动过程严肃紧张，每个人都有分管的工作。这期间我们彼此很少联系，只有集中到县里开大会时偶尔见上一面，交流一下感受。

王楼村不到二百户人家，工作队一下子进驻了十几个人，其中有三名女同志和两名济南驻军干部，分别住到六户贫困农民家里。工作队长郑崇善是团省委的一名处长，他身材适中，白净的圆脸，浓浓的眉毛，一双深陷的眼睛十分机灵。第一次全体队员会上，他微笑着拿着一张名单，叫着每个队员的名字。大家开始自我介绍。叫到我的名字时，我迅速站起来说："我是团校学员，来向贫下中农和老领导学习的！"郑队长严肃地宣布了总部的要求。特别提出这里阶级斗争十分严峻，村里五十岁左右的男人在解放前多数都在济南府干过伪警察和保安团，不可避免还有潜伏的敌特分子。村里在职的干部大部分都是"四不清"干部，都要进行"洗手洗澡"，人人过关。大家要时刻提高警惕，防止敌人狗急跳墙搞破坏。

运动开展之前，总部要求每一个工作队成员，必须写出一份报告，人人都要回头看，检查自己参加社教工作队之前是否有过贪占集体财产问题。农村出来的，是否有贪占工分的；机关学校出来的，也要检查是否有过贪占公家财物的行为。人人都要斗私批修，正人先正己，"洗手、洗澡"写出书面报告，然后才能轻装上阵。我想，自己在村里当过两年会计，大公无私，全心全意为社员服务，从来没有贪占集体财物，更没有多记一个工分，清清白白。我心里感到很坦然，觉得没有什么可写的。

翌日，我走进工作队副队长的办公室，她是团省委一位处级干部，板着脸问我："你有什么事？"

我说："我在老家干过共青团干部，任过民兵排长，也曾干过村里的会计，但我保证没贪占集体工分，更没占集体一分钱的便宜。"

她抬头看了我一眼，脸上露出不满的神色，耷拉着眼皮严肃地说："不行！不行！你太不谦虚了，哪能一点没问题？没有多也该有少吧？"

我说："那我写信问一下家里情况再呈交报告吧！"

她头也没抬地说："你可要抓紧，我们工作时间是有计划、有阶段性的。每个阶段安排都很紧凑，不能因为你自己影响我们的工作计划。"

我连夜写了封信给母亲，汇报新的工作环境情况，让她去找村干部，让他们证明我是否有贪占工分的行为。可几十天过去了一直没有音信。当时村里的工作特别紧张，不能因为一个人的事而影响全局工作，所以领导也没再追要我的"洗手洗澡"检查的书面报告。随着运动的不断深入，母亲终于来信了，她说："黄县那边的干部也在搞'个个过关，人人洗澡'的社教运动，所有任过干部的都要自报贪占集体的工分。自己不报，上面派的社教工作组根据群众评议、揭发。不管贪没贪，占没占，统一扣割干部的工分：大队干部一般每人割1500个工分，生产队干部每人割1000个工分。你父亲是大队贫协主任，割了800个工分，你干了两年会计，群众评议算是清廉的，割的最少，是600工分……"母亲随信还寄来割工分的凭据。

我看到母亲的来信，心情很郁闷，也很憋屈。心想，我一个工分也没侵占，有什么根据要割我600工分？割600分工算不了什么，可名声难听，那代表着以权谋私、贪占集体呀！真是匪夷所思。从那一刻起，我对这场全国性的运动开始有些怀疑。只是嘴上绝对不敢说。我拿着母亲随信寄来的那张割工分的收据，思想斗争激烈，不知是否应该向工作队汇报这件事。思来想去，最后决定还是要汇报。如果不交"斗私批修，洗手洗澡"思想汇报和割工分的事，一旦让组织知道了，那可是非同小可的事情啊！我拿出稿纸向工作队写了思想汇报，连同村里割工分的收据一并交给那位工作队女副队长，她看后说："都什么时候了？才交呀！算了吧！你自己保存着吧！"她之所以对我这样宽容，大概是她对这场运动也存在一些质疑。

出了她办公室的门，我随手将那份汇报材料和收据撕得粉碎，然后向半空中一抛。那些碎纸片像一只只的蝴蝶带着我的复杂心情，随风飘远……

坚持"三同"

"三同"是指工作队成员要与群众同吃、同住、同劳动。刚到村的那天晚上，我和济南驻军一位吴教导员住在一户人家的西厢房里。因为白天晕船晕车，又开了半宿的会，十分疲劳，放开行李就准备睡觉。吴教导员从腰间取下自带的手枪放在枕头下，脱衣上炕钻进被窝。我也急忙灭灯上炕，掀开被子就躺下。不久，我们俩同时"呼"的一声蹦了起来了，只觉得满身奇痒，急忙打开手电筒一照。我的妈呀！全身上下布满红肿的大疹泡，大群的跳蚤向我们发起进攻。吴教导员从背包里取出一大包"六六六"药粉，里外一撒，又拿出一瓶消毒止痒药水，我们俩浑身上下涂抹了一遍，马上止痒了。不一会儿，再用手电筒一照，刚才还凶狠的"敌人"，这一会儿工夫就无影无踪了。我摸着一个个红肿的大疹泡对吴教导员说："太感谢你了，不然一宿也不用睡了。"他笑了笑说："我下乡前，已经派人来到这地方侦察过了。其实这里的人并不可怕，最可怕的是房间里的跳蚤。"接着他又很得意地笑起来："呵呵！我这叫有备无患。"我心里暗暗敬佩，还是人民子弟兵训练有素，战备意识强，心里增加了不少的安全感。

东方欲晓，偶尔听到几声鸡叫，我睡眼蒙眬地爬起来推开房门，打了一盆水，洗了两把脸。这时听到街上有人高呼："工作组吃早饭啦！"我们赶忙走出用土坯垒的没有街门的围墙，只见一个高挺清瘦，有着乱蓬蓬头发的中年男子站在那里。他光脚趿拉着一双黄旧的力士鞋，穿着一件打着补丁的灰夹袄，敞着怀，袒露着紫红的胸膛，腰里扎着根黑布带，穿着条脏乎乎的黑青裤子，两眼却很精神。他笑吟吟却有些腼腆地说："昨天接到村干部通知，从今天开始，我家管工作组的饭。"他脸上透出一股自豪。吴教导员和我客气地说："给你们家添麻烦啦！"

"不麻烦，不麻烦。"他笑呵呵地回应着我们。

这家贫农住着三间土坯房，屋内没有窗户，光线昏暗，靠山墙的大火炕上躺着三个小孩还在睡觉。中年女主人面目清秀，身材苗条，松乱的头发，用一条宽大的紫红头巾拢着，后面垂着圆圆的发簪。她穿着一身可体的红花衣裤，裤角用一条黑布带紧紧扎住，穿着一双半旧的绣花鞋。看丈夫领着我们进了屋，她热情地说："欢迎工作组！欢迎工作组来俺家吃饭！"她把我们俩迎进里屋，接着双手端着一个冒着热气的黑乎乎的饭盆，放到正面墙下的方桌上，又拿来一碗咸菜，送上几个饭碗和一把筷子，满脸笑容地招呼我们坐下吃饭。男主人蹲在旁边墙脚下吸烟，我们招呼他一块用饭，他极不自然地说："你们吃，你们吃，我已经吃过了。"这显然是在撒谎。

我用勺子一搅，才看清是一盆破碎的黑小豆兑着地瓜面做的稀饭，当地人叫"糊糊"，味道怪怪的，有点甜，还有点煳味。两位同行和吴教导员每人勉强喝了一碗。我有些饿，憋住呼吸，一口气喝了两碗。我们按规定交上钱和粮票，又和主人谈了一会儿话，无非是问一下，家里生活怎么样，今年天气旱还是涝，收成怎么样，三个孩子几岁，是否上学了，村民的主要经济收入靠什么，粮食够不够吃等话题。

我们初来乍到，彼此还不了解，也没有深谈。不过我们已经感觉到这里群众生活清贫的程度。这个村主要受黄河洪涝灾害影响，年年歉收，老百姓主要以地瓜、小黑豆为主食，基本没有玉米，更没有小麦，家家都填不饱肚子。我年轻饭量大，经常饿得饥肠辘辘，饭后常溜出村外到枣树林子里转一转，捡一些干瘪的风落枣填肚子充饥。每次还偷偷摸摸地怕让人家看到，做贼一样尴尬。

一天夜里，我们在工作队办公室开会到深夜，都困得很。我回到宿舍，爬上炕钻进被窝里，刚睡着，吴教导员捅了我一下说："快！有情况！"我们急忙爬起来，透过窗缝，盯着窗外的院子。只见正房门里几个人影进进出出，有生火烧水的声音，一缕缕热气透过房门弥漫在院子里，偶尔还有利斧砍木柴的动静。吴教导员手里紧握着打开保险的手枪，暗示我不要出声，两眼紧紧地盯着窗外院子里走动的人们。到天亮才弄明白，原来是房东一家人在做豆腐，趁天不亮送到县城里卖个好价钱。我们俩哭笑不得，虚惊一场。

回济南过年

春节前的腊月二十六，社教工作团接省委通知，全部撤回济南过年。我们按时集结到齐河县城，集中乘车，再乘船渡河。受强冷空气的影响，那几天的风雪天气几乎没有停过，气温也一直在零度左右徘徊。风雪再猛烈，天气再冷，依然挡不住大家回去的脚步。黄河渡口结了薄冰，亮晶晶地晃眼，行船的河道却没有封冻，轮渡船照样开来开去。

这次过黄河，我也不晕船了。大家嘴里哈着白气，开着玩笑，兴高采烈地返回学校。同学们见了面，那个高兴劲儿，都有说不完的话。

再有三天就是1965年春节了。

这是我有生以来第一次远离家门在外面过春节，心情格外复杂。过节期间，学校食堂一天安排两顿饭。我不到开饭时候就饿得发慌，浑身冒虚汗。这个寒冷的春节里，我曾两次由东郊学校沿经十路步行十多公里，到西郊济南第一机床厂宿舍一位老乡杨叔家里过节，实际就是去蹭饭吃。杨叔原籍招远县城子村，离我老家迟家村不远，论起来和我们家还是老亲。他的父亲也住在小栾家疃村，和母亲一样是位忠实的基督教徒。

杨叔是济南机床厂的一位车间主任，杨婶宁美玲是位精明能干的女强人，在一家国企变压器厂担任主要领导。他们一家人见到老家的亲人来他家过节，非常高兴，热情接待，为我做面条、包水饺吃。我感到格外亲切，淡化了不少思乡之情。

夜晚肚子一饿就想家，铺下信纸连夜写了封信为父母拜年，辗转难眠……夜已经深了，星星在深邃的夜空中不停地闪烁，夜风萧瑟。远处市区里，不时传来火车进出站的汽笛声。书桌上那只小闹钟正在加紧脚步追赶着明天，我越发睡不着，不由得想起在家乡过年时的难忘情景……

腊月底，食品公司天不亮就张灯开门，门外排着长长的队伍，无论是猪肉、猪头、猪蹄、猪下货，都要拿着供应票排队购买，烈军属和"五保户"优先。供销社门市部大门外也是这样，大家拿着刚分的布票、棉花票、烟票、糖票、火柴票、煤油票、肥皂票……排队等待开门购买日用品，各种票证都是有期限的，过期作废。我们共青团、民兵连和妇代会，还要分片"包干"，为烈军属、"五保"户扫灰、擦玻璃、糊窗花、扫院子、挑水。女青年还要为他们包水饺、蒸大枣饽饽、洗衣服等。街面上，大黑板上写着工整的毛主席语录"风雨送春归，飞雪迎春到"，一般还配上几枝春柳，几只春燕的画面，告诉人们春天就要到了。腊月三十下午，村里干部、民兵敲锣打鼓，为烈军属挂光荣牌、贴春联、送红灯。春联一律是毛主席诗词：

军民团结如一人，试看天下谁能敌

金猴奋起千钧棒，玉宇澄清万里埃

虎踞龙盘今胜昔，天翻地覆慨而慷

吃年夜饭时，喇叭里播放"北风那个吹，雪花那个飘，雪花那个飘，年来到……"街面上还夹着并不太密集的鞭炮声响。我们家买不起鞭炮，大哥做了条牛皮鞭子，站在院子当中，半空里一甩，啪啪地响，不亚于串串炸鞭，这就是家乡的除夕夜。

大年初一，村里的干部邀请外地回家过年的党政军干部到大队部举行茶话会。一杯茉莉花茶，一盘炒花生，几碟瓜子糖果，宾主互相拜年问候，交流学习毛主席著作的经验体会。初二开始走亲戚，有条件的骑着自行车，多数人是步行。柳条编的篓子里、玉米皮制作的提篮里，装上年前蒸的大枣饽饽、年糕、面鱼、麻花等面食，到姑姑、大爷、叔叔、舅舅、姨等亲人家串门子吃饭。小孩子还可以收到块儿八毛的压岁钱。吃饭的时候，待客的菜肴，清一色放少量肉的炒大白菜片、凉拌大白菜心、菜丸子。条件好的人家还会用猪蹄、公鸡打一盆冻，端上一盘，瓷坛子里倒出自己酿造的地瓜干白酒。这已经很丰盛了，很少看到鱼虾之类的海货。

太阳下了山，晚霞映满天。后街大庙台子上锣鼓响起来，村里年前排演的戏剧就要开场了，多数是《白毛女》《三世仇》之类反映阶级斗争的节目，村与村之间交流演出。我们村里排演的是《三世仇》，演员的扮相和唱腔都很出彩，深受周边村庄老百姓的欢迎。有时北风呼啸，雪花飞扬，舞台两侧高悬的大汽灯"吱吱"地响着，台上演员照演不误，台下黑压压的观众静观不散。那场面，可真带劲儿啊！最让人难忘的是每年腊月里，村里组织的秧歌队、高跷队集中排练那几天。演员可以把高跷拿回家绑到腿上，扶着墙壁练身体平衡的功夫。我们村的民兵连是县里的先进单位，武装部发了十二支7.65式自动步枪。我分到一支，还有十发黄澄澄的子弹。我头戴军帽，身着黄军装，腰扎牛皮带，肩佩空子弹袋，挎着崭新的步枪，装扮成抓捕美蒋登陆特务的武装民兵。描眉画眼，粉脸红唇，母亲和兄弟姊妹看到我的扮相笑得前仰后合，说我威武英俊像个当兵的。正月初四秧歌队、高跷队开始进城。他们走街串巷，跟着唢呐，踩着锣鼓点的节奏，旋风般地起舞，铿锵有力，豪气冲天，引来大街两边看热闹的观众一片片叫好声。我们心里那个美滋滋的感觉呀，做梦都想笑。回家后松开捆高跷的布带绑绳，腿脚磨出道道伤痕。母亲心疼地帮我擦净血迹，小心翼翼地抹上消炎的紫药水。第二天又上街了。那个时候参加任何社会活动都是尽义务，没有人讲报酬的。一个正月就在欢欢乐乐、忙忙活活中过去了。

俗话说"画饼充饥""望梅止渴"，在外地过这个春节，让我更加珍惜与父母在一起的日子……

落实政策

过完春节，我们原班人马又回到齐河县原来工作的村庄。不过这次我们不到贫下中农家吃派饭了，自己另起炉灶。根据饭量大小，男女搭配，基本上能吃饱吃好。工作队几位女队员负责轮班做饭，我们几个年轻的男队员，拉着地排车到三十里外的晏城火车站煤场买煤炭，到市场上买白面和蔬菜。有时谁到县城里开会，也顺便买些新鲜蔬菜、油盐酱醋回来，生活也好多了。

根据总部要求，节后总体工作是实施战略转移，对农村基层干部前期交代的政治历史问题和近几年发生的经济问题进行梳理排查，分清偶犯和惯犯，实事求是，根据本人表现逐个落实政策。工作进展得很顺利，除了几个少数历史上参加过反动组织并有犯罪事实的被依法处理，绝大多数通过里查外调，予以甄别，依法还他们清白，让他们放下了多年的政治包袱，轻装上阵。他们本人感激不尽，子女兴高采烈，因为这样一来他们入团、入党、参军都有资格了。查出确有经济问题的干部，只要态度好又主动积极退赔，并保证下不为例，就不再追究，还可以官复原职。

有一个干了十几年生产队长的王士奎，工作热情高涨，大公无私，为社员办事认真扎实，群众基础很好。就因为解放前曾被抓到济南府当了几天城防保安大队的巡警，当工作队进村进行到"交代历史问题"阶段时，他思想斗争很激烈，吓得晚上拿着绳子准备到村外枣树林里上吊。他有个十九岁的女儿叫王秀凤，长得水灵俊俏，性格直爽，大胆泼辣，是青年积极分子，在夜校学习班当班长。那天晚上她壮着胆，半夜敲开我们工作队办公室的门，报告她父亲的动向。我们七八个人在她的引领下，在村外枣树林里找到了王士奎，把他带到工作队办公室，严肃批评他的愚蠢行为，讲明社教运动的政策，耐心地做思想疏导工作。他跪到地上哭诉着自己解放前在济南府干了十几天巡警，但是没做一件坏事，后来借机偷跑回家。他又提出几个邻村同时干巡警的证人，最后又表示，这些年担任生产队长，没占集体一点便宜。如果查出经济问题，他愿意承担一切法律责任。我们把他扶起来，让他坐在板凳上，又端了碗开水，和颜悦色耐心地同他讲，我们不会伤害一个好人，也不会放过一个坏人，让他相信工作队一定负责为他澄清一切历史和现行问题。如果轻生，反而把问题搞复杂了。我们安慰和鼓励他要安心当好队长。他感动得流着泪水，又鞠躬又作揖，在女儿搀扶下放心地回家了。我们立即着手展开调查。几天后，这位生产队长的历史事实核查清楚，经济上也无问题，我们宣布他是本村第一位历史与现实清楚的"解放"干部，为推动全局工作产生了极好影响。年终，他的儿子光荣地参军入伍，女儿加入了共青团，还当了团支部的干部。王士奎几次邀请我们到他家吃饭以示感谢，都被我们婉言谢绝了。

半年多的时间，完成了本次社会主义教育运动的政治任务，工作队又安排时间让我们队员写出个人总结。郑崇善队长给每个工作队员都认真写出鉴定评语。这个评语对我们今后的发展影响很大。郑队长对我评价很高，也很客观。他赞扬我思想进步，立场坚定，工作大胆泼辣，不畏艰难，群众关系处理得好，有吃苦耐劳的开拓精神。

我们正在紧锣密鼓准备返回省城时，郑队长突然接到省委组织部的调令，他被留下任齐河县县长。听到这个消息，大家都很吃惊，围坐在他的办公室里，看他心里也似乎有些不踏实。但个人服从组织，他坚定不移地走上新的工作岗位。几年以后，他又从齐河县调到省城一家国有企业任主要领导。我正式参加工作后，每次去济南开会、出差，都要抽时间登门看望他。

在撤离王楼村的最后一两天，我们逐户走访贫下中农群众，征求对我们工作队的意见。老百姓对我们工作队的工作态度和工作作风，都赞不绝口。有几个团支部干部提前约我，跑到县城照相馆照了几张黑白照片。送别那天，他们把洗好的照片送给我，然后躲在人群后面边招手边抹眼泪，我也止不住留出了激动的热泪。这一别，不知何年何月才能相见。

返回省城时已进入炎热的酷暑，我们顾不得天热，加班加点写总结报告和结业论文，国庆节前圆满完成了学习任务。

走向"天尽头"

一年多的省团校培训班结束了，团结紧张、严肃活泼的校园生活，艰苦而深刻的齐河县社教，使我们思想上、作风上受到了极大的磨砺和教育，政治上得到了锻炼。结业时，同学们到济南市大观园里找了家照相馆合影留念，然后就告别学校、告别老师、告别省城，各奔东西了。我和黄县的几位同学乘火车返回烟台。烟台地委常委、组织部部长刘新亲自接见我们，她勉励我们说："你们都是各级党委选拔出来的优秀农村知识青年，又参加了省里正规系统的培训，还经受了农村社会主义教育运动的锻炼，地委对你们寄予厚望。你们要不断加强自身修养，戒骄戒躁，时刻准备当好革命事业接班人。经地委研究，你们暂时回各自原籍，由各县的县委统筹安排工作。"

回家的路上，想到马上就要见到父母和兄弟姊妹了，我归心似箭，脚步如飞。我背着行李，提着盛脸盆的网兜，借着星光，踏着石块，跃过流水潺潺的绛水河，走着长长的漆黑小巷，轻轻敲开那扇熟悉的街门。

我到家时，兄弟姊妹早已进入梦乡，父母坐在灯下等我。我一敲门，就听到母亲欢快的声音："来啦！来啦！老二回来啦！"母亲迅速打开街门，帮助我取下行李，拂去我身上的尘土。一年多没见面，母亲举着煤油灯上下照着我看，高兴地说我胖了，也长高了。我看父母精神很好，只是脸上增添了不少皱纹，头上又添了些银发，显得苍老了不少。

母亲急忙烧水打鸡蛋，又从锅里拿出一碗水饺让我吃，我说："妈，家里就那么几只下蛋的鸡，能下几个蛋！留给俺爹吃吧，我在县里已经吃过饭啦。"母亲执意让我吃一些水饺。我咬了一口还有点温热、香喷喷的韭菜肉馅儿饺子，连连说："好吃！好吃！真好吃！"真的，这么长时间没吃母亲做的饭了，感觉味道好极啦。回到父母的身边，心里充满无限幸福。我亲亲热热地和母亲说了两宿话，吃了两天母亲做的可口的饭菜，亲戚朋友、邻居们也来看望我。那几天母亲总是笑容满面，她为儿子平安回家而不断祷告上帝，感谢上帝的恩泽。

两天后的上午，村干部急急忙忙进家对我说："刚刚接到县里电话通知，让你立即赶到县委组织部，说有急事。"我不敢怠慢，急忙赶到县里。五位同学陆续到齐，原来是要马上出发参加荣成县的农村社教运动，继续接受阶级斗争第一线的锤炼。

荣成县可是个名气很大的地方，在我国南疆海南岛有"天涯海角"，而在北方的胶东半岛则有"极地天尽头"。"天尽头"就是荣成的成山头，被称为"太阳升起的地方"，又有"中国好望角"之称。

我们几个人背着行李，爬上解放牌大卡车，冒着小雨向成山头进发。黄县参加荣成县农村社会主义教育运动的大队人马，两个月前已开进荣成县各个公社，我们几个是随着第二梯队一批县直机关干部赶到的。

出发那天，县委组织部长谢培诗，特意接见了我们。他穿着圆领白汗衫，不断地摇着大芭蕉扇，严肃而不失幽默地对我们说："你们这次去荣成县参加社教运动，这是全国的大气候，你们也是第二次参加这样的运动了，一定要遵守纪律，不准请假，不准谈恋爱搞对象。你们还要在那里过个春节，希望大家咬紧牙关，渡过难关，接受组织对你们的考验。"我们静静地听着，认真地记着。我暗下决心，一定向老同志学习，向贫下中农学习，要干好领导分配的工作，经风雨、见世面，完成任务，不辜负党的期望。

站在搭着线布的车厢里，又闷又潮，好几个人开始晕车。一路上我呕吐不止，怕吐到别人身上，忙抓下头上的黄帽子捂在嘴巴上，那个遭罪呀！过了好多天还难受，闻见汽车散发的汽油味就头晕。

荣成的社教工作团以公社为建制，由当地党政领导、驻军首长、对口县的党政领导干部三结合组建成指挥部。我们到达县城驻地崖头城区后，指挥部领导冒雨对第二梯队来的队员进行动员。操着浓厚荣成腔讲话的那位领导是烟台团地委书记曲元显。他面容清瘦，双眼深陷，嗓门很高。他严肃地讲了目前的形势与任务，对工作队员提出严格的纪律要求，那阵势真像一场重大战役的战前动员。我们从省团校刚回来的几个同学，分配到一面临海，三面靠丘陵的俚岛公社，与先前进驻的黄县党政群干部汇合。

俚岛公社位于荣成县东北部。公社驻地东、南两侧临黄海，南与寻山公社交界，西与夏庄公社接壤，北与马道公社毗邻。该地西部多为丘陵山区，东部涝洼地为主，海岸线长80多华里，总面积108平方公里，下辖60个行政村，总人口35000人。

俚岛公社社教工作团指挥部主要领导由当地驻军一位政委、荣成县委一位副书记和黄县政府副县长林枫组成。孙兆礼同学留在俚岛公社指挥部机关，郑瑛进驻乔子沟村，我和栾芝萍去关沈屯村报到。

铭记关沈屯

关沈屯工作队由黄县抽调的几位党政群干部、驻军部队的军官和山东大学的学生等十几个人组成。这是个三百多户人家的大村，地处丘陵半山坡，处在一条有十几里长的大山沟的沟岔口。沟内有十八道弯，分布着大小七个自然村，隶属关沈屯工作片管辖。

工作片长兼工作队长是黄县团县委书记谭世琨。见面时我把主持工作的副书记韩杰托我带的亲笔信交给他。他很客气，热情地询问我家中的情况，对我说："你要充分利用这段宝贵的时间认真向老同志学习，提高工作协调能力和处理问题的能力。你的具体工作是分管关沈屯工作片的青少年工作。"我说："请放心，我一定把自己分管的工作做好！"

谭书记听了我的回答，点点头，满意地笑了说："你们也不是第一次参加社教了，要不断总结经验教训，在实践中锻炼成长。"

在我的一生中，有许多位老领导成为我前进道路上的良师益友，谭世琨书记就是其中的一位。这是一位很有工作经验的领导，平日沉默寡言，不苟言笑，但是心地善良，善解人意。他每次到各村检查指导工作，都会让我陪着他。刚开始，他向我询问最近的工作情况或者参加齐河县和荣成县社教运动的感受和体会，有时也问一问我的家庭情况。然后他就很少说话了，总是低着头，侧着肩膀，不紧不慢地走着，好像总在思考什么重大问题。

谭书记艰苦朴素、吃苦耐劳、认真扎实、善于调查研究的工作作风在我心中深深扎根。记得有一个周末的下午，他带我到各村视察工作，回来的路上遇到瓢泼大雨。我们俩没带雨具，我担心他的关节炎和胃病犯了，建议说："谭书记，找个地方避避雨吧！"他一声不吭，脚步一直不停。山路很滑，有几次我们险些滑倒。我看到前面有一个看山的小窝棚，再一次建议他进去避避雨，他仍然不吭气，抬手抹一下满脸的雨水，继续往前走……我急中生智从路旁找了根木棒给他拄着。他接过木棒自言自语地说了一句"这家伙不错"，就再也不吱声了。回到关沈屯住地，谭书记进宿舍换了衣服，立即赶到学校会场，参加各村工作组负责人阶段工作碰头会。我这才明白他为什么冒着风雨着急地返回驻地。

工作队的队员单丕艮（笔名山曼）也给我留下了深刻的印象。他是团县委的文字秘书，社教结束后调到县委宣传部任副部长。他朴实无华，为人豁达，不求功利。凡是认识他的人都感觉他精力充沛、无忧无虑，走到哪里便把快乐带到哪里。最让我敬佩的是他能入乡随俗，跟老百姓很合得来，所到之处往往几句话就能打动群众，并很快成为他们的知己。他后来成闻名遐迩的著名民俗专家、散文家。他聪明睿智，文化素养颇深，讲起话来风趣幽默，眉飞色舞，常常逗得大家前仰后合，疲劳感顿消，队员们都很喜欢他。

我有齐河社教那段历程，又借鉴多年从事青少年工作的经验，又轻车熟路地抓好各村团组织建立健全工作。开办夜校、创办宣传栏、编写黑板报、关心"五保户"、拥军优属、慰问当地驻军，以此提高青少年的政治素养和国防意识。配合农村社教运动，组织青少年做好相关人员的政治思想工作，推动了农村社教工作顺利进行，受到领导的肯定和表扬。

在荣成县这段日子里，我们与贫下中农实行"三同"（同吃、同住、同劳动），"三不准"（不准吃鱼、肉、蛋），我们和村民一样推小车送粪、运泥、建大寨田，刨地、整地、耕种小麦。在修建水库的工地上，我还跟村里的青年突击队学会了抡大锤的技术。抡大锤的动作雄壮而豪迈。把大锤抡圆了，用全力准、狠、稳砸下来的那一刻，你会感到全身的血液都在沸腾。这绝对是一个技术活，稍不留神一锤下来打偏了，就会砸到握钢钻伙伴的双手。轻者挂彩，重者致残。水库建好了，尽管我膀子有些酸痛，但抡了那么多天的大锤，一次意外事故没有发生。老百姓都夸我，说别看我的身子骨不太壮实，但干体力活还是把好手。

我还跟着村里那帮年轻人，在大粉房里学会了漏地瓜粉丝的手艺。我们工作队也将黄县先进的农业耕作技术、精种细管的经营方式和良好的生活习惯传授给当地农民。

俚岛公社过春节

1966年春节前，俚岛公社社教工作指挥部接到上级指示，通知各工作片的工作队，安排好留守人员，其他队员全部回家过大年。队员们听到这个消息，个个心花怒放，我也高兴得差点跳起来。腊月二十六日下午，谭书记带我到各村检查工作，返程时他慢腾腾地对我说："我们大队人马要回黄县过年了，每个工作片要留一个人值班。我想让你留下，你看行不行？"

多少个夜晚，梦里常常与父母、兄弟姊妹在除夕夜欢聚一堂。我前不久还写信告诉母亲，今年一定回家过个团圆年。听到谭书记突如其来的问话，我打心眼里不愿意，可仔细一想，这一定是领导慎重考虑后决定的，也说明组织上对我的信任，便心不由衷地说："行啊！谭书记，没问题！我服从领导决定，保证完成任务。"

后来听说，俚岛公社指挥部拟定的春节留守人员名单上早就有了我的名字。我赶紧写了封信，让回家过年的队员捎给家里，随信还捎了平时省下来的30元钱和40斤山东省粮票。

第二天，各驻村工作队轻装到俚岛公社集结，归心似箭的工作队员们，欢天喜地上了县里派来的大卡车。大家一只手扶着车厢，一只手使劲儿地挥着与我们几个留守人员告别。看到汽车后面扬起一片尘土，消失在拐弯的山谷里，我的心里顿时涌起阵阵酸楚……

大年三十的傍晚，我把行李搬到俚岛公社机关办公室里住下。五六个留守人员互相都不熟悉，他们岁数都比我大，多数都是本县人。大家七手八脚地切菜、剁肉、和面、包水饺。办公室里生着火炉，不知谁拿来一些小干鱼在火炉上烘烤着，空气中散发着阵阵的鱼香味。食堂师傅送来几个炒菜，公社武装部长拿来一瓶白酒倒进几个白瓷碗里，又打开几瓶水果、杂鱼罐头。大家围着火炉，你一口我一口地喝起来。他们让我也喝点，我说不会喝酒，略沾一下碗边，辣得眼泪都冒出来了，惹得大家哈哈大笑。

我说："你们喝着酒，我去后面帮大师傅煮水饺。"也不知是水饺包得不好，还是煮的方法不对，约有三分之一破碎了。我端着大盘热水饺进了办公室，主动道歉说："对不起啊！同志们！饺子煮碎啦！"大家喝着酒，吃着水饺笑哈哈地说："自己人客气什么！这是好事呀！今年过年水饺'挣'啦！明年等着发财吧！"

除夕夜，也没有什么娱乐节目，一台老式破旧的收音机"呜啦呜啦"地响着，听不清说了些什么。我又伏在灯下写了封信，摸着黑推开门，一拐弯把信投到公社大门旁边墨绿色的邮筒里。不太长的南北大路上空旷无人，街对面黑黝黝一片海草搭建的民房，房顶上的海草随风起伏。远处的山岚和岛屿上，不时传来一两声鸟鸣，偶尔还听到几声犬吠和零零碎碎的鞭炮响，整个大地、街道、海岛逐渐进入了梦乡……

回屋后，那几位同事借助酒兴围在火炉旁神侃，各自讲家乡过年的习俗。我拿了张《大众日报》上床躺在被窝里看着，时而传来浪花冲击着礁石的轰鸣声……除夕夜就这么过去了。

大年初一早晨，我被阵阵鞭炮声惊醒，公社武装部一位领导招呼我们到海边玩。他扛着一箱子弹，我和另几位干部背着支冲锋枪和两支半自动步枪向海边走去。海面平静得像面镜子,不远有几座神秘的小岛屿,无数的海鸥在岛屿周围自由自在地飞翔。面对浩渺无际的海面,我放开喉咙呐喊着:"大海呀!你好!家乡的亲人,你们过年好吧?我今年在这里过年啦!"端起冲锋枪,"嗒!嗒!……"一梭子子弹落在海面上,激起一串串浪花,海鸥惊恐地向远处天边飞去……

1966年7月23日,我们圆满完成了社教运动。离开关沈屯那天,村里村外贴满欢送工作队的大标语,街两旁站满送行的人群。村里几个共青团干部,握着我的双手上下左右摇晃,动情地说:"你要常来信呀!以后有机会一定再来俺村做客。"我们肩背行李,激动地挥动双手与热情纯朴的村民依依惜别。在喧天的锣鼓声中登上返回黄县的大汽车,心里充满感叹;多美的海岛,多好的人啊!我心里暗想,将来有机会一定再来看望他们。

2017年国庆节期间,儿子休假开车送我与老伴到荣成市,见证了荣成市俚岛镇和关沈屯历史性的巨变,见到了当年的老同学张惠英。

俚岛镇翻天覆地的变化令我震撼。一座现代化办公大楼拔地而起。宽阔的大院空无一人,院角旁停着辆绿化喷水车。我对值班室一位看门的花甲老人说,我当年在此地参加过社教,住在关沈屯村。老人知道这段历史,说那时他在公社干通讯员,现在也退休了。他握着我的手自豪地介绍这里发生的变化。五年前投资修了坚固的护堤,硬化了沿岸道路,建成著名的"爱莲湾"海岸带,有效地防治海浪对沿海村庄及农田的侵蚀,恢复了近岸沙滩的原始风貌,营造了优美的海洋生态环境,拉动了当地旅游业的发展。老人邀请我们进屋喝水并歉意地说,过节放假轮流值班,找领导也不便。我说没事,人老了就是怀旧,来看一眼就心满意足了,还要去关沈屯再看看。老人拖着浓浓的乡音指引去关沈屯的方向,真情地邀请我有时间再来,说俚岛欢迎我这位有情有义的老大哥。

路边一块花岗岩村碑，标着"关沈屯"三个字，我们进村转了一圈。平坦的水泥路，红瓦白墙的民房，如果没有那几栋海草房，哪里还有当年老村的影子。我们拍下包含浓浓乡愁的海草房，在村碑前留了个影便向市区赶去。一路上展现在眼前的是一条美丽的沿海景观路，两侧绿化带、花木造型、艺术雕塑、停车场等配套设施齐全，雄伟壮观，彰显现代荣成人的胸怀与大气。

第二天，我们专程奔赴著名的景观"天尽头"，故地重游的梦想终于得以实现。

第八章
新的起点

初进县委机关

　　荣成社教运动凯旋后，谭书记让我们回家休息几天再上班。思亲心切的我，向团县委借了辆自行车飞奔而归，回家看望日夜思念的父母亲。推开街门，惊讶中的母亲看到我消瘦单薄的身架，抚摸着我瘦瘦的脸庞，心疼得哭了……我眼含着热泪，仔仔细细地端详着母亲，发现她原本乌黑的头发如今已经两鬓斑白了，眼角的鱼尾纹散开了扇形，只是两只眼睛还是那么明亮有神，我心里泛起一股痛楚……父亲端着烟斗在旁边高兴地笑着。

　　当天晚上我睡在父母的身边，一幕幕往事在记忆里复活了。我们谈了很多很多，还谈到小时候在招远老家的那些往事。我也讲了不少荣成县当地的人和事，讲他们的风俗习惯。父亲嘿嘿笑着，母亲也不时发出一阵阵爽朗的笑声……天伦之乐让我们心潮荡漾。

　　在家休息两天后，我按时到团县委报到，这时谭书记已走马上任，去羊岚公社任党委书记了。主持工作的韩杰书记热情地与我们谈话，说我们先在机关住下来，可以回家食宿，也可以在机关找房间住下，多向老同志学习交流，看看有关文件，熟悉一下工作情况，过几天分头下乡到团县委培养树立的八个典型单位调研。每个单位用一周左右的时间，然后写出不少于3000字的调研报告。

县委大院是一处大宅院，我就住在团县委办公室院的东厢房那间宿舍里。机关的七八个人都很热情淳朴，朝气蓬勃。我们相处得亲如家人一般，清晨和傍晚都争先恐后清理环境卫生，闲暇时间就认真学习毛主席著作，写读书心得。每天都安排得十分紧张。

夏末初秋的一天晚上，韩书记带领大家学习完上级文件已是九点多钟，大多数干部都回家休息去了。我摇着蒲扇到广场的篮球架下纳凉。没有一丝风，闷热得令人窒息。半夜，我推开木板门，钻进蚊帐，摇动蒲扇，辗转难寐。窗外突然一道闪电划破了漆黑的夜幕，随后一声清脆的霹雳，接着便下起瓢泼大雨，宛如天神撕开天幕，把天河之水倾注到人间，窗外雨声雷鸣响成一片。

随着声声炸雷，狂风咆哮起来，只听木板门"咣当"一声被风猛地冲开了，狠狠地摔在旁边的墙壁上。院子里那棵老石榴树发出低鸣，犹如一位无助的老人在黑夜中抽泣……我急忙扯了一下电灯的开关线，下床去关上房门。突然感觉头上有冰凉的水珠滴下，抬头一看，一小股雨水从屋角的天窗上悄悄地爬进来，像一条条蚯蚓在缓缓地蠕动着，在红松木的天花板上留下弯弯曲曲的痕迹。不一会儿，雷声渐远，滚滚而去。室外铿锵的乐曲转为节奏单一的旋律，优柔、甜蜜、凉爽……从窗外射进来一束光线，黎明已经到来。雨后的天空格外晴朗，碧空中飘浮着朵朵的白云，在和煦的微风中翩然起舞，把蔚蓝色的天空擦拭得更加明亮。

刚吃过早饭，县委办公室通知机关干部到西南角小会议室开会。县里的领导一脸的严肃，语气深沉地说：昨夜一场暴雨，沿黄水河的几个公社遭遇严重的洪涝灾害，有很多低洼地的玉米浸泡在积水里。太阳出来后，玉米地里的积水很快就会变热，大片玉米就要面临烂根绝产的危险。事不宜迟，县委决定抽调大批机关干部下乡包社、包队，防汛排涝，保证秋粮不减产。县委领导提出，大家要深入第一线，到田间地头帮助群众排忧解难。要解决具体问题，动员组织社队干部分片包干，全力以赴，最大限度减少灾害损失。

我被指定跟随县人民法院院长于庆去城东张家沟村。于院长是一位在战争年代负伤致残的老革命，一入村就召集村干部在村北一块涝洼地头开现场会。他了解灾情，分析灾情，分配任务，命令必须赶在中午前，将所有有积水的粮田普查一遍，并立即排除田间积水。于院长如同前线指挥员那样果断有力。村干部纷纷行动，招呼群众带着工具下地。我们各自向村干部要了把铁锨，挽上裤腿，与村民们一起在有些发烫的泥水中挖掘沟渠，把玉米地里的积水排到公路旁的排水渠里。午饭都顾不上吃，谁也不叫苦喊累，争先恐后地抢着干，一鼓作气排完了所有粮田里的积水。

不久，韩书记分派我们下乡调查团县委的先进典型，写出先进单位调研报告。我被指派到了诸由观公社庄头村，总结这个村青年技术队的典型材料。据说这个村技术队的青年们发挥聪明才智，潜心研究新品种，改进耕作技术，合理密植创高产，在全县闻名。这是我第一次匹马单枪下乡搞调研，而且要写出总结材料，所以心里没有底。我小心翼翼地带着介绍信找到村里的党支部曲书记报到，在他的帮助下找到了村团支书和青年技术队队长，说明了此行的任务。他们热情地安排好住宿，吃饭随着村里学校的老师到民户家吃派饭，有时候也到不远的诸由公社机关食堂用餐。

庄头村青年技术队有自己的实验地、实验室、样板田。那一块块试验田的地头上插着一个个标牌，写着试验对比的项目，完成任务的指标，非常壮观。从外地引进优良品种进行栽培对比的种子田，在当时指导粮食生产中发挥了重要示范作用，共青团员在技术队发挥着模范带头作用，在周边村庄颇有影响。

我白天深入田间地头，走门串户调查第一手资料，晚上在煤油灯下整理文字材料到深夜。一周后，总结材料整理好了，我完成任务返回县里，把3000多字的总结报告交给韩书记审阅。韩书记对我的总结报告表示满意。

两天后，我又接到通知，让我带着行李、蚊帐，跟着副县长栾志欣和县委财办的干部杨忠全，一道下乡去北马公社柳杭、姜家、薛家等几个村，检查督导库区搬迁户的政策落实工作。

1958年"大跃进"以来，南部山区石良公社的王屋村、下丁家公社南邢家村、芦头公社迟家沟等村修建了几座大中型水库，库区农民分期分批被安置在平原几处公社的几十个村庄里。由于户口、住房、粮田、自留地、就医、小孩入托、入学等问题落实得不到位，搬迁户信访、人访不断。我们根据实际情况，逐村逐户调查问题源头，找出原因，按照上级相关政策规定，督导辖区干部，限期逐户落实，不留任何尾巴，做到搬迁户、村里干部社员和上级领导都满意。实践中我深有体会，有相当多的群众工作问题本应解决得很好，但有个别干部官僚主义严重，不作为，对该解决的事情拖、推、磨，总用"研究研究"这类口头禅敷衍老百姓，使矛盾激化升级至不可收拾。有人说："上面的经是真经，被下面的歪嘴和尚念歪了。"

任了一天大吕家公社团委书记

夏去秋来，经过两个多月认真细致的工作，库区搬迁户的政策基本得到落实，我们撤回县里。这天下午刚好是周末，韩书记见我推着自行车进了院，说："你回来得正合适，先不用解行李，县委组织部找你有事，你马上过去一下吧。"我急忙来到组织部。进门后，干部科的辛文利递给我一封已写好但没封口的工作调动信，笑着对我说："组织研究决定让你去大吕家公社（现下丁家镇）任团委书记，你回家准备一下，下周一去报到吧。"

我回到团县委把信给韩书记看，他瞅了一眼笑着说："这是组织对你的信任，你现在还很年轻，下去锻炼一番很有必要。大吕家公社下丁家大队团总支是咱们团县委的先进典型，你要多去看看，多听听，注意总结他们的先进经验。"这些我早有耳闻，下丁家大队是全国农业学大寨先进的典范，王永幸是位了不起的退伍军人。

晚上我将这一消息告诉母亲，她高兴地说："咱是农民的儿子，从农村出来，再到农村去工作是好事，也是锻炼自己的好机会。"

我心事重重地说："下乡工作我不打怵，只是到山里工作，心里没有底。"

母亲鼓励我说："去山区工作好啊！山里人性格耿直，办事痛快，不要心眼。解放前我们在那一带待过，那儿的人特别好，我还没待够呢！"

我说："妈，你放心吧！我会真心实意干好工作！虚心向那里的干部社员学习，实实在在干事。"

母亲嘱咐说："你人生地不熟，千万要小心，说话要和气，山里人讲义气实在，要和他们好好相处。"

在我工作的转折点上，母亲总是给我鼓励和点拨。

那天晚上，淅淅沥沥下着秋雨，窗外咸菜缸上的铁皮盖被雨点敲打着，发出有节奏的"滴答、滴答"的声音。我仿佛听到自己的心跳声，躺在炕上翻来覆去睡不着，心已飞往即将开始的新生活……

第二天早饭后，我穿上了母亲为我找出的半新解放服，左上口袋插着支钢笔，头上戴着一顶黄军帽，脚穿一双半新不旧的黄力土鞋。我借了团县委一辆旧自行车，捆上行李，用线网兜网住碗筷和洗漱用品，肩上斜背着一个黄背包，里面放上毛主席著作合订本，一个新笔记本。一家人送我出院子，我辞别父母，飞身上车，赶赴新的工作岗位。

　　我踏上通往南部山区大吕家公社崎岖不平的山路，迎着秋风一路猛蹬，到了下观村南，有个望不到顶的大陡坡，足有一百多米长。我仰着头学着当地人的模样，沿"之"字形路线，推着自行车艰难地向上爬。喘着粗气爬到坡顶，我已经是大汗淋漓了，回头一看心里直发毛，心想，将来往回走可怎么办呢？

　　我支起自行车，大口地喘着气，擦着满脸的汗水……

　　胶东大地，秋高气爽，山区特有的清香空气扑面而来。我推着自行车边走边欣赏眼前的风景：枫叶被秋风染成红色，夹在绿色的松林中一闪一闪的；几簇山菊花在微风中左右摆动，香气袭人；田野里一群小鸟叽叽喳喳地叫着，好像在开演唱会；高大的柿子树上，黄澄澄的柿子还傲立在枝头，像一个个橘黄的小灯笼；红彤彤的山楂果把树枝压弯了；梨树一棵连着一棵，看不到边，望不到头……秋阳映照，层林尽染，灿若朝霞。秋季的山区真美，好像是一幅无际的油画展现在我的面前。

　　第一次下乡到一处公社工作，我心里充满了喜悦、新奇和忐忑不安，不知第一步应怎么走。听韩书记说大吕家公社下丁家大队团总支，是闻名遐迩的先进单位。在这种环境工作，对我这个初出茅庐的新兵，无疑是个极好的学习锻炼的机会。

　　我边走边打听着找到了公社机关驻地，进了大门支上自行车，行李还没卸便进办公室找到文书，双手送上介绍信。老文书说："领导都下乡去了，你先把行李拿到办公室，喝点水休息一下。"说着他递上一杯热开水。我双手接过水说："谢谢您！我把自行车、行李放在院子里。现在我先到下丁家大队去看看。"老文书将介绍信看了一眼，起身摇动陈旧的电话机，对着传话筒高呼："接下丁家大队！"然后说："公社新来了位团委书记，要到您大队看看，找个人来领一下吧。"他客气地让我坐下喝水等一会儿。我喝完水，谢了老文书，走出公社北大门，刚向西一转弯，只见迎面来了一位风尘仆仆的女青年。她见我就问："您是县里新来的青年团书记吗？"我点了点头，她伸出手大方地与我握手并自我介绍说："我姓王，是下丁家大队团总支的干部，'青年铁姑娘队'队长。"王队长脸色白皙，挂着微笑，眉目清秀，身材苗条，身着青布衣裤，看上去干练利落，浑身散发着青春的朝气。她边走边介绍，下丁家大队圈子村退伍军人王永幸多年来带领群众改天换地取得的业绩：1955年开始在不毛之地打水井；整出六亩多的成片"一大地"；建成"三八水库"；1959年粮食亩产过"长江"；1965年被中央评为"全国农业战线红旗单位"……

王队长步伐矫健，领着我跨过圈子村"小金沟"，跳过小陈家村东拦河坝，绕过"一大地"，奔向正在施工中的"三层楼"高山水库。那真是看山山青，看地地平，沟沟有水，库库相连；人们个个精神奋发，干劲儿冲天。层层的梯田，气势恢宏，处处凝聚了一心走社会主义道路的"铁柱子"王永幸的心血和辛劳。十几年来，他带领乡亲们向穷山恶水宣战，把一个"山高地薄石头多，天地自带三分灾"的穷山村变成一个山清水秀、高产稳产的富裕山庄。

下丁家大队有八个自然村，是闻名全国的"农业学大寨"的典范。每天来参观的各地客人络绎不绝。县政府专门在下丁家村南的泳汶河岸设立接待站。这天中午，王队长领着我随着参观的人流在接待站用了工作餐。吃饭时，我在熙熙攘攘的大餐厅里碰上了县妇联老主任邢菊英。

她常到妇联包队的小栾家疃村，与我家人很熟悉。今天她正陪同外地参观团来参观，知道我调到下丁家公社工作后，向我表示祝贺。

傍晚，我谢别王队长，拖着疲劳的双腿回到公社。老文书正站在院子里四处找我，见我进了公社大门，便说："你也不要解行李啦，中午县委组织部来电话通知，让你马上拿着介绍信回县城。"我心里咯噔一下，暗想："出了什么事啦？"随后，我便拿着介绍信，谢别老文书，骑着自行车向县城奔去。走到下观村那个大陡坡时，我停下车子看路人如何下坡，看出门道后才慢慢推着自行车，挪蹭到坡底。这时，秋风萧瑟，我心神不宁。因着越走越陡的山势，自行车如离弦之箭，很快就载着我回到城区。我到县委机关时，大多数办公室已下班锁门。我到组织部去向值班干部交上介绍信，值班干部说："明天上班时你再来吧。"我迷茫不解地赶回家，母亲惊异地问我："你怎么刚去一天就回来了？出了什么事了？"我也无法解释其中原因，安慰她说："可能有什么变化，明天上班后就知道了"。

第二天上班后，我赶到县委组织部，辛科长笑吟吟地说："县里领导研究后，撤销了原来的任命，决定让你留在团县委另有他用，具体情况由韩杰书记同你谈。"接着辛科长嘱咐我："你要虚心向老同志学习，不骄不躁，扎扎实实工作。"我点着头，回到办公室。韩杰书记见我回来了，热情地与我交谈起来。他说："你是正式党员，要服从组织安排。县委领导对你的工作另有安排，你要安下心来努力工作。"我隐隐感觉，这是县里领导对我的工作重新调整，要对我委以重任。

当时我年仅二十一岁，生活阅历少，工作能力薄弱，心里充满压力，只懂得服从上级安排，就这么简单。

第九章
时代的婚礼

时代的婚礼

男大当婚，女大当嫁。20世纪60年代末，我到了谈婚论嫁的年龄了。那时人们择偶的主要标准是看对方的家庭出身、个人成分，并不太重视经济条件。工人阶级出身和贫下中农成分是硬杠杠，共青团员、共产党员、现役军人是最佳的选择。"地富反坏右分子"或者他们的子孙后代，即使男子高大英俊，姑娘貌美如花，也常常是俊男娶丑妇，靓女嫁恶夫。结婚的服饰是清一色的蓝色制服，时髦一点的则穿上绿色的军装。"革命伉俪多奇志，不爱红装爱绿装"，没有人敢明目张胆地戴金挂银，描眉画眼，更没有人敢穿高跟鞋，那会被扣上资产阶级思想或资产阶级分子的帽子，想摘都摘不掉。这也是当时人们的审美观。

我们的婚礼主持人是迟焕通，他既是堂兄，又是村里的村干部。充满喜庆的院子里，鞭炮响过后，亲朋好友汇聚一堂，围在新郎新娘的四周，阵阵笑声飘荡在室内外。堂兄开始带领大家履行仪式做"首先"。做"首先"这种形式是什么人发明创造出来的已无从考究。年轻帅气的堂兄清了清嗓子，表情严肃起来，他从上衣兜里掏出小红语录本举过头顶高呼："首先，让我们共同敬祝我们伟大导师、伟大领袖、伟大统帅、伟大舵手，我们心中最红最红的红太阳——毛主席万寿无疆！"热闹非凡的院落安静下来。大家刷的一声，不约而同地从兜里掏出"小红本"（《毛主席语录》袖珍本）举过头顶，有节奏地挥动着齐呼："万寿无疆！万寿无疆！"人们的头顶上红光闪闪。敬祝声中，房檐上几只看热闹的麻雀直飞蓝天。做完"首先"，堂兄带领大家齐声高唱"东方红，太阳升……"

这套程序，乡亲们很形象地称为"早请示"，后来又演变晚上再来一遍，称为"晚汇报"。"早请示""晚汇报"成了当时风靡大江南北的政治时尚。不知道什么时候，每天又追加了一个小时雷打不动的"天天读"。读什么呢？读《毛主席语录》，读"老三篇"。这套程序做与否，做得是否严肃认真，是对毛主席为首的党中央的政治感情问题、革命态度问题和阶级立场问题！任何人都不能有半点马虎。

那个时候，祖国大地刮起一阵相当狂热的浪潮。应当承认，那时广大人民群众对毛主席的感情是真挚的，深厚的，也是发自肺腑的。

做"首先"的时尚，也时常让我想到当年下乡支农时发生的一件荒唐的事，令人感慨。

1968年秋天，我和团县委机关干部李福利接县革委生产指挥部（县政府）通知，下乡到芦头公社一个半丘陵的小山村支援"三秋"工作。那天我们与村干部开了一上午会，研究"三秋"如何展开。细细的秋雨已经淅淅沥沥地下了一夜，上午还在不紧不慢地下着，临近午餐时也没停下来。空气中散发着各种异味，街道上满是脏乎乎的污水，很难行走。村干部安排我俩去一家农户吃午饭。我们一脚污泥、一脚浑水地进门后，女主人已准备好午餐。东屋火炕的饭桌上摆着地瓜、金黄的玉米饼子、生熟咸菜和玉米面粥。

进门后，我们东望西张找毛主席画像。这家主人把画得严重走样的毛主席画像，贴在了锅灶上方的墙上。我与老李并列站好，宁心静气，郑重严肃地仰望前方那幅画得很不严肃的画像，从上衣兜里掏出随身带的小红本，举过头顶，认真地做"首先"。女主人怀里抱着个孩子，站在我们身后随口呼应着。待我们做完"首先"进里屋上炕吃饭时，意想不到的场面出现了：几只老母鸡正站在饭桌上，大吃大啄。房东大嫂一看急了，扔下孩子拿起扫炕笤帚向那几只母鸡打去。那几只母鸡飞着跳着，从开着的窗户飞到了窗外，嘴里还不停地咕咕叫着。女主人心急火燎地追到院子里大骂："你们这些该杀的，俺给工作组准备的饭让你们先下手了！"我和老李哭笑不得，边抱起哇哇哭叫的孩子哄着，边劝女主人息怒。炕桌上一塌糊涂：几片花白的鸡毛，几摊鸡屎，带着泥水的鸡爪印比比皆是，狼藉不堪。炕桌上的午饭已经无法食用。女房东歉意地掀开锅盖，又从锅里捡出几块热地瓜。我们每人拿起几块地瓜，放下粮票和钱便告辞了。女房东很不好意思，一再道歉推让，不收粮票和钱。我们说这是规定和纪律，女主人才勉强收下。

后来听说毛主席对这一套形式主义的东西也很反感，批评过有关领导，不要把他吹得神乎其神，"盛名之下，其实难副"，"吹得越高，跌得越重"，"峣峣者易折，皎皎者易污"……狂热地做"首先"之风逐渐冷下来，不久便自消自灭了。

……

婚礼在欢乐祥和的气氛中进行，一对新人背诵《毛主席语录》前，大家先跳"忠字舞"。"忠字舞"兴起于1967年，上至耄耋老人，下到黄毛小儿，都经历了一次舞蹈"大扫盲"。红卫兵战士、革命战斗队是播种机和宣传队。大名鼎鼎的"黄小红毛泽东思想宣传队"在全县影响力非常人，提起"黄小红"无人不晓。无论是做"首先"，还是跳"忠字舞"，都有正规要求：对着毛主席画像，或在正面桌上摆放他老人家的石膏塑像，或者做一个红色的"忠"贴在正面显赫位置上。男女老幼有序排列，然后开始跳舞。人人手举红色塑料皮的小红本，边唱边跳。虽参差不齐，五音不全，但是没有人敢不跳。伴唱的歌曲多半是当时的流行歌曲，如《北京的金山上》《雪山上升起了红太阳》等。

那年月，重复叠字现象很兴盛，使用频率最高的是"最最""万岁万岁万万岁"，还有一句经典话语："千言万语也表达不出我们对您老人家的无限热爱，千歌万曲也唱不尽我们对您的无限深情"。

平日的交流中，人们也要高度重视政治性、革命性和时代性，差不多每句话之前都要带一句相应的毛主席语录。你说一句，毛主席说"愚公移山，改造中国"，我就要回应"一不怕苦，二不怕死"；你说"斗私批修"，我就得回答"为人民服务"；你说"军队向前进"，我要对上"生产长一寸"；你说"加强纪律性"，我必须说"革命无不胜"。对答如流，训练有素，形式主义肆意泛滥。

婚礼上的革命化也是表现得淋漓尽致，大家为了出新郎新娘的洋相，针锋相对，唇枪舌剑。可是他们哪里知道我曾经是全县"学习毛主席著作的尖子""学习雷锋的先进分子代表"，对于"老三篇"的内容和一些流行的毛主席语录背得滚瓜烂熟。兵来将挡，水来土掩，毫不含糊。妻子有时反应慢半拍，我就见机行事，巧妙圆场。

喜宴简单得不能再简单了，从村西河边小饭馆要了几个炒菜，大铁锅里煮的面条。东间炕上为主桌，堂兄居首，款待嘉宾，村东头喂奶牛的杨大爷和父亲坐正席，其他人不分长幼。西间新房炕上以新娘为主，坐满了女眷——伴娘和伯母、母亲及姊妹。我、三弟还有几个帮忙的朋友，也只能随便在其他地方站着或蹲着吃几碗喜面。

晚饭后，县委大院一大帮同事来了。曾在团委共过事的"秀才"

单先生（山曼），是闹洞房的主持人。他眉飞色舞地出了一些节目，如背"老三篇"、唱革命歌曲、新郎新娘对答《毛主席语录》、跳"忠字舞"等，也没有什么新鲜内容。县委办公室田文书找了根红线绳系着个长把儿梨，让我们做双人啃梨的游戏，这算是最新潮了。那个时候大家闹洞房动口不动手，既文明又礼貌。

一家人，欢天喜地，度过了难忘的一天。待客人走后，我和母亲屋里屋外看了看，大家送的毛主席石膏塑像在里屋套间摆了一炕。精美的《毛主席语录》、毛主席著作合订册装满了一大笤筐，金光闪烁的毛主席纪念章有满满一大盒子。其中一枚纪念章直径有一尺宽，更是别有一番风采。"文化大革命"伊始发行的毛主席像章比衣服纽扣稍大一点，后来越来越大，金色或银色小像章安上别针即可。后来就填充珐琅漆，黄红色更彰显革命性。毛主席头戴军帽，身穿草绿色军装，登上天安门城楼八次接见红卫兵的像章，人们做梦都想有一枚。搪瓷像章有碗口大，上面毛主席和蔼慈祥的面容，活灵活现，惟妙惟肖。

人们以拥有的毛主席纪念章的"多、大、奇"为荣。县城东关小十子口大街旁，有一位抗日战争扛过枪、解放战争负过伤、抗美援朝渡过江的老荣誉军人。他那件陈旧的棉军大衣，外面和里面挂满了各式各样的像章，足有上百枚。他每天站在街南小商店前，过往路人常驻足观看。

这时，母亲递过一套精装的毛主席著作合订本，硬包装盒正面上镶嵌着金光闪闪的毛主席头像。我小心翼翼地接过来一看，豪华的硬包装盒背面上，工工整整写着县委几个部委十几位同事的名字。"天哪！从来没见过，这可是宝贝呀！这样顶级的珍品是在哪里弄到的？"后来听说那是宣传部的单丕艮副部长和温玉杰先生，通过新华书店的经理在烟台托人买到的。

……

如今，已步入晚年的我，参加过多少亲朋好友的婚礼，自己已经忘了，但对自己的婚礼却记忆犹新，每每想起来都会有一种啼笑皆非的苦涩。

洞房花烛夜。烛光下的新娘，举止端庄，言语温婉，幸福的暖流涌上心头。我想："我这一生就是要同她相伴终生，白头偕老啊！"强烈的责任感油然而生。

眼前的这个女子，对人生和爱情有着令人感动的诠释。她曾不止一次郑重地对我说："我找对象的标准很简单，顾家，能有一个养家糊口的手艺就行。比如说，木匠啦、裁缝啦、瓦匠啦，能种好地、摆弄好菜园的，都行。家境、外表、户口、身份，都无所谓。关键是找一个身体健康，通情达理，有责任心的人。"妻子的到来，对我们这个极其贫困的家庭来说，无疑是福从天降。

两个新人俨然像久别的知己、兄妹、同学、战友，倾诉情感。话题涉及国事家事，山南海北。对未来的新生活充满着美好的憧憬。我们都有一颗善良的心，都有一双勤劳的双手，一定会过上幸福的生活。

妻子对我说："我们现在已正式结婚了，婚前我们可以多看对方的缺点和不足，婚后就应多看对方的优点和长处。"她清了清嗓子接着说："人都有个性，我们日后生活中也免不了磕磕碰碰，关键是要相互体谅和包容。"一番真情朴实的话语，掷地有声，令我感叹不已。看着眼前通情达理的新娘，不禁让我想起几年来找对象所经历的坎坷与无奈。

众里寻她

二十岁以后，村里的长辈和热心肠的亲戚陆续也有为我提媒的。我也有过刻骨铭心的美好初恋，但无疾而终，究其缘故，迈不过家庭条件极差的这个坎。

"文化大革命"前期，县直机关合署办公。团县委、县妇联、贫下中农协会和农村工作部合并为农村群众工作组，简称"群工组"。县妇联主任吕敏、魏桂云和副主任张淑敏先后在我们村蹲点包村，比较熟悉我的家境。父亲担任贫下中农协会主任，虽然我家境贫穷，但是一家人通情达理，团结和谐。我和妇联的几位老大姐在一个办公室里办公，她们下乡蹲点的村又是小栾家疃村。当时我精力充沛，朝气蓬勃，工作勤奋努力，是县委重点培养的革命事业接班人之一。她们对我评价很高，对我很关心，几位妇联主任先后热心地为我介绍对象。

一天上午，魏主任约我到县城西部一个村里去相亲。女方是位教师，她的父亲在县直机关工作，与魏主任很熟。我骑着团县委那辆旧自行车载着魏主任。自行车很旧，轮胎的气不敢打得太足，魏主席身体又重，我汗流浃背，衣服都湿透了，风尘仆仆地来到了离县城二十多里的女方家里。那姑娘正在后院菜园里和她父亲挖水井。院子里淌着浑黄的泥水，一直流向南大街。过了很长时间，姑娘才从井下爬上来。她全身沾满黄泥水，洗了把脸也没换衣服便和我见面。人家很随意，毫无矜持，我却显得很尴尬。午饭时，大家围着饭桌吃大白菜肉包子，气氛很融洽，表面看起来一家人对我还算满意。

几天后，她约我在县城东北操场边的杨树林见面。我局促不安，只是傻乎乎地坐着，也不知该说些什么。人家姑娘倒是落落大方，询问我的家庭状况，又问我工作的发展前景，像是组织人事部门在"审干"，又像是一个外出的大姐回家询问多日不见的小弟，问得很透彻。我如实回答，毫无遮掩，觉得不管将来结果如何，都应该讲诚实。看得出她还比较满意，我却不自在起来，心里疙疙瘩瘩的。临别时，她从裤袋里摸出一本《毛主席语录》送给我，我把佩戴在胸前的一枚精美的烤瓷的"毛主席去延安"纪念章摘给了她。互相留下通讯地址，商定有什么情况再通过媒人传递。

几天后，魏主任一脸无奈地通知我："人家调查了，对你本人倒没有太大的不满，只是嫌你们家条件太差。不过你放心吧，我们会继续为你介绍的。"我早有思想准备，也没有过多的失意，还自我安慰："我年龄又不太大，找对象不急。过几年家庭条件 定会好转的，那时候再说也不迟。"此后，妇联大姐们相继给我介绍过几位，都因我的贫困家境而告终。接二连三的打击，让我很沮丧，后来我一听要去"打对面"（相亲）心里就打怵。

这天，县妇联张淑敏副主任和县委农村工作部张善亭部长一起为我做媒。对方是县供销社果品公司职工，个头不矮，丰满壮实，做起事来扎实低调。一个二十多岁的年轻姑娘，比她年龄大的和少的都喊她"大隋""老隋"，足见她的人缘和大家对她的器重。

相这门亲一开始让我有些莫名其妙，大为不解，后来才知道其中的缘故。

每年，县革委生产指挥部，麦收和秋收期间都要组织机关干部下乡参加生产劳动，被"打倒"和免职的领导干部由机关里年轻的党员干部带队下乡到各公社。1968年9月秋收秋种时节，我受上级领导指定，带领六名被"打倒"的部门领导干部，骑着自行车驮载着行李到北马公社吕家村住村，参加秋收秋种，与群众同吃同住同劳动。农工部张部长就是这六名领导干部之一。张部长是位老革命，性情爽朗，有过辉煌的革命经历，却患有严重的阴囊湿疹，民间也叫"绣球疯"。他整日精神萎靡，情绪低落，坐立不安，痛苦不堪。我问明病情，不让他出工，安排他在宿舍里休息，还两次跑到龙口街药店给他买中草药。他的病情大有好转，感动得直掉眼泪，不停地夸我人品好、心地善良，是个大好人。张部长的妻子姓沙，是城关公社的副社长，大隋的姨父姓林，是城关公社党委副书记兼社长。张部长和他妻子沙副社长一道找到林社长为我提媒，说："团县委的那个小青年真难得啊！心眼好，善解人意，聪明能干，身体健壮，宽厚善良，为人可靠。现在这个年景，哪里还有这样的小青年！如果我们有合适的闺女，一定让闺女嫁给他。"原本传统古板的老社长被他们说得动心了，回家又做通了妻子的工作。这才有了县张部长、沙副社长和张主任联手为我提亲这档子事。

大隋的姨父姨母对这门亲事还基本满意，关键这三位过硬的媒人可信度高。可是几天后，爱管闲事的人纷至沓来。说我父亲年迈多病，光能吃饭不能干活；母亲信基督教，是"里通外国"的"牛鬼蛇神"；兄弟姊妹多，最小的妹妹才四岁；家里干活挣工分的少，吃闲饭的多；家境极其贫穷云云。有的人善意地给大隋打电话，提醒她要深思熟虑，千万要慎重，不要上当受骗。还有朋友专程跑到她单位当面劝诫……好像如果她答应了这门亲事，就要招致灭顶之灾似的。大隋人缘好，关心她的人也就特别多。"人生在世，婚姻大事儿戏不得，千万不能种错粮食嫁错郎啊！种错粮食是一季的事，嫁错郎可是一辈子的事呀！"他们七嘴八舌对她说："凭你的条件，要人品有人品，要模样有模样，要身架有身架，要工作有工作，人见人爱，嫁什么人家不行？非得往那个看不见底的穷坑里跳。再说那人个头也不高，还挺瘦，三根筋挑着个脑袋。他现在虽然是县委机关干部，但目前形势很不稳定，将来能是什么样还难说。"负面的议论铺天盖地，她难以招架，有时也心烦意乱。但没有想到的是，她竟答应了这门亲事。

山东大学书画研究院院长孙坚奋教授后来来我家做客，听说了我们这段婚姻往事后，即席提笔挥毫，赋诗一首：

幽兰在深谷，本自无人识。

只为馨香故，求者遍山隅。

相亲的前一天，我心里很打怵。县妇联张主任听说我还有些犹豫，便直言直语地说："咱怎么啦！缺鼻子缺眼呀！有什么可打怵的，你尽管去，我保证马到成功！"张副主任与大隋的姨妈熟悉，当即拿起电话，拨通电话找到姨妈，把我夸了一通，把我家的情况也正面介绍了一番。她一再鼓励我："不要气馁，穷怎么啦？不能总穷吧？凭你这样的小伙子，我们妇联保媒保定啦！快去吧！"我咬了咬牙，暗下决心："这可是最后一次了。如果再不成功，就再也不干这事了。"

我怀着忐忑不安的心情，骑着自行车，打听着进了姨妈的家。大隋的姨妈是县果品公司的主管会计，见了我，忙把我让进屋里。寒暄几句后，透过老花镜上下打量我一番，转身倒了杯水让我在里屋等着。说外甥闺女还在大吕家公社（现下丁家镇）收购站收水果，她去办公室打电话催一下，便出门了。

我这才细细打量了一下这三间旧瓦房。屋内低矮，光线暗淡，陈设简陋，还有一股霉味直往鼻孔里钻。我坐在那把有些晃荡的旧椅子上，心神不安地等着。半小时左右，院子里响起支自行车的声音，然后一个充满朝气的大姑娘风风火火地进屋了。只见她穿着一身干净的淡花衣服，两条乌黑油亮的麻花辫搭在肩上，红润的圆脸上洋溢着青春自然的微笑。见了我，她有些腼腆地说："现在是水果收购旺季，对不起！让你久等啦！"

我突然想起辛弃疾的词："众里寻他千百度，蓦然回首，那人却在灯火阑珊处。"我的心跳得厉害，有种认识了很久的感觉，暗想她就是我这辈子要寻找的那一半了。我刚要介绍我的家庭情况，她摆了摆手制止了，显然她早有耳闻。她说："我虽然文化不高，但是我明白个理，找对象关键是人而不是家境。居家过日子，只要人好，将来什么都会好。我相信我自己的眼睛。"大隋第一次见面说的话让我吃惊。我不敢相信，一个山区姑娘竟能说出这么感人又有哲理的话来。我甚至内心感谢以前那些拒绝过我的人，才让我现在遇见了她，真的让我兴奋和激动，颇有"相见恨晚"的感觉。

分手时，我们交换了通讯地址。我笑着说："祝你工作顺利！也请你三思，但愿我们能有结果。"大隋笑着说："你也要保重，有什么情况咱信上说。"我当时的"光辉形象"：不但瘦得可怜，三根筋挑着个脑袋，溃疡的嘴唇上还涂着刺眼的紫药水，头发也没梳理一下，乱糟糟的；身穿半旧的深蓝色中山服，脚蹬一双不太新的篮球鞋。但看到她脸上始终挂着微笑，一副神定气闲的模样，我心里也得到莫大的安慰。

这次见面印象极深，那场面永远定格在我的心中，让我一生都忘不了。我相信缘分，我们两人从不同的县，为了生存先后来到同一个县，又相逢在一起，谁能说这不是缘分呢！

此后的日子，像大多数恋人一样，我们开始了鸿雁传书。在悄无声息的沟通中，我们在心灵与心灵的碰撞中，将真挚的爱自然而然地洒向对方。我称她兰子，她叫我老彩。工作之余，她在山区房东家里的灯光下，倾注一腔爱心，纳了一双又一双色彩绚丽、图案精美的鞋垫，大大方方地送给我，令我感动不已。每逢星期天，我就骑着自行车翻山越岭去山区水果收购点看望她。她有时进城也抽时间到我家坐一会儿，我们的情感在平淡的岁月里逐渐升温。

一个炎热的周日，阳光烘烤着大地，通往山区的公路热浪滚滚。我骑着自行车沿着上坡山路艰难前行，既高又陡的山路只能推着车子走，一会儿就气喘吁吁，汗流浃背。于是，我脱下"人造棉"白衬衣挂在车把上，上身仅穿一件背心，弓着腰，费力地前进。待到了兰子所在的大吕家村果品收购站点时，挂在自行车把上的衬衣不见了，我感到很不好意思。她只是笑了笑，先向同事借了件衬衣让我穿上，缓解了我的尴尬，又找了块白毛巾用温水浸泡了一下，拧干递给我："来！擦把汗。"说着她又倒了杯温开水递给我，让我坐在通风凉快的椅子上。她的同事们投过来羡慕的眼光："行啊！老隋！还没成亲就伺候得这么周到啊！"在我和她的同事们说话的工夫，她到不远处供销社门市部给我买了件的确良衬衫。中午时间，她还把自己一条深蓝色条绒新裤子拆了改好送给我穿。下午返程时，她在我自行车后座上绑了个纸箱，里面装满各种新鲜水果，带回家让父母和兄弟姊妹们品尝……

有时候回村里看望父母，我骑着自行车要载她，她反而坚持要载着我。争执不下，就你载我一段，我再载你一程。虽然我们相处的时间并不长，但几天见不着书信，心里总有些牵挂。几个月下来，平凡的生活中盛开出一朵朵情感的涟漪。

在那个特殊历史时期，运动的浪潮每时每刻都在冲击着人们的头脑，所有人的精神压力都特别大。心情黯淡的时候，或书信或面谈，我们互相倾诉，相互鼓励，咬紧牙关，期望未来，心头的苦闷和阴霾也很快驱散了。

按当地的风俗习惯，相亲无异议之后就要定亲，男方要请女方吃饭并送一些聘礼。父亲和母亲很为难，家里底子薄，时下收入又少，倾全家钱财，东拼西凑买了些衣料、被面、被套、床单、枕巾等，装在一个粗帆布旅行包里送到姨妈家。听说我离开后，姨妈打开旅行包一看勃然大怒，一使劲儿把包扔到门外，一脸不满，对外甥女吼道："你马上给他送回去，这哪里是送聘礼呀，这分明是在打发要饭的。"兰子并不介意，捡起帆布包，因为她知道我们家实情。她好言好语说服姨妈，说这些东西都是身外之物，多点少点，好点赖点都无所谓。俗话说："好儿不吃当家饭，好女不穿嫁时衣。"将来还是要靠我们自己的能力去开辟新生活。在她的一番坚持下，这门亲事总算定下了。

故里省亲

送走了炎热的夏天，迎来了天高云淡的秋日。

周六的晚饭后，我有些不好意思地说："人家来信讲，让我明天同她一道回娘家一趟，让她娘家人看看。"父亲说："这是应该的，你可要和人家老人讲实话，说明白咱家的情况呀！"我说："这您就不用操心了，她早把咱家的情况写信告诉家里人了。"父母亲齐口说："这就好！亲事成不成先不说，咱是老实人家，可不能糊弄人。"

翌日早饭后，我给自行车打足了气，上衣口袋里装了几十块钱，到自留地拔了棵最大的大白菜绑到自行车后车座上，辞别父母赶到约定地点。事前我曾说带点什么，她说："老家是山沟，不缺吃不缺穿，就是能浇上水的地少，蔬菜缺少。你什么东西也不用带，我星期天上午八点在河西村果品点等着你。"说实在的，我打心眼里不愿去，但这一关不过不行呀，丑女婿早晚要见丈母娘。她见了我，不由地皱了一下眉说："你带着棵大白菜干什么？带着菜有预祝发财的美意吧！俺家也没有做生意的呀！"我忙向她解释："我没想那么多，我是听你说山区里耕地少种菜不多，就带上了这棵大白菜。我带了些钱，你看什么合适，咱路上买点就是了。"她听了，笑了笑，什么也没说。

通往她家的道路，翻山越岭，崎岖不平，自行车只好骑一段再推着走一段，还要脱掉鞋袜扛着自行车经过几条小沙河。第一次走这条山路有些新奇，只见路旁枫树落叶像是给大地铺上了紫红色的地毯，五颜六色的水果即将收获：一串串葡萄紫莹莹像倒挂的宝石，黄澄澄的梨，红艳艳的苹果，路边的地崖上散布着一串串野山果。远处山坡上还有雪白的羊群，像海滩上撒落的贝壳那样耀眼。秋天美极啦，真是个收获的季节呀！

路上，我们边走边议论着儿时的逸闻趣事，也不觉得太累。不知不觉中爬过最后一个山冈的坡顶，就看到了前面不远山坳中红瓦白墙的村庄。她兴奋地说："前面不远那个村就是西店村，过了村东小河就是俺东店村了。俺老爹在黑龙江省尚志县（现为尚志市）帽儿山粮所工作，俺大姐出嫁了，两个哥哥都结婚自己住。家里有俺妈，还有个妹妹、弟弟。他们没见过世面，不大会说话，你可不要笑话。"我说："你不笑话俺那个家，俺怎么会笑话你家？你家情况过去也没向我说过，到了家门口才介绍，我也不知道该怎么说话。"

她直言不讳："婚姻是咱俩的事，回来让家里人认识一下也是应该的，这也不过是走走过场，让老人看一眼心里踏实。"

我说："当地有什么风俗习惯你可提前告诉我，免得闹笑话。"

她说："山区条件差，人的思想单纯，我们一家人都是老实人，没有什么规矩，也不会笑话人。"

慈祥的准岳母见了我，上下打量一番，对闺女笑了笑说："找男人是为了过日子，俺相信闺女的眼光。你自己看准了行，就一定行，过日子是你们两个人的事。"

兰子一家老老少少、亲戚、邻居、同学、朋友等都来看她领来的女婿。窗前门后，指指点点，喊喊喳喳，评头论足，一些话不断地传入我的耳朵。

"小伙子长得挺精神的，听说是在县委当干部。"

"嗯！长得倒挺白净秀气，个头可不怎么高。"

"听说黄县挺富的，生活也好，一天三顿吃着白面饽饽就着鱼，人都长得白白胖胖的，可他怎么这么瘦？"

"瞎操啥心，人家二嫂心里有数。她可是咱村数一数二有能耐的主，她看上的人肯定靠得住。"

......

不管怎么说，见丈母娘的过场是走完啦，他们一家人也对我进行面试了，没人说什么。是啊，将来日子怎么过，还是我们两个人的事。

后来的日子里，我们俩工作都十分繁忙，只能书信交流。白天我学习、工作，早上和傍晚便偷偷跑到苹果园里看园艺工人追肥、剪枝，虚心地向他们请教园艺技术。不久我就学会了管理果树的主要工序和剪枝技术。初冬季节到岳母家，听说邻居的苹果树要修剪果枝但找不到懂行的人，我便想借机显摆我的能耐，二话没说拿着剪刀奋勇爬上树，根据学到的剪枝技术，有模有样地仔细修剪了几棵"国光"苹果树。树下好多人仰面盯着我，还传来低低的赞许声。据说第二年秋天，这几棵苹果树，苹果长得又多又大，还真大丰收了。果树的主人几次找岳母商量，非要好好答谢我。我心想：谢啥呀！那不过是瞎猫撞上个死老鼠罢了。

妻子在山区的工作较忙，偶尔进城见上一面，总有说不完的话。不管聊什么，都有情感在里面。聊的无非是儿时在老家的陈芝麻烂谷子；兄弟姊妹的学习、工作和婚姻情况；近期城乡、双方单位发生的奇闻趣事……感情融洽的时候，就是净说废话也很甜蜜。

记得严冬的一个周末，妻子到我家，傍晚早早吃过饭，穿上大衣，戴上围脖准备赶回单位。天空却突然黑云密布，很快下起漫天大雪，正如诗人李白描写大片雪花的诗句那样："地白风色寒，雪花大如手。"我们三步并着两步走，冲进那白雪装饰的世界。好不容易我将她送到了集体宿舍门前，她不放心我自己往回走，又返身送我一程。我看雪越下越大，路面难行，不时有行人滑倒，很是担心，又再次送她返回。后来两人就伫立在黄城南关老护城河边，在茫茫雪地里又说了一会儿话。无非还是日常生活中的琐事趣事、烦恼事，也畅谈人生理想、国家前途。我们忘记了风雪，忘记了严寒，忘记了头上、衣服上厚厚的积雪……

有人说热恋中的男女都有点傻，傻得忘掉一切。那是一种没有真正恋爱过的人无法体会的感觉。

小妹的手表

妻子来到我家，为我们这个大家庭增添了生机和活力。每年，县里都要在县一中或者北大庙第二招待所召开几次三级干部会议，学习领袖的最新指示和中央文件，研究部署抓阶级斗争新动向和农业生产活动。与会人员要自带行李和餐具。每逢这样大型集会时，县里就要抽调机关事业单位的年轻人来为大会服务，就像现在大型公益活动的"志愿者"。每次兰子都会选在其中。每次参加这样的活动她都会主动帮助食堂师傅挑水、洗菜、切菜、洗刷餐具，很讨人喜欢。人们称赞她手巧、勤快、大方、热情。相处久了，师傅们都知道我们小栾家疃村的家就在会场附近，就让妻子把残汤剩饭送回家。人能吃的就吃，不能吃的喂猪、喂鸡，反正倒掉也是浪费。她也就不客气了，顾不了吃饭，急急忙忙趁热送回家。

妻子托人买到一块南京产"钟山牌"黑盘手表，这也是她参加工作多年第一次戴上手表。刚上班不久的小幺妹，常为掌握不好上下班时间而烦恼，母亲也很无奈。妻子见状，毫不犹豫从手腕上摘下手表，说："小妹你戴着吧，别误了上班。"

小妹惊疑："真的吗？嫂子你戴什么？"

她笑了笑说："我上班路途短，家里和单位都有座钟、挂表，我看一眼记在心里耽误不了事。"从那时起，妻子养成了不戴手表也不影响上下班的习惯，总是提前几分钟赶到，从来不会误时。

若干年后，小妹夫妇发展成十里八村有名气的企业家。他们对妻子的关爱难以言表。每年妻子过生日时，小妹都会张罗着大家聚一聚，为嫂子买衣物。每当妻子表示拒绝或感谢的时候，小妹都会激动地提起那只手表。在小妹的心里，嫂子的慷慨是永远的甘露。

平日里，妻子看到单位仓库保管员挑拣出的烂梨、残苹果扔了怪可惜的，就廉价买一些送回家。母亲见了高兴得眉开眼笑，切除烂的部分喂猪，其他洗干净留着吃。乡下果农送水果到果品公司扔下的垫水果的茅草、树叶，公司旧房修缮扔掉的残木块、碎苇席，她就划拉起来堆在墙角边，招呼三妹拖着辆平车，一趟一趟搬回家……

天灾人祸的年代，国家发动赈灾活动。救灾物资的收购往往经供销社主办，供销社再委派果品公司承办。晾干的地瓜叶、白菜叶、萝卜叶等打包装车运走。打扫场地卫生时，妻子同工友们时常从垃圾堆里捡一些丢弃的菜叶、地瓜叶装进麻袋或者草编的网兜里，积攒起来就招呼三妹拖着地排车送回家沤一沤喂猪。农家小院里始终有一垛柴火和猪饲料，这些猪饲料喂出一头一头的大肥猪，家里的经济状况大有改观。

妻子知道父亲爱吃大米饭，经常用节省下来的粮票去单位食堂买大米、小米送回家。食堂里改善生活，她买一份舍不得吃，抓紧时间骑着自行车送回家让父亲吃，自己随便找点吃的东西填饱肚子再返回单位上班。她还常为一家老老小小添衣服、买袜子、编制毛衣、纳鞋垫。妻子把善良淳朴的爱无私地奉献给了这个家。

有一年夏天，她在山区水果收购点接到通知进城开会，就买了些刚上市的"红盖甜"杏子，足有七八斤。赶到单位开会前，托她的同事、我家邻居的姑娘下班回家时捎给母亲。正在院子里麦根堆旁捡麦穗的母亲接过这么些杏子，边干活边品尝鲜甜的杏子，心里那个美呀！待妻子散会后回到家时，母亲感叹地对她说："我都六十多岁了，还是第一次吃这么多、这么甜的杏子呢！"

父亲的假牙

古稀之年的父亲牙齿陆续脱落，吃饭极不方便，牙不好胃就不好，妻子看在眼里记在心里。这天，她打听到一家卫生院有牙科，和父亲商量要给他镶满口牙，父亲一再推辞。妻子不容父亲客气，吃过早饭，用自行车载着父亲赶到卫生院的牙科。这家医院牙科医生少，病人多要排队等候，一时半刻是挨不上号的。牙科医生、护士工作认真仔细，慢条斯理。眼看快到上班时间了，妻子急得团团转，情急之下竟呜呜哭出声来。医生见状对父亲感叹说："大爷，你这闺女真是孝顺呀！看她都急哭了！"父亲自豪地说："哎呀！这哪里是闺女，她是俺儿媳呀！她又要着急给我镶牙，又怕耽误上班。"医生大受感动，破例优先为父亲咬好牙模。忙完这一切，她要送父亲回家，父亲摆摆手："你快走吧，别耽误了上班！我自己走回去就行。"望着妻子匆忙离去的身影，医生和排队的病号纷纷感慨地说："大爷啊！您有个孝顺的好儿媳呀！"父亲喜上眉梢，骄傲地说："那是当然，俺家有福啊！我不想镶这满口牙，她谁也不商量硬逼着我来，还说要镶最好的牙。"妻子那时每月工资仅有28元，她却用34元为父亲镶了口质量最好的牙。父亲八十九岁高龄那年，戴着这口牙安详地离开人间。兄弟姊妹谁也不知道父亲的牙是谁镶的，大家还认为是我做的。母亲感叹地说："这事你二哥根本不知道，是你们的二嫂为你爹镶的呀！"妻子为父亲洗脚、剪指甲。父亲不好意思地推辞，妻子坦然地说："您不要客气，咱是一家人，您和俺妈眼神不好，我替您剪指甲是应该的。"

平凡的生活依旧可以闪耀幸福的光芒，妻子纯朴的爱心比钻石还要闪耀，妻子把她全部的爱无私地献给了这个贫穷的家。

无论是在城里还是在乡下工作，多年来，只要我回家一趟，父母亲总是说："咱老迟家祖坟冒青烟啦！祖上积了八辈子德，遇上这么个好媳妇。"我也深感庆幸，能娶到贤惠的妻子，是一家人的幸福，也是我一生的造化。我暗暗发誓：家境贫困只是暂时的，一定要帮助父母把我们的家治理好，让一家人过上好日子，这辈子决不能让爱妻受太多的苦，争取让她成了最幸福的人。

走出山沟的姑娘

妻子娘家在栖霞县苏家店镇东店村，她上面有两个哥哥、一个姐姐，下面还有一个弟弟和一个妹妹。父母终日面朝黄土背朝天，在几亩薄地里辛勤耕耘，艰难地养活一家老少。

岳父隋书铭，浓眉大眼，宽圆的肩膀，结实的胸脯，家里家外的活，他都能拿得起放得下。岳母张玉美，长得像她的名字一样俊美，乌黑的头发总是梳理得一丝不苟，后面盘了个圆圆的发髻。她温和贤良且能吃苦耐劳。尽管家境并不宽裕，为了子女能跳出农门，走出山沟，两位老人还是省吃俭用供孩子上学。妻子的大哥在"大跃进"年代从农业大学毕业，大姐中学毕业后回村参加劳动，二哥中学毕业后分配到滨州市柴油机厂工作，后来调回栖霞县城的电机厂当了一名技术工人。

两位老人特别喜欢从小就聪明懂事的二闺女，眼看她就要初中毕业了，无力再负担继续上学，又为她的前程的安排大伤脑筋。这天晚上，老两口翻来覆去睡不着，琢磨着让女儿脱离穷山沟的唯一出路就是想方设法把女儿送出山沟找份营生。岳母先是想到了娘家兄弟张殿文。他是一位当过八路军、参加过抗美援朝的老革命，从部队转业到鲁西南郯城县的一家国有农场任场长。那个地方是黄河故道，一望无际的盐碱涝洼地，生活极其艰苦，到那里去发展肯定没有前途。忽然，岳母眼睛一亮，高兴地说："我想起来啦，黄县还有位表妹在县城里工作，听说妹夫还是城关公社的大官。"岳父一听，忽地一下爬起来，一拍大腿说："行！就这么定了，黄县人经商的多，地庶人富，到那里去发展准有奔头，一定想法把二嫚送到那里去。事不宜迟，明天我就去趟黄县。"

第二天凌晨，鸡叫头遍，岳父就摸着黑步行120多里地赶往黄县。中午时分到达县城，他几经打听，才找到那门亲戚家，进门直奔主题说明来意。热情好客的姨妈挺着个大肚子，笑哈哈地说："姐夫啊！您来得太巧啦！我正需要人手呢。孩子多，收入少，我又快添个孩子了。"姨妈愉快地接受了这个山妹子。岳父千恩万谢说："我回去就把孩子送过来，孩子小不懂礼数，您和妹夫还要多多包涵，多加指教。"岳父也没歇息一下，简单吃了点午饭当即返回老家。

妻子的姨妈王秀英是黄县供销合作社果品公司的主管会计，姨父林风兮时任黄县城关公社党委副书记兼社长，是一位传统观念极强、忠于革命事业的抗战老革命。姨妈先后生了三个"千金"，受传统习俗观念影响，想生个儿子。这不，眼看到了临产期，正愁婴儿无人照顾，外甥闺女的到来，无疑是雪中送炭。山里妹子思想单纯、身体健壮，能吃苦耐劳，这是姨妈最看中的。

春寒料峭，乍暖还寒。这天清晨，天蒙蒙亮，地上铺着薄薄的一层白霜。兰子穿着一套二哥送她的改洗一新的工作服，背着小包袱，欢天喜地地跟着大姐夫，走过崎岖的山间小路，走出大山沟。

姨父姨妈微笑着上下打量风尘仆仆的外甥女：一米六四的个头，矫健的身姿，圆圆的脸上镶着一双明亮有神的大眼睛，两条乌黑的大辫子一前一后搭在肩上，落落大方，微笑始终挂在脸上，一看就是个能干活又懂事的孩子。

从此，兰子开始了小保姆的生活，这改变了她的命运。那是1963年4月19日，她刚满十七岁。

当年农历五月十三日，是林家大喜的日子，宝贝蛋似的小表弟呱呱坠地。盼子心切的姨父姨妈如愿以偿。中年添子的姨父高兴得合不拢嘴，为儿子起了个乳名叫旭明。一家人欣喜若狂，妻子也沉浸在兴奋中。

妻子十分珍惜这份小保姆的工作，从零开始学习持家本领，承担起一家人的琐碎家务：挑水、买菜、做饭、洗衣、打扫室内外卫生……她将家料理得干净利索，对褓褓中的小表弟旭明更是疼爱万分。由于她吃苦耐劳，善良懂事，姨妈一家人非常满意。兰子与南邻北舍自来熟，又懂事不惜力气，为这家挑水，帮那家洗衣服，跑腿出力的事抢着干，不嫌脏，不怕累。大家对她赞不绝口。几年下来，擀面条、做馒头、包水饺、蒸包子、烧菜、做汤、清理卫生，为来客端茶敬烟等家务活，她都能拿得起放得下，还忙中偷闲学会了用缝纫机缝补衣服。有时趁姨父下班回家吃饭的时间，她推出姨父的"大金鹿"自行车，在果品公司大院子里偷偷学会了骑车子。跌了几次，受了点皮外伤她也不敢吭一声，但心里却美美的，很有成就感。

小表弟旭明一天天长大了，表姐兰子精心呵护，没出半点差错。随着年龄不断增长，她也有了自己的想法，永远当小保姆也不是个出路，再说表弟也快进幼儿园了，应该赶快寻求独立生活的时机。她将这些想法，暗中写信给远在黑龙江省尚志县闯关东的父亲，得到他的鼓励和支持。她尽量把分内的工作做得完美，择机征得姨妈同意，报名进了县总工会职工夜校班，在那里如饥似渴地学习文化知识。

1965年10月，她抱着小表弟旭明去县城工农兵照相馆合影，相片上还留下姐弟合影的说明。那是一幅珍贵的记忆，她至今还郑重地珍藏着。

从照相馆回家后，她同姨妈一起把旭明送进东北隅县直机关幼儿园。面对新鲜陌生的环境，旭明瞪着惊恐的大眼睛，紧紧搂着表姐的脖子不松手。妻子和姨妈好不容易哄着将他交给园长于蕴毅。待办完相关手续离开时，远远听到表弟旭明的啼哭，她心疼得忍不住泪眼婆娑，毕竟朝夕相处了两年多时间。之后，她心事重重，夜不成眠，思考自己的未来以及如何尽早踏入社会。于是，她鼓足勇气对姨妈提出要求：想到果品公司上班，不讲挣钱多少，不挑工种，干什么都行。果品公司经理王兆兰是位善解人意，受人尊重的长者。对这位充满朝气的山里妹子她早有耳闻，也很赏识，于是便破格录用，并热情地鼓励她，放手大胆去工作，向老职工学习，在干中学，学中干。

姨妈见外甥女有头脑有志气，平日总是微笑着不吭声，可干起事来有板有眼，稳重大方。她偷偷写给父亲的信，姨妈在办公室第一时间看到了，觉得这个外甥闺女实在不简单，将来一定有出息。姨妈成全了外甥女的要求，暗暗祝福她工作顺利，化茧成蝶。

上班第一天，王经理给她配备了一辆旧自行车，妻子高兴得不得了。告别两年多的小保姆生活，她就像一只放飞的小燕子展翅翱翔。她把在姨妈家学到的本事，在工作中发挥得淋漓尽致。她吃住在乡下供销社里，有空就帮助食堂师傅洗菜做饭，跟着学习厨艺。在老百姓家里居住时，早晚帮房东挑水、做饭、扫院子、做针线活，脏活累活也都抢着干。连房东家那只大黑狗都和她交上了朋友，她走到哪里大黑狗就跟到哪里。一天晚饭后，兰子骑着自行车要进城回单位开大会，懂人性的大黑狗一声不吭，瞪着警觉的双眼，尾随其后。兰子担心它跑丢，就吆喝它回家。等大黑狗不见踪影了，她才安心向城里奔去。兰子进会场开会，大黑狗暗暗找地方藏起来，待散会后兰子推着自行车刚出大门，大黑狗就从黑影里跑出来，轻轻叫了一声像是打个招呼，围着兰子转了一圈，紧跟在她的自行车后面，一路上撒着欢。大黑狗往返五十多里山路保驾护航，把兰子感动得直掉眼泪。那时间她不管怎么忙，不管到哪里去也要想法弄点好吃的慰劳它。一只懂人性的大黑狗让她牵挂多年。

"逍遥派"

说起我们婚前的交往，免不了带着时代的色彩。首先是拘谨，明知道眼前的人就是将要共度一生的伴侣，可是从来不会单独去吃个饭、逛个街什么的。除了找个地方说说话以外，一切都在众目睽睽下进行。再就是封建传统意识极强。虽说是一日不见如隔三秋，见了面却又紧张得手足无措，额头和后背冒汗。哪里会像小说和电影那样亲亲热热的。从相亲到恋爱再到登记结婚，甫说是亲近，连手都没有握一下。

1968年隆冬时节，寒风刺骨。周末这天，兰子打电话和我商量要回娘家一趟，与岳母商量登记结婚的事。清晨，我到供销社门市部买了几斤糖果、点心，到果品公司等她。太阳冲出天边的浮云，一道道金光洒在雪白的原野上。我们沿着积雪的山路，一会儿骑着车艰难行走，一会儿小心翼翼地推着车走。满世界到处白雪皑皑，银光耀眼，分不清哪里是道路，哪里是沟坎，哪里是粮田。等到日过中午的时候，微黄的阳光穿过云层，斜射在山腰上，那些白雪好像忽然害羞了，微微露出点粉色笑容。雪后的山丘，起伏重叠，奇形怪状，如同童话般梦幻。这时，兰子取出一块粉红色没有包装的糖球递给我，我戴着厚厚的手套没有接住，那红色的糖球在洁白的雪坡上滚动，如同玛瑙般，耀眼夺目，煞是好看。多年来，那瞬间动感的景色深深刻印在我的记忆里，挥之不去。

下午两点多钟，我们才到家，棉鞋都脱不下来了，剪断鞋带才抽出冻得血紫烂青的双脚，已经僵硬得失去知觉。岳母赶忙从院子里挖了些雪给我们搓脚，直到我们的脚泛红有了感觉。我们坐在热乎乎的火炕上，吃过山区风味的晚饭，同岳母说了半宿话。谈现在的工作生活，感叹贫困的现状，憧憬未来的美好，我说我们会珍惜生活，更珍惜来之不易的爱情……她老人家听了非常高兴。微笑着让我们吃炒花生、炒板栗、甘甜的圆枣。岳母认真地说："我看你们处得挺好，年龄也都不算小了，过了这个年，明年春天就登记结婚吧。咱也没有什么讲究，写封信告诉你爹，他能回来更好，不回来也不用等他，早早了却我们的一桩心事。"

第二天早饭后，我们急忙往回赶，路遇西店村街头的一个商店，我们相中了一条紫红色彩花毛毯，花了三十多元钱买了下来。这是我们为结婚买的第一件奢侈品。它陪伴我们走过了三十多个年头，见证了我们的生活由一穷二白到富裕红火、子孙满堂的全过程。

这时，东北风卷着雪片，从大山后铺天盖地迎面扑来。自行车是骑不了了，只好推着慢慢走，边走边互相鼓励着。我们口鼻里不时地呼出白气，一路跌跌撞撞，自行车几乎推不动了，过那几道小河是扛着车子踏着冰雪过去的。天黑时，我俩像雪人一样，回到小栾家疃的家。母亲见状，心疼地说："这样的天气走这么远，真不容易呀！"说完她就急忙生火做饭，待吃过饭已近半夜。外面雪越下越大，雪堆都封住了街门。母亲热情地留兰子住下，说待明天雪停了再走。走了一天路确实有些疲劳，浑身酸痛。但她不同意，还没登记结婚就在婆家住传出去影响不好，姨父姨妈那里也不好交代，坚持要回姨妈家。我也不好勉强留她，便送她回去。刚出街门，周围一片漆黑，伸手不见五指，风雪交加，大雪已经吞噬了所有道路。她锁紧眉头进退两难，我说："人不留客天留客，你就留下吧，这样的天气怎么走得了呢？等到了姨妈家，天也快亮了。不如明天雪停了后，我陪你回去，有什么麻烦事我担着。"

母亲赶快到西屋炕上，铺上一床厚一点的褥子和棉被，被窝里放进一个装满热水的"水鳖子"暖和着，炕洞里又加了些烧柴。这就是当年我家里御寒的所有装备了。后来妻子讲，那一宿她差点被冻成冰棍儿。空旷的屋子里像冰窟，"水鳖子"那点热量根本就是杯水车薪。其实当晚，我睡在母亲身边，也替她担心，听着外面呼呼的狂风吹得窗户纸发出嗡嗡的响声，好像老虎在吼叫，久久不能入睡，翻来覆去地想了很多很多……我暗下决心，无论如何，将来一定要住上冬天能生火炉子或供暖气的房子，让辛劳一辈子的父母和心爱的女人不再受这份罪。我企盼着这一天的到来，迷迷糊糊中，天也亮了。

早晨醒来，雪已经停了，北风还在呼呼地叫着，丝毫没有减弱的迹象。风大得快要把我吹倒，站都站不稳，虽然穿得很厚实，可寒气还是一股劲儿地往棉衣里钻。我拿起铁锨推出一条通道，兰子从西屋出来，笑靥中透着疲倦，一看就知道这一夜她也是没有睡好。母亲歉意地问："睡得怎么样？冷吧？"她忙说："不冷！挺好的！"那表情一看就是在撒谎。

简单吃了早饭，我拿锤子敲掉自行车轮胎上厚厚的冰，走出街门。这时雪已经停了，太阳放射出万丈光芒。俗话说"下雪不冷化雪冷"，大街上，人们全副武装：棉衣、围巾、棉帽、毡鞋把全身上下包裹得严严实实。

我俩到了姨妈家，姨妈一脸不悦。我急忙赶回去上班。后来听妻子说，尽管她费了好多口舌解释，姨妈对她的深夜不归还是有看法。

当天，兰子推着自行车踩着积雪返回了乡下工作单位。我一直担心她会患重感冒，结果她很快来信说一切正常，这才让我松了一口气。她还写信问我是否感冒了。两颗爱恋的心，在互相体贴中升温。

经双方家长同意，我们决定在1969年"五一"劳动节结婚。4月26日这天上午，我们相约到城关公社办公室办理结婚登记手续。当时，机关干部没有正常上班的，一些学生模样的年轻人坐在办公室里的长条椅子上激情满怀地争论、调侃。

我们进门后笑着说："同志，俺要办结婚登记手续，请问在哪里办？"一个戴眼镜的女学生站起来说："是办结婚登记吗？登记证在办公桌下面第二个抽屉里，你们拿出来自己填吧。里面有印章、印泥盒，填好了证，印章自己盖。"说完她继续加入热烈地辩论。我找到结婚证，只见那红白分明的结婚证书正中央印有毛主席头像，下面有三行仿宋体的字：读毛主席的书，听毛主席的话，按毛主席的指示办事。我从中山服上衣口袋取出钢笔，认真地填写上两人的姓名、年龄、登记时间。我的手有点颤抖地拿起红色印章，郑重地盖在结婚证右下方。这时兰子从手提包里拿出一包糖块递给那几个学生，问："登记收不收费用，收多少钱？"戴眼镜的姑娘忙站起来，笑嘻嘻地说："我们不收费，不收糖，也不收礼。你们填好证，盖好章就走吧。"现在每当拿出那张陈旧的结婚登记证书，看到我那有点模糊的钢笔字迹，我们俩都相视而笑。

第十章
外调轶事

北国有岳父

1970年春节刚过，整党办公室通知，让我赴东北三省外调。第一次做这项工作不免有些打怵，心里有些忐忑不安。领导让我跟随县计划委员会杜厚礼主任一道出关。杜主任来电话让我去县委组织部接任务、办手续。听到杜主任亲切的声音，我心中才踏实了许多。我到组织部接受了这次调查任务，办好相关手续，根据需要开了十几封介绍信，又到县委办公室王会计那里支了钱和全国通用粮票。

常听妻子说，前些年不堪生活压力的岳父只身一人闯关东，在黑龙江省尚志县帽儿山粮管所食堂当炊事员，已有六七个年头了。据说那里生活环境极其恶劣，他收入微薄，几年也不回家一趟，连我们结婚都没有回来。这次出差，有几件调查任务要从哈尔滨赴牡丹江市取证。我查看地图，刚好路过岳父那里。妻子一再叮咛，如果能路过那里，一定想方设法去看望一下我的这位"老泰山"，我详细记下了地址。妻子当晚写了封加急信，第二天一早上班时捎到邮局发走。杜主任听了我的想法后，觉得顺路也就很支持。

1970年3月26日，农历是二月初一那天夜晚，天上飞着小雪，我去和父母道别。多年来受《弟子规》的影响："出必告，返必面。"也就是说：外出离家时，要告诉父母到那里去，回家后还要当面禀报父母，让父母安心，说一说外面的见闻，捎一点父母喜欢吃的东西，让父母既放心又高兴。父母听说我要外出参加外调，说："外出调查材料可是件好事，说明上级领导信任咱，那可一定要用心去办好啊！"嘱咐的话她说了一遍又一遍，真是儿行千里母担忧呀！

　　回到家里，妻子正在打点行李。她说："明天是二月二，龙抬头的日子，盼望你能顺利见到咱爹，一路平安！"

　　橱柜上座钟的嘀嗒声，声声入耳。我翻来覆去睡不着，下炕又一遍遍检查行李，查看介绍信、钱和粮票，摊开全国地图，反复查看出行路线，又把岳父的地址深深记在脑子里。毕竟是第一次出远门，我免不了兴奋和激动，还有些不安。

　　第二天一早，风小了，天逐渐晴朗起来，我和杜主任按时赶到龙口港客运码头，登上了直达大连港的轮船。我们俩和大多数的旅客一样，五脏六腑，翻江倒海。下船后顾不得头昏脑涨，匆匆随着人流直奔火车站，递上介绍信排队购票。那个时候出门外调，上级有规定，各部门都要优先照顾，我们顺利地踏上直通哈尔滨"三棵树"的特快列车。

　　火车在辽阔的东北大地上飞奔，一会儿穿过烟囱林立的老工业城市，一会儿钻进崇山峻岭中的一个又一个隧道。车轮有节奏地转动着，汽笛声不断从车头方向传来。此时，胶东家乡已接近春光明媚艳阳天，而关外还萧萧寒风中夹着片片碎雪。冰冷的车厢里，气味辛辣刺鼻。疲惫的旅客，有的在闭目养神，有的在不停地吸烟，大多数则趴在车窗边默默地看着窗外的景色。辽阔无垠的大东北，除了一座又一座山，便是茫茫无际的大平原，偶尔看见一片田野中干枯的玉米秸子在寒风中抖动，远方时而闪过几栋土坯房或木板房，很少看到人的踪影。

黑龙江省会哈尔滨，是我国东北地区的政治、经济、科技、文化中心和交通枢纽。这座具有异国情调的美丽城市，不仅荟萃了北方民族的历史文明，而且汲取了西方建筑的精华。特别是街道、房屋等建筑，带有明显的俄罗斯特征。哈尔滨是我国著名的历史文化名城，素有"江城""北城""东方小巴黎""东方莫斯科"之称。

傍晚，在雪花飞扬中，我们下了火车，飕飕的冷风由领口和裤脚处钻进来，一直凉到心头。来到车站旅客介绍住宿处，工作人员看完我们的介绍信，便介绍我们到南岗区秋林公司商场旁边的红旗招待所，说这家招待所是驻军部队机关经办的，住在那里既经济又实惠，更重要的是安全。

常听人讲起当年沙皇俄国侵占我国大片土地、杀戮我国同胞，比日本鬼子还凶狠。就是这年三月，苏联军队几次对乌苏里江主航道和珍宝岛实施武装入侵，并炮击中国岸边纵深地区，中苏关系恶化。处在特殊地域位置的哈尔滨市，战备的氛围更加浓厚。

红旗招待所门前的东西大街旁，挖出的地道沟有十几米深，东西纵横看不到尽头。有轨电车叮叮当当，无精打采地爬行着。车厢里没有几个乘客，人们的脸上布满忧虑和迷茫。天空中一团团灰黑的云，像蜗牛般在慢慢移动，西边天际有一缕阳光，顽强地拨开云层射向大地，却又被另一片乌云遮住。街道上到处流淌着污泥浊水，多年来向往已久的"东方巴黎"怎么这般模样？

招待所不大的院子里，堆着黑土烂泥。进客房还要踏着桥板通过，下面是深不见底的地道。穿着黄军大衣的男服务生，礼貌地查看我们的介绍信，登好记，提着带着细竹条编制外壳的暖瓶，把我们送进了暖烘烘的房间。我放下背包，倒了杯开水递给杜主任。杜主任一声不吭地一支接一支地吸烟。过了好半天，杜主任才说："外调这个差事挺麻烦的，这是天寒地冻的大东北啊，要有思想准备，够咱俩喝一壶的，老天又这么折腾人。"我也不好说什么，这时服务员敲门说开饭了，领着我们去餐厅。

每人交上半斤全国粮票和四毛二分钱，给了一大海碗高粱稀饭，一个足有四两重的黑面馒头，一碗酸菜，这就算是晚饭了。房间里没有电视和沙发，也没有报刊，更没有取暖火炉，采暖一律是暖墙。房间的价格也便宜，每人每天床铺费4元钱。临睡觉前，我小心翼翼地到外面的洗手间洗漱一下。那洗手间里外都结满冰凌，地面光滑如镜，一不小心就会滑倒。天寒地冻中，车船劳顿三十多个小时，确实很疲惫，上床不久便睡着了。

翌日清晨，天气出奇冷。吃过早餐，我们登上去牡丹江市的火车。天阴沉沉的，火车门口的踏板上倒挂着一排排银蜡般的冰锥。狂风挟着雪片飞卷而来，有几棵大树被寒风拦腰斩断了，裸露出惨白的茬口。大块厚厚的黑云迎着火车扑面而来，大地瞬间如同锅底般漆黑一片。火车在黑茫茫的原野里鸣叫着前进。走了160多华里，1小时53分后，广播喇叭里报站："前方是帽儿山车站，停车3分钟。"尽管车厢里寒气逼人，但我的心里还有点燥热，不知道从没见过面的岳父什么样子，只听说态度挺严肃的，心里有点急切，也有点忐忑。

帽儿山是黑龙江省的一座名山，因形态奇特而闻名。下车后，我仰望风雪中前方不远一座酷似礼帽状暗黑的山峰，黛青色的山脉在风雪中朦胧模糊，时隐时现，帽儿山果然名不虚传。

火车喘着粗气，吐着黑烟东去了，很快消失在风雪里。与我们一同下车的还有一位年轻女子，她穿着一件厚厚的军大衣，腰里扎着根橙黄色的宽皮带，头上戴着顶灰黄色长毛棉帽子，肩上背着一个印有

"为人民服务"字样的黄背包。圆圆的脸，双眸上长长的睫毛，薄薄的嘴唇，这么一个迷人的姑娘，嘴上却叼着旱烟卷，让我大跌眼镜。我礼貌地向她打听帽儿山粮管所的方位。她上下打量了我们一番后，吐了口浓烟，操着带有南方口音的普通话说："你们跟着我走吧，也顺路，前面拐个弯走不远就是。"一边走，我们边同她搭讪，才知道她是上海知青，来到帽儿山一年多了。她知道我们的外调身份后，说话也贴心了一些，说："这两天，我到县城开了两天知青代表会刚回来，过几天我们这个知青点还要来几个新同学，我是去领任务的。"她热情地向我们指明去粮管所的道路，便向我们告别，头也不回，一步一个没膝的雪坑，身影一会儿消失在雪幕中。我心里酸酸的，充满同情与怜惜，一个南方大城市的女孩子，来到遥远的北疆接受贫下中农再教育，该有多么不容易啊！

我多次听妻子讲过，岳父是一个典型的山东汉子，很有头脑，木匠、铁匠、石匠、编匠、种田、育菜，样样精通，是农村少有的能工巧匠。他对街坊邻居和亲朋好友宽宏仁慈，仗义疏财，有求必应；对自家人却严厉苛刻，六个子女中除了乖巧的二闺女，其他的没少挨他的训斥和打骂。心地善良、胆小怕事的岳母也常受他的数落。岳母曾对我讲过，抗战时期，正义耿直的岳父曾组织村里的积极分子为抗日队伍秘密推磨、做饭、救护伤病员，经常受到部队和地方领导的赞扬。后来被汉奸告密，鬼子要抓他。岳父闻讯摸黑逃到了黄县东南部山区的冯家村，在冯景连弟兄家躲了不少日子，风头过去了才返回。这次避难中，他与冯家结下了不解之缘，这种情缘在两家人的后代身上也延续下来，彼此之间来往密切。

20世纪60年代初期，在极"左"思潮影响下，农村开展社会主义教育运动。只要当过干部的，不管干得如何，都要"斗私批修，灵魂深处爆发革命"，要人人"洗手洗澡"。这让一身正气、两袖清风的岳父很是看不惯。再加上孩子多，家庭负担过重，深知前途无望、性情刚烈的岳父，一咬牙就独自闯了关东，流浪到了帽儿山……

根据那位上海女知青的指点，我们顺利找到了岳父的单位。粮管所大院东南角，两间平房上的烟囱正冒着青烟。房前厚厚的积雪已经清扫出通道，窄窄的通道两旁是人头高的积雪。透过结满冰凌花的玻璃窗，隐约看到一位老人正坐在火炕上缝补一只白布袜子。我们敲门进去，一股温暖的气息扑面而来。老人家看到我们进门，赶紧迎上来，热情地说："昨天接到闺女来信，正盼着你们呢。"我鞠躬行礼问好，向他介绍了杜主任。岳父白净的脸上堆满了笑容，打量着千里迢迢而来的亲人，两眼有些潮湿，翕动着嘴唇一时说不出话来。岳父并不像想象中那样让人望而生畏，他让我们上火炕，接着往炕洞里又加了几块木柴，从饭桌上提起一把茶壶，给我们每人倒了碗热茶。接着他掀起锅盖，端出一大盘冒着热气的白面包子，一小盆大米稀饭。这可是我们出关以来第一次见到大米白面。岳父说："估计你们快来了，每天锅里准备着这些吃的，好让你们一进门就吃上可口的家乡饭。"我心里热乎乎的，杜主任也连声道谢。我们边吃边讲述他女儿的贤惠，老人高兴地问这问那，对家乡亲人的眷恋之情溢于言表。

距这座房子后面不到五十米有一条铁路，是哈尔滨直通牡丹江的唯一的交通要道，运输繁忙。我感到每七八分钟左右便有火车通过。过车时，只觉得地动山摇，火炕都跟着跳跃，像闹地震。岳父就是在这样环境中生活了六七年。他的薪水并不高，每年积攒点钱都要捎回老家，自己过着孤独清贫的日子。

岳父上工后，我们两人冒着刺骨的寒风转了一圈，看到不远有一个土杂品收购站，里面的商品大多是当地山货。经打听得知，这些商品积累到一定数量就装车发往尚志县城或省城哈尔滨，再换回日用百货出售。收购站那位领导五十多岁，我们攀谈起来，才知道他是山东省掖县人，在他爷爷那辈闯关东来的。这方圆几十里有很多闯关东的山东老乡，多数人省吃俭用几年才能回家一趟，看看亲人，送点钱。要想挣大钱，那可要拿命来换，一是进深山挖棒槌（人参），那里可是凶猛野兽的天堂，危机四伏；二是下矿山挖煤，一不小心，轻者缺胳膊少腿，重者就要丢失性命。莱州老乡很熟悉并敬重岳父，夸他在帽儿山这块地面上，是出了名的仗义的山东爷们。莱州老乡说："帽儿山这地方，大半年冰天雪地。你看看对面那个厕所，上面是木头架子、木头板，下面是数米深的粪坑。太浅了大便会冻成冰凌，还没等解决完问题，下边粪便就会冻硬得顶着屁股了。"我们听着感觉浑身都要冻透了。莱州老乡接着说："不信你吐口吐沫，到了地面上就成了碎冰珠了。"

我们在岳父那里住了两天，他尽量让我们吃饱吃好，用狍子肉大包子、红糖大三角、山菜馅儿烧饼、猪肉饺子、大米饭等招待我们。这在当时可算得是最上等的水平了。他看杜主任爱吸旱烟，就托人去买了十斤东北特产蛟河老旱烟，在火炕上烘干，搓碎装袋送给他，又连夜加工了十斤煎饼让我们路上吃。临走时，塞给我三十斤全国粮票、三十元钱，还送我们俩每人一张大狍子皮。我们待了两天，差不多要花掉他大半年的薪水，想到他老人家穿着补丁衣服，一针一线缝补袜子，远离家乡和亲人的境遇，心生无限酸痛。杜主任动情地说："大爷！您在这里受苦啦，我们回山东后想法把您调回去吧。"岳父一听此话，双手紧紧握着杜主任的手不放，激动万分地说："我就盼着这一天啊！我先谢谢您啦，杜主任！"说完他眼睛都湿润了。

我们回家后，为岳父调动工作的事情，我曾多次找杜主任，他说正在找人想办法。因种种原因，岳父调动的事迟迟没有办好。度日如年的岳父，思乡之情日益迫切，在尚未办好调动手续的情况下便辞职返乡。他也不提前与我们联系，径自买了尚志县直达黄县车站的火车汽车联运车票。在黄城车站下车后，步行二十多里到了乡城公社，敲开了我们家的门。

那天正在吃午饭，听到门嘣嘣地响，开门后突然见到风尘仆仆的岳父，我们又惊又喜。知道他辞职返回的情况，我们心里很不平静。对归心似箭的老人，只能是同情和理解，丝毫没有理由埋怨他。他笑着问长问短，妻子急忙做饭。岳父坐在炕头上心满意足地说："无论如何，我再也不会一个人待在那冰天雪地的鬼地方了。人老了，日夜盼望要和家人待在一起。"他从上衣兜里拿出一张货物联运提货单，对妻子说："我找人打造了两个红松木箱子送给你们，货到黄县车站后他们会通知你们去提货的。"对岳父大人，我只能多安慰几句，好饭好菜款待。我们陪他玩了几天后，把他老人家送回了栖霞县老家。

十几天后，黄城车站货运站通知我们去取货，我找了辆马车赶到车站。两个箱子长100公分，宽80公分，红漆罩面，红光晶亮，边角都采用榫卯拼接，没用一颗铁钉，严丝合缝，精巧细致，结结实实。难得一见的东北山里的红松珍品，可想而知凝聚了老人的多少爱心。

因为他私自返乡，没有享受一点经济待遇，我心里一直不是个滋味。我写过数封挂号信，联系黑龙江省尚志县劳动局、人事局和粮食局，无果。因公社的工作太忙，没时间亲自去东北办理此事，在老人身上留下了终生的遗憾。

岳父回老家栖霞县苏家店公社东店村后，上到县里、公社开"三级干部会"，下到街坊邻居盖房子上梁、红白喜事，都去请这位经过大世面的厨艺高手掌勺，家里家外调理得红红火火。令人意想不到的是，吃了一辈子苦的岳父回乡两年后，因突发脑溢血抢救无效，溘然长逝，年仅五十八岁。岳父那吃苦耐劳、正直淳朴的长者风范，让我们久久难以忘怀。

黑土地见闻

辞别岳父，那几日刚好铁路上出了点问题，我们只好改乘汽车赴牡丹江市。因连降暴雪，公路积雪严重，在离牡丹江市约有三十多公里处，车不能前进了。为了赶时间，我们就踏着厚厚的积雪步行。中午时分，一条河挡住去路。此时，雪已经停了，太阳冲出云层，照射在雾蒙蒙的河面上。河对岸，光秃秃的树枝毫无生气；河流中，雪水绕着冰块缓缓流淌；河面上没有桥，当地人都是骑着牛、马或骆驼过河。我们左顾右盼没有办法，一咬牙脱下棉鞋、棉袜子，又费劲儿地挽上棉裤腿角，赤着脚踏进冰水，一步一步向前挪动。冰冷的河水透心彻骨，麻木的脚脖子还被冰划破了几道口子，鲜血渗出来也不觉得痛。不知过了多久，我们终于艰难地到达对岸。

到达牡丹江市已是傍晚时分，我们找了一家招待所住下。东北的冬天，室外冰天雪地，滴水成冰，室内普遍采用火墙取暖，温暖如春。在美丽的牡丹江市紧张地工作了三天，我完成了外调任务。返程路过海林县（现为海林市），路旁不远一处傍山向阳的建筑群格外醒目。听车上的当地人讲，那是战斗英雄杨子荣纪念馆。如果不是时间紧，真想下去祭拜一下这位英雄的胶东老乡。

那些天，我们经过呼兰、巴彦、绥化、庆安县，到达黑龙江省一个边陲小城铁力县（现为铁力市）铁力镇。看到大街两侧的房屋陈旧低矮，街上人烟稀少，一只瘦弱的黑花狗远远向我们狂叫几声。穿过杂乱荒凉的街道，我们边走边问路，两脚沾满黑泥土。到城西北十多里的一个屯子，好不容易找到证人，取得了理想的书面证言。办完事后，夜幕早已降临，伸手不见五指，不远处有人在吹口琴，优美流畅，如同天籁，好像是歌剧《白毛女》中的曲子。

当地一位留着分头，头上戴着狗皮帽子，脖子上系着条宽大黑围巾的干部，领着我们到不远处一个知青点吃晚饭。这是一个灯光明亮的大房间，进了门，里面是宽大的火炕。红松木的炕沿足有一尺宽，这可能就是人们常说的东北人晚上睡觉的通山大火炕了。我们忐忑不安地坐在炕沿上，南北炕上有十几个二十多岁的男女知青。看样子他们已吃过晚饭，多数男孩在那里卷旱烟吸。一个戴眼镜的小伙子倚靠在行李上吹口琴，原来刚才听到的曲子是他吹的。

这时过来一个胖胖的女知青，双手端着块木板。上面放着两个大白瓷碗，里面盛满高粱米大馇子饭，还有一碗酸菜。她用南方口音的普通话说："同志，凑合吃点吧，我们在家里吃的是大米、青菜还有猪肉，来到北大荒就得吃这，不吃可得挨饿啊！入乡随俗吧。"她说完冲我们一笑，圆脸上显出两个漂亮的酒窝。我们点着头表示理解和感谢，心想这些上海来的读书人，到北国边陲开荒种粮，经受严酷锻炼，究竟有多大作用呢？真是不可思议！看他们的精神状态也真让我感动。我们吃完饭，按照规定放下钱和粮票，等着那位干部给我们安排地方睡觉。

约九点多钟，那位管事的干部进来了，他带我们到隔壁休息。这里也是大火炕，炕上男女老幼躺着接近二十个人，可能是几户人家住在一起。他们已经睡着了，只听见说梦话和打呼噜的声音。在靠墙边那里有一米多宽的空间，是为我们俩留的睡觉的地方。那儿放着一床棉被和两个枕头，却没有褥子。我们也不敢脱衣服，我怀里抱着装文件、粮票和钱的背包和衣躺下，却难以入睡。杜主任在被窝里不停地吸烟，他什么时间睡的，我也不知道。

好不容易熬到天亮，怕影响人家睡觉，我们俩悄悄爬起来，也没法洗漱，蹑手蹑脚地走出房间。我去找那位领导干部盖公章，杜主任一声不响地蹲在木栅栏墙角下避风处吸烟。东北人可能就是这种生活习惯，晚上睡觉也不关门。我敲了一下门框，里面有人应了一声。我进门一看，人家夫妇俩还躺在被窝里。我歉意地说："同志，对不起，打扰您啦！麻烦你把昨天下午找人写的证言盖上公章，我们好赶路。"那位干部倒是若无其事，从墙边挂的衣袋里掏出印章，打着哈欠递给我说："你自己盖吧。"我盖完公章，表示了感谢。人家夫妇却头不抬、眼不睁地继续躺着。我轻轻地掩上门，退了出来。

迎着晨曦，我们走出屯子，眼前是蜿蜒起伏的丘陵，连着一望无际的黑土地，向远方无限地延伸。遥望西北是无边无际黑黝黝的黑松林，据说那里是伊春市，是国家的重要木材生产基地。那里因盛产珍贵的红松，被誉为"红松故乡""祖国林都"。

脚下这条弯曲的田间小路在白茫茫的雪海中伸向远方，路边黑油油的土地上偶尔有几粒遗留的大黄豆，在晨光映照中格外显眼，像撒落的粒粒金珠。

我有女儿啦

东北外调，前后经历3省、8市、12个县，与33名查证对象见了面并取得了书面证言，历时57天。虽然工作极其艰苦，双脚都冻坏了，又红又肿，痒得难受，但我们圆满地完成了上级交代的任务，心里都很高兴。头天晚上我们赶到沈阳火车站，排队买到了直达大连站的车票，住进离车站不远的旅馆。杜主任眯着双眼倚靠在行李上，默默无语地卷着蛟河旱烟，空气中飘浮着刺鼻的烟味。我在床铺边的写字台上，一张一张整理记录往返的车船票据，公交车票、住宿费等发票，准备回去报账领取出差补贴。当时规定，省内出差每天补四角，出省每天补助六角。我整理好所有证言资料和介绍信，仔细叠好放到行李包的最底层。万事俱备，就等乘车返程了。

大街上车水马龙，灰黑的街道墙面上还有不少的大字报。为了安全，我们一直待在旅馆里休息，哪里也没敢去。翌日，离开车还有两个小时，我去服务台结完账，兴高采烈地背着行李进入火车站。刚检完票进入候车大厅，一向沉着稳健的杜主任忽然说："坏啦！我的洗漱用具忘在旅馆里了。"我说："你拿着我的行李先排队等着，我跑回去替你取回来。"杜主任忙说："算了吧！你也不要回去啦，别误了乘车。"我把行李包往他手里一塞撒腿便往外跑，速度不亚于百米赛跑，惹得不少人看我。值勤的民警见状，提醒我注意过往车辆。我进了旅馆拿起那套洗漱用具，便飞身向火车站方向奔去，往返不到十分钟。杜主任很感动，紧紧握着我的手，又拿起他的毛巾为我擦汗。这时，上车的铃声响了，旅客们排队依次上车。我们找到座位号刚坐下不久，列车鸣笛启动了，我这才意识到刚才跑回旅馆拿东西有点冒险。好不容易完成了任务，最后返程时如果出点安全事故太不值得了。可再一想，杜主任这套洗漱用具虽然值不了多少钱，但我们这次东北之行没留下遗憾呀。

车厢里依然充满浓浓的旱烟味，但想到马上就能回到温馨的家，心里格外甜蜜。想到怀孕的妻子要上班还要照应父母，我心里既愧疚又心痛。按时间推算，孩子早已经出生了，心里更是多了一份牵挂和希冀。

那天中午，我们乘车回到黄城车站。离开家这么长时间，无法联系，我也不知家里怎样了，但深知父母牵挂我，妻子更是天天盼我回来。

在黄城车站电话亭里，我激动地拨通了果品公司办公室的电话。姨妈听说我出差回来了，语气中略带埋怨："哎呀！你终于回来啦！祝贺你呀！你有个叫你爸爸的千金了！"我问："她娘俩还好吧？"姨妈没好气地说："都好！快回家看看吧，老的少的都在天天盼你回来呢！"

我怀着复杂的心情踏进家门。大家见了我，先是一愣，接着又是欢笑，又是埋怨："这么些日子了，天又这么热，你就不能买件衣服换上吗？"可不是嘛！已进入春夏之交，我还穿着出发时的那身衣服。二月二"龙抬头"也没顾得上理发，头发长得能扎小辫了。满脸胡子拉碴，邋邋遢遢的，活像个逃难的乞丐。妻子见状，不知是心痛还是委屈，眼泪流个不停。

我放下背包，换下脏兮兮的衣服，小心翼翼爬上炕，看着褓褓中的女儿，胖胖的脸蛋，乌黑的头发，嘟着小嘴，睡得甜甜的。我激动不已，喃喃地说："我们也有孩子啦！我也成了爸爸啦。"

妻子嗔怪道："孩子出生二十多天啦，还没个名字，就等你回来给女儿起名呢！"

我说："咱妈有知识，有文化，就让妈起吧。"

母亲兴奋地说："感谢神的恩典，我早想好啦。孙女是黎明时刻降生的，当时红霞满天，我看就叫'黎红'吧。"

我拍着巴掌高兴地说："太好啦！女儿有名字了。"

这时女儿双眼微微睁开，樱桃小嘴张了张，像是打呵欠，又像是对奶奶起的乳名的回应。

重任下江南

东北外调任务圆满地完成了，杜主任和我向有关领导做了汇报，领导很满意，让我们回家休息几天待命。老杜回单位处理事，就先走了。我把所有外调资料整理好，交给相关领导后才回家休息。杜主任听说我有了女儿，返家的第三天骑着自行车，带着两包蛋糕专程来我家看望还没满月的女儿，并对关外岳父的热情接待再次向妻子表示感谢。妻子听说我这次出差如愿以偿见到了岳父，还在那里住了两天，高兴得流出了眼泪。当她听说岳父工作和生活环境相当恶劣时，难过地说："能让杜主任帮忙把咱爹调回来，那多好呀！你要常去催催。"我点点头说："我一定尽力去办。"

十几天后，接到通知，让我立即下江南继续进行外调工作。五月初的一天，我背着装有四十多封介绍信的背包，带上近万元公款，生怕路遇不测，让妻子在内衣内裤上，缝上几个口袋，把钱和全国粮票装在里面，再用别针别住，留下一部分零用钱装在贴身衣袋里。这次与我一道南下的干部叫王兆睿，他是县人事局的一位中层领导。在外调的时间里，我常称呼他"王人事"。他一点架子也没有，总是笑眯眯地答应。

2011年10月的一天，七十六岁的王兆睿听说我在家写这段江南外调的往事，打电话约我到他家去。他认真审阅了我撰写的初稿，动情地找出他尘封几十年的日记，认真地帮我回顾当时的经过，提出很多增补和修改意见。

他激动地说："那是刻骨铭心的历史，我们风雨同舟七十余天，你不写，我不写，谁也不知道了。我是没有能力写了，眼神也不行了，但很支持你把那段历史真实地写出来，为子孙后代记下我们那个时代的特殊经历。"

风采不减当年的王局长，提笔在我的文稿上写下刚劲有力的留言：焕彩老弟，你我相识五十多年，朝夕相处七十多天，我又拜读了你的纪实作品，深深体会到你为人处事的高尚情操，勤俭朴素的崇高美德，认真负责的工作作风，谦虚好学的文学功底，这是留给后代的宝贵财富。

面对如此的信任和鼓励，我感动不已，握住他的手表示，我会认真地写下去。

1970年5月10日，我们俩一早乘长途汽车赶到潍坊，又登上南下的火车，直达六朝古都南京。南京是中国著名的历史文化名城之一。千百年来，奔腾不息的长江不仅孕育了中华文明，也滋养了南京这座江南都市。

我们登上紫金山，拜谒了中山陵。我们还参观了举世闻名的长江大桥。王兆睿聪明豪爽，幽默而善谈，一路上给我留下很深的印象。他有慢性胃病，常让我到药店给他买药片。他喜欢吸烟，舍得花钱。在广州时，他专买"珠江"牌香烟，每盒两毛四。我感觉价格不菲，暗暗地替他心疼钱。

路过杭州市，在这里转车。到了杭州，不看西湖就太遗憾了。我们看时间宽松，便冒着细雨，怀着急切的心情来到西湖。据说西湖有十景：苏堤春晓、平湖秋月、断桥残雪、花港观鱼、三潭印月等。我们走马观花地绕湖一周。当到了游人云集的"花港观鱼"景点时，几位游船的船主正在招揽客人。王兆睿饶有兴趣地邀我乘船游一下西湖，我舍不得八角钱的船费，嘴里说："你自己去吧，我在那边码头等着你。我背包里装的那么多介绍信和路费，万一翻了船麻烦可大啦。"那位女船家笑着说："这位同志，你听谁说过西湖游船翻啦？"我自知失言，急忙道歉："对不起，请原谅。"王兆睿好像猜透了我的心事，说："快上船吧，船费我替你交上了。"

游完西湖，离火车检票时间很近了，真是越渴了越给盐吃，公交车迟迟不来，我们心急如焚。好不容易来了一辆，拥挤不堪，我们费了好大劲儿才挤上去。待跑到火车站，铃声响起，已经停止检票，检票员锁上铁栏杆门就要走人。我们趁人不备，飞快跨过低矮的栏杆，向已经启动的火车直奔而去，飞身抓住车门就上了车，有点像铁道游击队员那样神勇。列车长和乘警跑过来了解情况，查验了我们的证件和车票之后，把我们狠狠地批评了一顿。我们只好赔着笑脸连声道歉。我俩找座位坐下，掏出毛巾擦了擦汗，相视而笑。习惯写日记的王兆睿笑嘻嘻地点上一支烟，兴致盎然地打开笔记本，写游西湖有感，虽然平仄押韵不足，但充满浓厚的革命浪漫主义和时代感：

> 祖国大地一片红，大海滚滚起波涛。
>
> 江山壮丽耸入云，麦浪千重稻谷高。
>
> 长江大桥显奇迹，黄浦江畔真热闹。
>
> 西湖如镜风景好，祖国可爱我自豪。
>
> 永远忠于毛主席，誓将江山要保牢。

1970.5.13于杭州列车上

5月14日这天清晨，天刚蒙蒙亮，天地间白茫茫一片雾气。火车喘着粗气，在江南水乡前行，不时地发出一声长鸣。车轮碰撞钢轨，哐哐咣咣地响着。王人事不停地在吸烟，我趴在车窗上看外面的风景，眼看快要到湖南醴陵县（现为醴陵市）。我曾经看过有关史料，这里的瓷器名扬天下，从清朝光绪年间以来都很有影响。正想着，突然轰的一声，整个列车吱嘎一声巨响，车停了。昏昏欲睡的乘客们被惊醒，个个神色慌张，不知所措。一些包裹从行李架上掉下来，不少乘客头部轻微撞伤，女人发出刺耳的尖叫声。这时，列车播音员说："前方铁路塌方，火车出轨，乘客们不要慌，也不要随便走动，我们会及时把情况通知大家。"

太阳冉冉升空，车厢内外开始热起来，列车上已停止供应热水。时间不长，车外一些小商贩对着车窗叫卖："鸡蛋、鸭蛋、大米糕。"一个中年女人头顶着一个用竹篾油纸加工的大斗笠，一手提着把铁壶，一手端着个黑瓷碗吆喝着卖凉茶，一毛钱一碗。那个时候一毛钱可不是个小数，理一次发才用一毛五。

乘客们坐立不安，列车员紧守车门不让乘客下车，更不准小商贩进入车厢。我们在闷热的车厢里待到中午，广播里说："同志们，对不起！我们都是来自五湖四海，为了一个共同目标走到一起来了，大家都是为人民服务的。前方火车道轨破坏严重，正在抢修中，现在已调来客车把大家转送醴陵县城分流，请各位旅客配合。"

焦躁不安的乘客们，无奈地提着行李下车，登上几辆破旧的客车。我们行李较少，就随便登上一辆红白色的大巴车。前行不远，恐怖的现场令人目瞪口呆。只见一辆拉运货物的列车前部四五节车厢歪在铁路旁，还冒着缕缕青烟。煤炭、木材、瓷砖、玻璃等物品甩出二十多米外，散落在稻田和铁路坡下，破碎的玻璃被阳光映射得闪闪发光。几个大吊车在吊装车斗、铁轨和货物。几十位铁路工人头戴橙红色安全帽，正在紧张地抢修路基轨道，真是触目惊心！听说几天来连降大雨，这个地方又是个拐弯。今晨4时50分，火车道基坍塌二十多米，导致这列货车出轨。幸亏我们这辆客车晚点，如果提前半个小时到这里，后果真是不堪设想！

破旧的大巴车沿着狭窄不平的道路爬行，上下左右剧烈地摇晃着。好不容易到了醴陵县城，大家才松了口气，个个叫苦连天，下了汽车，旅客们各奔前程了。

我们坐在车站一角的椅子上休息了一会儿。王兆睿点上一支烟，从背包里抽出地图瞅了一会儿，抬起手臂看了看手表（那时我还没有手表呢），捂着肚子对我说："我们离株洲市不太远了，现在已经是下午四点多钟了，咱赶快步行走吧。到了株洲就好办了，那里是个大站点。"我看他脸色不好，估摸是胃病发作了，我忙拿着旅行壶找到开水灌满，他吃上治胃痛的药片。我同情地问："能坚持吗？"他说："行！来不及啦，快走吧！"

一路狂奔，汗流浃背，衣服都湿透了。到株洲市大约有四十多公里，仗着年轻力壮，铆足了劲儿，连奔带跑六个多小时，晚上十一时多才进入株洲市区。好不容易找到旅客住宿介绍处，联系到一家旅馆。这时才感到又饿又渴，疲惫不堪。进了旅馆看到大堂里一张大方桌上摆了些黑瓷碗，碗里盛满漂着泡沫的橙黄色液体。一问老板才知道是啤酒，两毛钱一碗。太贵了吧！王兆睿笑嘻嘻地对我说："怎么样？咱尝尝吧！"我说："我不喝，你喝吧，听说啤酒味道像马尿一样，难喝得很呀。"王兆睿不容分说交了四角钱买下两碗，递一碗给我，非让我品尝。我因为太渴了便一饮而尽，也没品出是不是马尿味就喝完了。王兆睿问我："味道怎么样？"我咂摸咂摸嘴说："还行！"随后我们又买了些米饭凑合吃下，也顾不得床铺潮湿，蚊虫横飞，累了一天，钻进蚊帐躺下就睡着了。

第二天天刚放亮，我们买上火车票直奔长沙。路上我看王兆睿不时地用手揉肚子，我知道他胃病又犯了，赶快找到列车员要了杯热水。他肚子疼得直冒汗，双目深陷，清瘦的脸庞疼痛得有些扭曲，站都站不起来，像抽筋一样。他掏出药瓶倒出几片药，咕咚咕咚一口气喝了一杯水送下。一会儿工夫，他的脸上才有了点笑意。

最幸福的人

湖南湘潭市韶山县韶山冲，这是人们日夜向往的地方，因为那里是伟人的故里。在"文化大革命"那个特殊时期，大家非常羡慕那些能够亲临韶山冲，瞻仰毛主席故居的大串联的师生们，但是我们一直没有机会。现在千载难逢的时刻到了，我们决意去看一看。

到了长沙市，街面上的商铺、公交车、停车点候车棚、饭馆等，到处涂着红彤彤的颜色，革命歌曲响彻云霄。车站不远处，有专门安排去韶山冲的往返火车。我们已经两天多没正儿八经吃饭了，这里是毛主席的故乡，人们精神面貌好，服务态度也不错。饭菜既经济又实惠，口味也适合。一大碗米饭和一碟鲜嫩的熘肝尖才收五角钱，我们吃得又饱又好。

我们乘着宽敞舒适的专列，去瞻仰心中的"红太阳"升起的地方韶山冲。"冲"是韶山一带的方言，指山谷中的平地。在湖南，许多地方和村寨以"冲"字冠名，常有偏僻之意。来毛主席故居参观的人络绎不绝，还有不少外国人。室内不准拍照，我们也没有照相机，只好找摄影师为我们此行留个纪念。那位个头不高的照相师傅，把我们领到故居前的荷花池边。我们这俩身着四个兜中山服的山东人，胸前佩戴毛主席纪念章，手持小红语录本，严肃郑重地举在胸前。摄影师指挥我们立正站好，摆出当年最革命时尚的姿势，按动快门。只听咔嚓一声，我只觉得一股暖流从心里传遍全身每条神经，顿时感觉自己是世界上最幸福的人。

看着毛主席年轻时生活的环境，心情久久不能平静。看着毛主席当年睡过的床铺，如果没有工作人员劝告，大家都想躺上去试试。我们刚要随着人流撤出后门时，王兆睿看到门旁桌子上有一本打开的留言簿，略加思索，拿起钢笔，龙飞凤舞在留言簿上写下：

敬祝毛主席万寿无疆！万水千山，满怀崇敬的心情来到了红太阳升起的地方——韶山。我们向毛主席宣誓：

永远忠于毛主席，革命到底志不移。

誓死保卫毛主席，五洲四海风雷激！

山东省黄县 王兆睿 迟焕彩 1970.5.17

难得来到毛泽东故居，大家都想买个纪念品。我们转了一圈，相中了印制着毛主席旧居图案的搪瓷水杯，一人买了一个。

上海外滩，广州珠江大桥旁，南京中山陵，西湖岸边都留下我们胸佩毛主席纪念章、手持小红书的身影。照相的费用、游西湖的船费都是王兆睿替我垫付的。返回时，我歉意地还他钱，他吹胡子瞪眼，说什么也不收。他动情地说："咱们风雨同舟七十多天，患难之交。你收入少家里又困难，这几个钱算什么，友情无价呀！"

外调期间，我增长了不少见识。其中也有不开心的事情。那是在上海，我们住进了一家普通旅店。第二天早饭后，我去服务台结账，总感觉对方算得不对劲儿。我又算了几遍，确定是多找给钱了。我急忙又赶回服务台对着低头办公的服务员，说："同志，我刚结完账，你再看看是不是算错账，找错钱啦？"那位女服务员头也不抬，气哼哼地咬着牙说："怎么会错呢！错不了！错是你错了，瘪三！"她不但不领情，还用上海土话骂人。我气不打一处来，但还是忍住性子，一字一顿地慢慢说："同志，你怎么这么不讲理还骂人！是你多找钱给我，我是来给你还钱的，我错在哪里？我要找你们领导评论评论。"说着抬手拿起挂在服务台边上的顾客监督簿，气愤地想，你再这样我就给你记上一笔，看你还嚣张。那时的顾客监督簿可是相当厉害的，只要有旅客被提出批评意见，这个服务员轻则要大会做检讨，扣工资，重则要进"斗私批修"学习班，没完没了地挖根源写检查，灵魂深处找原因。如果认错态度不好还可能砸了自己的饭碗，再找工作难上加难。

只见那位牛气冲天的女服务人员腾地站起来，脸色红红的，瞪着一双丹凤眼说："同志！你等一等，先别急着提意见，让我看看账。"说着她急忙翻开账页，找出发票三联单看了一遍，又打了几遍算盘，这才像泄了气的皮球，歉意地说："真错啦，差点是我一个月工资呢！同志啊！您千万别写批评意见，让阿拉（我）领导知道了就麻烦大啦！"我把钱如数退还给她，说："我们出来这么些天，还没有碰上像你这样的服务态度，还用上海话骂人！你以为我听不明白呀！"她红着脸，连声谢谢都没有，我扔下监督簿走了。

回房间和王兆睿说起这件事，他正在吸烟，把烟蒂使劲儿往烟灰缸一拧，气哼哼地说："这上海人怎么这么牛，你也真太好心了，这个钱就不应该还给她，你就应该在监督簿上写上几条，让她知道山东棒子的厉害。"我忙说："算了吧，咱好男不和女斗。"

广州五十六天

我们这次外调对象大都在广州市区，他们多数是在日伪时期的党、政、军、警里担任过营职以上职务的"反革命分子"，在"文化大革命"初期"横扫一切牛鬼蛇神"时都受到严重冲击，被发往"三线"的农场、茶场、林场接受批斗、审查和劳动改造。

祖国南疆这块土地，气候反复无常。早上雾气弥漫，到处灰蒙蒙的，空气潮湿，气压低得让人喘不过气来。中午晴天了，烈日当头又特别炎热，酷暑难耐，到处热浪滚滚，人像要被烤熟了。有时冷不丁一块黑云压顶，整个世界黑压压的一片，接着大雨就哗哗地下起来，又让人马上感觉凉飕飕、湿漉漉的，稍不注意就很容易着凉感冒。我身体条件较好，王兆睿的胃痛病随着天气反复发作，每天要服两三遍治胃痛的药片。我们深知这次任务的艰难，每人买了件帆布雨衣、一个有背带的铝制军用水壶。

1970年5月19日晚11时35分，我们进了这次外调工作的重点区域——广州市。经旅客介绍处协调，我们住进了广州珠江大桥旁边的珠海旅店，这一住就是56天，查证30多条线索。为了工作方便和节约开支，我们租下一辆单车（自行车），既方便又省钱。因为骑自行车可以进出大街小巷，市里很多搞外调的外地人都租用这种单车。那位骑单车的师傅每天早饭后在楼下停车场等着我们。由于语言交流困难，每天的活动路线我都会提前写在纸条上，下楼后递给他。他瞅上一眼，就一声不吭地完成出行任务。近两个月时间，他载着我们俩几乎跑遍了广州市区的大街小巷，机关院校。

中山大学、中山医科大学、南方师大、华南理工大学和暨南大学等著名院校我们都光顾过，遗憾的是我们要核查的对象大都远离广州市区。他们有的被送到广东省南岭山脉西南麓，还有的被送进广东与广西两省接壤的大山深处的农场、茶场"五七干校"接受劳动改造。那天我们乘车去连山壮族瑶族自治县"五七干校"，同车的男女乘客身着黑色的奇特服装，身上散发着特殊的气味，"哇啦哇啦"说着他们自己能听懂的话。他们清一色硕大的黑布头饰，黝黑的皮肤，精瘦的身姿，多数没有胡须。

"五七干校"的教授、专家、高级知识分子，大都穿得破破烂烂，邋邋遢遢，不修边幅，头发很长，乱糟糟的。简陋的宿舍里，小蚊帐一个挨着一个，活动的空间极少，卫生极差，蚊蝇横飞。他们白天冒着酷暑参加繁重的体力劳动，晚上在灯光下进行脱胎换骨的"斗批改"交代历史问题。

在广州，周末找人不便，我们参观了广州市动物园、"农民讲习所"、"中山纪念堂"、"黄花岗七十二烈士墓"和"27届中国出口商品交易会"。每到一处我们都认真看，认真记。王兆睿都会有感而发，写下时代性、革命性很强的感言。几十年后他还保留着这些日记和感言，它们成为我们个人生命中的历史见证。

那天，为了县政府一位干部的党籍问题，我们怀着对革命事业、对同志极端负责的精神，还原事情真相，冒雨乘船赶赴江门市，费了不少周折才圆满完成任务。第二天晚上，搭乘"曙光号"江船返回广州市，王兆睿倚在床铺上满怀激情，当即赋一首：

　　革命事业四海为家，昨去江门今回广州。

　　汽车轮船长途火车，爬山越岭涉水过河。

　　不畏艰难风餐露宿，携手同心完成使命。

　　外调工作就是如此，江山保牢永不变色。

　　1970年6月8日晚10时30分于"曙光"304船212号

这天清晨，广州市区出现大雾，接着刮起了东北风，夹杂着纷飞的小雨。我们要乘车到汕头市档案局，查证梅县（现梅州市）叶某的历史档案资料。

汽车沿着崎岖不平的海边公路颠簸前行，车窗玻璃多处破损，四面进风透雨。当地老百姓把小猪崽、老母鸡、成袋的泥鳅、田鸡等带上了车。车座下满满当当，车厢里又臊又臭，令人作呕。很多人被熏得晕车呕吐，不晕车的也昏昏欲睡。那个遭罪的滋味真是难受极了，让我很想下车跑步去目的地。

汽车摇摇晃晃通过最后一道浮桥进入汕头车站。停车场上灯光明亮，各种车辆云集。我和王兆睿几个晕车较重的人，被抬下了车，摇摇晃晃地坐到停车场边的石条上喝了点水，休息了一会儿才清醒了一些。几个警察和十几个佩戴"汕头工人纠察队"红袖标的纠察队员围上来盘问我们。因为语言不通，双方瞪着眼听得如堕雾里。我只得写纸条与他们进行交流。时间很晚了，查了半天也查不出个所以然，他们才勉强放行，并介绍我们到市中心的汕头宾馆休息。

找到这家宾馆时，我们已饥肠辘辘，仓促吃了点米饭，便回到房间。我们两人再也无心无力讲一句话，钻进蚊帐就昏睡过去了。

大约凌晨三点多钟，房门突然大开，数条雪亮的手电筒光柱乱照，一群手持木棒、戴红袖标的工人纠察队员冲进房间，齐声断喝："下床，下床，举起手来！"涂着红白两色的木棒已捅进了蚊帐。睡眼蒙眬，我们穿着背心裤衩下床，本能又惊疑地举起双手，心想："这是些什么人？像抓贼一样，把我们当成什么人啦？"这时，有一个人从床下拖出我们的行李包翻了个底朝天，把我们扔在椅子上的衣服也里外翻了个遍。没发现可疑物品，他们的态度才略微缓和一些，让我们放下手。我们说明身份与原委，并取出全国交通地图指给他们看，但他们根本不知道黄县在哪里。我又把介绍信拿出来，一个小头头模样的人，翻动着逐封检查。我们提出抗议说："你们这样查阅介绍信是违背党和国家的保密规定的！"他才还给我。我又把车船票、住宿发票，一张一张地在地板上摆了两大圈展示给他们看，但他们还是不相信。我们被惹火了，高举拳头提出强烈抗议，并提供黄县县委组织部的电话号码，让他们打电话核实。我们随身带的介绍信没有注明山东省，他们这伙人看样子多数是文盲，根本不知黄县在哪个省份。

这时，一位个头儿较高、穿着警服的中年人分开众人进了房间，他操一口北方口音，微笑着表示歉意："同志啊，对不起！这可能是一场误会。这两天公安系统发来紧急通报，说近期有两名山东半岛越狱犯人窜到广东省，要从汕头海边偷渡出境。你们的相貌与通报所描述的罪犯有些相似，所以才会这样。请谅解。"我和王兆睿四目对视，心里暗暗叫苦，只有自认倒霉了。有什么办法呢，人家也是为了工作，谁让该死的案犯与我们长得相似呢！

这伙人撤退后，天已大亮。我们迈着疲惫的步伐走出宾馆，太阳跃出了地平线，顿时霞光万道。温热的空气中飘荡着菜籽油夹着辣椒的呛人气味。大街两侧墙壁上到处贴着公安部门的告示，多数是通缉越境人犯和犯罪团伙的。

我们想找个餐馆用早餐，转了好几道街也没看见有开张的。经打听才知道汕头人的生活习惯，凌晨和上午睡觉，下午和晚上才忙碌，"文化大革命"这个特殊年代也不例外。好容易找到了一家北方人开的快餐部，我们喝了碗大米稀饭，要了几块豆腐乳，吃了几个带甜味的小馒头。吃完我们向餐馆老板打听了去市公安局的路线，便拖着沉重的双腿，边走边打听找到市公安局。说来也巧，值班的正是凌晨三点在宾馆解围的那位警察。他热情地接待我们，说他姓陈，是山东淄博人，当兵转业后娶了个当地的媳妇，去年分配到地方公安部门工作。他乡遇老乡格外亲切。至于今早凌晨的误会，他再次向我们表示道歉。

在陈警官的热心帮助下，我们到局档案室核查，很快找到了档案，顺利取得第一手材料。本来计划五天的任务，在这位老乡的协助下，两天便顺利完成了，这也是因祸得福吧。

我们调查的一位当事人，一口咬定他的历史只有"两广"粤系大军阀陈济棠的警卫长能替他作证。为了查证真相，我们必须找到这个旧军阀警卫长的宗卷和另一名高级军官的档案核实，这就必须去广东省档案馆取证。而那里的档案馆已迁至广东与湖南交界，一个叫坪西的地方。

这天凌晨，我们趁着天气凉爽，来不及用早餐就登上了开往坪西山区的长途汽车。沿途景致如画，上午约十点半钟，我们到达深山幽谷中的坪西站。连绵的群山高耸入云，山下沟深壑险，密林遮天蔽日，广东省地市级的档案馆大多迁往这样的地方。密林里还有几处省属农场和"五七干校"。下车再走二十多公里才能到达目的地，因山高林密不通班车，我们只好招呼车站旁边的出租单车（自行车）。车主用生硬的普通话说："你们俩骑一辆就可以了，又省钱又安全。"他们的单车在后座绑了块木板，还垫上厚布，一次可载两人，挣双份钱。因为返程时很少有人搭车，车辆基本放空而归。

我们找的那位车主服务态度很好，四十多岁，中等身材，戴着巴拿马太阳帽，架着一副宽框墨镜，留着八字胡。他上身着香油纱黑唐装，下身穿一条黑绸短裤，腰里扎着一条棕色宽皮带，脚上一双白牛皮凉鞋，左手无名指上佩戴着大金戒指，耳朵上别着香烟。那形象活生生就是电视剧里的特务队长，就差肩上斜挎一把盒子枪了。

自行车在密不透风的山间小路上飞驰，耳边有风声呼呼吹过，旁边是深谷大川。混浊的江水如同万马奔腾，发出沉闷的轰鸣声，惊心动魄。如果是在广州市区，一个自行车后座上坐两个人，市里路况好，还能让人放心。可在这深山老林，路窄道险，岂能不让人胆战心惊呢！车主听到我们俩时而好奇地唏嘘，时而惊恐地呼叫，他"嘿嘿"地笑着，用生硬的普通话说："二位同志请放宽心，我吃这碗饭十几年了，从来没发生过意外，你们坐稳不要乱动。"他一路哼着小曲，中午时分到达终点，再向前就只能步行了。看看人家车主，四十多里山路载着两个人竟没出汗。我们俩连惊带吓已是汗流浃背，喘着粗气付了钱，并问清楚前方的路。潇洒的"特务队长"向我们挥了一下手，哼着小调迈腿上车，转眼间无影无踪。

正午时分，烈日当空，骄阳似火，我们汗流满面，气喘吁吁地从肩上取下水壶喝了几口水。环顾四周，密林群山，树上数不清的蝉在叫，偶尔几声鸟鸣回荡在山谷中，正是"蝉噪林逾静，鸟鸣山更幽"。我们索性脱掉衣裤挂在肩上，仅穿着短裤沿着崎岖的羊肠小路前行，路旁潺潺的溪水让我们尽情感受清凉与畅快。我们时而放肆地欢笑，时而放开嗓门呼喊几声。四面山谷附和呼应，我们顿时感到逍遥似神仙，又好像两个原始野人。

到了"五七干校"时，已是下午四时左右。干校办公室主任姓廖，是广州市人，他热情地接待我们，为我们泡上茶，转身去食堂安排饭菜。到了食堂，木制的大餐桌上，一木盆米饭已经凉透了，两大碗青菜上面还有两块肉片。旁边还有一小碗老陈醋，一小盘辣椒酱。我们吃饭时才想到这是吃的午饭。那顿饭我们吃得不算少，米饭、青菜、辣椒酱和老陈醋都一扫而光。饭后，廖主任很负责地帮我们找到那位白发苍苍的外调对象。得到当事人亲笔证言后，天已大黑。我们到指定的宿舍休息，极度紧张乏力的身心才略微放松下来。

夜幕降临，大地一片昏暗，错落有致的林木间，一排排房屋里透出昏黄的灯光，不断传出开会的声响，高一阵低一阵，好像在开批斗会。人生地不熟，我们也不敢随便走动。

我们在蚊帐里翻来覆去睡不着觉，不禁对那些年迈的审查对象产生怜悯同情之心。这些人当年叱咤风云，可不简单。我们也为这没完没了的政治运动而叹息，不知什么时候才能正常工作与生活。即将完成外调任务，我们也为返程后的前途充满了担忧。

屈指一算，我们离家已经七十多天，外调任务也圆满完成了。想家的心情，油然而生。家永远是我眷恋的地方，那里有生我养我的爹娘，还有让我牵挂的妻子、女儿。

我们当晚查定好返程路线，夜已经很深了，屋内气温仍然很高。我们坐在蚊帐里挥着扇子喝着水，谈论两个多月的艰难历程和沿途趣闻，不觉天已大亮。吃过早餐，谢别廖主任，我们搭车从广东省地界进入福建省，到了红色故都——上杭，直奔充满革命色彩的闽西龙岩。在龙岩火车站很快拿到北行的火车票。

带点什么纪念品回家呢？在火车站转来转去，我们看到当地编制的彩色芦苇凉席，既漂亮又软滑。这种产品北方是没有的，可以折叠，携带方便，经济实惠，1.5元一件。我们每人买了一件。看到当地人在卖小虾米，味道鲜美，3毛钱一斤，我们每人买了2斤，心想可以用这小虾米拌黄瓜。花了5分钱买了条小竹扁担，一头挑着脱下来的脏衣服，另一头挂上那床彩色芦苇凉席。嘿嘿！像一对小商贩。我们俩从龙岩乘上北去的列车，听着列车广播里播送革命歌曲和革命样板戏选段，备感亲切，情不自禁地也跟着哼哼起来。风餐露宿两个多月，吃不好也睡不好，胡子拉碴，又黑又瘦，现在要打道回府了，我们一路上又说又笑，兴奋异常。

第十一章
搬家序曲

下乡伊始

1970年8月31日上午，我接到干校办公室的通知，让我到县委组织部报到。我背着行李迈出干校南大门，抬头仰望半空的红日，心情格外轻松愉快。出了大门，进入中心大街，迎着夏末秋初微凉的和风，我踏进组织部办公室。一位丁姓领导见我进了门，也没做任何交代，更没谈任何要求，递给我一封干部调动介绍信，说："组织研究决定，调你去乡城公社工作。"我忙抽出介绍信一看，原来让我下乡到乡城公社任团委副书记，曾经被烟台地委批复的团县委副书记的任命莫名其妙地烟消云散了。

回家我把这事向父母一说，他们都很坦然，只是担心乡下人生地不熟，世道又不安全，怕我承受不了。我安慰两位老人，说我已经不是毛孩子了，离家独立生活这么些年，大风大浪也经历了不少，让他们放心。我又嘱咐妻子要带好幼小的女儿，照顾好父母。

我在乡城公社先任团委副书记，不久扶正，后又分别被任命为党委常委、公社管委副主任（相当于副社长），再后来兼任工业办公室主任，主持全公社的经济工作。这个时期的农村基层干部，有没有高学历并不太重要，关键是看你有没有开拓能力和奉献精神，能不能很快打开工作局面。像我这样的"样样通、样样松"的"万金油"干部比比皆是。抓传统的农业生产都很在行，也很到位，抓工业、经济工作却一窍不通。

乡城公社在县城西北8公里。东靠羊岚公社，西隔泳汶河与中村公社相邻，南毗新嘉公社，东南与城关公社接壤，北临渤海湾，全境63.3平方公里，有12公里的海岸线。全公社有8600余户，36000多人。南部一马平川，土地肥沃，水浇条件好，粮食稳产高产。北部盐碱涝洼，淡水资源贫乏，时常遭受海风、风沙的侵袭，农业生产很不稳定。临海几个村庄村民的基本生活，主要靠海产品收入。海上有两个岛屿，大一点的叫桑岛，有428户，1300人，可耕地很少，基本靠天吃饭。村民大多以出海捕捞为生，妇女儿童早晚赶海，摸海螺、小蟹、小虾，卖给小商贩换点零花钱。村里的民房建筑很讲究，很多外墙门跺都是磨光的青石，严丝合缝，庄重肃穆。桑岛西北不远处，还有个元宝形的无人居住的小岛叫依岛，像一片晶亮的贝壳，漂浮在波涛滚滚的浪花中。

"女"加"子"

1971年农历七月的一个星期天，头天下午妻子在单位打电话给我："我这可能要生了，你明天请假在家帮我准备准备。再说三弟下学待在家里没事干也烦得慌，咱爹咱妈也挺着急的，听说最近县里有招工指标，你回城帮他跑一跑。"

清晨，我骑着自行车往回赶。回家后看妻子正在做早饭，母亲在灶口烧火。我简单了解了一下县里招工的信息，喝了口水，抹了一把汗，飞身上车向南部山区飞奔而去。

　　早晨的山区，陡峭的山路上行人稀少。七甲公社北谢家村离县城三十多里山路，我用了一个多小时就赶到了，打听着找到谢科长的家。站在紧闭的街门前耐心等待着，听到院子里有人走动，便轻轻敲了几下门。开门的恰巧是谢科长，他刚起床还没吃早饭，客气地把我让进门里。站在院子里，我顾不得礼貌直奔主题，三言两语把三弟找工作的事说完。

　　谢科长一口答应："行！没问题，就冲着你大清早为了弟兄奔跑这份情意，我也一定要帮忙。"

　　我感动地说："谢谢您，我们家弟兄姊妹多，生活困难，能安排一个是一个，也为家里减轻一些负担。"

　　后来三弟顺利地进了龙口金龙电器厂。他刻苦敬业，工作认真扎实。他开始学车工、钳工，几年后被提拔为管理人员、科级领导，后来由龙口金龙集团公司调进黄城发达电器公司做技术工作，再后来又调进了县自来水公司，直至退休。

　　那天傍晚，妻子挺着大肚子在锅台边蒸馒头。突然，一阵剧痛，她知道孩子要生啦，赶快洗净双手招呼我搭把手。我小心翼翼地搀扶她进西屋慢慢爬上炕，母亲赶紧去找村里的赤脚医生杨保风。她是我们招远老家的远方亲戚，我称呼她大姑，接生经验丰富，十里八村经她接生的婴儿数不过来。天渐渐暗下来了，我和父亲、三弟还有二妹夫坐着小凳、马扎，围在院子南墙边的小圆桌旁，父亲边喝水边抽着大旱烟斗。这时，下蛋的几只老母鸡"咕咕咕"地钻进窝里。圈里那头大肥猪也不哼哼了，院子东边梧桐树上的知了也安静下来，好像全都在等待孩子的到来。屋内妻子一阵一阵地呻吟，牵动着我们的神经。杨大姑不停地安慰妻子。母亲屋里屋外忙着送这送那。我紧握双手，手心出汗，后背热汗淋漓，不停地盯着南邻修表的李师傅为我买的那块旧手表，放到耳朵上听了一遍又一遍，那微弱的表针好像停止跳动了。天已经大黑，大地一切寂静。我的心快要提到嗓子眼上，好像一张嘴就会跳出来，只好紧张地走来走去……

突然，一声清脆的婴儿啼哭声，打破了紧张而窒息的气氛。

只听杨大姑惊喜地呼叫："是个男孩！母子平安，母子平安啊！"

"谢天谢地，不管是男孩还是女孩，只要母子平安就好！"我几乎喊出了声。麻木的双手不由自主地对着那棵碗口粗的梧桐树猛击了几下，惊得树梢上几只睡觉的知了四处乱飞，鸡窝里的老母鸡也"咕咕嗒嗒"地乱叫。

我急忙冲进里屋，看到红扑扑、湿润润的小毛孩尚未睁眼，正急切地在妈妈怀里觅食。妻子一脸阳光，我们四目相对，激动得眼里闪着泪花。我捧起她热乎乎的右手，在手掌上轻轻写下一个"女"字，她会意地扯过我的左手掌用劲儿地写了个"子"字，然后我们齐声祈祷般地说："好！"不是吗？我们先有了个天真可爱的女儿，这次上苍又赐给我们个儿子，"女"加"子"不就是个"好"字嘛！

儿子的问世，使一家人沉醉在无限的喜悦之中，家里家外充满喜气，陈旧的土瓦房里笑声不断。母亲给孙子起了个响亮的名字"国建"，企盼他长大后成为国家建设的栋梁之材。

妻子单位大多是临时招聘的季节工，妻子也在此列。相同情况的姐妹们都憋着一股劲儿积极工作，努力表现，争取转成国家"正式工"。哺乳期的妻子在工作上也不敢有丝毫的懈怠。为了让儿子吃奶方便，妻子托人在工作单位附近的县城南关村租了一间半东厢房。母子搬了过去，作为临时的家。白天，父母轮流过来照顾孙子。晚上，母子二人睡在又潮又冷的屋子里。时值隆冬，我在洼东煤矿买了两吨价格便宜的煤矸石送过来。那煤矸石油性大，烟多却不耐烧。旧房子、旧锅台、旧火炕、破烟筒，烟熏火燎，娘儿俩一把鼻涕一把泪，嗓子眼、鼻孔充满黑灰。我有时进城开会顺便过去看看，那恶劣的生活环境让人揪心，也令我心里愧疚不已。

两个多月窑洞般的生活，实在坚持不下去了，妻子抱着儿子又搬回到小栾家疃的家里。这段时间没有公婆的二妹妹，也生了儿子，因无人照料，母亲只好两家来回跑。妻子在果品公司借了辆自行车，往返六七里路程，每天两三次请假回家给儿子喂奶。我看妻子很辛劳，心疼地安慰她，她总是说："现在咱年轻，累就累点，孩子长大了就好了。心里总有个盼头，浑身就有使不完的劲儿。"老老少少一家人都对未来的幸福生活充满无限的信心。

1972年秋天，妻子转为国家正式职工后，单位压缩编制，精减人员。新转正的女职工统统被调到丈夫工作所在地的供销系统，妻子便顺理成章地来到乡城公社供销社工作。

我陪着妻子找到供销社主任。乡城供销社主任柳页先为人厚道，业务熟练，人际关系处理得极好。他接过县供销社人事科开出的工作调动信看了看，又听说妻子一直在南部山区收购水果，便决定安排妻子到供销社采购站任保管员。采购站除了收购碎铜、烂铁、畜皮和废品，还在北部村庄收购大量葡萄、苹果、杂果和蜂蜜等。妻子很高兴，觉得干这活也算是轻车熟路。采购站离公社机关较近，将来找个房子住，双方照顾也方便。对老主任的工作安排，我也深表谢意。

公社机关没有职工宿舍，机关企事业单位的双职工也要在驻地租老百姓的房子住。大多数公社干部的工作重心都在最基层的村里，工作复杂而繁忙。当时我工资收入低，家里人口又多，根本没条件考虑租民房住。但是，为了工作和生活，又不得不抓紧找房。可要真的离开父母、兄弟姊妹，我这心里又觉得不安。年老多病的父亲、哺乳中的儿子、几个未成家立业的弟弟妹妹都需要我们，一种莫名的惆怅油然而生。

那天，妻子听柳主任交代完工作已近中午，我想到食堂买点可口的饭菜慰劳妻子。她急切地说："我不能在这里吃饭，得赶快回家给儿子喂奶。柳主任给了七天假，七天后必须报到上班。"

我说："你来报到后住宿怎么办？"

妻子说："我听采购站经理说他们那里也没有宿舍，得自己想办法在东村或者西村里找房子住，你抓紧时间找间房子吧。"

我说："女儿和吃奶的儿子怎么办！"

妻子说："我回家和咱爹咱妈讲明这里的情况，商量一下女儿和儿子怎么安置好，实在不行就把女儿送到她姥姥家。"

我说："这倒也是个办法。这几天我找村里的干部商量一下，争取尽快找到住房。"

妻子午饭也没吃，心急火燎地回家，给娘家发了封快信，告知岳母近日要把女儿送过去，约定时间到黄县栖霞交界的丰仪店车站接。

暗洒男儿泪

几天后，三妹帮着把两岁多的女儿、怀抱儿子的妻子送到黄城车站，登上了通往丰仪店的班车。下车后，家里接站的人还没到，两个孩子哭闹不止。妻子后背上背着女儿，一只手在前面抱着儿子，另一只手里提着行李包，艰难地向丰仪公社走去。

丰仪公社妇联主任吕兰芬看到狼狈不堪的妻子，急忙把娘儿仨接到办公室，找了把椅子让妻子坐下，又端上一杯开水，说："看把你累的，带着这么小的两个孩子回娘家，怎么受得了？老迟怎么不送你呢？"妻子喝了口水，笑了笑，温和地说："你还不了解他呀，他刚调到乡城公社，最近又被安排到另一个村里蹲点搞运动，不准请假！能请假他能不来送我嘛！"

下午三点多钟，妻子的小弟推着辆小铁车，走了三十多里地山路赶到丰仪店车站。两个孩子缠着要妈妈抱，都不愿意上舅舅那辆冰冷的小铁车，哭闹了一路，待天黑才回到家。岳母看到女儿又累又饿的狼狈样，又看到两个哭哭啼啼的小外孙，心疼得直抹眼泪。

幼小的女儿住在姥姥家，水土不服，不久又被虱子、跳蚤叮咬得全身红肿，整日哭叫着想妈妈，要爸爸，想回黄县。

那天，我请了一天假去看望女儿，送点吃的用的。一进岳母的院子，看见女儿穿着件破旧的背带裤，赤着脚，头发乱糟糟，小脸又黑又瘦。我心里隐隐作痛，含着眼泪让女儿骑在脖子上，抬手抓着她两只稚嫩的小手，从屋里走到屋外，在院子里转了一圈又一圈，逗着女儿咯咯地笑。我安慰她说："乖孩子，要听姥姥的话，爸爸和妈妈工作实在太忙，爸爸马上还要赶回去开会，过几天我一定把你接回去。"懂事的女儿虽然点着头，脸上却满是委屈，双眼含着泪水。

时间太紧，我简单吃了几口饭，把带来的东西放下就要返程。我刚要抬腿迈出街门，看到女儿瞪着明亮的大眼睛紧紧盯着我，一动不动。我一咬牙，强忍着泪水推出自行车。抬脚刚迈出门槛转身要走，我突然听到身后女儿号啕大哭。我的头"嗡"的一声，眼前直冒金星，自行车都要扶不住了。女儿的哭声我走出很远还能听到。我回头远远看着岳母家白色的墙，心情沉重。我抬起沉重的腿，跨上自行车使劲儿蹬起来，心痛而无奈的泪水迷蒙了双眼……

8个多小时，往返280多里路，待回到蹲点的村里，晚饭也没顾上吃，我便拖着疲倦的身子直奔会场，没有耽误晚上召开的批判大会。那天晚上，我歪坐在椅子上，浑身像散了架一样。会议开了半宿，我几次差点从椅子上栽下来，却也不能吱声。

在乡城东村大队党支部书记张念可的帮助下，我终于租了间房子。1972年10月18日那天，父母擦着眼泪，帮我们把结婚时的全部家当搬上马车。东西也不多，一个半橱衣柜，两只方板凳，几套被褥和几副碗筷。母亲找了一个小木箱让我们当碗柜用，还有一个自制的柴油炉子。妻子给儿子喂了奶，等孩子睡着了，急忙把他塞到母亲怀里。马车出了村，妻子眼里含着泪水，挥手与全家老小道别。这一别改写了我们的生活，也奏响了我们搬家交响乐的序曲。

房东张玉兰，五十多岁，精明强干，很会过日子。她家有四间大瓦房，东面两间自己住，中间堂屋有两个锅台。我们住在西面一间，用西面的锅台。炕旮旯堆放着房东的红漆大立柜、旧家具。我们挪出一个角落，装下全部家当。在炕头上方有个坚固的阁楼，上面放着几口大缸，里面盛着粮食，只有一铺不太大的炕是空的。有时候节假日，房东家人多睡不下，她十几岁的小女儿就和我们挤到一个炕上。

公社驻地没有饭店，村里的干部群众和到公社来开会办事的亲朋好友常来我家。大家没少吃妻子做的饭菜，百吃不厌，经常连吃带拿。一年多的时间里，我们和房东和睦相处，亲如家人，付给她房租她也不收。妻子隔三岔五把做好的饭菜送一碗给他们。我在靠海边的村里蹲点，常买些海鲜回来分一些给房东。他家有什么事情需要帮忙，我们也会全力以赴。

1973年8月下旬的一个傍晚，我到海边的北田家村开会，会议结束后已是晚上九点。村支部书记田汝范对我说："这几天海上的蟹子又多又肥，你们不去弄点？"早听人说过"八月的蟹子顶盖肥"，我便约上邻村蹲点的公社党委组织委员王桂连去海边看看。我们推着自行车，借着闪烁的星光，磕磕绊绊到了海边。

　　只见一排拉网的渔民足有二三十个人，个个一丝不挂，在领头人的指挥下，有节奏地喊着号子拉网。当地有个说法"宁上南山当驴，不到北海拉鱼"。拉大网可是件辛苦活儿。曾在长山岛海防线上当过英雄连连长的王桂连，一看那阵势，毫不犹豫，三下两下脱光衣服，喊着号子加入拉网的队伍里。事后他对我说：他在长岛当兵时常参加这样活动，很刺激，也很辛苦，收获的海鲜吃着格外香。阵阵海风吹来，我不禁打了个寒战。此时，田书记也来到海边。他招呼我蹲到看海的小窝铺里避风。老田瞅了瞅波涛滚滚的海面，又看看风向，经验十足地说："今晚海水流向好，风向也不错，收获一定不会少。"我不解地问他："海上捉蟹扑鱼还有讲究吗？"老田清了清嗓子，侃侃而谈："海上的讲究可多啦！出海打鱼，拉大网、下大网，都有说法：初三水，十八潮，二十四、五不看潮，这是老祖宗用生命换来的经验。农历初三、十八，风浪大，流水急，不能出海；农历二十四、二十五，海上风平浪静，水流慢，最宜渔船出海，下大网、拉大网准有戏。"

　　天刚蒙蒙亮，到处乱爬的大肥蟹堆积在海滩看海的窝铺前。

　　田汝范帮我们选挑不大不小的蟹子，我们各买了十几斤，每斤仅卖8分钱。我付了钱，谢别田书记急忙往家里赶。到家叫开门，急忙叫醒房东大嫂。大家齐动手，把这些举着两个钳子的螃蟹装满一大锅，风箱一阵响。不一会儿，鲜气四溢的肥蟹出锅了。此时，天也大亮，妻子倒了一碗老醋，切了些姜末。房东大嫂急忙出门把丈夫和儿子叫回来，大家美美地吃了一顿大螃蟹。那个鲜、那个香呀！至今与妻子回想起来依然是余味无穷。

　　工作虽然艰苦繁忙，收入却微薄，我们两个人的工资总共不到六十元。每月还要拿出十元钱孝敬父母，资助弟妹上学。有时还要给患肝病的父亲买药、买白糖及营养品。不过，当时海鲜也比较便宜，一斤活的螃蟹才七八分钱，刚出海的鲜鱼每斤一毛四五，活蹦乱跳的桃花虾每斤才一毛钱，就连名贵的加吉鱼每斤也只有三毛钱左右。

生产队号召收集牛屎、马粪。我的自行车后座上，总绑着个粪筐和小铁锨，路上见到粪便就捡起来，带回家给房东，让她送到生产队卖钱花。儿子把房东家喂鸡的旧碗打碎了，妻子不声不响买个新碗补上。我们离开房东家时，发现做饭的锅有些陈旧，又买了新锅换上。

隔辈亲情

离开了小栾家疃的家，我们开始独立生活时，丝毫没有忘记对大家庭的责任。利用下班时间，常骑着自行车回家看望父母家人，带点海产品和白糖、点心、旱烟、茶叶等，和父母说会儿话。常常到了深夜，因家里没有多余的房间睡觉，我们就留下几块钱再匆匆忙忙赶回乡下，不耽误第二天的工作。每次回家，总是在儿子轻微的鼾声归来，又看到儿子甜甜的睡态出门，与儿子交流时间很少，心里很不是滋味。动员儿子到乡下住几天，要费一番口舌才行。一路上儿子好奇地问这问那，我都耐心地告诉他，还不停地学着汽车、拖拉机行走的声音，儿子也摇头晃脑的、稚声稚气地学着："大汽车！嘟嘟！"儿子在乡下住几天就想爷爷奶奶，晚上不开会时再送他回家。

有时借到县城开会的机会，我顺道回家也能看到天真活泼的儿子。有时我想带儿子到乡下多住几天，儿子死活不愿意。我抱着他出房门时，他哭喊着挣扎，两条小腿乱踢乱蹬，双脚用劲儿地蹬着门框，还歪着头试图咬我的手。父亲每每看到这阵势就会哈哈笑着说："既然孩子不愿意跟着你回乡下，你就不要勉强啦，跟我在一起，他高兴，我更高兴。"我说："我这不是怕您受累嘛！"父亲嘿嘿地笑着说："孩子很听话，很懂事，像个开心果，一点也不累人。"

这年冬天，父亲在生火炉的炕上逗着孙子玩。儿子爬来爬去闲不住，突然一声惊叫："哎呀！爷爷呀！烫死我啦！"母亲闻声急忙奔进屋里，只见儿子骑在炉子的炉筒上。心急火燎的母亲忙把儿子抱起来，只见粉红白嫩的屁股下烫得脱了皮，空气中散发出一股焦煳味。懂事的儿子"哇哇"大哭几声后，抽噎几下就不吭声了。爷爷奶奶心疼得掉了眼泪。母亲让听话的儿子趴在炕上撅着屁股，急忙找人弄了些獾油，轻轻地涂抹在创伤面上。几天后伤口收敛了，凝结成深红色的痂斑。

我们听到消息后，心急如焚地赶回家，儿子在炕上撅着屁股爬来爬去，让人看了既好笑又心疼。父母面露愧色，我们安慰他们几句，商量接儿子跟我们到乡下住些日子。烫伤初愈的儿子面显不满，看样子还是不想下乡。我们也心知肚明，儿子坚持不想离开爷爷奶奶的原因是，爸爸妈妈整日忙得昏天黑地，分秒必争，没有时间陪他玩，他幼小的心灵得不到应有的关爱与慰藉。看到年迈的父母和天真幼稚的儿子，我的心里充满无限感慨。

1974年秋天，公社开三级干部大会时，我和乡城西村大队干部坐在一起。他们听说了我家的居住状况，便热情地提出要为我另找房子住。这话说完我也没放在心上，我知道他们乡城西村的群众住房也很紧张。那里离公社卫生院又近，稍宽敞的房屋基本已被医生护士租去了。意想不到的是，过了几天，他们打来电话让我抽时间去看房。

这是西村生产队长张旬久为亲戚代管的三间陈旧的南屋。东间房门上着锁，里面盛满杂物，西间屋有一铺旧火炕，堂屋有个废弃的旧锅台。门是实木板的，窗是小方格式的，糊着灰白色的窗户纸。南窗外是空旷的街道和野地，屋内光线昏暗，地面潮湿，但很安静，砖砌的墙根角隐约可以看到几个老鼠洞。有一个空间较大的院子，东西一道围墙当中开着一个门，只有简陋的门槛，安着两副陈旧的门扇，隔为南北两个院落，西墙边有几棵香椿树。北面正房住着张旬久一大家子人，老张妻子有病长年不出门，院子里散养着很多鸡，东院墙中间有个共用的街门，高大的门楼，出门就是大街。这里虽然算不上完全的独门独院，可比原来的住处好了许多，关上中间隔墙的门，也算是独居一处了。

我们也没找人帮忙，自己动手修好锅台，买了口新铁锅安上。在院子东墙边用玉米秸围了个简易厕所，墙边种上了扁豆、菜豆、吊瓜、向日葵。屋里屋外拾掇得井然有序，整个小院显得清新整洁，干净利落。

1975年春天，大姨姐带着儿子来看望岳母时，公社广播站职工张乃善拿来一架旧式相机，在小院里为我们照相留念。我推着自行车，后座上坐着两个孩子，衣衫不整，蓬头垢面，爷仁像逃荒的，很有时代感，那是当时生活的真实写照。

儿子的干爹

儿子是个乖乖仔，顽皮但从不骂人，喜欢新物件却从不随便拿别人的东西。他喜欢和大人、老人在一起，问这问那，常被东邻西舍的老人领回家逗着坑。儿子好奇心极强，喜欢打破砂锅纹（问）到底。有一次便在采购站玩，便问经理王世民："叔叔，我问你个事，猫能不能打过狗？"

王经理笑着说："猫打不过狗，但猫会爬树，吃不了亏。"

儿子问："那么，大汽车跑得快还是火车跑得快？"

王经理点上烟，回答："当然是火车快啦。"

儿子又问："老虎能不能跑过汽车？飞机能不能跑过火车？轮船能不能跑过飞机……"

王世民一听这么些问题，喷了口浓烟，不耐烦地说："行啦！没完没了啦！俺不知道，回家问问你爹吧！"

儿子说："俺只有爸爸，没有爹！"王世民闻听此言，笑得直不起腰来。

这天，妻子和几个同事骑自行车下乡去北李村联系业务。同事们见儿子挺好玩的，便载着他一道下乡。沿途经过杨世发所住的东王村的村头，刚好老杨在家休班，好客的老杨热情地邀请大家进家休息。这时，老杨看到天真可爱的儿子，便将其从自行车后座上抱过来，在院子里玩儿，亲热有加。老杨的妻子曲丽英，在炕头上正陪着妻子和同事们喝水、说话，从窗户里看到丈夫抱着人家的儿子不撒手，伤心地说："你们看吧！俺生了三个闺女，杨世发一个也没抱过，回家时紧绷着脸，看也不看一眼，好像生不出儿子是我的过错。你们看，见到人家的儿子就抱着不松手。"

儿子也喜欢对他很亲热的老杨，不断地向他问这问那。老杨突然收住笑，认真地问儿子："国建啊，你有没有爹？"

儿子笑嘻嘻地说："俺只有爸爸，没有爹！"

老杨激动不已地说："从今天开始，我就是你的爹！叫一声爹！"

"爹！"儿子叫得嘎巴溜脆。

老杨紧紧抱住儿子，久久不让孩子下地，喃喃地说："我也有儿子啦！我也有叫我爹的儿子啦！"从此，儿子有了个干爹，老杨也有了个叫干爹的儿子。他常找机会看看这个天真可爱的干儿子，儿子也特别招干爹喜欢。老杨常出差在外，每次回来都要带点小礼品给他。

要说这老杨，是一个典型的山东汉子，为人坦诚、豪爽，正直、仗义、顶天立地，在乡城供销社任物资供应股股长。

1978年6月7日，老杨要去上海出差，他征求妻子同意，把八岁的干儿子带在身边，想让他开开眼界，长长见识。从来没出过远门的儿子晕车晕船，不服水土，但跟着干爹增长了不少见识。

1994年国庆节，儿子结婚时，还专门请干爹来家尽情地玩了一天。老杨兴高采烈地和干儿子、媳妇合影留念，幸福溢于言表。

光阴似箭，日月如梭，不觉几十年过去了，我们两家感情甚笃，老少两辈亲密无间，经常聚在一起，一杯清茶谈古今，一壶老酒述友情。大家互相关照，逢年过节相互拜年问候，情深意浓。

人世间的事情有时候也真有些奇妙，老杨夫妇盼子心切，他们一个儿子也没生出来，可三个女儿却每人都生了个大胖小子，个个长得虎头虎脑，天真可爱。三个女儿都很优秀，三个女婿也出类拔萃，现在都在各自的岗位上建功立业。

2008年正月初五，老杨夫妇带领三个女儿、三个女婿和三个外孙来我家相聚。酒足饭饱后，还合影纪念，孩子们相互留下电话号码。大家约定，以后每逢这个日子，都要以这样的方式聚一聚。

然而谁能相信，这次大团聚，竟成为我们与老杨的最后一顿午餐。

2008年4月21日凌晨五时，电话铃声急促响起。我忙下床拿起电话，里面传出老杨家二女婿的声音："干爸，我是升波，俺岳父昨天在青岛不幸去世，现停在人民医院太平间里。"这突如其来的消息，让我眼前一黑，胸口感到一阵刺痛。我扶着椅子坐下，颤声对妻子说："快点，一会儿我们去医院，世发兄弟走了！"这时接我们的车已经来到楼下，我们先去看望悲痛欲绝的老曲，然后去向老杨告别。

生死就是这样简单，残酷无情，老杨说走就走了。那样一个充满活力，爽朗豁达的人，就这样永远地从人们的视线里消失了。

拍着炕席哭一场

1975年麦收后，根据上级指示，自上而下学习邓小平提出的"以三项指示为纲"（"三项指示"即毛泽东主席关于理论问题、安定团结、把国民经济搞上去）精神，党委会认真学习讨论并制定贯彻措施。

秋后，乡城供销社在公社驻地乡城东村拆除一处约三百平方米的旧库房，新建了两排白墙红瓦木窗的平房做家属宿舍。南排住进供销社办公室高秀芝、仲维兰两户，妻子分到北排西两间，采购站主管会计柳淑娟住到东两间。妻子拿到宿舍的钥匙后，立即高兴地给我电话，让我赶快去看看，并抽时间收拾一下。我急忙安排好村里的事，骑上自行车飞一般地赶回来，来到属于我们的家。新家还有一股石灰的特殊味道，屋内外还有些建筑垃圾。妻子脸上放着光彩，我也高兴得合不拢嘴，终于有家了。我们抽时间去收拾整理，打算过了春节就搬进去。

1976年春节后一个春光明媚的日子，我们一家人乔迁新居。妻子坐在炕头新铺的苇席上，拍着炕席激动地大哭了一场。我下乡快六年了，她下乡工作四年多，我们居无定所，寄人篱下，现在拥有了自己的家，心里终于踏实了。我说："你这一哭，释放了多年的心理压力，我很理解。虽然搬进这栋新房，可这是人家供销社的产权，每月要拿房租的。我们要铆足劲儿，争取早点买一栋真正属于我们自己的房子。"

妻子感叹地说："这还用说嘛！做梦都想着这一天呢。"

我在西墙边搭了个草棚子，当作简易储藏室。院子里种上了辣椒、茄子、大葱、香菜，四周栽上几棵向日葵。在不到一米宽的后夹道墙下，栽上些爬蔓的菜豆、莓豆，竖上几根旧竹竿，让枝蔓爬到后墙上，就等着丰收了。前窗台下垒了兔子窝、鸡窝，喂了几只兔子和几只鸡。

不久，柳大姐一家人也搬来了，她丈夫高经理在新嘉供销社工作，有三个儿子和一个女儿。柳大姐参加工作早，又生得眉清目秀，小巧玲珑，所以大家在单位一直叫她小柳。我们与柳大姐在一个院里住着，两家人互尊互敬，亲如一家。前几年，她女儿女婿在龙口一家酒店为她举办八十岁生日宴会，邀请我们全家去赴宴，大家仍然喊她"小柳"。当然，她们也称呼六十多岁的妻子为"小隋"，亲昵的称呼中充满着朴实的邻里亲情。

1976年5月底，妻子接到县供销社通知，要她上龙口参加本系统举办的"五七政治学校"学习班，为期三个周，主要内容是"深入开展批邓、反击右倾翻案风"。当时正值夏收夏种和夏粮入库时节，我在洼后田家村蹲点。我急忙赶回家，妻子已打点好行李准备出发。我一看，别无选择，只能把孩子送到小栾家疃父母身边。

我驻点的洼后田家村，有一位在南京工作的李基文先生。他是位多才多艺的自由职业者，是妻子姨妈的亲戚。我们称他为三舅。三舅爱捣鼓半导体之类的小家电，又酷爱摄影。每年都要回家来看望自己年迈的母亲，我也常去看望这位德高望重的姥姥。三舅听说我这个驻村干部和他家还是亲戚关系，专程来为我们拍全家福，这可是个新鲜事，我们还从来没经历过。我忙打电话通知在龙口参加学习班的妻子，让她请假回家一趟，又急忙骑着自行车赶回小栾家疃老家，找了个柳条编的花篓子，铺上布垫，装上两个孩子，赶回乡城两间房的家。

那位热心肠的三舅已在门外等了大半天，我们一家四口人，没顾上洗脸、梳头，就站在院子当中几棵茂盛的大葱旁边。三舅屏住呼吸，轻轻按动"海鸥牌"相机快门，为我们照了一张别开生面的全家福。事毕，谢过三舅，我骑着车子把孩子们送回小栾家疃村老家。妻子也没顾得进屋喝口水，就急忙跑回采购站，随着送杂货的拖拉机赶回龙口学习班去了。这张珍贵的黑白全家福照片，也成了我们搬到两间房的历史见证。

后来，我请乡城西村木匠张师傅打造了碗柜、饭桌、半卧半立大衣柜等家具。两个孩子在乡城小学读书，离家也不远。妻子下了班走着回家，乐颠颠地哼着小调，边走边与熟人打着招呼。有了两间房的家，我从乡下回公社开会、办事，也方便多了。

孩子一天天长大了，系上红领巾了，我却无暇关心教育他们，孩子的衣、食、住、行全靠妻子打理。妻子和我商量，要把岳母接来，让老人家过来享享清福，也帮着带带孩子，料理家务。岳母一个人在山区的老屋，孤独寂寞，生活艰辛，生活必需品主要靠儿子供应。我们抽时间回去看她，带去的桃酥、糕点、糖果等，老人家不是送给孙子就是送给孙女，根本吃不到自己嘴里。我听了妻子的建议，欣然同意。

深秋时节，我与妻子回栖霞老家，与岳母商量，让她搬到黄县来住。老人家一听，很高兴。兄嫂姊妹们商量后也很支持。岳母带了几件换洗的衣服，欢天喜地跟我们回来了。我把外屋隔出半间安了张单人床，这样我回公社开会时回家也有个休息的地方。屋里拉上有线广播喇叭，还买了一台半导体小收音机。花甲之年的岳母一辈子没离开过山区，这次算是开了眼界，来到我们这个并不富庶的家里，把屋里屋外收拾得干干净净，守着闺女和外孙，盘坐在炕头上听着收音机，高兴得整日合不拢嘴。她细心地用碎布头纳了不少鞋垫，还送给邻居。岳母为两个外孙缝补衣服、袜子，洗洗刷刷不闲着。

腊月的一天，我回家听到岳母边择韭菜边自言自语地絮叨："冬天的韭菜鲜嫩好吃，就是太贵了。咱山区人谁也吃不起，还要用韭菜包饺子，真舍得花钱呀！"我说："我们每月都开工资，虽然不多，韭菜还是能吃得起的。您不要担心，喜欢吃什么就说一声，我去采购，让您闺女做。"过惯了穷日子的岳母从来见不到钱，更舍不得花一分钱，她觉得冬天吃韭菜是一件奢侈的事。

年迈的岳母搬到这个新家，一住就是八个年头。那是我们三代人亲密融洽，共享天伦之乐，幸福温馨的八年。

匮乏的文化生活

当年的农村，文化生活极其匮乏，有线广播是农村唯一的文化传播工具。有时，县里的电影放映队到公社驻地放电影，孩子们会及早托人捎信给我，让我回来陪他们看。女儿只要听说有电影看，放了学顾不得吃晚饭，太阳还老高就拿着小凳子去占位置。

我在乡下蹲点，晚上不能回来。偶尔回来一趟，电影也早已经开演了。银幕前黑压压一片人，我只好转到银幕背面看。电影散场后，我走进熙熙攘攘的人群里找到她们。女儿会噘着小嘴埋怨我。我背着天真可爱的女儿，妻子背着儿子，边走边向女儿解释："爸爸事儿太多回不来，下次一定早点回来陪你们看。"

有天晚上放映的是反特故事片《跟踪追击》。我问："你们今晚看的是什么电影？"女儿稚声稚气地说："跟猪追鸡。"我和妻子大笑不止。还没到家，孩子们已经呼呼地睡在后背上了。妻子心疼地说："这两个傻孩子，放了学连晚饭都没来不及吃呢。"

后来公社有了电影放映队，买了台16毫米放映机，一位姓姜的回乡知识青年任放映员。这是个令人羡慕的职业。由于是单机放映，一部影片放完了要换新片。灯一亮，全场的人都艳羡地看着放映员换片。小姜经常骑自行车去县电影管理站租换片子。县电影管理站给各公社放映队排出放映表，放映员为了拿到好看的片子，常带点小礼品送给管理人员。有时县里来了新片子一时排不上，小姜会找我，让我去找电影管理站负责人疏通关系。新片的上座率是相当高的。一次放映上海电影制片厂拍摄的戏剧片《白蛇传》，上千人的电影院场场爆满，连过道、走廊都站满了人。影片《红牡丹》《烈火中永生》《牧马人》和日本影片《追捕》等都是很受欢迎的，老百姓把看电影当成极大的文化享受。

电视的出现，在农村产生了极大的轰动效应。公社广播站王站长不知从哪里搞来一台9英寸黑白电视机，天还不黑，人们就潮水般地涌进广播站的两间平房，里三层外三层围得水泄不通。图像模糊不清，但丝毫不影响大家观看的兴致。小小的屏幕上放的是日本黑白故事片《望乡》，大家看得目瞪口呆，连连称奇。

在青岛机械工业局工作的刘副局长，是大妹夫的叔父，探家时带回来一台9英寸立式青岛产黑白电视机，放到我家让我们看了几天。因为没有合适的天线，只见屏幕上一片片雪花，一道道白线，偶尔听到微弱的声音，看不到一点图像。我怕伤害了一家人的眼睛，不久就送回去了。

在洼后田家村蹲点时，南京的三舅李基文，秋天回家探亲时带回一台自己组装的小电视机。三舅在自己母亲院子的香椿树上绑了根铜管，拖下一根电线连在电视机上通上电，不大的屏幕上白花花一片，隐约有点人影晃悠，但没有声音。这时，屋里屋外、炕上锅台上站满了人，大家屏住呼吸，目不转睛地盯着这个新鲜东西。结果，三舅捣鼓了大半夜也没有成功，还出了一身大汗。等人们不无遗憾地散去后，屋内屋外一片狼藉，三舅那只心爱的打火机也不见了。他那位已进入耄耋之年的老母亲，收拾了大半天卫生，累得病了好几天。

20世纪80年代初，我家后边的税务所新买了一台18英寸日立牌原装进口彩电。每晚小小的会议室便坐满了税务和公社机关干部的家属。有时我也跟着妻子儿女挤进去看新鲜，但因距离远信号又不好，看得头昏眼花，腰酸背疼。

农村逢年过节，我们也排演些戏剧节目，大多离不开"革命样板戏"选段，也有一些忆苦思甜的戏剧。县吕剧团在"文化大革命"前演过大型吕剧《双玉蝉》，内容悲壮动人，演员扮相俊美，迷倒了一大片年轻的观众。"文化大革命"中《双玉蝉》被打入冷宫，被说成是"封、资、修大毒草"。20世纪80年代后期，《双玉蝉》恢复演出，演到哪里，一些铁杆粉丝就跟到哪里，好多唱段人们都学会了，全县到处都能听到人们在学唱吕剧《双玉蝉》。

后来我调到新嘉乡工作，乡城乡政府驻地的孩了们听我说新嘉乡政府有大彩电，每天晚上成群结队跑五六里路来看。那是一台日本产21寸彩电，放在二楼老干部活动室里。为方便这群小电视迷，我和广播站的李站长商量把大彩电搬到一楼会议室，并和政府办公室仲文书说好，晚上乡城那帮孩子来看电视，就开门放他们进来。文书也很理解，为他们打开电视机，坐在办公室等着这帮孩子，直到看得屏幕闪雪花了，所有电视台主持人都说再见了才离开。仲文书这才锁上会议室的门，回宿舍休息。

电视频道当时也少得可怜，节目也不丰富。这种状况一直延续到20世纪80年代末期。与此同时，两种新的文化娱乐活动如雨后春笋，迅速普及全县。一个是录像厅，最火的是工会文化宫的录像厅，每天播放香港的武打动作片、枪战片和港澳台的爱情片。另一个比较流行的是台球。在城乡一些地方，到处看到手持长杆、你来我往玩台球的身影，普通老百姓的文化娱乐活动有了新内容。

吃派饭

无论是居住在乡城东村、乡城西村，还是后来供销社分的家属宿舍，我都因工作忙，与妻子儿女聚少离多，绝大部分时间在乡下蹲点，投入到如火如荼的"抓革命，促生产"的运动中。每每都自带行李和劳动工具，按照当地村干部的安排到贫下中农家里住宿，轮流吃派饭。吃派饭还有严格的规定，有传染病的家庭不能去，光棍和寡妇家里也不能去，"地、富、反、坏、右"更是排除在外。村干部定好派饭花名单，凡符合条件的人家，依次序轮流管饭，能管工作组饭的家庭也引以为荣，没有这种资格的人家往往会被别人瞧不起。吃派饭时，规定不准吃鱼、肉、蛋，只吃普通的农家饭。为了方便快捷，多数人家是做"过水面"。就是将轧面机压出的面条放进沸水中，打一两个旋儿，紧接着将其捞进凉水盆里浸泡一下。炒白菜、萝卜丁、几块豆腐和几根地瓜粉丝当作菜，讲究一点的人家会加上一盘碎香椿或酱油拌葱花。当地人俗称"面菜"，吃面时舀上少许，类似南方人吃面讲究的"浇头"，台湾人的"汤头"。

"过水面"舀上勺菜汤，碎香椿少许，偶尔吃起来感觉不错。可是天长日久，肠胃就受不了。要是碰上派饭的那家主人是村干部或者是在外面工作的熟人，除了"过水面"，再做上一大海碗淀粉勾芡，切几片肥肉、海米、木耳、打个鸡蛋花，再放上点香菜和少许香油，那可就成了黄县正宗的地方名吃——"大卤面"了。吃到这样的"大卤面"是很难得的，农村一般是来了贵客，或是有红、白喜事才会做这种饭食吃。

在老百姓家吃派饭，一般是下一户打听上一户，一家传一家，家家做的饭都差不多。有的怕面条不耐吃，故意少加火，出锅的热面条在冰凉的水里一过，硬得像牛筋，咬都咬不动，我被折腾得经常吐酸水。后来只要见了"过水面"我就胃痛、泛酸水，于是饿着肚子坚持下地劳动。有段时间实在撑不下去了，到县医院找到内科主任傅善杰做了个钡餐透视，确诊是胃溃疡。傅主任开了些消炎药片，反复嘱咐要特别注意饮食，不能吃过硬的饭食。下乡派饭怎么能注意饮食呢？只好让妻子回栖霞老家要来一些花生米放在衣袋里，饭前吃几粒。后来进了城，再也不用吃"过水面"了，我的胃很快好起来了，溃疡面愈合了，现在吃什么都香。

麦收期间，最怕的就是风、雹、阴、雨等天气。1978年，黄县遭受了一次严重的自然灾害。麦收时节，一派喜悦的丰收景象，我在狗皮集大王村工作片蹲点。我几次骑自行车带领各村干部围着大片的麦田转了一圈又　圈，到处是一片金黄色的海洋，大家都高兴得合不拢嘴。因多日无雨，麦垄间套种的玉米苗干枯得令人心痛。上级命令暂缓收拔小麦，全力抗旱保玉米苗，眼看丰收的小麦失去最佳收获期。更让人意想不到的是天公不作美，6月23日下了一场雨后，上级号召抓住雨后有利时机，抢种玉米，补栽玉米，麦收又推迟了几天。不料，6月26日、6月29日，又接连下了两场暴雨，接着是阴雨不断，雨量接近400毫米，创历史新纪录，据说是黄县有水文历史记载以来前所没有的。小麦地里一片汪洋进不去人，已搬到地头上的小麦也逐渐发霉生芽。

上级领导乘着吉普车沿途察看，严肃地指示："一定要重点保护好套种在麦地里的玉米苗。"大片成熟的小麦在地里霉烂生芽，夏粮生产遭遇灭顶之灾。面对自然灾害，干群束手无策，当时全凭人工收割，即将收获的小麦毁于一旦。老百姓披着雨衣，站在地头，痛心疾首，怨声载道。

这一年下半年，我们下乡派饭没少吃酸涩霉烂的黑"过水面"和难吃的黑馒头。

扑下身子干工作

在洼后田家包村蹲点时，上级号召驻村干部要扑下身子工作，有条件的要学会开拖拉机，并提倡培养农村女青年学开拖拉机。这个村有辆55马力拖拉机，培养了两名年轻体壮的女拖拉机手。

"白露早，寒露迟，秋分种麦正适宜。"这是一句在胶东流传多年的农谚。秋分前后正是小麦播种的最佳时期。过了秋分好几天了，为赶秋种的黄金时刻，拖拉机白天晚上连轴转，女拖拉机手已经熬了几天几夜了。村支部书记于继善与我约好，当晚十点钟下地检查拖拉机夜战的情况。我们俩顶着闪烁的星光，迎着秋夜有点凉爽的北风沿着田间小路，边走边倾听拖拉机作业的声响。我们走了半天却听不到一点动静，难道机器坏了？白天气温高，大马力拖拉机的发动机热得烫手，进度慢又费油。晚间气温低，拖拉机劲头大，进度快又省油，正是耕地的黄金时光呀！可是，当我们走到那块待耕的地块时，远远看到拖拉机静静地停在那里，近前一看驾驶室里空荡荡的，两个女拖拉机手不见踪影。

于继善这个人，工作很有魄力，在群众中有较高的威信。他平时经常是微笑着不动声色，可一旦发起性子来，就如同黑脸张飞，毫不留情。

于书记见状，勃然大怒："春争日，秋争时，这两个不知轻重的姑娘跑到哪里去了？你等着，我回村里找她们去！"

我说："老于，你也不用发火，女孩子就是女孩子，肯定有什么特殊情况。你回村吧，深更半夜别去找她们了，你也不用回来啦，回家休息吧。我刚学会开拖拉机，正好给我个实践的机会，我来完成今晚的任务。你放心，不会耽误明天的计划。"

于书记叹了口气说："你可要小心啊，注意安全，耕多少算多少。"

我自信地说："你放心吧，我会完成任务的。"

黑暗中，我听到他边走边骂骂咧咧："培养什么女拖拉机手？闹形式，赶时髦，关键时刻掉链子！"

我打开驾驶室内棚灯看看各种仪表，有点激动地摇动钥匙打火，试着一踩油门，一推档位，拖拉机轰鸣着前进了。我兴致勃勃地耕了一圈又一圈，不知疲倦，很有成就感。暗想，多亏那两个姑娘离岗给我机会，让我过足了开拖拉机的瘾。

正耕得高兴时，拖拉机冒着黑烟停步不前了，我拉到后退档，踩动油门，拖拉机仍然不动。我急忙跳下车，弓着腰查看后面一字排开的犁头，也看不出个所以然来。再看看旁边还有一大片等待耕翻的土地，我急出了一头汗，夜风一吹，不由得打了个寒战。我急忙用双手扒动犁尖，这才发现，锋利的犁尖耕到了泥土掩盖的白杨树根上。这块耕地左边是一块墓地，几十个坟墓连成片，一座新坟边堆满花圈，哗啦哗啦地响个不停，夜风一吹，寒气逼人，不由让人瘆得慌。我找到原因了，那两个姑娘准是被这恐怖的景象给吓跑了。右边是一片高大的白杨树林，地头上几棵成材树，前几年大队盖饲养棚被伐走了，留下粗壮的树根没有刨出来，埋下了隐患。白天还可以躲避一下，晚上黑灯瞎火让我撞上了。我围着拖拉机转来转去，心急如焚。急中生智，突然想出一个办法，把犁头卸下来不就解决问题了嘛！我忙跳上驾驶室，从工具箱里找出两把扳手，把犁头一一卸下来了，然后将拖拉机开出去，最后再安装上犁头，当时我还挺自豪的。

不到十五分钟，一切就绪。我又跳上驾驶室，开足马力继续耕地。不知不觉中，东方逐渐露出鱼肚白，天边散落着几颗星星，湛蓝的天空就像刚擦拭过的玻璃。我也忘记了劳累和饥饿，终于完成了任务，度过了一个难忘的夜晚。

早饭后，我去大队办公室，于继善涨红着脸正在训斥那两个女拖拉机手："养兵千日，用兵一时，大队花那么些钱培养你们，你们却关键时刻掉链子啦，害得人家工作组老迟替你们干了大半宿！你们有病要早请假，大队可以外借拖拉机手，但不能让机器停下来。"两位姑娘向我投过感激的目光。我说："你们要理解于书记的心情，收完玉米，不抓紧耕翻，就不能适时播种，拖拉机手的责任重大呀！"

在乡下这么些年，除了无休止的大会小会，不间断地开展"斗私批修，整党整风"，写灵魂深处爆发革命的心得体会，剩下的时间就是和生产队干部、社员一道参加农业劳动。那时评价一名公社干部称不称职，主要标准就是看他能否和群众打成一片，能否积极主动地参加农业劳动。

1974年麦收前，按照党委统一调配，我和乡城农村信用社王主任一道，下乡去出名的"老大难"西南泊村参加"三夏"工作。早饭后，我推着自行车出了街门，刚巧看到王主任骑着自行车带着行李过来了。我见他嘴里叼着支香烟，身着洁白的汗衫、白短裤和黑皮凉鞋，一副很潇洒的派头。我心想："我们下乡是去干活的，你这套行头能干什么？不脱离群众才怪呢！"

西南泊村水利条件差，土地贫瘠，仅靠王屋水库支渠远程送一点库水。由于距离遥远，库水流到那里已所剩无几，堪称杯水车薪。能浇上井水的粮田很少，粮食生产基本靠天吃饭，年年完不成国家下达的粮食收购任务。村干部不团结，群众情绪浮躁，干群关系紧张，粮食生产连年减产，各项工作都滞后于全社。大队和生产小队干部经常撂挑子，一年更换好几次。

我对王主任说："我们到这个落后村蹲点，不单纯参加'三夏'，更重要的是通过'三夏'工作，依靠和发动广大群众，建设一个好的领导班子。我们是来啃硬骨头的，你要有个心理准备，生活要简朴，工作作风要过硬。"王主任笑着说："你放心吧！我有思想准备，下乡是来吃苦的，我也准备了一套干活的衣服，一定会配合好你的工作。"

进村当天晚上，开会进行发动工作。第二天，麦收开始。我和一群社员到村北唯一能浇上井水的一片地里拔麦子。我站在地头正要动手，两个身体健壮的中年男子走过来，向我笑了笑，问我是不是刚进村蹲点的公社干部，我微笑地点了点头。他俩咬着耳朵悄声嘀咕几句，我冲他们笑了笑，便弓下腰干了起来。只见他们两人迅速分列在我两边，我一看就明白了，他们这是把我夹在中间想出出我的洋相，心里暗想：今天看来是要拼命了，否则是要扛着行李走人喽。我一声不吭，咬紧牙关，不急不慢，与他俩不分前后向前推进。一上午，我满头大汗，腰酸腿痛，双手起满了水泡。特别我那只曾负过伤的手，更是血迹斑斑。好在我从小参加劳动，吃苦耐劳有韧性，身板锻炼得还算硬朗，没有太丢脸显眼，他俩也感到很吃惊。

后来我才知道，这两个人原来是生产队张队长和民兵排长，想借拔麦子考验我干农活的能力，出我的丑，给刚进村的公社干部一个下马威。结果我打乱了他们的如意算盘，虽然他们是种庄稼的老把式，我也毫不逊色。他们事后听村干部王念禄说我的手曾负过伤，感到很意外，心里内疚，几次找我道歉，我们很快成了好朋友。当轮到他们家派饭时，他们好饭好言相待，关系融洽，亲如家人。

随着广泛接触，我们和群众的关系越米越亲近了，村民有什么事情只要找到我们，我们都是尽力而为。干群发生矛盾，我都会动之以情，晓之以理，耐心处理。

后来，在群众的大力支持下，村里调整了两级领导班子，建立健全群众团体组织。干群关系改善，矛盾也少了，村风村貌有了明显改观。不管自然条件如何，村里粮食生产如何困难，我们村都能想方设法完成上级下达的粮食收缴任务，终于摘掉了后进村的帽子。

在下乡驻村的岁月里，我和老百姓结下深厚的友情，至今还有好多农民进城办事找我叙旧，说当年我曾帮助他办过什么事，他家老婆与邻居不和我如何帮助调解好了，这家儿子酒后打孩子骂老婆如何被我教育好了，还有的干部与群众闹矛盾，我为双方做了大量疏导工作，化干戈为玉帛。至于家庭有困难，帮助解决儿女就业的事就不计其数了。时过境迁，这些事我早已忘记。这几年，有时我去早市上赶集买菜，经常遇见那些熟悉的乡亲进城卖农副产品。他们非要送一些水果、鲜菜、大葱、大蒜给我，有时我实在推辞不了，扔下钱骑上车子就跑，他们都会追出老远。我深深感到，这是老百姓对一个基层干部的一片真情实意，这是后话。

在乡下那些年，工作十分繁忙。一次公社召开紧急常委会，会议结束时已是下半夜。党委书记工作认真严肃，但很刻板教条，要求贯彻上级指示不过夜。除了书记，我们这些党委成员都要下乡包一个工作片，会后要立即赶回片的工作组，召开各村领导干部会议进行传达。那天，我身上的衣服没有及时洗，脏臭难闻，本来可以在乡下村里洗干净，可那衣服上还有几处开缝破损的地方必须让妻子动手缝补。踏着星光路过家门口，半夜三更也不方便叫门，我就脱下脏衣服裹成一个团，一扬手从墙外扔进院子里，再光着身子骑着自行车回村去，换上衣服后通知有关人员开会。

分管知青

1968年12月22日《人民日报》刊登了《我们也有两只手，不在城里吃闲饭》的报道。报道说，甘肃省会宁县城部分城镇知青，纷纷奔赴农业生产第一线，到农村安家落户。编者按引述毛泽东主席的最新指示："知识青年到农村去，接受贫下中农的再教育，很有必要。要说服城里干部和其他人，把自己初中、高中、大学毕业的子女，送到乡下去，来一个动员。各地农村的同志应当欢迎他们去。"自此，一场轰轰烈烈的知识青年上山下乡运动，在全国范围蓬勃地展开。这期间，上山下乡的知识青年达1600多万，国家和企、事业单位为安置知识青年上山下乡所支出的经费超过100亿元。

在那个激情燃烧的岁月，城市大批知识青年背着行李、挎包，穿着绿军服，戴着黄军帽，呼喊着革命口号，高唱振奋人心的战歌，告别城里的父母，潮水般涌向车站码头，上山下乡。那是一次青春的大迁徙，文化的大迁徙，生命的大迁徙，灵魂的大迁徙。火车、汽车汽笛一响，点燃了这一代人的青春和梦想，改变了一代人的人生轨迹。

在那段特殊的时期里，我在乡城公社兼管过一段本地和外地下乡知青工作，先后接收过74名京、津、沪及其他大城市和本县的知识青年，依照上级政策对他们进行管理、关心、教育和培养，关心他们住房、学习、劳动、生活和就业。县知识青年管理办公室也按上级规定，分配一些专用的砖、瓦、水泥、木料指标和部分经费，补助给一些住房、生活、生病困难较多的知青。经过几年的不懈努力，我们陆续按政策妥善安置他们进城就业或回到父母所在的城市，也有的知青根据自己要求就地安排就业、结婚生子，成了当地人。

1974年6月3日，接县知识青年管理办公室通知，各公社知青办要将本公社符合条件的初高中毕业学生送到县里的知青点——诸由观公社冶基村。乡城公社仅有一名女中学生符合标准，她是乡城高级中学孙校长的女儿。6月14日那天上午，艳阳高照，和风习习。公社驻地彩旗飘飘，锣鼓喧天，孙校长骑着自行车载着他女儿，我载着她的行李，一起到指定的知青点去报到。我们一路上边走边交谈。孙校长原来是鲁西南一个县剧团的团长，好不容易调回原籍黄县工作，一家人能过上团团圆圆的日子。谁知道，又赶上知识青年上山下乡，如果不走这一步，女儿是不能正常分配工作的。孙校长一脸的沮丧，他女儿在车后座上低着头，一声不响，还不断擦眼泪。我安慰说："孙校长，咱知足吧！您闺女还是在本县下乡，咱公社陆续接到的不少外地知青，大都是京津沪大城市来的，连基本的生活都要从头学起，他们的情况比咱更糟糕呀。"孙校长说："这么说，相比之下我应该知足啦！"我叹了口气说："知足吧！你还不知道，前几年我去东北搞外调碰上不少上海知青，那里恶劣的生活环境我是亲眼所见。听说有的知青去了云南的西双版纳，有的去了黄土高原，他们的处境可想而知。"

穿过绿油油的麦田，上午9时，我们来到冶基大队知青点。大队新盖的一排排砖瓦房，干净整齐。门前彩旗招展，墙壁上贴着彩色标语。

那一阶段，我主管党委宣传工作，又是团委书记。知青工作面广，情况复杂，政策性强。74名知青分布在20多个村里，对他们的食宿生活、学习环境和参加劳动的情况要尽快掌握。知青年龄都不大，超过20岁的很少，又来自大城市，生活阅历简单，对农村生活陌生，思想波动较大。为了有的放矢开展工作，我在下乡包片蹲点的同时注意发现和培养知青典型，树立榜样。因为我分管政治宣传工作，于是就以知青为骨干，建立了上下贯通的通讯报道网络，从知青中选拔培养通讯员，启发他们热爱农村，热爱生活，虚心向贫下中农学习。村里给他们分配任务，引导他们把发生在农村、学校、社办企业的好人好事记下来，源源不断地上报公社宣传报道组，最后汇总到县委宣传部和县广播站。

几年里，一大批德才兼备的通讯员脱颖而出，成为各级宣传部门的骨干。那个时候，公社广播站播放的节目，大部分是公社自办的。重要节目需要领导审查后才能播放，其他的节目内容繁杂，如通报各村"三夏""三秋"进度，春季植树造林以及森林防火的通报，冬季各村农田水利基本建设项目进展情况，各村分配的县造纸厂收购造纸原料麦秸的数量，食品公司分配的各村收购肥猪、鸡蛋任务，兽医站给各户养猪打预防针的通知，卫生院为儿童打预防针之类的通告……

公社召开的各种类型的会议，都是通过公社广播这个唯一的宣传喉舌宣传出去的。由于电力供应严重不足，广播站的配电极不稳定，节目广播经常因停电而中断。于是，公社配备了一套140型柴油发电机组。人们路过广播站时，常听到院内柴油机沉闷的响声。

每天早、中、晚转播中央人民广播电台的新闻节目，公社自办的节目和各种通知，都是由广播站站长王嘉环或机务手王师傅广播。他们浓重的乡音含糊不清，人们常因听不清而误事。领导让我选拔一名普通话讲得比较标准的女知青到广播站。

不久，公社广播里传出了清脆响亮、悦耳动听的标准普通话，让人感到神清气爽。女播音员叫李秀琴，眉清目秀，是1970年回乡的北京知青。她原籍乡城东村，按规定不回原籍就要去边疆。回到原籍的她无直系亲人，本人又缺乏独立生活的能力，生活极其艰难。我把她安置到公社广播站任广播员，在广播站给她腾出一间宿舍，吃饭可以去公社机关食堂。逢年过节，播音结束后，她就躺在宿舍的床上，两眼直直地盯着天花板发愣，这也让王站长担了不少心。我多次嘱咐王站长一定要像对待自己女儿一样多关心她，安排好她的生活。后来，我又几次联系县知青办公室，1975年底争取到一个招工指标，安排她到丰仪公社卫生院工作，直至她成家后我才放下心。

北乡城村天津女知青李淑娟和北李村沈阳市回乡女知青李文莉，她们回乡后住在亲戚家里，农活不会干，生活不适应。一段时间后，我向县知青办争取了几个指标，把她们送到上级卫生系统学习深造。李淑娟中医专业毕业后到北海医院当了一名医生，跟着老中医吴大夫学着坐诊看病，退休后返回天津与家人团聚。1974年秋，文登卫校毕业的李文莉被分配到县人民医院工作。她从一名普通护士一直干到获得高级职称的护士长，后来与当地一位警官结婚生子，安居乐业直到退休。她们工作期间，我也常到医院去看望她们。看到她们工作生活都和谐幸福，我由衷地高兴。

说到知识青年，还有几位给我留下了深刻的印象。

张秀华是一位县委老领导的爱女，1978年春天下乡到乡城公社冯高村落户。她下乡后，勤奋朴实，不怕苦，不嫌脏，与老百姓打成一片，人际关系融洽。因表现突出，她被提拔为公社不脱产的团委副书记，后来又入了党。县里几次分配招工就业指标，按政策规定她是可以进城的，但她多次把指标让给了比她更困难的知青，她是最后一批分配工作的。进城后，她先后在黄县邮政局和烟台市直机关总机话务班工作，嫁给青年才俊李强，后来调到烟台市直部门任领导。张秀华从来不借丈夫的权势搞特殊，任劳任怨做好自己分内的工作，深受领导和同事们的赞誉。

我每次去烟台开会、办事，秀华知道后，一定会让丈夫请我到她家，在家里做几个菜，喝瓶啤酒。后来，李强调到北京工作，张秀华仍坚守本职工作，既要照顾多病的父母，又牵挂着远方的丈夫，还要顾及上学的孩子，长年累月，不停奔波，最终积劳成疾。

年仅四十七岁的张秀华英年早逝。噩耗传来，我万分震惊，急忙去她父母家看望悲痛欲绝的两位老人，还流着泪水为他们读了当日烟台《今晨六点》上刊登的追忆张秀华的文章。当晚我眼含热泪撰写了《我熟悉的秀华李强》一文，不久登载在《今晨六点》和《楚天都市报》上。为此，李强还专门从湖北省委办公厅寄信表示感谢。

上海下乡知青姜玲玲，是一位阳光女孩，1976年秋后回到原籍乡城公社洼南村。这年初冬的一天上午，我下乡走访，在村支部姜书记的陪同下走进那条狭窄的胡同，敲开她家街门。看到院子里薄薄的雪地上，有七八个黑面馒头，我好奇地弯腰拾起一个，一看里面空空荡荡的，仅剩一层硬外壳，像个空海螺。玲玲不好意思地涨红了脸，说她在上海一年四季吃大米，来到山东老家不会发面做馒头。好不容易做了一锅，又酸又黑还不熟，她只好忍痛丢到院子里喂鸡。我问："你吃什么呢？"她苦笑着说："反正饿不死！"我们进屋一看，西间锅盖下还冒着热气，有一股焦煳味。我轻轻掀起锅盖，惊讶得张大了嘴，铁锅里炒了些黄豆粒，有的还煳了。我心头一阵酸楚："正值花季的女孩子，在父母身边，衣来伸手，饭来张口，中学刚毕业就只身远走他乡，怎么能经营好自己的生活呢？"我转身对姜书记说："老姜，麻烦你啦！请你找一个离玲玲家较近，忠厚可靠的家庭妇女，每天过来给她教一教基本生活技能。否则饿出病来，我们的责任就大了。"姜书记说："大队卫生所正缺个人，我看让她到那里去比较合适。"我说："那只能解决她工作，但解决不了她生活问题，找人教她生活自理是当务之急。这两天请你立即安排。"姜书记满口答应。

十九天后，姜玲玲到公社开会，笑逐颜开地对我说："谢谢您，迟书记！我已经学会发面做馒头啦，还学会了炒菜、做面条、包水饺，大队还要调我去卫生所工作。"她那个高兴劲儿像个孩子，脸上写满喜悦，我也替她高兴。后来，我看她既聪明又有组织活动能力，就安排她任西片知青学习组组长。她把工作搞得红红火火，后来被增补为公社团委委员，为知青树立了学习榜样。我几次到县知青办公室争取招工指标，两年半后终于有了眉目，把她安排到内燃机配件厂（现龙口油泵油嘴股份有限公司）。当时的内燃机厂是黄县规模最大、实力最强的地方国营企业。我向厂方管人事的曲科长介绍了她的情况。后来，厂方安排她外出培训学医，姜玲玲学习结束回厂后，当了厂卫生所的牙科医生。

几年后，她与厂内技术骨干唐维平喜结良缘。小唐也是上海下乡的知青，两个人有着相同的经历。

1992年春夏之交的一天，她打电话约我到她家做客。傍晚下班后，我和妻子骑着自行车去她家中喝酒。那天喝的西凤大曲，她与丈夫笑一阵，哭一阵，我们也倍受感染。我回家连夜写了一篇散文《夜曲》，被烟台报业集团的《华夏酒报》登载。

当年秋天，她和丈夫双双调进离上海较近的机械电子部无锡油泵油嘴研究所工作。离开黄县的头天晚上，夫妻俩还专程到我家辞别。我托人到海边买了些海鲜，让我三弟及弟媳（姜玲玲的工友）作陪，在农家小院的月光下，为他们新的征途祝福。离别时，老伴还蒸了些渤海湾大螃蟹让她带走。几十年来，她常来信，打电话问候，深表感激之情……

知青刘建国原籍是乡城公社，1975年麦收期间下乡，回到姥姥所在的洼后田家村。洼后田家村是黄县最大的村庄之一，社情民意复杂，刚好我在这个村蹲点。为了便于了解知青的思想情绪，有的放矢开展知青工作，我就搬到刘建国姥姥家，和他睡在西屋间炕上。刘姥姥是位德高望重的老人，受中华民族的传统美德熏陶，知书达理，崇尚孔孟。老人的为人之道对刘建国和我影响也颇深。刘建国很快与乡亲们打成一片，脏活累活抢着干，学会了推小车、管理果树等农业技术，积极参加社会活动，对我兼管的知青工作也提出不少建议。后来乡城公社的知青工作多次获得上级表彰，这里面也有刘建国不少的功劳。

经过了两年农村艰苦生活的锻炼，1977年底，龙口港务局面向社会招工，县里知青办分配招工指标，建国恋恋不舍地来向家乡的亲人告别，踏上了新的工作岗位。他认认真真做人，脚踏实地做事，后来成为龙口港的一名局级领导直至退休。

桑岛情愫

1975年春节将至。这天下午，公社交通员老郭通知我回公社参加紧急会议。时值寒冬腊月，寒风鞭打着大地，万物萧条。公社党委书记骑着自行车刚从县城里回来，支上自行车立即通知召开常委会传达上级紧急会议精神，布置预防可能随时发生的地震、海啸。会议开得很短，很紧张，大家分头去落实会议精神。会议决定派我和武装部长马上出发，跨海到可能发生地震、海啸的桑岛村指挥抗灾。要通知所有出海的渔船即刻回港避风，组织村民准备抗震救灾。党委书记紧锁眉头，严肃地说："这可是党对你们俩的信任和考验啊！"我急忙抓起电话摇动手柄，接通北海边港栾渔业队。接电话的是渔业队长兼党支部书记王嘉振。我告诉他马上通知渔业队外出作业的船回港避风，王书记说刚刚接到龙口水产站紧急通知了，出海的船只正在陆续返回。我请他转告桑岛的交通船等着我们，我们马上就要进岛。时间紧迫我也来不及回家拿棉大衣，让李文书傍晚打电话通知妻子。我和武装部长立即骑上自行车奔到海边，只见海面上波涛汹涌，连只海鸟也不见。我们与王嘉振书记握了一下手，将自行车交给他，一句话也没说就匆忙离去了。

桑岛离陆地7华里，与陆地来往全凭一艘20马力的交通船。当天海面上的风力足有六七级，而且越刮越大。交通船在滩外左右打旋儿靠不上岸。船员大老吕穿着橡胶衣下水，把我们一个一个背上船去。我们的衣服全被海水打湿了，贴在身上凉飕飕的。船长铁青着脸，紧盯前方猛兽般扑来的巨浪。船一会儿飞到浪尖上，一会儿又被抛入深深的浪谷，我本能地紧闭上眼，双手死死抓住一块绑着缆绳的木板。终于，交通船喘着粗气靠近桑岛海边。我晕得昏迷不醒，靠在舵楼下，不停地呕吐。船老大背着我直送到大队办公室。武装部长比我略强一点，被大老吕背下船，踉踉跄跄地走着。桑岛村老书记和几个村干部已在办公室等着我们。见我们这样，忙倒了杯温水递上。我们喝下后，立即通知所有村干部到大队开紧急会议，传达上级会议精神。

老书记李延世立即找了两件棉大衣让我们穿上，进岛太仓促，衣着单薄，那几天多亏了它。

晚上十点钟，桑岛的上空如同有一口巨大的铁锅扣在人们头上。风越刮越急，感觉有八九级的样子。我们立即组织人员迅速在大院和街面开阔地段搭好几个防震棚。群众对地震预报持怀疑态度，迟迟不动。我们利用大队高音喇叭，反复传达上级紧急预防地震灾害的通知，希望大家宁可信其有，不可信其无，防患于未然；号召村里的党员、干部、基干民兵和共青团员、妇女干部分片包干，动员全村老少撤离到临时防震棚居住。伸手不见五指，村里村外鸡鸣狗叫，手电筒光柱四射。人们扶老携幼，按要求有序地离开房屋，进入临时防震棚。为了确保群众财产安全，武装部长通知民兵连长集合民兵队伍，持枪沿街巡逻。

大家一宿未睡，我们和大队干部、民兵连长以及团支书，拿着手电筒沿岸检查停泊在海边的大小渔船，查看每条缆绳拴得牢不牢，防震棚是否保暖抗风。对一些恐慌的老人、妇女做安抚工作。凶猛的海风挟着咆哮的巨浪撞击着海边的礁石，似乎要把整个海岛吞噬。

我们与南岸的港栾渔业队值班人员约定，岛内外如果发生紧急情况，白天就在海滩上燃放烟雾，晚上点燃一堆篝火，以此作为联络信号。两岸都派出得力人员日夜监守，遇有重病号和分娩难产等突发事件，必要时可向港栾驻军求助，通过他们联系蓬莱军港海军舰艇施救。

桑岛人有个传统习俗，男女婚嫁不出村，出海开会、办事，只要不出县大都不在岛外过夜。无论办什么事，规定时间内必须赶到海边，交通船过时不候，干部也毫不例外。岛上有个小商店，是乡城供销社分店，供应全岛人的生产资料、日用百货。学生出岛上中学，群众患重病去人民医院就医，老百姓建房修屋用的建筑材料，都要依靠这条交通船。了解到这些情况，我心里暗想："什么时候桑岛人能用上登陆艇之类的交通工具，再铺设海底光缆、电话线、自来水，岛民生活就能够赶上时代潮流了，否则永远摆脱不了贫穷落后的命运。"

在岛上，我们与群众度过艰苦难忘的三昼夜，待警报解除，村民扶老携幼高高兴兴地回家。渔民们解开缆绳，拉响汽笛纷纷扬帆出海。交通船也已开通了，我们这才拖着接近麻木的身体，辞别并肩奋斗的村干部，随着拥挤的人群踏上归途。

下了船第一时间见到港栾渔业队支部王书记，只见他双眼布满血丝，不停地咳嗽，看样子，这个老共产党员也是坚守岗位，三天三夜没合眼。我们握手互道辛苦，他招呼人推出我们的自行车，赶回公社汇报工作。事情完毕，我赶紧回乡城西村的家。进了院子，看到东墙边用玉米秸搭了个防震棚，里面的被褥行李还没搬出来。前些日子接过来的岳母，正好和妻子、孩子们做伴。看到我回来了，妻子忙告诉我这几天的防震情况：家家户户都在桌子上、锅盖上倒立上酒瓶子。晚上的防震棚，棚里透风漏气，寒气刺骨，让人难以入睡。妻子和岳母上下夜轮流值班，两个孩子倒是感到新鲜好玩，跑出来钻进去，高兴地捉迷藏。防震棚是乡城东村退伍伤残军人张明川帮助搭建的。这些天，张大哥披着军大衣，拿着手电筒，衣袋里还揣着御寒的龙口老白干，白天黑夜地过来巡视好几遍。岳母感动得直夸奖他真是个好人。

闹地震海啸这一年，是1975年。腊月二十三，传统的小年，一个我永远不能忘怀的日子。那场惊天动地的强台风，由黄海穿过渤海湾外围，向东北亚朝鲜半岛扑去。百姓们从帆布或玉米秸子搭建的抗震棚里爬出来，庆幸地说："咱黄县是真正的风水宝地，什么样的灾害，到了黄县就逢凶化吉地'黄'了。"值得庆幸的是,这次地震震中离黄县较远,一场有惊无险的灾难终于过去了。

1978年9月,"三秋战役"还没打响,桑岛没有粮田,也没有三秋任务。党委研究决定,桑岛村党支部提前换届改选,栾成范当选村支部书记。上任伊始,他几次找我探讨桑岛发展的前景。我根据桑岛所处的特殊地理环境,提出要发展首先要扩大交通船的运输能力,还要通电通水通广播,建议他找机会在南岸陆地上征块沙滩地。我说:"这些项目都是'功在当代,利在后世'的大事,要分步推进,早做早主动。"1979年底,我主管公社经济那几年,栾成范终于大胆迈出第一步。他找我商量,说桑岛村有一位在北海舰队(青岛)任领导的同族乡亲,想找他商量买艘退役的小型登陆艇。我一听这消息,非常赞同地说:"老栾哪,你这个思路太好啦!应抓紧联系,军民鱼水情嘛。不过你要先写封信讲明桑岛因交通不便带来的重重困难,探探路,对方若有意向,咱再去,这样把握性大一些。"栾成范按照我的建议行事,马上写信"投石问路"。北海舰队那位领导收到家乡的求助信很重视,报呈上级领导机关批准,发出电报邀请,让村里派代表去青岛洽谈。栾书记拿着电报找我商量,让我同赴青岛洽谈,公社主要领导也很支持。

傍晚,我回家告诉妻子要出差。第二天清晨,吃过早饭,我接过妻子递来的背包,赶到黄城车站,与栾成范汇合。匆忙赶到烟台火车站时,售票员说:"现在仅有一列9时10分发往青岛的普慢车。"我一看还有三十分钟就要开车,只好购票,随着稀稀拉拉的乘客走过漫长的站台,登上了陈旧的绿皮车。这普通慢车真是慢得够呛,逢站必停,乘务员态度也不太好,对人的耐性真是个严峻的考验。

我从背包里拿出饭盒,饭盒装满妻子做的芹菜拌煮花生仁,细黄的姜丝和鲜红的胡萝卜丝夹杂在里面,色香味俱全,不由勾起人的食欲。

手提袋里还有几块烧饼和七八个鸡蛋。栾书记也拿出些干粮和一包半干大虾仁，买了两瓶蜜桃果酒。我们边喝酒吃菜，边望着车窗外慢慢后退的山丘沟壑、林木田园。一列列快车鸣着长笛，不时从窗外风驰电掣呼啸而过。

汽笛长鸣，进站了，我借着灯光一看表，火车整整跑了九个小时。我们站起来不约而同伸了伸酸痛的腰肢，随着熙熙攘攘的人群走下车，向出站口涌去。出车站大门不远，灯光下一辆蓝白分明的面包车上挂着军牌，车边站立着两位军人，手里举着块木板，注明北海舰队接站。我们迎上前去和他们握手，表示感谢。一位年轻军官说："我们还以为你们不来了，问了一下，才知道还有一列烟台发的慢车没到站，我们在这里等了整整一下午。"我们又表示歉意，强烈感受到交通和通讯不便的无奈。

此时，已是万家灯火，军车穿过车水马龙的街道，左转右拐，沿着不太整齐的马路，不一会儿进入灯火辉煌的海边。只见波涛涌动，海天相接，霓虹闪烁，流光溢彩，如诗如画。青岛的标志性建筑，古老的栈桥上，游人如织，远处朦胧中的"小青岛"上雪亮的探照灯不时划亮紫黛色的夜空。转眼间进入北海舰队防区，道旁路口到处立着"军事禁区 谢绝入内"的警示牌。等我们下车进入灯火通明的食堂，那位老乡首长早已身穿便装等候在此。大家相互介绍，互相问候。饭毕已是深夜，我们跟随着那位年轻军官来到了部队招待所，因旅途劳累，简单洗漱上床，耳边响着海浪交响曲，酣然入睡。

第二天早饭后，我们跟随首长参观了舰艇停泊区，看到一排排正在集训的年轻战士。他们身穿水兵服，雪白的衬衣，无檐帽的后方两条黑色的飘带随风飘荡，个个精神抖擞，英气勃勃。进入登陆艇船队后，首长指点我们看那艘准备处理给我们的登陆艇。我们小心翼翼地登上去，船体空间比较大，能装六七辆汽车。年轻的轮机手发动引擎，发动机轰鸣声均匀，各种仪表走动正常，感觉良好，剩下的就是价格的商定。几经商讨，军民一家，以10万元价格搞定。接着是对整船进行全面的大修保养，最后总耗资12万元。我们沿着黄渤海海域，将其浩浩荡荡地开回了家。从此，桑岛有了有史以来第一艘交通登陆艇，这成了桑岛交通史上的里程碑。

不久，港栾码头通往桑岛航线的海区，一艘飘扬着五星红旗的240马力的登陆艇，威风凛凛地往返于两岸。船长和水手也换上新的服装，个个脸上洋溢着自豪。上下船的人们赞不绝口，说这军用登陆艇果然厉害，安全舒适，又快又稳，装的货物又多。拉砖、瓦、灰、沙、石的车辆，可以直接开上船排列在船舱。海上交通船的换代升级，为桑岛文化与经济发展增添了动力，插上了腾飞的翅膀。

后来我找到曲谭村干部做工作，在北海边征用了百亩荒芜的滩涂沙地，双方签署了购买使用合同。桑岛村在这块滩涂上，开始建造厂房办企业，踏上了经济发展新征途。

为了充分利用海岛周边海区的水产藻类资源，我与栾成范四次赴青岛，聘请中国水产科学研究院黄海水产研究所何总工程师，开发出冻粉加工产品；接着又建了一处水产冷藏厂，渔民们出海捕捞的海产品有了自己的集散地。至此，桑岛村人文、经济、生活的发展掀开了新的篇章。

几年后，桑岛在上级有关部门支持下，修筑了海港船舶码头，铺设了海底电缆，照明、通讯等现代化配套设备进入各家各户，桑岛村经济文化发展进入了快车道。岛上的大姑娘小伙子们，纷纷抛开陈规陋习，走出海岛寻找意中人。一些人率先在市区经商办企业，发展商贸。渔民们除了远海捕捞作业，还在近海围滩养殖名贵的海参、鲍鱼、对虾、多宝鱼。相当多的桑岛人，告别传统的礁石房舍，融入市区购买高档住宅。

现在，常见栾书记与老伴在散步或超市购物，过上了幸福的晚年生活。他的儿女在城区开工厂、办企业，孙子、外孙进入市区的中学读书。逢年过节，老栾与老伴携儿带女进岛看看亲人，住住老屋，祭祀先辈神灵。

第十二章
历史大转折

悲天恸地1976年

1976年，在中华人民共和国史册上是一个极不平凡的年代，一个新中国成立以来少有的多事之秋。这一年，发生了一系列重大事件，震撼了全世界，改写了中国的历史。

1976年1月9日清晨，广播喇叭里，一阵哀乐之后，播出令人震惊的噩耗：1月8日上午9点57分，中国杰出的国家领导人之一，敬爱的周恩来总理与世长辞，享年七十八岁。城乡到处有哭泣声，人们悲痛欲绝。联合国降半旗致哀。周恩来总理的高风亮节，如他的名字一样，把恩惠带给人间。他一生为人民鞠躬尽瘁，死而后已。他的光辉形象在人们的心目中永不磨灭，熠熠生辉。

1976年7月6日，无产阶级革命家、政治家、军事家，中国共产党和中华人民共和国的主要领导人之一，中国人民解放军创建人之一，中央政治局常务委员，全国人大常委会委员长朱德，因病医治无效，在北京逝世，终年九十岁。中国人民心里如同雪上加霜，万分痛苦与焦虑……

人们将永远铭记历史上的这么一个时刻，1976年7月28日，北京时间3时42分53.8秒,一场突如其来的旷世灾难降临到中国人民头上,在河北省唐山市发生了举世震惊的7.8级地震,造成死亡24.2万人,重伤16.4万人,7200多个家庭全家震亡,上万个家庭解体,4204人成了孤儿(流动人口除外),直接经济损失54亿美元。一座素有"煤都"(开滦煤矿)、"北方瓷都"之誉,拥有百万人口的工业城市瞬间夷为平地,地震酿成极为惨烈的一幕。

华夏大地,北至东三省,南到长江口,西至内蒙古磴口县,东至鸭绿江边,震感范围达14个省、市、自治区,约占国土面积三分之一。地震引起的恐慌随之在全国蔓延,造成人们巨大的心理动荡。事后,听时任北京军区副政委的迟浩田将军说,他率军区机关增派的干部,紧急奔赴唐山参加抗震救灾的指挥工作。震后的唐山惨不忍睹,这座百万人口的工业城市好像在电影里看到的遭受原子弹袭击的广岛:铁轨扭曲,桥梁断裂,除了孤零零的几座建筑外,房屋几乎全部倒塌,许多群众被砸死砸伤在废墟中。灰黄的尘雾弥漫天空,到处是令人心碎的断壁残垣,呛人的尸臭味扑面而来,地面上的泥浆都被血水染红了……

危难时刻,一场更令国人难以接受的悲剧又接踵而来:9月9日,中国人民的伟大领袖毛泽东主席在北京逝世。噩耗通过电波传遍华夏大地,顿时如晴天惊雷,举国悲哀,悲痛欲绝。

毛泽东主席逝世后,世界各国对他的赞扬和哀悼如潮水般涌来,曾有西方媒体记者这样写道:"9月9日,下午4时,这一悲痛时刻,似乎地球也停止了转动。"

在他逝世后的十天里,共有123个国家的政府和首脑向中国政府发来了唁电和唁函,105个国家的领导人或他们的代表到中国使馆吊唁,53个国家降半旗致哀,许多国际机构和国际会议也开展了悼念活动。联合国总部以历史上罕见的速度在毛泽东逝世的当天就降半旗致哀,当时的联合国秘书长瓦尔德海姆在联合国全体大会上发言，高度评价毛泽东的丰功伟绩："毛泽东主席是一位伟大的政治思想家、哲学家和诗人。他实现自己理想的勇气和决心将继续鼓励今后的世世代代。"联合国大会主席也盛赞毛泽东是"我们时代最英雄的人物，他改变了世界历史的进程"。

当日下午，噩耗传来时，人们都感到像天塌了一样。党员干部和广大群众纷纷组织起来在毛主席遗像前肃立默哀，眼泪簌簌流。各地设立吊唁厅，组织群众有秩序地进行吊唁；组织学习中央《告全党全军全国各族人民书》，举行忆苦思甜等各种座谈会、报告会。县里还举行几万人规模的追悼大会，全县停产半天，就地收听广播。社、队党员干部集中到公社驻地，参加县里四级干部大会，面对毛主席遗像举手宣誓：继承毛主席遗志，化悲痛为力量，坚守岗位，把无产阶级革命事业进行到底！以搞好革命和生产的实际行动悼念伟大领袖毛主席……

1976年，是中国历史上非同寻常的一年！"四人帮"集团被摧毁，全国人民经历了悲喜交织的心路历程。

1976年12月16日发表中美建交联合公报，宣布中美将于1979年1月1日建交。

1977年3月5日，中华人民共和国第五届全国人民代表大会第一次会议通过了宪法，提出"坚持无产阶级专政下的继续革命，开展阶级斗争、生产斗争和科学实验三大革命运动，在本世纪内把我国建设成为农业、工业、国防和科学技术现代化的伟大的社会主义强国"的新时期的总任务，城乡的工作开始步入健康发展的轨道。这无疑给我们这些在农村第一线的基层干部，指明了前进的方向。

1977年7月，复出不久的邓小平果断地提出"尊重知识，尊重人才，科学技术是第一生产力"的理论，提出了在高校招生中"第一是本人表现好，第二择优录取”的指示，纠正了在招生中看阶级路线和家庭成分的错误，彻底改变了无数知识青年的命运，废除推荐上大学的方式，恢复了高考。很多人找出尘封的课本，如饥似渴地学习，凭真才实学，冲刺高考，迈入了大学的门槛。

1978年，农村经济体制改革在广大农村陆续展开，这次要全面推行将所有耕地、荒滩、荒山、池塘、水面统统包产到组、到户的政策，实行联产承包责任制。这犹如在平静的湖面投进一颗炸雷，掀起滔天巨浪，相当多的人惊愕迷惑。一些基层干部迷茫不解地说：“辛辛苦苦三十年，一夜回到解放前。”工作在全县由点到面迅速展开，绝大多数耕地实行了分田到户，农民可以自由种植，在生产、经营和分配上有了自主权，改变了过去分配中的平均主义，极大地调动了农民自主生产的积极性，也给我们这些公社级干部，带来了开展农村工作的新课题。

一些农民长途贩运日用百货和生产资料，从中挣点地区差价，小打小闹地增加收入。一次，我到县里开政工宣传汇报会，县委宣传部长要求详细汇报这方面的问题，与会人员列举了一些长途贩运、异地倒买倒卖工业品、生活用品，养猪、养鸡、养羊、养牛等方面的例子。部长严肃地提醒我们，这种现象是典型的投机倒把行为，是资本主义复辟，属于阶级斗争新动向，要高度重视，对于屡教不改的要坚决打击。

但是，这种局面也只是暂时的，人们致富的强烈热情是遏制不住的。一些头脑灵活、聪明勤快的农民，干农活之余研究市场经济。他们似乎比我们更超前地吃透了上级“关于农业、农村经济体制改革”的精神，高呼“骑着摩托拿着秤，跟着邓小平干革命”的口号，一步一步走向发家致富之路。这些人很快成了农村中一部分先富起来的人，成为推动农村经济发展的领头雁和生力军。随着政治经济体制不断改革和深入发展，他们后来有的成了百万大款、千万富翁、亿万老总，成了国家的纳税大户，成了左右农村经济发展的集团公司的董事长、总经理。当然，这在当时的形势下是很难预料到的。

历史大转折

1978年，邓小平同志指出："我们要建设的社会主义国家，不但要有高度的物质文明，而且要有高度的精神文明。社会主义社会是一个全面发展的社会，社会主义现代化建设的各项事业必须相互协调，全面发展，和谐共进。两个文明都搞好，才是有中国特色的社会主义。所以，必须两手抓，两手都要硬，这是我们建设有中国特色社会主义的一个战略方针。"当时，社办企业正处于低迷期，导致集体经济拮据，入不敷出。精神文明建设又离不开经济支撑，发展社队经济势在必行。党委审时度势，经研究决定，让我回公社机关抓社办企业，主持公社工企业办公室工作。党委会上，我听到这个提议时，深感任务艰巨，心里压力很大，坦诚地对大家说："驻村蹲点抓农业生产我一点不打怵，可要是转行抓工、副业，工作没有一点基础，生怕辜负领导的期望。"党委书记严肃地说："党委已经集体研究决定了，你要服从组织，不要讲什么基础不基础，困难不困难。不但要立即走马上任，而且必须大刀阔斧，整顿队伍，定好目标，尽快抓出成效。"这是1979年11月10日的上午。

我带着行李回到两间房的家，向妻子、岳母讲明了党委的决定。妻子含着眼泪说："你从1970年秋天来到这个公社，到现在快十年了。风里来雨里去，吃了那么些苦，出了那么些力。现在党委让你回来管工业，这是对你的信任，咱可一定要干好。我会全力支持你的。"

这正是改革开放初期，人们的改革意识还不强，放开手抓工业生产是要承担一定政治风险的。既然党委已经决定，我便从零开始学习企业管理知识，潜心研究相关政策，积极参加各级专业培训班，带领企业书记、厂长走出去参观、考察项目，引进人才和技术。

那年，为了引进技术人才，我陪同一位领导进京，计划首先找到老乡曲汝铎。这位曲先生原籍黄县乡城公社曲谭村，老一辈曾是北京城的资本家，在轰轰烈烈"知识青年上山下乡"那个年代，他和他的哥哥曲汝铭下乡回到家乡。恢复高考后他考上大学，毕业后在京城国家机关供职。多年来，曲汝铎一直与我保持着友好往来，堪称至交。

这次进京主要是投石问路，目的是引进工程技术人员。我进京后按计划找到曲汝铎，他很热情地接待了我们，弄清了我们的来意。他说他的岳父就是航天工业部某研究所一位总工程师，原籍山东省掖县。我们请他帮忙引见，毕竟是胶东老乡，一个电话打过去，这位吕总欢迎我们到家里见面交谈。

参加工作十多年，我还从来没有见过国家级科研单位工程师之类的高级知识分子。吕总工全家见来了家乡的人，忙热情地让座、沏茶、敬烟。后来，吕总工随我们回山东老家视察了几个社办企业，对我们的企业发展谈了不少建议，同时对厂房、设备、环保、安全、排污、原材料及产品进行了认真分析、评估，提出很多改进意见。

通过几年艰苦开拓，乡城公社陆续创建了一些企业，开发了一批工业项目，社办企业和集体经济有了长足的发展，一批眼光长远、锐意进取、年轻有为的农村青年逐渐成了各个企业的当家人。在社办企业拉动下，村办企业如雨后春笋般蓬勃发展，产生了积极的社会效应。

我主持社办企业工作刚开始，心里没有底，感到责任重大，但自己有一颗甘于奉献的心，有敢为人先、开拓进取的责任担当，所以并不打怵。我始终坚信"困难并不可怕，有志者事竟成"。

不久，党委于书记升迁，副书记兼管委主任孙兆礼接任。他是1970

年秋以来，我调到乡城公社的第五任主要领导，对我的情况比较了解，对我所承担的工作既支持又放心。我决心全力以赴做好本职工作。

这段时间，县政府下达文件通知，分下来几个军队转业干部，要求一定要妥善安置好他们的住房、子女上学和家属就业问题。党委研究，住房这件事由我想办法全权处理，同时对一些公社机关干部的住房困难问题也一并解决。集体研究通过后，由我负责统筹实施，筹资、征地、盖房。在公社没有投入，也没有任何技术和施工力量的情况下，一切都要自力更生，而且要求质量过硬，速度要快，确保军转干在春节前全部入住。时间紧迫，任务艰巨，这可是一场硬仗啊！我暗下决心，不管困难有多大，一定想方设法按时完成任务。

第二天，我协调乡城东村党支部张书记，在村南征了块土地，紧接着从各村抽调一批建筑工人，充实到刚成立不久的建筑队。三十多名工人中，技术骨干不多，多数只能出大力当小工。为确保圆满完成任务，又从村里调了两位村干部任建筑队负责人，到乡城西村聘请了能工巧匠解金涛为工程技术人员。与此同时，我还启用乡城东村肖尔义到社办企业委以重任。我看他头脑灵活，能说会道，外面亲戚多，便任命他为公社驻青岛前进旅社代表。这时，有人善意地提醒我："老解的家庭成分是地主，老肖也是'四类分子'子弟，你重用这些人，可是个阶级立场问题，你可要三思呀！"我想，技术和能力是没有阶级性的，我沉住气顶住了压力。

在乡城公社辖区有两处国营和地方国营煤矿，占用大面积粮田，一些肥沃的耕地严重塌陷，有些地方成了坑坑洼洼的水塘，芦苇成片。井下挖出来的大量煤矸石堆积如山，自燃的煤矸石山像火山爆发一样，整日烟熏火燎，遮天蔽日，污染环境。如果合理利用这些废料，变废为宝，既增加集体经济收入，又可减少环境污染，节约耕地，一举三得。

经考察论证，我决定利用煤矸石废料做原料，开办一处砖瓦厂，生产民用砖瓦。据了解，治理"三废"的企业符合国家相关规定，还可以享受减免税收的优惠政策，称得上是一举数得的大好事。

要建新企业，厂长是关键，我首先想到的是曾在长岛部队当过兵的伤残军人张名川。我很欣赏他的为人，豪爽仗义，大胆泼辣，吃苦耐劳。我请他出任砖瓦厂厂长，他爽快地答应了。第二天我们俩乘公交车赶赴青岛，找到了青岛工业机械局副局长刘开荣。刘局长的家乡是乡城曲谭，他是个老青岛，人品好，懂技术，会管理，人际关系融洽。通过他的精心协调，我们引进了一套利用煤矸石制作砖瓦的设备。

经过两个多月的筹备，煤矸石砖瓦厂开业了。高矗的大烟囱冒出了第一缕白烟。俗话说，万事开头难。起初生产出的几窑砖瓦都不理想。我与张厂长聘请技术员，经过几十个日日夜夜，调配原料，改进炉窑，终于生产出质量达标、成本低、价格低的煤矸石青砖、大瓦投放市场，深受群众欢迎。也没做广告宣传，砖瓦就供不应求。那砖瓦刚从窑洞里运出来，还烫手就被买主装上车，看到排着长队买砖瓦的车辆，我心里那个高兴劲儿就别提了。不到半年时间，砖瓦厂就收回投资，工人收入丰厚，还无偿支援公社家属区建设。

在刚刚破土动工的机关干部宿舍建设工地上，公社建筑工程队负责施工，砖瓦厂生产的青砖大瓦送进建筑工地。我每天早晚都要抽时间到工地，检查进度，特别注意严把质量关。三十多间整齐漂亮的砖瓦平房，两个多月的时间便交工了。春节前，房子分给了那些急需住房的军转干部和公社机关干部。

乔迁之喜

紧靠新建家属宿舍南边还有一排旧瓦房，是拖拉机站和水利组的办公室和物资仓库。这两处社办单位因工作需要迁到乡城西村通海大道旁。那一排旧瓦房空了出来，我们根据当时农村经济发展的形势，决定创办一个独立的经济实体——物资供应站，负责供应社办企业和民用物资调配。党委研究决定，抽调柳海大队老书记董相仁任第一任站长。上任的第二天，我就与他外出考察市场。供应站挂牌开业后第一批销售的物资是民用瓷器，品种齐全，物美价廉，很受老百姓欢迎，薄利多销，赚了第一笔钱。

拖拉机站和水利组大院的东边还有三间瓦房，是水利组的物资仓库，一直闲置着。新盖的三十间机关宿舍已经住满，我还住在供销社那两间房里。我看这三间空荡荡的旧仓库改为宿舍较合适，经过请示领导同意，找人拾掇好，1981年春节前我如愿以偿地搬了进去。

搬家那天，我与老伴屋里屋外收拾着，一宿都没睡觉，感慨无限。从县城调到乡城公社已经十一年了，从租借一间房，再到一间半房，后来又住进两间宿舍。现在搬进了公社所属的独门独院的三间房。尽管生活艰辛坎坷，但我们始终有着"芝麻开花节节高"的感觉，心里很高兴，很知足。

三间房的西屋间，放上一张木制的双人床。东屋间找人盘了铺大火炕，中间堂屋砌了个整齐的水泥面大锅台，可以继续做玉米面大饼子、蒸馒头。离开了大铁锅，没有那种香喷喷的味道。院子南边的街门用碎砖头砌了条一米宽的甬道，靠南墙还搭了个石棉瓦的棚子装烧草，盛煤炭杂物。女儿养了只白里透黄的大花猫，走起路来轻飘飘的，令人喜爱。那只猫很能捉老鼠，有时把拼命挣扎的大老鼠叼到我们面前邀功，女儿吆喝半天它才会离去。我们家有这只忠于职守的猫日夜巡守，周边的大小老鼠闻风丧胆，销声匿迹。儿子养了一只小黄狗，那只小狗特别乖巧，儿子走到哪里它撒着欢跟到哪里。晚上儿子在炕上睡觉，它就在炕旮旯枕着儿子的鞋睡大觉……

青岛刘副局长既是乡城公社老乡，还是亲戚。回家探亲时为我带回个液化气瓶，单体炉灶，用来烧水、做菜，既方便又卫生，当时，公社级干部能用上这样设备的，也是极少数的，够奢侈了。不过县里还没有液化气供应站，用完了气还要请人捎到青岛去灌气，感觉有点麻烦，所以轻易不用液化气做饭，只有来客人，特别是遇到早起晚归的紧急情况时才用它。后来再搬家时我也没有舍得扔掉它。

1980年秋后，龙口矿区煤矿生产建设指挥部成立，下属的洼里煤矿开始大规模开展基础建设。县办的草泊煤矿搬迁到洼里村东，称为洼东煤矿，也在大刀阔斧地扩建中。我常去与他们打交道，每次去煤矿办事都骑着自行车，底气不足还常耽误事。经与领导商量，我决定弄辆汽车，便托青岛刘副局长帮忙请一位高级技工从机械局汽修厂废零部件堆里，挑选一些汽车、柴油机、拖拉机的配件，七凑八拼地费了两个多月时间组装了一台四轮汽车。接到电话通知，我从拖拉机站调了驾驶员王继全，乘车赶到青岛。见了那位高级技师，他开玩笑地对我说："组装这辆汽车真不少费事，典型的'八国联军'，既不中看也不中用。"我对这辆车能否开回家也没有把握，交上相关的费用，灌上汽油，一路上走走停停，好不容易把车开回家。

回来的第二天，我们去烟台办理挂牌手续。车停在北大街车监所门前，开始滴机油，开车师傅王继全蹲在那里用纸擦，心里忐忑不安。最终我们好不容易办了个白底黑字的车牌，谢天谢地。当天，刚好有一个发展社办企业的经济工作会议在威海市召开，通知我参加。当时考虑车已经挂上牌，没有什么顾忌了，满怀期望地坐上这辆车向威海卫进发。不料"八国联军"出了烟台东郊不远便抛锚了，只好拖回大修厂继续"治疗"。我只好搭公交车转乘长途汽车赴会，差点误了开会时间。

第一辆汽车

这辆"八国联军"是指望不上啦，留到拖拉机站救个急，坏了修理也方便。那个时候，双排座大头车刚问世不久，很时尚。党委研究，决定凑钱购买一辆。听说本公社洼东霍家村有一位在天津汽车行业工作的老乡霍师傅，我们便写信与他联系。不久，霍师傅回信称，他已经托人为我们定了辆"雁牌"双排座客货两用大头车，并随信寄来提车通知单，信里说递上通知单、交上钱就可提车。

接到提车通知单那大，我找孙书记汇报，他也很高兴，让我尽快想法凑钱。第二天，我和拖拉机站老司机王恒刚奔赴天津，找到霍师傅，领着我们交上款，办好相关手续。我和王师傅到了汽车制造厂露天仓库递上提车单，保管员看了一眼，摊开双手饱含歉意地说："对不起啊同志，现在供不应求，你们等几天再过来看看吧。"我连夜找到霍师傅让他帮忙协调一下，结果真如保管员所说，暂时没有货源，找厂领导也白搭。只好就近找家小旅馆住下耐心等候。没想到这一等就是四天，王恒刚急得上火发烧病倒了，不吃不喝躺在旅馆的床上喘粗气，上颚生满口疮。我也急得像热锅上的蚂蚁，一边安慰王师傅，为他买药，一边多次去厂方仓库催促。

盼星星，盼月亮，车钥匙拿到手已经是第五天的傍晚。我们像捡到金元宝那样高兴，毫不迟疑，当晚辞谢霍师傅开车返回。在夜幕下的华北大平原上开着车灯缓缓行驶，我们两人心里美美的，好像坐上了大花轿。正在前不着村、后不着店的路段上，车突然熄火了，吓了我们一跳。王恒刚急忙跳下车里外检查，提前也没带照明的手电筒，茫茫夜幕漆黑一片，看不见摸不着，根本找不到毛病，王师傅急得满头大汗。忽然，离公路不远的京广线上，列车亮着强光灯呼啸而来，那雪白锃亮的灯光照彻了半边天，王师傅借着瞬间的强光迅速浏览一下车上的线路，发现一组线脱落，吊在方向盘下面。不用说，准是道路坑洼不平剧烈颠簸造成的，真是虚惊一场。

第二天中午我们才赶回家，王师傅也退烧了，嘴上的疮也好了。他又马不停蹄地在后车斗上安装了漂亮的铁棚，烤上新鲜的绿漆，后面还开了一个灵活的小门，里面还放置了几个坐凳。这辆双排座大头车在公社大院出出进进，威风凛凛，神气十足，比现在的大众、丰田、奥迪还惹眼。

亲情的港湾

"三间房"的家离我办公室较近，无形中也就成了我工作的接待站。这里接待过无数亲朋好友。妻子用地瓜干、麸皮从采购站换来龙口老白干，来了客人妻子就做饭，女儿和儿子跑前跑后，俨然一对小服务员。客人走后他们就吃些残羹冷饭。多年来，两个懂事的孩子受了不少委屈，他们也学会了待人接物的礼仪和炒菜做饭的厨艺。

北京的老知青曲汝铎先生，新婚宴尔，携新娘吕晓华，不远千里回山东老家度蜜月。他在老家也没有什么亲人，便来到我家。顿时，我家里里外外喜气洋洋。夜幕降临，满天星斗闪烁，院子里放了个矮腿餐桌，上面摆满美酒佳肴和水果糖块。我们边吃喝，边追忆上山下乡那段特殊岁月。汝铎教女儿学说普通话，晓华不断地说笑话，其乐融融。酒酣耳热之际，新娘新郎齐唱黄梅戏《天仙配》，汝铎深情朗诵了苏轼的《水调歌头》并录了音。录音带至今仍完好无损地保存着，那是友谊的见证。

"三间房"是我们亲情的港湾，也是亲朋好友温馨的家园。妻子自己的工作本来就累得苦不堪言，但为了支持我的工作，仍替我接待若干的亲朋好友。无论是城里的亲戚朋友，还是乡下的百姓熟人，有事找我却遇到我开会或出差在外时，妻子只要在家，都会替我热情接待，及时向我传达客人的来意，从不敷衍。

"三间房"院落的东墙外，是公社水利组放柴油桶的水泥平顶库房。仲夏之夜，一家人会登着竹梯上去乘凉，躺在光滑的凉席上看着天上星光闪烁和过往的飞机。天真可爱的女儿和爱刨根问底的儿子你一言，我一语，不停地问："飞机有多大？""飞得有多高？""飞得有多快？""爸爸，咱什么时候能上去看一看？"……说实在话，那时我也没近距离看过飞机，更没坐过，还真难满足孩子们的好奇心。我只能应付说："等着吧！知道飞机有多大，飞得有多快，这是早晚的事。好好读书学好本领，将来长大了你们不但能看到飞机，坐上飞机也不在话下"。

主持公社经济工作那些年，我安置了不少家庭困难的孩子就业，有的进了社办工厂，有的借县里招工的机会进入国有企业。大力发展乡办企业，在发展经济的同时，还能使一些贫穷家庭的孩子就业、脱贫致富，这是一举两得的事业。

1981年冬天，我下乡去东王村办事，在街头一个墙脚下发现蜷缩着一个衣衫褴褛的孩子。他脏乎乎的，一脸菜色，浑身不停地在打战。我急忙跳下自行车，蹲在他旁边仔细询问情况。这个孩子叫小苗，两岁时母亲便撒手西归，十二岁时父亲不幸又病逝，孤苦伶仃无人关照，整天在大街上晃荡，居无定所，食不果腹，处境十分可怜。我向党支部杨书记提出安排他到村办或社办企业学点技术，首先解决他的衣食和住宿问题。杨书记为难地说："村里没有什么养人的企业，只有几处粉房，他恐怕也干不了。如果社办企业能照顾他，那是最好啦！"我说："你就通知他明天到工办找我吧。"第二天，小苗来到工办，恰巧我在公社开会，他被人领着送到"三间房"。我回家后直接把他送到公社修配厂干学徒工，给他穿上棉大衣，他也有了宿舍。我又借开会之机，找到公社在北海滩农场的田场长，把他调进农场食堂帮炊，终于帮他解决了温饱问题。

几年后，小苗到了招工的年龄，我向县劳动局申请了一个招工指标，并做通村支书工作，让他作为特殊照顾对象到一家国有企业上班，又亲自打电话给这家企业的领导，讲明小苗的特殊情况。一切安排妥当，我这才放下心来。

前几年，小苗通过各种渠道打听到我的新住宅松风苑小区，带着鲜玉米、鲜花生按响了我家门铃。那天我不在家，他流着热泪对我老伴说："当年多亏俺老叔，把我这个无人瞧得起的孤儿，一步一步安排到国有企业上班，有了那份工作，后来我才能娶上老婆又生了两个女儿。我现在每月有两千多元的收入，还培养了两个大学生。"他的大女儿学习非常优秀，先在山东医药大学攻读研究生，后来又考入上海交通大学医学院，毕业后留在附属医院做科研工作。小女儿医校毕业后，以综合考评最高分被烟台一家三甲医院录用。小苗没什么文化，可养育了两个争气的大学生。小苗说他妻子在村里种了二亩地，除了种小麦、玉米、花生、地瓜，还种些时令蔬菜。这次好不容易找到我家了，以后他会常来看望我们。他动情地说："我这一辈子能混出个人样来，全凭俺叔提携。我们一家人永远忘不了俺叔的恩德。"

后来每年春节，小苗都会领着妻子和两个女儿来我家拜年，我说："你也不用叫我老叔，我比你大一旬，咱俩都是属猴的，你以后就叫我老哥吧！"从此，"小猴"找"老猴"很随意，"老猴"对"小猴"也关心有加。他的两个女儿经常给我打电话、发信息问候，还给我买衣服、捎东西，邀我们去上海游世博会。多了两个关心我们的女儿，我与老伴打心眼里高兴。

还有一位老史，是我四十余年工作中结交的另一位好朋友。

1976年，我在乡城公社（现徐福街道办事处）洼后田家村驻村蹲点。这年夏末初秋的一天晚上，工作组来了位朝气蓬勃的中学生，他自我介绍说叫史曰景。我客气地请他坐下，他说："我今天刚从乡城高中毕业，公社要成立文化站，要我去报到，请工作组批准。"就在那天晚上我们认识了。那时有规定，村里往外走人，必须经驻村工作组批准。

当时根据县里要求，各公社要成立文化站，宣传党的方针政策，普及、指导、辅导、提高群众性文化工作。为了培养一支不脱产的农村文艺宣传队，活跃农村文化生活，各公社文化站相继成立。乡城公社党委研究决定：文化站长从应届高中毕业生中选拔录用。史曰景便由当年160多名毕业生中脱颖而出。

我分管政工宣传工作时，发现小史不但为人坦诚幽默，爱岗敬业，不逢迎，无偏私，刚直不阿，而且富有艺术细胞。他对音乐有独到的感悟，是个不可多得的文艺人才。他是带"眼"的会吹，有"弦"的会拉，尤其吹一口好笙。

当时的文化站长没有行政编制，经济待遇是上级财政补助每月24元，其中15元是本人的生活费，剩下的9元钱交大队，享受当时大队党支部书记的工分待遇，年终回大队参加分配粮草菜等物资。1985年4月底，他才转为正式的国家事业单位文化专职干部。

史曰景的家境和我相似。祖辈在渤海湾里捕鱼捉虾，维持生计，年复一年。他与我一样，兄弟姊妹也是七人，他排行老六。十口人栖身于三间低矮的土平房，缺衣少食，家徒四壁。更悲惨的是，不满十八岁的他，父母相继患病。一年当中，两位老人先后病逝，留下一个风雨飘摇、愁绪万千的家……

史曰景十分珍惜这份工作。他创办的文艺宣传队落户于北海滩的公社农场。宣传队员平日参加农场的生产劳作，业余时间自编自演文艺节目。年末要集中时间突击排练，史曰景就全天候在宣传队编排、导演节目。由于他的业务熟练，人缘好，每年县里组织会演比赛，他屡屡获奖。正月里，他亲自带领文艺宣传队到各村巡回演出，受到广大群众的欢迎。

史曰景的工作热情与艺术才华，感染了大家，得到了宣传队员张志华的青睐。一来二往，两个年轻人相爱了。小张的父母了解男方的家庭状况，生怕女儿受苦，迟迟不予答复。

1980年春节前的一天傍晚，下班后史曰景在办公室为我理发，我顺便问起他的婚事。小史心事重重地说了小张父亲的态度。我说："只要你俩相处得好，真心相爱，你就放心吧！小张父亲的工作我去做。"那段时间，我刚好任工办主任，小张的父亲在下属的砖瓦窑厂工作。第二天一早，我骑着自行车专程去窑厂，与厂长张名川一起找到老张，做起了大媒。老张一看厂长和工办主任出面保媒，痛痛快快地答应了这门亲事。过了春节，正月初六，张家宴请女婿，还特邀请我与张厂长参加。

阳春三月，他们牵手步入婚姻的殿堂，幸福洋溢在两个年轻人的脸上，有情人终成眷属。

后来我又帮助他们建起一栋属于他们自己的房子。一对相亲相爱的人有了栖身之地，从此安居乐业。现在，当年的小史已变成老史，由文化站长干到党委秘书，市人民政府驻桑岛办事处主任，羊岚镇党委宣传委员。2005年任诸由观镇人大副主席，从科级位置上退下来，应邀参与了龙口市人大志书的编辑工作，现在也算是功成名就。他每周都要陪着妻子张志华回娘家，干一些力所能及的家务活，陪老人吃顿团圆饭，以尽孝道，共享天伦。

更可喜的是他的儿子大林，在首都林业大学毕业后，考上了政府公务员，在省城济南置业安家，前程似锦。

开发制氧厂

（一）

1981年初冬，乡城公社埠子后村团支部书记张益利，收到该村现役军人孙显伟的来信，说他所在的部队有一整套制氧设备想出售转让。张益利拿着来信到工办找我商量，说："俺埠子后村里各方面条件不具备，不能接受这套制氧设备，看看咱公社能不能用上。"我仔细地研究了孙显伟这封来信，暗想："氧气在工农业生产和医疗卫生事业中的应用越来越广，我们周围的县市还没有制氧厂，将来的产品销售市场是没有问题的。"便对张益利说："我看可以考虑接受，待我请示领导研究再定。"

经党委会研究，基本同意，但是公社没有资金投入，一切筹备工作要由我全权操办。我也知道公社没有钱，但这是个机遇，事不宜迟，先找个厂长。回办公室的路上，我刚巧碰上公社养路队队长于俊田。他是个很帅气的小伙子，是前任领导从公社修配厂调出来的骨干，聪明机灵，很有活动能力。养路队的活一般粗人都能干，让他待在那里太屈才了。真是踏破铁鞋无觅处，得来全不费功夫，氧气厂厂长非他莫属了，我便叫住他："你下班到我的办公室来一趟，有重要的事和你商量。"见面后我直奔主题，于俊田是个痛快人，听完后说："我一切服从党委安排。"爽快地接受了我的提议，全力以赴开始了氧气厂的筹建工作。

我找到张益利，让他发快信通知孙显伟，委托他与部队首长商量有关设备总价值、设备装卸、技术转让、厂房设计、安全措施、运输容量、付款方式等一系列问题，待事情有了眉目，我们再去部队正式谈判签约。

几天后，部队发来邀请函，我通知于俊田即日出发。此时，我作为谈判代表，深知责任重大，对于这一领域的认识上还是空白，与部队打交道也是首次。眼下资金十分困难，没有投入怎么会有回报？氧气生产的过程又十分危险，将来出了安全事故怎么办？事到临头我才感到压力很大，开始失眠。可是再细想，万事开头难，总要有先吃螃蟹的人吧！不能气馁，破釜沉舟干吧！只准成功，不可失败。

第二天，为了快捷更为了节省路费，我们赶到城关公社拖拉机站。预约去青岛送水果的汽车驾驶室已经满员，我们俩只好爬上装满苹果筐的车厢。把几个果筐摞在一起，腾出一个狭窄的空间，刚好容下两人。疾驰的汽车上下颠簸，我们被苹果筐挤得喘不上气来，既憋屈难受又充满危险，甚至有几次差点窒息。我们咬着牙坚持到了青岛市，跳下汽车顾不得周身酸痛，赶紧到离火车站不远的前进旅社找到"驻青办"的代表肖尔义，接过他提前买到的车票，然后排队上了火车。我们两个人你看看我，我瞧瞧你，满脸汗水，一身灰尘，脏兮兮的，不禁哈哈大笑。

我们从北京站转河北保定线，傍晚到达高碑店车站。孙显伟和战友曲志增开着一辆草绿色小面包车将我们接到他们团部。我们受到了盛情款待，约定翌日上午九时商讨相关事项。不料，当晚八点我接到妻子发来的加急电报："母亲病危，见电速归。"当时我只感觉头"轰"的一声，几乎晕倒。刚离家出来，岳母怎么就病危了呢？

脑海里岳母那慈祥和蔼的笑容与痛苦无助的表情交替出现，可现在我重任在肩，怎么办？天亮后，我给妻子回电报："实不能分心，一切请你处理……"

谈判过程是艰难的，部队首长姿态挺高但也很精明，寸利必争，我和于俊田紧密配合，毫不含糊。经过讨价还价，双方意见达成一致，签订了设备转让协议合同书，约定一周后我方组织车辆搬运，部队组织士兵装卸并负责设备组装和技术培训。

几天后返回家，看到妻子红肿的双眼和胳膊上带有"孝"字的黑纱，我无言以对，心如刀割一般，可是于事无补。

向党委会全面汇报后，我便紧锣密鼓组织协调精干人员，租赁车辆。经过几天筹措，准备好了五辆载重汽车，其中两辆还挂着拖斗，估计可装载40吨左右。我与于俊田紧密配合，调兵遣将，开车的司机和从各企业挑选年轻力壮且懂点技术的小伙子共九人，约定好早起到我家集结、用餐出发。妻子包了半宿馄饨，凌晨三点钟小伙子们进了门，你一碗，我一碗，风卷残云，三大盆香气溢人的馄饨和半筐烧饼，一扫而光。出家门不远，南边就是东西公路（现徐福大街），五辆载重汽车静静地停在公路边。我简单地对大家讲了要求和注意事项，便坐到头车驾驶室副驾驶员位置上，伸手用手电筒向后晃了三下发出信号。于俊田坐到最后那辆车上压阵。车队浩浩荡荡出发了。

那天雪下得真大呀！鹅毛般的雪花浸天飘落，纷纷扬扬，天地间披着银装。到达滨州黄河大桥时，上坡路滑，一辆车出了故障，给部队捎的半车龙口粉丝撒落一地，延误了一个多小时。待赶到保定市高碑店时，已是第二天的傍晚。

翌日上午，部队制氧厂的工程兵和我方带去的技术工拆卸设备。我和于俊田插不上手，借机赶赴北京，替桑岛村小学教师范老师转送一封家信，并为其胞妹范姑娘转送一包物品。

坐一个小时的火车就到了北京。范老师妹妹的公爹李处长，是钓鱼台国宾馆管理局的一位处长。几年前，他到胶东地区招收宾馆的工作人员，几经周折，费力无果。他失望之际正准备返程时遇见了我，我便向他推荐范老师的妹妹。桑岛是我们县北部海面上唯一一座孤岛，与陆地相隔七八里路，那里的渔家姑娘大都水灵俊美，但因被风吹日晒，大都肤色黧黑。我见过范老师的妹妹，中学毕业，身材修长苗条，亭亭玉立，落落大方，颇有大家闺秀风范。范老师当时是桑岛学校的共青团干部，几次到公社开团的工作会议找过我，要我帮他妹妹找份称心的工作。

李处长听了我的介绍，想看一看这位渔家姑娘。我立即通知港栾海边码头桑岛交通船船老大，让他转告范老师，说北京的一位领导来为国宾馆招聘工作人员，机会难得，让他速陪妹妹出岛面试。我去食堂为李处长买了午餐，下午一点范老师陪着妹妹来了。经过交流，一锤定音。李处长对我感激万分，并留下联系电话，特别叮咛，我若进京时一定去要找他。

不久，范姑娘进入北京钓鱼台国宾馆工作，再后来成了李处长的儿媳妇。小范的夫君在王府井商业区毗邻的赫赫有名的"五星钻石奖"北京饭店任要职，两人可谓是郎才女貌。为此，李处长曾专门写信向我深表感谢，说我是他媳妇与儿子的月老，一再说我如有机会进京一定要通知他。

……

拨通电话，范姑娘让我们到阜成路大街2号——钓鱼台国宾馆北门稍等，说她立即同先生过来。李处长听说我们来了，也急忙赶回宾馆，热情地把我们让进贵宾接待室。小范比前几年更成熟了，显得端庄、文静，与原来那个未经世面的海岛小姑娘大不一样了。她满面笑容地为我们沏茶水、剥桔子、切西瓜。随后李处长又引领我们穿过古色古香的大牌坊，走过汉白玉石桥，参观宾馆内各具特色的楼群。钓鱼台国宾馆是中国国家领导人用于外事活动，专门接待世界各国元首的地方，也曾经是毛主席和周总理最喜欢的工作和休息的地方……

李处长边走边向我们介绍这里的基本情况，还送给我们每人一本印刷精美的画册，上面有钓鱼台国宾馆的介绍。

午餐安排在李处长的私家客厅，李处长以胶东亲戚自居，格外热情。一家人这个斟酒，那个夹菜。午餐后，全家人热情地挽留我们。我说："我们还有一大帮人在部队那里干活，重任在身。"李处长一家人热情地邀请我们有机会再来，我们也欢迎他们回胶东走亲戚。随后，李处长派车送我们赶回部队。

四天后的凌晨，满载制氧设备的车队缓缓驶出部队营房大门。我们顾不了风高雪急，地冻路滑，车队在橙红色的灯光照射下缓慢前进。当时通信技术落后，前后联系除了按汽车喇叭就是晃手电筒。我不时地探出身子向后看，生怕后面的车辆出事故。最后面那辆车上拉着超长的制氧设备，上面还捆着红色的警示标志。前面几辆车大约行进两三个小时便停下，等着最后那辆车缓缓地跟上来。驾驶员们彼此并不太熟悉，都是身强力壮的小伙子，大家相互开着玩笑，特别高兴。车队到达公社南大道时天已放亮。我深深地舒了一口气，一直悬在半空的那颗心终于落下来了。

小伙子们个个又累又饿，车稳稳地停下后，我说："先进家吃饭，饭后将设备开到厂区，卸完货大家再回家休息。"大家一溜小跑进了"三间房"。妻子等了一天一宿，听见汽车喇叭声，忙叫醒两个孩子生火烧锅，不一会儿就做好了热腾腾的面条，里面加了肉丝、姜末、香菜、胡椒面儿，还有一大盘桃酥点心。大家边吃边夸可口。

氧气厂厂房的改建工程在紧锣密鼓地进行，对设备进行安装、调试。在部队工程技术人员的支持下，很快试车成功。这是县域周边唯一的一家制氧厂，投产后可供应全县工厂、企业、矿山、医院用氧。

挂牌开业那天是个星期天。新改建的厂区锣鼓喧天，彩旗招展。县政府分管工业的副县长杜厚礼，带领县直有关科局领导和质量安检部门的干部参加了剪彩仪式。

（二）

2016年4月11日，是于俊田母亲八十九岁的生日。

这是一位历经岁月沧桑，事事勇于担当，受到人们尊重的革命老人。前一天我就接到于俊田的电话，他热情地邀请我们去看大戏。

第二天上午八时，我们乘坐俊田派的车到达会场指定位子。观众座无虚席，大都是老年人，有的与我热情地握手，打着招呼。我一问，原来他们都是于俊田老家儒林庄村六十五岁以上的老人。

这台现代吕剧《可怜天下慈母心》是酷爱戏剧的于俊田亲自策划编排的，由龙口市吕剧团专家指导。演员都是乡村剧团选拔的高手，唱腔、做功、乐队、灯光、背景设计等，都不亚于市专业剧团的水准。我和大多数观众淌着眼泪欣赏这场震撼人心，弘扬真善美、鞭打假恶丑的精美表演。这是一次深刻的善为本、孝为根的心灵洗礼。

这些年，于俊田出资筹建了一支业余庄户剧团，与一群喜爱戏剧的同道友人，与时俱进，紧密联系实际，用农村、农民喜闻乐见的方式，先后自编自演宣传反腐倡廉、弘扬孝德文化等题材的吕剧数十部。他本人从年轻时就热衷于文化艺术事业，心灵手巧，扬琴、二胡都演奏得有模有样，被推选为龙口市戏剧家协会主席。

1994年春天，于俊田在制氧厂、双氧水厂的基础上，创立山东福尔有限公司。公司发展进入一个新的阶段，成为一家致力于精细化工新兴材料、新型农药、医药、染料、合成中间体，集产品的研发、生产、销售为一体的专业企业，也是国内主要农药中间体出口规模较大、产品类型较多的精细化工新材料生产企业。公司拥有山东省、烟台市两级的科技研发中心，暨"山东省企业技术中心"和"烟台市氟类新型农药中间体工程技术中心"资质。公司与沈阳化工研究院、天津大学等科研院校建立了紧密稳定的技术研发合作关系，使科研开发工作形成了雄厚的技术后盾。企业每年都有1～2个新产品通过省级以上成果鉴定。近年来，公司承担了省级火炬计划两项，国家级火炬计划两项，获省科技进步二等奖一项、三等奖二项，山东省优秀新产品奖一项，国家级新产品六项。企业顺利通过了ISO9001、ISO14001、OHSAS18000质量体系认证、环保认证及职业健康安全管理体系认证。

于俊田现在是山东福尔有限公司董事长，烟台市人大代表，烟台市劳动模范。2014年5月14日，公司获得并购上市，公司发展注入新的生命力，步入发展的快车道。

善为本、孝为根，扶贫济困，是于俊田做人的底线。"奉献温馨诚挚，造福人类社会"，是企业发展的宗旨。于俊田的公司不忘乡亲，不忘本，关注弱势群体，勇于承担社会的责任，时刻牢记党的宗旨，想着人民群众的根本利益。于俊田的口头禅是："吃水不忘打井人，翻身不忘共产党。"

这些年来，他积极投身村企互动和帮扶活动，先后投资3000多万元帮助农村整平煤矿挖煤造成的大面积塌陷地，打机井，建机房，铺设地下软管道，解决了灌溉难题；铺设自来水管道，让村民喝上放心水。他还投巨资为企业周边的村庄路面硬化、绿化、亮化，对村委的办公设施进行更新，对新农村社区建设以及棚户区搬迁改造慷慨解囊。

每逢中秋、春节，于俊田都为村里六十岁以上的老人发放节日礼品和福利，至今累计200多万元。在上级号召大绿化工作中，他捐款200万元；在抗震救灾中他捐款30万元，缴纳特殊党费数万元。

为发展社会文化事业，他捐助300万元；出资100万元，购置演出车辆、音响、服装、道具等设备，编排数场吕剧，每年免费送戏下乡60余场，还为国家京剧院走进龙口市赞助35万元。

更让人敬佩的是于俊田在发展生产的同时，为残疾人等弱势群体提供就业平台，让他们发挥自身才能，为国家、为社会、为家庭减轻负担。他视残疾人为亲人，以助残扶贫为己任，想方设法使他们人尽其才、劳有所获。每年他都要留出专项名额招收残疾农民工进厂工作，为残疾人提供就业机会。公司现有职工1000余人，其中残疾职工就达280人，占职工总数的28％。在企业，于俊田采取多项倾斜措施，为残疾人创造成才机会。在于俊田的关心培育下，先后有20多名残疾职工加入了党团组织，成为企业生产经营中的生力军。现任总经理助理的曲波，曾因车祸腿部落下残疾，进入福尔公司后，自强不息、奋发拼搏，逐渐成长为一名技术精湛的工程师，为企业的创新发展做出了贡献，被市政府授予劳动模范光荣称号。

近年来于俊田对公司的残疾人和特困员工发放救济金和物品福利累计500多万元。来自社会的，就要回馈社会，这是于俊田不变的行为准则。大忠大爱为仁，大孝大勇为义，自强不息为礼，刚柔相济为智，一诺千金为信，这些中华传统美德在于俊田身上得到最好的诠释。

建筑公司崛起

我在乡城公社振兴社办企业那几年，可谓绞尽脑汁。乡城建筑工程队从小到大，从弱到强，后来借经济体制转型之契机，逐步发展成为实力雄厚的建筑安装工程公司。

乡城公社辖区的国有企业洼里煤矿和县属企业的洼东煤矿，土建工程多，矿区基础建设资金丰厚。县内的北马公社建筑公司因为组建时间长，施工力量强，在洼里煤矿建设施工中独占鳌头。施工项目不断扩张，经济效益可观。这种情况下，乡城建筑队多次派人协调，想加入其中。煤矿领导不是说设备简陋，就是说技术力量薄弱，无力承担国有企业建筑项目。北马建筑公司也以"超级大国"的姿态蔑视我们，眼睁睁地看着自己家门口的肥肉被人家抢走了，还受到嘲笑，建筑队的领导急得眼里冒火。为了打破这个尴尬的局面，经过几次与建筑队领导商谈，我们下决心扩大企业规模，引进人才和技术，贷款增添施工设备，拓展施工力量，变压力为动力，将建筑队提升为建安公司，不惜任何代价打进矿区，在施工实践中发展壮大。

这天上午，通过厂办袁秘书了解到李矿长在办公室里暂没外出的信息，我立即推出自行车，不到二十分钟就进了洼里煤矿大院，放下自行车直奔矿长办公室，见到李矿长开门见山地说："我代表乡城公社来向您申请建筑公司施工的工程。"身材修长、面部消瘦的矿长，用手推了推眼镜，有点吃惊地说："你们乡城建筑队什么时间变成……建筑公司了？"

我从包里取出工商注册证书，说："这是工商部门依照相关法律规定签发的国家工商部门许可证书，不够格他们也不会批准发证的。"

矿长又习惯地推了推眼镜推诿道："不管是建筑队还是建筑公司，反正成立的时间不太长，工程交给你们我不放心，你们还不具备进矿施工的条件。"

我一听急了，据理相争："我们国家所有的事业，都是从无到有，从弱到强，你们煤矿不也是如此吗？再说，我们公社的农民为了支援煤矿建设，无私贡献世世代代赖以生存的土地，从这个角度讲，是不是也有责任帮助他们解决实际困难？你不明确给我答复，我今天是不会走的。"矿长一看我这架式，急忙招呼办公室主任通知北马建筑公司速派代表进矿。我深知北马建筑公司在北马公社的分量，但是我也豁出去了，坚决不退缩。时间不长，北马公社党委凌书记带领栾副书记、工办张主任、公司总经理等人，乘着两辆轿车浩浩荡荡开到煤矿。

满脸怒气的凌书记目光一扫，宽敞的接待室里除了矿长、煤矿基建科长和办公室主任，乡城公社方面就我一个人。他板着面孔，有些轻蔑地对我说："你马上回去把你们的一把手叫来，看看你们乡城公社到底想干什么！"我从沙发上站起来，礼貌地打了个招呼，拿起茶杯喝了口水坦然地说："没有什么大事，我就是来跟矿长要点建筑工程，多点少点，好活赖活都无所谓，主要看看我们干得漂亮不漂亮。两家竞争一下，对建筑质量也是一个促进。"我的一席话，既合情理又无法回绝。

双方的力量相差悬殊，对方一副踌躇满志的样子，连珠炮似的提出一大堆我们乡城建筑公司不具备进矿的理由，无非是企业资质、技术力量、施工队伍、设备能力等。我早有准备，逐条反驳："你们建筑公司资质高、资历长、势力大、施工能力强，这点毋庸置疑，你可以去盖现代办公大楼，盖高层的职工宿舍楼，建高难度的多功能写字楼。我们乡城公社建筑公司势单力薄，你们吃肥肉我们喝点汤还不行嘛！可以把那些不起眼的，你们不稀罕干的，譬如挖地沟、建厕所、砌大墙、铺地面、搭自行车棚等杂活、小活分点给我们呀。我最大的理由是，矿区在我们公社地域里，吃掉了我们那么多肥沃的粮田，那么多无地的农民要生存、要吃饭呀！政府不替他们着想就是不作为，就是失职！"

在矿长的调解下，事情有了转机，最后决定，我们可以进矿干一些零碎工程，并指令基建科长立即逐项落实。不一会儿，我接到基建科长草拟的工程图纸清单，仔细一看，虽然活少挣钱不多，但我也很知足，毕竟我们的施工力量踏进了矿区，初战告捷。只要施工队伍进入阵地，那就是"解放区的天，解放区的地了"，战车就刹不住了，以后就可以长驱直入。

我首先感谢矿长的支持和理解，立即抓起煤矿办公室里的电话，通知建筑公司领导班子马上到工办召开紧急会议。矿长看我做事如此迅捷，表情复杂地说："你真是个好伙计，舌战群英啊！到底让你拿下了。"不管他怎么说，反正我心里比吃了蜜还甜。矿长留我吃午饭，我说："这顿饭您先给我留着，待我将来完成您交给我的第一批工程，验收合格后再吃也不晚。"他张了张嘴也没再说什么，和办公室主任、基建科长送我下楼。我客气地道谢，然后跨上自行车，一边走一边哼起了样板戏《智取威虎山》中的选段："穿林海，跨雪原，气冲霄汉。抒豪情寄壮志，面对群山，愿红旗五洲四海……"

回到公社办公室后，我顾不上吃午饭，立即召开紧急会议，对建筑公司的领导和技术人员提出要求：一定要组织精干力量，处理好各方面的关系；无论接到什么工程，必须高点定位，确保工程质量，按期交工；实行文明施工，严把安全生产关，确保不出事故，来个开门红，壮壮士气。

至此，乡城建筑公司开进洼里煤矿施工阵地。那可真是如同蛟龙入水，鲲鹏展翅，凭借煤矿源源不断的建筑工程资源，乡城建筑公司不断地增强施工能力，提高实际技术水平，并根据生产发展的需要，适时投资添置配套的设备。乡城建筑公司的施工能力迅速壮大起来，经济实力也越来越雄厚。

几年后，乡城建筑工程公司把附近几个煤矿的基础建设工程全部包揽下来。

随着建筑公司势力不断壮大，原始资金的积累滚动发展，建筑公司的腰杆也硬了。经党委研究，县有关部门批准，工业办公室、物资供应站的旧平房和拖拉机站的几十个旧车库全被推倒拆除，在南大道（现徐福大街）旁建起了一座2000多平方米的三层拐角楼。楼下是商铺、饭店、钟表修理、理发店、物资供应站；楼上除了办公、宿舍、会议室，还开了一家服装加工厂。这是乡城公社驻地第一栋楼，拉开了本公社基本建设规划的序幕。不久，拐角楼的对面，橡胶制品厂的一栋"姊妹楼"拔地而起。后来又请设计院规划设计，建成了乡城公社政府办公大楼。这一系列建筑工程的完成，使公社驻地环境面貌大为改观。

前进中的电柱厂

20世纪70年代前，广大农村到处是木制电线杆，由供电、有线广播和邮电通讯等部门管理。各种电线杆粗细高低不等，各类管线铺天盖地，乱麻一样的，分不清是哪家哪户的。嗡嗡响的条条线路，如同天罗地网。偶有国家电网，才用一些又高又粗的水泥电柱杆和异型钢材组装的铁架送电。辽阔的原野和村庄街道上，那些参差不齐的电线杆，有的是外地引进的杉木线杆，有的是将旧房料拆下来的铁丝捆绑起来当线杆，还有的就是一棵砍倒的杨树杆，上面的枝叶还没清除干净。电线经过村庄街道时，多半是沿街两侧屋檐下走线。线杆不太高，跨度小，使用的周期又长，经常发生漏电伤人畜的事故。茫茫田野里，处处可以看到规格不等的电线杆东倒西歪，有的耷拉在农田里，有的横跨在道路中，还有的倒在街道屋顶上。供电中断、广播喇叭停播和邮电通讯事故时有发生。

耕地播种的牛马和拖拉机也经常撞倒各类线杆。公路和农道上常看到查线路的电工，骑着三轮车或摩托车。田野里背着工具箱查线路的施工人员，汗流满面，你来我往。广播站电工王师傅，几乎每天都要骑着自行车跑遍公社全境检查线路。为了验证哪段线路有问题，有线广播喇叭不停地播放《红色娘子军》：向前进，向前进，战士的责任重，妇女的冤仇深……

在重要地段上，结实的电线杆上装有三层瓷瓶。最上面的是发电厂送电用的，中间是邮电局的电话线，下面是有线广播网线。几个单位为使用线杆矛盾重重。瓷瓶是用铁丝捆上的，既不安全又不雅观。后来国家电力部门实行电网连线全覆盖，加大资金投入，一律更换10至15米高的钢筋水泥电线杆。随着社会发展，邮电部门也要统一规划，投入大宗资金，独立竖杆放线，保证通讯效果。一时间，环形预应力钢筋混凝土水泥电杆的需求呈井喷态势。面对这突如其来的商机，各地水泥电线杆厂应运而生。

刚建成不久的公社电柱厂，面临巨大的市场挑战。我和银行、信用社的领导几乎天天骑着自行车跑过去现场办公，研究相应的策略。我们审时度势，加强领导力量，加大资金投入，引进技术，更新设备，派出得力人员拓展销售渠道。我们还分别邀请电业局、邮电局、广播局、科委的领导和技术人员进厂参观生产流水线，检验供货原材料质量和有效数据，现场查看预应力蒸汽养生流程，保证质量，实行"三包"，总之是极尽所能占领本地区销售市场。

经过不懈的努力，全县893.84平方公里的土地上，各个型号的水泥电线杆逐渐替代了木制杆。那个时候无论走到哪里，只要有架水泥线杆施工的现场，我都会过去询问："这是哪里生产的电线杆？质量怎么样？"只要听到"乡城电柱厂生产的，质量'扛扛'的"，我心里那个美呀，站在那里看半天。

那几年，只要听到哪个省份，哪个地区，刮大风、下暴雨，我立马派人去查看灾情，联系供货。有时，我也会写信、打电话疏通关系，开拓新的销售市场。每次看到一辆辆装满电线杆的加长车驶出厂区，高标号水泥、石子、优质盘圆钢材缓缓不断运进厂内，厂长眉开眼笑，我心里也就乐开了花。产品质量合格，送货及时，产品附加值不断增加，职工收入及奖金月月刷新，上交给公社的利润也年年攀高……

开发塑料电镀厂

20世纪80年代初期，我随县委组织的考察团赴江南参观学习。在江苏常州市武进县（现为武进区）一家电镀厂参观时，ABS塑料电镀制品引起了我极大的兴趣。回来后我立即进行可行性论证，又征得领导支持，再次回到常州进工厂实地考察、调研、论证。在常州市王副市长支持下，我派出几个技术人员进厂实习，跟班学习操作相关技术。在武进县镇办的电镀厂里，我和栾庆国带领几位技术骨干一待就是半个多月。车间里的化工液体气味刺鼻，粗硬的大米饭吃不惯，晚上气温高、蚊子咬，睡不好觉，早晨起床时枕巾上落满了头发。从那时起，神经衰弱一直困扰着而立之年的我，我那满头油亮的黑发就逐渐"中央支持地方"了。

完成技术进修任务后，我们购买好设备、原料，返回家。妻子看到我面黄肌瘦、头发稀薄的模样，一时难以接受，心疼得埋怨了好几天。

　　不久，乡城公社草泊村后沙滩上建成两排整齐的厂房，车间流水线、化验室、污水处理、职工食堂宿舍、仓库等相继落成。厂门垛上挂着"黄县乡城塑料电镀制品厂"的牌子，任命栾庆国为厂长。栾厂长身材高挑，英俊潇洒，吃苦耐劳。他原来是柳海村民兵连长，公社成立战山河青年突击队，把他调去任队长，突击队解体后才把他调到社办企业。栾厂长以厂为家，经研制调试，很快投产达标，一批批产品投入市场。先是显影酒杯，后陆续研制出各种五彩缤纷的电镀纽扣、家用电器开关、生活日用品及工业品配件，填补了北方塑料电镀产品市场的空白，经济效益可观。我与栾庆国去青岛考察市场，感到我们乡办企业产品知名度太低。为了扩大影响，加大宣传力度，我们安排肖尔义在青岛火车站附近竖起一个十米高的广告牌，将社办和村办企业生产的十几种新产品，展现在人员密集的黄金地带，让乡城公社的产品走出县域，让外面的世界了解乡城公社产品。乡办企业到大城市做广告的，在当时还凤毛麟角。我们捷足先登，成本不高的广告产生了意想不到的社会效益和经济效益。

　　县城里好多熟人找到我要显影酒杯、塑料电镀纽扣，那些现在看起来有些蹩脚的产品，在那时成了抢手货。城乡到处在传颂显影酒杯，人们外出联系业务也提着包装精美的酒杯送人。我又及时联系桑岛栾书记，争取到本岛旅日爱国华侨王汝钧老先生的支持，从日本进口部分日产ABS工业塑料和聚乙烯原料，使企业有了长足的发展。

第十三章
责任担当

江南寻四叔

父亲同辈兄弟四个，大哥迟和德是解放前的老共产党员，七十七岁那年，刚过春节便去世了。当过八路军的三弟迟和公，建国前负伤患病，无力医治，英年早逝。这些年，父亲念念不忘六十多年前送给别人的四弟。李姓人家很善良，把四叔视为己出，给养子起名叫李连迟。1948年解放战争进入尾声，四叔响应上级号召，跟随大参军的热潮扛枪南下，从此再没了音讯。这么多年，父亲一直没有忘记四叔，尤其到了老年，思念四叔的心情更加强烈。

那时期，每次我出差，老父亲总是一遍一遍地嘱咐："老二你记着，有机会想法子找一找你那苦命的四叔，这辈子我们兄弟见不上面，我死都不能瞑目啊。"逢年过节，父亲总是一个人望着窗外发呆，老眼昏花的双眼流露出期盼的眼神，有时还流出两行浑浊的老泪……看到父亲伤心的样子，我的心好像受到巨浪的冲击，一直不能平静。我不止一次暗下决心："只要四叔他老人家还活在这个世上，哪怕天涯海角，我也一定帮父亲实现这个愿望。"

四叔现在什么地方，父亲说不太清楚，隐隐约约地记得在江苏省扬州一带。因为1958年四叔曾托人传过口信给父亲，说他跨过长江后，在战场上挂彩就留在江南养伤，后来就在当地安家落户、结婚生子了。

1982年秋天，我带领塑料电镀厂栾厂长、业务员老宋和城关纸箱厂威厂长，去江苏省武进县考察塑料电镀技术设备和包装材料。返程时，我让同行的几位同志先乘火车返回，我准备开始寻找四叔。大家知道了我留下的意图，都非常支持并要求同我一起寻找。

茫茫人海，从哪里入手呢？我拿出"文化大革命"期间天南海北搞外调的看家本事。先到当地公安部门查户籍档案，再到邮政局查通信网络，希望从中发现线索。经过几天核查，还真有了眉目，我们将目标锁定在距扬州市不远的高邮市龙虬镇。

当天下午，我们乘船沿大运河直达龙虬镇。这是一个古老而又富有现代气息的新型城镇，一座座风格别致的民房，像一幅淡雅的水墨画……再美的风景我们也无心观赏，赶紧向路人打听，找镇里的派出所。这里民风很淳朴，路人都热情地给我们指点方向，我们很快就找到了龙虬镇派出所。一位戴眼镜的年轻女民警热情地接待我们，听说我们是来自渤海边的胶东人，更加热情，脸像盛开的桃花。她说她是胶东人的媳妇，公爹是胶东老解放区昆嵛山根据地的人，是大军南下的老干部，现在已离休回牟平老家去了。天底下竟有这等巧事！我预感这次一定不虚此行，四叔就在不远的地方。

我礼貌地取出介绍信递给她，她边看边琢磨，约有两三分钟的时间，她笑着说："这事不难，我们这里李姓极少，你们先喝杯水休息一下，我到档案室去查，很快就会查清楚。"不到半小时，那位胶东媳妇从档案室出来了，她激动地说："找到啦，找到啦！"我们迫不及待地接过她手中的一张卡片，上面清清楚楚地写着：李连迟，男，1929年9月生，原籍山东省黄县人，1948年参加中国人民解放军某某部队……

"父亲说过四叔参军那年刚满十九岁，就是他！太好了，太好了……"我紧紧握着她的手表示感谢，激动得眼泪都流出来了。同行的几位同志也开心地大笑起来。我们告别了这位可敬可亲的女民警，留下联系电话，恳请她回婆家时，一定通知我一声，以尽地主之谊。

根据卡片背后书写的详细路线，不到一个小时，我们找到一座独立的两层小楼。远远望去，敞开的门庭里，一张藤椅上坐着一位喝"工夫茶"的老人。我喜出望外，那身架、模样、神态、眉眼，不就是十几年前的父亲嘛！我急忙把手提包递到栾厂长手里，呼叫着"哎呀，我的四叔呀"向老人跑过去。

老人见我进了门庭，忙起身，手中的茶杯失手掉在了地下。我扑上去激动地问："四叔，您知道我是谁吗？"

老人用衣袖擦拭一下双眼，把手搭在我的肩膀上，仔仔细细地端详了我一会儿，突然如大梦初醒，眼含着热泪惊呼道："知道，知道！你是老家的老侄，我的老侄！我说这两天晚上怎么总做梦回老家呢？我还梦见俺二哥骑着单车来接我。"

叔侄俩抱在一起，幸福的泪水流个不停……几个同行的伙伴也感慨万千。激动之余，四叔忙给客人让座、敬茶，并招呼着四婶接待我们。婶子是本地人，个头不高，长得小巧玲珑，是典型的江南人，说着一口当地方言。她热情地与我们打招呼，嘘寒问暖。堂弟和堂妹也从楼上下来，腼腆地与我们相见，看样子都在二十多岁。四婶与我们唠了一会儿，忙去烧菜做饭，我们几个与四叔谈天说地，唠不完的话语，倾不完的衷肠……四叔很健谈，从神态到谈吐与父亲酷似，言谈话语还是不变的乡音，写满沧桑的脸上透着慈祥，显得是那样可亲。谈到父亲的时候，四叔突然问我何时返程，我说："我们几个商量好了，想明晨起来再赶路。"

"不行，不行！"四叔火急火燎地对我说，"老侄你们几位辛苦一下，咱吃过饭就连夜上路。我一刻也等不了，咱赶快回老家，看看我的二哥二嫂子！"

我被老人归心似箭的急切心情震撼了。那一刻，骨肉亲、手足情深深地感染着我。

我与同行的几位兄弟交换了一下眼神，关心地问："四叔，你这么大年龄了，身体能吃得消吗？"

"咱当兵的是铁打的身板，一点问题也没有，放心好了！"说这话时，他一脸自豪，然后兴奋地对四婶喊道，"老伴，赶快上菜上饭，吃完了我们与老侄子一起回黄县老家。"

吃罢了饭，四叔四婶安排好堂弟堂妹看家，手忙脚乱，拿了几件衣服，带了高邮麻鸭、双黄鸭蛋和一些米糕点心等土特产，便出发了……出门时，我趁天还没黑透，用随身带的海燕牌相机在四叔家的楼前按下快门，留下永久的纪念。

四叔熟人熟路，领着我们连夜乘坐离高邮不远的运河上的江船，当晚进了淮阴市（现为淮安市），再转乘火车沿京沪线北上。路上旅客不多，船票、车票随到随买。我们也无心欣赏江南水乡的夜景，一路上细心地照顾两位长辈。我们坐硬座，为两位老人争取到了两张硬卧票。开饭时，我们领他俩到餐车上吃米饭、青菜炖肉片，让他们休息好、吃好。

马不停蹄转坐火车再换乘汽车，第二天晚上我们平安到家。那天傍晚，我们从黄城车站步行回家，家里人刚吃过晚饭，我领着两个老人进了门。我说："爹呀，您看谁来啦！"老哥俩你瞪我，我瞪你，相互看了半天，父亲惊呼："哎呀，这不是老四嘛！"四叔哭了起来，孩子般地扑到父亲的怀里："二哥呀，二哥！这不是做梦吧！"接着老哥俩紧紧抱着一团，哭一阵笑一阵，俨然像两个小孩似的。哭过了，笑过了，四叔这才想起四婶，他抬头看到母亲和四婶正站在一边，已成了泪人，那是激动的泪，兴奋的泪，高兴的泪，开心的泪……

"老伴啊，赶快过来见见咱的二哥！"

四婶礼貌地走向前说："二哥、二嫂你们好啊！连迟没有一天不念叨你们，这都成为他的心病了。今天咱们终于重逢了，这是咱们家的造化啊，感谢上天对我们的恩赐！"

母亲在一边接着说："这是上帝对我们的大恩大德啊！"

听到他们的话，大家又一次开心地笑了……

父亲说四叔被送人时才三岁多，他每年都抽时间去大李家村看看四弟，那是血肉相连的亲手足啊！后来举家搬回招远老家，兄弟俩再也没见面。老哥俩这一别就是半个多世纪。四叔又急着问大哥大嫂的情况，我在旁边说："俺大爷是个老共产党员，干一辈子党的工作，抽了一辈子烟，晚年患上肺心症，已经去世了，那是1977年正月里的事。俺老妈妈（伯母）还好，她也喜欢吸烟，老是咳嗽不停，肺也不太好，这些年可把俺二嫂子累得不轻。"四叔感叹说："我明天早晨去看大嫂。"

我们早已忘记了一路的疲惫，共同沉醉在久别重逢的喜悦之中。母亲忙前忙后，好酒好菜相待。为了照顾四叔四婶的生活习惯，母亲让我买了上好的大米，又买来鲜鱼、蟹子、大对虾，让老叔老婶尝尝我们胶东半岛老家的海鲜。

几天里，父亲与四叔形影不离，喝老茶、叙亲情。十几天后，过惯了江南生活的四婶不服水土，四叔也放心不下两个还没成家的孩子，决定返回。看到兄弟俩挥泪而别的情景，我真正理解了"相见时难别亦难"的心境。

当时我觉得，这是我做得最有意义的一件事，了却了父亲多年的夙愿，让两位老人手足团聚。

关外觅舅父

1982年夏季的一个周末，晚饭后我陪着父母在院子里乘凉。母亲在院子里铺了张草凉席，我躺在凉席上惬意地看着天上闪烁的星星，母亲边摇着蒲扇给我赶蚊子，边唠叨老家招远的一些旧事，一幕幕往事在她记忆里复活了，从姥姥到姨妈和几个舅舅都从头到尾絮叨了一遍。说着说着就有些激动了，她感慨地说："我和你大舅有三十多年没见面喽，他在东北奉天（现沈阳市）工作，你以后出差有机会找找，兴许也能找到。在有生之年能再见上他一面，那该多好啊。"我看到母亲布满皱纹的脸上，亮晶晶的泪珠在月光下闪动，当时我想："这一定是父亲与四叔的团聚，触动起了母亲的心事啊。"

我急忙爬起来坐在母亲对面安慰她："妈，您别难过，旧社会使你们兄妹骨肉分离，现在社会发展得这么快，条件也越来越好。只要努力去找，不愁找不到的。"

听了我的话，母亲脸上露出笑容，动情地说："就知道俺儿最能理解妈的心。"她说着喜滋滋地进屋，拿出一个陈旧的信封，借着月光我看到落款地点"沈阳市铁西区电缆厂光纤光缆车间"，里面有一页信纸，是1963年5月19日写的。看了信我心里更有底了，满怀信心地说："妈，您放心。找四叔时，什么线索也没有都找到了。现在找大舅有了这信，更好找了，您就等着好消息吧！"

这年秋天，我带着社办企业负责人栾庆国、史曰广到沈阳出差。办完事的第二天，我们一路打听，很顺利就找到铁西区电缆厂光纤光缆车间。天不从人愿，车间领导说："臧师傅已去世多年，他儿子接了班，前几年也患病去世了。他有几个孙女还在市里住，你们可以找她们了解详细情况。"我的头"嗡"的一声响，差点晕倒，滚热的心一下子落到冰窟里……

我拿着车间领导提供的地址，傍晚时分在一座稠密的楼群找到舅父家的门牌号码，轻轻敲了敲门。开门的是一个三十多岁的姑娘，中等身材，眉目端正，白净的脸上泛起红晕，两只眼睛大而有神。她疑惑地问："请问您找谁？"我简单地自我介绍一下，姑娘愣了一下，然后哭起来："哎呀，可把老家的人盼来啦！"她一边抹着泪水，一边牵着我的手把我们让进不太宽敞的客厅。

她叫臧丽华，是舅舅的大孙女，一个苦命的孩子。爷爷走得早，爸爸妈妈前几年也先后去世了，她在楼下街面上开了间小卖部维持生计。她还有两个叔叔，二叔在上海化工厂工作，三叔在北京做事，奶奶还健在，住在上海二叔的家里。她说她还有两个妹妹，大妹妹臧丽红中学毕业正在待业，这几天一直在外面找工作，三妹在校读书。丽华为我们每人端上杯热开水，她到卫生间洗了把脸，出来接着说："常听爷爷说，关里老家还有两个姑奶奶，还有两大家子人，可我们姊妹小从来也没回过老家，沈阳这边再也没有亲人了。"丽华边说边哭。我的眼泪也落下来，想不到母亲日夜盼望的胞兄已经去世，侄儿也早早过世，只撇下我这三个可怜的外孙女，真是人生难料啊！

这时，外出找工作的臧丽红推门进来了，这姑娘二十五六岁，皮肤白皙红润，眼睛明亮，一笑露出两个深深的酒窝，谈笑风生，毫无矜持，显得大方洒脱。她见山东老家来了亲人，非常高兴，情不自禁地唱起了《智取威虎山》中的唱段："早也盼，晚也盼，望穿双眼……自己的队伍来到面前……"看来丽红是个不知愁不知忧的乐天派。这时丽华收住悲伤，笑着要做饭给我们吃，我说："你也不用做了，我们一块到外面找家小餐馆吃个团圆饭吧。"

　　我们几个人下楼进了一家馄饨馆，每人要了碗馄饨，边吃边谈。我提议说："丽华、丽红，二叔有个建议，等我们处理完公事，带你们俩一道回山东老家，看看姑奶奶一家人好不好？"

　　丽红高兴地站起来拍巴掌，快言快语地说："叔呀，你的建议太好啦！"她回过头对丽华说："姐，我不管你回不回去，无论如何我也要跟二叔回老家看看！"

　　丽华沉思片刻，抬起头来对我说："没问题，我把小店暂时关几天，跟二叔回去看俺姑奶奶！"

　　两天后，我带着两个侄女乘特快列车到了大连，又转乘轮船，马不停蹄直奔小栾家疃村。我推开虚掩的街门，把两个姑娘推到母亲身边，毫无思想准备的母亲一下子懵了，惊愕得张着嘴，瞪着眼，与两个闺女面面相觑，半天说不出话来。我说："别愣着啦，我给您把老臧的人都带回家啦！"

　　接着我把在沈阳找大舅的过程简要说了一遍，母亲紧紧抱着两个外孙女哭起来，两个姑娘趴在母亲的怀里连声喊着"姑奶奶啊！姑奶奶"，哭得昏天地暗……悲戚的哭声令人心碎。

　　爹在一旁抽着老旱烟，眼泪也吧嗒吧嗒地滴落下来。

　　两个侄女在母亲家里住了些日子，与我们家的几个姊妹就像久别重逢似的，好得亲密无间。她们这家住两天，那家住两天，又逛街又照相，成了全家人的香饽饽，真是应了"姑舅亲辈辈世世不断根"的说法。

　　返回沈阳那天，买上票，我把她俩送上车，看到两个孩子一个劲儿地流眼泪，我强忍着泪水转身跳下车……列车徐徐开动时，她俩把脸紧紧贴在车窗上，挥动着手与我告别。她们嘴里还在喊着什么，但我听不清了，好像在说：再见，我们还会来的……

京沪会表哥

1983年春天，我与老伴去北京协和医院看病，带着臧丽华提供的地址，找到居住在故宫博物院东邻，南池子街红墙外的舅父的三表哥家。他在一家工厂上班，嫂子在街道托儿所工作，他们的独生女儿在红墙里的中南海御膳坊工作。三表哥家十分拥挤，几户人家挤在一个大杂院里，空气中散发着各种味道。表哥见到我们非常热情，问长问短，对我说："表弟呀，你下次再来北京，一定把姑妈带过来，逛逛北京城，看看天安门。"我说："老人家是想来，只是晕车厉害，哪里也去不了。你们有时间回胶东老家看看，那里靠海边，空气比京城新鲜多啦。"表哥不等表嫂回家，扎上围裙在狭窄的厨房里做了一盆馄饨招待我们。临别时他还找了几张黑白老照片，拿了盒京式糕点让我们带给母亲，说有机会一定会回老家看望姑妈。

1984年春天，我调到新嘉乡工作。这年秋天，我陪铅胶厂王厂长赴上海市斜土路化工研究所争取技术支持。这次出差，我拿着丽华留下的二表哥的地址和电话，还带了些山东土特产。我们住进招待所，约好时间与化工研究所相关人员见面。事业心极强的王厂长借这点时间要去杭州订套设备，他让我在招待所等着他，我正好借机找找二表哥。拿着丽华给我的二表哥的住址，换了几路车才找到天山路天源化工厂职工宿舍。天山路周边基本都是化工企业，数不清的烟囱冒出的烟雾像一团又一团的棉花球在空中飘荡，地面上除了污水就是白色粉尘，仿佛铺了一层霜。几经打听，找到二表哥的单元楼，我按响门铃，门开了。二表哥是天源化工厂高分子车间技术科长，正好在家休班。听完我的自我介绍后，他瞪大两只眼睛惊讶地说："哎呀，真是做梦也想不到呀！山东老家的亲人来啦！欢迎呀，欢迎！"表哥人长得很壮实，脸色红润，浑身上下充满活力，国字脸上深邃的目光透着机灵。他接过我带的礼品把我让进客厅，急忙沏茶递香烟，又打电话通知表嫂，从里面卧室请出舅妈。古稀之年的舅妈听说山东老家来了亲人，急急忙忙出来，激动得忘了穿鞋，一双曾被紧裹的小脚穿着雪白的袜子。二哥忙说："哎呀，老家来人连鞋都不穿啦！"舅妈身材适中，面色红晕，一头银发，背有点驼，大嗓门地笑着，一边穿上二哥递过来的小巧玲珑的棉拖鞋，一边叫着："我看看老家谁来啦？"浓浓的招远老家的乡音传来。

我说："舅妈，我妈叫臧义荣，我是她的二儿子，来上海出差，借机来看您。我妈天天想您，让我有机会接您回老家住些日子。"

舅妈颤抖着双手把我揽到她怀里，声泪俱下，"好侄儿，我天天想老家的人哪！我寻思这一辈子再也见不到了，你怎么不把你妈领过来呀！"

我也忍不住两眼湿润着说："舅妈，俺妈也是整天地念叨您，说有四十多年没见您啦。我这是借出差机会好不容易打听着找来啦。"

舅妈急切地问我妈和大姨的身体状况、家庭情况，问龙口有没有教堂，爸爸身体可好，兄弟姊妹几个，都成家了没有，招远老家还有没有亲人……问题和连环炮似的，让我回答不迭。

那情景真像唐朝诗人王维写的那样："君自故乡来，应知故乡事。来日绮窗前，寒梅着花未？"当她听说我现在是黄县新嘉乡党委书记，这次是陪企业厂长来上海办事时，她高兴并真诚地对我说："侄儿啊，一定要把你们的厂长请到家里来吃顿饭。"我说："厂长很敬业，他到杭州订设备去了，不知什么时候回来。我们的时间也很紧张，办完事就返程。"

这时门打开了，进来的是二表嫂。二表嫂三十多岁，皮肤白皙，眉目端庄，周身散发出职业女性的风度，说着一口流利的普通话。只见她一头黑发用一个宽大的紫红色发夹拢在后面，身穿浅灰色套裙，脚蹬一双蛋黄色半高跟皮鞋，手里提着的布袋盛满水果和蔬菜。她笑眯眯地与我打招呼，我忙起身问好！二嫂为我和舅妈续了点开水，又拿过一个糖盒放在茶几上，进厨房做饭了。午餐后，我和舅妈坐在沙发上，她紧紧握着我的双手久久不松开，说很想跟我一道回老家与亲人团聚。二表哥认真地对我说："老太太年纪大，身体不太好，又晕车又晕船，哪里也去不成。我和你嫂子都是厂里的技术骨干，工作任务重，时间特别紧，待我们有时间休公假一定陪老人家去山东老家看望姑妈。"舅妈一脸的不高兴，对我说："你看看他们忙的，结婚都三四年了也不要孩子。我等着抱孙子，都等了这么些年了。"

临别时，二表哥找出一张他们的全家福让我带给母亲，又让我带了一袋上海食品。我把照片交给母亲后，她老人家高兴万分，说："我这不是在做梦吧！"她捧着照片哭了一次又一次。我松了口气，终于完成了母亲多年思亲的心愿，了却她一块心病。父母都很高兴，他们都为自己在有生之年能知道自己亲人的下落而感到欣慰。

多年来，我始终认为，一个男人在外面工作必须有强烈的事业心，把本职工作做好，不留下太多的遗憾。在家里，也要有高度的责任心，对妻子、儿女、父母、兄弟、姊妹、亲戚，要尽到应尽的责任，特别是在父母健在的时候要孝顺，对他们提出的要求尽可能满足，否则会留下终生的遗憾。

老区见堂兄

有人说，常怀念过去的人与事就意味着人老了，这话不假。父母进入老年阶段，常怀念往事。寻到了四叔，查到了舅父的下落后，父母又想起在沂蒙山区工作的大堂兄。堂兄十四岁参加八路军，解放战争年代曾是山东纵队下属的胶东第一兵工厂的工程技术人员。解放前夕他们的兵工厂迁至博山兵工基地，后来改称山东兵工总厂，即山东机器厂。

20世纪60年代，大哥的工厂迁入三线的蒙阴，（后迁至泰安市）从工业重镇来到穷乡僻壤的山区扎根落户。

不知不觉已经过去了四十多个春秋。母亲常叹着气一遍一遍地念叨："你大哥从小是在苦水里泡大的，是个难得的大好人，吃苦耐劳，为人坦诚爽快，脾气好。论辈分我是长辈，讲年龄他比我只小四岁，他对我们当叔叔婶子的又尽心又孝顺。"

我说："这么些年你们怎么也没联系？"

母亲抹了一把眼泪说："怎么联系呀？你大哥的工作单位是保密的，通信地址都是数码代号。他那个时候干工作和你们现在不一样，脑袋别在裤腰带上，说没有就没有了，遭老罪啦！"

我说："他现在的工厂在什么地方？俺大嫂子怎么样？有没有孩子？"

旁边的父亲接过话茬说："你大哥现在老区山沟里，他的命太苦啦！前几年你大嫂又得病早早地走了，留下三个没娘的孩子。你大哥又当爹又当妈，日子过得太不容易啦。你有机会一定替我们去看看他呀！"父亲的眼里露出期盼的神色。

我暗下决心，一定想法找到大哥。几经周折，我还真联系上了。大哥回信说他做梦都想念家乡的亲人，惦念着叔叔婶子。我捧信赶回家送给母亲看，她流着眼泪一遍一遍地看着，不停地说："太好啦，可惜太远，我们也不能去看看他。"我安慰她说："你放心吧，我找机会去看俺大哥，方便时我领他回家来看看您。"说也凑巧，1983年秋天，公社修配厂的厂长找我帮忙购买一些退役的机床设备以扩大生产能力。我写信和大哥联系，大哥回信说他们的工厂目前发展不太景气，淘汰了不少车床，让我去看看。

第二天，我们直达济南，先到济南机床厂找到老乡杨保安大叔，了解二手机床的市场行情，然后前往沂蒙山区腹地的蒙阴县。汽车沿着崎岖不平的山路爬行，裸露着黄土的山脊一片荒凉，没有树木。低矮的石头房立在秋风中，几个顽童赤着脚丫在路边嬉戏打闹，两只小黑狗在旁边撒欢。一个上了年纪的老人，一手拄着拐杖，瘦弱的肩上背着一大捆草，在山路上踽踽独行……看到这些，我心中不由得升腾起一股悲凉，难道这就是当年养育了千万个人民子弟兵的老解放区？

汽车沿着坎坷的山路，驶过荒草稀疏的沟坡，爬过光秃的山丘，到了一个叫野店的小车站就无法开动了，我们只好下车步行。走着走着，我就隐约地看到前面不远处的山坳里，分布着一片厂房和零星的职工宿舍。当我们走到山岭脊背的供销社门前时，一位中等个头的老师博老远就认出了我，高呼："老四！老四！"（堂兄弟五人中我排行老四）我心里一热，心想那一定是大哥了。我跑过去一看，大哥的神态果然与我们兄弟极相似，连说话腔调都差不多。我们见面那个亲哪，又是搂又是抱，转了好几个圈。我向他介绍了修配厂厂长等人，大哥笑着握着厂长的手幽默地说："我代表老区工人阶级，热烈欢迎大城市的大厂长到小山沟的小工厂视察。"同行的几位说我们兄弟俩很多地方相似。这还用说，我们血管里流淌着相同的血液，身体里有相似的遗传基因嘛！

大哥兴致勃勃地让我们先到他家喝点茶水休息一下。我们顺着山顶道旁一条弯弯曲曲的梯形小路，小心翼翼地走下去。山坳里依山而建的五六间简陋的平房是大哥的家。第一次见面，侄子和侄女有些腼腆，怯生生地望着我们。我心里一阵酸楚，这没娘的孩子多可怜呀！大哥这些年又当爹又当娘，日子过得多不容易呀！我屋里屋外转了一圈，看到火炕上蜷缩着一只大花猫。房前屋后栽了几棵果树，种着大葱、韭菜、茄子之类的蔬菜，房角有眼井，旁边拴着只小黑狗，不时地对我们叫两声。门前一个蜂窝煤炉子上，放着一把铝制水壶正冒着热气。生活虽然艰苦，但大哥性情开朗，诙谐幽默，不时地开着玩笑，引得大家笑个不停。

在大哥家喝了几杯热茶后，他就领我们来到供销社门市部旁边的一个小饭店里。大哥拿了瓶蒙阴特制大曲，搬过一箱蒙阴啤酒，要了几盘蒙山野味炒菜，主食除了大米饭还有当地名吃——煎饼。饭后，大哥带着我们来到厂区，那里有许多排列不太整齐的车间，门窗紧锁着，车间里的机器设备多数静静地停立在那里。在一个机床车间的大窗户前，大哥指着车间里一台铣床对我说："这是你侄女开的铣床，活不多，收入也太少，在这山沟里也没有什么出路。有机会你这当叔的还要帮我想法把她调出这个穷山沟，最好能回老家去，干什么都行。"我点着头说："我回去先了解了解人事调动程序，再想想办法，有了眉目，我立即给你发信。"

1983年秋后，我二次进蒙山，这时厂里领导已经帮助大哥找了个新老伴，里里外外帮助料理家务。大哥本来就是个乐天派，整天嘻嘻哈哈，家里有了个女人，气氛活跃了许多，有了家的味道，家的温暖。就在这年腊月里，大哥的老母亲不幸去世。此后大哥几次回老家，都会找机会到我家看望叔叔婶子。父亲和大哥坐着喝茶吸烟、谈天说地，没完没了。母亲高兴地忙里忙外，置办好饭好菜招待大哥，还让我回来陪大哥喝酒，交流工业管理方面的一些经验。他与县医院内科主任付善杰曾经是生死与共的战友，每次回家他都让我招呼付主任过来共叙往事。后来，大哥托人买了些木料、钢材拉回家，准备在小栾家疃村申请房基地盖栋房子，将来好落叶归根。后来侄女侄儿几经周折，陆续调回龙口市安置了工作，先后成家立业。大哥常写信给我，思乡之情表露无遗。

退休后的大哥回到小栾家疃村，在村西北的河边租了栋旧房暂时住着，期待建房的批文拿到手就开工盖房。但让人十分惋惜的是，办理完退休手续两年后的1986年9月16日，操劳一辈子的大哥不幸去世，终年六十二岁。对大哥的不幸，我们一家人深表痛心。母亲难受得哭了好多日子。

马耳山历险记

岁月如流逝的河水，往事似沉淀的泥沙。1975年秋天，在马耳山（栖霞市苏家店镇东南境内，海拔680米）经历的一幕幕生死瞬间，我至今记忆犹新。当时，我还在乡下工作。正值"批林批孔"运动深入、持久地开展，还有没完没了的"整党整风"政治运动，我整日忙得焦头烂额，没有闲暇。当时女儿五岁，儿子才四岁，妻子的工作很忙，还要带两个孩子，常常累得筋疲力尽。她几次打电话给我，让我请假把两个孩子送到栖霞马耳山村，让她大姐帮助照料几日。

一个周末，领导终于给了我两天假。上午阳光明媚，我找了块木板，结结实实地绑在自行车后座上，垫上块厚毛巾，把两个孩子抱上，又找了根宽布带系在我的腰带上，爷仨捆在一起。妻子的车后座上绑了个大纸箱子，里面盛满水果、糕点和孩子们的换洗衣物，一家四口高高兴兴地上路了。

我们像出了笼的小鸟，迎着凉爽的秋风，一路欢歌一路笑，不觉来到黄县最南部的田家乡。这里是招远、栖霞交界处，道路养护差。山路上行车，我格外小心谨慎。突然，前方不远处出现了一个南北方向的大陡坡，估计有三四百米长。此时车速很快，刹车或跳车都已经来不及了，我惊出一身冷汗，一边心想"是福不是祸，是祸躲不过"，一边高声叮嘱孩子："使劲儿抓紧我，闭上眼，不要说话。"此时我紧张的心反而平静下来，双手不紧不松握住车闸。我明白，闸得太紧，会翻车跌入路边深沟，闸得太松，车速太快到坡底后果不堪设想。自行车箭一般地向下冲去，耳边呼呼生风，眼看就要冲到坡下河岸东西的公路上。不料，丁字路口西边一辆拖拉机开过来向北转弯，与我疯狂飞驰的自行车相距不远。我头皮一麻，紧张得心都要冲出喉咙。就在自行车与拖拉机即将相撞之际，我发现路右边不深的沟里有一垛高粱秸，便本能地握紧双闸，对两个孩子大喊一声："使劲儿闭上眼！"我将车把向右一歪，脑袋一缩，紧闭双眼，一头扎了进去。

妻子全过程目睹了这场惊心动魄的场面，吓得差点晕过去……我们爷仨从这高粱秸子垛里钻出来，蓬头垢面，无一伤残，两个傻孩子还一个劲儿地直呼："真快呀！"我见孩子们并没有受到惊吓，也无一点擦伤，长长地舒了口气。我立马弯腰查看车子，闸皮磨去一大半，其他零部件完好无损，一场灾难就这样化险为夷。

我擦去脸上的汗水，紧了紧腰上的布带，调整好情绪，像什么事没发生那样继续出发。中午时分我们终于到了马耳山村，这时妻子才絮絮叨叨地埋怨我："你看，你一高兴就像个孩子一样，忽视了行车安全，差点来不了了。"我最清楚自己刚才的表现，在村里蹲点大半年，憋屈得精神快要崩溃了，和孩子们在一起，确实兴奋得有点忘乎所以，差点酿成大祸，事后想起来真是心有余悸啊！

午饭后，两个孩子又缠着我去爬马耳山，我说："你们太小了，山又高，上面还有野兽，太危险了。"他们不听，执意要去，我说那就爬附近的小柱山吧。小柱山就在大姨姐屋后不远，上山没有现成的路，只能在松树林中的乱草丛里择隙而上。上山时带着两个孩子真不容易，又是背又是推。连扯带拉费了九牛二虎之力到达山顶时，正是晚霞满天。周围的树木、杂草、岩石，像被染上了一层金色，风景如画。两个孩子又是蹦又是跳，兴致勃勃，乐而忘返。看天色已晚，我说："天黑了，我们快下山吧！山上可能有狼，狼专门吃小孩子！"两个孩子一听，才着急下山。

天色渐渐暗下来，上山容易下山难，我们在松林间、茅草中摸索着一点一点往下退，不时地被酸枣刺儿、松树枝划破手脚、衣裤。两个小家伙个个伤痕累累，我免不了顾此失彼。猛然间，听到儿子一声惊叫："我的鞋掉山沟里啦！"我慌忙一手扯住他的衣领，我俩差点滑下深沟，鞋是不能要了。我背着儿子慢慢摸索着连退带滑往下走，女儿倒很听话，一声不吭地跟在后面，紧紧抓着我的后衣襟。待到山下，天已大黑，草丛中的小虫已经开始叫起来了，我们爷仁都受了点轻微的皮外伤，并无大碍。进家后，孩子大姨和妻子你一言我一语，埋怨我："孩子小，贪玩，你也不能依着他们的意，也不能不顾危险呀！"我说："好不容易能和孩子一块玩，还不让他们尽心玩个痛快呀！恐怕以后再也没时间这样玩了。"这话也真让我说对了，这次和两个孩子登山是第一次，也成了最后一次。后来孩子们陆续上学、就业、结婚，大家都忙得不亦乐乎，再也没有这闲情逸致了。

第二天，妻子早早起床帮大姐做早饭，孩子还在甜甜地睡着。我起床后打开窗户，让大山里清新的空气透进来。这时候儿子醒了，趴在被窝里东张西望地看着。他人小眼尖，指着炕旮旯的大衣柜说："爸爸，那里有一个大枪，我要！"我一看，那里果然放着一支长长的猎枪，就说："那东西可不能随便玩，太危险啦。"女儿也从被筒里露出头说："我也要大枪！"好奇心促使我也想看个究竟，便穿衣下炕过去。细端详，这是一支旧式猎枪，枪管长长的，沾满灰尘。两个孩子凑过来，四只小手紧握枪管齐声欢呼："大枪！我要！"可能是不小心碰到了扳机，只听轰的一声巨响，满屋里黑烟弥漫，一片寂静。

我眼前一团黑，心想："糟了！孩子怎么样了？我的眼是不是瞎了？"我急忙呼唤两个孩子，他们没有应答，我心里一惊，冷汗阵阵。大姐和妻子冲进来，惊慌地问："怎么回事？"只听被子下面两个孩子高兴地呼叫："大枪响了！大枪响了！"我心里一块石头才落了地。原来枪响的瞬间，两个孩子迅速钻进被窝里躲过一劫。我可惨了，猎枪装满黑药、铁砂，我一副白净的面孔成了黑炭。大姐的公爹闻讯赶来，抓着我的手一声不吭，急忙向当地海军后勤某部卫生所跑去。老人扯着我边跑边经验十足地说："被枪药喷了的眼睛要尽快清洗干净，再上药，不然时间一长就会失明。"

到了驻军卫生所，军医一遍一遍地为我清洗双眼，他说："幸好眼球晶体没受侵害，冲洗干净及时擦上药，三两天就好啦。"回到家，老人家严厉地批评他儿子："现在山里也没有狼了，千不该万不该把饱枪（装满药的枪）放在家里，还开着机头，多险哪！把你妹夫和两个娃伤了可怎么办呀！那枪威力大，碰上兔子，一搂枪机能把它打得稀巴烂。你看看，窗边上穿了个透心的大枪眼，多大劲儿呀！"大姐夫不断地点着头，接受指责。我在旁边一声不响地听着，一只眼蒙着纱布，成了"独眼龙"，后怕得要命。

第二天下午，我狼狈不堪地回家，这期间没少听妻子的批评、唠叨。第二天回公社开会，有爱管闲事的同事见我这副模样，便问："你怎么啦？"我不好意思地说："没什么，眼皮上生个注眼（小疮）。"

每当想起那两天里的三次生死历险，我都越想越怕，如果没有那垛高粱秸子，如果从小柱山跌进深谷里，如果那枝猎枪口对着孩子，如果没有及时清洗我的双眼……真是不敢想象呀！

难忘的中秋节

癸未年中秋节，我和老伴与同村本族五叔迟浩章，乘车前往北京景山后街的一个幽深的胡同——三叔迟浩田的住宅。这是一座上百年的老建筑，一处环境宁静的庭院。

前几次看望三叔，他工作之余不是外出骑马、游泳，就是去射击、摔跤。现在他工作不那么忙了，除了一些推不掉的社会活动，有时间可以在家读书、写字、会客。

三叔正在客厅会客，警卫人员请我们在值班室等候。不久，出来一对白发苍苍的老夫妻，他们相互握手，边走边道别。

三叔看到我们很高兴，笑呵呵地把我们让进他的客厅里。客厅不太大，但文化氛围特浓，正面墙上挂了几幅名人字画，北面墙上有一幅大照片，最有趣的是西南墙上三叔自撰的一幅劝君戒烟诗：

劝君莫吸烟，吸烟毒害大。恕我不敬烟，戒烟保健康。

幽默的话语，动情的劝阻，让瘾君子们看了也会自惭形秽。

三叔身着休闲装，红光满面，精神矍铄。他让我们喝茶、吃水果，带着响亮而又浑厚的乡音说：“老侄呀，今天是中秋节，今晚你们和浩章就在我这里喝‘糊汤’（高粱面稀饭）、吃‘片片’（玉米面饼子），过个有特色的团圆节好不好？”言词中充满了浓浓的亲情。

三叔说起当年家乡的一些逸闻趣事，哈哈大笑，笑声中充满对家乡和童年的眷恋。当谈到当前社会的一些现象时，三叔的面孔凝重起来，锁紧了眉头，痛心疾首地说：“现在党内军内绝大多数党员干部是好的，但也出现了少数的不正常现象，我很难过。人是最不安分的动物，欲望太多，索取太多，但总该有个度吧？我今年七十五岁了，十五岁参加革命工作，整整干了六十年，老侄啊，我的军龄就是你的年龄。年前从工作岗位上退下来了，颐养天年，我深感幸运。想当年，抗日战争、解放战争和抗美援朝，与我并肩作战的战友们，死的死，伤的伤。我虽身负多处重伤，轻伤不计其数，身上还有敌人的弹片，但毕竟还活着。我永远不能忘记我那些死去的战友。"

三叔表情深沉，惨烈的往事像开了闸的洪水奔涌而来……

"那是1947年7月，天气特别热，解放战争如火如荼，孟良崮以北的南麻战役打响。我那时还不到十八岁，一颗炸弹飞来，左小腿被炸断了，因失血过多而昏迷过去。沂蒙山的七月，骄阳似火，随身带的药物有限，蚊蝇横飞，伤口很快溃烂了，直流脓血。米粒大的白花花的蛆虫顺着往下掉，疼得我几次想用电线结束自己的生命。后来，老乡用独轮车几经辗转，把我送到战地医院。当时医疗条件极差，没有消炎药品，医生用小扫帚蘸着凉盐水把蛆虫扫下来，再用盐水清洗伤口。哎呀，那个痛啊！我几次晕了过去。我咬紧牙不出声，出了一身大汗。医生们在研究治疗方案，那些医生都是南方人，说的什么我也听不懂，后来我听明白了，他们为了保住我的命而要给我截肢。这不是在要我的命吗？没有腿怎么上前线打仗呀？那还不如死了呢！我暗下决心，宁死也不截肢。待护士往手术室抬我时，我用双手使劲儿把住门框，不进手术室。我大声对医生说：'要截肢先截头，我还要上前线，我还要去打仗，死也要死在前线！'医生被我的话震撼了，他们接受了我的意见，没有给我截肢，奇迹般地保住了我那条腿，让我又重返前线。南征北战，历尽生死的考验，做梦也没想到还能活到今天。"

三叔缓了口气，说："解放后那阵子，我想能干个师长或旅长就相当不错啦，就觉得咱老迟家的老茔冒青烟了。现在想起那些并肩作战的战友，伤的伤、死的死，我的心疼啊！"老人的眼睛潮湿了："想想那时候，我们的国家、我们的军队、我们的装备，太落后啦！再看看现在，翻天覆地的变化，真让人高兴啊！可是那些活着的战友，有的仍然没有过上好日子，我难受啊！刚才送走的老两口，他们是抗美援朝的功臣，可是应有的待遇还没有落实，我心里很不是滋味。"三叔的述说，使我热泪盈眶。

三叔喝了口水，一转话锋，指了指北墙上悬挂的那幅大照片。照片上的三叔英俊威武，身着三星上将戎装，威风凛凛，有气吞山河之势，左边那位日本官员，西服革履，面向三叔鞠躬致礼。三叔自豪地说："这是1998年2月4日访问日本东京时，与日本防卫厅长官久间章生举行会谈后，接受记者采访时拍的照片。那时我挺胸挥手，心里特别自豪，特别自信，我们有伟大的祖国、有强大的军队，我底气足啊！我也给咱老迟家增光了，给我们的国家、军队增威呀！"

后来三叔把这幅照片加洗放大送给我，背面还亲笔签字。

三叔听说我即将退休、老伴已退休多年时，兴致勃勃地鼓励我："老侄呀，千万要珍惜大好时光，趁着身体还好，多做一些有利于社会、有利于人民的事。工作虽然退休了，但思想不能退休，精神不能退休，要与时俱进嘛！"

他略有所思，问清了老伴的姓名，起身进了书房。不一会儿，工作人员将一幅字迹未干的四尺整宣题词展现在我们面前，上书：

闻鸡起舞，其乐无穷——书赠焕彩、淑兰同志。

迟浩田　二〇〇三年九月十九日

独特的字体如书者，钢筋铁骨，强劲隽雅，这正是"凌烟功臣少颜色，将军下笔开生面"。三叔不仅是位叱咤风云的一代名将，也是位颇具魅力的书法家、文学家。他博大精深的学识、纯洁无瑕的灵魂、宽广无私的胸怀，堪称真善美的楷模。

中秋的夜晚，天晴月圆，流光如水，沸腾的京城安静下来，柔和的月光在护城河澄净的水面袅袅浮动，湛蓝而茫茫无垠的天际，没有一丝云。槐花的馥香在夜色中飘浮，甜润的芬芳，沁人肺腑。我不禁回味，是什么力量伴随着三叔大半生勇往直前？应该是对信仰的追求。

美丽的北京城，美丽的中秋，圆润饱满的月光，难忘的中秋之旅，一次心灵的洗礼之旅。

让我们永远守住这纯洁无瑕的晴空明月，守护着这充满梦幻和激情的夜晚。

第十四章
七次搬家苦与乐

任新嘉乡党委书记

　　1984年4月，黄县县委、县政府进行了机构改革，将全县20处公社改为7镇13乡，并按照干部"革命化、年轻化、知识化、专业化"的要求，调整了各级领导班子，使干部队伍的构成和内在素质，都有了很大的改善和提高，从而为发展黄县经济奠定了组织基础。县委对机关干部实行大调整，涉及近200名科局级领导。起初，听说要调我去中村镇任镇长，我正筹划着如何去干这个镇长。待到县里谈话时却宣布任命我为新嘉乡党委书记，让我大感意外。这可是越级提拔呀！我没任过副书记，也没干过镇长，在传统的论资排辈干部选拔程序中是少有的，引起了不小的轰动，一时间我成了人们议论的"名人"。

　　其实，"文化大革命"前夕，我就被县里报批烟台地委，确定为团县委副书记，烟台地委的批复文件也已下达，县委组织部的领导也找我谈了话，不料被一场残酷的"文化大革命"无情地耽搁了，成了"流产的当权派"。从1970年8月到1984年4月，近十四年间，我在农村第一线，全心全意为党的事业奋力拼搏，掏心掏肺地工作，就政绩和资历来说，到这个位置上也在情理之中。

党委书记孙兆礼曾诙谐而幽默地对我说："你这位老弟很能干，本应该早提拔走了，遗憾的是在这里'蹲苗'（怕玉米苗只长秸不结棒，故采取控制水肥的方法压制一下，俗称'蹲苗'）蹲了这么些年，时间是有点长啦！"

我笑了笑说："俺有自知之明，死心眼，一根筋。优点是实在，缺点是太实在。文凭低，水平差，只知道埋头苦干，从来不会敷衍，更不会请客送礼，不让我'蹲苗'让谁蹲啊！"

孙书记继续调侃："总不能因为'闺女'能挣工分而留在娘家不准出嫁吧！该嫁的时候就要嫁出去，不能再耽误人家闺女自己过日子了。"说起来有趣，我们同时参加工作的老同学竟成了我这个"蹲苗""老闺女"的"娘家"。

是啊，在乡城公社"蹲苗"时间不算短了，这一蹲就是十四年。在历史的长河里，十四年只不过是弹指一挥间，可是对于我来说，十四年至关重要。人生能有几个十四年啊！这十四年是我的人生中最为宝贵的时光，我将我的满腔热血播撒在这方热土上。虽然没有取得令人瞩目的成就，也没有令人羡慕的官位，但作为一名共产党员和国家干部，我尽心尽力地付出，上对组织，下对百姓，问心无愧。

孙书记亲自送我去新嘉乡，与即将去县广电局报到的康书记进行交接。与我同时报到的党委成员来自全县的四面八方，彼此间并不太熟悉。副书记兼乡长姓栾，与我同龄，20世纪70年代左右与我同期从事过共青团工作。他性情直爽，工作扎实泼辣。另一位副书记是农科出身的知识分子，专家型干部，身体瘦弱。还有一位女副乡长，颇有气质和能力。党委成员除了纪委书记是位教师出身的老先生，其他委员、副乡长年富力强，朝气蓬勃。

乡政府机关除了三十名正式在编干部，还有事业单位和临时抽调的工办、计生办、农、林、水、机、技，治安小分队，多种经营办公室，广播站，电影放映队，通讯报道组，武装部枪械看护员，食堂炊事员等总人数近六十人。

政府办公楼是一栋2000多平方米的三层砖灰结构楼房，没有防震设施，楼梯设计在楼的东西两侧。楼前方南一百米外是胶东大动脉206国道。楼后面是一座多年失修、可容纳七八百人的礼堂兼影院，院子西北角是机关职工食堂。乡政府所属的事业单位和县乡双管部门的工商行政管理所、财政税务所、法厅、公安派出所、土地管理所、教育组、农村信用社、供销合作社等紧靠政府办公区东西两侧。

办公楼一层，安排了一些对外行政部门的办公室、计生办、武装部，乡长的办公室兼宿舍也设在这里。二楼设有党委办公室、党委会议室、老干部活动室、小会客室和党委书记宿舍兼办公室。报到那天上午，党委成员们准时在二楼小会议室聚齐。初次见面大家还有一点拘束，彼此寒暄一番。首先从我开始做自我介绍，我真诚并谦逊地要求大家："我们为了一个共同目标走到一起，大家要齐心协力，相互信任，相互理解，互相支持，互相帮助。在和谐团结的氛围中，齐心协力，实现新嘉乡跨越式发展。"委员们相互熟悉情况，气氛逐渐活跃。随后，根据上级组织部门的指定及每人的工作特长，我们进行了科学分工。我郑重提出，要根据分工迅速深入基层调查研究，找出各自工作的突破口，以最快速度摸清基本情况，尽快进入角色，创出业绩。

会议接近尾声时，我问：当前还有什么问题直接影响机关干部的工作积极性？一位同志说："乡政府机关食堂除了机关干部就餐，乡直属十几个事业单位的三十多人也来用餐。食堂脏、乱、差，伙食调节得不好。苍蝇横飞，老鼠大白天到处蹿。"说到这个话题，我就想起报到那天去食堂排队就餐，听说有人给食堂编了副对联，上联"白馒头黑馒头黑白馒头"，下联"生咸菜熟咸菜生熟咸菜"，横批"槽里有草"。难怪大家都不愿意到食堂吃饭。接着那位女副乡长提出："乡政府机关干部有的没有房子住，有的人城里有住房，可是来回跑时间太紧张，还有的租住村里的民房，很不方便。"看来我在乡城乡主持乡办工业时碰到的职工住房难的问题，在新嘉乡又重演了。解决机关干部的实际生活问题不是件小事，民生问题也是政治思想工作的范畴，被摆到议事日程上。

这两项民心工程的事，虽然不是重大的宏观问题，但要求很急，也较复杂，必须雷厉风行，立竿见影。

党委会后，大家根据分工迅速深入到第一线落实会议精神。我立即到机关食堂调研，对明显存在的问题立即解决，做好通盘规划；通知乡建筑公司经理迅速安排工匠，备齐工料，整修锅灶、粉刷墙壁、地面铺上瓷砖；所有门窗安装上纱窗，门框挂上挡蚊蝇的塑料吊帘；调换了炊事员，增加了一名兼职管理食堂的司务长；扩建了两间职工餐厅，编制了每日三餐饭菜食谱、价格，公布在餐厅的小黑板上。

乡政府所有建筑物内外粉刷一新。在传达室门旁安装烧水炉，供应干部职工饮用。在机关范围内，制订各项规章管理制度，划分了卫生责任区、责任人，挂牌上岗，定期检查，奖罚分明。不久，乡政府机关办公区环境焕然一新，饭菜调制得花样多变，炊事员穿着白大褂，戴着白套袖提供微笑服务。来食堂就餐的人员交口称赞。干部职工的精神状态发生了显著的变化。

1984年6月中旬，全乡"三夏"动员大会的第二天，我去新嘉疃村，找到村党支部书记彭松田，协商乡政府职工宿舍建设征用土地事宜。彭书记办事爽快，快言快语，表示大力支持，决定征用供销社东墙外那片地。

几天后小麦收割了，与乡建筑公司王经理协商建设机关干部宿舍。

王经理设计了平面布局效果图，表示立即组织精干施工力量进入工地，并确保工程质量，保证按时交付使用。根据在乡城乡建设机关宿舍的经验，除了下乡或进城开会，我几乎每天都抽时间到工地检查质量与进度，进行现场办公。

基本建设项目开工的前提条件是"三通一平"（水通、电通、路通和场地平整）。建房的那块地，地势低洼，需要大量沙土回填。乡城乡埠子后村以南有座泥沙结构的埠子岭，离施工的工地不远，用这里的沙土填方是最佳选择。我打电话找到埠子后大队党支部书记，张书记很支持，同意无偿提供埠子岭泥沙土。王经理安排精兵强将进入工地，仅用了四十天时间，五排整整齐齐的大瓦房竣工了。管线、供水、供电、排水，人行道等相关配套设施也很快到位，整个工程提前十天完成并交付使用。机关支部研究，留下前排五间归公安派出所使用，其他二十间根据各家人口分配下去。至此，新嘉乡政府机关干部家属无房住的历史结束了。

当年秋天，妻子调到新嘉供销社采购站工作，儿子进城跟爷爷奶奶，女儿转学到新嘉乡联办中学。

1984年11月15日，初冬时节，风轻云淡，是个晴朗的好日子。妻子、女儿欢天喜地搬进宽敞明亮的新居。

我刚调到一个工作单位，一切从零开始，重重困难不言而喻。辛劳一天走进了家门，享受家庭的和睦、温馨，我的苦累疲惫立即烟消云散，荡然无存了。

有时和妻子回顾过去，参加工作二十多年，结婚也十五年了，搬了七次家。现在虽然住上了崭新的房子，可说不一定什么时候，上级一纸公文，我们又不知要搬到何方。虽然说是"革命为业，四海为家"，可毕竟我们已近不惑之年，何时才能够有栋属于我们自己的房子，不再东搬西挪，如浮萍一样四处漂泊？我们暗暗企盼着这一天。

新嘉乡土地肥沃，粮食生产起点高且稳产高产，其他乡镇很难与其抗衡。我满腔热血，踌躇满志，决心在原有的基础上再登新台阶，再创新辉煌。在不放松粮食增产的同时，狠抓乡村两级工副业生产，拓展经济增收渠道，让老百姓得到实惠。

我与镇长下乡逐村调查摸底，适时召开社队两级领导干部研讨会和全乡的三级干部会，进行全面动员，又分别召开各种座谈会、调研会、现场观摩会；组织、调动全乡一切积极力量，挖掘和整合所有可利用的资源；走出去，请进来，狠抓乡、村两级工副业生产立项；选准突破口，扬长避短，层层落实责任制，全镇上下齐抓共管，总体推进，不留死角。

不久，新嘉乡的乡村工业迅猛发展，乡办企业滚动式发展，不断增加新项目。气泵厂、铅胶厂两栋办公营业楼拔地而起。烟潍公路两侧，新工厂、新项目陆续破土动工，各村都有几个工副业项目上马。正逢国家开始实施"对内改革搞活，对外实行开放"的经济发展战略。那时候，只要思想解放，胆子大，放开手脚，做什么项目都赚钱，新嘉乡工副业发展一度走在了全县的前列。

山东电视台、《大众日报》、《烟台日报》、县广播电台、县电视台等各级新闻媒体，连续报道新嘉乡工副业发展的新经验。山东电视台驻烟台记者站主任史兴瑞，开着桑塔纳，扛着录像机在新嘉乡各村采访。《烟台日报》派出主任记者徐修全来新嘉乡调研，用整幅版面全面介绍新嘉乡办和村办工业发展的典型经验。工作中我们也结下了深厚的友谊。有一天错过了乡机关食堂开饭，他打听着找到我家，毫不客气地吃老伴料理的家常便饭、风味小菜，还赞不绝口。

一时间，乡办建筑工程公司、气泵厂、铅胶制品厂、五金工具厂、泵阀厂、家具厂、网具厂、福利厂和村办的新嘉疃机械配件、西吕家村铸造、北曲家村电焊机、乡城庙橡胶制品、杨家疃电褥加工、泊子村摇窗机、位庄焦家塑料制品、位姜浴巾毛巾、磁石等企业的产品销往祖国各地。乡村企业遍地开花，也为农村大批富余劳动力再就业广开门路，增加了农民的收入，村镇经济储备也年年攀高。那个时期，新嘉乡做到了"报纸常有文、电视常有影、广播常有声"，前来参观学习的络绎不绝。实践证明，现代社会的舞台很大很宽，只要努力奋斗，尽力付出，人人都可以出彩。

烟台平原绿化示范县

1986年龙口撤县设市，新嘉乡改为新嘉镇。春天里，上级号召全民植树造林，平原县市区要率先实现"平原绿化县"。烟台市政府把平原绿化县试点任务交给龙口市政府。龙口市委、市政府研究后，又把试点工作交给新嘉镇完成。这是一块很难啃的硬骨头。

召开平原绿化县动员会的第二天，市里派出林业局局长张天元来新嘉镇督阵。张局长工作认真扎实，除了参加我们的党委会研究实施方案，他几乎每天都骑着自行车和我一起下乡检查、督导。老百姓对栽树并不反对，但对在粮田间开拓一条宽阔的新道路一时想不通。但是，不修路怎么能形成路、田、渠、林相匹配的农田园林化呢？时不我待，我们适时召开全镇二级干部会议进行总动员，让大家明白，早晚都要干，早干比晚干更主动。何况还有"前人栽树，后人乘凉"积善聚德之说。保护好环境，才能为我们的子孙后代留下一片生存之地，可持续发展才是硬道理。

会后分片包干，责任到人，定时检查，按期完成。我们开动所有宣传机器大力进行宣传，并着手进行测绘规划，编制蓝图。镇里派出链轨重型拖拉机、推土机根据规划开道修路，挖排水沟；派专人外出统一采购树苗，组织机关干部、学校师生，配合村民挖树坑，栽树苗；各工作片分别把口，各负其责。我和镇长全天候在一线检查，发现问题现场办公，马上处理不留尾巴。那些日子，我们大不亮就骑着自行车上路，围着几条新修的路转悠，天不黑不回来。发现问题立即解决，没有按时吃过一顿饭，没有睡过一个囫囵觉。

全镇上下经过近一个月的同心协力齐奋斗，"路为纲、渠成线、田成片、树成行"的高标准绿化网络在新嘉镇大地上形成了。绿化工程结束那天，我和镇长、张局长骑着自行车跑遍了所有新修筑的镇道、村路和农田小道。道旁渠边新栽植的树木刚刷上雪白的石灰水，规格统一，气势壮观。

现场检查合格后，烟台市政府通知各县市领导，聚集到新嘉镇参加平原绿化县签署责任状现场会。那天，新嘉镇政府驻地像过大年一样，鞭炮齐鸣，锣鼓喧天。街头上，身穿整齐服装的器乐队吹奏着迎宾曲，有模有样，气氛隆重。省、市电视台记者跑前跟后捕捉新闻。新修的农道上，参观的车辆排着长队，浩浩荡荡。我和张局长坐在最前面的面包车里带路，车里还坐着龙口市的主要领导和烟台市的几位领导。车队转遍了全镇主要林网后，集中到礼堂开会。烟台市政府及龙口市"五大班子"主要领导、驻军首长在主席台上就座。各县、市、区负责人，龙口市的各乡镇主要领导和新嘉镇三级干部，黑压压坐满了大礼堂。

我首先在大会主席台上做了典型经验介绍。烟台市委常委兼龙口市委书记代表烟台及龙口市讲话，他在讲话中充分肯定新嘉镇开展平原绿化县的成功经验，号召全市各级以此为样板，组织各级干部来新嘉镇参观、学习，落实并签订责任状，迅速在全烟台市形成建设平原绿化县的热潮。

会后，市里主要领导握着我的手，笑逐颜开地说："你干得挺好，这个现场会也开得很成功，你给咱龙口市增光了，功不可没！谢谢你！"……

三间半房的风波

1987年春节前，我们由新嘉镇机关宿舍搬回小栾家疃村，住进了"三间半"的新房。老老少少十几口人，圆了多年的住房梦，在新家里度过了一个欢乐的春节。

在这里，一家人一住就是十四年。这十四年，占据了我一生重要的位置，记载了我仕途的变故、饱尝的人世间的冷暖悲欢，更见证了国强民富和我家日子"芝麻开花节节高"的变化。

1987年新春，暴雪铺天盖地，积雪成灾。正月初五，新嘉镇机关干部们扫完积雪已接近中午，镇长说机关食堂还没开始生火做饭，午餐就到他家用吧。我们几个人也没客气，踏着刚清扫出来的路到了镇长家，还没坐稳，办公室值班人员神色慌张跑来说："赶快……迟书记呀，您村里来电话让您赶快回去，家里出事啦！"

我急忙赶回家，推开家门，屋里屋外静悄悄的，一个人也没有。院子里一片杂乱的脚印，木制的长梯子横躺在东墙根下，我心里顿感不祥，家里真出人事了！

我忙赶到三弟家，那时三弟夫妇还在龙口上班，父母住在他家。父亲见我进了门，忙说："你可回来了，急死人啦！"母亲擦着眼泪着急地说："你快去县医院看看吧，淑兰到平台上扫雪跌下来了，摔得不轻啊。你大哥借了辆平板车将她送医院了。"我急忙飞奔到县人民医院急诊室，妻子还在昏迷中，大哥坐在旁边直叹气。我当即找到骨科主任王丁礼，办好相关入院手续，将妻子推进了骨科病房，接着进行全面检查。不长时间，王主任高声大嗓地举着片子对我说："你别紧张，问题不大，不幸中的万幸，幸好没摔着后脑勺。病人除了两节腰椎压迫性骨折外，其他部位尚无大碍，也不需要做手术，平卧硬板床上静养，用一些药物，少则两个月，多则百天便可下床活动。"我深深舒了口气，心里放松了许多。

在医院治疗了五天，妻子就搬回小栾家疃。身体素质不错的妻子静静地平躺在东间火炕上，除了吃一些传统药物，又用兰高镇洽泊村王姓家传秘方治疗数日。

后来听妻子说，我才知道事故的原委。原来，那天她没吃早饭就赶到工作单位扫雪。回家后，她把院里院外的积雪扫完后，仰脸看到街门上平台的积雪挺厚，便支好梯子想上去清扫积雪。水泥地面的院落，结了一层薄冰。妻子一手拿着扫帚，一手扶着梯子往上攀，刚上到一半，突然梯子下面一滑，她从半空中摔下来了，结结实实坐到水泥地上，剧烈的疼痛让她昏迷过去。住在隔壁三弟家的母亲听到妻子的叫声，赶过来一看大惊失色，急忙跑到大哥家让他借辆平板车把半昏迷的妻子送到医院，母亲又气喘吁吁地跑到大队办公室让人打电话通知我……

妻子忍受了极大的痛苦，在家中卧床治疗，四十多个日日夜夜。姊妹妯娌和亲戚朋友们都尽心出力，昼夜轮流值班。谢天谢地，妻子迅速康复，没有出现褥疮，也没有留下明显的后遗症。

劫后重生的妻子，重返工作岗位。那时候，村北绛水河东岸边，有一片设计新颖、风格独特、错落有致的建筑群，当时被称为龙口市文化教育中心。其中有一处是山东建筑学院龙口分院，归属市建会，专门培养建筑、设计、规划、监理、预算等工程技术人才。学院按办学要求增设一些行政管理人员和图书馆工作人员。建委从下属的自来水公司、房管所、建筑公司等单位抽调人员入校任职。这样一来，妻子被选调到学院的图书馆，任报刊管理员，隶属山东建筑学院。

图书馆离家不到三华里，上下班步行既安全又方便。读书不多的妻子，做事认真扎实，风风光光地当了几年山东建筑学院龙口分院职工。班主任或教师不在岗时，她受院领导委托多次替代班主任，管理学生学习秩序，收发作业，被大学生们热情地称为"隋老师"。每届毕业学生们拍毕业照时，她和校长、教师们坐在前排，身后站着一排又一排踌躇满志的建筑骄子。她还意外地享受了几年教师节的优惠待遇。单位离家近了，她照顾父母也方便，替我尽孝道，让我省了我不少心，可以全力以赴地做好我的本职工作。

第十五章
艰难的兰高镇三年

范副市长的试点

1987年春节后不久，全市干部又做了大范围的调整。我去了兰高镇，兰高镇的党委书记从城东调到城西接替我，我们的位置进行了一次戏剧性的互换。

兰高镇南部地势高，丘陵为主，水利条件极差，基本靠天吃饭。北部大平原自然条件好，旱涝保收。

镇政府离小栾家疃村约七华里。那时全市的乡镇机关干部住房普遍紧张，兰高镇只有几间宿舍，我不能再去争那有限的家属宿舍资源。下班骑自行车沿小路二十分钟就到家，镇里还有辆旧上海轿车，进城开会或雨雪天回家还可以乘车，我挺知足的。

1987年4月11日，中共龙口市第六次党员代表大会在人民剧场召开，与会代表290人，兰高镇出席会议的代表除了我这个团长，还有老党委书记姜华，政工书记宗景兴等10人。

这年的七月中旬，中国人民解放军总参谋长迟浩田到山东金龙电器总厂视察。那时候的龙口金龙电器可真是响遍大江南北，中央和省里领导陆续进厂考察、调研，厂长王集农被授予"全国优秀经营管理者"称号，荣获中华全国总工会"全国五一劳动奖章"。

1988年春夏之交的一天，接市政府办公室电话通知，新任龙口市范副市长要来兰高镇视察卫生工作。范副市长刚来龙口时，我曾在见面会上见过她。她气质高雅，身材高挑，端庄大方，既有女性的温柔，又有男子汉的豪气，是一位典型的职业女性，分管全市文教卫生、财贸等工作。

她到龙口市上任不久，正逢上级部署恢复和重建镇村级卫生医疗网络的工作。范副市长带着秘书跑了几个乡镇调研未果后，就来到兰高镇找到我。见面后，她握着我的手，直言不讳地说："上级布置下来要恢复村级卫生医疗网络，我去了几个乡镇，他们都有一定的困难。你可要支持我的工作，率先开辟一批村级卫生室，为全市做出榜样。"我心想："其他乡镇推不动，我这里能比别人强多少啊！恢复村级卫生医疗网络可是需要大量资金做保证的呀！"范副市长说："村级卫生室恢复是迟早的事，早干早主动，关键是谁先带这个头。你们镇里有困难，政府会支持的。"经不住她这么反复做动员工作，我极不情愿地说："让我试试吧！"范副市长笑了笑，认真地说："不是试试，而是必须成功，两个月内至少拿下三分之一的村庄，迅速恢复和重建农村合作医疗网络，整合医疗资源，为全市做出榜样。"听那口气，好像没有一点商量的余地。

农村合作医疗推行于20世纪60年代初，当时广大农村缺医少药。按上级部署，根据各村情况，每人每月拿出一至五元不等的钱交到生产大队，大队再补贴一些。条件好的大队多补助，卫生室也可以建得好一点。大队再从知识青年和有医疗卫生基础的村民中选拔人员，送到上级医院或卫校培训，结业后发合格证书。他们回乡进入合作医疗当医生，时称"赤脚医生"。"赤脚医生"不脱产、不离乡，身背医药箱，走街串户了解人们的健康情况，宣传卫生知识，治疗多发病和常见病。这样方便群众，又及时，又省钱。

那时有一幅宣传画贴遍农村，一个女赤脚医生背着药箱在田埂上采摘草药，下面有副对联："赤脚医生遍山村，合作医疗气象新"。

到了"文化大革命"后期，合作医疗被解散，"赤脚医生"的名称也不复存在。十几年过去了，重新恢复整合谈何容易！可是静下心来再一想，兰高镇卫生院没有像样的院长，医疗设备落后，技术力量薄弱，经济效益差，工作难度很大。几间病房破乱不堪，病床东倒西歪，医院前后院杂草丛生。有不少人强烈反映过这个现实问题。为百姓考虑，是到了该解决问题的时候了。范副市长见我应允后，又一再交代一定要保证质量，成果要经得起检查验收。我送走了市长又到卫生院看了看，心里沉甸甸的。

几天后，我在电话里向范副市长讲明了想要个好卫生院长的想法，她很爽快地答应说："市里近期正准备研究对全市卫生系统领导班子进行调整，让卫生局尽快拿出调整意见，首先考虑对你们镇卫生院加强力量，以适应三级卫生医疗网络的配套要求。"

经过近两个月的建设，投资上百万元，全镇百分之四十的村恢复和重建了达标的村级医疗卫生体系，超额完成了范副市长交办的任务。

1988年7月12日，范副市长陪同省卫生厅副厅长、烟台副市长、烟台及龙口市卫生局局长等一行十几个人，来兰高镇考察村级合作医疗网络恢复情况。在听取了我的全面汇报，并下乡抽查了六个村级卫生室现场，检查了全镇三级卫生网络相关数据和资料后，对我们所取得的成果给予了充分肯定和高度赞扬。临走时，范副市长微笑地握着我的手，操着浓厚的莱州乡音说："迟书记，辛苦啦！你们为市里这项工作开了个好头，做出了表率。镇里的工作有什么困难你就说，我一定尽力。"我又感动又不好意思，说："就是镇卫生院需要立即调整院长和设备更新问题，这也是市、镇、村三级卫生网络配套的需要。"

范副市长并未食言，将石良镇卫生院院长、外科专家袁导先调任兰高卫生院院长。这位袁院长原先是市人民医院的业务骨干，精通业务，懂管理，人际关系融洽。市里又支援了部分资金，引进了先进设备，配备了技术力量。不久，兰高镇卫生院发生巨大变化，南部山区石良、丰仪、七甲甚至蓬莱、栖霞、招远的丰富的医疗资源也跟随着袁院长蜂拥而来。本乡镇的群众有病，不用进城就能就地医治好。医院经济效益倍增。老百姓称赞镇党委为群众办了件得民心的大好事。

特大干旱中的兰高人民

在兰高镇的这几年，镇、村工业生产还真搞得有声有色，没有辜负市里领导要把乡镇工业抓上去的期望。期间最大的困难就是连续大旱，粮油生产十分困难。1989年夏秋季节，两个多月不降一滴雨，烈日当头，眼看庄稼就要绝产。我们不能束手待毙，便发动全镇干群打深井、挖方塘、筑储水池。上级号召调动所有的抗旱工具，肩挑、人抬、车拉，运水保丰收。烟台、龙口市直机关，组织大批车辆装着型号各异的水箱、水罐，下乡抗旱救灾远程送水。马路上、村道口、田地里、黄水河岸，车水马龙，热闹非凡。可远水解不了近渴，天上没有一丝云彩，大地间像一个巨大的蒸笼，到处热浪滚滚。一桶水倒下去，转眼就没影了。眼睁睁看着一片片玉米、花生就要绝产，我们这些乡镇机关干部心中都心急火燎。

这天，我和曹主任头顶着炎炎烈日，大汗淋漓，一步一步去了最南部山夼的椅子圈村。这个坐落在酷似圈状椅子中央的小山村，三面环山，只有一条弯曲的进村小路。村党支部徐书记见到我们，惊喜不已地说："自我上任这些年来，这个兔子不拉屎的穷山村，上面的干部谁也不愿来，我这是第一次见到市镇两级领导来视察指导工作。"我们摘下草帽，擦了擦满头的汗水，跟着徐书记下到二十多米深的水库底部，认真察看库底水塘。塘中挖出的一个个水井，只有夜里渗出一点水，天一亮，支上高压泵三级扬水，不到十分钟就吸干了。徐书记急得直嚷嚷："现在汽油和柴油都很紧张，水比汽柴油还紧张，我这个书记真没咒念了！今年夏粮任务还没完成，秋季粮油任务更没指望了！"我和曹主任费了好多口舌才稳住他的情绪。临别，我们又到水库四周的玉米地、苹果园、花生地里转了一圈，拔起一棵干焦的玉米苗，又拔了一簇叶片脱落的花生，心里沉甸甸的。看来粮油绝产已成定局，小麦入库任务虽然分配得不算多，可也没缴，完成秋季粮油任务更是难上加难。

夏秋两季，按规定上缴国库小麦、玉米、花生的任务是硬指标。粮油任务完不成，交不了差，这个党委政府领导就是不称职。乡镇政府以每天粮管所报上来的报表，认定各村任务完成情况。如果在预期内完成了任务，则奖励数量可观的化肥、柴油。遍布全镇村队的有线广播，一天三遍公布完成任务的名次，通报表扬完成任务的村队。完成任务迟缓和完不成任务的村队干部很没面子，很尴尬。

1988年夏末秋初，因天气干旱小麦歉收，完成粮食征购任务步履艰难。多数村队干部感到压力大，怨声载道。7月22日这天，我顶着烈日，骑着自行车赶到中心片工作组水亭村。通知本工作片七个村的主要领导出席座谈会，试图摸清底线，打开突破口，以推动全局。到了工作组驻地后，工作片长（副镇长）简要汇报了各村夏粮入库情况。我拿着入库进度表一看，各村小麦入库任务完成不足30%。片长又讲了各村的困难，我不禁皱紧眉头说："我了解灾情，也同情大家的困难。小麦因干早歉收是秃头上的虱子，明摆着的事，可上级要求时间紧，任务重，就是有天大的困难也要想法完成呀！"

这时，各村党支书陆续到会，相互打过招呼，各自找地方坐下。工作片长和我分别讲了完成国家征购任务的意义和全市夏粮入库的形势，然后让大家表态发言。七个村的支部书记，有的低头吸烟，有的一声不吭地喝水。片长严肃地说："迟书记这几天特别劳累，不但逐村跑全面工作，还几次去市里争取减轻任务，现在骑着车子亲自来参加咱片的会，大家都应该表个态呀！"我微笑着左右环视，大家你看我，我看你，谁也不先表态。压抑的场面，令人窒息。眼看到了吃中午饭的时候了，水亭村的党支部王书记悄声地对我说："迟书记，不行咱先吃饭吧，吃了饭再接着商量。"我无奈地说："道理不用讲了，大家先用饭，吃完饭都表个态。"

不一会儿，有人端上一盆黄瓜蒜泥拌猪头肉，一盆香气四溢的水煮鱼，还有两大碟炒青菜，酒杯里斟满老白干"稻香春"。这时，各位老兄烟也不抽了，水也不喝了，紧绷的脸也放开了。大家你敬我，我敬你，热烈的气氛与上午"徐庶进曹营，一言不发"的态势有着天壤之别。

简单的酒饭结束后，大家个个表态："掌柜的（淳朴的农村干部称自己是'伙计'，称上级领导是'掌柜的'）请放心，保证按时足量完成任务，决不给您添麻烦。回去我们千方百计尽量交小麦，不足部分拿现金找齐。"我与大家一一握手道别。当我送大家出门时，一辆黑色轿车"吱"的一声停在工作组门前。从车上下来分片包镇的市委常委、组织部刘部长。刘部长也是为完成征购任务下来催阵的。我涨红着脸，如实汇报目前的困难情况和大家最后的表态。刘部长紧锁眉头，静静地听着，不断点着头，一声不吭，表示同情与理解。

第二天傍晚，粮管所杜所长兴高采烈地拿着报表找到我报喜："中心工作片七个村的粮食任务全部完成。村干部们费了不少心思筹集的现金，基本是以钱顶粮完成了任务。"我接过报表看了一眼，心里并没有太高兴，反而很沉重，更多的还是感动。多么好的老百姓，多么通情达理的基层村干部啊！

洽泊村是个大村，也是个有影响的先进单位，土地肥沃，水利条件好，旱涝保收。村支书范广武麦收刚结束就说生病了，几次不参加镇里召开的会议。小麦入库任务完成得不好，其他村暗暗地盯着洽泊村。这天晚饭后，我借着星光骑着自行车去探望他。范书记见我来了很兴奋，从茶几下的小柜里拿出一瓶"飞天"茅台酒，不由分说倒进两个玻璃杯里，招呼夫人拿来一盘炒花生。

范书记举起杯说："来，迟书记，我敬你一杯，咱什么话也不要说了。"

我忙说："老范，你不是正在生病吗？喝这么些酒怎么行？再说我刚吃过饭，也喝不了这么多酒啊！"

老范举着酒杯说："瞧得起我就喝，瞧不起我，你就倒在地上！"看来这个酒不喝不行，可喝下去胃肠要遭罪。为了完成小麦入库任务，我只能喝下去。半瓶茅台下肚，五脏六腑火辣辣的。

老范笑着站起来握着我的手说："迟书记，你什么也不要说了，您看行动就是了！"

那天晚上，我扶着自行车，借着夜色，头重脚轻、踉踉跄跄地向镇政府走去，心里无限惆怅。

回到办公室，眼盯着全镇粮食入库进度表，一杯连着一杯喝水，直到午夜两点才上床休息。

第二天晚饭后，粮管所每天例行上报的粮食入库表上，洽泊村率先完成粮食征购任务，而且没有一斤粮是现金抵顶的。几天后，全镇粮食入库任务胜利完成。

令人感动的是，旱情最严重的椅子圈村竟也完成了粮油征购任务，虽然多数是以现金代替，但也是大家意想不到的奇迹。

兰高镇连年遭受旱灾，曾任过栖霞县主要领导的曹主任，看在眼里，记在心里，对我的工作精神和工作作风给予高度称赞，同时给予真诚的理解和深切的关怀，使我受益匪浅，终生难忘。

7月中旬的一天，市政府办公室下达紧急预备通知：烟台市分管粮油入库的副市长刘国栋、烟台市粮食局长刘挺章，要来龙口市考察小麦因天灾减产歉收情况，准备适当调整一下粮食征购任务。龙口市政府分管农业生产的副市长王崇林，随即带着秘书下乡约见我，想让我全面汇报兰高镇粮食减产的灾情，以兰高镇受灾为典型，代表全市为减轻粮食上缴任务请愿。王副市长一再嘱咐："准备工作要充分，汇报重点要突出，数据要准确无误，现场要有说服力。"

我心里顿觉压力很大，说："王市长，这件事的重要性我心里明白，时间太仓促了，我恐怕难以胜任，弄不好会影响全市的工作。"

王副市长认真地说："再安排其他乡镇已经来不及了，你不要推辞，抓紧准备，认真汇报，务必得到烟台市政府刘市长和刘局长的认可。咱市里的小麦入库任务能否减下来，就看你的了。"

看来是推不了，我当即与镇长骑着自行车顶着烈日，查看了几处现场，连夜仔细地汇总各方面统计的有效数据。

翌日，烟台市政府的这两位领导在龙口市王副市长、粮食局长陪同下来到兰高镇政府，随行的还有一些工作人员。由于准备充分，我从容地把兰高镇粮食生产因干旱受灾的情况，列举详细数据，摆出典型事例，又交上连夜打印的灾情通稿。大家又随我下乡查看了三个村的受灾现场，根据受灾现场和我的汇报，测算了整个龙口市小麦的遭灾情况。

考虑到实际情况，粮油上缴任务减免不少。

事后，王副市长肯定了我的汇报。几天后，他打电话给我，让我去他的办公室，从紧俏的抗旱专用汽柴油中，特别奖励我们几吨专用票。

死里逃生的幸存者

1988年初春的一个清晨，市工业局派出桑塔纳轿车，化工厂厂长山广利约我和市工业局王副局长、于科长去济南省化工研究所办理磷化铝、磷化锌等生产许可证。磷化铝、磷化锌等产品有剧毒，属于国家严格管控的特殊产业，审批生产手续极其复杂，难度相当大。化工厂已立项，研发的产品也达标，要想尽快投入生产，投放市场，必须把生产许可证和产品销售许可证拿到手。

到了济南，我们找到省化工研究所的领导和工程技术人员，争取他们的支持。几经周折，最后终于达成协议，同意签批生产许可证。第二天，我们又找省化工厅王处长、省星火办公室，争取省里立项和相关技术支持。返回龙口后，我又陪同山厂长找兰高农村信用社孙主任，再一道去市农业银行找林培学行长争取货款基金。两天后，我们又马不停蹄地与山广利、科委慕副主任去济南化工研究所，找杨所长和杜方林、张秀岚、季秀芹等专家进行技术交底。

济南的工作任务完成后，我们直奔北京，找到化工部供销局，争取国内外销售市场的许可证。从北京返程第二天，我们再次找农业银行林行长落实贷款指标，一切工作雷厉风行，分秒必争，十分艰难，却达到了预期目标。回来我们又接着邀请省化工研究所专家、市农行林行长、工业局王副局长、科委慕副主任和曲副主任来化工厂现场办公。

不久，农业银行的贷款指标到位，我们马上引进全套生产流程设备，聘请胶州市安装公司宋贵生经理负责安装配套设备。资金、技术、市场营销、生产设备配套到位后，化工厂告别了简陋的手工操作，从产品销路不畅的低谷步入了高速发展的快车道。

有一天清晨，山广利厂长约我赴济南省化工厅，找专家联系相关业务。已近中午，我们也顾不上吃午饭，又驱车直奔126公里外的德州市外贸公司，找到分管领导，争分夺秒抢占销售市场制高点，取得令人满意的效果。那些日子，我深刻地体会到发展乡镇企业的难度，也看到了山广利等一批厂级干部的聪明才智。他们为发展乡镇村企业不畏困难，勇于开拓。

兰高镇镇办和村办企业的领导创业的艰辛和奉献精神深深感染着我。几年里，我与企业的领导、村里的负责人，走南闯北，风餐露宿，吃尽了苦头……

在兰高镇三年间，还发生过一件生死攸关的流血事件。

1988年8月25日，兰高镇东太平庄党支部书记孙乃功，约我去烟台合成革厂考察一个加工合作项目。这天，天气特别热，太阳火辣辣地炙烤着大地。路边那些小草忍受不住太阳的暴晒，叶子卷成了细条条。知了不停地叫着，海边的港城烟台也是热浪滚滚，闷热难忍。天上没有一片云彩，没有一丝风。项目谈判结束后，已是傍晚。

太阳西斜，我们乘坐那辆客货两用双排座车往回赶。我在颠簸中昏昏欲睡。车沿206国道西行在蓬莱城东约两公里处，司机为躲避一个扛锄头的老人，本来有点刹偏毛病的大头车，左拐右晃，扭起了秧歌。"轰隆"一声，大头车坠入路南三米多深的道沟里，一场突如其来的车祸发生了。说来也是不幸中的万幸，巨大的冲击力把我从后排座上弹起，又冲破前风挡玻璃，一头扎向公路道沟的南沿。落地的瞬间，我本能地往左右看。左边是一块一米见方的大石块，右边立着一棵半搂粗的白杨树。头的着地点，是一簇茂密的秧藤。灾难来得猝不及防，惊心动魄。

当时我心里还非常清醒，双手用力地支起身子，坐在那里目瞪口呆。假如稍微落偏一点，必死无疑，后果不堪设想。回头看那辆大头车，倾斜在沟半坡上，马达还在不停地轰鸣，两个后车轮胎还在飞转。前挡风玻璃破了个大洞。我也不知道自己是怎么飞出来的，衬衣后背划出一道口子，连穿在里面的贴身汗衫也划出一串破洞。真是奇怪，玻璃碴儿那么尖锐，竟一点没伤着皮肉。头顶却撞破了一道口子，血流如注，热乎乎地鲜血染透了衣裤。我急忙掏出手帕捂住头部创口，弯腰用另一只手拾起撒落在草丛中的带血的工作证和粮票，急忙询问起孙乃功和司机受伤情况。司机小张的手臂被玻璃划伤，孙乃功大腿上受了点伤。他们急忙跑到公路上拦截了辆小面包车，把我送到蓬莱市区某驻军卫生所。值班的卫生员简单处理一下伤口后，看着地下流的一摊鲜血，打电话请示领导说："有位大叔头碰破了，流了不少血，我处理不了，赶快派车送医院吧。"部队领导急忙赶到诊所查看我的伤情，调动车辆送我们回龙口治疗。

当我被扶进车里时，头脑依然清醒，一看手表已是晚上九点钟了。我突然想起来了，兰高镇卫生院院长袁导先就是一位优秀的外科医生，找他处理最合适。我急忙对孙乃功说："回兰高卫生院。"

到达兰高镇时已快十点钟了，我这才感到头痛欲裂，汗水浸透了衣服。我咬紧牙关，忍痛谢别部队司机，让孙书记跟着车回蓬莱，再安排车辆进厂维修。此时，我的双脚像踩在棉花堆里一样软弱无力。我扶着墙，踉踉跄跄地踏进了卫生院大门，几次差点跌倒。推开了院长办公室的门，袁院长看到我这副模样，吓了一大跳："迟书记，这是怎么啦？"我说："老袁，赶快给我处理一下！"因失血过多，我昏沉沉地歪倒在椅子上。袁院长急忙招呼护士长李秀荣，两人把我搀扶进手术室。袁院长边洗手消毒边问我："用不用打麻药？打上不痛但对创面恢复不利。"我说："不用打了，我能坚持住，你抓紧手术吧！"清洗完伤口，缝了十二针。我咬紧牙关，浑身上下大汗淋漓。手术结束后，周身上下像抽了筋骨一样无力。我被扶进病房时，已虚弱得没有一点力气了，心里空落落的。袁院长对我说："看你这伤势不轻，脑震荡避免不了，只是轻重而已。现在要绝对静养，要休息好。"说完他轻轻带上门走了。我微微睁开眼，对李护士长说："大嫂，您赶快做点饭给我吃吧，快饿死我了。"不一会儿，李护士长端来了一盆小米粥，六个热鸡蛋，一盘熟咸菜。我坐起来，风卷残云，一扫而光。顿时感到精神开始恢复，身上也有了力气。闭目一想，后怕得很，这可真是死里逃生。

当晚，袁院长挂电话通知栾镇长，镇长立即和值班的机关干部来到病房。第二天上午，市委副书记于维义和组织部几位领导赶来探望，并提出要将我转到市人民医院治疗。袁院长一听，坚决不让，激动地说："我精通的就是外科专业，转院就等于砸我老袁的牌子。"我理解他的心情，谢绝了市委领导的好意，说在卫生院待几天就回家休养。

听说我遭遇了车祸，连续几天，亲戚、朋友，还有各乡镇、各科局以及市委的领导前来探望。袁院长高兴地说："咱家卫生院从来没来这么多人，这下医院也不用做广告了。"三天后，我由卫生院搬回家。袁院长嘱咐我一定要静养，重点是防止伤口感染和脑震荡后遗症，有情况随时通知他。

伤口开始愈合，但是我被脑震荡影响得头昏脑涨，睡不好觉，一阵阵地恶心想吐。9月18日上午，镇长来到我家，拿着市委、市府办联合通知对我说："市里明天在大陈家镇召开秋收秋种现场会，必须一把手参加。我已经借好洽泊村的'皇冠'轿车，也通知司机小姚了，明天按时送你去参会。"我只好答应按时参加现场会。第二天，我拖着软弱无力的双腿，忍着脑震荡的折磨，投身到"三秋"会战。从发生车祸到正式上班整整二十二天。事后，袁院长瞪着眼埋怨我："你不该这么早就投入工作，地球离了你不转啦！头部受到撞击，脑子不可避免遭到震荡，休息不好是要有后遗症的，那时候只有你自己痛苦喽！"

那天，我刚到大陈家朱占村玉米秸秆还田现场，同人们纷纷询问我的身体恢复情况。市长罗开田还幽默地调侃："老兄你好啦？贫下中农想念你呀！"实际上我一直头晕，只有暗暗忍受着。

事后，好多人对我说："大难不死，必有后福呀！"其实这是佛家的一句话，说的是因果关系。大难不死，必然对生命充满了珍惜和感激，往往会以一种积极向上的心态对待生命。

上面千条线　下面一根针

人们常说乡镇基层干部的工作是"上面千条线，下面一根针"，乡镇党委书记就是这根针的针眼，这是对乡镇工作最形象的描写。乡镇一级是全局的"宏观之末，微观之首"，处在承上启下的关键环节。乡镇党委书记是党在农村基层的执政骨干、乡镇领导集体的核心，可谓是"将之末、民之首"，工作千头万绪，纷繁复杂。按理说应该把如何"把握方向，统管全局，抓好大事，做出表率"作为重要课题，做到上通下达，深入群众，为老百姓排忧解难，办实事，办好事。我是这么想的，也努力这样做，但是一些现实状况却让人违背初衷而力不从心。

党委书记在乡镇里应该属于那种乡镇与县市、城市与乡间，上通下达的"二传手"式的人物。别看官职不大，政界戏称"八品"，能干好这个岗位也是不容易的。那么我这个乡镇党委书记，在那个年代在忙些什么呢？每天上班，总会有党委班子成员或部门领导来请示、汇报或商量事。村里和镇办企业的干部还有市里的部门领导，会早早来堵你的门。无论是办公事的，还是办私事的，你一个也不能怠慢。

归纳起来，那些年我这个乡镇党委书记每天的主要工作就是开会、应酬，其次才是下乡、蹲点、调研。

市里召开的会议一般是布置工作，传达上级文件、领导讲话、典型报告和总结表彰等，还有一些上级召开的专题电视、电话会。在这些会上，作为乡镇书记要做的，一是要领会上级领导的精神意图，二是要代表本乡镇表态。

市里的会必须参加，乡镇的会也不能不开。对于重要的事情，乡镇要召开包括村级干部、生产队干部、镇直单位领导参加的三级干部大会。比如一年一度的农村经济工作会议，学习中央一号文件精神，联系实际制定相应措施；赴外地学习先进经验观摩会；夏秋两季农事活动的动员大会；遇上天灾人祸时，还要临时召开紧急动员会、现场办公会；秋末冬初要召开农田水利基本建设誓师大会；典型现场观摩会，分片检查评比会，等等。这些会既是传达上级精神，也是布置本乡镇的工作。

镇里开会时，与会者到秘书那里签到、领会议文件和领导讲话资料。年轻干部还会认真听讲，一些资历深的"老字号"开会期间经常溜号，找地方喝茶、吸烟、侃大山。

党委扩大会议几乎每周都要开一两次，听取下面各工作片的工作汇报。一般党委、政府领导成员都兼任各工作片长，传达上级领导最新讲话精神。除了上面的会议，还有一些诸如每年的党代会、人代会、政协会，工会、青年团、妇联、民兵、治保、宣传、统战、信访、计划生育、植树造林等会议，党委书记都要按时参加，以示重视，有时还要即席讲话。

所有的乡镇干部下乡也基本是层层开会，不开会就难以统一思想。工作协调不好，班子成员还有意见，工作无法开展。于是开会成了工作的主旋律。

下面讲的是应酬，说白了就是陪吃陪喝。当年，在某种意义上说，应酬是更重要的工作之一。不出几年，胃肠坏了，血压高了，血脂高了，血糖也高了，都是应酬惹的祸。

应酬，还要看一个乡镇的实力，看一个乡镇领导在市里的地位。一般来说，财力雄厚的，乡镇领导的人缘必然要好一些，中午过来就餐的人就多。镇里有钱，这领导也好当，反正又不是自己掏腰包。如此这般，主要领导的工作好开展，部门的工作也好干，碰到机会提拔升迁时根本不用自己说话。

这几年，应酬之风大有改观，禁酒令一公布，层层监督，立说立行。抓得有力度，有成效，大快人心。

在乡镇工作这些年，我深刻地体会到了"上面千条线，下面一根针"。除了开会、应酬外，千头万绪的工作都要抓落实，乡镇干部年复一年成了磨不断的铁索链。尤其是接待工作，那可是日常工作的重头戏。我碰到过一天接待九个检查组的情况。那是1988年9月下旬的一天，连续接到上面的通知，都是部门主要领导带队，都要求乡镇一把手出面接待，没办法只好排着来吧。第二天又来了四个检查组十七个人……也要求我亲自汇报，可惜没有分身术呀！于是我派镇长去。不一会儿镇长就回来了，对我说："人家要听你汇报！"……

我刚想喘口气，镇教育组柳主任来党委办公室找。老主任满脸是汗，气喘吁吁地说："我来了三趟了，我知道您特别忙，但咱镇里中学生运动会开幕式，得邀请书记参加并讲话啊。这可是一年一度运动的会呀！"我爽快地说："我马上去！青少年体育运动应当重视！"

……

现在好了，近年来机关作风不断改进，提倡廉政勤政，改进工作方法。随着现代化办公设备的大量普及，机关办公自动化的程度飞速发展，设置一条龙综合服务。办公效率大大提高，乡镇压力有所缓解，群众满意率步步攀高。

牟平县取经

1989年清明节刚过，春回大地，万物复苏。北飞的大雁一行行穿越白云，悠悠而过。路边高挺的白杨树的花絮静谧无声，飘飘洒洒，地上铺满碎碎的一层。正是"草木知春不久归，百般红紫斗芳菲。杨花榆荚无才思，惟解漫天作雪飞"。

一年之计在于春。市里号召各乡镇要走出去学习先进单位的经验。牟平县（现为牟平区）西关大队和新牟里村这两个单位，农村经济发展得红红火火，有不少科局和乡镇组织力量去考察学习。我们召开党委会研究，从各工作片村里选拔骨干，准备去牟平参观学习取经。

牟平县委书记是我当年在省城深造时的同班同学谢玉堂。我首先打电话与谢玉堂取得联系，接着组织了十九人的参观团开赴牟平。牟平县委书记谢玉堂、办公室主任王天仁热情地接待了我们，谢书记亲自介绍全县农村经济发展的大好形势和典型单位的先进经验，又安排办公室初副主任、行政科李科长带领我们参观了多种经营、全面发展的西关大队，新牟里村办工业纺织厂和汽车配件厂，东油坊村的大型养猪场与大面积优质小麦和蔬菜基地。第二天，我们又去参观武宁镇。据王镇长介绍，他们在大力发展粮油生产的同时，多种经营全面发展，大力开拓市场经济和外贸出口。现在镇里有建筑安装、烤果、地毯、塑料、服装、海产品养殖等镇村企业。以大成花生食品有限公司为龙头的烤果出口企业，产品远销东欧、日本、香港等地，是牟平出口创汇的一大支柱，年创汇200多万美元。在烤果车间，我们被选果、清洗、烘烤、晾干、包装一条龙流水线所吸引。

大家深感牟平县经济发展态势喜人。形势不等人，大家纷纷表示，回去后要以此为榜样大干一场。第二天中午，谢书记与一位副县长设宴为我们饯行，每个人都深受感动。

返程时已是下午，烟台旅游局局长听说我率领着村里的干部到牟平参观学习，一定要留我们在烟台住一宿。旅游局局长也是我的老同学，我恭敬不如从命，大家也都赞同。宾馆依山傍海，建在烟台市区东山的半山腰，环境幽美。

晚宴结束后，大家回房间休息，我与老同学在接待室又喝了一会儿茶，共叙同窗之谊。

第二天上午，旅游局局长安排我们考察闻名中外的张裕公司。听公司领导介绍：由于张裕对国际葡萄酒业的突出贡献，1987年烟台荣膺亚洲唯一的"国际葡萄酒城"称号。大家有滋有味地品尝葡萄名酒，参观张裕百年地下大酒窖。公司领导听说我们兰高镇区北部大量土地呈沙壤地质，最适合种植葡萄，希望我们回去后多种优质葡萄，支援张裕公司生产。公司可以提供优良品种，派出技术人员到现场指导，产出的葡萄会用合理的价格收购。几个村领导深受启发，纷纷表示回去开辟葡萄种植项目。后来这些村都成了葡萄酒厂原料生产基地。种葡萄的果农，经济收入年年提高。

放弃升迁的机遇

农村乡镇干部除了参加上级召开的会议，大部分时间是下乡蹲点跑面，检查指导农事生产和政治活动。一个乡镇一般按地理区域划分为七八个工作片，片长一般由党政领导干部兼任，再配上几个一般干部，负责上通下达、调查研究、处理问题，多年来都延续这样的做法。

1988年麦收后的7月27日，我在兰高镇下乡蹲点的村叫逄鲍村。工作组住在离大队办公室不远的一个空闲房里，吃饭到老百姓家里吃派饭。和我住在一起的还有团委书记张成钢、农技站长等。这天早饭后，大队办公室会计接到镇政府电话通知，说是市委组织部来电话通知，让我和镇长下午两点在镇政府办公室等着，上级领导有要事找我们。我骑着自行车回镇里，一边走一边在心里不断嘀咕着："什么事需要上级领导亲自来呢？"赶回镇里吃完午饭后，我与镇长来到一楼行政办公室。

下午两点，一辆银灰色桑塔纳轿车缓缓驶进镇政府大院。走下车的是刚上任不久的烟台市委副书记、副市长，前不久曾任过龙口市委书记。

我和栾镇长忙迎出去，热情迎接这位老朋友、老领导。多日没见，他还是那样精神抖擞，风度翩翩，言谈话语仍很随和。他与我们一一握手后对镇长说："老栾，麻烦你负责处理好下午的工作，我和老迟有事情单独商量。"镇长笑了笑说："没问题，你们上楼谈吧。"

二楼办公室里，我们面对面坐着，我为他沏了杯茶，他喝了一口，便把烟掏了出来，有滋有味地吸起来。我们天南海北侃了半天，最后才扯到正题上。他慢条斯理地说："老大哥，这么多年来，你在乡镇勤勤恳恳，埋头苦干了十几年，抓乡镇企业肯吃苦，善钻研，懂管理，有魄力。经市委组织部考察研究，决定调你到烟台市乡镇企业管理局工作。本来组织部领导要找你谈话，但我正好下乡有别的事，路过这里就与你见个面，随便聊聊。"

听了他的话，我心里不由得热乎乎的，但也有点忐忑不安。我说：

"感谢组织对我的器重，可我已过不惑之年，文凭、水平都不行，恐怕耽误工作。做不好岂不辜负组织的一片苦心和厚望？"

他爽朗地笑了笑，鼓励我说："老大哥还这么谦虚，这么多年了，你的能力和水平，组织还不清楚吗！谁也不是一出生就会干事，不都是干中学、学中干嘛！你老兄只要努力去干，没有干不好的事。再说，这也不是我的个人意见。"

天渐渐暗下来，大街上的路灯已经亮起来了。室内烟雾袅袅，浓浓的烟味弥漫在房间的各个角落，烟蒂已塞满烟灰缸。书记站起来说："天也不早了，我明天就要返回烟台，你回家再和老人、嫂夫人商量商量。三天后，把意见反馈市委组织部。"

夜幕下，我送别了老领导，眼望着远远驶去的轿车，心潮起伏……能得到领导的信任和重用，是我的福分，但也隐隐感到有些不安。不管怎么样，我暗下决心，绝不辜负组织和领导对我的信任，一定认真扎实干一番事业，也算不虚度此生。

当晚，我怀着激动而复杂的心情回了家，一家人围在一起欢欢喜喜吃晚饭。饭后，我把这一消息宣布了，本以为全家人会为我高兴，可是谁也不吭一声。耄耋之年的父亲突然哭起来，我心里一惊，从来没见过父亲这么伤心啊，这是怎么啦？父亲抓起块毛巾擦着眼泪，说："你去了烟台，一家老小怎么办？家里有个难事找谁去商量？"

原来是因为这个，不过也不能怪父亲。随着父母进入老年，我是弟弟妹妹和父母的主心骨，家里的大小事情，都是我帮助父母张罗，我去想办法解决，就连父亲抽的烟、喝的茶也是我按时送回来。我一旦走了，他们一定会感到失落。我急忙安慰说："您也不要这么伤心，别哭了，不是还没定嘛！我这是回来商量呀。我是个党员，党员就要无条件服从，就是调我去新疆、西藏、黑龙江，不去也是不行的。再说您也不是不了解我，我去了哪里也不会不管你们啊！"

父亲仍气鼓鼓地说："你那个性格我还不知道？干起工作什么都不顾了，哪里还能有时间管家里的事？"

我无言以对，父亲说的是事实。凡熟悉我的人都知道我是工作狂，干起工作来不要命。工作离家远了，家里的事必然不能照顾周全，真是忠孝难两全呀！

母亲倒挺轻松地对我说："咱家这些人，家里家外靠你习惯了，你要真离家远了，我和你爹心里还真是没有底。不过，也不能因为咱家的事影响你进步。"母亲说得很轻松，我心里倒更加沉重起来。

我又征求妻子的意见，她倒是很理解我："只要你感觉好，别惹两个老人生气，我倒没有什么意见。"接下来她又说："反正你干工作时什么也不顾，家里什么事也别想指望上你。"我心里一阵迷茫，感到一筹莫展，躺在炕上辗转反侧，彻夜无眠……回想自己参加工作二十多年，我对党的事业始终忠心耿耿，勤勤恳恳，任劳任怨，不计较个人得失，在社员群众中也拥有一定的威信。多年来我风里来雨里去，上山下乡，蹲点调研，居无定所，连一个像样的家都没有。老婆孩子跟着我前后搬家八次，这其中的艰辛谁又能体会得到呢？这次无疑是天赐良机，是去，还是不去，我陷入进退两难的困境。

古人云："树欲静而风不止，子欲养而亲不待。"人生在世，生命短暂。父母一天天变老，再不抓紧时间尽孝道，悔之晚矣。思来想去，我决定放弃这次难得的升迁机会。

市委组织部领导打来电话："去烟台的事考虑得怎么样了？这可是组织研究决定的，你要个人服从组织呀。"我说："真是辜负了组织厚望，回家与父母一商量，八十多岁的老父亲呜呜地哭，不让我走。父母一辈子不容易，我真不想让他们晚年生活得不安。感谢组织对我的信任。"我的心里久久不能平静,我这是参加工作以来第一次否定上级组织的决定。事隔多年,我对这个决定并不后悔。为人在世,只要有一颗立党为公、执政为民的平常心,在哪里都能为人民服务,只要努力了都会出彩。

第十六章
闲职不闲

科协可以歇歇吗

1989年11月4日，市委组织部通知我与栾镇长到市政府东莱宾馆南三楼会议室听命。市委副书记于维义和市委常委、组织部长刘洪元、副部长刘巨峰与我谈话，他们首先充分肯定了我在兰高镇这几年的工作，接着宣布让我去市科协任主席。科协是干什么的？我过去连听说都没有听说过。

参加谈话的干部陆续走了，小会议室西北窗角下，坐着一位年过半百的斯斯文文的人在那里默默地吸着卷烟。他一看人走得差不多了，朝我笑了笑，开始自我介绍。原来他叫曲春旭，是科协副主席，哈尔滨工业大学本科毕业，有工程师职称。他吸着烟幽默地对我说："您在下面累了这么些年，这次到科协可以歇歇了。人们都说科协科协，可以歇歇，工会工会，吃饱就睡。"我听着他的话，笑了笑，一时无语。

已近天命之年的我，终于进城了。结束了长达二十年的乡镇基层生涯，全家终于团聚在一起了。可是，进了城就等于船到码头车到站了吗？我能甘心去歇歇吗？怎么能歇呢？

11月10日上午，和我共事三年的栾镇长和二位副书记送我去市科协正式报到。首先见到的是几位老弱的机关干部，然后是简陋的办公室、破损不堪的桌凳和几个弹簧已损坏的破沙发。镇长感叹说："科协的办公条件这么差呀！我们可以帮帮你。"我笑着说："你们放心吧，我不会给你们添麻烦的。"

科学技术协会，是党和政府联系广大科技工作者的纽带和桥梁。龙口市科协办公室蜗居在市总工会办公楼三层东首三间房里，市总工会不断催要房租、水电费和冬季取暖费。第一天见面，大家喝着白开水进行了自我介绍，算是个见面会。

原本市科协与市政府科委、协作委合署办公，现在正逢"一分为三"。我报到时，正值人、财、物矛盾突出的分家阶段。市委副书记由伟中牵头，市委办公室唐副主任、市政府办公室栾副主任、人事局张副局长、财政局王副局长等领导参加了我们的"分家"工作。分家难分，这场分家工作开始了马拉松式的历程。

那些日子我心里有些沉重，这是一个人员老化、一穷二白的弱势群众团体。我心里也清楚，这种状态不能等，不能靠，也不能要。分家不可能分来什么财产和政绩，我必须尽快调整心态，尽快进入角色，迅速摸清底细，找准突破口，打破被动局面。

11月15日，曲副主席陪我出席烟台市科协年终工作总结评比大会。龙口市科协在烟台市13个县市区排名倒数第3。我坐在会场后排座上的角落里，看着兄弟县市区的科协主席兴高采烈地登台领奖，我的脸上火辣辣的，心里很不是滋味，不服输的要强之心开始萌动。会后，我立即去拜会烟台市科协主席刘若恺，向他反映龙口科协当下的状况。刘主席是从蓬莱县委书记位置上刚调任烟台市科协工作的。他真诚地鼓励我，一定想方设法，尽快进入角色，彻底改变被动局面，争取早日步入先进行列。我暗下决心：尽快摸清底细，奋力开拓进取，不惜任何代价，两年内必须进入烟台市先进行列，三年内达到省科协系统先进水平，争取五年成为全国先进单位。不达目的誓不罢休。

烟台年会后，我回到龙口，连续一个周睡不好觉，寻找工作突破口。我首先召开市直部门、各镇区科协干部第一次碰头会。会上我郑重地指出当前的形势和压力，提出新的奋斗目标，那就是争先创优不甘落后。

我们会后立即召开机关干部会议，对所有人都分清责任、分配任务，分门别类全面展开调研，鼓励每个人找准自己工作的突破口，不推诿，不懈怠。接着我紧锣密鼓地找到市人事局王局长，争取科技咨询中心事业编制，并向财政局杨局长申请增加经费。市财政每年拨给办公经费3.5万元，这点钱实在难以为继。

紧接着，我又与曲春旭副主席去省城拜访省科协领导，刚好与在龙口市委挂职副书记的张炜先生同回济南，一路上张书记也鼓励我："不等不靠，抓住机遇迎难而上。工作中有困难，我也会支持你们的。"

在济南，我们拜会了主持工作的省科协常务主席徐家德、几位副主席及有关科室领导，让他们对龙口市科协留下初步的印象，还看望了省人大办公厅副主任朱前贵和刚调到省农委任副主任的谢玉堂。他两人和我是省团校27期同班同学，同学见面分外热情。

为了争取各级支持，由济南返回后，我又马不停蹄地与曲副主席一道赴龙口镇拜访原科协主席刘少一老前辈，龙口家电总公司王集农总经理，纺织工业公司王德铭总经理，龙口镇党委书记王连臣，洼东煤矿党委书记李慎言、矿长魏兆太……

新的一年开始了，科协的工作也自上而下全面展开。审时度势，抓住重中之重，首先下大力气建立健全各级科普组织网络，这是我到科协工作的首要任务。有了上下贯通的组织网络，才能有效地开展工作。

机关干部多数年老体弱，精神萎靡不振，不求进取。要想开展工作，首先要激发机关干部的斗志，调动每个人的工作积极性。这年春节前的腊月，我竭尽所能挖掘过去的资源，为机关干部发放年货，有海鲜、肉、酒、水果等。大家高兴地说，这是单位第一次有这么丰盛的年货。那几天，科普部长曲春湖断断续续上班，后来一直不上班，也没有人替他请假。连续几天风高雪急，好不容易雪停了，大家到广场扫雪。扫完雪，我打听着找到北大街一处临街的二层旧楼，沿着狭窄的楼梯，找到了他的家。敲了半天门，里面也没有动静。我用劲儿推了一下，门开了，一股混浊的气味扑鼻而来。只见炕上的旧被下，蒙头躺着个人。我问："你怎么啦？"原来这是曲部长夫人——市农技推广中心一位著名的花生专家，憔悴羸弱，面色枯黄。我叹了口气，再到西屋一看，炕旮旯儿一个煤炉旁边堆着一大堆煤灰，曲部长蜷缩在被子里正痛苦地呻吟。我忙问："你们这是怎么啦？"曲部长流着老泪，断断续续向我讲明情况。原来这栋楼的产权归属市房管所，多年失修，门窗透风漏气，两人已感冒多日了。

我没好气地说："你俩真是书呆子，为什么不捎信告诉我？"

曲部长说："您刚调来单位不久，工作压力大，乱事太多，我哪好意思给您添麻烦。"他说他的儿子在省广播电视台，工作繁忙，回不来。

我动情地说："怎么是添麻烦？我来科协工作就是来为你们服务的，你的事就是我的事。这么冷的天，感冒了还不吃饭，屋里还不生炉子，这不是等着冻死嘛！"

曲部长有气无力地说："浑身一点劲儿没有，一活动就出虚汗。"

我说："我下楼去给你买点豆浆油条，回来马上去找医生来给你们看病，再联系房管所派人来维修房屋。"

曲部长伸出了冰凉的双手握着我的手，流着泪水说："谢谢您，多亏您来了！"

回单位后，我立即打电话给建委开发公司杨世发主任。老杨是我的挚友，他迅速找有关单位落实。第二天，房管所派来了几个工人，很快修好了门窗，清理好烟囱，又重新砌了新火炕、新锅灶。

机关诊所的医生及时登门送药、打针。几天后，两位老知识分子上班了，后来的工作积极性就不必细说了。他在省广播电视台工作的儿子曲光明打来电话表示谢意。曲春湖家发生的故事，让我再一次体会到部门领导干部的责任。解决干部的切身困难，对部门领导来说责无旁贷，这比做思想政治工作都重要。

1990年3月3日，下丁家大队创建全市第一处农村科普学校并举行开学典礼，全国劳动模范、大队党总支书记王永幸亲自参加，聘我为名誉校长。我们编排了学习课程，确认了讲课人员，并邀请其他乡镇的科协干部列席听课。我认真讲授了开学的第一堂科普课，为全市农村科普工作全面开花拉开了序幕。

1990年3月26日，我受烟台科协指令，在东莱宾馆接待了省级农业系统学会。省农业厅土肥站高级农艺师曲克健，莱阳农学院教授胡松廷，省农机局长、农业工程学会理事长李会治等专家及烟台市科协领导，来龙口市考察创建吨粮田的经验。我同市里分管领导，市委孙祚正副书记、政府王崇林副市长、科委王立强主任、农机局孙殿玉局长、农技中心韩发志主任等陪同专家组考察北马镇西刘家大队、下丁家大队。北马镇党委书记姜式达、镇长吴长怀、下丁家镇党委书记杨义才等进行全面汇报。对我来说，这是我任科协主席以来接待的第一批省级农业专家，也是我熟悉业务的好机会。我边听讲边学习，业务工作也逐渐进入角色。

1990年5月14日，烟台市政府农业科技有关部门在福山区中桥镇召开小麦后期管理现场会。会后，我立即与市政府领导协调，决定在乡城镇南王村召开相应的现场会进行贯彻落实。因为在乡城镇工作多年，熟门熟路，我提前布置现场，安排得恰如其分，政府通知全市各乡镇长参加。会议由我主持，市政府副市长林培祖和市委农村工作部部长栾绳祖出席会议并讲话。市农业局长迟连运、市农技推广中心主任韩发志、农业专家赵宪吉从技术层面现场讲授。这也是我出任科协主席后，成功举办的第一次大型农事科普活动。

科协机关有十名干部，大部分是大学本科毕业的知识分子。曲春旭副主席是哈工大毕业的高才生，科普部长曲春湖是农业粮食专家，傅有田是果林专家，学会部长孙作经毕业于北京矿业学院……大家身体都不太好，但都有专业知识，对本职工作也很敬业，只是没有让大家释放才能的平台。大家心里也清楚，只要进了科协这个门，就要把心收起来，能干什么就干点什么，工作学习全靠自己觉悟。日常生活事务、子女入学就业、住房等全凭自己想方设法打理，他们没有特殊情况是不会走出科协这个门的，要一直干到病老或退休。

经过几个月时间的调研，我迅速理清了思路，觉得不能再沉默了，必须尽快打破僵局，要全力挽救死气沉沉的科协。挽救科协就是挽救自己。我要面对现实，激发群众积极性，迅速调动一切积极因素，抓住时机，利用有限的经费，每年全力做出一两件有影响的科普工作。

主席办公会上，我们商定：加强管理，树立良好形象；号召机关干部做到的，我们首先要做好；实行岗位工作责任制；讲政治、讲团结、讲学习、讲正气、讲纪律，不准在办公室做与工作无关的事。

第二天我下乡调研，中午快到下班时赶回办公室。刚踏上二楼还没迈进三楼走廊，我就听到办公室里啪啪地响，响声传到楼下大厅。我心里纳闷，干什么会有这么大的动静？进了办公室，只见多数同志都在办公桌前看书、写东西，只有一位领导赤脚蹲在座椅上，和一个果蔬站来串门的棋友兴致勃勃地下棋。我一看气不打一处来，昨天下午刚开过会，不能这样无组织、无纪律，顶风而上吧？见我推门进了办公室，他仍置若罔闻地"将！将"地呼叫。真是太不像话了！一怒之下，我推开窗户，双手抓起棋盘，连同拳头大的棋子，一起扔下三楼。大家一声没吭。从此以后，办公室里再也没有人做与工作无关的事情了。

上海牌轿车

到科协工作快半年了，我还没有代步的车。下乡或去机关、厂矿、学校可以骑自行车或乘公交车，可外出开会或上级专家来讲课、传授技术，每次都要借科委的"马自达"。有时碰上人家有事，只能再向市委办公室借车。偶尔一次两次尚可，时间久了常常耽误事。我几次找市委书记申请增加办公经费，多次打报告给财政局申请资金。我心里也明白，科协这个部门在很多人眼里也只不过是个摆设，无关大局。

后来，好不容易财政局批下来专项购车基金三万元，不足部分自己想办法。三万块钱在当时只能买辆踏板摩托车。我绞尽脑汁挖掘在乡镇工作时的资源，请求他们帮助。金龙电器厂王厂长、玻璃厂原厂长、工商局王局长、洼东煤矿魏书记和孟矿长、调到电业局任局长的市委办公室唐副主任等伸出援手，无私地给予支持，好不容易凑足八万三千元。

科协军转干的战善智，为人淳朴，聪明睿智，工作认真，写一手漂亮的钢笔字，开车技术也熟练。我和他商量买车事宜，他也认为这点资金只能买辆上海轿车。

1990年5月20日，我与战善智乘车去烟台车辆贸易公司办好买车手续。烟台当地无货，提车需要去临沂市汽车交易市场。当天中午，我们由烟台乘长途汽车，到达临沂时已经是下午四点。我们几经周折才找到汽车交易市场办事处，办好相关手续。工作人员带领我们到杂草丛生的停车场看车。偌大的一个停车场，车辆很少，只有两三辆上海牌轿车，选择空间几乎是零。我们相中了一辆宽大的黑色轿车，办了个临时车牌，开到旅馆停车场。第二天早饭后，我们加上汽油开始返程。新车需要磨合，车速仅限定在60迈左右。临沂到龙口450多公里，漫长的路途似乎到处在修路，坑坑洼洼。战善智谨慎小心地开着，车走一会儿停一会儿，如同牛车爬坡。我坐在后排座，被颠簸得头晕眼花，但想到终于为一穷二白的科协买了属于自己的轿车，心里还是涌起阵阵的快乐。

车慢、人累、路不平，身心格外疲惫。当车开到莱州时，已到晚上八点多钟。开"牛车"的战善智已筋疲力尽了，我也像散了架一样。这时，我忽然想到刚由龙口市委组织部调到莱州市任市长的刘部长曾说过："大家有事路过莱州，一定来找我。"

电话很快打通了，刘市长非常热情，他让我们到市委招待所，并让经理安排我们食宿。晚上九点钟，我们开车进了宾馆大院，宾馆负责人正站在大门前等候我们。她让大堂经理安排我们去房间休息，还电话通知已下班的厨师赶快做饭。

我们吃了顿热气腾腾的爆锅面。刚走出餐厅，刘市长也乘车赶到，寒暄一番后，刘市长问我："老伙计，你买车怎么还要去临沂呢？咱那里没有卖的吗？"

我说："别说咱龙口市里没有现成的车，连烟台市也没有。到烟台汽车销售中心交钱办好手续，去临沂市才能提出车来。"

"原来是这样呀！今天时间不早了，你们劳累一天早休息吧！明天我让人通知莱州科协的主席来陪你，吃过午饭再回龙口。"

第二天早饭后，莱州市科协主席孙永清，坐着他那辆面包车来到宾馆。见到我二话不说，非要先看看我买的新车。孙主席弓着腰围着"大上海"转了四圈，脸上露出羡慕的笑容，无限感叹地说："老弟真行啊！刚来不长时间就弄上个'大上海'，这在烟台各县市也是拔头筹了。下一步龙口科协工作肯定也错不了，你可能要成为我老孙的主要竞争对手了。"

我说："我刚到科协就听说莱州市科协一直是省、市先进集体，还荣获过中国科协嘉奖。我是个新兵，你可千万要拉老弟一把，我一定要老老实实向老大哥学习！"

后来，从第二年开始，龙口科协一直和莱州市科协并列于省、市先进行列。1993年，龙口科协获得中国科协颁发的科普先进金奖，成为山东全国十佳示范县（市）先进单位。

"大上海"轿车虽然档次低一些，但也是龙口市科协拥有的第一辆车，在当时也是市科协一张沉甸甸的名片。大家对科协的未来充满期冀。

1990年2月，人事局批复成立"龙口市科技服务咨询中心"，有事业编制五人，自收自支。分家分到的一套打印机，在走廊东端做了个隔断门，由在编事业单位职工田黎华负责对外营业，成了当时科协唯一的创收窗口。分家分的一台小型录像机，成了科普宣传的重要工具。经过不断争取，蔬菜专家秦武昌、主管会计王英等陆续到位。1993年3月，司机王辉平、保管员张萍、田家乡科协干部戚壮大也相继报到。看到科协人才济济，我心里充满信心。

这年正值中国申办第十一届亚运会，全国城乡掀起购买亚运体育彩票的热潮。市科协工艺美术研究会长范惠宇，审时度势，抢抓机遇，推销出百万余张体育彩票，受到北京亚运会组委会嘉奖表扬。

8月20日，亚运会组委会发出请柬，邀请龙口市派五位代表出席亚运村北辰购物中心的开幕典礼，同时免费提供六个三平方米的摊位，安排龙口的工业、轻工、电器、工艺新产品展销。这个购物中心位置重要，是专门与亚运会配套的。我拿着请柬向市委主要领导汇报后，坐着战善智开着的"大上海"奔赴北京亚运村。龙口市几个优势产品进入京城，中村灯具厂的节能灯大批量进入亚运村。这次活动，让我们既广交了朋友又增加了经费。

龙口市成立之后，市直机关办公整体搬到龙口新区办公。1990年7月4日，市科协搬进龙口行政办公大楼，按规定分到四楼的五个房间，自此结束了寄人篱下的生活。我也有了独立的主席办公室。我多次找市委办公室领导，为刚从外地调来的胡晓珍申请到一套离办公楼很近的单元房。虽然她值班会多一些，但她很知足。

长期没有独立办公场所的科协干部们，个个眉开眼笑，心满意足，有点安居乐业的感觉。

时值盛夏，骄阳似火，热浪滚滚，科协因经费短缺，没钱买降温设备。我又一次想到了龙口金龙电器集团总公司董事长王集农。王总是我当年在乡城公社主持工业办公室时认识的。那时的公社修配厂是"金龙牌"电风扇底座的配套企业，我们常来常往，感情甚笃。当我和赵文书找到王总时，他毫不犹豫，赞助了四台立式电风扇和部分办公经费。这样，每个房间都有一台电风扇，每人一张崭新的办公桌，还有一把靠背椅子。下班回黄城时，办公大楼外有往返黄城区的专用班车，又安全又方便。

1990年7月23日至27日，我们由烟台集体乘车到济南，出席省科协代表大会。代表们集中住在南郊饭店。省科协副主席马中兴主持大会，省科协常务副主席、党组书记徐家德做工作报告，省政府副省长高昌礼到会讲话，副主席主传文最后做大会总结。这是我到科协工作以来，第一次参加这样规模的代表大会，感受科技是生产力的浓浓氛围。会议结束吃过午饭后，我们准备返程，省科协办公室高主任通知我："省科协副主席主传文，近期要专程到龙口去视察科协的科普工作。"当时我想，主传文副主席是位高级知识分子，听说马上要到国外讲学，他到龙口市科协要考察什么课题呢？我心里一点底也没有。

第二天刚回到家，烟台科协办公室王主任打来电话通知：省科协主副主席在烟台科协刘主席陪同下，即日到龙口市视察。我心里暗暗吃惊，动作这么快呀！我急忙向市委分管书记进行汇报。上午八时，省、市科协领导在市委副书记孙祚正等陪同下，听取了我的工作汇报。后来他们驱车到下丁家大队拜会全国劳动模范、全国人大代表、下丁家党总支书记王永幸，并参观村里的科普学校、图书馆、优质山东长把梨生产基地。领导们饶有兴趣地听王永幸书记介绍下丁家大队依靠科技进步改天换地的经验。沿着莱山山脉弯曲幽美的盘山公路，领导们还视察了七甲乡矮秆苹果示范基地和王屋水库等单位的科技普及工作。专家型省科协副主席主传文对龙口市先进技术推广、科普学校、科技示范、科普宣传和科普组织建设等给予充分肯定和高度评价。龙口市科协扎实有效的工作，给上级业务部门留下较好的印象。

石良镇防汛

1990年9月，秋雨连绵不断，天际间好不容易露出一条缝，几道耀眼的金光刚刚洒下，人们郁闷的心情稍有缓和，猛然一阵东北风卷来一块黑云，刹那间铺天盖地的暴雨迎头而来。被誉为龙口"母亲河"的黄水河两岸，大片粮田和果园遭遇洪涝灾害，青翠孕穗的玉米站在积水中，不及时排水就有绝产的危险。严峻的形势摆在全市人民面前。市里领导考虑到我在乡下工作多年，有一定的农村工作经验，也有抗旱防汛的经历，抽调我承包距王屋水库大坝最近的石良镇的救灾工作。要求调动一切积极力量，确保大坝安全、确保大坝下方的村庄不遭受洪涝灾害并签订责任状。

我放下手里的一切工作，第一时间奔赴石良镇，与镇党委书记孙永常并肩战斗。我穿着雨衣，查河堤、看水塘、找死角、排险情，昼夜奋战在第一线。在夜间值班室里，我亲自守住电话，保持与市防汛指挥部信息畅通，与有塘坝、有小水库、有险情的村庄和责任人保持联系。屋外狂风暴雨肆虐，屋内灯光下我和值班人员时刻警惕，上通下达，严阵以待。抢险的民兵突击队聚集在小会议室里，随时等待命令。

这天下午，防汛巡逻队报来紧急情报：王屋水库大坝下的山西头村西河坝出现严重的险情，河堤已被冲开缺口，并且缺口在不断向两翼扩展。险情就是命令，我和孙书记、机关值班人员带领抢险突击队跳上加长130货车，飞速向事发地点前进。厚重坚固的黄水河坝体，被王屋水库泄洪的急流撕开十几米宽的决口，并且决口在不断向外扩张。混浊的河水向堤外不远处的山西头村扑去。村西那片果树已被洪水淹没得只露出半截树身，村里的大街小巷一片汪洋。人们急促的呼救声，令人心惊胆战。

各村救援队伍陆续赶到，堤坝上站满了素不相识的人。年轻的抢险队员们纷纷跳下堤坝，容不得丝毫犹豫，也顾不上脱衣服。我也纵身跳进齐胸深的急流中，和抢险队的二十几个小伙子，胳膊挽着胳膊组成一道人墙，挡住汹涌澎湃的洪水。其他人趁水流缓慢之机，抢起大锤在决口处打木桩。村里的一些壮汉砍倒村边的老柳树，人们拖的拖，拉的拉，将老柳树顺着河堤送到决口两旁。坝上坝下，村里村外，人们不分男女老幼，都争先恐后，齐心协力，抢险抗灾。危难时刻体现出团结一致、戮力同心去争取胜利的光荣传统。

时间不长，堤坝下齐刷刷竖起一排坚固的柳木桩。木桩间塞满了树枝、树条、石块等。决口封死了，河水温顺地沿着河床奔向入海口。大家舒了口气。我穿着湿漉漉的衣服，拖着疲倦的身躯爬上河坝，那双半新的解放鞋也不知道哪里去了。

满负荷运行

为了提升科协的社会地位，扩大影响，营造全市科普宣传的良好环境，展示全市各条战线、各系统科技工作者的科普能力，经严密组织调度，1991年3月22日，在黄城南大街，一场声势浩大的科普宣传月动员大会开始了。繁华的南大街彩旗飘扬，歌声嘹亮，宣传车沿街宣传。市直各系统学会、协会、研究会，乡镇农业的科技工作者代表和市民，挤满了整个大街，人山人海。省科协徐家德主席、科普部长王荣桥，烟台科协主席刘若恺、科普部长于莉娟，龙口市委副书记孙祚正，市政府副市长王崇武，市人大副主任傅春禹，市政协副主席赵仁强，市纪委副书记孙风松等领导在主席台就座。省科协徐主席、烟台科协刘主席和龙口市委孙副书记即席讲话。各级领导走遍了南大街两侧六十多个科普宣传、科技咨询窗口，逐一进行慰问。省市电视台、报刊媒体，进行跟踪采访。这次前所未有的动员大会，拉开了全市科普活动向纵深拓展的序幕。

1990年12月1日，我们创办了《龙口科普报》，请分管科协工作的市委孙祚正副书记写序言、题报头。经过协调争取，我们在龙口电视台开辟了《科普之窗》专栏。为了彰显全市各条战线科技工作者的业绩，1992年8月由我作序，编辑出版了《龙口市论文选编》，分为"工业"、"医药"、"农业"和"青少年"四个部分，收录了53篇学术论文，在市内外广大科技工作者和群众中引起强烈反响。龙口市科协工作迈出有力而扎实的第一步，市民逐渐认识和接受了科协的工作。"可以歇歇"的科协焕发出青春活力，满负荷地与时代同步前进，事半功倍地取得经济效益和社会效益。

1992年初邓小平视察南方，审时度势发表了重要讲话，在1978年全国科学大会上提出"科学技术是生产力"的基础上，又进一步重申"科学技术是第一生产力"的理论。

为了服务农业，造福农民，为科学种田提供最先进、最前端的科技服务，1992年8月19日，龙口市科协在黄城南大街隆重举办第二次"科普一条街"活动，山东省政协常委、省科协党组书记、常务主席徐家德，省科技馆刘君敏主任，龙口市委孙祚正副书记，市政府王崇武副市长陪同视察。大家对成功组织这样大的活动，给予很高的评价。

1993年刚过元旦，龙口市筹备召开第十三届人民代表大会。1月2日，全市分口划片组成代表选区，民主选举人民代表。市选举委员会确定党政群口为第一选区，代表候选人四人。市委大院登出醒目的告示，发出征求意见文书。四位候选人是：市纪委副书记王铭德（曾历任解放军济南军区某部团参谋长、副团长、团长）、市委副书记孙祚正（历任黄县机关党委干事、贫管办副主任、诸由公社党委副书记、石良镇党委书记、县组织部副部长兼机关党委书记、龙口市委常委兼农工部长）、市科协主任迟焕彩（历任黄县团委干事、副书记，乡城公社团委书记、党委常委、管委副主任，新嘉镇、兰高镇党委书记）、龙口海关副关长张继光（黄县木器厂副厂长、县一轻纺织工业局副局长、县经委、龙口海关办公室主任）。尽管我算是个陪衬，最终也没选为人民代表，但在县直机关干部的视野中有了一席之地。

我始终把关心老干部、老科技工作者的身体健康和生活作为自己义不容辞的责任，尽最大努力帮助他们解决困难。1993年5月，科普部长曲春湖患病，身体极其虚弱，市里几家医院也查不出个所以然。我当机立断，安排学会部孙部长陪他到济南查病治疗，取得满意的效果，后来又想方设法帮助他解决了医疗费用问题。

进了城，离家近了，生活也方便多了，可以将有限的工资收入发挥最大的效益。我的工资收入是每月113元，每月要拿出30%给父母，再扣除我日常开销，所剩无几。妻子精打细算，节约开支，我们感觉很知足。我第一次领工资是1965年秋天，每月28元，一直到1974年每月可拿到34.5元，被戏称为"米、发、捎"干部。一直到后来，不论每月领多少工资我都很知足，始终怀着一颗感恩的心。

江南取经

刚上任不久的烟台市科协刘主席，对各县（市、区）科协主席不熟悉业务的情况很着急，让各县市新上任的科协主席走出去参观学习，解放思想，开阔视野。

1991年春天，烟台市科协张副主席带领部分县市科协主席赴南方参观学习。这次参观活动的对象是改革开放的前沿阵地厦门、福州、杭州、常州和南京。

4月27日早7时，大家由烟台乘车去青岛流亭机场。下午1时40分登机，直飞厦门高崎国际机场。当晚我们住进厦门大学校办招待所。厦门大学是由著名爱国华侨领袖陈嘉庚先生于1921年创建的，是中国近代教育史上第一所华侨创办的大学。厦门四季如春，气候湿润。厦门大学校区环绕厦门湾，依山傍海、风光秀丽。踏进校门，但见楼亭阁桥，气势恢宏，雄伟壮观。迎面墙上镌刻着"自强不息　止于至善"的校训，笔力浑厚劲健。院内外到处是茂盛的榕树，虬枝翠叶，苍劲成荫，粗犷弯曲的枝干垂下长长的"胡须"，人们路过时，头顶和肩膀常常被温柔地梳理一下。还有一种凤凰树，据说是厦门的市树，颜色艳丽，一团团，一簇簇，像火焰，像晚霞。

29日上午，厦门科协主要领导介绍了他们提高开放意识，服务中心工作，充分发挥科协纽带桥梁作用的经验。

经主人推荐，我们又乘车到集美区参观陈嘉庚先生故居。这是一座别具风格的古建筑群：白石砌墙，绿瓦盖顶，具有闽南特色。陈嘉庚先生的铜像就伫立在归来堂前，铜像后石屏上刻有毛泽东主席的"华侨旗帜，民族光辉"题词。内有厅堂和十多间厢房。厅堂正中安放着陈嘉庚的石雕坐像。

晚宴结束后，我们步行回厦门大学招待所。灯火辉煌的街道两旁闪烁着霓彩辉映在海面上。错落有致的高楼林立在大海与湖水之间，凉爽的晚风吹在脸上，十分惬意。好一座美丽、有韵致的南国城市。

5月1日，我们沿着巨龙般的盘山公路到达马尾开发区。刚刚起步的开发区已经建好了四通八达的道路，周边布满一道道的深蓝色铁板护栏。几处简易工棚是开发区临时指挥部。无数辆铲车轰鸣震耳，建筑塔吊伸着长臂，纵横林立。

在一处空间较大的活动板房里，我们观看了宣传开发区的视频，听一位女工程师兼开发区科协主席操着标准的普通话讲述："马尾开发区属福建省福州市管辖，是集国家级开发区、保税区、台商投资区、科技园区、显示器件产业园、出口加工区、生态工业园区、国家科技兴贸出口创新基地等特殊功能于一体的外向型工业园区，是国务院批准对外开放并享有特殊优惠政策的十四个沿海开放城市的经济技术开发区之一，设立于1985年1月。开发区面积23平方公里，也是中国著名的侨乡、中国近代海军的摇篮、中国近代航空事业的发源地、中法海战的战场。"

在福州，市科协颜主席认真地介绍情况，福州市科协以特有的人文资源，对台工作富有成效。福州在台湾有70多万人，科技领域人才济济，交流往来频繁，台湾当局的科技部长就是福州人。福州参观学习解放了我们的思想，开阔了我们的视野。

我们又途经杭州，赴常州参观各种类型的代表性企业，听取常州市政协副主席兼科协主席蔡主席的全面介绍。常州各级科协组织充分发挥了科技工作者的作用，为经济发展、社会进步发挥了巨大的作用。大家对全社会科普宣传形式有了新的认识。

烟台科协张主席组织大家畅谈参观学习心得，大家摩拳擦掌，决心回去发挥自己的优势，扎扎实实地大干一场。至此，这次新颖而丰厚的江南之行圆满结束了。

这次参观学习，让我这个刚踏入科协岗位的"老兵"耳目一新，受到了深刻的启示。在返程的路上，我决定创造条件，带领部分科协干部走出去，解放思想，以便学有方向，赶有目标，培养出一批骨干率先发展，创出先进经验，推动全局工作。

组团进京

市委领导赞成我带领部分骨干力量走出去解放思想、更新观念、学习先进经验的想法。在取得市委支持后，我又赴烟台市向刘主席汇报。刘主席建议我们到北京周边区域参观，顺便打探一下科协"四大"精神，以便于下一步工作迅速跟进。热心肠的刘主席又专门修书一封，把我们介绍给北京市西城区政协副主席兼科协主席孙树榕。

孙树榕受聘于烟台市政府经济发展顾问，对烟台的经济和社会发展建言献策，有着特殊的贡献，在"文化大革命"中曾是周总理指定的重点保护人物之一。刘主席的建议无疑是雪中送炭，让我充满信心。

主席办公会研究决定：市科协科普部傅部长、学会部孙部长、北马镇分管科技的林副镇长和龙口镇姚主任、乡城镇姜主任、兰高镇于主任等十几位市镇骨干参加这次外出参观考察活动。我们5月19日凌晨出发，晚上10点多钟才顶着月光抵达京城。行前我们联系了国防大学招待所所长于风娥，请她安排接待。于所长是龙口市乡城镇儒林庄村人，我们多年前就熟悉，她热情周到的接待，让一路辛苦的同事们有宾至如归的感觉。

5月21日早饭后，我联系到龙口籍老革命干部、中共中央书记处农村政策研究室副主任谢华先生，想通过他及夫人张强，协调中央有关部门协助龙口科技馆建设立项工作。我乘公交车赶到他们家时，才得知谢老去天津市大邱庄搞调研去了，我把提前拟出的请示报告附上烟台市科协文件，递交谢老的夫人张强。张阿姨是农业部科技司原副司长，她表示，为了家乡科技振兴，一定尽力而为。

5月22日上午，我们带着刘若恺主席的介绍信，找到位于北京辟才胡同的西城区政协。孙树裕先生是西城区政协副主席兼科协主席。在贵宾接待室，我恭敬地将介绍信呈送给他。德高望重的孙先生，戴着副宽边眼镜，笑容满面地紧紧握着我的双手热情地说："大家来了都是贵客，千万不要见外，更不必客气。我是胶东半岛荣成人，对烟台有着深厚的感情。全国政协是一家，我和刘若恺是很熟悉的老朋友。全国科协也是一家人，欢迎胶东老乡来西城区做客。"一席话缓解了大家的紧张心态。接着孙主席介绍了西城区科协利用地域优势，广泛开展科普活动的做法和经验。

西城区是党中央、全国人大、国务院、全国政协、中央军委、纪委所在地，科协充分利用这个得天独厚的资源优势，为广大科技工作者服务，开展了大量卓有成效的科普活动……

然后，区科协副主席带领我们去会议室观看录像视频。视频生动地介绍了西城区开展科普宣传、科技咨询服务、为科技工作者与研发生产架起桥梁和纽带活动的典型经验。接着我们又参观了几处街道科普园地和科技工作者之家。餐后，孙主席推荐我们去昌平县参观，并说他可以打电话通知昌平县（现为昌平区）科协接待我们。孙主席认真负责的神态，热情周到的安排，给我们留下了深刻的印象，参观团一行也深受教育。

昌平是首都北京的北大门，位于北京西北部，被称为"密迩王室，股肱重地"，素有"京师之枕"美称，是首都的卫星城。

我们5月24日用过早餐后，一个多小时后赶到昌平。县科协张主席、苏主席已在科协办公大楼门外等待。在科技馆多功能厅，他们全面介绍了科协的基本情况：昌平县辖25个乡镇，有2326家企业。县域内有政法、石油、化工、华北电力大学，还有交通专科职业学院、劳动保障职业学院、财贸职业学院的分校等，是知识密集区，旅游业是区域龙头产业。科协在县域经济和社会进步中，发挥着桥梁纽带的积极作用。听完介绍后，我们接着参观县科协办公场所，科普项目齐全的科技馆，还看了几处科普工作先进单位。大家感到很振奋，很受益，对新形势下如何开展科协工作有了新的认识。

这次赴京参观学习，正值中国科协隆重召开全国第四次代表大会（1991年5月23日—27日）。我想，组织这次活动很不容易，一定要抓住机遇学习真经，培养出骨干力量，为今后的工作打好坚实的基础。我电话联系上了出席"四大"的刘主席和科普部于部长（后提升副主席）。刘主席在电话里热情地说："我们也是刚进京报到，会议期间我们一定去看望你们。"

5月25日中午，参加中国科协"四大"会议的刘若恺主席、于丽娟部长专程驱车来昌平县看望我们。刘主席介绍了中国科协第四次代表大会精神，大家倍受鼓舞。大家纷纷表态，回去后一定借这次大会的东风，以此次参观为契机，扬长避短，抓出成效。

结束北京活动后，我们当天下午返程经天津，晚餐后召开会议，总结这次外出参观学习的心得体会。大家都很激动地交流收获，对龙口市科普工作如何发展，畅所欲言，各抒己见。参观团的每位成员，无疑都成了市科协今后开展工作的骨干力量，为下一步全面开展工作打下良好的基础。

学赶莱州

返程路过莱州市时，日落西山彩霞红。莱州市科协是山东省也是烟台市科协系统先进单位，还有个幼儿科技活动获全国科协单项金奖。来到这里，不学习这里的先进经验岂不遗憾？学习了京城的先进经验，再学习当地的先进典型做法，真是天赐良机。莱州市刚刚创全国卫生城不久，街道清洁，空气中散发着醉人的花香。大家忘记了旅途劳顿，趁着夕阳未落参观莱州市容，先增加第一印象。

莱州科协孙主席听说我组团赴京学习归来路过莱州，当晚就赶到宾馆与我见面。他想不到我刚进科协不久，就组织骨干外出参观学习，既学习了外单位的先进经验，又培养出一支得心应手的骨干力量。当晚，我们交谈至深夜，互信与友情在交流中加深。

翌日上午，孙主席带领我们参观了莱州科协办公场所，又深入到几家科技经济实体学习，向我们介绍了莱州市科协的基本情况和工作经验，大家深受教育。

刘洪元市长闻讯也乘车赶到，他与参观团成员一一握手，对我组织跨区域远程参观学习给予了充分肯定，并鼓励我要发挥当年在兰高镇完成征购粮油任务时那种忘我的精神，矢志不移，开拓进取，把龙口市科协搞好、搞活、搞出名堂来。

......

这次外出参观，对我最有教育和启发意义的有三件事，一是建立健全科普组织网络，这是全面开展工作的总抓手；二是要有自己培养的各类科普典型；三是要有办公场所和开展科普活动的基地，这是开展工作的重要阵地。我决心要狠抓组织网络建设，培养出各类过硬的示范典型，并通过各级科协领导，争取专项资金建一处功能齐全的科技馆。有了这个想法后，我向市委分管领导请示。领导的态度很积极，支持我的这些设想。那些日子里，建科技馆的意向，成了我心中的大事，海市蜃楼般地在我面前晃悠，晚上做梦都想这件事。

1992年7月26日，《科技日报》主任编辑王华君先生来龙口采访龙口科普活动情况。我陪他先后参观东江镇毡王家村大金钩韭菜研究会，下丁家村、文基、七甲长把梨研究会，食用菌研究基地，新嘉庙高养鸡研究会等。王化君先生回北京后连续发表《山东龙口市依靠科技进步推动社会发展》和《龙口市科普活动巡礼》之一、之二、之三等文章，引起社会的强烈反响。后来，王化君先生每年都来龙口采访，把各地工作经验源源不断地传递给我。

1994年3月10日，王化君先生寄来一封信函，对我的工作推动很大。信的大意是，他刚从中央党校理论班结业回单位，仍任《科技日报》的主任编辑，《科技文摘报》总负责人，主要精力是抓文摘报的全面工作，同时负责《科技日报》的上稿工作。

为加强与地方的联系，倾听基层读者的反映，并了解基层科委、科协的有关情况，他打算3月底到4月初来烟台和龙口市做些调研，主要想了解科技兴市工作的成效，现在存在的问题及中长期计划；以科技兴企或振兴行业的典型、国有企业、乡镇企业；读者对《科技日报》和《科技文摘报》评价及改进意见；两报发行渠道、方式、基层订报是否方便等。他让我与市科委、市政府有关领导都打打招呼，然后来有的放矢地调研。来信最后说："我与老兄乃挚友，从内心想对贵市在'科技兴市'舆论上支持一下。您及贵市有何考虑也请来信来电告我……"

按照王化君主任信函中的要求，我抓紧时间一一落实，取得了事半功倍的效果。京城科技媒体的支持，为龙口科协工作插上了金翅膀。

全国科普示范县

1993年5月12日，市委办公室机要科接到中国科协办公厅的电报，通知我出席中国科协5月20日在广东省召开的部分县科协主席研讨会。会议主题是"解放思想，转变观念"。接到通知后，我立即向市委分管领导孙书记汇报。市里领导很高兴，鼓励我一定要开好会，取得好经验，回来联系实际深入开展工作。

这次座谈会，全国有十八个县（市）和相关省份的科普部长出席。会议由中国科协科普部长李相益主持。

会议期间参观了珠三角地区经济发展迅猛的"四小虎"：南海、顺德、东莞、中山，他们是广东省改革开放先走一步的典范。南海位于珠江三角洲腹地，紧连广州，毗邻香港、澳门，是"国家科技信息化示范城市""全国区域技术创新示范城市"，在全国综合实力百强县中名列前茅。中山市是中国著名的工业城市，国家级开发区，孙中山的故乡，也是中国著名的侨乡。东莞有"世界工厂"之美称，也是中国著名的侨乡，西临珠江口，与广州市、深圳市、惠州市接壤，天时地利。顺德人聪明，市场应变能力强，享有"家电之都"美誉，曾是我国城乡摩托、燃气热水器、空调等小家电生产的集散地。

会议现场参观结束后，广东省和中国科协领导分别讲话，小组进行讨论交流。会议开得紧张活泼、内容丰富多彩。广东沿海地区各级领导，科协干部和科协组织思想解放，改革开放步子迈得大，社会经济发展迅猛，与会人员深受教育。

让我意想不到的是，这次会议上，中国科协领导隆重宣布：山东省龙口市定为全国十个科普示范县（市）之一。

不该发生的事故

1993年春节前后，发生过一件不该发生的事故。

中国农业函授大学是中国科协创办、中组部协办的农业科普函授大学，招收的学员多是农村党员干部。这些学员通过科学技术的系统培训，走上致富之路，成了农村中发展市场经济的领头雁。"农函大"这个科普函授学校，在农村也大有用武之地。

1992年7月，接烟台市科协"关于组织农函大优秀学员赴东南亚国家参观考察"的通知。通知说："为了搞好改革开放，扩大对外交流，促进经济发展，应泰国企业家国际经济交流中心的邀请，组织部分农函大骨干进行参观考察。"我拿着通知去找市委分管科协工作的孙副书记。市委对此很重视，认为当前国家正处于改革开放的初期，人们的思想尚待解放，应借机动员相关人员走出国门，开阔眼界，长长见识，推动当地对内搞活、对外开放的步伐。市里决定由我牵头，组织经济发展势头好的镇村领导和农函大学员参加。

烟台市科协确定首批赴东南亚参观考察团由十几个人组成，党组任命我为考察团团长。人员确定好后，我们开始了出行前的准备工作。因为大家都是第一次出国，心里都没有底，心里充满憧憬与迷茫。上级部门组织这样的考察团也是首次，没经验可借鉴。

1993年1月13日，批文签证和护照正式办好，并指令正月初八下午八时于广州白云宾馆集结。大家接通知后，到公安局出入境管理科、国家安全局办理相关手续，国家检疫局办理国际预防接种证书等。

那年腊月，雪下得特别频繁，也特别大。农历腊月二十六，约定团员们集中去检疫局查体办证，一并确定出发日期。那天，风倒不大，鹅毛大雪铺天盖地。好不容易赶到了龙口海边检疫局门前时，大雪已封了门。工作人员冒着大雪开出一条通道把我们接进去。因是提前预约，检验程序很快完成了。

在检疫局长的办公室里，颇有经验的局长建议："你们正月初六要到广州市集结，必须提前七天联系去广州的机票。最近气象预报说，春节期间连续降雪，你们要早准备，多提前几天。"大家你看看我，我看看你，最后齐声表示，一切由我这个团长拍板决定。我当即拿起电话联系烟台莱山机场和青岛流亭机场，咨询近期航班及气象情况。听到机场反馈的信息，大家傻眼了。烟台方面近期没有航班。青岛流亭机场飞往广州的飞机在腊月二十六、正月初一、正月初六各有一班。大家沉默不语，瞪着眼看着我。我暗想，腊月二十六已经来不及了，正月初六有点晚，若碰上气象问题航班延误或取消，岂不是前功尽弃？我当机立断，除夕夜看完春晚，吃过团圆饺子，给长辈拜完年就出发。四时前赶到青岛流亭机场，不耽误五时五十分登机。我的提议得到大家的一致赞成。其实也没有更好的方案了。我又把这一决定报请烟台市科协领导，并请其转达烟台市区其他团员届时出发，到青岛机场集体登机。

回家向父母及妻子说明情况，这次上级让我带队走出国门解放思想，是为今后开展工作打好基础。让年迈的父母理解，国家刚刚启动对外开放的政策，对东南亚开通专业技术考察工作尚在磨合中，我们这些人是初次出国，没有经验，费用是上级补助一部分，自己拿一些。正月初一出发，也不耽误过团圆年，父母及妻子欣然同意。

除夕夜，吃过晚饭，全家人围在电视前欣赏春节联欢晚会。

一家人沉醉在欢乐中，有的喝茶水，有的吃着瓜子。妻子包好水饺后，默默无语为我准备行李。当钟表指向十二点时，街上响起震耳欲聋的鞭炮声。我急忙到父母亲屋里鞠躬拜年问好。母亲一遍遍嘱咐："在家千日好，出门事事难，出国又不同于在国内。时刻要警惕，平安地去，安全地归。"

一家人围在一起，吃着热乎乎、香喷喷的水饺。这时，院子外面汽车喇叭声响起来，同行的人员都来了，大家互相问候。他们进家给父母亲、妻子礼貌性地拜了个年。我提着旅行包告别父母、妻子，和团员们出发了。

春节的夜晚，下过雪的公路上很少有过往车辆。我们的车辆穿过一个个张灯结彩、鞭炮齐鸣的村庄，四点钟按时到达青岛流亭机场大门外。年除夕外出的人少，空旷的大厅里显得有些冷清。十三位团友陆续到达，接着办理安检，托运行李。因为都是第一次乘飞机走出国门，不免疏忽大意，芝罘区一位团友的手提包在检票后丢了，里面除了一些钱物还有身份证，幸亏机票和护照拿在手里。

第一次登上波音747大飞机，偌大的机舱里仅有我们十几个人，机务工作人员和空姐相互拜年，扩音器里也传出清脆悦耳的女播音员的祝福，机舱里顿时融入一股暖流。在震耳欲聋的轰鸣声中，飞机正点升空，瞬间进入平稳的航行中。夜空中，窗外远方一闪一闪的光亮，那是人们在欢度新春佳节，燃放鞭炮。

待飞机平安降落在广州白云机场时，走出机舱，我们顿时感到进了春季。淅淅沥沥地下着小雨，一辆辆的士鱼贯而至，我们分别登上三辆的士，尽量用普通话说："去白云宾馆。"司机看到我们十几个山东大汉，仪表堂堂，西装革履，又去广州市著名的星级宾馆，不由竖起大拇指，操着浓厚的粤语说："你们几位老板肯定是做大买卖的，正月初一就出动，一定能发大财啦！"

大家把各自带的美味佳肴摆了个满堂红，你吃我的，我尝你的，各取所需。我们也不分早中晚，想吃就吃，想喝就喝，想睡就睡。大街上人来人往，耍长龙、舞狮子的队伍载歌载舞。大家几乎都是第一次来羊城，心里没有底。我当初与王兆睿来广州外调是在二十多年前，旧的痕迹早已荡然无存，街上到处是熙熙攘攘的人群，我们怕出差错，误了出国大事，只能站在房间窗内看外面的热闹。好不容易熬到正月初六下午，北京领队袁先生到达，我们才过上正常有序的生活。

在完成出国考察任务返程时，由珠海拱北海关入关时我与邱恩鸿先生邂逅相识。他是泰安市科协副主席兼农函大校长，全国优秀科技工作者，毕业于山东艺术学院，是山东艺术学院于希宁教授的得意门生。本次出国，是烟台市科协农函大与泰安市科协农函大及下属企业单位团员编队成行。

那天下午两点钟，我们随着回国的人流，通过海关绿色通道鱼贯而出。出海关后，大家登上接待方派来的大巴车，准备晚饭前赶到广州市美美地吃上一顿"国餐"。国外的饮食令人大跌胃口。正在这时，泰安市的一位团友被海关稽查人员拦住。经查，他的旅行包里夹带了两盘录像带和两瓶违规的药品。海关人员要审查录像带内容，大约要等两三个小时，还要扣他的身份证和护照，并且罚款3000元。这位六十多岁的"白头翁"是泰安市一个私营企业老板，他哭丧着脸来到大巴车门前，上车请求同行的团友向海关讲情并帮助他凑钱交罚款。这时车上的人正心急如焚，归心似箭，听说为这种令人尴尬的事被海关扣下，都七嘴八舌地说："真丢人，你自己犯糊涂还拖累大家，罚款活该，咎由自取。"……那位无地自容的"白头翁"，被大家你一句我一句地奚落、训斥，痛哭流涕，却没有一个人出面替他解决。泰安方面的十几个人面带愧色，个个恨得咬牙切齿，谁也不吭声，也没有人出面协调。我一看这态势，僵持下去也不是个办法，就硬着头皮跟着"白头翁"下车向海关办公室走去。大巴车上传来一片吵吵闹闹的不满声，还有人在抱怨我多管闲事。

海关小会议室里，工作人员正在审查录像带，卫兵把我们挡在门外。我心急如焚不知如何下手，在会议室外的走廊里走来走去。正在这时，我忽然听到一阵熟悉的乡音传来，透过玻璃窗，看到一位女海关在办公室里操着浓重的胶东腔打电话。我不由得眼前一亮，便推开门走进去和她套开了近乎。他乡巧遇老乡，双方心里都很兴奋。她说她姓沈，是荣成人。我说："缘分呀！我1966年'文化大革命'前，曾在你们县的俚岛公社关沈屯村搞过社会主义教育运动"。她惊喜地说："天下哪有这样的巧事！我就是关沈屯人呀！搞农村'社教'运动那年，我还在读小学二年级。我大学毕业后分配到海关，现在是拱北海关里的一个科长。"她问我来海关干啥，我说了事由并请她从中斡旋。沈科长给我倒了杯白开水，又递了一杯给那位老板，指责他这么大岁数了，不该做这样的事。她说："看在我这位老乡的份上，我进去商量一下，罚款是要交的，违禁品扣留，身份证和护照可以还给你。"说完她进了小会议室，时间不长，她出来说："交完罚款，你们可以走了。""白头翁"羞愧地鞠躬，千恩万谢。沈科长正色道："你就接受这次教训吧！"我和沈科长握手道别，她一直送我上了车。大巴车上急躁的团友们，看到我们很快回来，都欢呼起来。我说："大家委屈一下，凑钱给他交罚款。""白头翁"一把鼻涕一把泪求大家原谅他，说借50元到广州还100元。泰安方面的团友一声不吭，也没人出钱。我带头，烟台的同行凑齐了钱替他交上罚款。这样一来，耽误了两个小时，大巴司机很无奈地驱车奔向广州市。去市区吃"国餐"是来不及啦，半路上找了个路边店胡乱吃了点，回到广州市已是半夜。那位老板下车后很快拿钱还债，大家谁也没多要他一分钱。我们劝他以后出门在外好自为之，注意山东人的形象。

邱恩鸿其人

邱恩鸿先生是泰安市科协带队负责人，他坐在大巴车后排座全程目睹了这件事的始终。大家分别时，他走到我面前握着我的双手激动地说："太感谢啦，这件不光彩的事全靠你解决，大家心里都感激你。不管你的心情如何，咱们交个朋友吧！"我们相互交换了名片，还用他的相机合影留念，握手道别。

邱恩鸿先生知道我创建徐福故里书画院后非常感动，他约泰安艺校山水画家黄墨林教授专程赴龙口，用实力支持我们的书画院。在画院装裱室里，两位画家不畏炎热，不计报酬，挥汗创作了一些作品。他的作品全部是梅花，有红梅、白梅、绿梅、黄梅，雪中梅、雨中梅、风中梅。行笔流畅，造型别致，花蕊错落，淡浓相依，淋漓尽致彰显他高超的艺术功底。

那几天，我陪两位艺术家去屺坶岛、桑岛、长山列岛实地写生。一路上，邱先生和黄教授不厌其烦地传授书画技艺和作画如做人的人生道理。对书画一窍不通的我，也被他俩讲得如痴如醉。在我家，老伴精心为两位远方的朋友料理饭菜。返程时，我亲自带车送他们回泰安。友谊之花，愈加鲜艳。

出席省政协全委会委员的名单，都是通过省城《大众日报》等媒体对外公布的。连续十年，每年一度的全委会期间，邱恩鸿先生都会从泰安乘车，到济南找到我住的宾馆来看望我，利用会议休息时间带领我参观济南书画市场。有一次我得到一幅于希宁教授的绿梅国画，心存真伪之虑，邱恩鸿先生亲自陪我登门请于老先生鉴定，并与于希宁夫妇合影留念。邱恩鸿是于老最得意的门生之一。他还是文化部恭王府特约画家，那年应文化部特邀赴英国、法国等地开展文化交流访问，历时一个月。回国后，他第一时间把电话打到我家，谈他西行之感想，并迅速寄来大量珍贵资料、照片供我学习欣赏，邀请我去泰安。邱恩鸿先生已经是八十多岁的老人了，又是著名书画大师于希宁教授的嫡传弟子，他的同学中不乏国家及省部级高级干部，但是他从不攀龙附凤，不找任何政治靠山。他也完全可凭自己的技艺，通过市场运作成为风风光光的有钱一族。但他无名利之欲，兢兢业业，醉心于科普宣传事业，连年被评为全国科普先进工作者。他用一颗赤诚之心，惠及全国各地朋友。他为朋友、为社会、为国际友人绘画，从不收费。他用过人的智慧、平常的心经营自己。他淡泊名利，宽容待人，遵循中华传统，严守孔孟之道，能充分认识世界，认清自己，守护真理，不刻意追求身外之物。他对患病多年的老伴关爱体贴，对自己的儿女则放手让他们自立天下，闯荡世界，适应社会环境。邱先生最大的特点，就是能在如此复杂的社会环境中，坦然处世，游刃有余地生活。与邱恩鸿先生相识，是前世修来的缘分，结交这样严师良友，实乃三生有幸。

秘书长的责任

1992年9月24日，接书面通知：山东省科协召开第四次代表大会，各地市要派代表团秘书长和工作人员提前一天参加预备会。

烟台市科协党组指派我为烟台代表团秘书长。头天下午，烟台市科协组织部盖部长电话通知，让我上午八点半在206国道绛水河"发达桥"路口等待，烟台市科协会派出办公室秘书姜德成和司机王师傅，接上我一道赴省城参加秘书长预备会议。

上午八点半，王师傅开车准时到达。姜秘书热情地说："领导安排你任秘书长，让我给你当助手，很高兴与你合作，咱俩一定要好好为代表们服务。省里那边来电话通知，让我们十二点前赶到省科协科技馆吃午饭，下午一点半在科技馆南楼会议室召开秘书长会议。"

我谦虚地说："姜秘书，我可是第一次做这样的工作，没有经验，你要多提意见，多支持我。我们要尽职尽责，保证不出意外，把会议开好，让领导和代表们都满意。"

9月27日，山东省科协第四次代表大会开幕，602名代表出席了大会，会场设在东郊饭店礼堂。省五大班子主要领导出席了开幕式。时任省委书记姜春云、中国科协书记处书记刘絮（女）到会讲话。会中借任"秘书长"之机，我将作序编辑的《龙口市论文选编》发给全体代表。会议过程中，我荣幸地与莱州市代表李登海结识。他的身上有很多光环：山东登海种业股份有限公司董事长、国家玉米工程技术研究中心（山东）主任，被称为"中国紧凑型杂交玉米之父"，也是与共和国同龄的全国人大代表，我们互留联系电话并合影留念。

北京高端会议

　　1993年春节过后不久，龙口市委办公室机要科接中国科协传真：3月11日至13日在北京中国农科院，召开部分县级科协改革研讨会，邀请龙口市科协主席出席。接到通知时，离报到时间仅有两天，我感到时间有些紧张。市里领导通知我要做好充分的准备。当天下午和晚上我搜集了大量数据、典型材料，整理出一份有理有据的汇报提纲。这时，山东省科协科普部长王荣桥来了电话约好出发日期。烟台市科协办公室为我买好赴京的机票，我是第一次单枪匹马参加科协系统的全国性高端会议，深知肩负的重任，心情特别激动。

　　在首都机场，接站轿车把我直接送往中国农科院招待所，到达时天已经黑了，大街上华灯闪烁。当晚，科协代表们陆续报到。翌日上午九时，座谈会在中国农科院小会议室举行，主席台上方悬挂着"全国部分县市科协主席座谈会"的大红横幅。

　　中共中央委员、国务院经济发展研究中心党组书记、中国科协党组书记、常务副主席张玉台，中国科协副主席、书记处书记高潮，普及部部长李尚义、副部长苑郑民在主席台就座。中国科协除了钱学森主席，其他在京主要领导陆续到会场与大家见面。会中传达了温家宝、钱学森、宋健等中央领导的重要讲话。与会代表对现阶段科协的社会功能、机构改革和目前广大科技工作者的现状，进行了广泛深入的讨论。会议审议了呈报给中央、国务院的《全国县级科协改革调研报告》（讨论稿）。这次会议的重要意义在于，为全国县级科协改革奠定了基础，对未来的机构改革埋下重重一笔，对今后新时期的科协工作进行了探讨，明确了前进的方向。

　　各省市代表也根据各地不同情况，撰写出现阶段科协工作导向及机构改革建议报告。会议内容深刻、新颖，三天半的会议议程很紧凑。

中国科协常务副主席、书记处书记高潮，普及部部长李尚义、副部长苑郑民、农村处王慧梅处长（女）等自始至终参加了会议并与各省县市代表认真座谈讨论。会议结束时，中国科协领导又分别和各省代表合影留念。

会议期间，中国科协普及部农村处王慧梅处长接见我。她说："特别喜欢山东人豪爽认真的性情，希望以这次会议为契机，把你们市的科普工作重新定位，开展有特色的活动，将科普工作推向一个新的高度。"接着她把全国农村科普态势又做了一些简介，并热情地鼓励我："要加强调研，培养出过硬的典型，多出新鲜经验，保持全国先进集体的位置，要多交流，取长补短。"王处长一席话，字字朴实皆真情，句句感动暖人心。

此次千载难逢的全国科普研讨会，为我今后开展科普工作，确立了目标。返回烟台后，我直接赶到烟台市科协找到刘若恺主席，在科协小接待室里向几位主席汇报这次研讨会精神。刚汇报一半时，刘主席忽然站起来说："你等等，我觉得有必要向市委汇报，特别是让王书记听听。"刘主席抓起电话联系市委常委会议室，找到秘书长刘挺章。很快刘秘书长电话通知刘若恺主席，带着我马上赶到市委常委会议室里，烟台市委书记王树建和秘书长刘挺章，认真听取了我的汇报，并对会议纪要和复印一份相关会议文件留下。王书记对龙口科协工作给予充分肯定，鼓励我再接再厉。

返回龙口后，我又将京城座谈会精神和向烟台市委王书记汇报的情况，向市委领导进行了全面汇报。市委领导鼓励我以此次重要会议为契机，乘胜前进，再创新业绩。

1996年5月10日，一年一度的全市科普活动动员大会在黄城中心大街拉开序幕。这次隆重开展的"科普一条街活动",汇集了全市所有的市级学会、协会、研究会和市直单位63家、50多个摊位,现场接受咨询的科技工作者和专家有80多位,发放明白纸和科普资料3万余份,参加的市民6000多人次。烟台科协主席刘若恺、副主席于丽娟带着新闻媒体的人员专程赶来参加。时任市委副书记由伟中、董仁利,市委常委、组织部长王延军,副部长王可文等也来观摩。刘若恺主席发表即席讲话并接受记者现场采访,卫生局长石仁香代表参加活动的单位发言。这次活动从规模到效果都是空前的,在烟台所有县市区中独领风骚。

回顾几年的艰难历程,我感慨无限。各级党委、政府对龙口市科协工作给予了大力支持,取得了令人鼓舞的成绩,也给了我个人很多荣誉:1992年荣获"山东省科协系统先进个人"的称号;连年记功授奖,被评为优秀共产党员。1993年春天,我又荣幸地被推选为烟台市政协委员;不久上级提名,市委组织部、统战部考察后推荐我为山东省第七届政协委员。这也是全省139个县(市)唯一一个县级科协主席成为省政协委员。

1996年10月24日上午,龙口市公务员过渡动员大会在人民剧场召开。实施依照国家公务员制度管理,是党政机关机构改革史上的一项重大改革,也对各级机关工作人员依法行政、高效率办事提出了新的更高的要求。要通过这次过渡使我们机关干部适应这种转变,并以过渡为契机,切实加强学习,提高素质,确保不走过场。学习国家公务员的有关条例,掌握相关政策法规,牢固树立公务员责任意识,做到执政为民;牢固树立依法行政意识,做到知法守法;牢固树立廉政意识,做到清正廉洁。力争建设一支政治坚定、业务精湛、作风过硬,有较高整体素质的公务员队伍。会后对党政群干部队伍进行重新登记,部分市直部门撤销或合并,干部进行分流调整后安排相应职务。

援藏干部、市科协副主席吕梦琪明确享受正局级待遇。军转干分配到市建材局的曲春泰副局长，调进党政群的市科协任副主席。

会后，烟台市委组织部、烟台市科协领导组成的"农函大"检查组来龙口检查验收"农函大"工作。经现场考察，典型事例、数据验证，都完全达标，受到上级领导的高度赞扬和充分肯定。年终，龙口市委组织部和市科协被上级评为"农函大先进集体单位"，我收到中国科协农函大颁发的"先进工作者"的奖励证书。

当年6月，妻子光荣退休了，这成了她和我们这个家庭中又一个重要的转折点。她十七岁从老家的小山沟里来到龙口市，先在姨妈家当保姆，后在黄县供销社果品站干临时工、合同工，下乡到南部山区蹲点收水果，又随我辗转在乡镇供销社采购站工作，尽职尽责，光荣地加入了中国共产党。三十多年的职业生涯中，她一直都是低调做人，勤奋善良，是大家公认的好党员、好职工、好姊妹。

1997年春天，接中国科协通知：中国科协科普部农村处决定，4月3日在云南昆明市科技馆召开部分县市科协主席理论研讨会，每人要带3000字的论文。烟台科协通知我与莱州市科协主席张进云、招远市科协主席李华乐同去参加。老伴退休在家无事可做，我动员她自费参加这次南疆之行。

4月2日清晨5时，我们从莱山机场乘机出发，12时40分平安降落昆明机场。云南省科协办公室安排中巴车把我们送往云南省科技馆招待所。此次研讨会由中国科协组织部长华琪岭主持，科普部农村处王慧梅处长具体负责。报到的那天下午，我们去昆明的名胜古迹大观楼、滇池参观，与四川省射洪县科协主席袁国友夫妇邂逅。袁主席也是携其下岗不久的夫人出来散心的。

全国有18个县市的科协主席出席了这次研讨会，会议划分了两个学习小组。我被任命为第一组负责人，二组负责人是江苏省怀远县科协主席艾洪顺。与会人员都要发言交流经验，每个与会者都要当众宣读自带的论文并现场进行投票初评。中国科协请专家进行评审，评出优秀论文，会议结束时进行总结并颁奖。我带去的《论新时期科协组织建设》的论文，被专家们评为一等奖。

座谈会结束后，多数人乘飞机返程。王慧梅处长对我说："你和退休的大嫂一道出来一趟不容易，建议你们买火车票经攀枝花市转车去重庆，沿长江顺水而下可参观正在建设中的三峡工程。"这时，出席座谈会的湖北省京山县科协主席，听说我们要去参观三峡工程，热情地欢迎我到宜昌后再去他们的京山县参观。会上就听说京山科协工作卓越，又离宜昌三峡工程不远，我决定顺路去该县现场参观学习。招远市科协李主席也要和我同行，我们把行李打包托运走，购上火车票轻装上车。这条穿山越岭的近两千里的铁路大干线，车次繁忙，人多为患，买不到硬座，更没有卧铺。拥挤的车厢里多数人站立着，有的在车座下铺张报纸躺着睡觉。大家都歪着头，竖起耳朵听播音员报站名，眼睛紧紧地盯着前后座位。看到有人起身去行李架取行李，立刻同时有几个人站立在座位旁焦虑地等待着。当时，我强烈地感到有个座位就是幸福。好不容易等到一个座位，我们三个人轮流坐下休息，心里那个知足，那个幸福啊！

在浊气冲鼻的车厢里，我们疲劳地度过了二十二个小时，似乎体验了每年的春运，民工回家过年的滋味，说是煎熬一点都不夸张。

4月11日上午8时40分，火车终于抵达重庆站。出站后随着拥挤的人流，到朝天门码头买到去宜昌的船票，然后进行"重庆一日游"。我们拖着疲惫不堪的身子穿行在人群中，参观这座中国历史文化名城。到了渣滓洞、白公馆，我们耳边响起悲壮的《红梅赞》《绣红旗》等歌曲，实地看到曾经的"人间地狱"，阴森恐怖的老虎凳、锈迹斑斑的镣铐、破烂不堪的囚衣、阴暗窄小的牢房。惨烈的场景诉说着革命志士曾遭受过的非人待遇，见证了他们在如此恶劣的环境中为了真理而战斗。他们也渴望幸福美好的生活，他们也希望能亲自迎接曙光的到来啊！我心潮翻涌，深深地感到幸福生活来之不易，要倍加珍惜。我们没有任何理由不扎实干好工作，前进的路上没有什么困难战胜不了，也没有任何理由不热爱生活，不珍惜生命……

我不止一次看过《红岩》这部小说和电影《烈火中永生》，记住了许云峰、江姐、华子良、双枪老太婆等可歌可泣的英雄形象，我也曾大声朗诵过"人，不能低下高贵的头，只有怕死鬼才乞求自由；毒刑拷打算得了什么？死亡也无法叫我开口"的诗句，读得热血沸腾。半个多世纪之后再读，我对诗歌理解得更深更透……

当日下午，我们登上游船，乘船沿长江顺水而下。大家随着导游，参观了张飞庙、丰都鬼城、白帝庙，观赏神奇壮美、如诗如画的大三峡、小三峡。第二天凌晨我们抵达宜昌码头，只见灯火辉煌，马达轰鸣，各种船只云集，零距离目睹了气势磅礴、雄伟壮观的三峡大坝工程。

下船后，随着涌动的人流登上狭窄的台阶，我们走进夜色中的宜昌市。深更半夜，整个大街上空寂无人，好不容易找到一家旅馆。天亮后吃了早点，找到长途汽车站，我们又踏上了去京山县的公交车，走了整整六个小时才到达京山县城。京山县科协王主席等领导热情地欢迎我们。我们住进了县招待所，决定在京山县参观学习活动两天，再赴武汉乘火车返回山东。

我们在县科协王主席亲自引导下，参观这个县科协创办的几处科技示范基地、青少年科技活动中心和经济实体，考察了县科协机关各科室实行的岗位责任制，游览了茂密的森林公园和新奇的大溶洞，得到了一些很有借鉴意义的文字资料。短暂的两天时间安排得很紧凑，王主席一直陪同活动，我又一次深深地体会到"全国科协是一家"的含义。

1997年5月13日至15日，我应邀出席山东省科协在济南市东岳宾馆召开的全省科协工作经验交流会，在大会上做了35分钟的发言，主题为"科协组织网络的建设与作用"。这是我任龙口市科协主席以来，第二次在全省科协工作经验交流大会上发言。

初秋，省科协在德州市召开全省科协工作经验交流会，省委副书记李文全出席大会并讲话。我与龙口市委副书记由伟中应邀参加，由副书记在主席台前排就座。我看到李文全和由伟中热烈握手，我心里那个高兴啊！

1997年9月3日，经市委批准，龙口市科协按章程要求，召开了全市第二次会员代表大会。莱州市、招远市科协主席赶到大会祝贺。烟台市科协郭传逊副主席和市委副书记由伟中，市委常委、宣传部长曲世强，市人大副主任王桂卿，市纪委副书记孙风松，市政协副主席王集农等出席开闭幕会，并与全体代表合影留念。

然而谁又能料到，一个凶险的恶魔正悄悄地潜伏在我的身边。

1997年9月7日，老伴欢欢喜喜要为我过生日，在小栾家疃村安排家宴，请母亲和兄弟姊妹参加。因多日操心劳累，家宴还没开始，我突然感到胸闷难忍，一口气上不来，就感觉脑子一片空白。顿时，我的眼前一片黑暗，整个身体仿佛掉进一个不见底的深渊，但心里隐隐约约还明白一些，两只手拼命向水面上浮，很想抓到一块木板或一根救生的木棒——心脏病第一次发作了。兄弟姊妹急忙打电话给北海医院。一会儿救护车来了，下来几位医生，支上随身携带的手提检测仪器做心电图，屏幕上显示跳动的脉搏线快要成直线了。医生急忙给我打了支强心针，嘴里塞进几粒救心丸，把我慢慢抬上车，送进医院抢救。

也不知谁电话通知了市科协并汇报了市委。市委副书记由伟中、董仁利，市委常委、组织部王延军，副部长王克文等领导及科协的机关干部都来医院探望。我一直处于昏迷状态，毫无知觉。老伴不断地擦着眼泪，寸步不离地守候。第二天上午9时，我才逐渐从死亡线上挣扎回来，护士给我打针时才有了痛的感觉。陪床的亲友高兴地欢呼："醒了！好啦！"清醒过来的我不解地问："我现在在哪里？怎么来医院了？"北海医院副院长、心脑血管专家曲福修笑着说："行啦！这回我可以宣布，老兄从此患上冠心病了，只要有了这第一次，以后就难以甩掉了。今后可要注意了，不能生气，不可劳累，戒烟限酒，适当运动。"

在医务人员的精心治疗和亲人的悉心照料下，本来身体素质比较好的我，一周后病情基本稳定，可以带药出院了。这次"鬼门关"走了一趟，正是"归飞越鸟恋南枝，劫后余生叹数奇"。我深刻地感悟到人的生死只在一瞬间，对世上很多事似乎看得更透彻了一些。

一条央视新闻的前后

1996年是我调进龙口市科协第七个年头，也是继1995年龙口市科协首次荣获"全国先进集体"光荣称号、取得历史性突破后，再创辉煌的一年。

开春伊始，市委提出：各部门、各单位要大力宣传龙口，争取上级主管部门支持龙口的社会进步和经济发展，要抓住机遇争取"上大台""登大报"。

几年来，我启动所有的能量，调动一切积极因素，挖掘所有可利用的资源，运用有限的业务经费，开展了卓有成效的活动。走出去、请进来，如饥似渴地学习先进经验。发动科技工作者为基层服务，大刀阔斧地开展一系列活动：学术交流、论文评选、科技咨询、科普赶集；科普宣传一条街；选拔科技拔尖人才；编辑《龙口市科技论文集》；创刊《龙口科普报》；创建"科普村"；协调电视台开辟《科普之窗》栏目；与市委组织部联手通过"农函大"培训大批农村科技骨干。借任山东省政协委员之契机，广交朋友组建徐福故里书画院，取得丰硕成果，积累了丰富经验，在全国、全省有了一定影响。因此，"上大台""登大报"的任务，万事俱备，只欠东风。

回顾这几年的艰难创业历程，感慨无限。各级党委、政府对龙口市科协工作给予了充分肯定。社会活动和各级各类会议多了，龙口市成了山东省及烟台市科协抓典型、取经验的重要基地之一。中国科协、省市科协领导频繁来龙口考察、指导工作。全国各地科协组织也不断来参观学习，龙口市科协在全国有了名气。当时，正值全国县级科协机构改革的敏感期，龙口市委按兵不动，静观其变，其他兄弟单位都想看龙口市在机构改革中的动向。

1996年5月13日上午10时，我正与龙口电视台资深记者张大琪，在东江镇毡王村采访"科普村"，接到中国科协普及部农村处加急传真电报：5月13日下午1时30分，要将龙口市科协近几年开展科普活动，促进社会进步的文稿电传北京。5月14日下午4时30分，龙口市科普活动录像片脚本要送至中国科协音像信息中心。中国科协、中央电视台新闻采访组要审查文稿和录像。

时间之紧、要求之高是可想而知的，接下来命题、选材、撰写文稿、请示报告，请市委领导批准组建赴京工作组等。午饭没顾上吃，一份汇报资料，三个小时内全部电传北京。

科协司机王辉平，聪明伶俐，身体健壮，技术熟练，每次出差都安全出行，平安而归。我通过不少朋友赞助，用尽了我多年的面子，才换上一辆人众桑塔纳轿车。当晚，王师傅检查车辆，加满油箱，做好进京的准备工作。

翌日清晨，天蒙蒙亮，我们一行五人迎着春风上路了。我们这次出行任务十分艰难，市委很重视，特别从组织部、宣传部、广电局抽调几位骨干协助我，务必马到成功。新组建的赴京工作组由我带队，成员有市委组织部王祖蔚科长、宣传部尚书虎科长、广电局记者张大琪，他们都是各部门年富力强的业务骨干。王师傅全神贯注驾驶汽车，一路上除了进服务区上厕所停一下，基本没有休息。饿了啃几口面包，渴了喝点自带的瓶装水。

大家挤在一起，无心观看车外迷人的春色，都在想着自己的任务。我闭目思索，脑子里在考虑完成这次任务的有利条件和不利因素。几年来，名不见经传的龙口市科协，立足本职，抓住机遇，上下贯通，锲而不舍，取得令人振奋的成绩，这是完成这次任务的制胜法宝。这些年从中国科协到省地科协领导，多次到龙口考察、调研科普工作如何推动社会进步，鲜活的事例让各级领导赞赏。不利因素是进北京城闯中央电视台，硬着头皮进国家级新闻媒体，在龙口这块地方，特别是仍为弱势群团的科协，那可是史无前例的，无任何经验可以借鉴。

为了赶时间，司机王辉平一路风驰电掣，下午4时，提前半小时到达中国科协音像中心。

中国科协宣传部陈家俊部长、新闻处王晓彬处长，中央电视台新闻联播栏目采访组，高级记者编辑王俊娴（女）主任、摄影记者于殿云等审查了"龙口市科普活动"15分钟的录像。录像画面清晰、内容丰富、题材新颖，大家交口称赞，一审通过。他们在文稿解说词上提出了局部修改意见，要求解说词保持在千字左右，播放时间控制在三分钟左右，重点要突出市委如何关心支持科普工作、市科协开展了哪些卓有成效的活动。要求修改后的文稿在第二天上午10点准时送达央视新闻联播编辑王俊娴主任手中。

解放军军事医学科学院院务部长刘家洪，既是我家亲戚，又是我们进京联络处的"首席联络官"，为我多次赴京顺利完成任务，立下汗马功劳。我们从中国科协大楼出来，驱车直达军医招待所。刘部长在小餐厅安排晚宴为我们一行接风洗尘，以尽地主之谊。

温煦的五月，槐花飘香，沁人心脾。夜深人静，白日的喧嚣已趋平静，只有远处西客站不时传来火车进出站的汽笛声。我为每人泡上一杯清茶，缓解连续18个小时来的紧张和疲惫。小伙子们赤胸裸背，伏案奋笔疾书，一遍又一遍，修改再修改。凌晨三点，一篇精致、简练的1260字的解说词完成了。

中央电视台新闻联播专栏报送的文稿、录像，经过再一次审查，顺利通过。我们如释重负，并电报龙口市委领导，领导也表示祝贺。剩下的工作是落实播出时间，再到京城其他中央级报刊，呈送通稿。

5月15日下午和16日上午，我们兵分两路，把随行携带的四份从不同角度宣传"龙口市科技进步"的文稿，分别呈送《人民日报》《经济日报》《新华社内参》，中组部《内参选编》、《科技日报》、《农民日报》和《中国科协报》等。

5月16日下午3时，中国科协书记处书记常志海，由科普部农村处王慧梅处长陪同，在中国科协办公厅贵宾室接见了我们一行。常志海书记曾来龙口市考察过，受到省地科协主要领导和龙口市委副书记孙祚正接待，在南山宾馆听了科协的全面汇报，对龙口市工作给予了充分肯定。这次我们组团进京汇报工作，常书记对我们快捷、高效、顽强的工作作风给予高度评价。常书记提出，中国科协第五次全国代表大会后，根据中央领导要求，要组织中央五家重要新闻单位到基层采访，全方位系统报道农村依靠科技推动社会进步，促进农民生活，主题是"农村科普巡礼"。书记处初定去胶东半岛完成这项任务，并且要以龙口市为基础，让我回去给烟台市委和龙口市委先带个口信，以此探讨"九五"期间农村科普工作要超越千篇一律的传统思想，开辟新思维，为全国农村科普工作开辟新的途径，再创历史辉煌。

5月17日上午，我们应邀登上中央电视台大厦，拜访中央电视台新闻联播责任编辑、导播杨金月主任，落实播出日期、时间及效果。杨主任与张大琪熟悉，他热情地接待了我们，并带我们参观了中央电视台的《新闻联播》、《天气预报》、《动物世界》、《大风车》和"春节联欢晚会"的直播室、导播室等核心部门，让我们见识了人人关注、天天目睹的央视导播、栏目主持人、播音员工作和生活的现场。

中央电视台宽敞明亮的员工餐厅里，半空中吊着五颜六色的彩带、彩旗。杨金月主任邀请我们体验央视工作人员的饮食，色彩斑斓的碗碟里盛满丰盛的饭菜，数量适中又不浪费。餐厅里不时出现熟悉的身影：潇洒严谨的罗京、深沉的邢质斌大姐、略带乡音的山东青岛姑娘倪萍、调皮的花仙子和笑容可掬的鞠萍姐姐……不时传来女主持们的说笑声。

5月19日晚，解放军军事医学科学院院务部管理处的军旅书画家于处长和学院招待所胡所长，为我们顺利完成任务设晚宴祝贺，圆满结束了北京之行。

返回龙口后，我又及时向龙口市委、烟台市科协汇报了此次北京之行的全过程，还有中国科协书记处常志海书记同我谈话的内容和口信。各级领导对此给予高度重视和支持。

8月11日晚六点，龙口电视台记者张大琪，接到央视导播室杨金月主任电话，当晚央视新闻联播将播出"山东省龙口市依靠科普活动推进社会进步"节目。我立即电话汇报分管群团工作的市委副书记出伟中。不到七点，市委常委会议室里，领导们在等待收看央视新闻联播节目，市电视台录像室的相关设备在准备收录，机关十部门也坐在电视机前等待着……终于，中央电视台新闻联播节目里，气质高雅的女主播李修平和英俊潇洒的男主播张宏民开始播报这条新闻，"山东省龙口市依靠科普活动推进社会进步"，历时三分四十八秒。节目播出后，科协全体干部欢呼雀跃，各级电视台打电话向我表示祝贺，市委主要领导对此给予极高的评价。

不久，《人民日报》《经济日报》《新华社内参》《中组部内参》《农民日报》《中国科协报》等大报大刊，也先后发表了"山东省龙口市依靠科技，促进社会进步"等相关文章。山东省龙口市出名了，龙口市科学技术协会在国内外也有了名气。我们也如期完成了"上大台""登大报"这项政治任务。

接下来的几个月里，我的电话接连不断，全国各地发来信函、传真、电报，有要资料的，有派人来参观的，有要来办培训班的。市委、烟台市科协、省科协普及部打来电话，要我们写出工作经验和总结报告。那几天，我真累得有点喘不上气来。

后来，中国科协科普部农村处、省科协科普部，分别寄来调研工作补助经费，这对于办公经费捉襟见肘的市科协，无疑是雪中送炭。年终，龙口市委、市政府隆重召开表彰大会，龙口市科协第一次从市委书记手中接过市委、市政府授予的"龙口市先进集体""龙口市宣传工作先进集体"两面锦旗，我和同事们的眼里都闪着激动的泪花。

龙口电视台获得不菲的奖金，我也荣获记功、晋级等嘉奖，也算是一分耕耘，一分收获。

云南省宁蒗县科普现场会

1997年10月2日上午，接市委办公室电话，让我速去办公室收阅上级传真电报。在吴秘书长办公室，他微笑着递给我一份中国科协发来的传真电报通知："中国科协受国务院委托，10月12日在云南省丽江地区宁蒗彝族自治县召开'科普兴县'经验交流现场会。应邀参加会议的有全国10个县（市）市委书记、科协主席，10个相关省科协科普部长，要求龙口市委书记要在现场会上做典型发言。"

这是中国科协办公厅发来的预备通知，要求做好会议准备工作，特别是落实出席会议的人员名单和大会典型发言稿。

拿着通知，我首先请示了市委分管群团工作的领导，再请示市委书记于希信。于书记满意地说："行啊！你这个伙计造得挺好！造到全国十佳了，还要我去做大会典型发言！可惜呀，我去不了啦！你把发言稿好好准备准备，让老由替我去发言吧。"接着他在通知上签了字："请伟中同志代出席并发言。"接下来，市委办公室孙副秘书长协助我整理市委书记的大会典型发言稿。

10月7日，正式开会的电报来了，要求10月11日在云南省丽江市报到。我立即与市委由副书记取得联系，做好相关的准备工作。由副书记一贯认真细腻，工作扎实，文字材料要求准确严谨。他又亲自反复审阅大会典型发言稿。按照通知要求，大会交流发言材料要加印60份带到会上。

中国科协召开这样规模的全国"科普兴县"现场会议，在中国科普史上还是首次。这属于中国科协的高端峰会。参加会议的10个县（市）是：山东省龙口市、辽宁省长海县、安徽省怀远县、四川省大竹县、甘肃省甘谷县、河北省阜城县、湖北省宜城市、山西省翼城县、湖南省宁乡县、云南省宁蒗县。有关省份的科普部长同时出席会议。参加会议的国家新闻单位有：中央电视台、《新华社》、《人民日报》、《经济日报》、《科技日报》、《农民日报》、《中国科协报》及云南省、丽江市媒体等。中国科协书记处书记徐善衍，中共中央政策研究室研究员周林教授，中共中央宣传部新闻处处长李明，云南省委副书记王天玺（彝族《求是》杂志总编辑，全国人大代表，法律委员会委员），中国科协普及部领导等55人出席了这次重要会议。

10月13日，中国科协科普兴县现场交流会在宁蒗县人民会堂开幕。会议上有9个单位发言。宁蒗县委书记李兴顺、县长罗学军首先做了经验介绍。第三位发言的是龙口市委副书记由伟中。由书记的发言引起中国科协和中央新闻单位的极大重视和高度评价，大家不断地鼓掌。其他省县（市）代表相继从不同角度介绍了经验。

休会时，宁蒗县科协主席和明方（彝族），热情邀请我们山东代表和湖北省的代表到他家里做客。和明方主席曾经到过山东济南、泰安、曲阜等地，与省科协科普部领导早已相识。

我们走进极具南疆特色的宁蒗县城。金风送爽，荞麦飘香，阳光明媚，彩旗招展。民族文化广场欢歌笑语、锣鼓喧天，数千名群众身着节日的盛装，庆祝宁蒗彝族自治县建县40周年。

县博物馆隆重举办"宁蒗人的跨越——宁蒗彝族自治县建县40周年成就展"。这是由宁蒗彝族自治县委、县人民政府主办，宁蒗县科协承办，云南省科协科技馆设计制作并赞助的综合性大型展览。我们山东和湖北的几个同志在和主席等人的陪同下，参观了这个大型展览，并在展览大厅前合影留念。

华灯初上，大街小巷闪烁的霓虹灯，让这座边陲县城变得分外妖娆。我们沿着小巧玲珑的竹板楼梯，一步一步登上颇具地方特色、华贵高雅的楼堂客厅，只见装潢新颖的天棚间彩灯璀璨、炫目斑斓；四面竹制墙壁上挂满精美夺目的各种工艺品，充满浓浓的彝族文化气息；宽大而艳丽的地毯中央放了个矮腿大圆桌，桌子四周放满柔软的坐垫；雕龙画凤的餐桌上，已摆满琳琅满目的当地名吃。落座后，主人热情有加，表示欢迎远方的客人。他双手端起一碗米酒，举过头顶说："欢迎尊贵的客人，先饮为敬。"客厅不远的小舞台上，几位衣着少数民族服饰的青年男女在葫芦笙的伴奏下，边唱边舞。这场异地他乡丰盛的筵席，让我们领略了彝族少数民族同胞的质朴、爽朗、热情和豪放。

这次现场会主会场安排在宁蒗县。大会听完领导讲话，各地典型代表交流发言结束后，我们参观了宁蒗县科协现代化的办公场所，第一次看到先进的互联网办公设施。接着我们乘车去俗称"女儿国"的泸沽湖，沿途边行边参观。

我们沿途参观了使用新嫁接技术的苹果园、玉米高产田、科普基地示范园、多种优质蔬菜、新型水稻丰产方等系列科技示范基地。宁蒗县罗县长还特意带领大家走进几户楼上楼下挂满玉米棒子的摩梭人农家院。身穿鲜艳民族服装的男女老幼，欢歌笑语，欢迎我们这些远方的客人，并与我们合影留念。我们零距离地感受到了他们对新生活的赞美。据说相当多的摩梭人，刚丢掉"刀耕火种"原始生活，下山开荒耕作不久，逐渐融入了现代生活。

在这贫脊的土地上，与会代表深深感受到科技治愚、科技治贫的强大力量。当车队爬上4000多米的顶峰后，面对的是连绵无际、风情浓郁的小凉山山脉。在不远的山坳下，一片深蓝色水面映入眼帘，阳光下闪烁着神秘的粼粼波光。工作人员说，那就是举世闻名的泸沽湖"女儿国"。泸沽湖四周森林茂密，宁静的湖泊像一颗巨大的蓝宝石镶嵌在青山绿林之中。这时，山路旁树丛里走出几位身穿民族服饰的少女，个个美丽端庄、亭亭玉立。她们走到我们面前，彬彬有礼地双手托着红彤形的彩漆盘，彩盘上端放着斟满米酒的酒盅、大红苹果，请我们喝迎宾酒，品尝红苹果，还与远方来的客人——合影留念。

在工作人员指导下，我们四人一组，跳上当地人特制的"猪槽船"。两位摩梭姑娘，穿戴民族服饰，热情奔放，美丽活泼，一位站在船头唱着动人的山歌，一位站在船尾摇动着船橹。平静如镜的湖面上，几十条"猪槽船"随水摇荡，山歌在万重山间回响，大有一人唱万人和的声势，神秘的湖面顿时热闹非凡。

晚饭后，夜幕下的广场上点起一堆篝火，皮肤黝黑、身材挺拔的摩梭小伙子和身着艳丽民族服饰的姑娘们，手拉手跳着粗犷、豪放的"锅庄舞"，现场的观众和客人受现场强烈气氛的感染，也随着加入舞蹈的队伍，使长龙般的锅庄舞队首尾相连。来自全国各地的参观者载歌载舞，乐在其中。

当晚，我们住进泸沽湖岸边的摩梭山庄招待所。月光下，灵秀无比的泸沽湖与我们近在咫尺，犹如一颗硕大的蓝宝石。夜间的湖水像多情美女的眼波，从玻璃窗上射进来。清幽、神秘、朦胧，好似置身在童话世界里一样。

劳累了一天的由副书记有些疲倦，洗漱后上床休息，一转身便进入梦乡。我和由副书记熟悉多年，我深感他为人精明亲善，诚实守信，工作认真，一丝不苟。他任市委副书记又分管群团工作以来，对科协的工作支持很大，使名不见经传的科协工作有了长足的发展。他入睡很快，鼾声如雷，大有气吞山河之势。我坐在对面床边听着他的鼾声，一声接一声，毫无停息之意，心里不由暗暗叫苦。

今晚的月亮很圆、很亮，银白色的月光洒遍人间。木板楼间，亚热带茂密的树林承载着银色的光晕，烘托出静谧和安详，显得神秘而绚丽。在这个不眠之夜，耳边听着由副书记的阵阵鼾声，我想到了这些天的所见所闻，颇有感慨。

八年风雨兼程，龙口市科协工作可以说已经达到了巅峰，连续几年扑面而来的荣誉，诠释了我这几年的奋斗历程。下一步将如何再创辉煌，我心感压力倍增。这次多年不遇的高端会议就要结束了，中央和地方新闻媒体、互联网，会把龙口市科普工作推向全国。下一步是继续将科协工作进行到底，还是另辟蹊径？如果继续在科协工作，我可以借助这些年的经验和影响，熟人熟路，可以一直保持现状到全身而退。可再一想，处在风口浪尖的科协机关，人员老化、经费短缺，没有办公场所，饱尝寄人篱下的尴尬。每逢党政群机关机构改革，科协首当其冲受到保留还是撤掉的冲击，人人自危。

在市科协的工作，仍然困难重重。几天来，这种矛盾的心情一直困惑着我。困惑，源于自己内心的矛盾。确切地说，人本身就是一个矛盾统一体，不知道终究会走到何处……

组建徐福故里书画院

我在科协期间，还做过一件有意义的工作，就是组建了徐福故里书画院。这件事使我的晚年无意间增添了很多朋友，开阔了眼界，领略到艺术世界的无穷乐趣。

1994年11月26日，龙口市徐福故里书画院正式对外挂牌办公。当时正是中韩、中日、中外文化名人开展徐福国际文化交流初期，中外徐福文化研究专家、学者、国家和地方相关领导在龙口南山活动期间，提出不能把徐福文化研究局限在一些研讨会议上，还应策划拓展一些多元素、立体化的领域，使研究更具直观和可操作性。这才陆续有了含有浓浓徐福文化元素的徐公寺、徐福园、徐福大街、徐福镇和徐福故里书画院。

1994年8月末，市里主管徐福研究会的领导，龙口市委副书记吕成栋把我叫到办公室，对我说："你利用省、市政协委员这个有利的条件，争取在短时间内创办一处有浓厚徐福文化色彩的书画院，隶属徐福研究会。没有编制、没有经费、没有场所，一切靠你自力更生。"我一听，惊愕不已。我是一个从政多年的党、政、群干部，书写公文还马马虎虎，对书法、绘画却是一窍不通。过去对这方面从未涉足，更无建树。我一再推辞，说自己难胜此任，吕副书记却一点也不松口。一贯个人服从组织的我，看到这件事是推脱不了，便说："既然领导认真地提出这个决定，那我也就豁出去了，我试试吧！"吕副书记微笑着说："不是试试，而是一定要办好。路是人走出来的，我相信你一定会办好。"当时我也想："如果办好书画院，也可聚集人气，推动科协工作的全面展开。"吕副书记认真地说："你抓紧筹备，有困难再找我，待开业时，我亲自带有关领导去给你挂牌祝贺。"

几天后，我到工商局、文化局、公安局等相关部门陆续办好了营业执照、文化画营许可证、画院公章和院长印章；在城内辛店村租赁了四间平房，进行维修粉刷；请济南市著名书画装裱师王树耀专程来龙口培训装裱技术人员，置办装裱所需要的设备。所需要的费用，上面不给，科协办公经费少得可怜，一分钱也不能挪用，都需要自费解决，一切从零开始。

1994年10月18日，我从市委办公室借调了一辆丰田面包车。到城关镇遇家村轧面机厂找到厂长李宗武，借用了几十个小型家用手动轧面机，又找到大李家村村办企业领导梁维民借了几箱不锈钢小火锅，奔赴济南。当时这两种生活用品是很时尚的，很受城市人们的喜爱，是馈赠朋友的好礼物。

到省城济南后，我找到当年在龙口市挂职的市委副书记张炜。张炜先生正在协助龙口市画院院长、青年画家范存刚筹备个人画展。他听完我的情况介绍，热情支持并协调省书协、省美协、省文化艺术界著名的文人墨客加入到徐福故里书画院。他亲自运筹指导，与时任省书协副主席的邹振亚和后来的书协主席张业法、副主席兼秘书长顾亚龙等编排了院委会名单。我这个门外汉印发聘书，聘请画院顾问、名誉院长、客座教授、秘书长、驻院书画家等。

邹振亚先生亲自陪我登门拜访山东大学教授、著名文字研究家蒋维崧，著名书画家魏启后、孙墨龙、朱学达，还拜访了山东艺术学院教授张彦青、王企华、张志民、岳海波等，送达画院聘书和小礼品。

为了尽快熟悉书画技艺，我又找到时任济南市市长的谢玉堂。他听说我要建书画院，很赞成，热情地协调济南市文化局郑局长，济南画院孙书记等，大家都鼎力协助，介绍我去济南画院和山东美术馆展厅参观学习。我还去了济南一些书画店、书画市场，感性地、零距离地接触书画艺术。我又找到省政协常委、省美协主席、科普美协主席、山东艺术学院副院长、著名油画家杨松林教授（省政协会议期间，我们同在一个学习组），他亲自为我策划组建徐福故里画院的宗旨、纲领及指导方针。

济南之行，挚友、专家、同学无私的支持，为我创办画院奠定了基础，增加了我的勇气和信心。

经过紧锣密鼓的筹划，书画院的雏形基本形成了。这时，范存刚先生的个人画展在省城文物店举行，张炜、邹振亚、龙口市政协副主席朱常福等应邀参与了这次活动，省市书画艺术家济济一堂。襁褓中的徐福故里书画院，也成了范存刚首次省城个展协办单位之一。在展室大门前的宣传板上，在范院长发出的请柬上，徐福故里书画院的名字亮相于泉城街头。

范存刚画展结束后，我们驱车返程时，途经淄博市博山区，又买了些工艺瓷器、黑陶之类的艺术品。

这期间，有缘与龙口金龙电器公司特邀广告设计书画艺术家曲炳仁先生邂逅。曲先生是荣成人，毕业于泰安林校，后分配到黑龙江省齐齐哈尔市富裕县。他虽然学的是林业，但因自幼酷爱书法艺术，到了新的工作单位后便弃林从文，步入文化发展之路。先生笔名"黄海布衣"，先后在富裕县图书馆、文化馆、宣传部门从事一线工作。他为人正派，痴迷书法，后拜书法泰斗沈鹏为师，得其真传，功底坚实，后成为中国书法家协会会员。曲先生听说我要筹办徐福故里书画院，便热情加入，并任常务副院长兼秘书长。他又亲赴京城请恩师沈先生为画院题匾，为我的"书勤山房"题款。

1994年11月26日，由中国书法家协会主席沈鹏先生题匾的"徐福故里书画院"正式挂牌。这天出席挂牌仪式的有山东省、烟台市书协、美协的领导。时任山东省作协副主席、在龙口市委挂职的副书记张炜先生，山东省及烟台市书画艺术名家邹振亚、张志民、陈全胜、刘玉泉、段谷风、张弩、娄以忠、柳志光、宁兰智等名家参加开业剪彩。龙口市主管徐福研究会的市委副书记吕成栋、市人大副主任王同嵩、市政府副市长赵仁强、市政协副主席朱常福等市级领导，龙口画院院长范存刚及上百名书画爱好者出席开幕活动。开幕式由我主持，赵副市长致欢迎词，邹振亚先生代表省、市文化艺术界致贺词。

为了对艺术家的劳动进行补偿。第二天，我联系芦头镇麻家村、北马建安公司，请省城艺术家为他们写字作画，总算圆满完成了挂牌开业后的第一关。事后，麻家村书记麻名萱找到我，让我想法请省里领导为他的村办企业集团题名。虽然我感到此事很难办，但为了画院的发展和科协的工作，我必须想办法完成。于是我借去济南开会之际，求助省人大珍珠泉宾馆办公室主任、多年的老朋友王庆敏先生。最终省人大常委会主任梁步庭，为其公司题名：广林集团公司。

一穷二白的画院，没有一点经济来源，没有驻院创收的书画家，我还要忙于科协的业务工作，不能全身心地投入这儿的工作。为此，我几次找市委吕副书记求援，他也很无奈。徐福研究会自身的经费也十分紧张，根本不可能再拿出资金支持画院。科协每年只有3万元办公经费，捉襟见肘。我还要为科协的经费四面八方去"化缘"。画院开办前的室内外装修费用、租房的租金、装裱室费用和几个职工的基本工资，都要我自己想方设法解决。我这个"门外汉"院长，没有一点管理运作经验，画院发展步履艰难。

为了便于开展业务，工作之余我考入中国书协书法培训中心举办的函授高级班，学习中国书法理论、书法史和书法的基本技法。经过三年函授学习，读帖、临帖、面授，不失时机参观一些书画展览、欣赏名家作品集等，我的书法水平有了一定提高。我勤学苦练，拜师求学，又通过自办联办书画展，请进来，走出去，邀请各地书画界友人来画院交流活动。通过广交朋友、参加书画展览会，感悟中国书画艺术的博大精深。我又先后请迟浩田、沈鹏、孙其峰、蒋维崧、杨松林、孙墨龙、王衍槐、邹振亚、曹宝麟等艺术家及名人为画院题词。很快，徐福故里书画院先后亮相烟台、青岛、潍坊、泰安、南京、济南、北京等地。

至此，利用徐福故里书画院这块平台、这张名片，广交各层面的朋友，提高了龙口市的知名度，促进了徐福研究会的工作，为家乡的经济建设和各项工作提供了较好的信息，也推动了科协科普工作的全面展开。在经营书画院期间，我放弃了所有的休息时间，肩头宛若挑着两副担子，匆匆赶路，科协工作也取得了骄人的成绩。

我刚踏入市科协时，出席烟台市科协年会，面临全市倒数第三的尴尬场面，发出励精图治的誓言："奋力开拓进取，两年内必须进入烟台市先进行列，三年达到省级先进水平，争取五年成为全国先进单位，不达目的誓不罢休。"全体科协机关干部在龙口市委、市政府和省市科协大力支持下，历尽艰辛，奋力拼搏，提前两年实现争先创优的目标。1991年荣获烟台市科协系统先进单位，1992年龙口市科协步入全省先进行列，1993年5月，中国科协在广东省召开的全国部分县（市区）科协主席现场会上宣布："山东省龙口市科协为全国10个科普示范县之一"。

龙口市科协从全国2800多个县（市区）中脱颖而出，成了全国10个示范县、10个先进集体之一。我与市委有关领导多次出席全省、全国科普经验研讨会、交流会，并荣获中国科协授予的先进集体奖牌，这在全省也是独一无二的。

1995年6月21日，山东省政协常委、山东艺术学院副院长、著名油画家、美术教育家杨松林教授由烟台市区打来电话说，全国政协办公大厦请他创作一幅自然的原生态山水油画。经考察，全省海岸线和湖泊基本没有理想的创作素材，拟来龙口沿海考察。如条件允许，想在龙口写生，完成这项重要任务，并让我安排食宿、交通等相关事宜。

第二天，我驱车赴烟台海军工程学院招待所接到杨松林、毛岱宗两位教授。杨教授提出此行要保密，要封锁消息，专心致志工作。

我与他们在烟台汇合后，直奔龙口市北海边港栾村北海口码头，乘交通船考察桑岛。与桑岛村党支部书记栾成范联系后，我们临时借了条渔船，围着桑岛、依岛周边观察了半天，但感觉这儿不太入画。这时，我突然想到，尚没开发的屺坶岛沿岸还有一些原生态沙滩礁石。中午时分，由北海边返回小栾家疃家后，两位教授高兴地品尝老伴料理的海鲜和地方小吃。午餐后，我陪他们赶赴龙口西海岸屺坶岛。顶着烈日和阵阵温热的海风，我们绕岛转了一圈，杨教授感到很满意，就决定把写生创作点锁定在屺坶岛上。我立即打电话联系龙口矿务局党委书记袁景安，请他协助安排食宿和每天往返屺坶岛的车辆。袁书记毫不犹豫，表示欢迎。

袁书记受父辈影响，喜欢舞文弄墨，山水画画得有模有样。20世纪70年代，我在乡城公社供职时，他是洼里煤矿矿长办公室的主任秘书，我们为了工作常打交道。我们乘车赶到时，他在矿务局招待所已安排好三个人的食宿，又调了一辆苏制伏尔加轿车全程服务。为了保证两位教授创作期间不受干扰，他对外严密封锁消息，还专门在职工食堂边角安排了一个小单间餐厅，早晚我陪餐。午饭带到岛上用。食堂师傅每天午餐准备三份饭菜，有馒头、大饼、黄瓜、火腿肠、咸鸡蛋、西红柿、瓶装水等。

油画创作离不开自然光线，日出日落本身就很美，千变万化的朝晖和晚霞有着丰富的色调，是构成瑰丽景色的重要元素。我们每天披星戴月，早出晚归，很是辛苦。中午阳光暴烈，热浪滚动，海滩上的礁石热得烫人。我站在年龄较大的杨教授身边打着把大伞，为他遮光挡热，给毛教授找了个大太阳帽。两位教授白天冒着高温，在火辣辣的阳光下，稳如泰山般地坐在礁石上画小样，晚上精作细描，加工到深夜。这一画就连续奋战了八个日日夜夜。他们脸晒得酱红，胳膊晒得紫红，皮肤都晒爆了。五十多幅色彩斑斓、栩栩如生的30×30小幅油画样本放满了客房旁边的小会客室。看着这些用汗水辛苦浇灌出的作品，两位敬业的教授满面红光，明亮的脸上荡漾着满意的笑容。

在这八天里，他们不畏烈日炎炎，不顾酷暑逼人、分秒必争、呕心沥血的敬业精神深深地教育了我。人生在世，要想干成一番事业，没有吃苦耐劳的精神是难以走向成功的。期间，杨教授一片苦心，就当前书画文化艺术的背景、现状等问题谈了一些见解，并鼓励我们勇敢面对严峻挑战。

中国美术馆办展

1995年6月10日上午，科协办公室战主任接到市委办公室打来电话说市委于书记找我有急事。我正在下乡调研，接到通知急忙赶回来。市委于维义副书记办公室里，他微笑着说："刚才接到省政府丁方明副省长打来电话，点名让你进京协助山东艺术学院教授王旭东先生，在中央美术馆筹办个人画展。画展开幕那天，山东艺术学院的李院长、丁副省长和省城新闻媒体同时出席。"我一听，马上联想到丁副省长是我出席省政协会议时认识的。他曾在省政府分管文教卫生，对书画艺术既钟爱又支持，现在是省政协副主席。三月下旬，我意外地收到山东艺术学院教授张志民的亲笔信，以张大石头笔名落款，内容是让我与王旭东教授认识，给予关照，并没讲办画展的事。去年徐福故里书画院开业时，张志民教授曾亲自来龙口参加祝贺、作画。我当时收到他的亲笔书信，心里还纳闷，一位高等学府的教授的信函竟如此谦和质朴。这令我大为吃惊和感动。

现在于副书记这一说，我明白了，心里顿时感觉压力很大。我诚惶诚恐地对于副书记说："到中国艺术的最高殿堂中国美术馆办画展，这是件大好事，可是我一点经验也没有，责任重大，恐难以胜任。"

于副书记鼓励我说："你也不要打怵，你是省政协委员，接触面广，我相信丁方明副省长和王旭东教授请你去帮忙，肯定有他们的道理。只要你努力了，就没有办不好的事情。"

说心里话，这种高层次、大动作的活动，我还从来没有涉足过。于副书记笑着说："创办画院，也是没有经验，可你也成功地办起来了。你可以借这次活动，学习一些经营书画院的先进经验。"

我听于副书记的意思是推托不了，无奈地感叹了口气问："具体怎么操作？"

于副书记说："你可先去济南与王教授对接一下，再商量下一步如何进行。我觉得可以先进京探探路，然后再进行具体筹备。你把单位的工作安排好，早去早回。预祝画展圆满成功。"

我满怀心事地回到家里，对妻子一说，她大大咧咧地说："不去怎么知道不能办好？去了就会有办法的。车到山前必有路，既然领导点名让你去，他们一定有道理。等你什么时候进京时，我也请假去北京，找家医院帮我把检查出来的那个讨厌的肌瘤切去。"

6月12日中午，我乘长途汽车赶到了省城，又打出租车到了文化东路山东艺术学院大门前，一眼就看到戴着眼镜、书生气十足的王教授站在传达室等我。第一次见面，我们就像久别的老朋友一样，双手紧紧地握在一起。

王教授把我领进他那并不宽敞的教授宿舍，真诚地向我讲述了他的一些心里话。

他说："我教了半辈子书，画了半辈子画，现在的梦想就是在有生之年争取到中国最高的艺术殿堂——中国美术馆办一次画展。丁省长向我推荐你，说有这方面的条件，能协助我完成这个夙愿。"王教授为人深沉低调，忠厚淳朴，不擅语言表达，但他意诚言切的表述深深地感染了我。

王教授的心情我很理解，但我有自知之明，对于美术自己是外行，受自身条件和能力所限，生怕辜负了先生的厚望。正在这时，我的电话响了，是丁方明副主席打来的，他热情地鼓励我一定想方设法办好这次画展。待正式开展时，他要亲自与山东艺术学院李院长、省城新闻媒体参加开幕式。那时，他并不知道我已经来到省城并正在王教授家中，我只能平心静气地听着。看来这次必须进京协助办画展了。

午餐时，王旭东教授及夫人杜年琴教授邀请山东艺术学院张志民、彭昭俊、段谷风、刘玉泉等教授作陪。在学院附近的小餐厅里，大家边喝酒吃菜，边鼓励我说："王教授赴京办展是代表齐鲁文化艺术，是山东艺术学院的骄傲，更是山东人民的骄傲。"

我说："王教授是龙口人，能在京城办画展也是龙口人民的骄傲。能为他的画展服务，也是我的荣幸。"几位教授知道我刚创办徐福故里书画院不久，大家纷纷表示要给予大力支持。

1995年6月14日晚上11时整，我与王教授乘坐298次列车赴京。翌日上午7时到达京城，也没顾得上休息，8时30分进入中国美术馆进行现场考察。接着我联系到《科技日报》主任编辑王化君。王主任与我很熟，曾在北京市政府文化局工作过，对市区的文化艺术界名人，熟门熟路。请他挂帅负责画展期间邀请京城知名艺术家和新闻媒体等相关人员出席开幕式，王化君直爽干练，当即表示全力支持。

当晚7时，我陪同王旭东教授拜访了国务委员兼国防部长迟浩田将军并合影留念。迟将军对王教授进京办画展很支持，声称若无重要政事活动，一定争取参加开幕式。我又联系龙口市政府驻京办事处主任，请他协调山东省及龙口籍在京的党政军老革命干部、老领导、老艺术家，争取让他们参加开幕式。主任也格外尽心尽力。

6月20日7时30分，我与王教授返回济南，将筹备情况向丁方明副主席和山东艺术学院领导进行全面汇报。王教授又陪我登门拜访山东艺术学院资深教授王企华、张彦青、刘鲁生、彭绍俊、王立志等名家。

距离画展开幕还有不足百日的时间，我与王教授商定，他继续选调和筹备展品，并筹措画展前夕拜访京城著名艺术家的名单和见面礼品。我返回龙口后继续与北京王化君先生、龙口驻京办事处保持联系，互通情况，决定9月中旬再次进京做最后的筹备，国庆节前隆重推出这次展览。

1995年9月18日清晨，电话铃响起，传来王旭东教授深沉而热情的声音。他说："迟主席，参展作品已准备完毕，其他事宜也准备就绪，是否可以去北京做最后的筹划工作……"我说："行！我安排一下单位的工作，明天上午北京见。"

我马上赶到市委向于副书记汇报了情况并请好假，接着回单位召开办公会，向大家说明情况，希望大家抓好当前工作。最后我通知妻子请假，下午一同进京。

中午下班时，我直接骑自行车赶到黄城车站买了两张长途汽车票。下午4时整，我与妻子带上衣服行李和准备住院做手术的款项，登上长途大巴卧铺车。当时去京城还没有高速公路，到处在修路，一路颠簸，深夜两点钟到达北京赵公口长途车站。当天上午，王旭东教授及夫人杜年琴教授也由济南搭乘火车及时赶到。

我们互相交流了情况，便开始了紧张的筹备工作。我协调出席开幕式的领导、嘉宾和新闻媒体，王教授负责展品装潢、宣传资料和请柬发放，然后我们再一道拜访京城有影响的书画艺术界名流。我们拜会了在中央国家机关工作的老革命、老领导赵健民、谢华、马仪、王济夫和著名油画家谭涂夫，会见了《科技日报》主任编辑王化君先生。我们还登门拜访龙口籍著名画家孙滋溪、王雁夫妇，二位教授热情地留我们共进午餐，工笔画家王雁亲自下厨。一位国家级艺术家，上得艺术厅堂又下得厨房，做出这可口的饭菜，实属难得。第二天我们马不停蹄赴解放军艺术学院油画系，拜会山东莱州籍油画家崔开玺夫妇和人物画家任惠中教授及夫人，并在崔教授家一道共进午餐。大家都是胶东老乡，初次见面热情有加，尽显乡土亲情。

9月25日上午，王化君主任、张汝明处长带我们拜访京城资深山水画家秦岭云老先生。在秦老的会客室里，当王化君主任介绍我是徐福故里书画院院长时，老先生急忙起身，微笑地与我握手致意，连说："欢迎，欢迎！幸会，幸会！"看来老先生对徐福早有所闻。

快到中午时，王化君先生又带领我们拜会了国家文物鉴定委员会委员、北京市文物公司总经理、翰海艺术品拍卖公司总经理秦公先生。秦先生是山东蓬莱人，是国内著名的文物鉴定专家、书法家。他主持成立了北京翰海拍卖公司，以学者的情怀、儒商的风范，推动中国文物拍卖走进繁荣的时代，促成流入国外的诸多国宝级文物回归故里，并入藏各级博物馆。

在他公司的展厅里，我们有幸目睹了一批国家珍贵文物真品。初见秦公先生，他一身便装，刚劲潇洒，举手投足处，彰显山东人豪爽仗义的大家风范。午餐即为我们接风洗尘，他预祝画展圆满成功，双手举杯一饮而尽。那情景，那场面，尽情酣畅，十分感人。

1995年9月26日上午10时，王旭东教授的画展在中国美术馆东厅隆重开幕。美术馆前竖立着两米多高的宣传板，上面是由中国油画家、中国美协理事、全国政协委员、博士研究生导师、中央美院副院长朱乃正教授题写的"王旭东画展"五个大字，下面写着主办单位：山东省政协、山东省美协、山东艺术学院、山东省龙口徐福故里书画院。徐福故里书画院的名字，展现在北京街头。

开幕式上我担任主持人，也没刻意打扮自己，一身休闲装。那天，时任中国书法家协会主席的沈鹏，文化部副部长王济夫，"胡子将军"孙毅，解放军医学科学院李将军，院务部长刘家洪大校，原海军政委李耀文上将、原山东省省长、航空工业部部长赵健民，中共中央书记处农村政策研究室副主任谢华，驻外大使李善一，全国政协经济委员会副主任、国家计委顾问马仪，中央美术学院副院长朱乃正教授，艺术家孙滋溪、王雁、张钦若、崔开玺、任惠中、蔡云，中国美术馆学术部主任、著名美术评论家刘曦林先生等党政军、文化艺术界名流出席了开幕式。还有山东省政协副主席丁方明、山东政协书协联谊会秘书长张有兴、山东艺术学院副院长李作德、济南市电视台记者、龙口市驻京办代表等二百余人。在京中央某出版社任编审工作的龙口老乡曲汝铎先生也饶有兴趣地参加了开幕仪式。龙口画院老院长山水画家王树枫先生，也专程赶到展览会，为画展加油。

山东省政协副主席丁方明致开幕词，山东艺术学院李副院长讲话，王旭东致答谢词。山东省文化厅、山东美协、山东画院、龙口市人民政府发来贺电。解放军医学科学院、山东艺术学院、龙口市政府、徐福故里书画院送来了花篮。

开幕式的第二天上午，中央办公厅毛主席纪念堂管理局李升堂局长，邀请我们参观毛主席纪念堂地下展厅著名书画大家的巨幅藏品。神秘典雅的地下展厅里挂满书画泰斗的精品力作，令人感叹不已。参观完毕，李局长请我们共进午餐，并郑重地送给王教授一筒纪念堂绘画专用宣纸，请王教授回济南后创作一幅"泰山日出"，纪念堂将永久收藏。

首都博物馆外联部张如明处长正在筹备即将在境外举办的孔子题材综合展览，对王教授的展品赞不绝口，精选出十幅作品要到国外参展。

画展期间，正值中国美术馆隆重举办徐悲鸿大师诞生100周年百幅精品画展。此画展与王教授的画展各显风采，相得益彰。通过筹办这次画展，我也大长见识，初步明白了京城办展的意义，广交了各界朋友，开阔了眼界，受益匪浅。

国庆节后不久，画展结束，辛苦了大半年的王教授夫妇一边休息，一边创作部分山水花卉作品，答谢为画展做出贡献的相关人员。10月12日早上，他们心里装满收获，乘火车离京返济。这次具有里程碑意义的画展，画上了圆满的句号。

10月4日，妻子正式住进解放军医学科学院附属医院307医院，刘家洪、刘景云夫妇古道热肠，负责协调医院主刀专家和手术时间。为了保证妻子住院期间得到良好护理，也担心我一个人承受不了，刘景云打电话通知女儿进京协助我。经不住北京气候多变的折腾，妻子又患上了重感冒，发烧、咳嗽不止，一直不宜实施手术。北京的军队医院院规严厉，病人一旦住进了医院就不准随便活动，护士每天测量体温、送药、打针、测血压。病房楼大门旁坐着个五十多岁的老护士，整日铁青着脸，一副严肃的神态。凡进出病房的病人和家属，必须有护士长签署的探视证方可进出。探视证有效期只有三天，没有证的话，谁也甭想走进病房半步。我每次去，那位冷面护士都要反复询问，审查探视证后才放行。我只能低声下气，笑脸接受检查，心急如焚地等待手术通知。

天空下着淅淅沥沥的秋雨，天气比往常寒冷。护士长下达通知，妻子终于排上了手术。我去护士站签了协议和输血协议书。不签字，手术是不能进行的。看着那张协议书，我的双眼模糊了，在家属栏里我颤抖着签上名。

10月23日上午8时40分，护士推着手术车进了病房，精神尚好的妻子自己上的手术车。护士把妻子缓缓推出病房，推进写着大红"静"字的手术室。我感到一阵心悸，仿佛整个心也被推进了手术室。刘部长听说妻子今天做手术，很快赶过来，我们俩默默地坐在走廊边的椅子上。我心乱如麻，头有些胀痛，双手紧紧地捂着双眼，思绪的闸门打开了，如潮奔涌……

妻子来到我家已经二十六个年头了，在这九千多个日日夜夜里，她对这个大家庭投入了满腔的热情，极其负责地当个好儿媳、好妻子、好母亲。她把她的全部无私地献给了这个贫穷的家。全家人齐心协力，和睦相处，日子过得如芝麻开花节节高，终于脱离了贫穷的束缚与羁绊，令人刮目相看。在家庭脱贫的艰苦历程中，妻子功不可没。日积月累的操劳，使她患上这严重的疾病。求上苍保佑妻子平安无事吧！

我坐在那里，不断地看着手术室的门，心里忐忑不安。刘部长在旁边不断安慰我，出差在外的刘景云发来安慰我的短信，让我焦虑的内心得到很大的安慰。

三个半小时后，12时10分，手术室的门开了。戴着浅绿色大口罩的护士推出手术车，还是那白净的床单蒙盖着病人的全身。我慢慢掀开覆盖在妻子身上的白床单，不停地呼唤她的名字，护士也嘱咐要不停地呼喊。我们连续不断地呼叫后，妻子苍白无神的脸上轻轻抽动一下。主刀的黄长江、张澜两位教授走出手术室对我说："手术很成功，放心吧！你看，病人面部活动了。"

两天后，护士推开病房门喜滋滋地通知我，化验结果出来了，谢天谢地，属于普通的良性肌瘤，并说："病人的体质还不错，生命体征很快平稳了，一切正常。"我们悬着的一颗心才放下了。

10月26日，我看妻子的病情基本稳定，就给老家的二妹和儿子打去电话，让他们转告老母亲和家中所有牵肠挂肚的亲友，让他们放心。

妻子住院期间，外孙女的爷爷奶奶，姨妈王秀英的大女儿海波、女婿刘书田，老知青朋友曲汝铎夫妇，中国科协科普部农村处王慧梅处长等先后到医院探视，送来温暖……

1995年11月3日，拆线的第三天，医院告知伤口愈合良好，可以带着部分药物出院了。当天上午我办好出院手续，谢别黄长江教授、护士吴琼，还有那位铁面无私的老护士。刘家洪夫妇也来到医院，陪我们一道去长途汽车站。下午3时30分，我们在赵公口乘卧铺客车，星夜兼程。半夜时我们还在寿光路边店吃了顿"爆锅面"，近两个月没吃山东饭了，那顿面吃得回味无穷。平安抵达黄城车站，我们回到了小栾家疃那个温馨的家。

北京之行，无论是前期为王旭东教授筹办画展，还是后期妻子住院，全凭刘家洪夫妇全方位运筹，才取得圆满的结果。从进京筹办画展到治病出院，整整48个日日夜夜，也是我平生刻骨铭心的48天。

在妻子住院期间，家中打来报喜电话，儿子喜得8斤多的大胖小子，二妹家的外甥女刘波喜添千金。听到这令人振奋的喜讯，我和妻子那本来焦虑郁闷的心里一下子乐开了花。

妻子出院回家后，我们迫不及待地赶到了龙口镇桥上村亲家那里，看望这个宝贝蛋。小家伙睁着眼睛，看着这个陌生的世界，虽然是刚刚出生不久，但皮肤很舒展，头发又黑又亮，还不停地舞动着粉嫩的小胳膊，伸着小腿。红润的樱桃小嘴，惹人爱怜。我把他抱进怀里，小家伙目不转睛地盯着我，嘴角荡出一丝笑意。我心里一阵阵地感慨，暗暗地说："宝贝儿，我们可是血脉相承的呀！"在以后的日子里，孙子给我们平静的生活增添了不少乐趣，直到牙牙学语的时候，"奶奶""爷爷"地叫着，我和妻子听了觉得比吃了蜂蜜还要甜……孙子的降生，给我们全家人带来了无限的欢乐。

看着这棵幼苗一天天茁壮成长，我们的心中充满了期待与希望。待他上幼儿园时，我就用自行车接送，来往于东北隅机关幼儿园与小栾家疃的家之间，碰到熟人还尽情炫耀："来，你看看我孙子多棒。"那种成就感与自豪感难以描述。后来孙子被亲家母接去龙口养育，我们时时感到牵挂、思念，有时梦见可爱的孙子，竟然把自己笑醒了。

1995年11月13日，接到王旭东教授的电话，他首先问候妻子的康复情况，对妻子手术成功表示祝贺，接着提出要把在京城中国美术馆展览的作品送回家乡，向父老乡亲进行一次汇报展出，以表达游子爱乡爱土之心并委托我承办。我当即表示支持，并承诺向市委领导汇报后立即进行筹措。我向市委由伟中副书记汇报后，副书记表示支持，并让我全力筹办务必成功。

1995年11月23日，我借了辆面包车亲自去山东艺术学院，接王旭东教授的展品，与王教授一道购置画框，印制请柬及相关宣传材料等。我想，11月26日是徐福故里书画院建院一周年，借王教授画展之机纪念画院创建一周年，相得益彰嘛！

11月26日，纪念徐福故里书画院建院一周年暨王旭东教授画展在徐福故里书画院隆重开幕。省政协副主席丁方明，省政协书画联谊会秘书长张有兴，全国人大代表、省美协副主席、济南市文联主席吴泽浩，山东大学书画院院长孙坚奋教授，省政协委员王淑仁教授，山东艺术学院彭昭俊教授、王立志教授，龙口市委副书记由伟中，市政协主席于维义，市政府副市长赵仁强等出席。开幕式由我主持，赵副市长致辞，展厅里布满赴京展品，上百名书画爱好者和市民参加了开幕式，参观者络绎不绝。在一个县级市的书画院里，举办如此隆重的个人画展，出席领导和贵宾规格之高，展品水准之高，可谓绝无仅有。

王旭东教授在龙口的画展圆满结束后，我们又在烟台南山书画研究院成功地举办了一次展出，影响颇深，完成了王教授多年以来梦想回到胶东家乡举办个人画展的夙愿。

圆父母的住房梦

父母的一生，饱经沧桑，一生漂泊，居无定所。令儿女们欣慰的是，他们在生命的最后几年里总算住上了自己的新房。

从招远县老家举家搬到黄县小栾家疃后，一家人租住几间几乎要坍塌的旧房舍，后来父母节衣缩食凑足了几个钱，就把这几间房子买到了手。我初中毕业那年，借当小工之机请人修缮过一次，这一晃又是三十多年了。

这栋老屋的地基用拳头大的"地瓜石"砌成，四壁是土坯，几经战乱天灾，前窗和后墙下各留有斑斑残洞，房屋上的瓦片残缺不齐，隙罅露缝。晚间躺在炕上可以数天上的星星，遇到刮风下雨可就惨了，大盆接，小碗装，全家老少，忙碌不停。当初盖房时为省工省料就地取材，屋内的泥土挖出来加工成土坯砌墙。屋内外落差有一尺多深，生人一踏进房门都能哇地惊叫一声，不小心还会崴着脚脖子。房门是几十块碎木板拼凑的单扇门，开门时，"吱嘎"一声老远都能听见。屋内几个房门仅有门框，以布帘当门。东厢房地下，有一个深6米、长10米的地道，那是兄弟姊妹们于1969年响应毛主席"深挖洞、广积粮、不称霸"的号召昼夜奋战的成果。方正的院子里，西南边有一处毗连厕所的猪圈，旁边一棵石榴树，顽强地开花结果。院子东面还有一棵高大挺拔的梧桐树，枝繁叶茂。这一切都见证着主人的风雨沧桑。

20世纪80年代末，兄弟姊妹结婚的结婚，出嫁的出嫁，各自都住上了新房，父母却仍然住在夏天漏风雨、冬天进风雪，墙角常年潮湿的百年旧房里。

1989年春天，父母几次与兄弟姊妹商量，将老屋翻修一下。经讨论发现修缮花钱也不少，还不如重新盖一栋新房。听说要盖新房，母亲叹了口气说："谈何容易啊！手头没有那么多钱，拿什么盖房？"母亲对我说："焕彩啊，我看还是你想法解决吧！你再不操心动手，将来咱这栋老房子不知什么时候倒塌了，非把我和你爹砸到里面不可。"听到母亲的话，我感到这件事已经到了非解决不可的地步了。当时我在乡下工作，每天忙得焦头烂额。可看到父母整日愁眉苦脸的样子，心里真不是个滋味。我和妻子决心帮助父母盖新房。

5月初，母亲召集兄弟姊妹一起开了个家庭会，说明情况，筹集资金。5月14日，施工人员进入工地开始搬倒旧房。因旧房地理位置较低，建筑垃圾不需要外运，就地夯实即可，但要大量放水沉淀挫实。这水一放就是三昼夜。为了避免水溢出房基外，白天母亲去看着，晚上我拿着手电筒过去值班。待地面挫实后开始放线施工，母亲提出还要给木瓦匠提供中午和晚上两顿饭。她不止一次和我讲过："旧社会大户人家农忙时雇人拔麦子、刨玉米秸子，只要家里管好饭，东家不需要到地里看质量，那是准错不了的。"我尊重母亲的建议，也觉得母亲的话不无道理。采购鱼肉菜肴、烟酒茶水自然由我承担，妻子责无旁贷成了大厨。母亲跑前跑后做好后勤工作，父亲为工匠们烧水沏茶，还买了些"蓬莱阁"牌香烟放在一边。木瓦匠们干活确实很卖力，很负责任。

木瓦匠倒是很用心，但遇到外部干扰和麻烦时，他们就无能为力了。最令人闹心的事是邻居不配合。因为后夹道的排水问题，北邻居不讲道理，不让做排水。南邻居借机将历来通往南街的胡同占为己有，还通过领导做我的工作，让我劝父母让步。信奉基督教的母亲为了息事宁人，步步退让，还念叨"六尺巷"的故事："千里修书只为墙，让他三尺又何妨。长城万里今犹在，不见当年秦始皇。"

几经周折，8月底终于竣工了，我们一家人筋疲力尽。新翻盖的房子是一栋红瓦白墙框架结构的四合院大瓦房，院子里装了个压水井，屋里粉刷上涂料，扎上天棚，安上了几盏壁灯吊灯。我们把旧沙发、家具、炊具搬过来，又添了些家电，还安装了土暖气。买两吨优质煤，生上火炉子，内屋堂屋温暖如春。我又装上了电话，春节前搬了进去。搬家那天，父母望着亮堂堂的大瓦房和宽敞的四合院，乐得嘴都合不上了，喜悦的泪从他们那饱经风霜的脸上滚落。一贯少言寡语的父亲感慨道："俺快九十岁了，做梦也想不到这一辈子还能住上这么好的房子，也算没白来到这个世上走一回！"母亲擦着脸上喜悦的泪说："感谢主的恩赐，让我住上这样漂亮的房子！"

看到父母高兴的样子，我百感交集。在父母有生之年，圆了他们住上新房，享受冬天屋里能供暖气的梦，是做儿女的多年来最大的心愿。那年，父亲常常坐在院子里，握着旱烟斗，嘴里哼着京剧《武家坡》唱段："一马离了西凉界，不由人一阵阵泪洒胸怀，青是山绿是水花花世界……"他一边欣赏自己种植的花草，一边端着他那个白搪瓷茶杯，喝着老茶，好不自在……

父亲走了……

1991年，是父母搬进新房的第二个年头。这年的秋天，正好赶上父亲八十九岁的寿辰。母亲几天前就对我说："你爹一辈子也没正经八百地过一次生日，现在你们兄弟都有新房住，我和你爹也搬进宽敞的新房了，我们心里特别高兴，今年给他好好过个生日吧。"我说："您放心吧！那是自然啦。"其实那几天我心里也正在琢磨着如何给父亲过生日。

秋天的天空特别蓝，好像是画出来的。秋天的空气特别新鲜，好像被过滤过一样。清晨起床后到村后不远的龙口市体委的大操场上跑步，也成了我每天的一个习惯。

早晨出门活动时，我习惯带个小收音机，边活动边收听国内外新闻、天气预报。操场边几棵白杨树叶子开始泛黄，不时掉下一两片黄叶。湛蓝的天空一队大雁排成人字形，向南边飞去。

那天是农历九月初五，是父亲八十九岁生日。我沿着跑道边慢跑，边思考今天的活动如何进行。母亲的期望也是我的想法，寿辰一定要办得既隆重又热闹，而且不去饭店，就在这新盖的房子里举行。

这时收音机正在重播新闻，某市举办庆祝"八一"军民联欢晚会，有歌舞，有相声，还有小品，一个新颖的创意突然涌向心头。今天的寿宴吃好喝好且不用说，一定让一家人团团圆圆，欢欢乐乐，让辛劳一生的父亲过一个开心的生日，让父母尽享儿孙绕膝、其乐融融的晚年生活。我决定像春晚一样举办一场家庭联欢会，让全家人陪着爹妈笑个够，乐个够。

回家后我把创意和老伴一说，她也极其赞成。我也没和母亲具体去说，就依计划行事了。待兄弟姊妹和下一代的孩子们陆续来到父母的老屋，我宣布："今天为老寿星过生日，各家各户最少准备一个文娱节目，能者多劳，多者不限。"大家听我这么说，感到又新颖又开心，纷纷响应。我和大哥商量指派他女儿担任主持人，各家演出的节目要提前报给主持人，种类、时间不限，化不化妆无要求，寿宴结束后正式演出。

那天，秋高气爽，真是一个好天气啊！寿宴的气氛很热烈，孩子们围在两位老人周围身后撒娇、嬉戏、玩耍；媳妇闺女各显身手，在厨房炒菜做饭……当饭菜酒水摆好之后，儿女们、孙子们纷纷举起酒杯为老人祝寿，"笑口常开，益寿延年""福如东海，寿比南山"的祝福声响满了整个小院……父亲以茶代酒，频频举杯。父亲那古铜色的脸上，被岁月刻下痕迹的皱纹里洋溢着笑容。看着父亲的神态，我想：父亲的幸福快乐竟是如此简单。

父亲是一个平凡的人，却又有着不平凡的经历。父亲与母亲风雨同舟，含辛茹苦，将我们兄弟姊妹七人培养成人。他经历过战乱沉浮，阅尽世道沧桑，尝遍苦辣酸甜。多年来，父母给予我们的爱无以言表。他们勤劳善良的朴素品格，宽厚待人的处世之道，严爱有加的朴实家风无时无刻不在潜移默化地影响着我们。父母亲的谆谆教导和殷切希望，无时无刻不在鞭策和鼓励着我们。没有他们也就没有我们的今天。父母的爱，恩重如山。

正所谓：明月有恒，纪年合献九如颂；长春不老，添闰当称百岁人。

古稀之年的老母亲，里里外外张罗着，神采飞扬的表情仿佛装满了甜蜜。平日不苟言笑的父亲，穿上女儿买的新衣服，"嘿嘿"地乐着，眼睛眯成了弯弯的月牙……

我搬了两张藤椅放在宽大的屋檐下，摆上茶盘，还放了几盆秋菊，请父母欣赏节目。

新购置的牡丹牌收录机里放着欢快的音乐，五十多口人，四世同堂，集中在这个充满生机的院子里，每个人脸上都挂着微笑。大哥开始带领孩子们各展才艺，有的唱歌，有的跳舞，有的讲笑话。大哥还与他女儿演了个小品，尽管情节不合情理，也令人大笑不已。他拿了把梳子给这个梳一下，给那个理一下，滑稽的神态让大家都笑得合不拢嘴。二侄儿的武术表演令人耳目一新，二妹家俩外甥的迪斯科和街舞更是令人震撼。大哥与三弟也像两个顽皮的孩子，热情奔放地扭起来。突然"刺啦"一声，大哥动作幅度大了一些，一条崭新的裤子裂开了缝，把大家逗得前仰后合，父母的眼泪都笑出来了，整个院子都是欢声笑语……

那天，我请来专业人员用录像机拍摄下这家庭大联欢的场面，把父母和大家的笑容……锁定在那一刻。我知道，这一刻将永远定格在我们每一个人的心中。

母亲笑眯眯地陪着父亲坐在屋檐下喝着茶，不时地拍着巴掌。他们也好像突然回到儿时那个年代，穿越到那刻骨铭心的艰苦岁月中。我看到父亲不住地接过母亲递过来的白毛巾擦着泪，这是幸福的泪。两只鸽子飞到老石榴树下的石板上，饶有兴趣地眨着红红的双眼，欣赏这场别具一格的演出，赶都赶不走。我举起相机留下这动人的一幕。

屋檐下高雅淡泊的秋菊展现着它们的风姿，亭亭地站着，气韵翩然。我想：秋去冬来晚，寒气袭人，这小小的菊花竟能受得住这般风寒。那么多片花瓣紧紧地抱在一起，共同抵御秋天的寒冷。正因为有这种精神，才能让它们不畏惧寒冷，面对困难毫不退缩。父母的一生就像菊花那样生存，不折不挠，永不退缩。我们兄弟姊妹也正像菊花瓣那样紧密相抱，共同抵御寒冷。

后来，我专门撰写了一篇散文《父亲的生日》，被《大众日报》第三版登载。

令我们万万没有想到的是，父亲只在这栋新屋住了不到两年，仅度过了一个春节，竟永远地离开了我们……那是1991年农历腊月二十，再有三天就是传统节日小年，可是父亲没有跨过去，就撇下我们一个人走了。

那天，我突然接到母亲的电话，她急匆匆地说："焕彩，你快过来看看，你爸不太好。"我放下电话急忙往家里跑，在路上，我没有想得太多，前几年父亲患了肺气肿，把旱烟戒了以后缓解了许多。近一两年又患上脉管炎，虽然被折磨得很痛苦，但不至于发生意外。可是当我跑回家后，父亲已经奄奄一息了。大妹守在父亲的身边，眼睛早已哭红了。母亲看到我进屋后，哭着说："焕彩，你爹这次怕是真不行了……"说着她就泣不成声了。我急忙来到父亲的身边，伸手握着父亲那骨瘦嶙峋的手，喊了一声"爹……"就再也说不出话来了，嗓子像塞了一团棉花，堵得我都要窒息了。

父亲听到我的喊声，慢慢地睁开眼睛，极其微弱地说"老二来了"，然后又闭上了眼睛。

我眼看着父亲的瞳孔就要扩散了，我又喊着："爹，您醒醒，您还有什么话要说啊？"

父亲又一次睁开双眼，但是这一次眼睛异常明亮，他好像用尽了全身的劲儿，断断续续地说：儿啊，爹这一生最知足的是有七个通情达理的孝顺孩子……最满意的是老了终于住上自己的房子……他把眼神转向了母亲却再也说不出话来，但我们都读懂了父亲的心思：他感谢母亲含辛茹苦拉扯大我们兄弟姊妹，悉心照顾他晚年生活。他觉得春节前走了，母亲和孩子们会平静轻松地过大年……

父亲慢慢地合上双眼，眼角还挂着一丝笑意。

这时兄弟姊妹、媳妇、孙子、孙女、外孙全到了，大家围在父亲的身边，声声呼唤"爹！爷爷！姥爷！……"我还握着父亲那渐渐凉下来的手，伏在父亲的身上失声恸哭……

父亲到了老年，也随着母亲信仰基督教，所以他去世以后，完全按照基督教的礼数祭奠。不烧香烧纸，不摆供桌，也不磕头，只是在院子里摆了村里和单位送来的花圈。儿女们胸前佩戴小白纸花，教会里的教友和牧师来到我家，在父亲的亡灵前做"追思礼"。我们低着头默默站立在覆盖着印着红色十字架的雪白布单的父亲遗体旁，听母亲的教友们念告别诗，泪水随着优美的诗语淌流着。

父亲走的那一天，天气出奇冷。凛冽的寒风呼呼地刮着，满天飞舞的雪花把整个世界染成了白色，田园、河流、村庄、道路都显得那么圣洁，圣洁的世界把父亲圣洁的灵魂送进了天堂……父亲是个从不计较得失的人，无论遇到什么挫折，从不低头，总是以积极豁达的态度面对世界。只要需要，不管何时，他也都会为集体、为他人挺身而出。

父亲一生严于律己，从来不因私事给别人添麻烦。在三年困难时期，身为生产队干部的父亲，即使是面对全家人饿得下不了炕的困境，也不私拿集体一粒粮食。

父亲是一位懂得感恩的人，他经常教育我们："人生在世要知恩报恩，咱家能走到今天，过上这么好的日子，千万不能忘本，少发牢骚，多感恩，身在福中要知福。"他是这样说的，也是这样做的。

父亲是一个普通的农民，没有读过一天书，不识一个字，可是他有一颗金子般的心。他性格暴烈，但对爷爷奶奶等前辈极其孝顺，是个孝子；对他的兄弟姊妹关心体贴，是个好兄弟；对母亲关爱呵护，五十多年如一日，是个好丈夫；对儿女言传身教，宽严相济，是个好父亲；对亲朋好友讲义气，肝胆相照，是个好哥们……

父亲对我们兄弟姊妹要求严厉，但很少打骂我们，无论家境怎么困难，他也要与母亲想方设法凑钱供我们上学。儿女成家立业后，他与母亲时刻教导我们要忠于职守，克己奉公，爱国爱家，遵纪守法。

我在心里默默地与父亲诉说：爹啊，您对我们纯朴而严格的教育，永远铭记在我的心间，毕生都不会忘记。您创造了这个家，从一穷二白到舒适小康，成就了儿女的今天。您虽没为儿女们留下多少物质财富，但您那艰苦奋斗、勤俭持家、朴实无华的品德，必将成为儿女们宝贵的精神财富。

第十七章
走马上任总工会

老兵新传

1997年12月5日下午，市里在人民剧场召开全体机关干部大会，宣布市委书记于希信调莱芜市任代市长，市委副书记兼市长郝德军接替龙口市委书记，孙承贤副书记任代市长，由伟中继任副书记。

1997年12月15日，我应邀出席山东省科协第五次代表大会。烟台市科协党组研究，让我兼任烟台市代表团秘书长，团长是烟台市委副书记栾秉良，副团长由烟台市科协主席刘若恺兼任。我这是第二次荣膺此职，第一次是1993年9月24日省科协召开"四大"时，团长是烟台市委副书记巴忠鼎，副团长也是刘若恺主席兼任。

12月25日下午，省科协"五大"胜利闭幕。我跑前跑后为代表们发放大会文件、纪念品和省级领导与代表合影留念的长幅照片。

当天晚上八时，龙口市总工会常务副主席姜婵（女）打来长途电话热情地说："老大哥，祝贺你呀！市委今天开会公布了，调您任龙口市总工会主席，欢迎老大哥呀！"我说："姜主席，您太客气了，我年过半百调到工会，还能有什么大作为呀！谢谢您的欢迎！"省科协主要领导听说我的工作有变动，要留我在济南多住一天，烟台市科协刘主席也应邀留下，请我们吃了顿饺子。是啊，八年的配合，情深意长。

1997年12月27日上午，市委副书记由伟中，市委常委、组织部长王延军，副部长刘巨峰等领导约我谈话："根据工作需要，市委通盘考虑，决定调你任市总工会主席。市委认为，你在科协辛辛苦苦干了八年，取得显著成绩，在市里的影响也很好，市委是满意的。现在研究决定调你去工会工作，工会也是群团组织，对你来说是轻车熟路。你要立即着手考虑，拿出有效措施，迅速整顿机关作风，尽快改变工会的被动局面。"

我进城后待过的两个单位都不是有权有势的部门，要想干出名堂，干出业绩，如果没有强烈的事业心和责任感，没有自信，没有毅力，没有"工作狂"的精神，只能是一个碌碌无为、不会留下任何痕迹的过客罢了。古往今来，许多人之所以失败，究其原因，不是因为无能，而是因为不自信。自信是一种力量，一种信仰，更是一种动力。只有树立牢固的自信心，坚定自己的力量、决心和毅力的人，才能创造出不朽的业绩。

科协八年，付出了多大代价，多少心血。没有星期天，没有节假日，多少个不眠之夜，除了老伴，其他人都难以相信。《烟台科技报》总编李洋先生曾专程采访我，后来刊登专题报道："死店活人开，科普兴起来。"这篇文章还荣获地方报刊好新闻一等奖。总结科协工作的历程，我深感必须具备三种精神："服务精神，奉献精神，开拓进取精神"。这是我开展工作的精神灵魂。

后来在工会工作的几年里，江山易改，禀性难移，"生姜断不了辣气"，我还是闲不住，一直干到五十六岁进入二线。《山东工人报》记者郭晓明、范晓中专程来龙口市采访我，发表评论文章《闲不住的迟焕彩》并配有工作照，对我的工作行为给予高度的评价。

1997年这一年，注定是中国历史上不平凡的一年。这一年是波澜壮阔、万众瞩目，具有历史意义和划时代意义的一年，也是令人刻骨铭心、难以忘怀的一年。

2月19日，邓小平在北京病逝，享年九十三岁。当天，中共中央、全国人大常委会、国务院、全国政协、中央军委发出《告全党全军全国各族人民书》，称邓小平为我党我军我国各族人民公认的享有崇高威望的卓越领导人，伟大的马克思主义者，伟大的无产阶级革命家、政治家、军事家、外交家，久经考验的共产主义战士，我国社会主义改革开放和现代化建设的总设计师，建设有中国特色社会主义理论的创立者。

7月1日，历经百年沧桑的香港，回到祖国的怀抱。这是全国统一大业中具有历史意义的一件大喜事，是全国各族人民以及海外华夏子孙感到振奋、自豪的大喜事，是中国史册上辉煌的一页。

9月12日，党的十五次代表大会胜利召开。大会通过决议，把邓小平理论确立为中国共产党的指导思想并写入党章，重新确定了邓小平的历史地位，将邓小平建设有中国特色社会主义为主题的理论，确定为党的思想指导理论。

12月26日下午，在市委党校小会议室里，市委副书记由伟中，市委常委、宣传部长郝志学，例行召开各群团组织主要负责人年会，各单位交流了全年工作，领导进行年终总结。会后在党校小餐厅里聚餐，特邀请前任总工会主席孙同喜同志参加。各群团负责人欢聚一堂，大家你一句，我一言，互相祝贺，辞旧迎新。

最后郝志学部长站起来，举酒杯郑重提议：

"诸位，为了九七年以前各位同喜，九八年以后大家焕彩，干杯！"多么有内涵的祝酒词呀！领导期望我在新的岗位中焕发新的光彩。五十三岁的我，踌躇满志，踏上新的工作岗位，开始了新的征途。

1998年1月14日，龙口市总工会第八届七次全委会召开，新旧主席履行交接手续，增（替）补一部分工会工作委员会委员，市委由副书记到会并讲话。我首次参加全市工会全委扩大会议与大家见面，即席发言，表明我的态度。我又一次提出"理清思路，找准位置，当好角色，唱好戏"的施政方略，因为群团组织永远是配角；号召全市各级工会组织和工会干部必须只争朝夕，各项工作全面提速，同心协力，开拓进取，唱好配角的戏。

在当天下午召开的工会机关干部会上，我宣布：当前各位承担的工作暂时维持现状，机关作风要进行全面整顿，建章立制。在工作作风上，要少蹲机关、多下基层；多交朋友、少开会；多办实事、不空谈。财务管理上要开源节流，管好用好资金。群团组织的社会责任是成为党联系不同阶层的"桥梁和纽带"，调动和激发机关干部的积极性和创造性。工作争创一流，全方位调动一切积极因素，整合和发挥一切可利用的资源。

市总工会办公楼是一座三层老式楼房。科协与科委、协作委分家以来，科协一直寄居在工会办公大楼的三层东首。工会机关干部办公都在二层，近二十名工会机关干部的精神面貌和工作状态，多年来我耳闻目睹，并不陌生。刚到工会报到时，机关干部情绪复杂，人心浮躁，各怀心思。针对机关干部普遍心态，社会各层面的反映，业务上级及兄弟县市的印象定位，特别是我这几年对工会机关干部的观察和认知，必须当机立断做出决策：整顿机关作风，焕发积极上进的风气，走出去向兄弟县（市、区）学习，改变惯性思维，尽快改变上级工会和兄弟县（市、区）工会对龙口市总工会的印象。

首先，因势利导激发全体机关干部的工作积极性。经与机关干部广泛谈心，调查研究，我们发现大部分干部的工作积极性还是很高的，但对目前状态处于焦虑、不满却又不知如何下手的局面。经深思熟虑，我为全体机关干部谋划出了一份调查问卷，发给每个人稿纸，限五天时间做出理性的书面回答。问卷如下：

为了开拓新时期工会工作的新局面，做到集思广益、民主办会，请您对以下问题提出意见和建议。

1. 前几年龙口市总工会工作的主要经验和体会是什么？如何继承发扬？您分工的工作在烟台市总的部门占什么位置？

2. 围绕市委、市政府的中心任务，我们应该如何发挥助手和纽带作用？对提倡的"找准位置，当好角色，唱好戏"，切入点在哪里？

3. 上级总工会每年部署的传统业务工作是什么？我们的强项是什么？您分工的工作，来年如何争创一流？措施是什么？

4. 烟台市各县市区工作的特点和经验是什么？我们如何向他们学习？

5. 您的主要工作任务是什么？您是否热爱目前的工作？主要困难是什么？如何克服？

6. 您认为目前分工的工作是否合理？是否需要调整？您的最佳选择是什么？

7. 请您提出总工会机关与工人文化宫、组织人事、财务等管理的措施。

8. 总工会如何为全市经济振兴企业发展服务？基层工会拖欠总工会会费，采取什么措施按时足额入库？

9. 工人文化宫如何发挥职工之家的作用？其社会效益和经济效益如何结合？

10. 按照《工会法》，工人文化宫属于固定财产，应如何管好、用好？

11. 全市基层工会组织网络采取什么措施加快健全完善步伐？如何发挥基层工会在两个文明建设中的重要作用？

12. 谈谈您对开展"讲学习、讲团结、讲政治、讲正气、讲纪律"活动的意义和建议，对此您持什么态度？

13. 请您谈一下新闻、宣传、信息报道、政治学习、党团生活、考勤、节假日、夜间值班、环境卫生、治安保卫、防火防盗、计划生育、财务管理、职工福利、奖励政策等制度应如何建立健全和实施？

14. 对机关的车辆、电话、水电、打印文件、印制材料、市内外来宾接待应如何管理？

15. 您对现任的主席、副主席、常委有什么要求和希望？

一九九七年十二月三十一日

（注：提倡实事求是讲真话，不讲空话。办公室统一发放稿纸，答案请于1998年1月5日前交主席办公室）

真挚的呼吁声，高度的责任感，唤起大家的良知，引起极大的反响。按期收到机关干部真诚与积极的建议，深深地感动着我，激励着我，让我充满信心。我暗下决心：率领大家，尽快摆脱被动，走出低谷，尽早进入烟台市工会系统先进行列。

1998年春天，山东省政协要召开八届一次全委会，新一届政协会议对上届委员进行调整，我被市委组织部、统战部推荐为省政协第八届一次全委会委员，由科技科协界转为工会界。接烟台市政协办公室通知，4月6日至15日出席山东省政协八届一次全委会。工会界小组委员有25人，大会秘书处安排省总工会常务副主席、党组书记张召盈和我任工会界小组召集人。全省139个县（市），县（市、区）级工会主席当选为省政协委员的，仅有我一人。省政协大会主持人是李殿魁副主席，报告人为崔惟琳副主席，会议选出主席陆懋曾。自此，开始了新的一届政协工作。

在七届、八届这十年政协会议期间，我不辱使命，深入调查社情民意，写出有理有据、有建设性意见的议案36件，均被大会提案委员会采纳并立案，还被省政协聘为百名信息员之一。每届还要跨地区外出视察一次，每年列席烟台和龙口市政协全委会和专项视察工作，我都积极参加并提出建议和意见。来自各条战线的委员有专家、教授、社会名流、企业家、一线工人、科技工作者和各地市工会主席。大家友好相处，肝胆相照，情深义重，亲如兄弟姊妹……

我无论在哪个单位上班，都是提前半小时到达办公室，主动清理室内外卫生，拖地板，倒垃圾，多年来已形成了习惯。

这天，我刚处理完室内外卫生，擦干净桌椅茶几，审阅签发办公室传来的文件，突然房门"咚"的一声被人撞开，一位老者满脸怒气、骂骂咧咧扑进来。进门后不问青红皂白地叫骂，唾沫星子乱飞，差点喷到我脸上。起初我以为他是哪个企业的退休工人与领导发生矛盾到工会来投诉，后来才知道他是个部队转业干部，任过市总工会副主席，已离休多年，因为医药费没有及时报销，几次找前任领导无果，听说我刚上任就找上门来。

这时机关干部们陆续上班了，看到这位老领导气势汹汹的架势，都冷眼旁观看我怎么应对。我冷静思考，这种情况不能推诿更不能迁就，也决不能忍让这种粗鲁行为。无论来人有什么背景，做过什么领导，有什么冤屈，也绝不允许谩骂胡来，对于无礼行为必须严厉批评。

我立马站起来将水杯用力一放，严肃地说："我先不管你是什么军队转业干部，也不论你是前任的什么领导，你目无组织，目无纪律，进门就乱骂，谁惯你这个毛病？你给我出去！没有火气了再进来！"我毫不客气地将他推出门外，"嘭"的一声关上门。想给我个下马威？没门！如果任他胡闹骂人，往后的工作还怎么开展！大约十几分钟后，他在门外轻轻地敲门，我让他进来。这时他的脸上勉强堆上一点笑容，对刚才的不礼貌进行解释。

我给他倒了杯茶水说："你先坐下喝口水。进门不分青红皂白就骂人，你是哪家的军转干？当的哪里的领导？"

他赔着笑脸说："你是新来的主席，我不应该向你发火，更不该骂人。我是个离休干部，药费应全额报销，我手里压了不少医疗费单据，几次来找领导，一直解决不了，所以我生气。"

我说："骂人就能解决问题吗？本来按程序，你应该先找办公室主任，再让她找我。你是老干部，老领导，特事特办，你把医药费票据拿过来，我想法给你解决。"

这位老干部听我这么说，先是一愣，接着笑逐颜开地走了。我向办公室张主任了解情况，她说："老干部的医药费几次报到卫生局，都因年终全市医疗费已经超额而退回，说是明年春天再说。"我一想，卫生局局长石仁香是我的老朋友，让她支持一下我这个刚上任的老兄，也算是解决我的燃眉之急，便拨通了电话。女局长接到我的求助电话，首先说了她的困难，接着豪爽地表示："你老兄刚去工会有困难我理解，你通知当事人立即将单据送过来，我想办法解决，支持你老兄的工作。"

当那位老干部拿着医药费票据，轻轻敲开我的门时，我说："你赶快把医疗发票交到办公室，人家卫生局局长在等着你的单据呢。"老干部面露愧色向我致谢并道歉，我说："你也不用客气啦，你是老干部、老领导，这是应该的。今后千万少生气，多保重身体，该办的事我一定会办好的。"这件棘手的事处理得果断利索，得到了机关干部的认可。后来每年"五一"节前机关干部查体或重阳节组织老干部活动，我和这位老干部见面都会客气地握手问好。

我严守一个原则：人性化地办实事，办好事。守住一个底线：公则明，廉则威。对越格的人和事，我也会批评，但绝不去整人。

考虑到要与兄弟县（市、区）要迅速改善关系，我带领各部室负责人，走遍烟台市所属县（市、区），虚心学习，取长补短，促进互信，增加感情，取得了事半功倍的效果。

每次去烟台总工会开会、办事，我都会主动与机关各部门领导交流工作，改善关系，争取支持。当烟台市工会机关干部下乡，无论是领导还是一般干部，我都会亲自出面热情接待，恳切征求他们的意见。兄弟县（市、区）工会领导也陆续来龙口参观交流，相互理解，大家像亲戚朋友一样往来走动，工作经验和友谊在互动互信中不断累积。烟台工会干部的原籍是龙口市辖区的，只要家里还有亲人，每逢春节前，我都会亲自率领有关科室负责人，携带挂历及慰问品下乡走访问候。他们家里有困难，我只要知道了会尽力尽快解决，让在外面工作的亲人感到当地工会的温暖，在村里很有面子。

当年年终，烟台市各县（市、区）评比中，龙口市总工会的名次前移到第六位。第二年，龙口市总工会彻底甩掉后进帽子，进入了烟台县（市、区）先进"红旗单位"的行列。工作有了新起色，上级工会各级领导及兄弟县（市、区）客人，频频来访、调研。总工会的社会影响迅速改观，在市委、市政府各部门和群团之间，也逐渐有了一席之地。

处结历史遗案

审时度势处理好工会历史遗留问题，是当时摆在我面前的重要任务。要想正常顺利开展工作，历史遗留问题是回避不掉的，必须争取上级领导的支持，依照法律，抓住契机，尽快处结。

当时的龙口市总工会有三件难以解决的历史遗留问题：

一、龙口街工人礼堂与龙口交通系统的汽运四队历史遗留问题，历届工会都想处理好，但都因历史久远缺乏有效的人证物证，再加上重重干扰，都有始无终，没从根本上解决问题，上访不断。

二、科协办公在工会三楼，每年为房租费、水电费、冬季取暖费纠缠不清而烦恼。工会是房东，常年追着科协要各种费用，甚至反目。多年来双方责任不明，相互扯皮，矛盾日积月累，既影响工作又破坏部门间的友好关系。

三、工会机关全体干部，集中在城乡接合部的城北南涧村团购的一栋单元楼里，面积小、质量差，毫无增值的空间。自来水没接上，又没有物业管理，楼北边就是空旷的农田和臭味冲天的养鸡场。每逢雨天，楼上漏水，地下室积水，干部职工纷纷请假往家跑。上下班还要横跨烟潍公路，极不安全。职工怨声载道，不能安下心来积极工作。

面对复杂的挑战，我决心在任职期间，依靠市委支持，争取有关单位监督，按照有关法律政策，彻底处理好这些问题。我将这几件历史遗留问题与市委分管领导由副书记汇报后，取得他的理解和支持。由副书记很负责地表示：支持我处理这些历史遗留的问题和现实矛盾。

本着先易后难、先近后远的原则，首先对科协住房、供水、供电、供暖的费用进行协调。经多次斡旋，争取市委办公室牵头，按规定下发红头文件。每年开春，由市财政下拨给科协的专项经费中扣下取暖费拨给工会财务部。供电、供水实行分流，科协和其他租赁房屋的单位分别安装供水、供电的计量表，按表上实际发生的消耗由供水供电单位抄表后直接收费，按隶属关系报销入账。多年纠缠不休的矛盾，几天的时间得到解决，皆大欢喜。

审时度势，借全市旧城改造契机，我带着烟台市总工会批转的争取中华全国总工会，筹建龙口工人文化宫的资金请示报告赶赴北京。几经周折，争取到全国总工会财务处120万贴息贷款。

孙承贤市长与刘全健秘书长，视察工会办公大楼改造项目进度和小礼堂的修缮工程。他听我汇报了解到这次旧城改造工程有悖于《工会法》，工程多，损失大，资金紧张。孙市长听后深表理解，从市财政下拨20万专项基金予以支持。这也是龙口市总工会第一次取得县市财政的资金支持。

有了资金，办公楼陈旧的木制门窗全部换成铝合金。办公楼和小礼堂屋顶重新加厚防水材料。小礼堂的天棚、门窗、舞台、水、电、暖、空调、音响配套等，进行脱胎换骨的改造。礼堂修缮竣工后，争取物价部门依法核定收费价格，实行有偿服务。这样既方便了市里一些中型会议的使用，又增加了文化宫的经济收入。

工会机关办公设施统一更换，把那些20世纪60—70年代的旧桌凳、写字台廉价处理掉，装修了一个小型会议室，安上椭圆形会议桌，配上大功率空调机。自己方便使用，也无偿提供给兄弟单位使用。在办公楼一楼的门庭正面，特意请人加工了一个屏风隔断，一个很大的镜子，上面刺刻上我书写的"业精于勤"四个大字。无论到大楼后面小礼堂开会的干部群众，还是办公楼上班的人们，一踏进门庭第一时间就能看看自己的仪容仪表，瞅一眼"业精于勤"。

为丰富职工文化生活，在办公楼三楼西首布置了一处展览室。每年举办数次书画摄影展，还为省城及烟台市书画家办过几次个展。

1999年1月15日，烟台总工会年终评比，龙口总工会第一次被评为烟台市工会系统"红旗单位"。

6月1日，烟台市总工会在牟平区养马岛召开县（市、区）工会主席组织建设会议。会上有四个县（市、区）登台介绍组织建设经验，龙口是其中之一。会议结束时，烟台市政协副主席，市总工会主席吕志海找到我认真地说："省总工会几次提出要求，抓紧处理龙口工人礼堂历史遗留问题，党组研究再与龙口市委商量，协调龙口市有关单位处理，省总工会财务处约同省新闻媒体届时实行监督。处理结束后，上级工会打算请你兼任龙口海员俱乐部主任。"

我听后，略加思考说："我年龄大了，恐怕难以胜任，辜负了上级领导的信任。"我知道龙口海员俱乐部是归省总工会管辖，主任一职系县处级干部。此处多年来一直经营不善，几十名职工长年放假，自谋职业，个个怨声载道，不断上访，是省总工会一个甩不掉的大包袱。

养马岛工会组织工作会议结束后，我立即向分管群团的市委由副书记汇报了会议情况。由副书记态度很坚决，与我商定排除一切干扰，调动一切积极因素，处理好工会一切历史遗留问题，不留任何尾巴。我为由副书记认真扎实的态度而感动，同时也深感情况复杂，任务沉重。由副书记也赞成我处理完工人礼堂的历史遗留问题后，兼任龙口海员俱乐部主任一职。

由副书记几次通知市委办公室，召集市政府有关副市长、建委、法治办、交通局、房管局、总工会等单位领导，集中到市委常委会议室统一认识。会上确定的处理原则是：明确责任，尊重历史，照顾现状，确定权属，分清是非，易粗不易细，做好各自工作，不留尾巴。

在市委领导统筹协调下，有关部门积极配合，几经周折，遗留半个多世纪的龙口工人礼堂历史问题，终于得到圆满解决。这件历史积案的彻底解决，在社会上引起强烈反响。我立即写出报告，分别呈报烟台总工会和省总工会财务处。

事后不久，烟台总工会吕主席与龙口市委由副书记先后找我，继续动员我兼任龙口海员俱乐部主任，一再宣称此俱乐部隶属省总工会，待我退居二线后可以继续干到六十岁，且享受县处级待遇。对龙口海员俱乐部极其复杂的人事关系、经济纠纷、内部矛盾和外部环境，养马岛会议结束后我就着手调查了解。海员俱乐部孟副主任（女），听说我要来担任主任，热情而诚恳地说："欢迎老大哥来，我会全力以赴支持你的。"她领着我转了一圈，楼里楼外，门窗设施，多年失修，一片狼藉。一个略大一点的房间里正在放映港台武打片，外面墙面上贴着乱七八糟的宣传广告。孟主任说："那是租给外人开的录像厅，咱家还有三十多个合同制职工下岗待业，等待着新主任上任，讨要工资和福利待遇。"我一声不吭地听着，感觉虽然海员俱乐部地处龙口街黄金地带，但就目前这个状态，依我的性格、身体和能力很难适应。不过当时我想，如果上级组织下达人事任命通知，我也是会无条件服从的，会想方设法协调和调动各方面资源，尽可能做好。如果上级领导征求我的意见，我是不会应允的，对上级领导的信任和厚望只能婉言谢绝。

1999年9月20日，烟台市总工会召开年会，常务副主席于波主持会议，烟台市委副书记卢成金到会讲话，吕志海主席做报告。会上龙口市、蓬莱市、莱州市、芝罘区四个县市区做典型发言。会后，吕主席留我在烟台工会海员俱乐部酒店吃饭，又一次征求我去龙口海员俱乐部兼职的意见。上级领导的信任让我很感动，但我不想为功利所累，自己有几斤几两心里最清楚，我不想步入盘根错节、云山雾罩的"天门阵"。

搭上房改末班车

1999年，国家对机关干部实施房改政策。总工会是参加市里统一房改的上榜单位，职工可以自己购房，按政策给予资金补助。工会全员职工，幸运地赶上了房改政策的末班车。

几年前，工会机关干部集中购买的那栋质量低、面积小的单元楼怎么办？大家在观望我对这次房改的动作。我几次找市政府房改办公室宋子林主任商量，他友好而负责地说："全市房改问题极其复杂，像工会这种情况并非一家，要想有所突破，除非写出申请报告，找孙承贤市长亲自签字特批。"我觉得机关干部的切身利益解决不好，就很难正常开展工作，便拿着草拟的请示报告找到孙市长。市长对工会职工的住房现状也深表同情，他表示支持我的建议和请求。

第二天上午，市政府办公室王桂东副秘书长打来电话，让我去取批复的申请报告。王副秘书长说："总工会报来的房改请示方案，市长已特批，南涧旧楼可作价销售后，再购新房，按政策参加房改。"我心里十分高兴，取回孙市长亲笔签署意见的请示报告。机关干部知道这个消息后，个个欢欣鼓舞，笑逐颜开，终于舒了口气。

凡是一个单位集体团购商品房，通常情况下是统一买一个单元楼，然后再根据年龄、资历、职务、特殊表现等综合条件进行评议、打分、张榜公布，再进行分配，房改办宋主任也是这样建议的。这次房改，我打破常规，一律严格按照市房改政策的相关规定补助费用，不足部分个人承担。大家欢天喜地，各取所需，订购称心如意的福利房。

我和妻子反复商量，我们都已接近退休年龄了，以方便生活为原则，最后选择了市区西大街（现东莱街）17号"福海苑"小区北楼一层，主要是考虑其集中供暖、供水、供电，特别是集中供液化气的优势。请人装修后，我们于1999年9月19日，搬进了新房。平生第一次搬进集体供水、供电、供暖、供气的现代化楼房，那种喜悦的心情不言而喻。

为家乡争取政治品牌

任何一个时代，都需要榜样来指引、鼓舞和激励。榜样是旗帜，榜样是灯塔，榜样的力量是无穷的。树立一个先进榜样，可以激发一群人的热情，带动一个团体积极向上干事创业，推动一个区域创新发展，探索政治体制和经济体制改革向纵深挺进。为全市抓典型，树榜样，打造模范品牌是我们的总工会重点工作之一。

时间进入了新世纪，中共中央政治局常委、中央书记处书记、中纪委书记、全国总工会执委会主席尉健行提出，为表彰先进，弘扬劳模精神，进一步调动各条战线职工及广大劳动者投身改革开放和现代化建设的积极性，奋力开拓经济社会跨越式发展新局面，决定要在全国范围评选全国劳动模范和"五一劳动奖章"获得者。要求各级要提高认识，早动员，早动手。通知下发后，各级工会组织按照统一部署，积极主动开展工作。

总工会是评审各级劳动模范和"五一劳动奖章"的主管部门，也是各级劳动模范的管理单位。评选劳动模范有严格的程序，首先召开群众代表座谈会广泛征求意见，再经过民意测评，总结先进事迹报告，最后层层上报上级审批。接到烟台市总工会的书面通知后，我立即向市委分管领导由伟中书记汇报，由副书记很重视，要求按照通知要求做好做细工作，随时将进展情况向市委汇报。随后，组织市总工会全体机关干部下到基层，分行业分系统召开会议，紧锣密鼓地进行测评、座谈、考核、撰写总结报告。大家一致认为将南山集团公司董事长宋作文推选为全国劳模是当之无愧的。

宋作文的南山集团所在地，曾经是一个一穷二白的小山村，村庄房舍破旧，农民生活贫困。改革开放以来，以宋作文为领军人物的南山集团经过三十多年的艰苦创业，现已发展为集产、供、销、科、工、贸为一体的国家级大型民营股份制企业和上市公司，形成了以铝业、精纺、旅游、教育为支撑，以房地产为补充的具有南山特色的主导产业发展格局。南山人经过艰苦创业走上富裕之路，基本实现了由工业化、城市化的巨大转变。

一切考核完毕，我到南山集团与老宋当面交谈。这位身材不高、话语不多，但浑身充满生机的胶东汉子的态度让我十分意外。我说明来意后，他微笑着并认真地对我说："谢谢领导对我的关心，扎扎实实为老百姓办点实事，带领大家走共同致富路是我的理想。我对评先进、选劳模不太感兴趣，我就想为群众干点实实在在的事，别无他求。"

听到老宋实实在在的话语，一股崇敬之情从我心底油然而生，更加坚定了推选他为全国劳动模范的信心。我对他说："这些年你所做出的贡献是全市人民有目共睹的，劳动模范光荣称号不仅仅是对你工作的全面肯定，也是为广大劳动者树立标杆和前进的方向，更是我市一张难得的政治品牌啊。"

老宋再次谦逊地说："南山集团这些年取得的所有成就，是党的政策好，是各级领导的大力支持，是集团公司里的伙计们干得好，我仅仅是干了我应干的一些事。"

我费尽了口舌，宋作文硬是不接受这份"厚礼"，一再推辞："谢谢你们费心，给别的单位的好伙计吧，我没有意见。"我无奈地回到市里向由书记做了汇报，由副书记听后哈哈大笑："市里也希望他能评上全国劳动模范，可这个老伙计光知道干事业，抓工作，别的什么也不研究。"接着由副书记拨通了宋作文电话："老宋啊，工会老迟找你谈了半天就是不接受，怎么回事？在改革开放的今天，树榜样、学榜样、爱榜样、扶榜样也是政治大事，是为了让你给全市起到一个引领作用，你可不能辜负了市委和工会的一片苦心啊！"

经过由副书记耐心地做工作，宋作文才勉强接受。我也知道老宋的心事，他不愿意离开公司外出开会，特别那些务虚的会议，他喜欢的是争分夺秒、大刀阔斧地干实事。

这件事定下来之后，按评选全国劳模的程序紧锣密鼓地顺利进行，如期完成了任务。我如释重负，心情格外舒畅。过去龙口市下丁家大队有一位全国劳动模范王永幸，他战天斗地学大寨，做出不朽的功勋，对全市影响颇深。全国各地各级领导闻名而来，络绎不绝，产生了强大的政治影响。这次龙口市又涌现这样一位模范人物，让我振奋不已。

"五一"劳动节前夕，我陪同宋作文去烟台市北海宾馆报到，烟台市委、市政府领导接见了十位荣获"全国劳动模范"称号的各条战线的精英，并安排去北京人民大会堂参加全国劳模表彰大会。

几天后，从中央新闻媒体我看到中共中央政治局全体常委，党和国家领导人接见全国劳模的报道。在胸前佩戴着光荣花和金光闪闪的劳模奖章的队伍中看到宋作文的身影，我发自内心地高兴。

时隔不久，烟台总工会财务科通知让我派人去取一笔款项。那是一个印有"中华人民共和国国务院办公厅"字样的大信封，里面盛着统一连号的一沓崭新的人民币，这是朱镕基总理亲自签署送给劳动模范的慰问金。我带着这个不同寻常的大信封，驱车去南山集团送给老宋。宋作文感动地说："这笔钱非同小可，我知道它的分量，麻烦你亲自送给俺家老吕。我取得的每一个成绩，都有她的一半。"在南山集团工会主席姜建国引导下，我来到老宋家里，把这笔钱送到宋总的老伴老吕手里。身体不太好的她双手接过大信封，恭恭敬敬地放到茶几上，激动地说："老宋得到这样的荣誉，这样的待遇，这是我们全家人的光荣，今后我会更好地支持他的工作。"

意想不到的殊荣

评选各级劳动模范是五年一次，按规定2000年龙口市应当评定一批市级劳模。工会按相关规定行义，市委研究后转发了这个文件。这次在全市范围内评选劳动模范的标准要求得很严格，合理分配比例，向一线职工倾斜，领导干部的数量尽量压缩到最低限度，并要按照程序，广泛征求群众意见。

评委会主任由市委的主要领导担任，身为工会主席的我自然是评委常务副主任，工会常务副主席是评委。平淡忙碌的生活有时也会来点惊喜，四月末的一天上午，市委开书记办公会研究有关问题，通知工会汇报全市评定劳模情况。我接到电话通知，和评委第二副主任、工会副主席慕香能来到市委常委会议室。按照会议程序，秘书通知我们进了会议室，我正要对这次全市各单位评选出来的劳动模范名单做详细汇报，坐在正面主持会议的市委书记郝德军微笑着向我摆摆手，示意我暂不汇报。我不解其意，他笑了笑说："今年这次评选市级劳动模范和先进工作者，首先要评你为劳动模范，然后再往下研究。"

我以为他在开我的玩笑，孙承贤市长和由伟中副书记看我一脸迷茫，认真地说："郝书记不是在跟你开玩笑，推选你为市劳动模范，是我们书记办公会经过慎重研究决定的。"

说实在的，这么多年来，各级各种荣誉我没少得，但是当劳动模范还是第一次。我心里泛起一阵喜悦的同时，也稍有一点紧张，恳切地说："工会是劳动模范评审主管单位，这么做很不妥当，对外影响也不好。再说我的工作做得还不够好，当劳模受之有愧。"郝书记再次认真地说："老迟啊，你不要再推辞啦，你多年来在乡镇、在市直部门忠于职守，勤勤恳恳地工作，毫无怨言，也从不计较个人得失，市委心里有数。这次评选市级劳动模范先考虑你，再看看下面报上来的评选名单里，像你这种情况的还有几位？"

一席话说得我心里热乎乎的，双眼都有点湿润了。这是我从政四十年第一次在这样的场合，当面得到上级领导对我工作的肯定，心里很激动。在那一刻我感到，得到领导集体的充分肯定比当劳动模范还要幸运。

我拿出各单位上报的材料，对领导说："类似我这样的情况，下面报上来的还有市供销联社主任曲朋中，他和我一样也是从1984年春天任乡镇党委书记，后来调到市直部门，把一个名不见经传的单位推到先进行列。还有市农业局长迟连运和财政局副局长兼国资局长柳得远，他们责任心强，工作扎实……"

郝书记说："既然群众民主推选出来了，你们这四位就先定下来，然后再往下进行。"

定下这几个人后，会议继续开下去，慕主席——汇报……

按程序，市委研究讨论结束以后，我还要亲自向市长办公联席会汇报一次。

第二天上午，在市政府二楼会议室里召开了二十多人的市长办公联席会。在众目睽睽下，汇报我自己的情况还真有些难为情，不好意思开口，孙市长看到我的窘态，首先声明："老迟这个劳动模范是市委书记办公会研究推荐保举的，大家就不用再讨论了，其他的名单逐一汇报通过。"解除了我的尴尬局面，我向联席会做了详细汇报……

就这样，我这个市委领导推荐的劳动模范，出现在市委对外公布的红头文件的榜首。后来在工会礼堂隆重召开全市劳动模范和（先进工作者）的表彰大会，几十名来自各条战线的劳动模范肩佩红绶带，胸戴大红花和金光闪闪的劳动模范奖章，由东莱宾馆列队进入工会礼堂，登台领取荣誉证书。会后，在总工会办公大楼前，市委书记郝德军，市长孙承贤，副书记由伟中、宋卫宁、李元勤，纪委书记孙欣奎，副市长刘晓等与全体劳动模范和先进工作者们合影留念。

市广播电视台新闻节目，中心大街宣传栏也都对此大力进行宣传，一夜之间，劳动模范的名字传遍了全市城乡……

母亲是最高兴的。她让妹妹陪她几次来到中心大街，当她看到市委宣传部主办的宣传栏上我的大幅照片后，脸上布满幸福自豪的笑容，指着照片对姊妹说："你二哥是好样的！为老迟家争光了！"

解放前母亲在招远县老家迟家村任扫盲教师，她工作出色，也曾荣获过此类殊荣，也曾经风光过……但在那个蹉跎岁月，她为了一家人的生存，不得不忍痛割爱放弃参加革命工作的机会，当了一辈子"锅台转"，因此，她对孩子们的荣誉看得格外重。

迟来的厚爱

2000年秋天的一天，烟台市政协副主席、烟台总工会主席吕志海，陪同烟台市委组织部一位徐副部长来我市与市领导研究一项人事事宜。龙口市委书记郝德军、副书记由伟中和市委常委兼秘书长吴长怀亲自接待。我接市委办公室电话通知，上午十一时去龙口大酒店陪客。我准时来到酒店的指定房间，时间不长，几位市委领导陪同上级领导进了房间。郝书记给烟台来的领导一一介绍，吕志海主席笑嘻嘻地对我说："老伙计，我们这次是专门为你的工作调整过来的。"席间几位领导把"矛头"都对向我，弄得我丈二和尚摸不着头脑，市领导看到我一头雾水的样子，"哈哈"直乐，由副书记半开玩笑地说："今天烟台市领导专程为你而来，想提拔你再上个台阶呀！"

这个爆炸性的"新闻"对于我来说，太突然了，弄得我有些不知所措，我还没喝酒脸就烧起来。在领导的催促下，我站起来端起一杯酒，向吕主席、徐副部长——敬酒，表示感谢。

事后听说，这次与我一起提拔报批的还有蓬莱市总工会徐主席、莱州市总工会王主席，考察申报文件已报烟台市委审批。不久，烟台方面传来消息说，我们这三位年过半百的主席都已经超过这个级别的最大年龄，提拔的事搁浅了。事后，市里有关领导找到我解释并开玩笑地说："太遗憾了，上面对年龄问题控制得很严，报上去后没批准，你一定要理解啊。"

领导与我解释后，我没有丝毫沮丧，也没有不满心理，更没有一句牢骚，而是及时调整好自己的心态，干好自己的工作。一位哲人说过："你的心态就是你真正的主人。"生活中，一个好的心态，可以使人乐观豁达，战胜困难，淡泊名利，过上快乐的生活。自20世纪60年代初踏上社会以来，对于个人工作的升迁问题，我从来也没找人求人，更没请客送礼，没有裙带关系，没有拉帮结伙，没有任何靠山，更没有背后推手，我从来没有埋怨过谁，始终抱着一种"得之我幸，失之我命"的心态。随着年龄的增长，我感觉成熟了不少，一切看得很平淡。这一次我的心像一池平静的水，没有泛起一丝波澜。相反我非常理解领导的一片苦心，他们想在我退居二线之前，提拔一下，让我享受相关的待遇，生了病还可以多报销一些药费。对于领导的厚爱，我感到很温暖，很知足，从心里感谢烟台市总工会主席和龙口市委的领导。

我认为，一个人的一生所从事的事业能得到社会的充分肯定和认可，能实现自己的人生价值，这比什么都重要。

不宜养老处

我们居住的"福海苑"小区地处黄城西大街闹市区，平日里车水马龙，川流不息，遇上节假日，更是人如蚁行，车如潮涌。入冬后，街面上一些商铺生火取暖，烟雾弥漫了半条街。小商贩的叫卖声、汽车喇叭声不绝于耳。小区里停放的汽车不定什么时候报警器响声大作，实在难以忍受。大街小巷里的练歌房，长音怪调更是让人心烦意乱，夜不成眠。小区没有物业管理，车辆乱停乱放，各类管线、邮政信箱乱挂乱装。偷、赌、毒、嫖等不法分子时有光临。两栋单元楼共85户业主，多数是做生意的，生活起居没有规律。楼下车库门是卷帘式的，一推一拉，哗哗地响。我们住在一楼，光线暗，楼道无共用照明灯，卫生无人管理。最不能容忍的是每逢下雨，地下室、车库"水漫金山"。这一两年更让我苦不堪言的是隔三岔五下水道被堵塞，臭烘烘的污水溢出厨房的下水管道，令人作呕。几次请人处理，疏通管道的高师傅说："厨房在北边，排污管道在楼南，厨房产生的污水要经过楼座下面直径只有10公分的管道。管子细，距离长，稍不注意就会堵塞。"我和老伴深深感到这里不是颐养天年之地，另行选择住处成了当务之急。

2003年秋，我在松岚物业公司顾问室上班不久，一个偶然的机会帮助亲朋好友选购单元楼房时，他们热情地鼓励我也购买一套，我有些心动。我想，我与老伴已经从繁忙的岗位上退下来了，亲友们居住得近一点，相互有个照应，生活也方便得多，最关键的是"福海苑"不是个养老的地方。

建设中的松风苑，刚巧有一户正合我意。地理位置好，室内布局科学，楼层及价格相对合理，还有优惠政策。人大代表、政协委员、模范教师、劳动模范、伤残军人等有优惠，省级政协委员优惠百分之五。我拿着委员证，找到售楼处大总管，优惠了5个百分点。我预订了楼号，交上定金，等待竣工。

这栋楼竣工后，经省有关技术质量部门检测，定为省级优质工程。办完手续，拿到钥匙，我们便开始装修。装修工程结束三个月后，找了一家科研单位进行环保检测处理达标后，2004年11月中旬供暖前，我们搬进了这栋新居，这是第十次搬家。搬家这支交响曲，终于尘埃落定，画上一个圆满的句号。

这次装修布局，我自己觉得还算满意。我从小酷爱读书，这些年来又喜舞文弄墨。老伴近几年闲来无事，也常读书看报。说心里话，多年来，暗中羡慕朋友家中的小书房、大书柜，梦想能有一个属于自己的书房。这次装修，我特意规划出一间有阳光照射的书房，如愿以偿，梦想成真。

一个大书柜，占去了一面墙，又在书柜右下角做了个电脑桌。精通计算机的老侄迟方辉，帮我组装了电脑和打印机。我开始使用电脑浏览国内外大事，了解保健养生知识，撰写修改拙诗杂文。对面摆放一张写字桌，可写写画画。墙壁北边单人床头放个大书架，里面摆满了各类书刊。正中墙上悬挂着书法泰斗沈鹏先生亲手题写的"书勤山房"牌匾。房间的四周墙面上统统预留出挂镜木板线，装修刮大白时与墙壁浑然一体，既美观又实用，可以随心所欲地挂相框、书画。

客厅正面墙上挂了幅"泰山云海日出"山水画，是著名山水画家王旭东教授的代表作。下面有新购置的一套红木沙发，坚固实用。旁边鱼缸里绿草碧水，数十条五颜六色的热带观赏鱼尽情追逐嬉戏，再加上几盆花草点缀，增加了室内典雅清香的气氛。

老伴脸上始终阳光灿烂，居住环境的改善与生活质量的提升，改变了我们的生活习惯。烧水、炒菜、做饭全部用电，不久又接上港华天然气，安全卫生又省钱。她喜欢居家过日子，屋内色调明快，窗户设计科学，采光好，整个房内亮亮堂堂。这次搬家满足了她几十年的愿望，也兑现了我们结婚前我曾许下的诺言："此生一定让她住上冬天供暖的房子。"

从参加工作到结婚生子，从借房、租房、分福利房到选购商品住宅楼，历经四十多年的光阴岁月。前后十次搬家，我们夫妻宛如一对勤劳不辍的小鸟，相依相靠，口含泥，手撷枝，才有了属于自己的家，人也进入暮年晚境。从此，对沧桑世事更加释然。

站好最后一班岗

离我退居二线还有几个月时间，我一如既往干好每天的工作，凡事一丝不苟，争取在有限的时间里多干点事，站好最后一班岗。每天的工作都安排得满满的，从来没有节假日，大家说我是一个"闲不住"的人。

进入腊月，省总工会及烟台市总工会下发文件，要求各级工会领导干部对困难职工进行排查，登记造册，落实到户，为特困职工送钱、送物、送温暖，保证特殊困难职工过好年。

正好那几天，省政协常委、省总工会常务副主席张召盈和烟台市总工会常务副主席于波等，来龙口市检查工作并为南山集团正式成立工会委员会举行挂牌仪式。他们听说我要下乡为特困职工送温暖，也拿出一些慰问基金和我一起看望了几户下岗困难职工，每户送了些米、面、油和部分现款。

我送走了上级领导后，接着在黄金局吴局长陪同下，带领市电视台记者张大琪赴南部山区金矿慰问井下作业的矿工。

我们戴着镶着矿灯的安全帽，穿着雨衣和长筒水鞋，登上缆车，沿着不断滴水的竖井下降到200多米的井下，顺着纵横交错、弯弯曲曲、雾气迷茫的巷道，借助矿灯微弱的光，踏着污水和碎矿石，艰难地一步一步前行。钻机发出震耳欲聋的轰鸣声，相互之间说句话，只能对着耳朵喊才能听到。工作面上的工人见我们下矿来看望他们，情绪高涨，钻机的轰鸣声更响了。张大琪扛着录像机，录下这一幕幕动人的场面。矿长对我们说："工人们热情很高，这段工作面含金量又高，井下无安全隐患，工人们主动要求加班加点，春节也不休假了。"我与吴局长一再嘱咐矿长和矿工会主席，一定要保证矿工施工安全，切实安排好节日期间的文化生活，还要落实好领导下井带班的责任。

一线作业的矿工的工作环境十分艰苦，挖上来的矿石要经过粉碎，反复冲刷、筛选、清洗，一步步打磨成珍贵的黄金锭，金灿灿的黄金里凝聚了多少矿工们的劳动。

电视台当晚进行了宣传。几天后我将拍摄的照片放大后放进中心街市委宣传栏里，春节期间让过往的市民目睹矿下工人的风采。我回家和母亲说起这件事，并拿着几张金矿井下拍的照片给她看。母亲一边看一边感叹："真了不起呀！你爹当年下井淘金时，日本鬼子根本不把中国人当人看，从不管矿工的死活，井下没有任何安全措施，哪有矿灯啊，嘴里叼着插着白蜡的木板照亮，人背肩扛一筐一筐地往外拖矿石，稍不注意非死即伤。过了今天没有明天，拼命挖一天矿石能挣一块现大洋。现在挖金可享福了，抱着钻机打矿石，上下矿井还有电梯，过年过节还有领导的关怀。"

省市电视台连续报道了我们这次下乡送温暖和深入矿山慰问矿工的活动，在电视画面下方滚动播出了我的姓名及职务。本来这件事很平淡地就过去了，大家都在高高兴兴地忙碌着准备过大年。几天后，意想不到的事情发生了，工会办公室张主任转给我一封信，我一看寄信人地址是山东鲁西南某市。打开信一看，写信人声称他是个下岗困难职工，让我按信上提供的银行账号汇款，否则就如何如何……的狠话。

我一看就明白，这是敲诈。前几天市里不少干部和企业领导也接过类似恐吓诈骗信。大李家村企业集团董事长曾接到类似的恐吓信，让他晚上带着钱送到黄水河桥下的桥墩上。这位老总不信邪，做好准备如约而去，结果见面时发现对方是本企业一个不务正业被除名的工人。那家伙见了董事长临危不惧、大义凛然的气势，落荒而逃。

第二天，市里分工公检法司工作的由副书记找我有事，我顺便把匿名信的事跟他汇报了。他立即拿起电话通知公安局张局长立即赶过来，当面交代任务并限期破案。

不久，此案告破，作案嫌疑人是外地一个水泥厂的下岗工人。他无事常看媒体宣传，当看到迟主席下矿井慰问一线矿工，又走街串户给特困职工送红包、送温暖的画面，便萌生出极其愚蠢"生财"之道。在十几天中发出上百封诈骗信，扣除信封邮票的成本，还赢利不少。这说明有的人还是上钩了，背后的原因是不言而喻的。案犯的代价不是享受送温暖，而是冰冷的铁窗生活。

"祝你平安着陆！"

20世纪90年代末，东南亚爆发了金融危机，中国经济仍呈高速发展的态势，要想摆脱经济危机的影响，适应大环境，必须进行经济软着陆。解决好"三农"问题，是中国经济软着陆的重要措施之一。一时间，"软着陆"成了各级领导的口头禅。

2000年深秋，我到了退居二线的时间了。在市东莱宾馆北楼接待室里，市委书记郝德军、市委副书记、市长于爱军和副书记兼组织部长王延军，与我进行了一次别开生面的谈话，让我记忆犹新。

市委的三位领导——与我握手并动情地说："国家经济实行软着陆，呵呵，祝贺你也平安着陆啦！"一句很经典的贺语，结束了我四十年基层干部的政治生涯。我感谢三位领导中肯的谈话，我也深知一个"平安着陆"的祝贺，分量不轻。从某种意义上说，是对我四十年来事业心、责任感、工作经历和成绩等方面的全面肯定。从我参加工作那天起，母亲就经常告诫我："为人要正直，不做昧良心的事情；做事要脚踏实地，不要耍嘴皮子；为公要清正廉洁，不贪不占。"对照母亲的话，我做到了，所以我的心里很坦然、很踏实。

不久，烟台市总工会召开第十七次代表大会，特邀我出席，这是我参加的最后一次工会的代表大会。接着，我也退出了曾任职两届的山东省政协委员的政治舞台。回顾十年的参政议政过程中，我不辱使命，关注社情民意，不错位也不越位，书写了三十多件关注民生的提案，均被省市相关部门采纳立案，履行了一个政协委员的社会职责，深感欣慰。在政协最后一次会议上，龙口市副市长夏晓锋替补我任第九届省政协委员。在铺着红地毯的礼堂台阶前，我们俩热烈拥抱，合影留念，留下了值得我们永远回味的历史瞬间……

耄耋之年的母亲对我如期退居二线非常高兴，全家人还在一块吃了顿"平安着陆饭"。

2004年秋天，我正式退休，捧着紫红的退休证，回到家送给母亲看时，她哈哈大笑，笑得双眼泛出泪花，动情地说："俺儿也老了，退休了，这下子可有工夫了，也可多陪伴妈了。"我贴在母亲耳朵上大声说："妈，在你面前我不老，我永远是个小孩子。工作虽然退下来了，但我身体还不错，精神不能退休，我还要为家庭、为社会做一些力所能及的事呀。"

母亲听后笑着频频点着头说："俺儿说得好，应该这样。"

第十八章
又见并蒂莲花开

将军的情怀

2016年5月，迟浩田将军一行七人回到故乡招远市，为逝去的父母扫墓，为人民烈士陵园敬献花圈，会见老同志和亲朋好友。

5月16日下午，我与老伴应邀回招远老家，小妹迟香梅开车同往。刚好我的《暮拾朝夕集》丛书之六《散记随笔》正在印刷中。我们去印刷厂车间，从流水线上抽出十本，请专业师傅手工加工好勒口包好带上。我们赶到玲珑舜和国际饭馆七号楼，秘书打开电梯门陪我们到达二楼会客室。三叔、三婶和五叔站在门外，热情地与我们一一握手，笑着说："欢迎老迟家的秀才啊！"

老将军神采奕奕、精气神十足，细细翻看我带来的书，感慨无限：老侄呀，你真是位高产的草根作家呀！不愧是老迟家的秀才，招远人的骄傲，山东人的骄傲。我看报纸上介绍今年的读书节，龙口市评选"书香之家"，你榜上有名呀！这个称号很不简单，你可要好好珍惜。听说你的书获得不少奖项，你三叔高兴，向你表示祝贺！获奖多少，奖项高低并没有太大实际意义，你得看人民喜不喜欢看，老百姓买不买你的账。看一个作品，关键是你写了些什么？想达到什么目的？你不为名利，费心费钱写的这200万字的丛书，我可以负责地说，不管他是谁，不管哪个年龄段的人都能看，只要能认真读完你的大作，都会投票给你评最高奖。中国就缺你这样的百姓作家，况且你又不是搞这个专业的，不简单啊！

三叔还说，焕彩呀，你的大作，我看得很仔细，内容素材很好，与党中央保持高度一致，有信仰，有品位，有故事，可读性强，让人看后有回味。三叔直言，你这套书啊，是弘扬正能量的好教材，只是印刷质量欠佳，你应该找家正规出版社重新编排再版，全国新华书店发行。我敢说读者会越来越多。无论哪个年龄段的人，无论从事什么职业，认真看完了都会受到教育，我希望你还要继续写下去。你三叔不能写啦，你还年轻，还要继续写。只要你写书，我就给你题签。一定要有所作为，宣传党的信仰、宗旨，宣传真善美，时刻与人民心连心，这是党员终生的义务。

老将军当即提笔留言：

为焕彩、淑兰点赞：

接地气述乡愁，写盛世新风。

与人民心连心，真草根作家。

迟浩田　姜青萍　丙申年初夏於玲珑

三叔是位传奇式的共和国英雄，他有着坚定的信仰，对母爱有着深刻的理解和诠释，其人生观、价值观和爱情观建立在传奇的故事和经历之上。他每年寄给我的贺年卡、为我写词、赠文的上款签名处，都同时写上我与老伴隋淑兰的名字，下款每每同时落上三婶姜青萍的名字，让我十分感动。作为同乡同族的晚辈，我能有缘与他交往几十年，从中悟到很多做人做事的真理。从他身上感悟到什么叫铮铮铁骨的热血男儿，什么是充满正能量的赤子之心。

2014年春天，我的处女作《暮拾朝夕集》丛书问世，赠送故里父老乡亲，也转送一套给他老人家。2015年春天，老人家写给我一封亲笔信。

焕彩同志：

您好！沐浴着草长莺飞的明媚春光，阅看你那真情满满的心血大作，真是难得的精神享受。近来我的眼睛一直不太舒服，还是一口气读完了你的文章。我已是86岁耄耋老人，按理说应该静观花开花落，笑看云卷云舒。然而掩卷而思，心中还是难以平静。

还是那句话，你真不愧是我们老迟家的"秀才"！你数十年如一日，勤奋学习，深入思考，笔耕不辍，写出了《暮拾朝夕集》丛书这样有分量有影响的文化力作，又动手创作丛书之六《散记随笔》。这六部书将近200万字，真是令人敬佩！你以诗意的视角，细腻的思维，清澈的文字，点滴再现了我们相见相处的美好时光。有些细节连我自己都已经模糊淡忘，却充满温馨地凝注于你的笔端，让我再一次体会到亲情、友情的力量，真是令人感动！你从浩章保存的300多封家书中，精选出近20封辑录成文，拟付梓人，真是令人感怀！这需要花费多大精力，付出多少心血啊！

300多封家书，大多写于激情燃烧的岁月，不可避免地带有鲜明的时代烙印。有些是在硝烟弥漫的战争间隙草就，有些是在紧张繁忙的训练之余偶成，虽没有时间推敲斟酌，却饱含至性至深真情。前不久，我回南京参观老首长许世友将军故居时看到一副对联："往事并非如烟，陈酒愈发醇香。"抚今追昔，睹物思人，不胜感慨。如今重温60年前的家书，更叹岁月如歌，真情难忘。谢谢你带给我这段难得的人生体验。

我对母亲一直怀有深厚的感情，因为我对母亲有着特殊的感悟。

在我心中，母亲不仅是指生身母亲，还有人民母亲、祖国母亲。敬爱的生身母亲，含辛茹苦把我抚育成人，在民族危亡的生死关头，毅然送我投笔从戎，抗日救国。英雄的红嫂母亲，在我身负重伤、生死一线的危急时刻，不顾家中嗷嗷待哺的幼儿，用甘甜的乳汁硬是把我从鬼门关拉回来，给了我第二次生命。伟大的祖国母亲，把我从一名曾经的莽撞少年，教育培养成为坚定的共产主义战士。祖国和人民，就是我的挚爱母亲。我怀念生身母亲，更感恩祖国和人民。报效祖国，服务人民，孝养父母，是我一生恪守不变的信仰追求。记得作家张爱玲说过，因为懂得，所以慈悲。母爱无边，因为懂得，所以爱得热烈，爱得深沉，爱得长久。

今年是中国人民抗日战争暨世界反法西斯战争胜利70周年，作为一名从军70多年的抗战老兵，我只是努力做了一些分内之事，实在没有什么值得宣扬的。那些为国捐躯、长眠沙场的革命先烈，才是中华民族真正的钢铁脊梁。我更愿意把你的理解鼓励作为难忘的友谊珍藏心间。笔墨当随时代，人民创造历史。当前改革大潮汹涌澎湃，创新事业如火如荼，愿你能够一如既往地深入基层，深入群众，深入生活，创作出更多更好的精品力作，弘扬主旋律，传播正能量，再创新辉煌。

迟浩田

二〇一五年四月二十九日

老将军还题写了一联诗：真情写照感同身受，颂真善美振精气神。

这令我十分震惊与感动。战争年代的三叔为共和国成立和建设立下过赫赫功勋，可大多数人并不知道，将军在战争年代曾两次被炮弹击中，右腿至今还残留弹片、左眼几近失明。耄耋之年的三叔，能一口气地看完200万字的拙作，难能可贵。

妻爱如歌

在我们家最困难的时期，妻子排除干扰，义无反顾地踏进家门，与我们一家人同甘共苦，前后搬家十次，日子过得如同"芝麻开花节节高"。我由衷地感激她，每年她的生日，没有玫瑰，更没有金银首饰、巧克力，就是坐在一起喝杯红酒，吃顿饺子。我们需要的不是浪漫，是知足感恩的心情。

当年她克服难以想象的障碍，自信地走进这个极其贫困的家，挑起了孝敬父母、相夫教子的重担。

她在克服种种困难努力完成本职工作的同时，照顾教育好一双儿女；同时又不辞辛苦照顾兄弟姊妹、亲戚的孩子，一个个上学、就业、成家、功成名就。

十几年后，一个被人瞧不起的弱势家庭逐渐走出困境，成了村里数一数二的和睦富庶之家。她被公婆称为胜过亲生儿女的好媳妇，被弟弟妹妹称赞为老嫂比母的好二嫂。

在乡镇工作期间，辛苦一天的我，拖着疲惫的身子进了家门，她马上沏上一杯茶。一会儿工夫，可口的饭菜就会端在我的面前。睡觉前，一盆热气腾腾的洗脚水放在我脚旁。平时，她还常在院子里洗我脱下的脏衣服，洗净晾干，不影响第二天穿。

我外出开会、学习几天不回家，一进门，最爱吃的三鲜馅儿饺子、爆锅面，她已经准备好了；

我要到外地出差，随身的行李她早已打点齐全；

我要出门，担心天气突变，一把雨伞递到我手里；

来了同仁、朋友、同学，坐在客厅调侃、叙旧，她已悄悄在厨房里为客人准备好时令佳肴，美酒；

我在苦思冥想地爬格子，一杯乌龙茶，一碗切好的水果，上面插着牙签，放在案头边；

　　当我身体不舒服时，她会在第一时间找出对症的药片，端着一杯温水看着我咽下，再催着我多喝几口水；

　　清晨刚起床，一杯温热适中的蜂蜜水等着我喝下去润润胃肠。

　　我们结婚四十年，搬过十次家，第九次、第十次是单元楼房，不知道什么时候，她已经分别把一个楼道里几户人家的女主人请到家里做客，拉家常，吃特色饭。掺上南瓜、麸皮做的混合面大饸饹，一揭开锅，送几个给那几位上班族的邻居。东西不在好赖，足见她一片爱心。她说："缘分呀，关上一楼的共用防盗门，咱们就是一家人。"

　　亲朋、邻里有什么事都爱找她出出主意。她还常做个月老，为人牵线搭桥，帮人解决家长里短、邻里矛盾的家务事……

　　这就是我的结发妻子，与我患难与共的秀外慧中的传统女性。她四十年前与我相识、相知、相爱，她有着难能可贵的人生观、价值观和爱情观。她说："我的择偶原则很简单：不挑对方家境贫富，不挑对方户口所在，不挑对方工作去向，不挑对方高矮丑俊。只要人好，有责任心，有一件求生存的本事（木匠、瓦匠都行）就心满意足了。"她还说："人不好，即使家财万贯也会破产败家。城市户口还是农村户口并不重要，一切都是事在人为。俊也不能当饭吃，只要人好，一切都会逐渐地好起来。"老伴的思想朴实无华，却掷地有声。

　　在她的六十六岁生日那天，亲朋好友五十多人不请自到，连耄耋之年的老母亲也执意参加儿媳的生日会。妻子的大姐和三妹也提前两天从老家马耳山村赶过来，大家都说妻子是我们双方大家庭中的有功之臣。大家端着酒杯，对妻子说："你今天特别漂亮，祝你生日快乐！为青春永驻干杯！"喜气洋洋的宴会厅里，老老少少倾情祝福。酒店的一些毫不相识的食客，也被这别开生面的生日宴会所感动，纷纷拍着手随着我们齐声欢唱：祝你生日快乐，祝你生日快乐！

是啊，妻子这四十年太辛苦了，是我们家当之无愧的福星、功臣，此生遇到她是我三生有幸。望着她额头的皱纹和两鬓斑斑点点的白发，我顿生愧疚之情，无限感慨地想：如果有来生，我一定还要娶她为妻。

"顾问"

改革开放以来，龙口市先后对城市总体规划进行了四次调整。城市面貌发生了翻天覆地的变化。

一个新兴产业崛起在中国的大江南北，那就是物业管理。随着房产制度改革的深入推进，中国住宅产业持续升温，广大业主的维权意识逐渐觉醒，物业管理行业向市场化推进。

市政府首先在黄城区西郊已成规模的松岚苑小区，筹建龙口第一家物业管理公司——松岚花园物业管理公司。市建设局从下属单位抽调了一批年富力强的职工作为基础力量，高薪聘请物业管理领域的全国领军单位——深圳莲花物业为顾问单位。建设局审时度势，于2003年1月初，派遣骨干力量，由建设局中层干部带队，南下赴深圳莲花物业，参与一处小区整体由拆迁到回迁的全过程，分口跟班对接，拆迁、回迁、维修、保洁、保安、综合管理等，经历了一个多月的实习跟班运作，学到了物业管理知识。深圳莲花物业也派出两名代表进驻松岚物业公司，实行内外结合。松岚物业正式对外挂牌办公，招用财务管理、维修工、保洁工、保安员，建设局领导联系当地驻军并派人赴外地招聘退伍军人加强保安队伍建设。一支朝气蓬勃的物业管理队伍形成了。接着他们制定了一系列严格的管理制度，对职工实行规范化训练与监管。

随着住宅楼的兴建，政府与开发商、被征用土地的农民与政府部门、建筑施工单位与主管部门、商品房开发公司与回迁村、回迁户，建设部门与金融单位等矛盾铺天盖地而来。在各种尖锐矛盾的交织期，几个相关村的领导干部处于不作为的状态。农民越级上访、群访事件接连不断。几乎每天都有人到公检法办公大楼、市委、市政府和建设局群访、静坐。到2003年秋天，各种矛盾已进入白热化，政府领导已经不能正常办公。建设局办公楼的六楼会议室里，几乎每天都有几十个上访的农民代表，抽着烟，喝着茶，等着局长表态。施工队的设备开进工地，常被人群围堵。施工队之间由于协调衔接不到位，也时常发生矛盾，双方对峙各不相让，甚至发生口角和肢体摩擦。个别搬迁户私自非法扩建并提出天价的索赔，一些乱抢、乱占、偷盗等治安案件屡屡发生……

这种状况下，人们对松岚花园新区的建设产生了质疑、观望甚至悲观的心态。造型美观、典雅大气的楼房竣工后销售迟缓。买楼赠空调、赠阁楼、赠装潢。即使这样，也很少有人问津。市区所有显赫位置，各种形式的促销广告牌宣传画，遮天蔽日。松岚苑东邻新开通的大街上，重金聘了市内外剧团唱大戏，对各级劳动模范、优秀教师、伤残军人、人大代表、政协委员等推出诱人的优惠政策。这些都拉动不起商品房销售的链条。

松岚物业公司及深圳莲花物业代表，对松岚村、杨家疃、王家疃等村大批回迁户的补偿标准问题，尚未拆迁户和回迁户之间经济待遇的差别如何平衡问题，小区开几处通道、设几个大门等要求，由于种种原因，责任不清，相互扯皮，新住宅区建设陷入令人烦恼的"旋涡"。

在这种态势下，市里决心聘请有一定影响、有相应能力且退居二线的干部进物业公司调解、斡旋、协调各种关系，充当顾问的角色，以解燃眉之急。

然而，多方考察、推荐了几位人选，但进去了几天，一看那态势，根本无法下手，悄悄退出来了。大家都知道这是块"烫手的山芋"，弄来弄去，没有人愿意伸手来接。

市里领导和建设局长考虑，松岚村、杨家疃、王家疃三个自然村原来隶属新嘉镇管辖，考虑到我和公安系统退居二线的教导员王玉山过去曾在此镇区工作过，有一定的影响力，动员我们出任公司顾问。市里有关领导打电话给我，有的间接通过老伴做我的工作，还有的直接找到我家里做动员，说实属无奈之举。我在职时曾分管群团工作的市委原副书记，时任人大常委会主任的由伟中亲自打来电话问："老迟，你在家忙什么呢？松岚那几个村规划建设阻力很大，市里工作都受到影响了，市长也很着急，想从退居二线的老同志中找几位去协调处理，以解燃眉之急。"我说："真不好意思，我离开新嘉镇那么些年了，人都不认识了，怎么去开展工作！"由主任严肃地说："你曾在新嘉镇干过，群众基础好，有一定的积极影响。你去看看到底有些什么问题。你什么也不要解释了赶快去吧！今天就去！我等你的消息！"那口气简直就是命令，毫无商量余地。我和老伴说："老由都来电话了，看来不去是不行了。"

2003年秋末，我和退居二线的公安派出所教导员王玉山，相继到售楼公司三楼物业公司临时办公室上任。初来乍到，我细心地观察形势，调研矛盾的根源，最大限度地缓解矛盾是我们的工作重心。广开言路，细心调研，成了每天的工作。

翌年春天，我们搬进了松岚苑装修一新的松岚物业公司办公大楼。上级领导让我抓紧梳理各种矛盾，协调对接内外关系，制定各项规范化管理制度，督导整顿、培训物业管理骨干队伍，为职工讲政治、讲法治、讲团结、讲形象，形成合力。具有执法权力的警官王玉山，协助物业公司警务室维护小区内的民事纠纷和治安秩序，打击刑事犯罪。我们俩几乎每天都要交流意见，统一认识，密切配合。正当我们工作逐渐进入平稳期的时候，王玉山不幸惨遭车祸去世。这位人品好、群众关系好的王教导员的突然离世，令我非常悲伤。

物业公司为我在二楼设置了办公室，配齐了办公用品和休息间。门旁挂了块"顾问室"的标牌，做了带有照片的"顾问"标志牌，挂在胸前，量身定制一套"顾问"工作服。我几次提出，我是一个退居二线的公务员，不用挂牌上岗，也不要让我当什么"顾问"，力所能及做点我能做的工作就行。但是，大家仍然称我为"顾问"。

什么叫"顾问"？顾问是指"有某方面的专门知识，供个人或机关团体咨询的人"。我一个年逾花甲、"万金油"式的干部，能有什么专长和专业知识？不过众人不听我的辩解，顾问长顾问短，叫得我不好意思推辞。那就豁出去当一回顾问吧，别辜负了他们这份信任。

我到松岚物业上任后，依然发扬过去认真扎实的老作风，把我该做的事情做到位，不越位、不错位。我每天骑着自行车从福海苑小区，经过闹市区的北大街赶到公司上班。午饭时，拿着饭票到六楼员工食堂排队买饭，与员工一道拖地板，清理卫生。面对各方面的错综复杂的矛盾，理清思路，深入重点村、重点户，调查研究，选准主要矛盾，找准突破口。对一些过去熟悉的关键村干部与焦点村民，深入家门，动之以情，晓之以理，解决问题，化解矛盾。

有一位我熟悉的搬迁户，她在自家院子里临时搭建了一些违规建筑物，狮子大开口要补偿，不依不饶，达不到要求就纠缠个没完没了；还有一位回迁户，对有关政策不满，连续上访甚至进京；还有位干部，组织鼓动群众去市政府静坐，到建设局上访……我对他们的心情很理解，也很同情，便耐心地做细致的梳理工作，能解决的当即以相关政策拍板解决，让各方面都满意。广大干群对我这个老党委书记给足了面子，我一直很感激，始终觉得农村干部群众绝大部分是通情达理的。我根据有关政策耐心细致地做他们的思想工作，讲明利害，解决了一些热点问题，有效地缓解了返迁村、返迁户与市政府和建设局的对立情绪及各种矛盾。我的工作得到建设局和市里领导的肯定，由伟中主任曾两次打电话表示谢意。

2006年秋后，建设局从下属单位选拔管理骨干力量进入松岚物业公司。公司实行整体改制，实行股份制管理，变更为有限责任公司。松岚物业公司又进入新一轮的发展，先后荣获省、市物业管理先进单位，步入全国同行业领军发展的快车道。

福海苑小区隶属城中的辛店村。小区门前是黄城西大街（现东莱街），离辛店村委会办公室仅一街之隔。2003年终，辛店村两委班子进行换届选举，时任瀛洲宾馆经理当选为两委主要负责人。我闲着没事，常去村委办公室喝茶、读报、看电视。两委干部都是新成员，知道我过去在农村工作多年，有一些农村工作的经验，拟聘任我为村两委的"政治顾问"。

不久，辛店村两委成员，捧着盖着两委大红印章的"政治顾问"聘书，送到我服务的松岚物业公司顾问办公室，还拉来几盆君子兰、水竹摆到办公室墙角，念念有词："花中真君子，风姿寄高雅。宁可食无肉，不可居无竹。"经不起这么些高人的抬爱，我就不时地去辛店村委看看，力所能及辅助他们解决一些民生的难点、热点问题。

新两委上任不久，刚巧赶上北大街旧城改造的机会，协调各方积极力量，整合了北大街商业街市场资源，产生了巨大经济效益和社会效益。我又帮助他们申请市建设局、土管局批准，规划设计建设两栋居民住宅楼，解决部分村民的住房困难；利用空闲地改扩建一处大型库房，租赁给威龙集团做写字楼和产品库房；投资安装纯净水处理设施，家家喝上集体供应的净化水；户户铺设外排污管道；街道实行硬化、亮化、绿化；审时度势争取在凤凰山征地，兴建一处高标准公墓，惠泽百姓，造福于民。村里的政治经济形势发生了深刻变化，一跃成为各项工作先进单位。村委会议室里挂满省、地、市，各职能部门授予的锦旗、奖牌，主要负责人光荣地当选为人大代表和联村党总支成员。

从零开始学电脑

这时，龙新集团公司的董事长王总，看到全国房地产势头强劲，大规划、大拆除、大搬迁、大开发、大楼市，遍布全国城乡。聪明的王董事长不想失去千载难逢的商机，拟利用其老企业的旧厂址，跻身房地产开发市场，挖一桶金，分一杯羹。

后来，也不知听了哪位高参的意见，楼市商品房开发与组建物业公司必须同步配套跟进，否则盖好的楼也没人敢买。他与房产开发公司的蔡总经理，几次到松岚花园物业公司顾问室找我，动员我到他的公司协助组建物业公司。我说：松岚物业已经改制了，我准备回家干点自己的事，哪里也不想去了。王总连续几次到松岚物业顾问室和我家中，做我及老伴的思想工作，大有不答应就誓不罢休之势。

2006年11月3日，港华燃气公司正在松风苑小区安装燃气入户工程，我在家里正忙着，王董事长又打来电话催我上岗。老伴说："人家瞧得起你，三番五次请你去帮忙，你就去吧。"无奈之下，我扔下家里的事出门。那天，刮着东北风，天上飘着小雪，寒风凛冽，即将组建的物业公司经理李成方，亲自开着辆面包车在楼下等我。李经理是这家公司的元老，20世纪80年代初我在新嘉镇供职时就认识他，为人忠厚诚实，工作认真扎实。他听说董事长聘请我去协助他组建物业公司，表现出极大的热情。第一天上班，李经理亲自开车接我，并说以后我上下班都由他负责接送。我想，过去我曾在这个乡镇工作过，与王总相互支持，相互理解，风雨同舟，共渡难关。这次去他的公司就是力所能及帮点忙吧，能力有限，尽力而为。

上任第一天，王总在董事会上宣布："请老领导来公司支持工作，咱一不叫他老书记，二不称老主席，咱就统称迟老。"

我笑了笑说："我还没那么老，就叫我老迟最亲切。我曾在这块土地上工作过，对这里的百姓和土地有着特殊的感情。您请我来帮忙，我会尽力而为，办点我能办的事情。人上了岁数，很难与时俱进，大家多支持、多谅解。"

王董事长认真严肃地说："迟老来物业公司当'顾问'做事情，事情事情，有事就有情！"

我在董事会上明确表示："我有退休金，不缺钱花。董事长执意邀请我来帮忙，我既然答应来了就尽力协助组建物业公司，早晚来去自由，不需要公司派车接送，也不要开工资。"

为了方便工作，董事长让办公室人员在我的工作室里添置上电脑、电话、报纸、饮水机和茶具等，还给我换了部手机。因为我拒绝接送，董事长要给我买辆电动车让我骑着上下班，我也谢绝了。公司离我居住的松风苑小区也不太远，上下班徒步或骑自行车，既安全又健身。午饭就到公司楼下食堂排队用餐。我从家里带来几盒茶叶，城里城外亲朋好友来找我，也有个落脚喝水的地方。市里一些退下来的领导和科局的朋友来找我聊天，屋里还有张小方桌，我为大家烧水沏茶也很幸运。

第一期工程有了眉目，隆重举行开盘仪式。在临时搭建的舞台前，彩旗招展，彩球升空。广告宣传中除了地理环境优越、户型布居合理、整体设计新颖、绿化环保卓著、热水供应常态外，还有物业管理一流。广告做得很好，让我既欣慰又激动。礼仪公司的专业人员倾情演出，我举着相机现场抓拍动人的瞬间，还联系老伴她们的"威风锣鼓队"临场助阵。王董事长郑重地敲响开盘的金锣，揭开公司开拓房地产事业的序幕。

有了三年松岚花园物业公司顾问的基础，新嘉这家诞生不久的物业管理公司的规章制度及管理机制很快形成。有我这个"老字号"做指导、当名片，物管公司李经理满怀信心，摩拳擦掌准备大干一场。后来，房地产市场发展风起云涌，呈井喷态势。大家心里都清楚，要创造诚实守信的房地产业，必须配套有信用的物业管理服务做支撑，而物业管理公司的健康持久发展又需要相应的资金为依托。当时，新嘉这家房地产公司刚转型不久，资金紧缺，百事待兴，捉襟见肘。物业公司要健全配套，就需要大量人力、物力和财力的注入……

房地产开发商的头等大事，是资金周转周期，盖好的楼房能尽快出手。物业公司的发展只能紧跟其步伐走，我始终如一坚守职责，发现涉及影响企业发展和将来业主可能提出质疑的问题，适时提出一些建设性意见和建议。例如与市自来水公司对接给水，小区内24小时供热水、纯净水的弊端，太阳能的开发利用……

凡涉及业主根本利益的问题，将来可能受到质疑的重要问题，我都以书面形式，呈送到董事长的案头。

那几年，我这个闲不住的人，"借东风"看了不少书报。最让我知足的是从零开始学习操作电脑。我从建立学习笔记、记录操作程序开始，试着在电脑上下载物业管理最前端的信息，撰写杂文、开博客、写大事记、上传照片、发送邮件等。这大概是我这三年任"顾问"期间最大的收益。

2009年底，新嘉这家公司办公楼要拆除，开发更高更大的多层商品房。我提出不在公司当"顾问"了，王董事长也很理解，专门设宴为我送行，还问我："你想要点什么呀？"我说："有事就有情，友情为重，我什么也不要，茶几上有块观赏石，要它做个留念吧。我看到它，就会想起这三年的岁月。

陋室情缘

我结婚四十多年，借、租、赁、建、分、买房等整整经历十次搬家。这第十次搬家搬进的是我退下来后买的商品房。我亲自设计装修图纸草案，找一家信用好的装修公司施工。这次装修，我自己觉得还算满意。

一个"顶天立地"的大书柜，我又别出心裁地在书柜右下角做了个电脑桌，托人组装了一套较前卫的电脑并配上打印机。北墙壁下安放了一个大书柜，里面摆满了各类书籍。四周墙面挂书画。斯是陋室，称不上惟吾德馨，但它的确是我退休后思想和灵魂的栖息地。

我喜欢独自隐藏在散发着墨香的书房里，喜欢思绪在字里行间无拘无束地游走；我热衷于上网写点东西，还开通了个博客，拓宽了对外学习交流的渠道。我早晚坐在写字台前，细细阅读《老年教育》《烟台晚报》和《今日龙口》等几份报刊，发现感兴趣的文章，就剪下来贴到本子上。

每天的事情处理完毕，将一切琐事置之脑后，我端坐在陋室那把加了软坐垫的椅子上，一杯香茗，一份报刊，一台电脑，一颗急切诉说的心，便进入了荡涤灵魂的时刻。啜一口我自己泡制的山楂枸杞菊花茶，吃一块老伴悄悄送进来的插着牙签的水果，灵感随着思绪奔涌而出。那些或庸或雅、或浓或淡、或深或浅的文字，就是我的心情。我也从不奢求成册成书，可能这些文字永远只会静静地躲在电脑的文件夹里，让我自己慢慢地咀嚼，细细地品味。书写，抛弃了一切无聊的欲望，只是为了拥有一种情感的宣泄。我非常了解自己的心迹，这是一种抚今忆昔，是对人生沧桑的回顾。也正是在这里，我学会了思考，学会了忍耐，学会了宽容，学会了理解，不再刻意去追求什么。那是一份平静从容，那是一份含蓄节制，在这样坦然的心态中，渐渐感悟到人生的滋味。

如果让那些虚伪的浮华放在陋室，实在是亵渎了它，自己想给它取个名字，又因才疏学浅，实在想不出。请求同村同族、原中央军委副主席、国务委员兼国防部长迟浩田将军和书法泰斗沈鹏先生为陋室题了个名字："书勤山房"。书勤是母亲为我起的乳名，我又是生长在贫困的山区，终生不能忘记父母的养育之恩，牢记山区乡亲们的深情厚谊，永远铭记自己曾是大山的儿子。在"书勤山房"这间真正完全属于自己的陋室中，可以倾情释放封闭已久的情感，让自己酣畅淋漓地欢笑，任情感的泪水肆意流淌。两个书柜，一张写字台和一台电脑，计算不出多少次对生命的拷问。无论欢愉还是忧伤，我都会随意拿本书澄静如洗，无忧无虑，坦坦荡荡，与世无争。

不乏有人邀我或打牌，或垂钓，或育鸟，或开办个古玩书画店，我都谢绝了。退休后，我在小区物业公司任"顾问"期间学会了操作电脑。从2009年冬开始，我谢绝了一切对外社会活动，决定待在陋室里哪里也不去。我也不是刻意排斥外面的世界，只是有了这间陋室的我很知足。有这样一隅供我憩息残年，让时光如清泉溪水般地清澈透明，潺潺而来。那些游荡在溪水中的欢乐与故事，时时跳动在我的情思里，不时地奏起令人回味的天籁之音。挥之不去，忆之坦荡，抚之欣然。

闲不住的我在陋室中，默默地叙写着今天和未来的明天。

又见并蒂莲花开

招远老家的村东南的河坝下，有我们家的一块场园。每年的秋季，地瓜、花生收获后，都会在这平坦的场园里晾地瓜，晒花生，我和大哥常被母亲派去看场。场园南边不远有一片一眼望不到头的芦苇荡，旁边有一个三角形的大水塘。八岁那年的秋天，刚下过一场秋雨，天很快就晴了。不远的东南山顶上，乳白色的浮云间呈现出一道弧形的彩虹。远近的河边、沟渠、水湾、池塘里传出阵阵蛙鸣，此起彼伏，像演奏交响乐。

听说青蛙的大腿肉用火烤熟，又鲜又香。那天早饭后，我和大哥在场园拉着石砘压场，商量着干完活以后去捉几只青蛙解解馋。我很期望，迈开腿快速完成了任务。大哥早有准备，从看场的窝铺里抽出根三米长的竹竿，上面绑着根锋利的铁锥，又找出个小铁桶让我提着。大哥一声令下，我们连跳带跑向那块水塘奔去。走到近前，只见平静的水面上有几张绿绿的叶片，叶片上浮着晶莹欲滴的水珠，阳光映照下像颗颗的珍珠，闪闪发光。叶间探出一枝枝亭亭玉立的鲜艳花朵，还有的一枝茎并排开了两朵花。花朵有粉红的，有黄的，还有白色的。

那些青蛙听到我们的脚步声，叫声戛然而止，紧接着大大小小的青蛙纷纷蹿跳进水中，水面上顿时水波粼粼。我和大哥忘了捉青蛙，围着水塘转了一圈，看那些娇艳欲滴的花朵。什么花这么美，从来没见过，也没听说过呀！母亲走过来说："这个花叫并蒂莲，也叫睡莲，和荷花是一家子。"母亲还说："见到盛开的并蒂莲的人会美满幸福一辈子。还有，你们俩不能去伤害青蛙，它可是吃害虫的动物，要好好保护它们。"从那时开始，我们再也不会去伤害青蛙了。我暗暗记下了亭亭玉立、相依相偎的并蒂莲，心中就永远种下盛开的并蒂莲，企盼和追求着一生的幸福。小时候，我把心仪的并蒂莲想成父子、母子骨肉亲情，想成兄弟姊妹手足之情，同根、同茎、同心、同生，相亲相爱。与同学、亲友、同事相处时，我将他们视为颇有缘分的并蒂莲，倍感珍惜。结婚成家后，我把它想成爱人，相依相偎，伴随一生，就像诗中所说的"在天愿作比翼鸟，在地愿为连理枝"！我很欣赏明代女诗人冯小青的诗"稽首兰云大士前，莫生西土莫生天。愿做一滴杨枝水，洒作人间并蒂莲"。诗中表达了诗人无限的憧憬与祝福。可见，并蒂莲在古代就受到人们的推崇。

20世纪50年代初，举家搬到黄县（现龙口市）的那些年，我还常想，什么时候再回故乡看望三角水塘里那些娇媚的并蒂莲。

20世纪90年代，老家招远撤县建市，我曾只身回老家去寻找那方水塘。到了老家的村碑前，看到的是依山而建的红瓦白墙的迟家新村，哪里还有童年的那方乐园？小山村、清水河、河坝、场园、芦苇荡，还有那三角形水塘都早已变成浩渺无垠的大水库，昔日的并蒂莲已是无影无踪，只能出现在梦中了。

现在居住的小区楼前有一个池塘，像一块平静的蓝宝石镶嵌在海之韵广场北边。不太深的池塘里，游弋着上百尾五彩缤纷的鲤鱼。也不知是什么时候，水面上冒出十几簇并蒂莲，这令我心花怒放，心里充满无限幸福。美丽的并蒂莲迎着朝霞、顶着晨露从睡梦中醒来，到了中午悄然怒放，散发出淡淡幽香。落日西斜，晚霞满天，大地开始沉默下来，她又安静地进入梦乡。如此神奇的美景，常吸引游人驻足，静静地站在岸边欣赏或拍照，流连忘返。

每天看到楼下水塘中如同仙女般的并蒂莲，我常常想到当年母亲说过的话，见到盛开的并蒂莲的人就会美满幸福一辈子。我似乎忘记那些不堪回首的往事，那些坎坷艰难的沧桑岁月。

母亲晚年

母亲受了一生的苦，遭了一辈子罪，将近九十岁高龄了，我不能让她受一点委屈。无论她提出什么要求，只要我能做到的都满足她。一有空我就陪她拉拉呱，排遣她的寂寞。这一年春节，小栾家疃村的老邻居马淑芬到我家给我母亲拜年，还带来她外出旅游捎回的马奶酒、桂花糖。她是位退休医生，过去我们曾在一个乡镇工作，彼此关系甚好。她坐下后接过老伴递上的茶杯对我说："二哥，这两年我和俺家老王（退休高级教师），每年组织退休的老同事、老朋友春秋两季外出旅游。我们都是自选路线，自定景观，自租客车，自聘导游，节省经费，参观的景点多。我今天特意来约你们三月中旬去长沙、韶山、衡山、张家界、井冈山、庐山一线游玩，大约十天的时间。"

说实在的，这条线路我还真没去过，但母亲身体不太好，我哪能去呢？我笑了笑，对她说："老娘现在健康状况很不稳定，最让我焦心的是老年痴呆。一两天不看她，她就吵闹不休，我哪儿也不去！"

老伴是一个孝顺的儿媳，母亲最后几年生活不能自理，有时把大便屙到裤子里、床单上，她从来都不嫌弃，抢着洗母亲的脏衣服；每次母亲到我家来，她都是变着法为老人做好吃的；母亲的房间打扫得干干净净，没有一点异味……说心里话，我从心底里感谢她。退休后，我就把治疗老伴的风寒腿脚提到重要的议事日程上，到处寻医问药为她治疗，吃葡立胶囊、拔青竹药罐、贴家传密方的膏药、石良医院扎干针、草药熏蒸、艾条火烤、跨区出县打针……她的腿脚疼痛缓解了不少，我的心总算安稳一些了。

我心里常想"时间"到底是一个什么东西？阅历？身体？容颜？白发？皱纹？功过？关于时间的诠释逐渐模糊起来。德国的雷马克曾说过："时间是一种冲淡了的死亡，是分成许多份慢慢服用的毒药。最初，它会叫我们兴奋，甚至会使我们觉得可以长生不老，可是一滴又一滴，一天又一天地吃下去，它就越来越强烈地腐蚀着我们，把我们的血液凝结起来。即使拿未来的岁月作为代价，要买回自己的青春也买不到。时间的酸性作用已经把我们改变了，它在我们生命中的化学组合是不断变换着的。"多么精辟的论述呀！

六十六岁生日

我的生日与母亲的生日仅差一天。我这个人对过生日一贯看得很淡，一直很低调。儿时，家里连温饱都不能保证，经常穷得揭不开锅，父母没有心情和条件给我过生日；进入青年时代，踏入社会参加工作后，如火如荼的政治运动一个接着一个，折腾一次连着一次。在一次次运动宣告取得重大胜利之后，又一次次甄别平反。在这一系列的政治运动中，我们这一代年轻的基层干部虽然起不到决定性的作用，但哪一次能落伍呢？根本没有人还在想着过生日。

人到中年后，站在生命的中途，前看后望皆是迷茫。既为渐已年迈的父母担忧，又为未成年的孩子操心，中年后才真正体味出上有老下有小的滋味，真实地感觉到肩头上的分量，必须勇往直前。这些忙碌不完的国事家事和操不完的心充斥着生活，别说过生日，就是平常过日子，心中也满是没完没了的疲惫。除了不停地奔波劳累，我们别无选择。

但是我的生日很容易让家人记着，每年给母亲过生日的时候，大家凑在一起，兄弟姊妹和下一代的孩子们也趁机给我敬一杯酒，也算是过生日了。

退休这几年，老伴和孩子们每年在我生日的那一天，都要求为我摆上几桌，我极力反对，对老伴说："在家里蒸一锅包子，荤素分明，各取所需，一家人吃顿团圆饭就行了。明天咱再与老娘一起欢欢乐乐地喝长寿酒，吃长寿面。"

岁月匆匆，一晃我的六十六岁生日来到面前。民间对六十六岁有讲究，说这是人生旅途上的一个"坎儿"，称为"坎儿年"，是寿命上的一个关口。常听老人说："六十六不死掉块肉，七十三、八十四，阎王不叫自己去。"人们认为，这个岁数如果度得好，就能"破解"灾难和病魔，就能长寿百岁。一进农历八月，老伴就张罗开了，说："今年可不能听你的，一定给你好好过一次生日。"

对于所谓的"坎儿年"，我也不以为然。半个多世纪，经历过那么多的风雨，那么多坎坷，那么多沧桑，我什么时候低过头、皱过眉？我仍然坚持在家里过生日。但是令我没有想到的是那么多亲戚朋友，都来给我过这个"坎儿年"生日。市委组织部副部长、老干局吕常余局长，老干部活动中心主任和市总工会的领导，办公室工作人员，带着寿糕、鲜花、礼品，来到我家，祝贺我六十六岁大寿并与我合影留念，令全家人惊喜和感动。孩子们纷纷送来寿糕、鲜花、活蟹、对虾，各种礼品应有尽有。儿媳为我买了新衬衣，老伴的侄女春梅送来"一刀肉"。据说这是老辈传下来的规矩。以前人的寿数短，人到七十古来稀嘛。有句老话说"六十六，阎王要吃肉"，意思是人一到六十六岁，阎王翻翻生死簿，就开始盯上了。所以过生日时，做闺女的赶快买"一刀肉"送给阎王，贿赂贿赂，说吃了这刀肉，就别吃我多娘啦。割肉时，需得从上到下一刀切，不论计斤数，只讲究"一刀"下来，不回刀。开工厂的妻侄女夫妇看我的"大金鹿"自行车已到"退休"年龄，又为我购置了一辆捷马牌自行车……更令我欣喜的是网上的朋友通过博客、信箱、QQ从祖国各地发来祝福、短信、贺卡。第一个收到的是湖北宜昌市军转干"吾铭竹"博友发来的精心制作的生日贺礼贴，华丽典雅，图文共茂……

看到一束束姹紫嫣红的鲜花，一张张风格各异的贺卡，一份份弥足珍贵的礼品，仿佛整个身心都融化在亲情、友情之中，令我感慨万千。

从我来到这个世界，人世间的真情搀扶着我一路走来。我曾不止一次冷静地审视生命：从我睁开眼睛，看到这五彩缤纷的世界，就从父亲那里承传了打不倒摧不垮的脊梁；从母亲那里承继了宽厚博大的胸襟；从朋友那里逐渐理解了相依相存，相知相爱。生命是一个完整的长篇连载，无论成功还是失败，平淡还是出彩，都不能留下空白，生命的日记会分毫不差地记载下每个人走过的足迹。生命也不是一次彩排，演不好时可以重来，它绝不会给人第二次机会，一旦走过去就无法回头。因此我们对人生这次单程之旅，一定要倍加珍惜。无论顺境还是逆流，都要坚强而乐观地走下去。厄运突降时，给自己一个微笑；淫雨霏霏时，给自己一缕阳光；跨越障碍时，给自己一双翅膀；开创事业时，给自己树立一个切实可行的目标，抓住机会凭借自己的实力，谱写人生最美丽的华章。

对于退休的老年人来说，仍然拥有生命、拥有健康就是上天对我们最大的恩赐。只要还拥有今天，我们就有勇气把明天的大门打开，快快乐乐地活着。健康就是幸福，活着就该知足。

六十六岁，我的生命之旅，树起新的里程碑。

陪伴母亲回故乡

母亲已经是八十多岁高龄的人了，可身体硬朗，精神矍铄，她看书、写笔记、读报、写字不戴花镜，说起话来底气十足。每逢星期四和星期天，风雨无阻到基督教堂"做礼拜"。前几年，还走南闯北自费乘车下乡到山区教徒集会点讲演、"传福音"，蹬着孙女为她头的三轮车（先后三辆），走东家串西家传播基督教文化。她为讲课而撰写了几十万字的读书笔记，还兼管教会里的钱财收支账，将账目管理得清清楚楚，从无差错。她还经常用我们给她的零花钱买一些基督教书籍、资料，资助那些贫困的兄弟姐妹，捐助灾区。更难能可贵的是母亲进入老年后坚持写作，写了上万字的回忆录，不仅给我留下一份宝贵的精神财富，而且为我后来撰写纪实文学留下了珍贵的素材，提供了大量历史资料。

落叶归根，人老思乡，这大概是每一个老年人共同的心态。母亲对故乡的眷恋同样梦绕魂系。在我刚退到二线的那几年，她几次向我提出想让我陪她回招远市的迟家村老家看看。我非常理解她的心情，因为那里的山山水水曾留下她艰苦奋斗的足迹。在那生死挣扎的岁月里，那里曾流下她数不清的泪水和血汗。那里的村村落落有她留恋的亲人和街坊邻居。特别是在那个火热的年代里，站在妇女识字班的讲台上的勃勃英姿，永远清晰地驻留在她心中最柔软的角落。

2002年春天，春光明媚，轻风吹拂，我们兄弟三个和老伴陪同白发苍苍的母亲，一路欢声笑语地回老家了。三弟开着自己的面包车，回到阔别了半个世纪的既陌生又熟悉的故乡——金都招远市。

在市区，我们找到同村同族的五叔迟浩章，他热情地带我们踏上通往迟家村的大道。这是五叔第二次带我返乡，上一次是20世纪90年代末，招远撤县建市的那一年的秋天。见到故乡的人、故乡的山、故乡的水，是那样亲切，令我流连忘返……触景生情，回家当晚我便撰写一篇散文《故乡情》，不久发表在《胶东文学》上。

崎岖的山路已被平坦的大道取代了，回乡的心情激动而又迫切。面包车在宽广的公路上疾驰，很快就到了迟家村。当走进立着"迟家村"村碑的村西口时，车稳稳停下来了。我扶着母亲下了车，母亲惊呆了，张着嘴说不出话来。她瞪大双眼去寻觅原来的小山村，原来的村落、田园、沙河早已无影无踪了……

前些年兴修水利，水利专家考察了迟家村三面环水一面山，耕地少、地势洼的特殊地理环境，认为这里是修水库的最佳位置。为此，父老乡亲又做出一次历史性的牺牲，全村整体搬迁到村西北的山坡岗岭上，形成了现在统一规划的迟家新村。经纬有序的街道，一排排、一行行红瓦白墙的民房，整齐地排列着，好像在列队欢迎我们的到来；新村后的山坡，层层梯田好像一架登天的云梯；各种农作物绿油油，片片繁花似锦的果园里，粉红色的桃花，白雪似的梨花，交相辉映，在春风的吹拂下，摇曳多姿，仿佛在向我们招手致意……到处都洋溢着欣欣向荣、繁荣昌盛的景象。

母亲所寻觅的清清的小沙河、亭亭玉立的并蒂莲、幽美恬静的小山村已在村南烟波浩渺的水库下了，她哪能找到呢？

时光荏苒，转眼已沧海桑田。

五叔带着母亲走东家串西户，街上聚集的乡亲越来越多，老老少少，围着白发苍苍的母亲问长道短，嘘寒问暖，有诉不完的衷肠，道不完的情愫。当年妇女识字班的那些学生个个已是青丝变白发，见到她们当年的老师又是拥抱，又是哭笑，分外亲切，那动人的场面难以言表。好多亲人挽留母亲多住几天，我们考虑到她的高龄和身体状况，恋恋不舍地谢别了乡亲们的盛情。在村西口的汉白玉村碑前，乡亲们围在母亲身边与我们一行人合影留念，她老人家欢心地笑了。

就在那一刻，我又一次想到，如果当年的母亲冲破习俗偏见，冲破封建枷锁，自己主宰自己的命运的话，她现在一定是位建功立业的离休老革命了。

家有老人是一宝

为了让母亲有一个舒舒服服的睡眠环境，我特意为她买了一张花梨木大床。过去她常说解放前那些大户人家或者洋人才能睡梨木床，睡在上面踏实。现在条件好了，我也让她老人家晚年享受一下睡梨木床的感觉。为了让母亲高兴，我还在床头墙上，挂上杭绣的春夏秋冬福贵图。

家有老人是个宝，我六十多岁了，因老娘亲健在，总感觉自己还是个没长大的孩子。老人在，人气盛，福气旺。

老伴把房间打扫得干干净净，拿出新被褥新床单，把床铺得整整齐齐的。一大早她又一再嘱咐我到集市上买点母亲最爱吃的菠菜、芋头、山药和猪头肉。她还通知休假的儿子，让他开车去接奶奶。

接近中午时分，母亲精神焕发地带着她的大包小包，被儿子接到了我家楼下。母亲笑着说："今天是个好日子，一路上放的那个鞭炮把我耳朵震得嗡嗡响……"接着她又自言自语："呵呵，又要住'雀笼子'喽。"

上楼梯的时候，我连忙去搀扶母亲，她老人家用手一挡自信地说："不用扶，我自己来。"三十六个台阶，老人家喘着粗气拄着拐杖一气登上。大家都很意外，为八十八岁老人能有如此精神而赞叹。

母亲进屋后，摸摸这儿，看看那儿，笑容一直挂在脸上。她踏实地坐在梨木大床上，深有感触地对我说："焕彩啊，看看现在你们居住的条件，想一想咱在老家招远县那段日子，看一看小栾家疃里那栋老屋子，还有你参加工作后这么些年没有地方住搬来搬去，大人孩子跟着你没少遭罪。如今可真是做梦也想不到，咱家还能有今天，俺儿还能住上这么好的房子，有这样的大床。"说着说着，母亲兴奋得双眼盈满了泪。接着她又对我说："到什么时候都要知足，感恩，不忘本。"我忙回应："您说得老好了，我听您的！"

我接过她手里的拐杖，递上杯茶水问："妈，您怎么哭啦？"

她闪着泪花笑着说："我这不是为你们兄弟姊妹都住上宽房大屋高兴嘛！"

我感叹说："是啊，我参加工作，成家立业四十多年了，托国家政策好，我们赶上好时候了，第十次搬家才进了这松风苑。"

母亲在我家居住的日子，每天一早一晚都拄着拐杖到楼下小区广场转一圈。我提着个马扎，拿着水杯，兜里装着当日的《烟台晚报》《今日龙口》跟在她身后。她东瞧瞧，西看看，像一个好奇的孩子，不断地问这问那。我不厌其烦地把嘴巴贴在她的耳朵边给她解释，她不停地点着头。走累了我们就坐在池塘边观看金鲤鱼、并蒂莲，在花丛间享受着阳光的沐浴，或者坐在马扎上看报纸，一边看还一边发表议论。

周围邻居看到老母亲快九十岁了，看报纸还不用戴花镜，都赞叹不已。听到邻居的夸奖，母亲很自豪，还念给人家听。母亲除了耳背一点，血压高一点，基本是健康的。我看她认真读报纸，身边几位邻居赞慕的样子，一种幸福感充满我的周身……

岁月真像一把锋利的刻刀，蘸着睿智凿掉杂质，返璞归真。拥有童真的人，纯朴自然，随意洒脱。母亲的童真，有时让人感动，但有时也让儿女们很无奈。难怪母亲常对我说，她很留恋我们孩童时的那段岁月，那时日子虽然艰苦，每天看着这群孩子长大，却过得有盼头有滋味。如今儿女长大了各奔前程，不能常守在身边，反而让她牵挂焦心，这就是母亲的真实想法。

"平凡而伟大"这两个词并列运用，我从母亲身上才领悟了其真正的含义。伟大是在平凡中孕育的。母亲一生仅是一个家庭妇女，但她是一个伟大的母亲。她把七个孩子都培养成人，让他们在各自的工作岗位上为祖国的繁荣事业做出了自己应有的贡献。母亲无怨无悔地挣扎了一辈子，奋斗了一辈子，操劳了一辈子，奉献了一辈子。母亲的奉献是默默无声的，永远不求回报的。舐犊之情我懂，但我深知永远也还不清母亲的这份养育恩情。

我们兄弟姊妹都有一个共同的愿望，那就是只要年边的老母亲高兴，就随她的意。还是那句老话：百孝顺为先。

有人认为，让父母住好房、吃饭店、给钱花、穿金戴银、去旅游就是孝顺父母，其实这只能做到"外安其身"。子曰："今之孝者，是谓能养。至于犬马，皆能有养，不敬，何以别乎？"如果不能从心里尊敬父母，就不是真正的孝道，更深刻的孝道就是要"内安其心"。

老屋春秋

耄耋之年的母亲随着时光的流逝，思维逐渐紊乱了，像一个老小孩似的，今天要住在这里，明天又要求住在那里。从母亲身上，我觉得个人从出生的婴儿，经历了一个漫长而短暂的周期到达暮年，又重新变成了婴儿。

后来兄弟姐妹商量，让她在二妹家长期住下去，因为二妹家离教堂很近。母亲每星期四和星期天陪母亲去教堂做礼拜，或者教友们来看她都十分方便。那几年，二妹一家人住在离教堂很近的林家庄村，住居条件比较宽阔，二妹心细，吃苦耐劳，更重要的是她与母亲信仰一致，又深知母亲的饮食习惯。退休在家的二妹夫，在院子里养花育鸟，室内室外，鸟语花香，环境优雅。大家一商量就同意了。兄弟姊妹你来我往，按时送钱送物，经常过去陪着母亲用餐，二妹夫早晚陪着母亲散步。她在前面走，二妹夫在后面拿着马扎，走累了就坐下休息看看风景，说说话，其乐融融。

年迈的母亲身心急剧衰退，有时思维紊乱得颠三倒四。在二妹家住了一段时间，也没有任何理由非要搬回小栾家疃老屋独自居住。我心里明白，母亲一直怀念那栋老屋，怀念老屋曾经的过去，怀念她与父亲相依为命、互相关爱的晚年……

提起老屋，我们兄弟姐妹对那里都有着深厚的感情，因为那里演绎着我们这个家庭数不清讲不完的故事，留下了我们艰难成长的足迹。兄弟姊妹在那里度过了辛酸而浪漫的童年和奋发求知的少年。随着年龄的增长和社会的发展，我们相继踏上社会，好比雏鹰长大离开老窝，展翅翱翔蓝天，搏击风雨……

老屋像摇篮，像驿站，像港湾，老屋留给我们无数回忆——有幸福也有辛酸，有甜蜜也有苦辣，有奋斗也有沉迷，有顺利也有坎坷。

我想这正是母亲要求到老屋独居的唯一理由。当然母亲也有自己的想法，她认为自己即便是到老屋居住，儿女们也会一个也不少地围绕在她的左右，驱散她的寂寞与孤独，陪伴她走向生命的终点。儿女们也都相继走向老年，就连最小的妹妹也年近半百，谁家都有一大摊子事。母亲独自去老屋，无疑有一定的危险，一旦照顾不到，不知会发生什么事。但是"百孝顺为先"，我们只得顺着老人的心愿，让她搬回了小栾家疃的老屋。

兄弟姊妹每家一周，轮流为她送饭或做饭，洗洗涮涮，陪她休息，让她吃好、睡好、玩好，随心所欲度过幸福的晚年。

母亲在老屋住了一段时间，各种弊端显露出来，一时照顾不到，经常出差错，弄得兄弟姐妹都很紧张，常常是顾此失彼，手忙脚乱。当我看到母亲无助的眼光，心头一阵苍凉。母亲不管什么样，我们都应该毫无条件地接受。希望母亲多活几年，给儿女更多的报答机会。

我们兄弟姐妹住得很分散，特别在乡下做生意的三妹和办企业的四妹，时间很紧张，往返跑老屋很不方便。无奈之下，大家商量由我负责动员母亲搬出老屋，到兄弟姐妹家居住。母亲仍然想不通，她说："住在楼里就觉得心里发飘，像关在雀笼子里一样。我自己有房住，不爱麻烦你们，我住在老屋里心里踏实。"

我说："老屋冬天没有供暖的条件，你不暖和，我们来去也不方便，待春暖花开再搬回来住。"就这样，连说带哄才把老人家说服了。

母爱是世上最无私的爱。她可以把所有的爱无私地奉献给她的儿女们，可是到自己老了，有的事情却不愿意给儿女增添麻烦。

这年秋天她在我家住时，有一天傍晚我外出买菜，回家后放下菜到她住的房间看她。一推门，一股臭味扑面而来，打开排气扇也不管用。我问："妈，你是不是便到裤子里了？"

老母亲迟疑一下说："可能是吧！上午喝你打的果汁喝多了。"

我说："快脱下来，我给你冲洗干净。"

我扶她走进卫生间脱下裤子，裤子里很多屎，脏得一塌糊涂，哪能不臭？我正要给她冲洗，母亲执意不让，难为情地说："你找个盆放进去倒上水泡一泡，我自己洗。"

母亲的一句话令我感慨万千，心想：她是怕儿子嫌脏啊！我怎么会呢？我们这七个孩子哪个不是母亲一把屎一把尿拉扯大的？母亲嫌过脏臭吗？在那个战乱、灾荒、人祸接连不断的年代，母亲为了我们兄弟姐妹解决温饱，入校就学、择业上岗、成家立业、结婚生子……不知经历了多少磨难，付出了多少艰辛。今天我为母亲洗一条脏裤子，她就过意不去，真是可怜天下父母心。

母亲在最后几年患了老年痴呆症，精神恍惚，白天还好一些，到了晚上常睡梦里惊醒，几乎每天在夜深人静时就冷不丁地大声喊叫。

晚年的母亲糊里糊涂，像顽童一样。有一天，一大早就嚷嚷着要到二妹家去。我知道她牵挂教会的事，急切地想听二妹汇报教会的近况。我说："您上下楼不便，搬来搬去出点意外怎么办？"她满脸不悦："我想赶快去你二妹家，你不让我走，我就不吃饭！"我也没有往心里去，以为她只是吓唬我一下而已。没有想到，半个小时后推门一看，所有衣物都被装到几个塑料袋里，她穿戴整齐躺在床上，早餐一动没动，连蜂蜜水都没喝。我一看老人家动真格的了，只得连哄带劝地说："妈，先起来，把饭热一热先吃了，我马上找车送您去二妹家。"一听这话，她呼地一下爬起来洗刷、喝水、吃饭，真是干脆利索。二妹驾着电动三轮车来了，母亲笑逐颜开地下楼了，还对我说："你放心忙你的事吧，到你二妹家后我哪里也不去了。"那神态前后判若两人。

严酷的寒日中，耄耋之年的老母亲日渐衰弱，那段时间我几乎风雪无阻地每天都去探望她。兄弟姊妹看到母亲的病情，让我给母亲准备后事，我告诉他们已经筹备好了，他们都放心地点点头。母亲头脑清醒的时候曾几次交代我，待她故去，不烧香烧纸、不搞任何封建迷信活动、不要铺张浪费，后事交给教会邹牧师安排。辛苦一辈子的老母亲，病危中仍旧坚持自己的信仰，尽量不给儿女增添麻烦。我不断默默祈祷："无情的死神呀！请您放她一马，让老妈平安度过这个春节吧！"

也许是我的祈祷应验了，上苍显灵，母亲终于平安度过九十岁大关。大年初一大早我赶到二妹家里给她拜年，老母亲显得平静多了，仍然认识我，拉着我的手不放。可是对于其他陆续来拜年的儿女、亲友，她就颠三倒四，答非所问了。

有人说，人的生命力有时很脆弱，脆弱得连一只蚂蚁都不如，但有时又是那么坚硬，硬得令人难以想象。母亲能度过九十岁大关，已经是对儿女最大的安慰了，老人家又给我们创造了孝敬的机会。令人没有想到的是，我们的母亲又平安度过了九十一岁的大关。

那几天，让我格外牵挂的还有市人大由伟中主任。我们住在一个小区，有一次他的夫人老宋见到我，无奈地说：俺家里那个"工作狂"的职业病是改不了啦，城里乡下，夜以继日。眼睛患病，做过几次手术，对待关工委工作他还是那么认真，为修改报告一直到半夜三点，真让我上火啊！

他所领导的关工委连连获得国家最高荣誉，而他由于身体透支太大，春节前感到身体不舒，经几家省内外大医院检查也难以确诊。那天，听说他在家里休息，我和老伴去看望。我们刚坐了一会儿，护士便敲门进家打针。

人们常说：世界上有些东西，当你拥有它时往往并不珍惜，而一旦失去了它，你就会感到它无比珍贵。健康正是如此。人一旦失去健康，一切都会化为泡影。

母亲的丧礼

2011年母亲九十一岁生日那天，兄弟姊妹都说必须好好庆贺一番。往年母亲的生日都是在大酒店隆重举行，今年瘫痪在三妹家里的母亲已经不能下床了。三妹家小日子过得红红火火，住在宽阔的四合院。大家决定在这里为母亲隆重地举办九十一岁的生日宴会。大家有的搬来水酒，有的送来菜肴，多数人送来红包。三妹请了专业厨师，外甥女囡囡小夫妻里里外外，端菜送水当上服务员。堂孙女琳菲抱着褓褓中的女儿站在母亲身边，教孩子叫太姥姥。现在已是五世同堂了，子孙后代已有六十多人。录音机里播放程琳演唱的《妈妈的吻》："在那遥远的小山村，小呀小山村，我那亲爱的妈妈已白发鬓鬓。过去的时光难忘怀，难忘怀，妈妈曾给我多少吻……"优美的旋律，动情的歌词，感染着众人。大家举着酒杯分批来到母亲的病榻前，祝福声此起彼伏，欢乐充满了农家小院的各个角落……

2011年11月27日清晨，老家招远市迟家村的五叔迟浩章打来电话，说是要来龙口探视母亲。我感激地说："五叔，俺妈卧床两年多，神志不清，基本不认人了，您老就不必劳累了。"我知道他家五婶刚去世半年，老人家还没走出悲痛的阴影，所以劝他不要来。可是倔强的五叔非来不可。五叔迟浩章，解放前曾与母亲同是迟家村里的扫盲老师，为山村农民传播文化，驱逐封建愚昧，立下汗马功劳。这些年五叔曾多次来龙口看望母亲。

我急忙打电话让小妹开车过来。上午九时，五叔与儿子提着果篮、拿着牛奶等礼品来到我家，还带来由解放军出版社出版的《迟浩田传》《迟浩田军事文选》送给我。进门后他水也没喝一口，就让我和老伴、小妹陪他奔赴乡下三妹家里看望母亲。

五叔进屋后看到躺在病榻上的母亲紧闭双眼，脸色苍白得没有一点血色，颧骨高高耸起，干瘪的双唇深深地凹陷下去。五叔深深地叹了口气，双眼湿润了。五叔心目中的母亲有着白胖红润的面庞，乌黑浓密的头发，整齐雪白的牙齿。几年未见，母亲竟变成这般模样！他俯下身子，喊了一声："二嫂子，你睁开眼看看，五弟来看您来啦！"母亲没有一丝反应，三妹站在旁边着急地呼唤："妈，老家来人啦！"我站在母亲病床边用颤抖的声音喊道："妈呀，您看看谁来啦！招远老家，俺五叔来看您啦！"母亲听到我的声音，微微睁开眼，头慢慢地转向我，看了一眼，嘴角一动，有气无力地说："俺儿来啦！"然后就不吭声了，又慢慢闭上眼。我晃了晃她的胳膊，指着病榻右边说："妈，您快看看，老家的五叔来看您啦！"母亲的头缓缓向右一转，突然双眸一亮："这不是浩章五弟吗！你怎么来啦！你和他五婶都好吗？你三哥

（迟浩田将军）可好？"

在场的人谁也没有想到，母亲不仅能认出五叔来，而且一连串说了这么多话，所有在场的亲人都惊叹不已。五叔眼含热泪地说："嫂了，好，都好！"母亲哪里知道五婶半年前已离开人世。

这次叔嫂见面竟成了最后一次永别……

11月29日，我看到母亲的状况一天不如一天，与三妹夫妇商量，把小栾家疃村那栋老屋打扫干净，检查一下水电开关。母亲不止一次说过，她要回到老屋。母亲最后的愿望，必须满足她。

那天下午三妹和妹夫帮助我打扫完老屋，已到晚上八点半，刚要乘车回家吃晚饭，接到一位亲戚的电话。他让我第二天陪他去北京复查身体，并说机票已订好，明晨七时半准时启程。我犹豫了一会儿，怕我出门期间母亲出现意外，但亲戚检查病情也很重要。他之所以让我去，也是因为我在北京有可靠的亲友，我只好答应按时出发。

11月30日中午，我和亲戚抵达首都机场，接站的是二妹夫的弟妹刘景云，我们直奔解放军总医院。已退休的刘家洪部长，冒着寒风雨雪开着自己的车，跑前跑后鼎力协助。

找专家查病的事情用了四天的时间圆满结束，我们准备12月5日早上乘机返程。

12月4日晚饭后，我突然接到儿子的电话，他焦急地告诉我："奶奶病危已送进北海医院抢救！"我耳边如同响起一声炸雷，心仿佛被突然掏空了似的，感到无着无落，恨不得插上翅膀立即飞到母亲的身边……

小妹夫是位心细干练的个企老板，他怕我一时承受不了，马上给我打来一个电话，心平气和地说："二哥你不要着急，咱妈已经进入北海医院急救室，我请了有经验的医生，呼吸机一上就平稳了。我看过天气预报，京城和烟台都有大雾，明天下午前飞不回来，晚上乘火车回来也赶趟，你千万不要着急，有我们在，你放心。"声声语语，亲切真实，又一次让我感到亲情的温暖。

12月5日一早，年过花甲的刘家洪部长亲自驾车送我到机场，一路上一再嘱咐我千万别着急。白茫茫、灰蒙蒙的机场能见度不足百米，候机厅电子屏幕上一片大红（航班取消）、粉红（航班延误），去烟台的A1545航班还处于等待状态，但也延误了四个多小时。在等机的几个小时里，我心急如焚，那一刻我才真正体味到归心似箭的滋味。

12月5日下午四时，飞机安全降落到烟台莱山机场，接站的是傅建锋，他已等了两个多小时。西斜的太阳泛着惨淡的光辉，我心里感到阵阵凄凉和孤独，暗暗地祈祷，保佑一定让我见到母亲最后一面，千万不要给我留下终身遗憾。

终于到家了，我三步并作两步奔进老屋。屋内已生上火炉，几位亲友及左邻右舍，坐在那里吸烟喝茶谈论着。看到这情景，我知道母亲在等着我，一直悬在喉咙的心才放下来。大家陪我进了里屋，母亲面色苍白，双目紧闭，大口大口地喘着气。几个姊妹围在母亲身边齐声呼喊："妈，你快睁开眼看看，俺二哥回来啦！"

母亲就躺在老父亲曾经躺过的地方，我理解她的心情，金窝银窝不如自己的穷窝。在她生命的弥留之际回到自己的老屋，是她最大的心愿。我跪在她的身边，泪水夺眶而出，我附在母亲耳边喊："妈……您老儿子回来了……您不是要回老屋吗，老儿子早已经给你打扫干净了。您不是让我陪着吗，老儿子就在你身边！"母亲紧闭的双眼微微睁开，缓慢无力地看着我，两行浑浊的泪水从眼角缓缓流下……嘴角抽动几下，又闭上了眼睛。我和几个妹妹都明显地感觉到母亲还有意识。她一定是有话要说，但她连张嘴的力气都没有了……

我伸手握着母亲的手腕，脉搏还在微弱地跳着。但我心里明白，这都是那些吊在半空中的液体药物所致，一旦停药，我心中的神，我那平凡而伟大的母亲即刻就会踏入天堂……

我坐在母亲的身旁，看着她那苍白、慈祥的面容，我的思绪翻滚，一件件往事像一只只蝴蝶飞在我的面前……

我好像看到：年轻漂亮的母亲站在三尺讲台上，手持教鞭正在妇女识字班上教学生念"人、手、刀、口""共产党万岁""新中国万岁"；我背着妹妹，扯着母亲的衣襟，正疾步奔走在山间小路上，从县城民师培训班摸黑往家赶，我和妹妹差点被瞬间坍塌的旧墙掩埋；母亲在微弱的煤油灯下，为全家人缝补衣裳；母亲一边烧火，一边忙里偷闲给孩子们检查作业；母亲让父亲买几块糖，亲自送到弥留之际的奶奶的嘴里；母亲在手提包里装上《圣经》，脚踏三轮车，奔波于城区、乡村传福音；母亲与父亲坐在老屋的院子里，一边喝茶一边拉呱，脸上洋溢着幸福的笑容；母亲正在聚精会神地执笔伏案帮我回忆一段一段的历史资料，让我撰写一部家史；母亲正在谆谆教导我们兄弟姊妹，给我们讲述做人的道理，她常挂在嘴边的一句话就是"为官一定要上对得起老天爷，下对得起老百姓，不能假公济私"；老年痴呆、病魔缠身的母亲像老牛舔舐刚刚出生的小牛犊一般，亲吻着我的手背；母亲躺在病床上看着孙子媳妇抱着玄孙，脸上露出久违的笑容，身边围着一群儿女、媳妇、女婿、孙子、外孙……享受五世同堂的天伦之乐，笑容像一朵盛开的雪莲花……这一幕幕就像高清版的电影画面，清晰可见……

回想自己的一生有两件事令我刻骨铭心。记得在我六岁那年秋天，天蒙蒙亮，妈妈让我替换值夜班的父亲回家吃早饭。我揉着惺忪的双眼极不情愿地滑下炕头，边向外走边不经意地吐出一句脏话，被蹲在灶口烧火的母亲听到了。她即刻勃然大怒，顺手操起冒着青烟的烧火棍追打我。我的瞌睡顿时全没有了，赤着脚丫了，光着身了撒腿往外跑。母亲紧追不舍，手里拿着的烧火棍还冒着烟就劈头盖脸地打过来，顿时我幼嫩的背上、屁股蛋上，布满带黑灰的红印，像被开水烫过一样疼。直到我发誓永不再说脏话，母亲才停住手，然后流着泪坐在地上喘着粗气。事后，母亲对我说："儿啊，将来你会明白的，当妈的谁不疼爱自己的儿女？哪个妈会无缘无故舍得打自己的孩子？说脏话是一个坏习惯！以后一定要记住！"

这是我从小到大第一次挨母亲的打，也是唯一一次挨打。母亲的教诲，令我受益终生。不仅我不会骂人，我的儿子、孙子也不会骂人。记得一位哲人曾经说过："妈妈是孩子最好的老师，妈妈的素质有多高，孩子就能飞多高。"

还有一件事，我违背了她老人家的意愿——没有加入基督教。但这件事至今我也不后悔。我成年之后，母亲曾多次劝说我入教，可我的信仰是实现共产主义，从十九岁加入中国共产党那天，我就将自己的一切交给了党。我多次和母亲说："我不会改变自己的信仰，您就是我心中的神，我永远都敬重您！"

院外有人喊："邹牧师来了。"一句话把我的思绪从遥远的地方拽了回来……我用手抹了一把泪，应声走了出去。烟台市政协委员邹钟毅牧师带着教会几个领导围在母亲身边轻轻地呼叫着，母亲紧闭双眼喘着粗气。教会一位懂医的姊妹说："这是药液的作用，在维持她微弱的生命，一旦停药……"她话语哽咽，说不下去了。

天渐渐暗下来，我看姊妹们都很疲劳，就让她们都回去休息，她们执意不肯离开母亲。三个妹妹心疼我这些天外出的辛劳，纷纷劝我回去睡一晚上再回来，但我决意陪着母亲走完生命的最后一刻。

母亲在我回来的第二天，也就是2011年11月12日15时35分，走完了近一个世纪的岁月，为自己的生命画上一个圆满的句号。她的脸上带着微笑，安详地踏入天堂之路，永远地离开了她所爱的子孙们，离开了她那些亲密无间的兄弟姊妹。

那天出奇地寒冷，而且极其反常地降下阵阵冬雨，难道连苍天都为这位平凡而伟大的老人在哭泣？接着寒风中飘下鹅毛大雪，铺天盖地，房屋、街道、高山、河流、原野……一片银装素裹，枯十的树枝上挂满亮晶晶的银条，整个世界犹如一个童话般的冰雪王国，这也是多年来未见的气象奇观。说来也怪，父亲走的那一年，也是在腊月，也是漫天的雪花飘洒。这是上天有意安排，还是父亲灵魂的召唤？让他们老夫妻踏着圣洁之路再次相聚。

遵照母亲的生前遗愿，她的后事交给教会办理。上午九时，母亲的丧礼，在神圣、庄重、典雅、文明的氛围中隆重开始了。老街旧邻和一些我并不熟悉的人们也参加了丧礼，我们兄弟姊妹的亲戚和单位的同事、朋友，母亲生前的教友，从四面八方赶到临时搭起的灵堂。缅怀的花圈、花篮摆满了灵堂通往街道的路上。灵柩前，圣洁的百合花散发着清香，我们的脸上挂满泪水，排成两行站立在灵柩的左右……人群里不时发出哭泣声，有的人竟无法抑制自己的感情，号啕大哭，哀伤渗透着每个人的神经……

教会的大牧师，烟台市政协委员邹仲毅会长率130多名兄弟姊妹，为母亲的亡灵做"追思礼"。铿锵有力的话语，掷地有声，为母亲一生定论。

一个人被一群人怀念，是多么不容易啊！我心里暗暗地对母亲说："妈，我们兄弟姊妹为拥有您这样一位可敬可爱的母亲而感到骄傲和自豪！"

母亲就这样离开了我们。那些天，我待在书房里，心里空落落的，盯着父母的遗像，翻看母亲留给我的厚厚的遗笔。母亲多年来写了很多家史之类的文字，记载我们一家的故事。她嘱咐我一定要整理好，有条件就印刷出版，为后代留下一笔精神财富。今已物是人非，难免触景生情，悲从心出。虽然母亲晚年身体多有不适，可她活在世上，这个家总是我们兄弟姊妹的念想。买点她喜欢吃的东西，每天陪她说说话、聊聊天，已经成了生活习惯，可这一切都随着老人的离去化为乌有。

过去，老人在的地方就是兄弟姊妹们聚集的中心。逢年过节，大家都会不约而同地聚集在母亲的身边，或围坐一起聊聊各自生活中、工作中遇到的问题。无论是多么大的烦恼，只要在老人这里，大家聚在一起，都能获得化解的力量。有时候姊妹们合力做上一桌子好菜，热热闹闹地围坐一圈，举杯共酌，品味各自的喜怒哀乐，开怀畅饮，其乐融融。母亲始终是聚会的中心，更是全体家庭成员心中的福祉。

只要老人在，家就在，啥时候都可以聚在一起。只要有老人在，什么矛盾都可以得到解决；只要有老人在，兄弟姊妹之间即便有着各自不同的观点，哪怕是内心里有些芥蒂，但看在老人的面上，都会维护和睦，再大的火气也都会相对克制，都不希望老人为孩子们之间的矛盾伤心动怒。可以说，在很大程度上，老人起到了定乾坤的作用。老人是家庭的润滑剂，更是凝聚家人合力的中流砥柱。然而，这一切都随着老人的离世，再也不存在了。

父母在的时候，心里有了烦恼，或者遇到了困难，只要和老人唠一唠，不一定能够彻底化解，但心里会舒畅很多。遇到高兴的事情，做子女的大多会在第一时间告诉父母，让他们高兴，让他们与我们同乐。他们不但养育了我们，更是从很多地方耳濡目染地给我们言传身教。有很多社会经验和生活经历的他们，一句话，一个比喻，一个仁慈宽厚的眼神，就能让我们醍醐灌顶、茅塞顿开。

他们有时候会唠唠叨叨，甚至说些不中听的刺耳话语。当时听着老人的唠叨，心里并不是十分乐意接受，可回过头思索之后，便能慢慢地体会他们对子女的殷殷期望和浓浓深情。尤其是一些很朴实的话语，实际上蕴含着深刻的道理。古人说：不听老人言，吃亏在眼前。不管我们取得了多少成就，面对他们的经历，面对他们洞察世事的敏感，我们依然可以学到很多。反复咀嚼后，总会有很多值得我们感悟的道理，总会有很多我们不得不承认的高明之处。因为他们是用心关怀子女的，他们的爱真挚无私，他们的话语直截了当，丝毫不会避讳。

当父母健在的时候，我们也许并不能体会到老人是多么重要，我们甚至有可能会以各种忙碌和借口忽视父母。然而，一旦老人真的离开了我们，有些事将成为终生的遗憾。做子女的，能在老人在世的时候，多一些探望、多一些关爱，留下的遗憾就会少一些，心中的痛就会减缓很多，老人离世时的心中之痛也就会缓解很多。

远亲不如近邻　近邻不如对门

"远亲不如近邻"，这句话大家都知道，但真正把"近邻"处得比"远亲"还亲，并不是件容易的事。钢筋水泥铸成的高楼大厦里，人与人之间的交流和沟通很少。各家各户上下楼来去匆匆，进门入户随手关牢防盗门，人们之间的情感交流似乎也上了一把锁，无形中拉开了彼此的距离。

我住的这个单元有十二户人家。陌生的邻居们来自四面八方，有两户人民教师、三个医生、四位国企与私企老板、三位政府部门科局长和我这个退休的公务员等。大家互不相识，见了面点点头，擦肩而过，顶多问一声："贵姓？你住几楼？"

后来一位常年在外出差的企业老总搬进来，算是最后一户新邻居。

他找到我商量，想把本单元所有成员请到酒店聚餐，相互熟悉了解一下，便于生活。他的提议正合我心意，我负责召集并主持这场特殊的宴会。大家相互留下电话，席间各自介绍，频频举杯，相互祝福，拉开了远亲不如近邻的序幕。席间有人提议，以后不管谁家有大事喜事（老人做寿、儿女结婚、孩子大学毕业、添丁等）都要聚会祝福。大家推选我为楼长，凡涉及物业公司的相关事宜，由我全力协调处理。

至今十多年，大家相互尊重，和睦相处，资源共享，优势互补。不是一家人，胜似一家人。

对门是一对结婚不久的小两口，小王在一家全国连锁酒店任店长，他知道我经常外出，送我一张全国连锁酒店贵宾卡。小刘在银行工作，她父亲与我还是小学的同学。后来小两口喜添贵子，给宝贝儿子起名"一名"。很快小家伙会走路了，会说话了，见到我，就奶声奶气地喊："爷爷好！"这孩子从小聪明伶俐，讲礼仪，晓文明，天真烂漫！后来开始上中学，学习优秀，习练书法。特别让我惊喜的是，这几年春节都是这孩子撰写他家的春联，有模有样。2016年是猴年，小刘知道我属猴，春节后郑重地送我两枚猴年纪念币，让我温暖了一年。我家里的家电有了故障，手机、电脑遇到困难，小王都会第一时间出现，故障都会及时排除。特别让我感慨的是，我有时出差赶车次需要打车出行，小王知道后总是爽快地开车及时送站。

前年的一天上午，下着小雨。我去市人民医院查体，与老伴打着伞刚出门，本单元一位在市医院任科主任的女医生听说我们要去医院，说："大叔稍等，我今天休班，但正好要去医院办点事。我先送孩子去上学，回来接你们一块去医院，查完体我再送你们回家。"

601的一对中年夫妇在政府部门上班，我有时要去市办公大楼办事，男主人会热情送我去，办完事再送我回家。他们原籍是鲁西北，每次回家返程都会带回一些豆腐皮、煎饼、小米之类的土特产，女主人都会送一份给我们品尝。

201男主人常年出差外地，每次回家，第一时间会敲开我家的门，带回外地的土特产，如腊肉、鸭脖、新茶等，彼此交流所见所闻。女主人是北海医院科主任，一旦我们耳鼻喉方面有问题，她都会热情地开车拉着我们去看病，手到病除。他们的宝贝儿子上中学时，家里没人做饭，孩子会自动到我家用饭。有时他妈妈将家门钥匙放到我家，孩子回来到我家拿钥匙时，老伴已经做好了饭，孩子坐下就吃，毫不见外。

在山区乡镇机关工作的邻居，每年春秋下树的果品，都会捎一些给我们品尝。

我2014年春天出版的长篇散文《暮拾朝夕集》共六部，每户签名赠送一套。

2016年4月中旬，我们家亲友组团去台湾旅游，带回一些台湾小吃凤梨酥，老伴分给楼上楼下的孩子们品尝。大家甜在嘴里暖在心里，共享宝岛名吃。

402室的邻居也是与我们同时搬进来的，搬来不长时间生了个女孩。我是看着302室和402室这两个孩子一天天长大的。现在男孩帅气可爱，女孩亭亭玉立。前些日子的一天傍晚，402室的女孩轻轻敲开我家的门，有点羞涩，低着头轻轻地对我老伴说："奶奶，俺妈让我来借袋盐。"当时我很有感触，又回想起当年住在乡下农村小院时邻居和睦相处的情景，不是一家人胜似一家人。

去年602室女儿出嫁，女主人与我商量请大家喝喜酒，我说应该的呀，不用发请柬，帮你招呼一下都能去。结果除了上班的，一个也不缺。

我们楼下共用一个防盗门，当初建筑商用的材质不太好，历经十多年的风风雨雨，已是锈迹斑斑，防盗锁失效。本楼一单元各户集资换了个不锈钢智能防盗门。本单元几户业主与我商量，为了安全咱也换个新的吧。我打印了个告示说明情况，贴到楼下旧防盗门旁。令人想不到的是，不到三天时间十二户的钱全到位。安装防盗门的小蒋夫妇颇为感慨地说："大爷你真行！三天收齐十二户的钱，我们安装了那么多单元门，你们这里最利索。有的单元光收钱就收了两个多月，有一户坚决不拿，最后还是那十一户均摊了。"

我与老伴都是党政事业单位退休人员，孩子们离得远，从20世纪90年代末房改时就开始住单元楼。无论在哪里，我们都特别注意处理好邻里关系。我们俩都是性情中人，与人交往，吃亏是福。高邻有事相求，我们会当作自己的事积极去争取。老伴擅长做家常便饭，邻居多数是上班族，大多是街头摊点买主食。老伴常做些大馒头、玉米发面饼子、金银面发糕（白面、玉米面、南瓜按一定比例掺和着做）送一些给下班回家的高邻们。时间长了，老伴会听脚步声，哪家回来了她都能听出来，门一开递出一包热乎乎的主食，对方也不客气，伸手接住笑眯眯地说："今天又改善生活了。"老伴发面做馒头，从不用酵母，而是用传统的"老面"，不但自己用，还散发给邻里，并教给他们怎么用。

我们三单元的楼梯和走廊，十多年来一直保持得干净清洁，没有一点纸屑垃圾，没有随地吐痰现象，这得益于大家自觉维护。我上下楼，只要看到一点烟蒂、纸屑，都会拾起来送到楼下垃圾桶。对门的小王一名也是这样，每当看到他伸出幼嫩的小手捡垃圾，我都会高声赞扬。每逢下雪天大家都主动下楼扫雪，为此我还专门备了铁锨和大扫帚。

物业公司分管这几栋楼的保洁员说：你们这个单元是最文明、最干净的，是最让我们省心的。

2018年春节，本楼微信群主远在外地执行特殊任务，微信联系我春节期间人比较齐，委托我请大家团团圆圆一块吃顿饭。正月初九，除了出差上班的全员参加。巧合的是，聚餐的雅间，刚好是十年前的正月初九我们第一次聚会的地方。邻居们原点原桌入席，更让大家感慨无限。《今日龙口报》主任记者，列席了我们这次聚会，他感动地说："小家庭，大社会。小家根基不牢，国家地动山摇。对今天的活动，我一定要写一篇有分量的报道。"不久《今日龙口报》4版刊登了《不是一家人胜似一家人——说说松风苑20号楼三单元那些事》。

第十九章
游记走笔

情缘大钦岛

2017年6月15日中午，接泉城济南文友王树跃的电话，要驾车偕夫人、姨妹和女儿来胶东玩几天。20世纪90年代中期，我临危受市委领导之命，借省政协委员契机，创办徐福故里书画院时，偶然与王总相识、相悉，后来他很用心地为我培训出一名出色的书画装裱师。过去的二十多年中，他曾多次偕夫人和女儿来渤海边游玩。当初他女儿五岁左右，身高不到1米，现在女儿个头蹿到1米78，大学毕业，已参加工作两年。刚接完王总电话，我又接到了大钦岛上的朋友肖本强的电话，他高声大嗓说：二哥最近忙什么！现在正是大钦岛海带、海参、金钩海米"三大瑰宝"大丰收季节。天气又好，温度适宜，自家小妹刚开了一处"渔家乐"，正在试营业，热烈欢迎哥嫂携亲友光临指导。

我与肖本强认识纯是偶然，也是缘分。2014年春天我在众邦印刷厂印书，他在做销售海产品的纸质广告，不期而遇，留下深刻的印象。当年的秋天我们一行四人应邀进岛玩了三天，领略了大钦岛的乡土文化和人文风俗。为此，我还撰写了一遍散文《海岛散记》，记述了难忘的海岛见闻。

6月17日，我们一行十三人风尘仆仆到达蓬莱港，九点半随着熙熙攘攘的人流登上"长通16"客轮，不到四个小时到达大钦岛。码头上，肖本强带来四辆车准时接站，带我们到他所在的南村家中。岛上不生产蔬菜、水果，我们吃过自带的西瓜、鲜桃，然后按照岛上习俗，开始吃老肖夫人顾群英料理的"下船的鲜鱼面条"。我们用过午餐，准备乘车去小浩村"渔家乐"休息，然后去爬海拔200米的唐王山。1963年春天曾在这个岛上当兵六年的二妹夫这会儿却不知去向。转业后他再也没进过岛，大家都知道，他这是故地找感觉、找老战友、找老房东去了。

1963年，十八岁的二妹夫刘家庭应征入伍。那时的他，头顶带飘带的海军帽，身穿白水兵上衣，蓝裤子，黑皮鞋，178的个头，英俊潇洒，踌躇满志。他来到大钦岛，成了一名海军战士，实现了梦寐以求的愿望。在部队的六年里，除了短期外出培训，他大部分时间是在大钦岛度的。大钦岛成了他一生重要的人生驿站，也是他终生难忘的地方。更让他难忘的是1968年，他与二妹喜结良缘。一个风和日丽的日子，二妹乘船进岛完婚，他们在渔民房东家中度过了新婚蜜月。他在这里感受了部队这个大家庭的战友情。那真是一生兄弟一世情。他在这里体会到了军爱民，民拥军，军民鱼水谊情深。

我们居住的渔家乐刚开业不久，院子宽敞清洁，透明天棚既遮阳光，又挡蚊蝇，房间的设施简单而实用，尚没有正式命名。老板娘肖丽娟，干活麻利，微笑和气，让人感觉颇有亲和力。老板和儿子负责海上捕捞，供应鱼虾、贝类等海鲜。

我们安排好房间，坐在宽敞的院内喝茶，准备爬山。失联两个小时的二妹夫，喜笑颜开地进门，张着大嘴忘情地欢呼："哈哈，找到啦！"我惊讶地问："你找到什么啦？"他激动地说："我找到老战友唐守平了！那可是五十多年前并肩战斗的老战友呀！还找到了老营部，找到我当年任连队卫生员的地方！我能不高兴吗！"我们也替他高兴，说："你领着我们去看看！"他抑制不住兴奋的心情说："这么巧，半个世纪前的营房离我们这里这么近！还有位叫唐家宝的战友，我得找找。"我说："我们陪你一块找。"

我们走出渔家乐不远，二妹夫指着一处红瓦白墙的新房说："这间房就是当年的卫生室旧址。那时部队卫生员除了为战友服好务，治好病，也无偿为老百姓送医送药，防病治病。"我们几个人，陪他从小浩村委大门向下走不远，他又指着一处陈旧的水泥浇铸的平房异常激动地说："这是我们当年的军营！"封闭而残旧的木门旁还有用水泥铸雕的繁体楹联"努力学习 保家卫国"，横批是"为人民服务"。另一个门上雕塑的是"革命熔炉"四个大字。这时迎面来了一位大嫂，二妹夫热情地问："大姐您好，你们这里有一眼部队的井吗？"大嫂惊讶地问："你在这里当过兵啊？井有，伙房还有，就在俺家门前。"二妹夫又问："有位叫唐家宝的，您认识吗！"大嫂一听："哎呀，你不是刘卫生员吗？你还帮我治过病呢！"接着上去拉住二妹夫的胳膊说："你快跟我走吧！你看看家宝是谁。"我们随这位热情的大嫂走不多远，二妹夫已经看到当年军营的伙房、水井，旁边就是大嫂的家。她这才说："我姓周，俺老头子就是唐家宝呀！"进门后，院里一位老人正在忙活，见了我们一群人进门，两位老战友你看我，我看你，两双手紧紧地握在一起，眼里闪动着激动的泪花。周大嫂忙出门提来矿泉水让大家喝，进屋找出丈夫当年的军人照和结婚照，英武潇洒，光彩照人。在场的人们纷纷举起手机，拍下了这动人心弦的瞬间。

战友情，亲如骨肉，几度血汗几度秋，风风雨雨并肩走。

战友情，钢铁铸就，浩然正气竞风流，岁月里真情依旧。

他们那种情和义，真真切切地展现在我的面前。他们留恋曾一起在海岛的日子，那时的苦，那时的累，那时为国防事业做过的贡献，都是他们今天的骄傲。

大钦岛有着数千年的历史，其中的东村遗址，可与西安半坡遗址相媲美。现在岛上的渔民生活大变样了，二妹夫说当年的旧建筑一点也见不到了。岛民盖了好多新楼房，渔业捕捞产供销一条龙，吸引了好多内陆各地的闲散劳动力，进岛参与海带、海米的晾晒、加工，天不亮渔船就出海去割海带、捕海虾，小船出海钓鱼。机帆船陆陆续续拖着一串小船满载着海带回来了，码头上的长臂大吊车转动着，勾住一船的海带轻轻装上车。船不停地卸，车不停地拉。除了过车的道路，到处都是晒的海带！人们一条一条地翻晒、剪裁、挤压、打包。海带的边角料也有用处，收集起来熬胶或加工成食品添加剂。干的海带运走了，接着新鲜的海带又运来了，周而复始地开始新的一轮晾晒。刚打回来的小海虾很脏，渔民们把网放进海水里把泥沙冲刷掉。每家门前都支着大锅，用清水将虾煮熟后晒干，再经过机器脱皮，人工筛捡，美味的金钩海米就可以装袋打包了。这可是真正的野生海米。

过去的大钦岛属于海防前哨，不允许外人随便入岛，岛上相对闭塞。现在，我们的国防事业强大了，人们可以自由进出。随着岛上外来人员的增加，服务业也在岛上悄然兴起。来岛观光的大都是自由行，住进渔家乐，能吃到新鲜的海味大餐，能下海钓鱼，能去海边赶海，还能由老板带着游览岛上最美的风景，吃住行全程服务。辛苦工作的人们到这里得到了放松，看浩瀚的大海，观海上日出日落，看飞翔的海鸥。

清晨四时，肖本强打电话招呼我们出门看日出。上午，我们身穿救生衣，乘船出海参观海带养殖区和海参捕捞现场。午饭前宾主十五人合影留念，午餐自然是大鲅鱼水饺，也是大家平生第一次吃到。几位亲友买了不少海带、金钩海米，满载而归。

两次进岛的体会，感到的不足之处是：来往人员相对增多，对外联系的船只显得少了些，再加上天气的因素，进出岛还是有些不便。岛上缺水果、蔬菜。上下船时拥挤不堪，人、货、车装得满满的，显得有些遗憾，建议有关单位还是应该适当增加航班。尽管如此，并不影响我对大钦岛的赞美，希望更多的人去关注它。

此文写给那些曾为国防事业做出贡献的老兵们，感谢他们无私奉献的青春年华。也写给那些想进岛还没进去的朋友们。

2017年9月24日

将军的厚爱

进京对我来说好像"家常便饭"，因为北京有几位至亲至爱的亲友，我和老伴每年都会去看望他们。之所以说这次北京之行是难忘的，还要从我的博友"莲姐"说起……

那是在九年前我开通博客时，透过迷茫的"易"海，搜索浩瀚的"网"洋，偶遇莲姐。我非常喜欢莲姐撰写的博文，其语言如行云流水般地流畅，讲究文字搭配和语言组合，词汇运用得恰到好处，没有丝毫矫揉造作。她的坎坷人生和点点滴滴的回忆汇成文字，阅读起来十分感人，常常令读者潸然泪下……

莲姐也经常到我的博客里欣赏拙作，她常在留言中鼓励我说：语言朴实，谋篇合理，张弛有度。我们经常在博客里相互切磋写作的技巧、语言的运用……这样一来二去，我们竟由一般的博友，成为知无不言、言无不尽的密友。她比我小一岁，比我老伴大一岁。她一直称我迟兄，老伴喊她大姐。

后来经过进一步了解，原来她与我还是胶东老乡，原籍莱州市。"莲姐"是她博客中的昵称，她的真实名字叫张桂芝。她在大连师范学校毕业，当过小学教师、公安干警、党校教员、检察官，退休前系锦州市古塔区人民检察院检察长，是辽宁省作协会员，曾担任过锦州市作家协会副主席。现已出版了中短篇小说集《秋日》，散文集《情感颗粒》，长篇纪实文学《穆斯林之子》。作品多次在省、市获奖，曾三次获锦州市政府文学奖，中篇小说《冷菊无声》获"中国检察文学"一等奖，《穆斯林之子》获辽宁省第八届传记文学奖。

我不仅欣赏莲姐的才华，她的人格魅力更令我折服，她的为人与她的文章一样，从不矫揉造作，坦诚、实在、真性情。正是有了这种了解，所以我在2014年创作长篇纪事散文《暮拾朝夕集》的过程中，才大胆地请她帮我修改一下初稿。莲姐二话没说，在身体欠佳的情况下，一口应承下来，呕心沥血，日夜突击。《暮拾朝夕集》之一《母亲的情怀》中，那些原汁原味情节的描述，都是在莲姐指导下付诸笔端的。

俗话说，百闻不如一见。2013年8月，莲姐回莱州市老家看望她年迈的叔叔时，我们见面了。看到高高大大的莲姐，她的热情和落落大方的谈吐，给我的第一感觉，是她是一位浑身无不显露出"阳刚之气"的女秀才。

2016年秋天，我去北京看望迟浩田老将军，为他老人家祝寿。然后，北上锦州拜会莲姐。当时她正在昼夜兼程地创作一部《张学良百年足迹图解》。这是一部图文并茂的力作。书中收集了张学良一生1300多幅照片，撰写了12多万字的注解，令我震撼不已。莲姐本来是搞文学创作的，之所以研究起历史来，是因为她退休后加入了锦州市东北抗日义勇军研究会并任执行会长。研究义勇军的历史，当然绕不开张学良将军。

在交谈中，她看到迟浩田将军为我创作的《暮拾朝夕集》写签、题词，很是羡慕。虽然她没明说，但第六感觉告诉我，她也有意敬请迟将军为她的新作《张学良百年足迹图解》题词。当时我也没明说，但我已把莲姐的心愿牢牢地记在心中，心想有机会一定想方设法为莲姐去圆这个梦。因为我了解老将军，他对正能量的文人墨客非常看重，像莲姐这样为人正直、才华横溢的山东籍的女秀才，将军也一定会看重。另一个原因就是，将军曾对我有过承诺：只要我还能创作出新书，他一定为我题写书名。最近两年，我计划在长篇散文《暮拾朝夕集》的基础上，重新整理、编辑、筛选质量比较高的文章，进一步打磨、加工、整合，出版一部新作。有了将军的承诺，进京请他老人家为新书题签是顺理成章的事情。这样，我就可以一同了却莲姐的心愿。

2017年9月，我和莲姐初步拟定10月中旬共同去北京拜见迟将军。可是不巧的是，老人家参加完中央举办的国庆节茶话会后，腰肌劳损突然复发住进了医院。10月8日传来了好消息：将军出院了，10月12日接见我和老伴及莲姐。

于是我紧锣密鼓地将莲姐和我的相关材料准备好。10月10日我和莲姐分别从辽宁、山东出发进京。

一到北京，我第一个任务就是研究我的住处与老将军家之间的距离，以防到时走弯路。然后，我就跟将军的秘书、参谋联系。后来，参谋给我回电话，说已向将军汇报了，决定12号上午九点准时约见。不过我们提前得到通知，因为将军腰部还没有康复，题词暂时不能书写，待缓解后再考虑。我把这个消息转告莲姐时，莲姐说，能得到将军的接见已经是三生有幸了。

一连两天，北京的天气都是阴雨绵绵。可是12日那天，天公作美，气温回升，阳光明媚，秋高气爽……我们漫步在后海的林荫路上，三人有说有笑，心情格外愉悦，不到半小时就来到将军的住处。

工作人员引领我们进入一楼会客室。我们是老将军出院后第一批造访的客人。老将军迎面走来，热情地与我们一一握手。我见他虽然比去年消瘦了一些，但仍精神矍铄，说起话来幽默诙谐，不失当年风采。他一边让座一边说："来来来，团团坐，吃果果。"将军一句诙谐的话语，一下子就把屋内的气氛挑起来了。接着他将莲姐让到他身边的主座上。坐下之后，将军又是给我们递水果，又是让我们吃糕点，工作人员给每人送上一杯龙井茶，气氛十分热烈。我把莲姐几部获奖大作以及敬请将军题词的《张学良百年足迹图解》样书递到他手中。老将军一边听莲姐介绍，一边仔细阅览。从将军与莲姐的对话中，看得出将军对张学良的历史非常了解。就在上个月的12日，他在吕正操的秘书刘红路陪同下，前往中国摄影展览馆参观以开国上将吕正操生平为主题的摄影展。老将军在吕正操、张学良两位将军合影的照片前伫立了许久……当他看到莲姐的著作后，连声叫好，并称赞说："了不起呀！这么大的工程出自你手，你真是山东的才女呀！"接着，将军又对我说："老佺是山东的才子，这几年笔耕不辍，创作出好几部接地气的书，我们老迟家冒青烟啦！"几句话说得大家哈哈大笑。将军每次见到我都是用这种方式鼓励我。将军又热情地对老伴说："淑兰呀，你可是老迟家的好媳妇啊！"老伴羞赧地说："三叔您老过奖啦，焕彩的写作与您多年的关怀与鼓励分不开呀！"

莲姐提出要与老将军合影，将军马上站起来拉着莲姐的手，指着朝阳的北墙边说，我们就在这里照。

将军与我们分别合影后，将这些珍贵的照片以及全家福一一给我们介绍。当介绍到他重孙子时，笑容悄然爬向他的眉梢……我插话说，听五叔（将军的五弟迟浩章）说了，重孙子上月13日牛的，今天刚好是满月，我们老迟家后继有人了。老将军一听，马上到内室取来他夫妇俩身着戎装与襁褓中的重孙子的合影，脸上写满幸福。

不知不觉中，半个小时的约见时间就要到了，老将军好像想起来什么，立即走出客厅。不一会儿，他拿来由"迟浩田写作组"创作的《迟浩田传》和由他本人编著的《迟浩田军事文选》两部书赠送给莲姐，上面有他亲自签写的"敬赠张桂芝同志留念"的字样。莲姐兴奋地双手接过书，又与老将军再次合影留念。

临别前，老将军亲自把我们送出门口，一一握手道别。他听说我们是步行来的，一定要派车送我们。我说乘车没有步行快，我们离得又不远，谢绝了老人家的盛情。

回来的路上，三人仔细回忆着将军接见我们时的每一个细节，幸福的感觉一直挥之不去……

回来后，我和莲姐正在静候佳音，将军让工作人员打来电话要去了通讯地址。后来，听五叔说，将军参加完"十九大"之后，心情极好，尽管腰部还没有完全康复，但怕耽误《张学良百年足迹图解》的出版，在四尺整宣上挥毫泼墨，一气呵成，为莲姐的力作题写了"千秋伟业 万古流芳"八个遒劲有力的大字。写完之后，他又附上一封亲笔信，信中说："桂芝同志您好！您来寒舍赠书，甚幸！大作《张学良百年足迹图解》初读后，深受感召，受益匪浅。我深信广大读者定会为之点赞！2017.10.25日於北京"。

10月31日，莲姐收到将军的题词和亲笔信后，立即给我打电话。在电话中，她激动地说："迟兄，请你转告我对将军的感谢之情。这次北京之行，是我一生中最难忘、最幸福、最高兴的……"

其实，我心里比莲姐还高兴。

2017年11月

跋

　　很多朋友都有过自己的作家梦。凭心而言，我压根没做过出书立传的梦。我是一名极普通的国家退休公务员，半个多世纪以来，我的一颗心始终沉溺于感恩的思绪之中。我感恩人世间的一切：感恩老师的教诲；感恩党和国家培育了我，让我有为国家为社会奉献的机会；感谢妻子相随相伴之恩、亲友同仁们提携之恩、良师益友知遇之恩……

　　我没有读太多的书，第一学历是"红专大学"，一个半耕半读的中等专业学校。我是举着"三面红旗"，喊着"多、快、好、省"的口号，迈着"大跃进"的步伐走出校门、融入社会的。1964年我参加工作后，就一直与接连不断的政治运动相伴。虽文学功底先天不足，但我喜欢文学，喜欢写点东西，身边堆满了字典、词典，基本是在扫盲过程中舞墨弄笔。三十多年前我有幸遇文学泰斗张炜先生，在他不断的启发鼓励下，我一个门外汉踏进了文学的殿堂，开始动手撰写一点小散文、杂文，刊登在各类报刊杂志上。

　　这部《又见并蒂莲花开》是我将丛书《暮拾朝夕集》中的文章筛选整合，浓缩一个甲子年我所经历的故事而成。虽说在职时我也曾笔不离手，然而那是为工作需要应景而作，与文学作品毫不沾边。我的短板是对文学艺术源于生活又高于生活的内涵理解得不深不透。

我喜欢读书，但四十多年的职场生涯，闲不住的我将全部精力和时间几乎都投入到繁忙的工作中，根本没时间读书，就是读书也是实用主义。一直忙到"平安着陆"，卸甲归里，过上"自此光阴为己有，从前日月属官家"的闲散岁月，才得以追寻自己的写作梦想。

在整个创作过程中，承蒙文友王韵、张桂芝无私辅助，张炜先生不断鼓励指导并不吝赐序，本族前辈、九十高龄的迟浩田将军题签，本书得以付梓，在此一并深表谢意。

2019年1月